Crime e castigo

Fiódor Dostoiévski

Crime e castigo

tradução e apresentação
Rubens Figueiredo

todavia

Apresentação

Dostoiévski escreveu *Crime e castigo* entre 1865 e 1866, em São Petersburgo, capital do Império Russo. Tinha 45 anos e era viúvo. O romance foi publicado em partes, ao longo de 1866, na revista mensal *Rússki Viéstnik* [O Mensageiro Russo], a mesma que vinha publicando, na época, o romance *Guerra e paz*, de Liev Tolstói.

A ideia do livro surgiu em meados de 1865, quando Dostoiévski estava na Alemanha e, premido por dívidas, propôs numa carta a Katkóv, editor da revista, redigir uma novela: "o relato psicológico de um crime". E explicou:

> A ação se passa no tempo atual. Um estudante, expulso da universidade, pequeno-burguês de origem, vive na extrema pobreza e, por leviandade, por perturbação do juízo, acaba se rendendo a certas ideias estranhas e "inacabadas", que estão no ar, e decide sair, de uma vez por todas, de sua situação sórdida. Resolve matar uma velha que empresta dinheiro a juros.[1]

Na mesma carta, Dostoiévski exprime um dos temas de fundo de seu livro: "a ideia de que o castigo jurídico é muito menos assustador para o criminoso do que pensam os legisladores, em parte porque ele mesmo exige o castigo, moralmente. Eu mesmo vi isso nas pessoas mais brutas", justificou-se, referindo-se ao tempo em que esteve, primeiro, preso e, depois, deportado, entre 1849 e 1859.

Todavia, assim que começou a escrever, o plano da novela original se expandiu num romance de grandes dimensões, exigindo muito mais tempo do que o esperado. A demora agravou as dificuldades financeiras de Dostoiévski

1 G. M. Fridlender, "Primetchánia" [Comentários]. In: F. M. Dostoiévski, *Obras reunidas em 15 volumes*. Leningrado: Naúka, 1989. v. 5. Várias informações desta apresentação têm como fonte esses comentários.

e, a certa altura, obrigou-o a interromper a redação de *Crime e castigo*, a fim de negociar o projeto de outro livro. Tratava-se do pequeno romance *O jogador*, escrito em outubro de 1866, em apenas 27 dias, no intervalo entre a redação da quinta e da sexta parte de *Crime e castigo*. Para ajudá-lo a cumprir o prazo, Dostoiévski contratou a estenógrafa Anna Grigórievna Snítkina, 25 anos mais jovem que ele, com quem se casou no ano seguinte. Anna Snítkina acompanhou, também, a redação da sexta parte e do epílogo de *Crime e castigo*, que foram, parcialmente, ditados a ela pelo autor.

Os estudiosos apontam duas fontes imediatas para o episódio central do romance. Primeiro, o célebre assassino e poeta francês Pierre François Lacenaire (1803-36), que se dizia inspirado por teorias revolucionárias e democráticas e movido pela ideia da vingança individual contra a sociedade. Dostoiévski chegou a escrever sobre o caso, na imprensa russa. Outra fonte foi um crime ocorrido em São Petersburgo em agosto de 1865, amplamente noticiado: o roubo e o assassinato de duas idosas, cometido com um machado, por um estudante de 27 anos, um *raslkólnik*, ou seja, um adepto da seita classificada como *raskol*.

A palavra russa significa "cisma", pois a seita surgiu de uma dissidência no interior da Igreja Ortodoxa contra as reformas do patriarca Níkon, no século XVII. A óbvia coincidência entre o sobrenome do protagonista de *Crime e castigo* (Raskólnikov) e a denominação do grupo religioso sugere, por si só, a direção das preocupações de Dostoiévski, que não costumava atribuir nomes aleatórios a seus personagens mais importantes. Desse modo, o autor deixa no ar a imagem de alguém que rompe os laços com sua comunidade.

Claro que Dostoiévski não tinha intenção de escrever sobre os "Velhos Crentes", outra denominação daqueles antigos cismáticos, mas sim sobre seu próprio tempo, como explicou na carta para Katkóv. Portanto, de certa forma, o romance traz implícita a seguinte pergunta: quem são os cismáticos do presente? Em primeiro lugar, isso remete à adesão de Dostoiévski à Igreja Ortodoxa russa, como fonte de doutrina teológica e como instituição social fortemente integrada ao Estado tsarista. De outro lado, a pergunta supõe também a presença de uma crise na sociedade russa, grave o bastante para justificar o receio de uma ruptura.

Quando Dostoiévski escreveu *Crime e castigo*, a expansão das relações capitalistas na Rússia tinha ganhado forte impulso graças às reformas do tsar Alexandre II. Entre elas, a mais clamorosa foi a emancipação dos servos, decretada em 1861. Porém, já vinha de muito antes o processo em que formas sociais eram importadas, já prontas, dos países tidos como avançados, e impostas sobre a matriz histórica agrária russa, encarada em bloco como fonte de atraso. O choque profundo causado por tais transformações se expressa nas ricas polêmicas travadas entre os intelectuais russos, e *Crime e castigo* se insere por inteiro naqueles debates.

Em primeiro plano, o romance explora a urbanização, uma das faces mais visíveis de todo o processo. Nesse aspecto, a cidade de São Petersburgo, fundada e construída por decreto do tsar Pedro, o Grande, nos primeiros anos do século XVIII, vem bem a calhar. A concentração de pessoas em pouco espaço põe em relevo a pobreza, a insalubridade, a criminalidade, a indiferença — condições que, no ambiente rural, podiam se apresentar de forma atenuada, graças à mera dispersão demográfica. Dostoiévski carrega nas tintas ao retratar as condições de moradia da cidade, onde os apartamentos eram alugados e sublocados, divididos e subdivididos, em cômodos cada vez menores. Cubículo, toca, cela, caixote, canto — a lista de palavras que, no romance, designam as habitações fala por si só. O efeito psicológico traumático do ambiente ressalta nas reações e nas palavras dos próprios personagens.

A par disso, ao ar livre, os personagens percorrem ruas, praças, pontes, avenidas, parques, edifícios denominados e localizados com tamanha exatidão que o leitor, se quisesse, poderia seguir seu trajeto em um mapa. No entanto, em vez de arejar ou alargar o horizonte, tais deslocamentos apenas reforçam a mesma sensação opressiva, em que o meio urbano é vivido como uma prisão ou um pesadelo. Quanto a isso, vale a pena observar como os sonhos relatados no romance — cenas, aliás, em que Dostoiévski se esmera — transcorrem, em regra, no ambiente rural, em clara contraposição à dimensão urbana. Não por acaso, o crítico russo Leonid Grossman viu no livro um "romance da cidade grande do século XIX, em que o vasto pano de fundo da capital capitalista determina o caráter dos conflitos e dos dramas".[2]

No entanto, outro trauma histórico se infiltra nos meandros desse espaço físico. A fim de justificar o novo regime de relações sociais, são introduzidos valores e conceitos que perturbam a maneira como as pessoas veem a si mesmas e os outros. O leitor atual de *Crime e castigo* dificilmente deixará de notar as repetidas referências a Napoleão Bonaparte, imperador francês entre 1804 e 1814, mas talvez não se dê conta do motivo subjacente.

2 Citado por Fridlender, op. cit.

Na época, Napoleão personificava, em forma de mito, a ideologia da ascensão burguesa: por conta do talento, do esforço pessoal e da ousadia, um oficial comum alcançou o poder supremo do Estado e se autonomeou imperador. Napoleão dizia adotar o mesmo princípio na escolha dos comandantes de seu exército, e chegou a proclamar que todo soldado de suas tropas levava na mochila o bastão de marechal. Com isso indicava que a ascensão na carreira dependia exclusivamente do esforço e do sucesso individuais.

Quando Raskólnikov, em *Crime e castigo*, diz que "o poder só é dado a quem ousa se abaixar e tomá-lo nas mãos", suas palavras comportam uma alusão ao famoso gesto de Napoleão, que, na cerimônia de coroamento, tomou a coroa das mãos do papa e colocou-a sobre a própria cabeça, em vez de permitir que o papa, representante do poder religioso, o fizesse. A mesma ideia se repete de outras formas em várias passagens do romance. Quanto a isso, de resto, não se pode subestimar também o peso, na memória nacional, da devastadora invasão napoleônica da Rússia, em 1812, tema, aliás, do romance *Guerra e paz*, mencionado antes.

O impacto do ideário burguês, em conflito com as noções cristãs tradicionais, se manifesta em *Crime e castigo* na fala, sempre turbulenta, de personagens como o alcoólatra Marmeládov, que, referindo-se a outro personagem, diz: "o sr. Lebeziátnikov, adepto das ideias novas, explicou há pouco tempo que a compaixão, em nossa época, é proibida até pela ciência, e que já é assim que se faz na Inglaterra, onde existe a economia política". Vale mencionar também a extensa pregação do personagem Lújin ("que subiu na vida a partir do nada", como sublinha o narrador, no capítulo III da quarta parte), segundo o qual "a ciência diz: ame a si mesmo antes de todos, pois tudo no mundo está baseado no interesse pessoal".

Por trás disso, encontram-se, sobretudo, as teorias do filósofo inglês Jeremy Bentham (1748-1832), propagador do liberalismo econômico, do individualismo burguês e do utilitarismo, que se associavam a uma espécie de vasta utopia prisional, o chamado Panopticon, um sistema de vigilância constante e generalizado (e também de baixo custo), que, além dos presídios, seria aplicado a várias instituições sociais. É oportuno recordar que Bentham viveu um tempo na Rússia, no fim do século XVIII, onde escreveu o famoso livro *Defesa da usura*, em que radicaliza suas teses liberais. As ideias de Bentham tinham largo curso na Rússia da época de Dostoiévski, e não há de ser mera coincidência o fato de uma usurária ser o alvo da sanha vingadora do herói de *Crime e castigo*. A rigor, a usura era uma profissão comum na São Petersburgo pauperizada daquele tempo, e o próprio Dostoiévski, sempre endividado, vivia às turras com usurários. Sabe-se mesmo que, nos rascunhos do romance, vários personagens trazem os nomes de credores do autor, o que sugere que sejam inspirados neles, embora depois tenham ganhado outros nomes.

Entretanto, assim como as transformações sociais não seguiram, na Rússia, os passos trilhados nos países onde elas ocorreram primeiro, também as ideias vindas de fora adquiriram, em seu novo ambiente, significados e funções bem diversos. O novo teor incorporado a essas ideias, embora estranho, em parte, às fontes originais, acabou revelando alcance e coerência à luz da experiência histórica russa. Desse modo, podemos compreender melhor a adoção do utilitarismo de Bentham por muitos revolucionários russos adeptos do socialismo utópico de Charles Fourier (1772-1837) — fenômeno apontado em vários trechos de *Crime e castigo*. No entendimento de Dostoiévski, em última instância, o que unia as duas correntes — o individualismo burguês e o socialismo utópico — era o fato de que o plano de reformar a sociedade com base em critérios tidos como científicos e racionais se opunha, de maneira frontal, às noções cristãs tradicionais da Igreja Ortodoxa e da monarquia tsarista.

Como se não bastasse tudo isso, um grave incidente político registrado em abril de 1866 (ou seja, durante a redação de *Crime e castigo*) acirrou ainda mais o ânimo polêmico de Dostoiévski com relação àquelas "ideias estranhas e inacabadas que estão no ar". Pois nesse mês de abril houve um atentado contra a vida do tsar, o imperador Alexandre II. Embora o revolucionário, que agiu sozinho, tenha sido preso antes de disparar sua arma e tenha sido enforcado pouco depois, a ação foi apenas a primeira de uma longa série de atentados, que culminariam em 1881, com o assassinato do tsar. Se, antes, Dostoiévski já expressava com insistência sua preocupação com cisões e cismas na sociedade russa, uma ação política desse tipo, cujo alvo era o símbolo máximo do Império Russo, com certeza infundiu ainda mais fervor às páginas do romance em andamento. Porém, não era só da parte do autor que os ânimos andavam exaltados. Katkóv, o editor da revista, zeloso de suas posições ultraconservadoras, exigiu que Dostoiévski reescrevesse a fundo o capítulo VI da quarta parte, a cena em que Raskólnikov lê uma passagem do Evangelho para Sônia. A seu ver, haveria na versão inicial "vestígios de niilismo", termo que designava, de modo genérico, as novas teorias revolucionárias.

Ainda no terreno das ideias que compõem o pano de fundo de *Crime e castigo*, cumpre citar as seguintes palavras de Dostoiévski, colhidas em suas anotações para o romance: "Uma concepção da Igreja Ortodoxa: não há felicidade no conforto, a felicidade é comprada com sofrimento. Esta é a lei do planeta [...] o homem não nasce para a felicidade. O homem faz por merecer sua felicidade, e sempre com sofrimento". Tal linha de pensamento representa um ataque frontal ao hedonismo, base filosófica da ideologia liberal e do individualismo burguês. Pois para Bentham e Stuart Mill, o ser humano busca, sempre e antes de tudo, o prazer pessoal. Na visão daqueles pensadores, tal impulso constitui o fundamento da nova ordem social e é inútil combatê-lo.

Cabe lembrar que esse elogio do sofrimento, como Dostoiévski postula, se coaduna, de fato, com certas correntes teológicas da Igreja Ortodoxa russa, como bem especifica o juiz de instrução Porfíri, no capítulo II da sexta parte do romance. Além disso, casa com perfeição com o modelo da narrativa religiosa popular, subjacente à composição de *Crime e castigo*, estruturada com base no martírio do herói, na longa sucessão de atribulações e na chamada andança pelos tormentos, rumo à regeneração final.

No contexto literário russo, *Crime e castigo* se integra num debate que remonta, imediatamente, ao primoroso romance *Pais e filhos* (1862), de Ivan Turguêniev, e passa, entre outros, pelo romance *Que fazer?* (1863), escrito na prisão por Tchernichévski, crítico e polemista ligado aos novos movimentos revolucionários. Trata-se de uma das mais importantes figuras intelectuais da época, que muito contribuiu para a engenhosa absorção do utilitarismo e do individualismo burguês no quadro filosófico do socialismo utópico e na estratégia da luta revolucionária. Para tanto, Tchernichévski chegou a conceber a tese de um "egoísmo racional".

De ângulos diversos, e com preocupações também distintas, os três romances discutem o impacto das transformações sociais em andamento na sociedade russa. Um elemento singular de *Crime e castigo*, no entanto, reside na adoção de procedimentos literários oriundos do folhetim, modalidade narrativa típica da ordem burguesa em ascensão. Nesse tipo de narrativa, a ação se acelera e envolve crimes, suspense, violência, erotismo e cenas de melodrama, a fim de prender a atenção e o interesse do leitor.[3] Porém, assim como as ideias importadas assumiam, na Rússia, significados e funções diferentes dos que tinham na origem, as formas literárias também ganhavam destinações próprias. Isso ajuda a entender por que *Crime e castigo* pôde se tornar uma obra muito mais complexa do que o formato de um romance policial faria supor.

3 Leonid Grossman, *Dostoiévski artista*. Trad. de Boris Schnaiderman. Rio de Janeiro: Civilização Brasileira, 1967. p. 98.

Nos primeiros rascunhos, *Crime e castigo* tinha a forma de uma confissão, com narração na primeira pessoa. Nesse caso, o crime já havia acontecido antes da narração, era parte do passado. Em seus cadernos de anotações, Dostoiévski explica por que preferiu, posteriormente, mudar para uma narração "do autor": "É preciso inocência e sinceridade. É preciso supor que o autor é um ser onisciente e infalível, que expõe, aos olhos de todos, um dos membros da nova geração".[4] Mesmo assim, na versão final, como o leitor atual pode observar, persiste a presença direta da voz da consciência do protagonista, entremeada na voz narradora. A composição híbrida imprime dinamismo à narração e confere mais amplitude à dimensão psicológica do romance.

Essa observação nos remete à questão do estilo de *Crime e castigo* e à sua escrita, entrecortada por uma profusão de ressalvas, advérbios, conjunções adversativas e expressões de ênfase de toda sorte. Palavras como *vdrug* [de repente] são usadas sem parcimônia e, não raro, ocorrem duas ou mais vezes num só parágrafo ou até na mesma frase. Os períodos muitas vezes avançam sinuosos, deixam lacunas pelo caminho, que serão preenchidas a seguir, quer pelo contexto quer por novas afirmações. O resultado tende a ser uma sintaxe "convulsiva", para usar um termo do gosto do autor. No conjunto, deparamos com um texto tão turbulento quanto a fala ou o pensamento dos personagens. Daí provém o insistente recurso à oralidade, à linguagem informal e espontânea, o que denota, por outro lado, a maneira como o romance se apoia em elementos extraídos da linguagem teatral. Esta tradução fez o possível para preservar esses traços.

Por último, vale ressaltar que todas as seis partes do livro recobrem apenas doze dias, enquanto o epílogo, de poucas páginas, abrange nove meses.[5] Tal desproporção está respaldada num procedimento literário em que a ação concentrada, no tempo físico, se desdobra em análise expandida, no espaço da mente. Isso também propicia um dos expedientes em que Dostoiévski atinge seus melhores resultados: a transfiguração da anedota cotidiana em tragédia. Noutras palavras, a revelação do invariável no circunstancial.

Rubens Figueiredo

4 Fridlender, op. cit. 5 Priscila Nascimento Marques, "Polifonia e 'realismo no sentido superior': o epílogo de *Crime e castigo*". *Bakhtiniana: Revista de Estudos do Discurso*, v. 6, n. 1, pp. 143-58. Disponível em: <http://www.scielo.br/scielo.php?script=sci_arttext&pid=S2176-45732011000200010>. Acesso em: 20 nov. 2018.

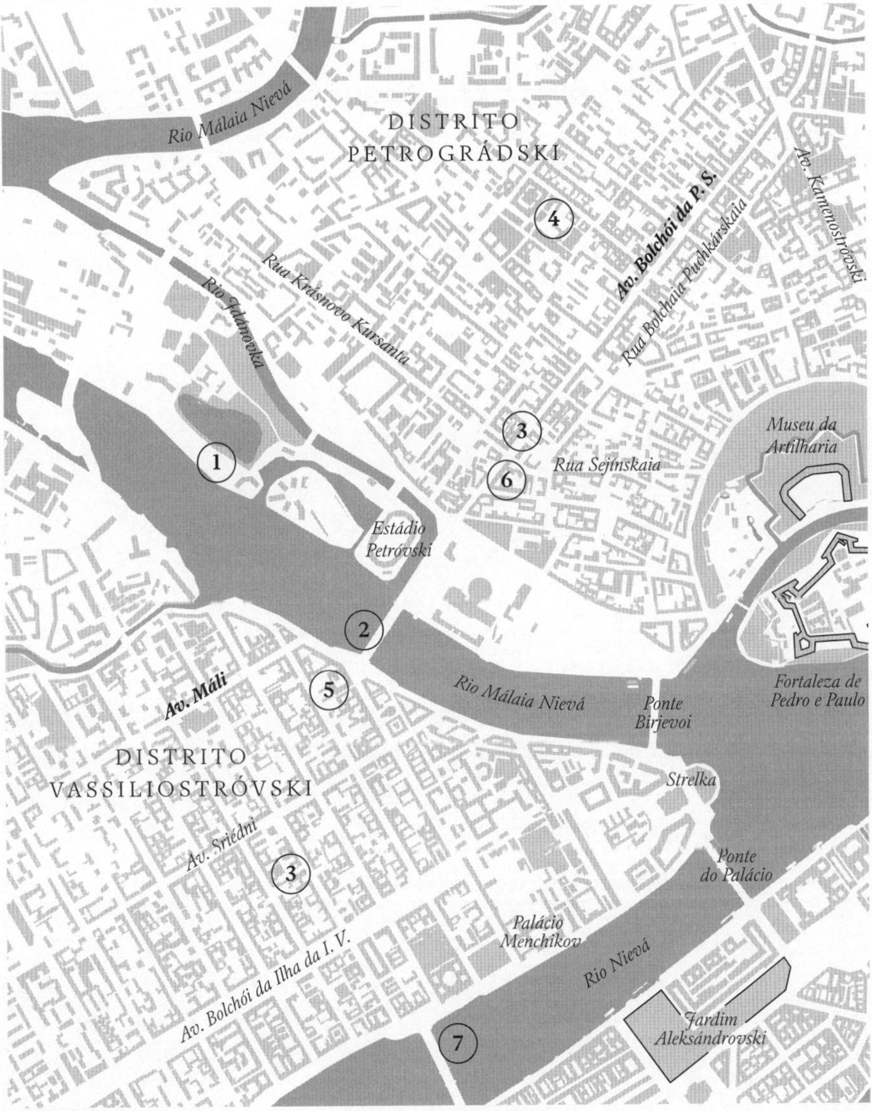

SÃO PETERSBURGO

200m

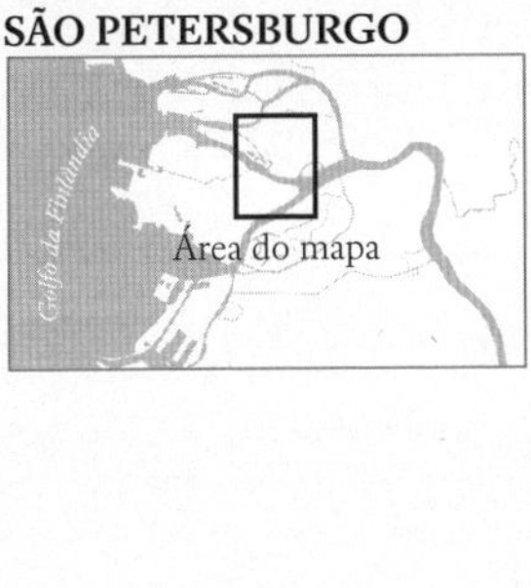

1. Parque Petróvski
2. Ponte Tútchkov
3. Ilha Vassílievksi
4. Petersbúrgskaia Storoná ou Distrito de Petersburgo (atual Petrográdskaia Storoná)
5. Terceira linha
6. Local da morte de Svidrigáilov
7. Ponte Nikoláievski

SÃO PETERSBURGO
Bulevar Konnogvardeiski
Catedral de Santo Isaac
Rua Málaia Morskaia
Rua Bolchaia Morskaia
Catedral Kazan
Travessa Potchtámski
Rio Moika
Palácio Mariínski
Travessa Griptsova
Travessa Pirogova
Travessa Fonárni
Av. Voznessienski
Rua Kazánskaia
Travessa Spásski
Rua Sadóvaia
Rua Dekabristov
Travessa Stoliárni
Rua Grajdánskaia
Rua Srédniaia Podiatcheskaia
Av. Rímskogo-Kórsakova
Rua Sadóvaia
Av. Moskóvski
Rio Fontanka
Catedral de São Nicolau
1
2
3
4
5
6
7
8
10
11
13
200m
Finlândia
Mar Báltico
São Petersburgo
RÚSSIA
Polônia
Belarus
Ucrânia
Golfo da Finlândia
Área do mapa

1. Apartamento de Raskólnikov
2. Ponte Kokúchkin
3. Apartamento da velha usurária
4. Edifício de Sônia e Svidrigáilov
5. Delegacia
6. Jardim Iussúpov
7. Apartamento onde Dostoiévski escreveu o livro
8. Pensão onde Lújin instalou Dúnia e a mãe
9. Cinco esquinas
10. Praça Sennaia
11. Canal Griboiédov
12. Gostíni Dvor
13. Ponte Voznessíenski

Crime e castigo

Primeira parte

I

No início de julho, ao entardecer, sob um calor intenso, um jovem saiu do cubículo que sublocava na travessa S. e, lentamente, como se estivesse indeciso, seguiu pela rua na direção da ponte K.[1]

Por sorte, escapou de encontrar sua senhoria na escada. Seu cubículo ficava logo abaixo do telhado de um prédio alto de cinco andares e mais parecia um armário do que um apartamento. A senhoria de quem ele alugava o cubículo, com direito a almoço e arrumadeira, morava um andar abaixo, num apartamento individual, e, toda vez que ele descia para a rua, não podia deixar de passar na frente da porta da cozinha da senhoria, quase sempre aberta para os degraus da escada. E, toda vez que passava ali, o jovem experimentava uma espécie de sensação mórbida e acovardada, que lhe dava vergonha e deixava seu rosto contraído. Ele estava atolado em dívidas com a senhoria e temia encontrá-la.

Não que fosse tão covarde e intimidado: muito pelo contrário; porém já fazia algum tempo que andava num estado de tensão e irritabilidade semelhante à hipocondria. Mergulhava em si mesmo e se isolava de todos a tal ponto que temia encontrar qualquer pessoa, não só a senhoria. Vivia esmagado pela pobreza; mas ultimamente até a situação de penúria tinha deixado de ser um peso. Não cuidava mais das questões do dia a dia e não queria estudar. No fundo, não tinha medo de senhoria nenhuma, muito menos do que ela pudesse estar tramando contra ele. Mas parar na escada, escutar uma porção de absurdos sobre todas aquelas futilidades vergonhosas, com as quais ele nada tinha a ver, todas aquelas impertinências sobre pagamentos, ameaças,

1 Trata-se da travessa Stoliárni e da ponte Kokúchkin, em São Petersburgo. [Todas as notas são do tradutor.]

reclamações, e ainda ter, ele mesmo, de desconversar, se esquivar, se desculpar, mentir — não, isso não, era melhor esgueirar-se pela escada como um gato e escapulir sorrateiro, para que ninguém o visse.

No entanto, dessa vez, ao sair para a rua, até ele ficou espantado com seu medo de encontrar a credora.

"Estou querendo me meter numa história dessas e, ao mesmo tempo, tenho medo de bobagens assim!", pensou, com um sorriso estranho. — "Hum... sim... tudo está ao alcance das mãos do homem, mas ele deixa tudo escapar debaixo de seu nariz, pura e simplesmente por covardia... isso já é um axioma... Curioso, o que é que as pessoas mais temem? Um novo passo, uma palavra nova e própria, é isso que elas temem acima de tudo... De resto, já estou tagarelando demais. É porque fico tagarelando que não faço nada. Aliás, pode ser também assim: é porque não faço nada que fico tagarelando. Foi no último mês que aprendi a tagarelar, deitado dias inteiros no meu canto, pensando... com a cabeça nas nuvens. E então, agora, eu estou andando para fazer o quê? Será que sou capaz *disso*? Será que *isso* é a sério? Não tem nada de sério. É uma fantasia que eu mesmo inventei; uma brincadeira! Sim, na certa não passa de uma brincadeira!"

Na rua, fazia um calor tremendo, além do clima abafado, da multidão e, por todo lado, havia a cal, a madeira, os tijolos, a poeira e aquele mau cheiro peculiar do verão, tão conhecido de todos os moradores de Petersburgo que não têm condições de alugar uma casa de veraneio — tudo isso junto, e tudo ao mesmo tempo, afetava de modo detestável os nervos do jovem, já tão abalados desde antes. O mau cheiro insuportável das tabernas, que naquela parte da cidade são especialmente numerosas, e os bêbados, que passavam toda hora, apesar de ser dia útil, rematavam o colorido triste e repulsivo do quadro. O sentimento da mais profunda repugnância faiscou por um instante nas feições finas do jovem. Aliás, ele era extraordinariamente bonito, com lindos olhos escuros, cabelo castanho-escuro, estatura acima da mediana, magro e esbelto. No entanto, logo caiu numa compenetração profunda, ou, melhor dizendo, numa espécie de alheamento, caminhava já sem perceber aquilo que o rodeava e chegava até a não ter vontade de perceber nada. Apenas de vez em quando murmurava alguma coisa para si, por força de seu costume de falar em monólogos, costume que agora, no íntimo, ele admitia existir. No mesmo instante, tomou consciência de que seus pensamentos às vezes se embaralhavam e de que ele estava muito fraco: fazia dois dias que não comia quase nada.

Estava tão malvestido que qualquer outra pessoa, mesmo habituada a roupas ruins, se envergonharia de sair à rua, de dia, em tais andrajos. No entanto, aquele bairro era do tipo em que é difícil encontrar alguém de terno. A proximidade da praça Sennaia, a abundância de certos estabelecimentos afamados e a população formada sobretudo de artesãos e operários, que se comprimiam naquelas ruas e travessas centrais de Petersburgo, de vez em quando coloriam o panorama geral com tais personagens que seria até estranho alguém se admirar de encontrar ali uma pessoa fora do comum. Porém na alma do jovem já se havia acumulado um desprezo tão cruel que, apesar de toda sua delicadeza, às vezes muito juvenil, aquilo que lhe dava menos vergonha era andar na rua em andrajos. Ao encontrar certos conhecidos ou antigos camaradas que ele não gostava nem um pouco de ver, a história era outra... Porém, quando um bêbado, que naquele momento estava sendo levado pela rua numa carroça enorme, não se sabia por que nem para onde, puxada por um imenso cavalo de tração, gritou para ele de repente, ao passar: "Ei, você aí, seu chapeleiro alemão!" — e berrou com toda a força, apontando para ele com a mão erguida —, o jovem parou de repente e, num gesto convulsivo, agarrou o chapéu. Era um chapéu alto, redondo, da marca Zimmerman,[2] mas já muito surrado, todo encardido, cheio de buracos e manchas, sem abas, com o canto mais nojento caído para o lado. Porém o que o dominou não foi a vergonha e sim outro sentimento, semelhante a um susto.

"Eu já sabia!", murmurou, confuso. "Eu bem que tinha pensado! Isso é que é pior! Porque aí vem uma bobagem qualquer, a besteira mais tola, e pode estragar o plano todo! Sim, o chapéu chama muito a atenção... É ridículo e por isso chama a atenção... Meus andrajos precisam mesmo é de um boné, nem que seja velho e igual a uma panqueca, e não esta aberração. Ninguém pode andar com isto, veem logo a uma versta[3] de distância, vão lembrar... isso é o principal, depois vão lembrar e pronto, é uma prova. Aqui, é preciso ser o mais discreto possível... Os detalhes, os detalhes são o principal!... São detalhes assim que podem estragar tudo, e de uma vez por todas..."

Ele não tinha de andar muito; sabia até quantos passos eram, do portão da sua casa até lá: exatamente setecentos e trinta. Certa vez, ele contou,

2 Famoso fabricante de chapéus em São Petersburgo. Dostoiévski usava chapéus dessa marca.
3 Ou seja, 1,067 km.

muito perdido em devaneios. Naquela ocasião, ele mesmo ainda não acreditava naqueles sonhos e apenas se irritava com sua audácia hedionda, mas sedutora. Agora, um mês depois, estava começando a encarar a questão de outro modo e, apesar de todos os monólogos exasperantes sobre sua própria impotência e hesitação, de alguma forma, e até a contragosto, ele se habituou a considerar o sonho "hediondo" como um empreendimento, embora ele mesmo ainda não acreditasse naquilo. Agora, ele estava indo fazer um *ensaio* de seu empreendimento e, a cada passo, sua inquietação aumentava, se tornava mais forte.

Com abatimento no coração e um tremor nervoso, ele se aproximou do prédio imenso, que tinha uma parede voltada para um canal e a outra, para a rua ***iá.[4] O prédio era, todo ele, de apartamentos pequenos, habitado por toda sorte de profissionais — alfaiates, serralheiros, cozinheiros, diversos alemães, mocinhas que viviam por conta própria, pequenos funcionários etc. As pessoas entravam e saíam em disparada pelos dois portões e pelos dois pátios do prédio. Três ou quatro porteiros trabalhavam ali. O jovem ficou muito satisfeito de não encontrar nenhum deles e, discretamente, se esgueirou ligeiro do portão para a escada, à direita. Era uma escada escura e estreita, "de serviço", mas ele já sabia disso tudo, havia estudado muito bem e todo aquele quadro lhe agradava; naquela escuridão, mesmo um olhar curioso não trazia riscos. "Se agora já estou com tanto medo, como seria, se acontecesse, de fato, de eu executar *aquilo*?...", não pôde deixar de pensar, ao passar pelo quarto andar. Ali, seu caminho foi barrado por soldados reformados que trabalhavam como carregadores e estavam retirando os móveis de um apartamento. Ele já sabia que, naquele apartamento, morava um alemão casado, funcionário público: "Quer dizer que esse alemão agora está se mudando e quer dizer também que, no quarto andar, para quem sobe por esta escada, e neste patamar, durante algum tempo, o único apartamento ocupado vai ser o da velha. Isso é bom... por via das dúvidas...", pensou de novo e tocou a campainha da velha. A campainha tilintou fraca, como se fosse feita de lata e não de cobre. Nos apartamentos pequenos de prédios como aquele, quase todas as campainhas são assim. Ele já havia esquecido como era o som da sineta e agora, de repente, aquele som peculiar

4 Segundo os editores das obras reunidas, a localização corresponde ao cruzamento do canal Griboiédov com a avenida Rímski-Kórsakov.

pareceu trazer algo à sua memória e evocar com clareza... E dessa vez ele chegou a estremecer, os nervos já debilitados demais. Pouco depois, abriu-se uma frestinha minúscula na porta: a moradora espiou a visita pela fresta, com evidente desconfiança e, no escuro, só se viam seus olhinhos cintilantes. Contudo, ao ver muita gente no patamar da escada, ela tomou coragem e abriu a porta. O jovem atravessou o limiar para a antessala escura, separada por uma divisória, atrás da qual ficava a cozinha ínfima. A velha estava de pé na sua frente, em silêncio, e olhava para ele com ar interrogativo. Era uma velhinha minúscula, murcha, de uns sessenta anos, olhinhos afiados, ferinos, nariz pequeno e também afiado, e a cabeça descoberta. Os cabelos louros desbotados, um pouco grisalhos, estavam fartamente untados de óleo. O pescoço fino e comprido, semelhante a uma perna de galinha, estava envolto numa espécie de trapo aflanelado e, nos ombros, apesar do calor, trazia uma *katsavieika*[5] amarelada, de pelo. Toda hora, a velhinha tossia e gemia. Talvez o jovem tenha olhado para ela de um jeito diferente, porque, de súbito, nos olhos da velha, reluziu de novo a desconfiança anterior.

— Raskólnikov, estudante, estive aqui com a senhora faz um mês — murmurou o jovem depressa e fez uma pequena reverência, ao lembrar que era preciso ser mais amável.

— Eu me lembro, meu caro, e me lembro muito bem de que o senhor esteve aqui — falou a velhinha com clareza, ainda sem desviar do rosto dele os olhos interrogativos.

— Pois é, senhora... e de novo para o mesmo negócio... — prosseguiu Raskólnikov, ligeiramente confuso e admirado com a desconfiança da velha.

"Quem sabe, vai ver ela é sempre assim e eu não notei da outra vez", pensou, com uma sensação desagradável.

A velha ficou calada, pareceu refletir, depois recuou para o lado, apontou para a porta do quarto e, deixando a visita passar na frente, falou:

— Entre, meu caro.

O quarto pequeno onde o jovem entrou, com papel de parede amarelo, gerânios e cortina de musselina nas janelas, estava claro, naquele momento, iluminado pelo sol poente. "E então, *na hora*, o sol também vai estar claro!...", passou num lampejo pela cabeça de Raskólnikov, como que por acidente, e ele correu o olhar rápido por todo o quarto, para estudar e

5 Jaqueta curta feminina tradicional.

memorizar o ambiente, na medida do possível. Mas no quarto não havia nada de especial. A mobília, toda muito velha e de madeira amarela, consistia em um divã com um enorme encosto arqueado de madeira, uma mesa de formato oval na frente do divã, uma penteadeira com espelho encostada na parede entre as janelas, cadeiras junto às paredes e dois ou três retratos baratos, em molduras amarelas, que representavam senhoras alemãs com pássaros nas mãos — essa era toda a mobília. No canto, diante de uma pequena imagem religiosa, ardia uma lamparina votiva. Tudo era muito limpo: os móveis e o chão estavam polidos e lustrosos; tudo brilhava. "Trabalho de Lizavieta", pensou o jovem. Em todo o quarto, era impossível encontrar a mais ínfima poeirinha.

"É na casa de viúvas velhas e malvadas que a gente vê uma limpeza como esta", prosseguiu Raskólnikov em pensamento e, com curiosidade, deu uma espiada na cortina estampada, na frente da porta para o segundo quarto minúsculo, onde ficava a cama da velha e uma cômoda e para onde, até então, ele não tinha olhado nem uma vez. O apartamento inteiro consistia naqueles dois quartos.

— O que deseja? — falou a velhinha, em tom severo, entrando no quarto, e, como da vez anterior, parou bem na frente dele, para fitá-lo nos olhos.

— Vim para penhorar, olhe, é isto aqui, senhora! — E tirou do bolso um relógio velho, chato, de prata. Na tampinha traseira, estava gravado um globo. A correntinha era de aço.

— Mas a primeira penhora venceu. Há três dias, completou um mês.

— Vou pagar à senhora os juros de mais um mês; tenha paciência.

— Meu caro, depende só da minha boa vontade que eu tenha paciência ou venda agora mesmo o bem do senhor.

— O relógio vai render bastante, Aliona Ivánovna?

— Mas você me traz essas ninharias, meu caro, isso não vale nada, olhe só. Na última vez, dei duas notas por um anelzinho, quando dá para eu comprar um novo no joalheiro por um rublo e meio.

— A senhora me dê quatro rublos, eu vou resgatar, é do meu pai. Eu logo vou receber um dinheiro.

— Um rublo e meio, meu senhor, e os juros adiantados, o senhor decide.

— Um rublo e meio! — exclamou o jovem.

— O senhor decide. — E a velha lhe devolveu o relógio. O jovem pegou-o e ficou tão irritado que quis sair de uma vez; mas logo mudou de ideia, ao lembrar que não tinha mais para onde ir e que estava ali por outro motivo.

— Me dá aí! — falou de modo bruto.

A velha meteu a mão no bolso para pegar as chaves e foi para o outro quarto, atrás da cortina. O jovem, sozinho no meio do quarto, ficou escutando com curiosidade, enquanto raciocinava. Pôde ouvir que ela estava abrindo a cômoda. "Deve ser a gaveta de cima", raciocinou. "Quer dizer que leva as chaves no bolso direito... Todas num molho só, numa argola de aço... E uma das chaves é maior do que as outras, três vezes maior, com a ponta denteada, e claro que não é a chave da cômoda... Portanto, ainda tem um porta-joias, talvez um cofre... Veja só que curioso. Todos os cofres têm chaves assim... Mas, pensando bem, como tudo isso é desprezível..."

A velha voltou.

— Aqui está, meu caro: se são dez copeques ao mês por rublo, então para um rublo e meio, vou descontar quinze copeques do senhor, por um mês adiantado. E, pelos dois rublos de antes, vou descontar do senhor, por esse mesmo cálculo, mais vinte copeques adiantados. Ao todo, portanto, são trinta e cinco. Agora o senhor tem de receber ao todo, pelo relógio, um rublo e quinze copeques. Aqui está, tome.

— O quê? Agora é só um rublo e quinze copeques?

— É exatamente isso, meu senhor.

O jovem não quis discutir e pegou o dinheiro. Olhou para a velha e não se apressou em sair, parecia querer dizer ou fazer mais alguma coisa, mas era como se não soubesse exatamente o quê...

— Talvez eu traga mais uma coisa daqui a alguns dias, Aliona Ivánovna... de prata... bonita... uma cigarreira... assim que eu receber de volta de um amigo... — Ficou embaraçado e calou-se.

— Na hora conversaremos, meu caro.

— Até logo... Mas a senhora está sempre sozinha em casa, a irmã não fica aqui? — perguntou do modo mais natural possível, ao sair para o vestíbulo.

— E o que o senhor quer com ela, meu caro?

— Nada de especial. Perguntei à toa. E a senhora então... Adeus, Aliona Ivánovna!

Raskólnikov saiu completamente perturbado. E a perturbação aumentava cada vez mais. Ao descer pela escada, chegou a parar algumas vezes, como se de repente algo o deixasse espantado. Por fim, já na rua, ele exclamou, em pensamento:

"Meu Deus! Como tudo isso é repugnante! E será possível, será que eu... não, é um absurdo, é um disparate!", acrescentou, resoluto. "Será possível que um horror como esse tenha mesmo entrado na minha cabeça? Mas de quanta sujeira meu coração é capaz! Acima de tudo: é sujo, infame, nojento, nojento!... E eu, por um mês inteiro..."

Mas não conseguiu expressar sua comoção nem por palavras nem por gritos. Um sentimento de repulsa infinita, que tinha começado a oprimir e atormentar seu coração desde a hora em que saíra para ir à casa da velha, agora alcançou tal proporção e se tornou tão vivo que ele não sabia onde se esconder da própria angústia. Andava pela calçada como um bêbado, sem notar as pessoas que passavam, esbarrava nelas, e só voltou a si na rua seguinte. Olhou em volta e notou que estava diante de uma taberna, na qual se entrava descendo uma escada para um porão. Naquele instante, dois bêbados saíram pela porta, escorando-se um no outro e se xingando, e subiram para a rua. Sem pensar muito, Raskólnikov desceu logo pela escada. Até então, nunca tinha entrado numa taberna, mas agora sua cabeça rodava e, além disso, uma sede abrasadora o afligia. Queria beber cerveja gelada, ainda mais porque atribuía sua fraqueza repentina ao fato de estar com fome. Sentou-se num canto escuro e sujo, diante de uma mesinha pegajosa, pediu cerveja e bebeu o primeiro copo com sofreguidão. Na mesma hora, tudo ficou mais leve e seus pensamentos ganharam clareza. "Tudo isso é absurdo", disse ele, esperançoso, "e também não aconteceu nada para ficar tão perturbado assim! Foi só um distúrbio físico! Um copo de cerveja, um pedacinho de torrada e pronto, num instante a razão se fortalece, o pensamento clareia, as intenções ficam firmes! Ora, como tudo isso é irrelevante!..." Mas, apesar desse rompante de desprezo, ele já parecia até alegre, como se de repente tivesse se libertado de um fardo terrível, e dirigiu um olhar amistoso às pessoas na taberna. Entretanto, foi então que veio o vago pressentimento de que toda aquela receptividade para o que havia de melhor também fazia parte da doença.

Na taberna, àquela altura, sobrara pouca gente. Além dos dois bêbados que tinham aparecido na escada, um bando inteiro saiu de uma vez só, logo atrás deles, umas cinco pessoas, com uma jovem e um acordeão. Depois disso, o lugar ficou tranquilo e espaçoso. Restaram: um homem bêbado, mas não muito, sentado diante de uma cerveja, com ar de pequeno-burguês;[6] seu companheiro gordo, imenso, de barba grisalha e de *sibirka*,[7]

6 Em russo, *meschanin*: no Império Russo, até 1917, membro de uma categoria social constituída por lei e formada por pequenos proprietários e artesãos das cidades. 7 Cafetã curto, com cintura. Seu nome provém da palavra "Sibéria".

muito embriagado, que cochilava num banco e, de vez em quando, de repente, como se estivesse semiacordado, começava a estalar os dedos, abria muito os braços e, sem levantar do banco, dava uns pulinhos só com a parte superior do corpo e aí cantarolava baixinho alguma besteira qualquer, se esforçando para lembrar versos do tipo:

O ano inteiro fiz carinho na esposa
O ano inteiro fiz cari-inho na espo-osa...

Ou, de repente, acordava:

Andei pela rua Podiátcheskaia
E encontrei a minha antiga...

Mas ninguém compartilhava sua felicidade; seu companheiro silencioso olhava para ele e para toda aquela animação até com hostilidade e desconfiança. Também estava ali outro homem, de aspecto semelhante a um funcionário aposentado. Ele se mantinha à parte, sentado diante de sua tigelinha, de vez em quando bebericava e olhava ao redor. Também parecia tomado por uma espécie de comoção.

II

Raskólnikov não estava habituado à multidão e, como já foi dito, se esquivava de toda companhia, sobretudo ultimamente. Mas agora, de súbito, alguma coisa o empurrava na direção das pessoas. Dentro dele, se passava algo que parecia novo, e ele sentia, ao mesmo tempo, uma espécie de sede de gente. Estava tão cansado depois de um mês inteiro de angústia concentrada e de agitação sombria que tinha vontade de respirar outro mundo, ainda que só por um minuto, onde quer que fosse e, apesar de toda a sujeira daquele lugar, era com prazer que ele estava agora numa taberna.

O dono do estabelecimento ficava em outro cômodo, mas entrava muitas vezes na sala principal, descendo de algum lugar por uma escadinha, e o que aparecia antes de tudo eram suas botas engraxadas e elegantes, com a borda do cano vermelho dobrada para baixo. Vestia uma *podióvka*[1] e um colete preto de cetim horrivelmente seboso, sem gravata, e todo o rosto parecia besuntado de óleo, como um cadeado de ferro. Atrás do balcão, estava um menino de uns catorze anos e havia também outro menino, mais moço, que vinha servir, quando faziam um pedido. Pepinos picados, torradas de pão preto e peixe cortado em fatias ficavam expostos; tudo cheirava muito mal. Estava abafado, a tal ponto que chegava a ser insuportável ficar ali, e tudo estava tão saturado do cheiro de bebida que parecia possível se embriagar só de respirar aquele ar por cinco minutos.

Acontece de encontrarmos pessoas que são até desconhecidas para nós, mas pelas quais começamos a nos interessar desde o primeiro olhar, de forma súbita, repentina, antes que seja dita uma palavra sequer. Foi exatamente essa impressão que o homem sentado à distância e que parecia um

1 Casaco de cintura pregueada.

funcionário público aposentado produziu em Raskólnikov. Mais tarde, o jovem recordaria várias vezes aquela primeira impressão e chegaria a atribuí-la a um pressentimento. Ele não parava de olhar para o funcionário público e, portanto, é claro, o outro também o fitava com obstinação, e, com isso, tornou-se evidente que estava com muita vontade de travar conversa. Para os outros que se encontravam na taberna, inclusive o dono, o funcionário olhava de modo rotineiro e até com enfado, porém, ao mesmo tempo, com um matiz de desdém altivo, como se fossem pessoas de posição e educação inferiores, com as quais ele nada tinha o que conversar. Tratava-se de um homem já com mais de cinquenta anos, estatura mediana e compleição forte, grisalho e bastante calvo, rosto amarelo, até meio esverdeado, inchado pela embriaguez constante, pálpebras estufadas, atrás das quais, como duas frestinhas, brilhavam uns olhinhos avermelhados e minúsculos, porém animados. Entretanto, havia nele algo muito estranho; em seu olhar, parecia reluzir até um entusiasmo — talvez também o discernimento e a inteligência —, mas, ao mesmo tempo, parecia faiscar a loucura. Vestia um fraque velho, preto, todo esfarrapado, em que faltavam botões. Só um botão, de alguma forma, ainda se conservava preso ao fraque e era esse que o homem mantinha abotoado, com o óbvio desejo de não perder a decência. Por baixo de um colete de nanquim, sobressaía o peitilho, todo amarrotado, manchado e encharcado. O rosto tinha sido barbeado, à maneira dos funcionários, mas já fazia algum tempo, pois as cerdas cor de chumbo brotavam densas. E em suas maneiras, de fato, havia uma espécie de firmeza oficial. Porém estava inquieto, desgrenhava o cabelo e, às vezes, de angústia, escorava a cabeça nas mãos, apoiando os cotovelos rasgados sobre a mesa pegajosa e molhada. Enfim, olhou direto para Raskólnikov e falou alto e firme:

— Posso tomar a liberdade, meu prezado, de me dirigir ao senhor para travar uma conversa respeitável? Embora o senhor não tenha um aspecto digno de consideração, minha experiência identifica no senhor um homem instruído e sem o costume de beber. Eu mesmo sempre respeitei a instrução, associada a sentimentos sinceros e, além disso, tenho o cargo de conselheiro titular. Marmeládov, esse é meu sobrenome; conselheiro titular.[2] Permita perguntar, o senhor já foi do serviço público?

2 Posto da hierarquia do serviço civil tsarista de nona classe, do total de catorze.

— Não, eu estudo... — respondeu o jovem, em parte surpreso pelo tom empolado do discurso e também pelo fato de alguém ter falado com ele de modo tão direto, à queima-roupa. Apesar do desejo recente e momentâneo de ter a companhia de quem quer que fosse, o jovem, de início, quando ouviu de fato palavras dirigidas a ele, experimentou seu habitual sentimento desagradável e exasperante de repulsa por qualquer pessoa estranha que falasse com ele ou quisesse apenas se aproximar.

— Estudante, portanto, ou ex-estudante! — exclamou o funcionário. — Era o que eu pensava! A experiência, prezado senhor, a repetida experiência! — E, num gesto de bravata, levou o dedo à testa. — Foi estudante ou cursou as aulas de ciência! Mas, com sua licença... — Levantou-se, cambaleou, apanhou sua tigelinha, um copinho e foi sentar-se perto do jovem, um pouco na diagonal. Estava bêbado, mas falava com eloquência e vivacidade, só de vez em quando, em certos trechos, derrapava um pouco e esticava muito as palavras. Ele se atirou sobre Raskólnikov até com uma espécie de avidez, como se também tivesse passado um mês inteiro sem falar com ninguém.

— Prezado senhor — começou, quase solene. — A pobreza não é um defeito, isso é verdade. Sei que a embriaguez também não é uma virtude, e isso é mais verdadeiro ainda. Porém a indigência, prezado senhor, a indigência... é um defeito, sim. Na pobreza, o senhor ainda conserva a nobreza de seus sentimentos inatos, já na indigência não, nunca e ninguém. Por indigência, a pessoa nem chega a ser expulsa a pauladas, ela é varrida com uma vassoura da companhia dos demais, para que a afronta seja maior; e é justo, pois na indigência eu estou pronto e sou o primeiro a ultrajar a mim mesmo. É daí que vem a bebida! Prezado senhor, um mês atrás, minha esposa foi espancada pelo sr. Lebeziátnikov, a minha esposa, não eu! O senhor entende? Permita que lhe pergunte mais uma coisa, ainda que por mera curiosidade: o senhor porventura já pernoitou no rio Nievá, nas barcas de feno?[3]

— Não, não me aconteceu — respondeu Raskólnikov. — O que quer dizer?

— Pois bem, senhor, eu venho de lá, e já faz cinco noites...

Ele encheu seu copinho, bebeu tudo e ficou pensativo. De fato, em sua roupa e até nos cabelos, aqui e ali estavam grudados pedacinhos de palha de

3 Em São Petersburgo, local onde dormiam indigentes e sem-teto, na época.

feno. Era bem provável que houvesse cinco dias que não trocava de roupa nem se lavava. As mãos estavam especialmente sujas, sebosas, vermelhas, de unhas pretas.

Sua conversa, pelo visto, despertava uma atenção geral, embora preguiçosa. Os meninos atrás do balcão começaram a dar risadinhas. O dono, pelo visto, desceu do cômodo de cima de propósito para escutar o "palhaço" e sentou-se afastado, bocejando com ar indolente, mas presunçoso. Era óbvio que Marmeládov era bem conhecido ali. E sua tendência de falar empolado decorria, na certa, do costume de conversar nas tabernas com pessoas que não conhecia. Em certos beberrões, esse hábito se converte em necessidade, sobretudo para aqueles que, em casa, são tratados com severidade e vivem oprimidos. Por isso, em companhia de beberrões, eles parecem tentar sempre obter uma justificativa para si e, se possível, também algum respeito.

— Ô, palhaço! — exclamou o dono. — Por que não está trabalhando, por que não está lá na sua repartição, se é funcionário público?

— Por que não estou na minha repartição, prezado senhor? — emendou Marmeládov, dirigindo-se apenas a Raskólnikov, como se ele tivesse feito a pergunta. — Por quê? Acha mesmo que meu coração não está doendo, por eu me rebaixar assim em vão? Quando o sr. Lebeziátnikov, um mês atrás, espancou minha esposa com o próprio punho, enquanto eu estava caído, embriagado, acha mesmo que eu não sofri? Permita-me, meu jovem, já lhe ocorreu... hum... bem, pelo menos pedir dinheiro emprestado, sem esperança?

— Aconteceu... ou melhor, como assim sem esperança?

— Quero dizer, sem nenhuma esperança, senhor, sabendo de antemão que não vai conseguir nada. Veja, é quando o senhor sabe, por exemplo, antecipadamente e em detalhes, que aquela pessoa, aquele cidadão, que tem a melhor das intenções e é a pessoa mais solícita do mundo, não vai lhe dar dinheiro em nenhuma hipótese, pois, aliás, eu lhe pergunto, para que daria? Afinal, ele sabe que não vou pagar. Por compaixão? Mas o sr. Lebeziátnikov, adepto das ideias novas, explicou há pouco tempo que a compaixão, em nossa época, é proibida até pela ciência, e que já é assim que se faz na Inglaterra, onde existe a economia política. Então, pergunto, para que ele daria o dinheiro? E aí, portanto, sabendo de antemão que ele não vai emprestar, o senhor, mesmo assim, se levanta e vai e...

— Mas então para que ir? — emendou Raskólnikov.

— Mas se não há mais ninguém, se não há mais nenhum lugar para ir! Afinal, todo homem precisa ter pelo menos um lugar para ir, qualquer que seja. Pois há momentos em que é preciso, a todo custo, ir a algum lugar! Quando minha filha única foi pegar pela primeira vez o bilhete amarelo,[4] eu também fui... (pois minha filha ganha a vida com o bilhete amarelo, senhor...) — acrescentou entre parênteses, com certo embaraço, olhando para o jovem. — Não é nada, prezado senhor, não é nada! — apressou-se logo a declarar, com calma aparente, quando os dois meninos bufaram atrás do balcão e o dono sorriu. — Não é nada! Esses trejeitos com a cabeça não me constrangem, pois tudo isso já é sabido de todos e tudo que é secreto será revelado; e não é com desprezo, mas com humildade, que encaro isso. Pode deixar! Pode deixar! "Eis o homem!"[5] Permita-me, meu jovem: o senhor poderia... Não, é preciso falar com mais veemência, de modo mais expressivo: não é o senhor *poderia*, mas sim o senhor se *atreveria*, olhando para mim agora, a afirmar positivamente que eu não sou um porco?

O jovem não disse nenhuma palavra.

— Pois bem, senhor — prosseguiu o orador com firmeza e, até agora, com dignidade redobrada, depois de esperar mais uma vez o fim das risadinhas que se seguiram na sala. — Pois bem, senhor, que eu seja um porco, mas ela é uma dama! Eu tenho as feições de um animal, mas Katierina Ivánovna, minha esposa, é muito instruída e filha legítima de um oficial de escalão superior. Que eu seja um canalha, eu admito, mas ela tem o coração elevado e é repleta de sentimentos enobrecidos pela educação. Entretanto... ah, se ela tivesse pena de mim! Prezado senhor, prezado senhor, afinal é preciso que toda pessoa tenha pelo menos um lugar onde sintam pena dela! Mas Katierina Ivánovna, apesar de ser uma dama generosa, não é justa... E embora eu mesmo entenda que, quando ela puxa meus tufos de cabelo, não puxa por outro motivo senão por piedade de coração (pois, repito sem constrangimento, ela puxa meus tufos de cabelo, meu jovem) — confirmou, com excepcional dignidade, ao ouvir de novo os risinhos —, mas, meu Deus, quem dera se ela, pelo menos uma vez... Não, não! Nada disso interessa, nem se discute! Nem se discute!... pois mais de uma vez meu desejo se realizou, mais de uma vez tiveram pena de mim, só que... isso já é um traço próprio meu, eu sou uma besta de nascença!

— E é mesmo! — comentou o dono, bocejando.

4 Documento que, na época, autorizava as prostitutas a exercer a profissão. 5 Palavras de Pôncio Pilatos sobre Jesus, no Evangelho segundo João, cap. 19, v. 5.

Marmeládov bateu com o punho na mesa, decidido.

— Isso é um traço próprio meu! O senhor sabe, meu prezado, sabe que eu bebi até as meias dela? Não os sapatos, senhor, pois isso já estaria mais ou menos na ordem das coisas, mas sim as meias, eu bebi suas meias! Um lenço de cabeça que era dela, feito de pelo de cabra, eu também bebi, que ela ganhou de presente há muito tempo, era dela e não meu; moramos num canto frio e ela, neste inverno, se resfriou e passou a tossir, já com sangue. Temos três filhos pequenos e Katierina Ivánovna trabalha de manhã até de noite, lava, esfrega, dá banho nas crianças, pois está acostumada com a limpeza desde pequena, tem o peito fraco e uma tendência para a tuberculose, e eu sinto isso. Acha que não sinto? E quanto mais bebo, mais eu sinto. Também é para isso que eu bebo, eu procuro a compaixão e o sentimento na bebida. Não é a alegria que eu procuro, é só a mágoa... Bebo porque só quero sofrer!

E, como que em desespero, baixou a cabeça com força sobre a mesa.

— Meu jovem — prosseguiu, erguendo-se de novo. — Eu distingo no seu rosto uma espécie de mágoa. Distingui logo quando o senhor entrou, foi por isso que, na mesma hora, eu me dirigi ao senhor. Pois, ao contar ao senhor a história de minha vida, não estou querendo me expor à desonra diante desses vadios, que, aliás, já sabem de tudo isso, o que eu busco é uma pessoa sensível e educada. Fique sabendo que minha esposa estudou num ilustre instituto da nobreza de província e, na formatura, dançou de xale para o governador[6] e outras pessoas, pelo que recebeu uma medalha de ouro e um diploma de honra ao mérito. A medalha... bem, a medalha foi vendida... já faz tempo... hum... o diploma de honra ao mérito está com ela até hoje, num baú, e há pouco tempo ela o mostrou para a senhoria. E, embora ela tenha contínuas desavenças com a senhoria, sentiu vontade de se vangloriar diante de alguém, quem quer que fosse, e falar dos dias felizes do passado. E eu não condeno, não condeno, pois são essas as últimas recordações que sobraram para ela, o resto virou pó! Sim, sim; uma dama ardente, orgulhosa e inabalável. Ela mesma lava o chão e vive à base de pão preto, mas não admite ser tratada com desrespeito. Por isso que ela não quis admitir a grosseria do sr. Lebeziátnikov e, quando esse sr. Lebeziátnikov bateu nela, foi menos pela agressão do que pelo sentimento, que ela

6 Isso era tido como um privilégio nos colégios internos da nobreza.

ficou de cama. Casei com ela viúva, já com três filhos, cada um menor que o outro. Ela casou por amor com o primeiro marido, um oficial da infantaria, e fugiu da casa dos pais para ficar com ele. Amava o marido desmedidamente, mas ele enveredou pelo jogo de cartas, acabou sendo processado e depois morreu. No fim, andava batendo na esposa; e embora ela não o tenha perdoado, sei disso por fontes seguras e documentadas, até hoje se lembra dele com lágrimas nos olhos e me repreende, em favor dele, e isso me deixa contente, me deixa contente, sim, porque, pelo menos na imaginação, ela pode se ver feliz, algum dia... E assim ele a deixou com três crianças pequeninas, num distrito distante e inóspito, onde eu também me encontrava, na ocasião, e ela estava numa indigência tão desesperadora que eu, mesmo tendo vivido muitos e variados incidentes, não estou em condições de descrever. Todos os parentes tinham negado ajuda. E ela era orgulhosa, demasiado orgulhosa... E foi então, prezado senhor, foi então que eu, também viúvo e com uma filha de catorze anos, pedi a mão dela, pois não conseguia encarar tamanho sofrimento. Para o senhor avaliar a que ponto tinha chegado sua pobreza, ela, uma mulher bem-educada, de boa instrução e com um sobrenome conhecido, aceitou casar comigo! E casou mesmo! Chorando, soluçando, retorcendo as mãos uma na outra... casou! Pois não tinha para onde ir. Entende, o senhor está entendendo, prezado senhor, o que significa quando a pessoa não tem mais para onde ir? Não! O senhor ainda não está entendendo... E por um ano inteiro eu cumpri minhas obrigações religiosamente, sagradamente, e não toquei nisto — encostou o dedo na garrafa —, pois tenho sentimentos! Mas nem assim consegui contentar minha esposa; e aí perdi meu posto, e também não foi por causa da bebida, mas em razão de uma reforma no quadro de pessoal, e aí voltei à garrafa!... Já faz um ano e meio que, finalmente, depois de peregrinações e desgraças incontáveis, viemos parar nesta capital majestosa e enfeitada com numerosos monumentos. E aqui obtive um cargo... Obtive e, de novo, perdi. Entende, senhor? Mas, aqui, foi por culpa minha que eu perdi o emprego, pois esse traço que é próprio a meu caráter entrou em ação... Agora, estamos morando num canto, na casa da senhoria Amália Fiódorovna Lippevechsel, e não tenho a menor ideia de como vivemos e como pagamos as coisas. Além de nós, muitos outros moram lá... Uma Sodoma aterradora, senhor... hum... sim... E enquanto isso minha filha foi crescendo, a do primeiro casamento, e o que ela teve de suportar da madrasta, a minha filha, enquanto crescia, sobre isso vou me calar. Pois, embora Katierina

Ivánovna seja repleta de sentimentos generosos, é uma dama ardente e irritadiça, e não aguenta... Sim, senhor! Mas não adianta lembrar! Sônia,[7] o senhor pode imaginar, não recebeu instrução. Por quatro anos, tentei lhe ensinar geografia e história mundial; mas, como eu mesmo sou fraco no conhecimento da matéria e não tinha manuais decentes, pois todo livro que eu tinha... hum... Pois é, e mesmo agora não temos esses livros e, assim, todos os estudos terminaram. Paramos em Ciro da Pérsia. Mais tarde, já depois de chegar à idade adulta, ela leu alguns livros de conteúdo romântico e, não faz muito tempo, por intermédio do sr. Lebeziátnikov, leu um livrinho — *Fisiologia*, de Lewis, o senhor por acaso conhece? — com grande interesse e até nos transmitiu em voz alta alguns trechos: aí está toda sua educação. Agora, me dirijo ao senhor, prezado cavalheiro, por minha própria conta, com uma pergunta de caráter particular: a seu ver, pode uma jovem pobre, mas honrada, ganhar bem trabalhando honestamente? Não ganha nem quinze copeques por dia, meu caro, se for honesta e se não tiver talentos especiais, e isso se não parar nem um minuto para descansar! Além disso, o conselheiro de Estado Klopchtok, Ivan Ivánovitch — o senhor ouviu falar? —, não só não pagou até agora o dinheiro de meia dúzia de camisas holandesas que ela costurou como também a escorraçou com ofensas, batendo os pés no chão e a chamando de nomes indecentes, sob o pretexto de que os colarinhos estavam fora da medida e tortos. E em casa as criancinhas estão passando fome... E Katierina Ivánovna, retorcendo as mãos, fica andando pelo quarto, aparecem manchas vermelhas no seu rosto... o que sempre acontece com essa doença: "Você vive aqui, parasita, em nossa casa, come e bebe, aproveita o calor", mas o que ela pode comer e beber, ali, quando faz três dias que as criancinhas não veem uma casca de pão! Eu estava deitado, nessa hora... Bem, não é de admirar! Estava embriagado e escutei o que disse a minha Sônia (ela é dócil, e tem uma vozinha tão mansa... é bem loura, o rostinho sempre pálido, magrinho): "Mas, Katierina Ivánovna, como eu poderia fazer uma coisa dessas?". E então Dária Frántsevna, mulher malévola, muito conhecida pela polícia, já viera três vezes colher informações com a senhoria. "E por que não?", respondeu Katierina Ivánovna, em tom de zombaria. "O que há para guardar tanto assim? Que grande tesouro!" Não a censure, não a censure, prezado senhor,

7 Tratamento carinhoso do nome Sófia.

não a censure! Ela não falou isso em sã consciência, mas com os sentimentos conturbados, sob efeito da doença e do choro de três crianças que não tinham o que comer, e falou mais para ofender do que no sentido exato... Pois Katierina Ivánovna tem essa índole e, quando as crianças desatam a chorar, mesmo de fome, ela começa logo a bater nos filhos. E eu estou ali vendo, são quase seis horas, Sónietchka se levantou, vestiu um xalezinho, um *burnússik*,[8] saiu do apartamento, e voltou depois das oito horas. Chegou, seguiu direto na direção de Katierina Ivánovna e, em silêncio, sobre a mesa, na frente dela, colocou trinta rublos. Não pronunciou uma palavrinha sequer, nem mesmo olhou, só pegou o nosso grande xale verde de *drap de dames*[9] (em casa, temos esse xale de uso comum, de *drap de dames*), cobriu toda a cabeça e o rosto e deitou na cama, de cara para a parede, e logo os ombrinhos e todo o corpo começaram a tremer... E eu, meu senhor, como antes, estava ali deitado do mesmo jeito... E foi então que eu vi, meu jovem, eu vi, logo em seguida, que Katierina Ivánovna, também sem dizer nenhuma palavra, chegou perto da caminha de Sónietchka e passou a noite toda de joelhos aos seus pés, beijou os seus pés, não queria levantar, e depois as duas dormiram assim juntas, abraçadas... as duas... as duas, senhor... e eu... deitado, bêbado.

Marmeládov calou-se, como se a voz tivesse sido embargada. Depois, de repente, encheu o copo, bebeu e gritou.

— Desde então, prezado senhor — prosseguiu, após um breve silêncio —, desde então, por um acaso desfavorável e por uma denúncia de pessoas mal-intencionadas, para o que contribuiu especialmente Dária Frántsevna, alegando que haviam lhe faltado com o devido respeito, desde então, minha filha, Sófia Semiónovna, foi obrigada a receber o bilhete amarelo e, por isso, já não pode ficar em nossa casa. Pois também a senhoria, Amália Fiódorovna, não quis deixar (e, antes, ela mesma ajudou Dária Frántsevna), e o sr. Lebeziátnikov... hum... Pois foi por causa da Sônia que aconteceu aquela história com Katierina Ivánovna e ele. No início, ele mesmo andava atrás da Sónietchka, mas agora sentiu o orgulho ferido: "Mas como, quer dizer que eu, um homem tão esclarecido, vou morar no mesmo apartamento que uma dessas?". E Katierina Ivánovna não deixou passar em

8 Diminutivo de *burnus*, o mesmo que albornoz, tipo de capa, às vezes com capuz.
9 Tipo de tecido fino.

branco, interveio... e aí aconteceu... E Sónietchka, agora, vem nos ver mais de noitinha, alivia Katierina Ivánovna e traz os recursos que pode... Está morando no apartamento do alfaiate Kapernaúmov, aluga um quarto deles, e Kapernaúmov é manco, tem a língua presa, e toda a sua família, muito numerosa, tem a língua presa. A esposa também tem a língua presa... Eles residem num quarto e Sônia tem o seu, separado por uma divisória... Hum, pois é... São pessoas paupérrimas e de língua presa... pois é... Aí eu levantei logo bem cedo, vesti meus trapos, levantei as mãos para o céu e me dirigi para a casa de sua excelência Ivan Afanássievitch. O senhor, por acaso, conhece sua excelência Ivan Afanássievitch?... Não? Pois então não conhece um homem divino! Ele é... de cera... de cera, diante do rosto do Senhor; derrete como cera!... Chegou a derramar lágrimas, depois de se dignar a ouvir tudo. "Ora, Marmeládov, você já frustrou minhas expectativas uma vez... Vou tomar você mais uma vez sob minha responsabilidade", falou assim, "mas lembre-se disso, e vá embora!" Beijei a poeira dos seus pés, mentalmente, pois na realidade ele não permitiria, um ex-dignitário da nobreza e adepto das novas ideias do Estado e da educação; voltei para casa e, quando comuniquei que tinha sido nomeado de novo para um cargo no funcionalismo e ia receber um salário, meu Deus, o que aconteceu!...

Marmeládov parou, de novo com forte emoção. Naquela hora, vindo da rua, entrou um bando de beberrões, que já chegaram embriagados, e na entrada soaram as notas de um realejo alugado e uma vozinha infantil, trêmula, de uma criança de sete anos, que cantava "Khutórok".[10] Era uma barulheira. O dono e o empregado atenderam os novos fregueses. Marmeládov, sem prestar atenção a eles, retomou sua história. Parecia já estar muito debilitado, porém, quanto mais embriagado, mais eloquente ficava. As recordações do recente sucesso no trabalho pareciam animá-lo e chegavam a refletir no seu rosto uma espécie de luz. Raskólnikov escutava com atenção.

— Isso aconteceu, meu prezado senhor, umas cinco semanas atrás. Pois é... Assim que as duas souberam, Katierina e Sónietchka, meu Deus, foi como se eu tivesse me mudado para o reino de Deus. Antes, quando ficava lá deitado, feito um animal, só ouvia insultos! E hoje: elas andam na ponta dos pés, acalmam as crianças: "Semion Zakháritch está cansado do trabalho, está descansando, psiu!". Antes de eu ir para o trabalho, me servem

10 Em russo, sitiozinho. Canção popular de E. Klimóvski e A. V. Koltsov.

café, fervem o creme de leite! Passaram a comprar creme de leite de verdade, veja só! E como elas juntaram onze rublos e cinquenta copeques para me dar um uniforme decente,[11] isso eu não entendo. As botas, os peitilhos de morim são esplêndidos, o uniforme de funcionário, elas desencavaram tudo por onze rublos e meio, em condições excelentes. Cheguei do primeiro dia de serviço, de manhã, e olhei: Katierina Ivánovna tinha cozinhado dois pratos, sopa e carne de charque com raiz-forte, coisa que até então nunca tínhamos visto na vida. E olhe que ela não tem nem vestidos... nenhum vestido, senhor, e agora parecia ter se arrumado para fazer uma visita, toda bem-vestida, e não que quisesse alguma coisa, não é isso, ela é assim mesmo, do nada ela sabe fazer tudo: bem penteada, uma gola limpinha, manguitos, virou outra pessoa, rejuvenesceu e ficou mais bonita. A Sónietchka, minha pombinha, só contribuía com dinheiro e ela mesma disse assim: "Agora, por um tempo, seria indecente eu vir muitas vezes à casa de vocês, por isso vou vir só à noitinha, para que ninguém veja". Está ouvindo? Está ouvindo? Eu cheguei depois do jantar para dormir e aí o senhor nem imagina, pois Katierina Ivánovna não aguentou: apenas uma semana depois de ter brigado até as últimas consequências com a senhoria Amália Fiódorovna, ela a convidou para uma xícara de café. Ficaram duas horas inteiras, só falando baixinho: "Sabe, agora o Semion Zakháritch está no serviço público e ganha salário e tudo, procurou sua excelência em pessoa e sua excelência saiu para recebê-lo, mandou todo mundo esperar e levou Semion Zakháritch pela mão para seu gabinete, na frente de todo mundo". Está ouvindo, está ouvindo? "Semion Zakháritch", disse ele, "é claro que eu estava me lembrando dos seus serviços e, embora o senhor tenha sido vítima daquela fraqueza leviana, já que agora o senhor está prometendo, e além do mais, já que, por aqui, sem o senhor, a coisa desandou (escute só, escute só!), eu agora confio na sua palavra de honra", ou seja, tudo isso, eu lhe garanto, ela pegou e imaginou na hora, e não foi por leviandade, não foi só para se gabar! Não, senhor, ela acredita em tudo isso, ela se alegra com o que ela mesma imagina, juro por Deus! E eu não condeno; não, isso eu não condeno!... Seis dias atrás, quando recebi o primeiro salário, vinte e três rublos e quarenta copeques, e levei tudo para casa, ela me chamou de pimpolho: "Que pimpolho maravilhoso é você!". E isso a sós, nós dois,

11 Os funcionários públicos usavam uniforme.

entende? Ora, onde já se viu, que beleza existe em mim, e desde quando eu presto para ser marido de alguém? Não, ela beliscou minha bochecha e disse: "Meu pimpolho maravilhoso!".

Marmeládov parou, fez menção de sorrir, mas de repente seu queixo começou a dar uns pulinhos. Entretanto, ele se conteve. Aquela taberna, o aspecto sórdido, as cinco noites nas barcas de feno, a garrafa e, ao mesmo tempo, aquele amor doentio pela esposa e pela família desnorteavam seu ouvinte. Raskólnikov escutava tenso, mas com uma sensação dolorosa. Estava desgostoso de ter entrado ali.

— Prezado senhor, prezado senhor! — exclamou Marmeládov, ao se recuperar. — Ah, meu senhor, talvez tudo isso seja motivo de riso para o senhor, como é para os outros, e eu apenas o perturbe com a tolice de todos esses míseros pormenores de minha vida doméstica, mas para mim não é motivo de riso! Pois eu posso sentir tudo isso... E, na continuação de todo aquele dia paradisíaco de minha vida e de toda aquela noite, eu embarquei em sonhos efêmeros: ou seja, sonhei que eu ia dar um jeito em tudo, vestir as crianças, dar tranquilidade para ela, tirar minha filha única da infâmia e devolvê-la ao seio da família... E muita coisa, muita coisa... É justificável, senhor. Pois bem, você — Marmeládov, de repente, pareceu ter um sobressalto, ergueu a cabeça e, à queima-roupa, encarou seu ouvinte —, pois bem, outro dia, depois de todos esses devaneios (ou seja, exatamente cinco dias atrás), à noite, com a ajuda de uma mentira astuta, como um larápio na calada da noite, surrupiei a chave do baú de Katierina Ivánovna, apanhei o que restava do salário que eu tinha trazido, quanto era ao todo eu já não lembro, e pronto, olhem aqui para mim, todos! Cinco dias fora de casa e todos lá em casa andam à minha procura, o emprego acabou, o uniforme eu deixei na taberna da Ponte do Egito, em troca eu recebi esta vestimenta... e tudo está acabado!

Marmeládov bateu com o punho na testa, cerrou os dentes, abriu os olhos e cravou os cotovelos com força na mesa. Porém, um minuto depois, o rosto se modificou, de repente, em uma espécie de malícia dissimulada, e ele olhou para Raskólnikov com uma insolência forjada, riu e falou:

— E hoje eu estive na casa de Sônia, fui pedir dinheiro para encher a cara! He-he-he!

— Não vá me dizer que ela deu — gritou alguém, do lado dos recém-chegados, e gargalhou bem alto.

— Aqui está, esta mesma garrafa foi comprada com o dinheiro dela, meu senhor — disse Marmeládov, dirigindo-se exclusivamente a Raskólnikov. — Ela trouxe trinta copeques nas suas mãos, os últimos, tudo o que tinha, eu mesmo vi... Não disse nada, apenas olhou bem para mim, calada... Não é na terra, mas lá... que as pessoas sofrem, choram e não repreendem, não repreendem! Porém dói mais, dói mais, quando não repreendem!... Trinta copeques, sim, senhor. Pois bem, e agora estão fazendo falta a ela, não é? O que o senhor acha, meu prezado cavalheiro? Pois ela agora deve observar a limpeza. Custa dinheiro essa limpeza, é especial, entende? Entende? Pois é, tem de comprar pomadinhas, senão não pode, senhor; saias engomadas, e cada botinha mais chique, para deixar à mostra o pezinho, quando tiver de passar por uma poça. Está entendendo, senhor, está entendendo o que significa essa limpeza? Muito bem, e então eu, o próprio pai, peguei esses trinta copeques e usei para encher a cara! E estou bebendo, senhor! E já bebi tudo!... Pois bem, quem é que vai ter pena de alguém como eu? Hein? O senhor tem pena de mim agora, senhor, ou não? Diga, senhor, tem pena ou não? He-he-he-he!

Fez menção de encher o copo, só que já não havia mais nada. A garrafa estava vazia.

— Para que ter pena de você? — gritou o dono da taberna, que apareceu de novo ao lado deles.

Explodiram risadas e até impropérios. Os que estavam ouvindo riram e xingaram, e até os que não estavam ouvindo fizeram o mesmo, só de ver a figura do funcionário aposentado.

— Ter pena! Para que ter pena de mim? — esbravejou Marmeládov, de repente, levantando com a mão erguida para a frente, numa decidida exaltação, como se estivesse apenas esperando aquelas palavras. — Para que ter pena, o senhor diz? Sim! Não há por que ter pena de mim! É preciso me crucificar, me pregar numa cruz, e não ter pena! Mas crucifique, juiz, crucifique e, depois de crucificado, tenha pena dele! E então eu mesmo irei até você para a crucificação, pois não é de alegria que tenho sede, mas de sofrimento e de lágrimas!... Pois você acha, vendedor, que esta sua garrafa me deu satisfação? Sofrimento, sofrimento, é isso que eu procurava no fundo da garrafa, sofrimento e lágrimas, e provei, e encontrei; e terá pena de nós aquele que teve pena de todos e que entendeu todos e tudo, ele é único e é o juiz. Chegará naquele dia e perguntará: "E onde está a filha que se sacrificou pela madrasta má e tísica e pelos filhos pequenos de outra mulher? Onde está a filha que teve pena do pai mundano, bêbado, obsceno, sem se horrorizar com sua bestialidade?". E dirá: "Venha! Eu já lhe perdoei uma vez... Perdoei uma vez... Também agora perdoarei seus muitos pecados, porque você amou muito…”.[12] E vai perdoar a minha Sônia, vai perdoar, eu sei que vai perdoar… Agora há pouco, quando eu estive com ela, eu senti isso no coração!… Vai julgar a todos, os bons e os maus, os sábios e os mansos… E quando tiver atendido todos, então vai nos convocar: "Apresentem-se vocês, também! Apresentem-se, bêbados, apresentem-se, fracotes, apresentem-se, desavergonhados!". E todos nós vamos nos apresentar, sem ter vergonha, e ficaremos de pé. E ele dirá: "Vocês são uns porcos! São a imagem da besta e a sua marca; mas venham cá, também vocês!". E os sábios vão clamar, os sensatos vão clamar: "Senhor! Por que acolhe esses?". E ele dirá: "Eu os acolho, sábios, eu os acolho, sensatos, porque nenhum deles se considerou digno disso…". E vai abrir para nós seus braços e vamos nos arrojar no chão… e vamos começar a chorar… e compreenderemos tudo! Então, compreenderemos tudo!… e todos compreenderão… e Katierina Ivánovna… ela também vai compreender… Senhor, que venha o seu reino!

E deixou-se cair no banco, exausto e prostrado, sem olhar para ninguém, como se tivesse esquecido aquilo que o rodeava e tivesse mergulhado em pensamentos. Suas palavras causaram certa impressão; por um momento, reinou o silêncio, mas logo irromperam os risos e os impropérios de antes:

— Só podia dar nisso!

— Até a mentira tem limite!

— Mas que funcionário!

Etc. etc.

— Vamos, senhor — disse Marmeládov, de repente, erguendo a cabeça e dirigindo-se para Raskólnikov. — Leve-me… Edifício do Kozel, no pátio. Está na hora… de ir para junto de Katierina Ivánovna…

Fazia tempo que Raskólnikov queria sair; ele mesmo já estava pensando em ajudá-lo. Marmeládov mostrou ser muito mais fraco das pernas que das palavras e se apoiou no jovem com toda força. Teriam de caminhar uns duzentos ou trezentos passos. O temor e a perturbação dominavam o bêbado cada vez mais, à medida que se aproximavam do prédio.

— Agora, eu não tenho medo de Katierina Ivánovna — balbuciava, emocionado. — E não ligo que ela puxe meu cabelo. O que tem o cabelo?… O cabelo é bobagem! Estou dizendo! É até melhor que puxe mesmo, não tenho medo disso… eu… tenho medo é dos seus olhos… é… dos olhos…

12 Referência ao Evangelho segundo Lucas, cap. 7, v. 47.

Também tenho medo das manchas vermelhas nas bochechas... e também tenho medo da sua respiração... O senhor já reparou como essas pessoas doentes respiram... quando perturbadas por sentimentos? Também tenho medo do choro das crianças... Porque, se Sônia não tiver dado comida para elas, aí... eu já não sei mais! Não sei! Mas, de surras, eu não tenho medo... Sabe, senhor, essas surras não só não me causam dor como me trazem até prazer... pois sem isso eu mesmo não consigo aguentar. É melhor. Deixe que bata, fica mais aliviada... é melhor... Olhe, aí está o prédio. Edifício do Kozel. Um serralheiro alemão rico... me leve!

Entraram pelo pátio e subiram para o quarto andar. Quanto mais avançavam pela escada, mais escuro ficava. Já eram quase onze horas e, apesar de nessa época do ano não haver noite de verdade em Petersburgo,[13] no alto da escada estava muito escuro.

No fim da escada, no ponto mais alto, uma porta pequena e coberta de fuligem estava aberta. Um toco de vela iluminava um quarto paupérrimo, com uns dez passos de comprimento; da entrada, se via o quarto inteiro. Tudo estava espalhado e em desordem, especialmente uma porção de trapos infantis. No canto do fundo, um lençol esburacado servia de cortina. Atrás dele, na certa, havia uma cama. No quarto propriamente dito, só havia duas cadeiras e um sofá muito puído e coberto por um encerado, diante do qual havia uma mesa velha de cozinha, feita de pinho, de madeira nua e sem toalha de mesa. Na ponta da mesa, estava o toco de vela de sebo, queimado até o fim, num castiçal de ferro. Ficou claro que Marmeládov ocupava um quarto próprio, e não aquele canto,[14] mas seu quarto dava para outros, era um local de passagem. A porta para os alojamentos ou gaiolas mais distantes, nos quais o apartamento de Amália Lippevechsel se repartia, estava escancarada. Lá, havia barulho e gritaria. Gargalhavam. Parece que estavam jogando cartas e bebendo chá. Às vezes, saíam voando as palavras mais desinibidas.

Raskólnikov logo reconheceu Katierina Ivánovna. Era uma mulher horrivelmente emagrecida, fina, bastante alta e esbelta, de cabelos castanho-claros ainda bonitos e, de fato, com manchas avermelhadas nas faces. Andava para um lado e para outro, em seu quarto pequeno, mãos apertadas no peito,

13 Refere-se ao fenômeno das "noites brancas" de São Petersburgo, típico do verão.
14 Em prédios pobres, alugavam-se cantos, ou cubículos, de outros quartos ou apartamentos. Ocupar um quarto próprio era uma vantagem.

lábios rachados e a respiração entrecortada, irregular. Os olhos brilhavam como se tivesse febre, mas o olhar era aguçado e imóvel, e o rosto, tuberculoso e conturbado, produzia uma impressão dolorosa, à luz da última chama do pavio queimado do toco de vela, que tremulava em seu rosto. Para Raskólnikov, a mulher parecia ter trinta e poucos anos e, na verdade, não combinava com Marmeládov... Não ouviu que eles entraram nem percebeu nada; parecia estar numa espécie de alheamento, sem ouvir nem ver. No quarto, estava abafado, mas ela não abriu a janela; da escada, vinha um mau cheiro, mas a porta não estava fechada; das partes internas, através da porta aberta, entravam ondas de fumaça de tabaco, ela estava tossindo, mas mesmo assim não encostou a porta. Uma menina miudinha, de uns seis anos, dormia no chão, meio sentada, encolhida e com a cabeça afundada no sofá. Um menino, um ano mais velho, tremia todo no canto e chorava. Na certa, tinha acabado de apanhar. A menina mais velha, de uns nove anos, altinha e magrinha como um palito de fósforo, numa blusa fina e toda esfarrapada, com um surrado *burnússik* de *drap de dames* sobre os ombros nus, costurado para ela provavelmente uns dois anos antes, porque agora não era mais do seu tamanho e nem chegava aos joelhos, estava de pé no canto junto ao irmão menor e envolvia o pescoço dele no seu braço comprido e ressecado, como um palito de fósforo. Parecia acalmar o menino, sussurrava algo para ele, fazia de tudo para conter a criança, para que, de um jeito ou de outro, ele não recomeçasse a choramingar e, ao mesmo tempo, com medo, acompanhava os movimentos da mãe com seus olhinhos muito grandes e escuros, que pareciam ainda maiores no rostinho descarnado e assustado. Marmeládov, sem sequer entrar no quarto, na porta mesmo, se pôs de joelhos e empurrou Raskólnikov para dentro. A mulher, ao ver o desconhecido, parou diante dele com ar ausente, num instante voltou a si e pareceu refletir: Para que ele entrou? Mas com certeza logo imaginou que o desconhecido ia para outro quarto, pois o deles servia de passagem. Deduzindo aquilo e já sem prestar nenhuma atenção a ele, a mulher foi para a porta da entrada a fim de fechá-la e, de repente, deu um grito, ao ver o marido justamente na soleira, de joelhos.

— Ah! — gritou ela, num frenesi. — Voltou! O condenado! O monstro!... E onde está o dinheiro? O que tem no seu bolso, mostre! E a roupa não é essa! Onde está sua roupa? Onde está o dinheiro? Diga!...

E jogou-se sobre ele para revistá-lo. Obediente, na mesma hora, Marmeládov abriu os braços para os lados a fim de facilitar a busca nos bolsos. Não havia dinheiro, nem um copeque.

— Onde está o dinheiro? — gritou ela. — Ah, meu Deus, será possível que você bebeu tudo! Afinal, tinham sobrado doze rublos no baú!... — E de repente, enlouquecida, ela o segurou pelo cabelo e puxou-o para dentro do quarto. O próprio Marmeládov facilitava os esforços da esposa, rastejando submisso, de joelhos, atrás dela.

— Isso também me dá prazer! Isso não me causa dor, mas sim pra-zer, meu pre-za-do se-nhor — gritava, sacudido pelos cabelos, e chegou a bater uma vez com a testa no piso. A criança que dormia no chão acordou e começou a chorar. O menino no canto não se conteve, começou a tremer, desatou a gritar e atirou-se para a irmã, com um susto terrível, à beira de um ataque nervoso. A menina mais velha, que acabara de acordar, tremia como uma folha.

— Bebeu até o fim! Tudo, tudo, ele bebeu! — gritou a pobre mulher em desespero. — E a roupa também não é essa! Estão famintos, famintos! (e, retorcendo as mãos, apontava para os filhos). Ah, vida maldita! E o senhor, o senhor não tem vergonha — de repente, investiu contra Raskólnikov. — Veio da taberna! Você bebeu com ele? Você também bebeu com ele! Fora daqui!

O jovem tratou logo de sair, sem dizer nenhuma palavra. Além do mais, uma porta interna abriu e, por ela, alguns curiosos espiavam. As cabeças riam, espichadas e insolentes, com cigarros e cachimbos, cobertas por solidéus. Viam-se figuras em roupões completamente desabotoados, em trajes de verão que beiravam a indecência, e outros com cartas de baralho na mão. Riram de modo especialmente cômico quando Marmeládov, puxado pelos cabelos, gritou que aquilo lhe dava prazer. Começaram até a entrar no quarto; por fim, ouviu-se um ganido aterrador: era Amália Lippevechsel em pessoa que abria caminho para passar, a fim de restabelecer a ordem à sua maneira e, pela centésima vez, assustar a pobre mulher com a decisão, entre muitas ofensas, de esvaziar o apartamento já no dia seguinte. Ao sair, Raskólnikov teve tempo de meter a mão no bolso, apanhar todas as moedas de cobre que sobraram do rublo que havia trocado na taberna e, discretamente, colocá-las na janelinha. Depois, já na escada, pensou melhor e quis voltar.

"Mas que besteira é essa que eu fiz", pensou. "Eles têm a Sônia e eu mesmo estou precisando." Porém, depois de concluir que já não era possível pegar de volta e que, de todo modo, não pegaria mesmo, deu de ombros e foi para seu apartamento. "Afinal, a Sônia também precisa de pomadinhas", prosseguiu, andando devagar pela rua, e riu com sarcasmo. "Essa limpeza custa dinheiro... Hum! Pois a Sónietchka, afinal, pode hoje mesmo ir à bancarrota, porque há esse risco, a caçada aos animais selvagens vermelhos... as minas de ouro...[15] Portanto, com ou sem o meu dinheiro, todos eles, amanhã, vão ficar sem um tostão... Muito bem, Sônia! Mas que filão eles conseguiram escavar! E estão aproveitando! Olhe só, estão aproveitando mesmo! E se acostumaram. Choraram um pouco e depois se acostumaram. O homem é um canalha e se acostuma com tudo!"

Ficou pensativo.

— E se eu estiver mentindo — exclamou de repente, sem querer. — E se, de fato, o homem não for *canalha*, todos eles e em geral, toda a espécie, ou seja, a espécie humana, e então, quer dizer que todo o resto são preconceitos, não passam de temores estimulados de fora, e não existe nenhum obstáculo, e é assim que deve ser!...

15 A caça de animais para vender peles e as minas de ouro eram vistas como negócios de aventureiros em busca de lucros rápidos.

III

No dia seguinte, ele acordou já tarde, depois de um sono inquieto, que não o revigorou. Acordou irritadiço, nervoso, cheio de rancor, e olhava com ódio para seu cubículo. Era um caixote minúsculo, de uns seis passos de comprimento, tinha o aspecto mais deplorável do mundo, com seu papel de parede amarelo, empoeirado, descolando das paredes por todo lado, e era tão baixo que um homem um pouquinho mais alto chegava a ficar apavorado ali dentro, sempre com a impressão de que, a qualquer distração, a cabeça podia bater no teto. A mobília era condizente com o lugar: três cadeiras velhas, em condições nada normais, uma mesa pintada, num canto, sobre a qual havia alguns cadernos e livros; só de ver como estavam empoeirados, se percebia que fazia muito tempo que ninguém tocava neles; e, por fim, um grande sofá desengonçado, que ocupava quase todo o comprimento da parede e metade da largura do quarto, forrado de chita em tempos remotos, mas agora em farrapos, e que servia de cama para Raskólnikov. Muitas vezes, ele dormia ali do jeito que estava, sem trocar de roupa, sem lençol, cobria-se com seu velho e puído casaco de estudante, colocava um pequeno travesseiro na cabeceira, sob o qual enfiava toda roupa de baixo que tinha, limpa e usada, para a cabeça ficar um pouco mais alta.

Era difícil maior baixeza, maior degradação; mas para Raskólnikov, em seu estado de ânimo atual, aquilo chegava a ser agradável. De maneira decidida, ele se afastava de todos, como uma tartaruga dentro de seu casco, e até o rosto da criada incumbida de lhe prestar serviço, e que só de vez em quando vinha dar uma olhada no seu quarto, lhe causava enjoo e convulsões. Isso acontece com alguns monomaníacos que se concentram demais em alguma coisa. Fazia duas semanas que a senhoria de seu apartamento havia parado de lhe fornecer comida e ele, até agora, não tinha pensado em descer e conversar com ela, embora continuasse sem o almoço. Nastássia, a cozinheira e única criada da senhoria, sentia-se em parte contente com aquela atitude do inquilino e parou completamente de arrumar e limpar seu quarto, só empunhava a vassoura uma vez por semana, meio ao acaso. E foi ela mesma que o acordou, agora.

— Levante aí, vai, só faz dormir! — gritou ela. — São mais de nove horas. Trouxe chá para você; quer um chazinho, hein? O que é, murchou de vez?

O inquilino abriu os olhos, estremeceu e reconheceu Nastássia.

— Foi a senhoria que mandou o chá, não foi? — perguntou ele, devagar, com aspecto doentio, enquanto se levantava um pouco, no sofá.

— Que senhoria nada!

Colocou na frente dele sua própria chaleira rachada, com o chá já pronto, e acrescentou dois torrõezinhos de açúcar amarelo.

— Escute, Nastássia, faça um favor — disse ele, vasculhando o bolso (ele dormia com a roupa do corpo) e retirando um punhadinho de moedas de cobre. — Desça e compre um pãozinho para mim. E vá à salsicharia e tente trazer um pouco de salsicha, da mais barata.

— O pãozinho, eu trago num minuto para você, mas, no lugar da salsicha, não prefere uma sopa de repolho? Tenho uma sopa boa, de ontem. Pois ontem mesmo eu tinha separado para você, só que você chegou tarde. A sopa está boa.

Quando a sopa foi trazida e ele começou a tomar, Nastássia sentou-se a seu lado, no sofá, e desatou a tagarelar. Era uma mulher do campo e gostava muito de falar.

— A Praskóvia Pávlovna está querendo dar queixa de você na polícia — disse.

Ele fez uma careta.

— Na polícia? O que ela quer?

— Você não está pagando e também não vai embora. Você sabe o que ela quer.

— Ah, só me faltava esse diabo — resmungou ele, rangendo os dentes. — Não, isso agora... não me convém... É uma burra — acrescentou em voz alta. — Vou falar com ela hoje mesmo, vou conversar.

— Burra ela é, tanto quanto eu, já você que é tão sabido fica aí largado feito um saco, e dinheiro que é bom, nada, não é? Antes, você dizia que dava aulas para crianças, mas e agora, por que não está fazendo nada?

— Eu faço... — falou Raskólnikov, a contragosto, em tom áspero.

— Faz o quê?

— Eu trabalho...

— Que trabalho?

— Eu penso — respondeu, sério, após um breve silêncio.

Nastássia se sacudiu toda, de tanto rir. Era do tipo que ri à toa e, quando provocavam seu riso, ela ria em silêncio, arfando e sacudindo o corpo, até ficar enjoada.

— E isso que você pensou deu muito dinheiro? — conseguiu, afinal, perguntar.

— Sem botas, não se pode dar aula para crianças. Além do mais, eu cuspo para essas aulas.

— Não cuspa no próprio prato.

— Pagam uma moedinha para dar aula para crianças. O que dá para fazer com alguns copeques?

— E você queria ganhar uma fortuna de uma vez só?

O jovem olhou para ela de um jeito estranho.

— Sim, uma fortuna — respondeu com firmeza, depois de um silêncio.

— Pois vá devagar, senão você assusta a gente; sua cara já está de dar medo. E então, vou buscar um pãozinho ou não?

— Como quiser.

— Ah, eu até esqueci! Ontem, quando você não estava, chegou uma carta.

— Uma carta! Para mim! De quem?

— De quem, eu não sei. Dei três copeques do meu bolso para o carteiro. Vai me pagar?

— Mas traga logo, pelo amor de Deus, traga logo! — começou a gritar Raskólnikov, em alvoroço. — Meu Deus!

Um minuto depois, lá estava a carta. Era aquilo mesmo: uma carta da mãe, da província de R. Ele chegou a empalidecer ao receber a carta. Fazia muito tempo que não recebia uma carta; mas agora, de repente, era outra coisa que apertava seu coração.

— Nastássia, saia, pelo amor de Deus; tome aqui seus três copeques, mas, pelo amor de Deus, saia logo!

A carta tremia nas mãos dele; não queria abrir o envelope na frente da criada: queria ficar *a sós* com aquela carta. Quando Nastássia saiu, Raskólnikov levou o envelope depressa aos lábios e o beijou; depois, por muito tempo, ficou olhando para as letras manuscritas do endereço, a conhecida e querida letra miúda e inclinada de sua mãe, que em tempos passados o ensinara a ler e escrever. Ele se demorou; até parecia ter medo de alguma coisa. Por fim, abriu o envelope: a carta era grande, as linhas espremidas, pesava dois *lóti*;[1] duas folhas grandes de papel de carta, todas cobertas de letras miúdas.

"Meu querido Ródia",[2] escrevia a mãe, "já faz dois meses e tanto que não converso com você, por carta, e por isso eu mesma estava sofrendo e fiquei até sem dormir, uma noite dessas, pensando. Mas, com certeza, você não vai me culpar por esse meu silêncio involuntário. Você sabe como eu amo você; você é tudo o que temos, eu e Dúnia, você é tudo para nós, é toda nossa esperança e nossa fé no futuro. Nem conto o que passei, quando eu soube que já fazia alguns meses que você tinha largado a universidade, por falta de recursos para se sustentar, e que tinham cessado as suas aulas particulares e outras formas de ganhar a vida! Como eu poderia ajudar você, com os meus cento e vinte rublos anuais de pensão? Os quinze rublos que mandei para você, quatro meses atrás, peguei emprestado, como você sabe, sob a fiança dessa mesma pensão, com o Afanássi Ivánovitch Vakhrúchin, um comerciante daqui. É um homem bom e também era amigo do seu pai. Porém, como dei a ele o direito de receber minha pensão, eu tive de esperar até que a dívida fosse paga e isso só aconteceu agora, portanto, durante todo esse tempo, não pude mandar nada para você. Mas hoje, graças a Deus, parece que posso mandar mais alguma coisa para você e, no geral, podemos agora até nos gabar da boa sorte que temos, o que me apresso a comunicar a você. Em primeiro lugar, imagine só, meu querido Ródia, sua irmã já está morando comigo há um mês e meio e, de agora em diante, não vamos mais nos separar. Graças a Deus, terminaram os tormentos dela, mas vou lhe contar na ordem dos fatos, para que saiba como tudo aconteceu e aquilo que, até agora, estávamos escondendo de você. Quando você me escreveu, dois meses atrás, que tinha ouvido falar que Dúnia estava sofrendo muitos abusos na casa da família Svidrigáilov e me pediu explicações detalhadas, o que eu poderia escrever, em resposta? Se eu contasse toda a verdade, na certa você largaria tudo e viria para cá na mesma hora, nem que fosse a pé, porque eu conheço o seu caráter e o seu sentimento e você não ia admitir nenhuma ofensa à sua irmã. Eu mesma fiquei em desespero, mas o que podia fazer? Eu mesma não sabia toda a verdade, na época. A principal dificuldade era que Dúnietchka, que começou a trabalhar como governanta na

1 O *lot* (plural: *lóti*), antiga unidade de peso, equivalia a 12,797 gramas. 2 Apelido de Rodion.

casa deles no ano passado, recebeu cem rublos adiantados, sob a condição de descontar de seu salário mensal e, portanto, não podia demitir-se do emprego, antes de saldar a dívida. Ela pegou essa quantia (agora posso lhe explicar isso, meu adorado Ródia), sobretudo, para mandar para você os sessenta rublos de que você tinha tanta necessidade, na época, e que você recebeu de nós ainda no ano passado. Na ocasião, escondemos tudo isso de você, escrevemos que eram economias antigas de Dúnietchka, mas não era verdade e agora estou contando toda a verdade, porque agora, de repente, tudo mudou, pela vontade de Deus, e para melhor, e também para que você saiba como Dúnia ama você e que coração inestimável ela tem. De fato, o sr. Svidrigáilov, de início, a tratava de modo muito grosseiro, fazia muitas descortesias e brincadeiras de mau gosto, à mesa... Mas não quero me deter em todos esses pormenores penosos, para não perturbar você à toa, quando agora tudo já está encerrado. Em suma, apesar do tratamento bondoso e nobre de Marfa Petrovna, esposa do sr. Svidrigáilov, e de todos em sua casa, era muito difícil para Dúnietchka, sobretudo quando o sr. Svidrigáilov, por força de um velho hábito militar, se achava sob a influência de Baco. No entanto, o que foi que se revelou, mais tarde? Imagine que, desde muito tempo, esse desvairado estava tomado de paixão por Dúnia, mas escondia tudo isso sob o disfarce da grosseria e do desprezo. Talvez ele mesmo sentisse vergonha e se horrorizasse, ao ver-se já bem maduro e pai de família ainda com tais esperanças levianas, e por isso mesmo, e sem querer, tivesse raiva de Dúnia. Talvez, também, com sua grosseria e suas brincadeiras de mau gosto, ele quisesse apenas esconder dos outros toda a verdade. Mas, afinal, não se conteve e se atreveu a fazer a Dúnia uma proposta clara e abominável, prometeu dar diversas recompensas e, ainda por cima, abandonar tudo e fugir com ela para outra cidade pequena ou, quem sabe, para o exterior. Você bem pode imaginar todo o sofrimento dela! Demitir-se do emprego era impossível, não só por causa da dívida, mas também por pena de Marfa Petrovna, que de repente poderia conceber uma suspeita, o que, em consequência, criaria uma discórdia na família. E também para Dúnietchka seria um grande escândalo; e não haveria como evitar. Havia, ali, muitos e variados motivos para que, antes de seis semanas, Dúnia não pudesse nem pensar em desvencilhar-se daquela casa horrível. É claro, você conhece Dúnia, sabe como é inteligente e como é firme seu caráter. Dúnietchka é capaz de suportar muita coisa e até nas situações mais extremas sabe encontrar, em si mesma, a grandeza de espírito suficiente para não perder a firmeza. Nem para mim ela escreveu contando tudo, a fim de não me perturbar, apesar de muitas vezes trocarmos novidades. O desfecho veio de forma inesperada. Marfa Petrovna, por acaso, ouviu a voz do marido fazendo súplicas para Dúnietchka no jardim e, entendendo tudo ao contrário, pôs nela a culpa, pensando que era ela a causa de tudo. Ali mesmo no jardim, ocorreu uma cena horrível: Marfa Petrovna chegou a bater em Dúnia, não quis ouvir mais nada, ficou gritando uma hora inteira e, por fim, deu ordem para que levassem Dúnia imediatamente para minha casa, na cidade, numa simples carroça de camponeses, na qual jogaram todas as suas coisas, as roupas brancas, os vestidos, tudo de qualquer jeito, sem embalar, sem arrumar. E aí desabou uma chuva torrencial e Dúnia, ofendida e humilhada, teve de percorrer dezessete verstas inteiras com um mujique, numa carroça descoberta. Agora, imagine o que eu poderia escrever em resposta à sua carta, que recebi dois meses atrás, e sobre o que eu ia escrever. Eu mesma estava desesperada; não me atrevia a contar a verdade, porque você ficaria muito infeliz, amargurado e enfurecido e, além do mais, o que você poderia fazer? Talvez você causasse sua própria desgraça, e também a Dúnietchka me proibiu; encher uma carta de simples banalidades, quando eu trazia na alma tamanha amargura, disso eu não era capaz. Durante um mês inteiro, na cidade toda, escarneceram de nós por causa dessa história, chegou a tal ponto que nem à igreja podíamos ir com Dúnia, por causa dos olhares de desprezo e dos cochichos, chegaram até a falar em voz alta em nossa presença. Todos os conhecidos se afastaram de nós, todos pararam até de nos cumprimentar, e eu soube de fonte segura que alguns empregados de comércio e funcionários de escritório queriam nos lançar uma ofensa muito baixa, sujando de piche o portão de nossa casa, e por isso os proprietários começaram a exigir que saíssemos do apartamento. A causa de tudo isso era Marfa Petrovna, que havia conseguido incriminar e ultrajar Dúnia em todas as casas. Ela é conhecida de todos aqui e, naquele mês, vinha à cidade todo dia e, como é um pouco tagarela e gosta de falar dos assuntos de sua família e gosta, especialmente, de se queixar do marido com todo mundo, o que não é nada bonito, ela acabou espalhando a história toda em curto espaço de tempo, não só na cidade, mas também no distrito. Fiquei doente, Dúnietchka era mais forte do que eu e, se você visse como ela suportava tudo e me consolava e me encorajava! Ela é um anjo! Mas, graças à misericórdia de Deus, nossos tormentos foram abreviados: o sr. Svidrigáilov pensou melhor e se arrependeu e, na certa com pena de Dúnia, apresentou para

Marfa Petrovna provas cabais e evidentes de toda inocência de Dúnietchka: uma carta que Dúnia, ainda antes de Marfa Petrovna os surpreender no jardim, se viu forçada a escrever e entregar para ele, a fim de repelir conversas particulares e encontros secretos, que ele insistia em obter, e que, com a partida de Dúnietchka, acabou ficando nas mãos do sr. Svidrigáilov. Na carta, do modo mais contundente e com total indignação, ela o censurava exatamente por seu comportamento condenável em relação a Marfa Petrovna, fazendo-lhe ver que era pai de família e que, enfim, era odioso da parte dele atormentar e causar a infelicidade de uma jovem indefesa que, sem isso, já era bem infeliz. Numa palavra, querido Ródia, a carta era escrita de forma tão nobre e comovente que eu solucei, ao ler, e de lá para cá não consigo ler sem chorar. Além disso, em defesa de Dúnia, afinal, apareceram também os testemunhos dos criados, que, como sempre acontece, viram e sabiam muito mais do que supunha o próprio sr. Svidrigáilov. Marfa Petrovna ficou profundamente abalada e 'que nem morta, mais uma vez', como ela mesma confessou, mas, em compensação, se convenceu plenamente da inocência de Dúnietchka e, no dia seguinte, um domingo, foi direto para a catedral, ficou de joelhos e, com lágrimas, suplicou à Rainha Mãe de Deus que lhe desse forças para suportar aquela nova provação e cumprir seu dever. Feito isso, saiu da catedral e, sem passar antes pela casa de ninguém, foi direto à nossa casa, nos contou tudo, chorou amargamente e, completamente arrependida, abraçou Dúnia e implorou seu perdão. Nessa manhã mesmo, sem hesitar um minuto, saiu de nossa casa e tratou logo de percorrer todas as residências da cidade e do distrito, com as expressões mais elogiosas para Dúnietchka, derramando lágrimas, restabeleceu sua inocência e a nobreza de seus sentimentos e de sua conduta. Além do mais, mostrava para todos a carta que Dúnietchka mandou ao sr. Svidrigáilov, lia em voz alta e até mandou fazer cópias (o que já me parece um exagero). Desse modo, ela teve de dedicar alguns dias seguidos para visitar todos na cidade, pois alguns se sentiram ofendidos por certas casas terem merecido preferência, e assim se formou uma fila e em todas as casas já esperavam e sabiam de antemão que, em tal dia, Marfa Petrovna iria lá para ler a carta, e a cada vez se reuniam mesmo aqueles que já haviam escutado a leitura várias vezes, em suas próprias casas e nas casas de outros, segundo a ordem da fila. Minha opinião é que houve, nisso tudo, muito, mas muito exagero mesmo; porém essa é a índole de Marfa Petrovna. Pelo menos, ela restabeleceu inteiramente a honra de Dúnietchka e toda a infâmia desse caso recaiu, como uma mácula indelével, sobre seu marido, como o principal culpado, e a tal ponto que sinto até pena dele; já foram severos demais com esse desvairado. Na mesma hora, começaram a chamar Dúnia para dar aula em várias casas, mas ela recusou. De repente, todos passaram, em geral, a tratá-la com um respeito especial. Para tudo isso, contribuiu também, em grande medida, um incidente inesperado, graças ao qual, agora, se pode dizer que todo o nosso destino mudou. Saiba, querido Ródia, que pediram a mão de Dúnia, e que ela até já aceitou, e é isso que eu tenho pressa de comunicar a você o quanto antes. Embora o assunto tenha se resolvido sem o seu conselho, certamente você não irá reclamar nem de mim nem de sua irmã, pois você mesmo vai ver, pela situação, que era impossível esperar e adiar até a chegada de sua resposta. No entanto, por estar ausente, você mesmo não poderia julgar tudo com precisão. Aconteceu assim. Ele já é um conselheiro da corte,[3] Piotr Petróvitch Lújin, parente afastado de Marfa Petrovna, a qual muito contribuiu para isso. Primeiro, por intermédio dela, ele comunicou que desejava nos conhecer, foi recebido de maneira apropriada, tomou café e, no dia seguinte, mandou uma carta na qual, de modo muito educado, apresentou seu pedido de casamento e solicitou uma resposta rápida e definitiva. É um homem de negócios, muito ocupado, vai partir sem demora para Petersburgo e cada minuto é muito importante para ele. Claro, no início, ficamos muito surpresas, pois tudo aconteceu de modo muito rápido e inesperado. Refletimos e ponderamos o dia inteiro. É um homem confiável e muito bem de vida, trabalha em dois empregos e já possui um capital. Na verdade, tem quarenta anos, mas é de aparência bastante agradável e ainda capaz de ser apreciado pelas mulheres; além do mais, na verdade, é um homem bastante sério e decente, apenas um pouco triste e ligeiramente arrogante. Mas isso talvez seja apenas a impressão que ele causa à primeira vista. E previno a você, querido Ródia, que quando o encontrar em Petersburgo, o que vai acontecer muito em breve, não o julgue depressa demais nem de modo muito impetuoso, como é característico em você, caso à primeira vista algo nele não lhe agradar. Digo isso só por via das dúvidas, já que estou convencida de que ele vai deixar em você uma impressão agradável. Além do mais, para conhecer bem qualquer pessoa, é preciso se aproximar aos poucos e com cuidado, para não incorrer

3 Posto de sétima classe na hierarquia do serviço civil tsarista.

em erros e em preconceitos, que depois são muito difíceis de corrigir e aplacar. E Piotr Petróvitch, pelo menos por tudo que se pode ver, é uma pessoa absolutamente respeitável. Em sua primeira visita, nos comunicou que é um homem positivo, mas em muitos aspectos compartilha, como ele mesmo se expressou, 'as convicções de nossas novas gerações' e é inimigo de todos os preconceitos. Falou também de muitas outras coisas, porque tem um toque de vaidade e gosta muito de ser ouvido, mas isso, afinal, quase não chega a ser um defeito. Claro que eu entendi muito pouco, mas Dúnia me explicou que ele, embora de pouca instrução, é um homem inteligente e parece ser bondoso. Você conhece o caráter de sua irmã, Ródia. É uma jovem firme, ajuizada, paciente e generosa, embora de coração impetuoso, o que eu observei nela muito bem. Naturalmente, nem da parte dele nem da parte dela existe aqui um amor especial, mas Dúnia, além de ser uma jovem inteligente, ao mesmo tempo é uma criatura generosa como um anjo e vai assumir o dever de fazer a felicidade do marido, que por sua vez se preocupa também com a felicidade dela e, por ora, não temos grandes motivos para duvidar disso, se bem que, tenho de reconhecer, o assunto foi resolvido muito rapidinho. Aliás, ele é um homem muito previdente e, está claro, verá por si mesmo que sua felicidade matrimonial será tanto mais segura quanto mais feliz com ele estiver Dúnietchka. E quanto a quaisquer disparidades de índole, quaisquer hábitos antigos e até certas discordâncias de ideias (o que é impossível evitar mesmo nos casais mais felizes), a respeito disso, a própria Dúnietchka me explicou que confia em si mesma; disse que, quanto a isso, não há por que se inquietar e que ela é capaz de suportar muita coisa, sob a condição de que as relações entre ambos sejam honestas e justas. Por exemplo, ele me pareceu, de início, um pouco ríspido; mas isso pode ter acontecido justamente porque é um homem sincero, e sem dúvida é esse o caso. Por exemplo, na segunda visita, já depois de receber o consentimento, ele declarou na conversa que, antes mesmo de conhecer Dúnia, havia resolvido casar com uma jovem honesta, mas sem dote, e que já tivesse experimentado uma situação de pobreza; porque, como explicou, o marido não deve ser visto como um devedor da esposa, é muito melhor que a esposa considere o marido seu benfeitor. Acrescento que ele se exprimiu de modo um pouco mais brando e carinhoso do que escrevi, porque esqueci as palavras exatas, lembro apenas a ideia e, além do mais, ele não falou de modo premeditado, longe disso, é evidente que deixou escapar as palavras no calor da conversa, pois tentou até se emendar e atenuar, depois; entretanto, isso me pareceu um pouco bruto e depois falei com Dúnia. Mas Dúnia me respondeu, até irritada, que 'palavras ainda não são ações' e isso, naturalmente, está certo. Antes de decidir, Dúnietchka não dormiu a noite toda e, achando que eu já estava dormindo, levantou-se da cama e ficou andando pelo quarto, para lá e para cá, a noite inteira; por fim, se ajoelhou e rezou, muito tempo e com fervor, na frente do ícone e, de manhã, me comunicou o que tinha resolvido.

"Já mencionei que Piotr Petróvitch está partindo agora para Petersburgo. Ele vai tratar de um negócio importante e quer abrir, em Petersburgo, um escritório público de advocacia. Há muito tempo, cuida do andamento de diversos processos e ações e, faz poucos dias, ganhou uma ação importante. Exatamente por isso ele tem de ir a Petersburgo, pois está com um processo importante no Senado. Desse modo, querido Ródia, ele pode ser extremamente útil também a você, em tudo, e eu e Dúnia já resolvemos que você, quem sabe até nos próximos dias, poderia começar, em definitivo, sua carreira futura e considerar seu destino já claramente traçado. Ah, quem dera isso se realizasse! Seria tão vantajoso que é preciso atribuir isso diretamente à misericórdia que o Senhor Supremo tem por nós. Dúnia não para de sonhar com isso. Nós já nos atrevemos a dizer algumas palavras sobre o assunto para Piotr Petróvitch. Ele se exprimiu com cautela e disse que, naturalmente, como não pode ficar sem um secretário, claro, é melhor pagar salário a um parente do que a um estranho, contanto que a pessoa se mostre capaz de exercer a função (como se você pudesse não ser capaz!), mas nesse ponto exprimiu também uma dúvida acerca de suas obrigações universitárias, que poderiam tomar o tempo de seu trabalho no escritório. Dessa vez, a conversa terminou aí, mas Dúnia, agora, não pensa em outra coisa. Já faz alguns dias que ela parece dominada por uma espécie de fervor e concebeu até todo um projeto no qual você, mais tarde, pode vir a ser colega e até sócio de Piotr Petróvitch, em suas causas difíceis, ainda mais porque você está cursando a faculdade de direito. Eu, Ródia, estou plenamente de acordo com ela e compartilho todos os seus planos e esperanças, vejo neles a mais completa viabilidade; e, apesar da atual ambiguidade de Piotr Petróvitch em relação a você, inteiramente explicável (porque ainda não o conhece), Dúnia tem a firme convicção de que vai conseguir alcançar tudo, por meio de sua influência benéfica sobre o futuro marido, e disso ela está convencida. É claro que, ao falar com Piotr Petróvitch, tomamos todo o cuidado para não deixar escapar o menor indício desses nossos sonhos futuros, sobretudo de você se tornar seu sócio. Ele é um homem positivo e talvez recebesse isso de modo muito seco, pois tudo lhe pareceria apenas um sonho. Da mesma forma, nem eu nem Dúnia dissemos nenhuma palavra para ele sobre nossa firme esperança de que ele possa nos ajudar a fornecer dinheiro para você, enquanto estiver estudando na universidade; e não dissemos nada porque, em primeiro lugar, isso vai se resolver sozinho, mais tarde, e ele por certo, sem palavras supérfluas, vai tomar a iniciativa de oferecer (como se pudesse negar isso a Dúnietchka!), e tão depressa que você mesmo pode vir a ser o braço direito dele, no escritório, e receber essa ajuda não como uma caridade, mas na forma de um salário merecido. É assim que Dúnietchka deseja organizar tudo, e eu estou de pleno acordo com ela. Em segundo lugar, nada falamos com ele, também, porque tenho o desejo especial de colocar você e ele em pé de igualdade, no encontro que teremos em breve. Quando Dúnia falou com ele sobre você, com entusiasmo, ele respondeu que, primeiro, quem quer que seja a pessoa, é preciso examiná-la de perto para poder julgar e que ele mesmo, ao conhecer você, terá a chance de formar sua própria opinião a seu respeito. Sabe, meu adorado Ródia, me parece, por algumas considerações (que, de resto, nem de longe têm a ver com Piotr Petróvitch, mas antes com meus próprios caprichos pessoais, talvez até de velha e de mulher), me parece que eu, talvez, depois do casamento deles, faria melhor se fosse morar sozinha, como faço agora, e não com eles. Estou plenamente convencida de que ele será tão nobre e gentil que tomará a iniciativa de me propor que não me separe mais de minha filha e, se ainda não falou disso até agora, é porque, naturalmente, já está subentendido; mas não vou aceitar. Nesta vida, muitas vezes, notei que as sogras não agradam aos genros e eu não só não quero representar o menor peso para ninguém como também desejo ser plenamente livre, enquanto tiver meu sustento, qualquer que seja, e filhos como você e Dúnietchka. Se possível, irei morar perto de vocês dois, porque, Ródia, guardei o mais agradável para o final da carta: fique sabendo, meu querido amigo, que talvez muito em breve iremos nos reunir de novo e nos abraçar, nós três, depois de quase três anos de separação! Já está decidido, *com certeza*, que eu e Dúnia viajaremos para Petersburgo, exatamente quando, eu não sei, mas, em todo caso, vai ser muito, muito em breve, quem sabe até daqui a uma semana. Tudo depende das decisões de Piotr Petróvitch, que, assim que chegar a Petersburgo, nos dará notícias. Em razão de certas considerações, ele quer antecipar ao máximo a cerimônia do casamento e até, se for possível, celebrar o matrimônio ainda neste *miassoied*,[4] mas se não conseguir, por força da brevidade do tempo, que seja logo depois do jejum da Assunção. Ah, com que felicidade vou apertar você junto ao meu coração! A alegria de rever você deixa Dúnia tomada de emoção, e ela me disse, uma vez, de brincadeira, que só por isso já se casaria com Piotr Petróvitch. Ela é um anjo! Agora, ela não vai escrever nada para você no fim desta carta, mandou-me apenas dizer que sua necessidade de falar com você é tanta, mas tanta, que agora nem consegue levantar a mão para pegar a pena, porque escrever algumas poucas linhas não adianta nada, só serve para criar transtorno; mas mandou um abraço bem forte para você e beijos sem conta. Porém, apesar de que talvez, muito em breve, nos vejamos pessoalmente, ainda assim vou enviar um dinheiro para você nos próximos dias, o máximo que eu puder. Agora, como todos sabem que Dúnietchka vai casar com Piotr Petróvitch, até meu crédito aumentou, de repente, e eu sei com segurança que Afanássi Ivánovitch, por conta da minha pensão, vai me confiar até setenta e cinco rublos, por isso talvez eu lhe mande uns vinte e cinco rublos ou até trinta. Mandaria mais, porém tenho receio de nossas despesas na viagem; e, apesar de Piotr Petróvitch ser tão bondoso que até assumiu uma parte das despesas de nossa viagem à capital, mais exatamente, se ofereceu para despachar por sua conta a nossa bagagem e o baú grande (deu um jeito lá, com uns conhecidos), mesmo assim precisamos levar em conta as despesas com a chegada a Petersburgo, onde não se pode aparecer sem dinheiro nenhum, pelo menos nos primeiros dias. Entretanto, eu e Dúnietchka já fizemos as contas nos mínimos detalhes e vimos que a viagem não vai custar muito. Daqui até a estrada de ferro, são só noventa verstas e, por via das dúvidas, nós já combinamos com um cocheiro mujique nosso conhecido; e lá, eu e Dúnietchka, felizes da vida, viajaremos num vagão de terceira classe. Portanto, talvez eu dê um jeito de mandar para você não vinte e cinco rublos, mas provavelmente trinta. Agora chega; enchi duas folhas de ponta a ponta e já não sobrou nenhum espaço; aqui está a nossa história inteira; veja só quantos acontecimentos se acumularam! Agora, meu adorado Ródia, mando meu abraço, até nosso encontro,

4 Nome dos períodos do ano em que a Igreja Ortodoxa permitia comer carne. Nesses períodos entre os jejuns, se realizavam os casamentos. O jejum da Assunção vai de 1º a 15 de agosto (14 a 27 de agosto, no calendário atual) e é seguido pelo *miassoied* de outono, que vai até 14 (27, no calendário atual) de novembro.

muito em breve, e abençoo você com minha bênção maternal. Ame Dúnia, sua irmã, Ródia. Ame-a como ela ama você e saiba que ela ama você infinitamente, mais do que a si mesma. Ela é um anjo e você, Ródia, você é tudo o que temos — toda nossa esperança e fé no futuro. Basta que você seja feliz e também nós seremos felizes. Você continua rezando para Deus como antigamente, Ródia, e acredita na misericórdia do nosso Criador e Salvador? No fundo do coração, tenho medo de que a nova moda da incredulidade também tome conta de você. Se for assim, estou rezando por você. Lembra, querido, quando você, ainda muito pequeno, com seu pai ainda vivo, balbuciava suas preces nos meus joelhos e como éramos todos felizes? Adeus, ou melhor, *até breve*! Um abraço muito, muito apertado, e beijos infinitos.

Sua até o túmulo

Pulkhéria Raskólnikova"

Durante quase todo tempo que lia, desde o início da carta, o rosto de Raskólnikov estava molhado de lágrimas; mas, quando terminou, estava pálido, contraído por uma convulsão, e um sorriso penoso, amargo, malévolo, serpenteava por seus lábios. Deitou a cabeça no travesseiro murcho e surrado e ficou pensando e pensando por muito tempo. O coração batia com força, e os pensamentos, também com força, se agitavam. Por fim, sentiu-se sufocado e espremido naquele cubículo amarelo, semelhante a um armário ou a um baú. A visão e o pensamento clamavam por mais espaço. Pegou o chapéu e saiu, dessa vez já sem ter medo de encontrar quem quer que fosse na escada; tinha esquecido esse assunto. Tomou o rumo da ilha Vassílievski, pela avenida V.,[5] como se tivesse uma questão urgente lá, porém, como era seu costume, caminhava sem ver as ruas, sussurrava para si e até falava sozinho em voz alta, o que deixava os pedestres muito admirados. Muitos o tomavam por bêbado.

5 Voznessiénski.

IV

A carta da mãe o deixou atormentado. Porém, quanto ao ponto mais importante, a questão do capital, ele não teve nem um minuto de dúvida, mesmo durante a leitura da carta. O cerne de todo o problema estava resolvido dentro de sua cabeça e sua decisão era definitiva: "Esse casamento não vai se realizar, enquanto eu estiver vivo, e que o sr. Lújin vá para o diabo!".

"Porque isto é evidente", murmurou para si mesmo, sorrindo torto e se regozijando maldosamente, por antecipação, com o sucesso da decisão que havia tomado. "Não, mãezinha, não, Dúnia, vocês não me enganam!... E ainda se desculpam por não terem pedido meu conselho e terem resolvido tudo sozinhas! Não admira! Acham que agora já é impossível desfazer; pois eu vou mostrar só se é possível ou não é! Que pretexto magnífico: 'O Piotr Petróvitch é um homem de negócios', dizem elas, 'e um homem de negócios tão importante que só tem tempo para casar em estações de muda de cavalo ou em vagões de trem'. Não, Dúnietchka, eu estou vendo e entendendo tudo aquilo que você quer *tanto, tanto*, falar comigo; eu sei também no que é que você ficou pensando a noite toda, andando pelo quarto, e o que você pediu, ao rezar para a imagem da Mãe de Deus de Kazan, que fica no quarto da mãezinha. É difícil subir o Gólgota. Hum... Pois então, quer dizer que já está resolvido e em definitivo: você, Avdótia[1] Románovna, vai se permitir casar com um homem de negócios e racional que possui seu capital (que *já* possui seu capital, assim é mais sólido, mais imponente), que tem dois empregos e compartilha as convicções de nossas novas gerações (como escreve a mãezinha) e que '*parece* bondoso', como observa a própria Dúnietchka. Esse *parece* é o mais maravilhoso de tudo! E é essa

1 Forma original dos hipocorísticos Dúnia e Dúnietchka.

mesma Dúnietchka que vai casar por causa desse mesmo *parece*!... Maravilhoso. Maravilhoso!...

"... E, no entanto, é curioso: para que a mãezinha me escreveu sobre essas tais 'novas gerações'? Será que foi apenas para apontar uma característica da pessoa ou terá um objetivo mais amplo: me predispor em favor do sr. Lújin? Ah, espertinhas! Seria curioso esclarecer, também, outra circunstância: até que ponto as duas foram sinceras uma com a outra, naquele dia e naquela noite e em todo o tempo que se seguiu? Será que todas as *palavras* foram ditas entre as duas ou ambas entenderam que uma e outra só tinham uma coisa no coração e nos pensamentos e que, portanto, não havia nada a ser dito em voz alta e era inútil deixar escapar qualquer palavra. Provavelmente, em parte foi assim; pela carta, dá para ver: ele pareceu ríspido para a mãezinha, *um pouquinho*, e a ingênua mãezinha foi reclamar para Dúnia, com suas observações. E ela, é claro, se zangou e 'respondeu irritada'. Não admira! Quem é que não vai ficar furioso, quando a questão já está mais do que entendida, sem a necessidade de perguntas ingênuas, e quando já está decidido que não há mais nada a dizer? E o que é também aquilo que ela me escreve: 'Ame Dúnia, Ródia, que ela ama você mais do que a si mesma'; não serão já os remorsos da consciência que a torturam em segredo, por ter aceitado sacrificar a filha em favor do filho? 'Você é nossa fé no futuro, é tudo para nós!' Ah, mãezinha!..." O rancor se acumulava cada vez mais forte dentro dele e, se encontrasse o sr. Lújin naquele instante, era capaz de matá-lo!

"Hum, isso é verdade", prosseguiu, seguindo o turbilhão dos pensamentos, que rodavam dentro de sua cabeça. "É verdade que é preciso 'se aproximar aos poucos e com cuidado, para examinar a fundo uma pessoa'; mas o sr. Lújin é bem claro. Acima de tudo, 'é um homem de negócios e, *parece*, bondoso': será que é brincadeira, essa história de que vai despachar a bagagem e o baú grande por sua conta? Puxa, isso é que é ser bondoso! E as duas, a *noiva* e a mãe, contrataram uma carroça de mujique, com capota de esteira (afinal, eu viajava assim)! O que é que tem? Afinal, são só noventa verstas, 'e lá, felizes da vida, viajaremos num vagão de terceira classe', por umas mil verstas. E é bem sensato: não se pode dar um passo maior do que as pernas; e o senhor, respeitável Lújin, o que acha? Afinal, ela é sua noiva... E como o senhor pode ignorar que a mãe, para viajar, pegou dinheiro emprestado, dando sua pensão como fiança? Naturalmente, o senhor trata isso como uma transação comercial comum, um empreendimento com lucros recíprocos e em cotas iguais, quer dizer, com os custos divididos meio a meio; pão e sal juntos, mas o tabaco à parte, como diz o provérbio. Mas aqui, também, esse tal homem de negócios tapeou as duas um pouquinho: despachar a bagagem custa mais barato do que a viagem delas e, para ele, quem sabe, isso pode até acabar saindo de graça. Como é que elas podem não enxergar isso, ou será que não percebem de propósito? E, afinal, elas estão contentes, muito contentes! E pensar que isso tudo são só as flores e que os frutos de verdade ainda estão por vir! Pois isso é que é importante: não é a avareza, não é a mesquinharia que importa, mas o *tom* de tudo isso. Pois esse é o tom do futuro, daquilo que vai vir depois do casamento, é uma profecia... Pois é, e a mãezinha, no entanto, para que jogar dinheiro fora, desse jeito? Como é que ela vai pôr os pés em Petersburgo? Com três rublos e duas 'notinhas', como diz aquela... velha lá... hum! Como é que ela espera viver em Petersburgo, depois? Pois a mãezinha, sei lá por que razões, já conseguiu adivinhar que será *impossível* morar com Dúnia depois do casamento, até mesmo no início, não é? O tal homem gentil, com certeza, deu um jeito de *deixar escapar*, ele deu a entender que é assim, embora a mãezinha, na mesma hora, tenha negado, abanando as mãos: 'Eu mesma não aceitaria'. Mas, então, com quem ela está contando: será que é com os cento e vinte rublos da pensão, descontados da dívida com Afanássi Ivánovitch? Ela tricota mantilhas de inverno, borda manguitos, vai estragando os olhos envelhecidos. E afinal as mantilhas rendem, ao todo, só vinte rublos por ano, que se somam aos tais cento e vinte da pensão, disso eu sei. Quer dizer, apesar de tudo, ela está contando com os sentimentos nobres do sr. Lújin: 'Ele mesmo vai sugerir, vai implorar', diz ela. Pode esperar sentada! É assim que sempre acontece, com essas belas almas schillerianas:[2] até o último instante, enfeitam a pessoa com penas de pavão, até o último segundo, contam com o bem, não com o mal; e, embora pressintam o verso da medalha, não vão, de jeito nenhum, pronunciar antes da hora a palavra verdadeira; só de pensar, já ficam chocadas; abanam as mãos erguidas, para rechaçar a verdade, até que a tal pessoa que elas tanto enfeitaram quebre seu nariz com a própria mão. É curioso: será que o sr. Lújin tem condecorações? Eu aposto que anda com a Ordem de Santa Ana na lapela e que a

2 Friedrich Schiller (1759-1805), filósofo e poeta do romantismo alemão.

exibe nos almoços com empreiteiros e comerciantes. Talvez use até no casamento! Aliás, que ele vá para o diabo!...

"... Muito bem, agora a mãezinha, que Deus a proteja, ela é assim mesmo, mas a Dúnia, como pode? Dúnietchka, minha querida, afinal de contas, eu conheço a senhora! Já estava lá com seus vinte anos, na última vez que nos vimos: eu já entendi o caráter da senhora. Mãezinha escreve que 'Dúnietchka é capaz de suportar muita coisa'. Disso, eu já sabia, minha cara. Há dois anos e meio, eu já sabia disso e, de lá para cá, fiquei dois anos e meio pensando no assunto, exatamente nisto: 'Dúnietchka é capaz de suportar muita coisa'. Pois se é capaz de suportar o sr. Svidrigáilov com todas as consequências, quer dizer que, de fato, é capaz de suportar muita coisa mesmo. E agora, veja só, Dúnia e a mãezinha imaginaram que ela também pode suportar o sr. Lújin, que formulou a teoria da superioridade das esposas retiradas da pobreza e cobertas de benefícios pelos maridos e que, ainda por cima, formulou tudo isso quase logo no primeiro encontro. Mas, então, vamos supor que ele 'deixou isso escapar', apesar de ser um homem racional (de modo que, talvez, não tenha deixado escapar coisa nenhuma, mas queria, isto sim, pôr logo tudo em pratos limpos), mas e a Dúnia, e a Dúnia? Afinal, está muito claro para ela que pessoa ele é, então lá vai ela viver com esse sujeito. Afinal, ela pode comer só pão preto e beber só água, mas não vai vender sua alma, não vai abrir mão de sua liberdade moral em troca do conforto; nem em troca de todo o Schleswig-Holstein,[3] muito menos do sr. Lújin. Não, Dúnia não era assim, até onde eu a conheci, e... muito bem, é claro, agora também ela não mudou!... O que se vai dizer? Os Svidrigáilov são duros de aguentar! Não é fácil ser governanta a vida toda, ganhando só duzentos rublos e vagando de província em província, mas apesar de tudo eu sei que minha irmã prefere ser escrava entre os negros numa plantação de um colono ou entre os letões no mar Báltico, trabalhando para um alemão,[4] a rebaixar sua alma e seu sentimento moral, ligando-se a um homem a quem não respeita e que nada tem a ver com ela... e para sempre, só para obter uma vantagem pessoal! E ainda que o sr. Lújin fosse feito do ouro mais puro ou de um único bloco de diamante, mesmo assim ela não aceitaria se tornar concubina legítima do sr. Lújin! Então, por que agora está

3 Condados disputados, na época, pela Dinamarca, de um lado, e pela Confederação Germânica, de outro. 4 Um dos assuntos candentes dos periódicos russos, na época, era a situação dos letões que trabalhavam para os alemães, na Letônia.

aceitando? Que tramoia é essa? Qual é o segredo? A questão é clara: para si, para seu conforto, até mesmo para salvar-se da morte, ela não se venderia, mas por outra pessoa, sim, vai se vender! Por alguém querido, adorado, ela vai se vender! É essa toda a nossa tramoia: pelo irmão, pela mãe, ela vai se vender! Vai vender tudo! Ah, nesses casos, se houver oportunidade, nós vendemos até nosso sentimento moral; a liberdade, a tranquilidade, até a consciência, tudo, pegamos tudo e levamos para vender na feira. Dane-se a vida! Contanto que as criaturas que adoramos estejam felizes. Além disso, inventaremos nossa própria casuística, aprenderemos com os jesuítas e, talvez, por um tempo, vamos nos tranquilizar, vamos nos convencer de que isso é necessário, realmente necessário, em nome de um bom propósito. Pois é assim mesmo que nós somos, tudo está claro como o dia. Está claro que, nisso tudo, não há outra pessoa em cena que não o Rodion Románovitch Raskólnikov, e em primeiro plano. Mas, claro, é possível construir a felicidade dele, pagar os estudos na universidade, cavar uma sociedade no escritório, aliviar ao máximo seu destino; depois, quem sabe, ele fique rico, ilustre, respeitado, talvez até termine a vida como um homem famoso! Não é, mãe? Pois aqui está o Ródia, o adorado Ródia, o primogênito! E então, por um primogênito como esse, como não sacrificar uma filha como essa? Ah, corações queridos e injustos! Ora, se é esse o caso, pode ser que não recusemos nem mesmo o destino de Sónietchka! Sónietchka, Sónietchka Marmeládova, a eterna Sónietchka, enquanto houver mundo! Um sacrifício como esse, um sacrifício desse tamanho, será que vocês duas mediram bem, por inteiro? Será que é assim? Será que vocês têm força? Será que vale a pena? Será razoável? Será que a senhora, Dúnietchka, sabe que o sacrifício de Sónietchka não é nem um pouco mais nefasto do que o sacrifício para o sr. Lújin? 'Nisso não pode existir amor', escreve a mãezinha. E se, além do amor, também não pode haver respeito e, ao contrário, já existe até repugnância, desprezo, ojeriza, e então? E então acontece que, de novo, portanto, é preciso '*observar a limpeza*'. Não é assim, hein? Será que a senhora entende o que significa essa limpeza? Será que a senhora entende que a limpeza para Lújin não tem nenhuma diferença da limpeza de Sónietchka, e que talvez seja até pior, mais nojenta, mais ignóbil, porque a senhora, Dúnietchka, apesar de tudo, conta com um excesso de conforto, enquanto para a outra é uma questão, pura e simplesmente, de não morrer de fome! 'Sai caro, custa caro, Dúnietchka, essa limpeza!' Pois bem, mas e se depois as forças minguarem e a senhora se arrepender? Quantas aflições, desgostos, maldições, quantas lágrimas escondidas de todos, porque a senhora não é Marfa Petrovna, não é? E a mãezinha, o que será dela, então? Porque, agora, ela já anda inquieta, aflita; e depois, quando tudo ficar mais claro? E o que será de mim?... Sim, o que foi mesmo que a senhora pensou de mim? Eu não quero o seu sacrifício, Dúnietchka, eu não quero, mãezinha! Isso não vai acontecer, enquanto eu estiver vivo, não vai acontecer, não vai! Não aceito!"

De repente, voltou a si e parou.

"Não vai acontecer? Mas o que você vai fazer para que não aconteça? Vai proibir? E que direito você tem? O que você pode, por seu lado, prometer a elas, para ter esse direito? Dedicar a elas todo seu destino, todo o futuro, *quando terminar a faculdade e arranjar um emprego?* Já ouvimos essa conversa antes, são histórias para criança dormir. Mas e agora? Afinal, é preciso fazer alguma coisa já, agora, você entende? E o que é que você está fazendo agora? Você está tomando tudo delas. Pois elas conseguem esse dinheiro penhorando a pensão de cento e vinte rublos e tomando empréstimos com o sr. Svidrigáilov! E do Svidrigáilov, do Afanássi Ivánovitch Vakhrúchin, como você vai protegê-las, futuro milionário, Zeus, que dispõe à vontade do destino delas? Daqui a dez anos? Sim, e daqui a dez anos a mãezinha já vai estar cega de tanto tricotar mantilhas e talvez, também, de tanto chorar; vai ter definhado de tanto fazer jejum; e a irmã? Pois é, que tal você imaginar o que vai ser da irmã daqui a dez anos, ou durante esses dez anos? Adivinhou?"

Era assim, com essas perguntas, que ele se atormentava e debochava de si mesmo, até com certo prazer. De resto, todas essas perguntas não eram novas, não eram inesperadas, mas antigas, dolorosas, repisadas. Já fazia tempo que aquelas perguntas começaram a dilacerá-lo e martirizavam seu coração. Fazia muito tempo que, dentro dele, toda essa angústia de agora vinha germinando, se acumulando, se condensando e, ultimamente, havia amadurecido e se concentrado, até tomar a forma de uma pergunta horrenda, feroz e fantástica, que dilacerava seu coração e sua mente, exigindo a todo custo uma decisão. Agora, de repente, a carta da mãe o golpeou como um trovão. Estava claro que, agora, de nada adiantava ficar triste, sofrer de forma passiva, perder-se em raciocínios sobre questões insolúveis, mas era preciso, isto sim, a todo custo, fazer alguma coisa, e já, bem depressa. Era necessário decidir, a qualquer preço, fosse o que fosse, ou então...

"Ou então renunciar à vida de uma vez!", exclamou de repente, num delírio. "Aceitar o destino com resignação, tal como é, de uma vez por todas, e sufocar tudo dentro de mim, renunciando a todo direito de agir, de viver e de amar!"

"O senhor está entendendo, prezado senhor, o que significa quando a pessoa não tem mais para onde ir?", lembrou-se de repente da pergunta da véspera, feita por Marmeládov. "Afinal, todo homem precisa ter pelo menos um lugar para ir, qualquer que seja..."

De repente, estremeceu: uma ideia, também da véspera, atravessou sua cabeça. Não foi porque essa ideia o atravessou que ele estremeceu. Pois sabia, *pressentia*, que ela iria, sem falta, "atravessar", e ele até já a aguardava; e essa ideia, na verdade, não era a da véspera. A diferença era que, um mês antes, e mesmo no dia anterior, essa ideia era apenas um sonho, e agora... agora, de repente, se apresentava não como um sonho, mas com um aspecto novo, assustador e absolutamente desconhecido para ele e, de repente, ele mesmo tomou consciência disso... Sentiu um estalo na cabeça e a vista escureceu.

Depressa, olhou em redor, buscava alguma coisa. Queria sentar e procurava um banco; estava passando pelo bulevar K.[5] Avistou um banco à frente, a uns cem passos. Caminhou o mais rápido que pôde; mas, no caminho, ocorreu um pequeno incidente que, por alguns minutos, atraiu toda sua atenção.

Enquanto olhava para o banco, ele notou à sua frente, a uns vinte passos, uma mulher que caminhava, mas de início não lhe deu nenhuma atenção, assim como às coisas que, até então, passavam de relance à sua frente. Muitas vezes já havia acontecido, por exemplo, de entrar em casa e não lembrar, de jeito nenhum, o percurso que havia feito, e já estava até habituado a caminhar assim. Mas havia algo estranho naquela mulher que caminhava, algo que saltava aos olhos desde o primeiro olhar e que, pouco a pouco, foi começando a prender sua atenção — primeiro, a contragosto e com uma espécie de irritação, mas depois com força cada vez maior. De súbito, ele teve vontade de entender o que, exatamente, havia de tão estranho naquela mulher. Em primeiro lugar, devia ser uma mocinha muito jovem, andava com a cabeça descoberta debaixo daquele calor, sem sombrinha e sem luvas, e balançava os braços de um jeito meio engraçado. Usava um vestidinho de tecido ("de pano") sedoso, leve, mas arrumado de modo incomum, quase desabotoado atrás e rasgado na cintura, bem no início da saia; uma tira de pano inteira tinha se soltado e balançava pendurada. Uma pequena mantilha estava jogada sobre o pescoço nu, mas descaía para o lado, meio torta. Para completar, a mocinha caminhava sem firmeza, aos

5 Konnogvardiéiski.

tropeções, chegava a cambalear para todos os lados. Esse encontro, afinal, acabou atraindo toda a atenção de Raskólnikov. Ele foi se aproximando do banco junto com a moça, porém, ao alcançar o banco propriamente dito, ela pareceu desabar sentada na ponta, reclinou a cabeça no encosto e fechou os olhos, pelo visto por causa da extraordinária exaustão. Só de olhar para ela, Raskólnikov logo adivinhou que estava completamente embriagada. Era estranho e cruel ver tal fenômeno. Chegou a pensar que podia estar enganado. Diante dele, estava um rostinho incrivelmente jovem, de uns dezesseis anos, talvez até não mais de quinze, pequenino, louro, bonitinho, mas todo afogueado e como que inchado. A menina parecia ter muito pouca noção das coisas; colocou uma perna por cima da outra, levantou-a muito mais do que convinha e, ao que tudo indicava, não tinha a menor ideia de que estava na rua.

Raskólnikov não sentou e não quis ir embora, permaneceu diante dela, perplexo. Aquele bulevar está sempre vazio e naquele momento, às duas horas e debaixo daquele calor, não havia quase ninguém. Entretanto, ao lado, a uns quinze passos, na beira do bulevar, parou um senhor, que, ao que tudo indicava, queria muito se aproximar da mocinha, sabe-se lá com que propósito. Na certa, também tinha visto a jovem de longe e foi atrás, mas agora Raskólnikov estava atrapalhando. Lançava olhares raivosos para Raskólnikov, porém tentava evitar que ele percebesse e, com impaciência, aguardava sua vez, assim que o maltrapilho intrometido fosse embora. A questão estava esclarecida. O tal senhor tinha uns trinta anos, era parrudo, gordo, vendendo saúde, lábios cor-de-rosa, bigodes, e vestia-se com muita elegância. Raskólnikov ficou horrivelmente exaltado; de repente, veio uma vontade de insultar, de alguma forma, aquele almofadinha gorducho. Na mesma hora, deixou a mocinha e se aproximou do cavalheiro.

— Ei, o senhor, Svidrigáilov! O que está querendo aqui? — gritou, cerrando os punhos e rindo, com os lábios espumantes de raiva.

— O que o senhor quer dizer? — indagou o cavalheiro, em tom severo, franzindo as sobrancelhas e ostentando uma surpresa arrogante.

— Suma daqui, é isso o que quero dizer!

— Como se atreve, canalha!...

E brandiu o chicote. Raskólnikov lançou-se sobre ele de punhos erguidos, sem sequer levar em conta que aquele cavalheiro parrudo podia enfrentar dois iguais a ele. Porém, naquele momento, alguém o segurou com força por trás e, entre os dois, surgiu um guarda.

— Chega, senhores, não podem brigar em local público. O que o senhor quer? Quem é o senhor? — virou-se para Raskólnikov, com severidade, depois de notar seus andrajos.

Raskólnikov olhou para ele com atenção. Era um valente rosto de soldado, de costeletas e bigodes grisalhos, e de olhar sensato.

— É do senhor mesmo que estou precisando — gritou, segurando-o pela manga. — Sou Raskólnikov, ex-estudante... E o senhor também fique sabendo disso — voltou-se para o cavalheiro. — Agora, o senhor venha aqui comigo, vou lhe mostrar uma coisa...

Segurando o guarda pela manga, puxou-o até o banco.

— Olhe aqui, veja só, completamente embriagada, estava andando agora mesmo pelo bulevar: ninguém sabe quem é, de onde vem, mas não parece ser do ramo. É mais provável que a tenham embriagado em algum lugar e depois a enganaram... foi a primeira vez... entende? E, depois, largaram na rua. Olhe como o vestido está rasgado, veja bem como ela está vestida: alguém a vestiu, não foi ela mesma que pôs a roupa, e também não foram mãos experientes que vestiram, mas sim mãos de homem. Dá para ver. E agora, olhe só aquilo ali: esse almofadinha com quem eu quis brigar agora há pouco, eu não o conheço, é a primeira vez que vejo na vida; mas ele também notou a menina na rua, embriagada, sem noção de nada, e ele estava morrendo de vontade de se aproximar e agarrar a mocinha... porque ela se encontra nesse estado... para carregar para algum lugar... E com certeza é assim mesmo: acredite, não estou enganado. Eu mesmo vi como ele estava olhando e seguindo a menina, só que eu atrapalhei, e agora ele continua lá, esperando que eu vá embora. Agora ele se afastou um pouco, está lá de pé, finge que está enrolando um cigarro... Que tal se a gente não deixasse? Que tal se a gente levasse a menina para a casa dela? O que acha?

Num instante, o guarda compreendeu tudo e avaliou a situação. A questão do cavalheiro gordo já estava entendida, é claro, mas restava a menina. O policial curvou-se sobre ela para observar mais de perto e, em suas feições, se refletiu uma compaixão sincera.

— Ah, mas que pena! — disse, balançando a cabeça. — Ainda é só uma criança. Foi enganada, exatamente isso. Escute, senhora — começou, dirigindo-se à menina. — Onde a senhora reside? — A mocinha abriu os olhos cansados e entorpecidos, observou com ar atônito quem estava perguntando e os rechaçou, com um gesto da mão.

— Escute — disse Raskólnikov. — Olhe — vasculhou o bolso, achou e puxou vinte copeques —, tome aqui, chame um cocheiro e mande ir para a sua casa. É só nos dizer qual é seu endereço!

— Senhorita, ei, senhorita? — recomeçou o guarda, depois de pegar o dinheiro. — Vou chamar um cocheiro para a senhora e eu mesmo vou levá-la. Qual é o endereço? Hein? Onde a senhora reside?

— Xô!... Não desgrudam!... — balbuciou a menina, e de novo os rechaçou com um gesto da mão.

— Ai, ai, ai, que feio! Ai, que vergonha, senhorita, mas que vergonha! — O guarda balançou a cabeça, de novo, com vergonha, pena e indignação. — Veja só que problema!

Voltou-se para Raskólnikov e, na mesma hora, num relance, observou-o de novo, dos pés à cabeça. De fato, lhe pareceu estranho: com aqueles andrajos no corpo e, mesmo assim, ele dava dinheiro!

— O senhor a encontrou longe daqui? — perguntou.

— Eu já lhe disse: estava andando na minha frente, cambaleando, aqui mesmo no bulevar. Quando chegou ao banco, desabou na hora.

— Ah, que vergonha é essa que agora se espalhou pelo mundo, meu Deus! Tão criança e já embriagada! Foi enganada, é isso mesmo! Olhe só, até o vestidinho está rasgado... Que depravação, hoje em dia!... E talvez seja até de uma família nobre, que empobreceu... Hoje em dia, tem muitas assim. Pelo aspecto, parece vir de boa família, é igual a uma jovem dama — e curvou-se de novo sobre ela.

Talvez ele também tivesse criado filhas assim — "igual a uma jovem dama, de boa família" —, com hábitos bem-educados e todo tipo de modismos de imitação...

— O principal — insistiu Raskólnikov — é não deixar na mão daquele canalha! Pois ele ainda vai dar um jeito de abusar da menina! Está escrito na cara dele o que está querendo; olhe só, que canalha, ele não vai embora!

Raskólnikov falou alto e apontou com a mão direto para ele. O homem escutou e fez menção de zangar-se mais uma vez, porém pensou melhor e se limitou a lançar um olhar de desprezo. Em seguida, afastou-se lentamente mais uns dez passos e parou de novo.

— Não deixar na mão dele; é, pode ser — respondeu o sargento, pensativo. — Se pelo menos a madame dissesse para onde vamos levar, porque senão... Senhorita, ei, senhorita! — Curvou-se mais uma vez.

De repente, a menina abriu bem os olhos, fitou atentamente, pareceu entender o que estava acontecendo, levantou-se do banco e saiu andando de volta, na direção de onde tinha vindo.

— Xô, seus sem-vergonha, não desgrudam! — exclamou, e mais uma vez fez um gesto com as mãos para rechaçá-los. Andava ligeiro, mas, como antes, cambaleava muito. O almofadinha foi atrás, mas pela outra calçada da alameda, sem desviar os olhos dela.

— Não se preocupe, não vamos deixar — falou decidido o bigodudo, e foi atrás dos dois. — Ah, que depravação, hoje em dia! — repetiu em voz alta, enquanto suspirava.

Naquele instante, Raskólnikov sentiu uma espécie de mordida; num piscar de olhos, se passou nele uma reviravolta.

— Ei, escute! — gritou atrás do bigodudo.

O guarda virou-se.

— Escute, deixe para lá! O que o senhor tem com isso? Esqueça! Deixe que ele se divirta — e apontou para o almofadinha. — O que o senhor tem a ver com isso?

O guarda não estava entendendo e o mirava de olhos arregalados. Raskólnikov começou a rir.

— A-ah! — exclamou o guarda, deu de ombros e seguiu em frente, no encalço do almofadinha e da menina, provavelmente tomando Raskólnikov por maluco ou algo pior.

"E ainda levou meus vinte copeques", resmungou Raskólnikov, com raiva, ao se ver sozinho. "Azar, na certa vai tomar dinheiro também do outro e deixar a menina com ele, é assim que vai acabar... Por que foi que eu me meti e quis ajudar? E a mim, quem é que vai ajudar? Será que tenho o direito de ajudar? Deixe que se engulam vivos uns aos outros... o que eu tenho a ver com isso? Como eu tive coragem de entregar aqueles vinte copeques? Por acaso eram meus?"

Apesar dessas palavras estranhas, ele se sentia muito mal. Sentou no banco abandonado. Seus pensamentos giravam sem rumo... E para ele, naquele momento, seria difícil, de qualquer forma, pensar no que quer que fosse. Queria esquecer por completo, tirar tudo da cabeça, depois acordar e recomeçar do zero...

"Pobre menina!", disse ele, olhando para o cantinho vazio do banco. "Vai voltar a si, vai chorar, depois a mãe vai ficar sabendo... Primeiro, vai bater com a mão, depois com o chicote, para machucar e humilhar, talvez expulse a filha de casa... Se não expulsar, mesmo assim as Dária Frántsevna vão logo farejar e a minha menina vai começar a ser jogada para lá e para cá... Logo depois, vai parar no hospital (sempre acontece isso com aquelas que moram com mães muito honestas e fazem suas travessuras às escondidas), e depois... depois, mais uma vez o hospital... a bebida... as tabernas... e o hospital novamente... uns dois ou três anos... e fica inválida, depois de ter vivido, no total, dezenove ou dezoito anos, somando tudo... Por acaso eu já não vi tudo isso? E como elas ficaram assim? Mas é assim que ficam, sempre... Droga! Dane-se! Dizem que é assim que deve ser. Dizem que é um percentual[6] que todo ano deve ir para... sabe-se lá onde... para o diabo, na certa, para que as outras se revigorem, para não as atrapalhar. Um percentual! São magníficas, na verdade, essas palavrinhas deles: tão tranquilizadoras, tão científicas. É só dizer 'percentual' e pronto, não incomoda nem um pouco. Agora, se fosse outra palavra, bem, aí... talvez fosse mais inquietante... E se, quem sabe, a Dúnietchka, de algum jeito, entrar nesse percentual?... E, se não for nesse, então vai ser em outro?...

"E para onde eu estou indo?", perguntou, de repente. "É estranho. Afinal, eu saí de casa para fazer alguma coisa. Li a carta e logo depois saí... Fui na direção da ilha Vassílievski, para a casa de Razumíkhin, foi isso, agora... lembrei. Mas para que mesmo eu ia lá? E de que modo a ideia de ir à casa de Razumíkhin me passou pela cabeça, exatamente agora? É de admirar."

Estava surpreso consigo mesmo. Razumíkhin era um de seus antigos colegas de universidade. É notável que Raskólnikov, quando frequentava a universidade, quase não tinha amigos, mantinha-se alheio a todos, não ia à casa de ninguém e, para ele, era penoso receber visitas. Aliás, em pouco tempo, todos lhe deram as costas. De um jeito ou de outro, nem das reuniões nem das conversas nem das diversões nem de nada ele tomava parte. Estudava com afinco, não se poupava, e por isso era respeitado, mas ninguém gostava dele. Era muito pobre e, de certo modo, orgulhoso e arrogante, além de não ser nada comunicativo; parecia estar escondendo alguma coisa. Para certos colegas, Raskólnikov dava a impressão de que os via a todos como crianças, com ar de superioridade, como se tivesse deixado

6 Alusão às teorias do matemático e economista belga Lambert Adolphe Quételet (1796-1874), difundidas na Europa e debatidas na imprensa russa, na época. Para ele, havia um percentual de pessoas que a natureza condenava inapelavelmente ao crime e à prostituição.

todos para trás, em maturidade, conhecimento e convicções, e parecia encarar os interesses e as convicções deles como algo inferior.

Entretanto, por algum motivo, com Razumíkhin ele se dava bem, ou melhor, não é que se desse bem, mas era mais comunicativo, mais sincero. De resto, com Razumíkhin, era impossível se relacionar de outro modo que não esse. Tratava-se de um rapaz extraordinariamente alegre e comunicativo, de uma bondade que beirava a ingenuidade. No entanto, por baixo dessa ingenuidade escondia-se a profundidade e a dignidade. Seus melhores colegas compreendiam isso, todos o amavam. Era muito sagaz, embora às vezes, de fato, se mostrasse simplório. Tinha aparência expressiva — alto, magro, barba sempre malfeita, cabelo preto. Às vezes, armava confusões e tinha fama de homem forte. Certa vez, à noite, num grupo, com um só murro, derrubou um guarda de uns doze *verchki* de altura.[7] Era capaz de beber infinitamente, mas também podia não beber absolutamente nada; às vezes, fazia brincadeiras até suspeitas, mas podia não fazer brincadeira nenhuma. Razumíkhin também chamava a atenção porque nenhum revés o perturbava e nenhuma circunstância adversa parecia capaz de deixá-lo abatido. Podia se acomodar e viver até num telhado, suportar uma fome infernal e um frio incomum. Era muito pobre e, de modo resoluto, se sustentava sozinho, cavando dinheiro com qualquer trabalho que aparecesse. Conhecia a fundo as fontes onde podia matar a sede, em termos de salário, é claro. Certa vez, passou todo o inverno sem aquecer o quarto e garantiu que, assim, chegou a ser até mais agradável, porque era melhor dormir no frio. Agora, ele também se vira forçado a deixar a universidade, mas por pouco tempo, e se apressava com todo o empenho para corrigir a situação, a fim de poder continuar os estudos. Já fazia mais ou menos quatro meses que Raskólnikov não o visitava, mas também Razumíkhin nem sequer sabia onde ele morava. Certa vez, uns dois meses antes, os dois se encontraram na rua, mas Raskólnikov lhe deu as costas e chegou a atravessar para a outra calçada, para que o colega não o visse. Só que Razumíkhin viu, mas passou direto, pois não queria perturbar o *companheiro*.

7 Significa que tinha 1,95 metro de altura. O *verchok* (plural: *verchki*) equivalia a 4,4 centímetros e o *archin* (plural: *archíni*), a 71 centímetros. Acima de dois *archíni* a altura de uma pessoa era indicada apenas em *verchki*. Portanto, ele tinha dois *archíni* (1,42 metro) mais doze *verchki* (53 centímetros).

V

"Na verdade, pouco tempo atrás, eu ainda pediria trabalho para o Razumíkhin, pediria para me arranjar umas aulas ou outra coisa...", pensou Raskólnikov. "Mas, agora, de que modo ele pode me ajudar? Vamos supor que arranje umas aulas, vamos supor até que divida comigo seu último copeque, se tiver algum copeque, e assim eu possa até comprar umas botas e consertar meu terno, para poder dar aulas... hum... Certo, mas e depois? O que vou fazer com esses trocadinhos? Por acaso é disso que estou precisando, agora? Na verdade, é até ridículo que, a essa altura, eu vá falar com Razumíkhin..."

A questão do motivo por que ele estava indo, agora, à casa de Razumíkhin o perturbava ainda mais do que ele mesmo supunha; com inquietação, tentava descobrir algum significado tenebroso, para si, naquele ato, que de resto parecia o mais rotineiro do mundo.

"Quer dizer, então, que eu queria resolver tudo só com o Razumíkhin e encontrar no Razumíkhin a saída para tudo?", se perguntou Raskólnikov, admirado.

Pensava e esfregava a testa e, de súbito, coisa estranha, depois de muito tempo de reflexão, como que por acidente e quase por conta própria, lhe veio à cabeça uma ideia estranhíssima.

— Hum... para a casa de Razumíkhin — falou de modo repentino, absolutamente calmo, como se fosse uma decisão definitiva. — Vou à casa de Razumíkhin, isso está claro... mas... não agora... Vou à casa dele... num outro dia, depois, quando *aquilo* já tiver terminado e quando tudo estiver diferente...

De súbito, voltou a si.

— Depois *daquilo* — exclamou, desvencilhando-se do banco. — Mas será que *aquilo* vai acontecer? Será que vai acontecer, de fato?

Deixou o banco para trás e caminhou, quase correu; fez menção de dar meia-volta e retornar para casa, mas, de repente, ir para casa lhe pareceu horrivelmente repugnante: era lá, dentro daquele cantinho, dentro daquele armário medonho, que já fazia mais de um mês tudo *aquilo* vinha amadurecendo, e assim ele saiu andando sem rumo.

Um calafrio nervoso percorreu seu corpo, numa espécie de febre; ele sentiu até um arrepio; debaixo daquele calor todo, lhe veio uma sensação de frio. Como que coagido, quase de forma inconsciente, por força de uma espécie de necessidade interior, ele começou a espreitar tudo que encontrava no caminho, como se estivesse, com afinco, procurando uma diversão, só que não conseguia achar, e a todo momento recaía em reflexões. Quando, estremecendo mais uma vez, erguia a cabeça e olhava em redor, na mesma hora esquecia o que estava pensando pouco antes e esquecia até por onde havia acabado de passar. Desse modo, atravessou toda a ilha Vassílievski e foi dar no Málaia Nievá,[1] cruzou a ponte e virou para as Ilhas. O verdor e o frescor, de início, agradaram aos olhos cansados de Raskólnikov, acostumados à poeira da cidade, à cal, aos prédios enormes, que pressionam, comprimem. Já aqui, não havia abafamento, mau cheiro nem tabernas. Mas logo aquelas sensações novas e agradáveis deram lugar a outras, doentias e irritantes. Às vezes, ele se detinha diante de alguma datcha enfeitada no verdor da vegetação, olhava para a cerca, via de longe as sacadas e varandas, as mulheres bem-vestidas e as crianças que corriam no jardim. Eram as flores o que mais chamava sua atenção; ele as observava cada vez mais demoradamente. Também passavam por ele carruagens luxuosas, homens e mulheres montados a cavalo; Raskólnikov os seguia com olhos curiosos e logo se esquecia deles, antes mesmo de sumirem de vista. A certa altura, parou e contou seu dinheiro: tinha mais ou menos trinta copeques. "Vinte ficaram com o guarda, três foram para a Nastássia, pela carta... quer dizer que, ontem, dei para os Marmeládov uns quarenta e sete ou cinquenta", refletiu, calculando aquilo por algum motivo, mas logo esqueceu até por que tinha tirado o dinheiro do bolso. Lembrou-se disso apenas ao passar por uma loja de alimentos, uma espécie de restaurante, e sentiu que queria comer. Ao entrar, tomou um cálice de vodca e comeu um *pirog*[2] recheado. Comeu tudo e retomou seu caminho. Fazia muito tempo que não bebia vodca e, num instante, ela produziu efeito, apesar de ter tomado apenas um cálice.

1 Ou seja, Pequeno Nievá. Os rios Málaia Nievá e Bolchaia Nievá (ou Grande Nievá) convergem em torno da ilha Vassílievski para formar o rio Nievá. 2 Tipo de torta ou bolinho assado.

De repente, as pernas ficaram pesadas e ele começou a sentir uma forte ânsia de dormir. Seguiu para casa; porém, já ao chegar à ilha Petróvski, parou totalmente esgotado, deixou a estrada, entrou na mata, se agachou na grama e, num minuto, adormeceu.

Em condições doentias, os sonhos muitas vezes se distinguem por uma clareza e por um relevo extraordinários, e também por uma semelhança incomum com a realidade. Às vezes, se compõe um quadro monstruoso, mas a situação e o processo da representação, em seu todo, alcançam, desse modo, tamanha verossimilhança, adquirem detalhes tão precisos, inesperados, mas artisticamente tão coerentes com o conjunto do quadro, que nem o próprio sonhador, em estado de vigília, seria capaz de imaginar aquilo tudo, ainda que fosse um artista, como Púchkin ou Turguêniev. Tais sonhos, os sonhos doentios, sempre ficam gravados na memória por muito tempo e deixam uma impressão forte num organismo aflito e já conturbado.

Um sonho terrível ocorreu a Raskólnikov. Sonhou com a infância, ainda na cidadezinha da família. Num dia festivo, ao entardecer, ele tem sete anos e passeia com o pai nos arredores da cidade. O céu está cinzento, é um dia abafado, o lugar está exatamente igual ao que perdurou em sua memória: mesmo em sua memória, o lugar se mostra muito mais apagado do que aparece, agora, no sonho. A cidadezinha está toda exposta, como na palma da mão; nenhum salgueiro, em volta; em algum lugar, muito longe, na beirada do céu, a mancha negra de um bosque pequeno. A poucos passos da última horta da cidadezinha, há uma taberna, uma taberna grande, que sempre lhe causava uma impressão ruim, e até medo, quando passava por ali, passeando com o pai. Na taberna, havia sempre uma imensa multidão, esbravejavam, gargalhavam e imprecavam demais, cantavam de modo medonho, com vozes roucas, e toda hora se atracavam; em torno da taberna, sempre vagavam umas caras bêbadas e aterradoras... Ao deparar com elas, Raskólnikov se encolhia todo, junto ao pai, e tremia muito. Perto da taberna, há uma estrada, uma trilha, sempre poeirenta, e a poeira ali é sempre muito preta. A trilha avança sinuosa e, a uns trezentos passos, dobra à direita, para o cemitério da cidadezinha. No meio do cemitério, há uma igreja de pedra com uma cúpula verde, aonde ele ia com o pai e a mãe, umas duas vezes por ano, assistir à missa em memória da avó, morta havia muito tempo e a quem ele nunca havia visto. Nessas ocasiões, sempre levavam um *kutiá* num prato branco, debaixo de um guardanapo, e o *kutiá* era um doce de arroz com passas prensadas, em forma de cruz, sobre o arroz. Ele adorava aquela igreja e seus ícones antigos, em grande parte sem guarnição, e o velho sacerdote de cabeça trêmula. Junto ao túmulo da avó, sobre o qual havia uma lápide, ficava o tumulozinho do irmão caçula dele, morto aos seis meses de vida e que ele também não havia conhecido e do qual não podia lembrar-se; mas lhe contavam que tinha um irmão pequeno e ele, toda vez que visitava o cemitério, religiosamente e respeitosamente, fazia o sinal da cruz diante da sepultura, se abaixava e beijava o túmulo. E é isso que está sonhando: ele e o pai vão pela estrada rumo ao cemitério e passam pela taberna; ele segura a mão do pai e, com medo, se vira e olha para a taberna. Uma circunstância específica atrai sua atenção: dessa vez, ali, parece haver uma festa, uma multidão de pequeno-burgueses bem-vestidos, camponesas, seus maridos e uma gentalha qualquer. Todos estão bêbados, todos cantam e, junto ao alpendre da taberna, há uma carroça estacionada, mas uma carroça estranha. É uma dessas carroças volumosas em que atrelam grandes cavalos de carga e que usam para transportar barris de vinho e outras mercadorias. Ele sempre gostava de ver aqueles imensos cavalos de carga, de crinas compridas, patas grossas, que andam com calma, em passos medidos, e que puxam atrás de si montanhas inteiras, sem o menor esforço, e até parece que para eles é mais fácil andar com uma carga do que sem nada. Porém, agora, coisa estranha, naquela carroça grande está atrelado um cavalo pequeno, franzino, alazão, um pangarezinho da roça, um desses que — ele via muitas vezes — se mata puxando uma carroça cheia até em cima de feno ou de lenha, sobretudo quando a carroça fica agarrada na lama ou numa vala, e aí os mujiques sempre batem nesses cavalos com o chicote de modo muito, muito doloroso, às vezes até no focinho e nos olhos, e dá tanta pena, tanta pena de olhar para o cavalo que ele por pouco não chora, e a mãezinha, então, sempre o afasta da janela. Mas, de repente, uma barulheira: entre gritos, canções, balalaicas, saem da taberna uns mujiques enormes e bêbados, mais do que bêbados, de camisas vermelhas e azuis, com os *armiaki*[3] jogados sobre os ombros. "Sobe na carroça, todo mundo, vai, sobe!", grita um deles, ainda jovem, de pescoço muito grosso e cara carnuda, vermelha como uma cenoura. "Vou levar todo mundo, sobe na carroça!" Mas logo ressoam risadas e gritos:

— É nesse pangaré aí que você vai levar?

3 *Armiak* (plural: *armiaki*): antigo casacão ou capote camponês, de lã rústica.

— Ora essa, Mikolka, o que foi que deu na sua cabeça? Atrelar uma eguazinha dessa na carroça?

— Pois esse alazão aí não pode ter menos de vinte anos de idade, meus irmãos!

— Vamos logo, vou levar todo mundo! — grita Mikolka de novo, é o primeiro a pular na carroça, apanha as rédeas e se põe de pé, todo esticado, na dianteira. — O baio já foi embora com Matviéi faz tempo — grita, do alto da carroça. — Mas essa eguazinha aqui, meus irmãos, é a desgraça da minha vida: nem sei por que não mato de uma vez, só sabe comer sem trabalhar. Estou dizendo, sobe todo mundo! Vamos a galope! É para galopar! — E empunha o chicote, preparando-se com prazer para açoitar o alazão.

— Vamos lá, é para subir! — zombam, na multidão. — Veja só, vai galopar!

— Já faz uns dez anos que o bicho não sabe o que é galopar.

— Vai galopar!

— Não tenham pena, irmãos, cada um pega seu chicote, preparem!

— Pronto! Mete o chicote!

Todos sobem na carroça de Mikolka, entre gargalhadas e ditos picantes. Sobem uns seis homens, e ainda cabe mais. Levam uma camponesa gorda e rosada. Está de vestido muito vermelho, de *kítchka*[4] na cabeça, enfeitada com miçangas, uns tamancos de inverno nos pés, e está quebrando nozes e dando risadinhas. Em redor, na multidão, também riem e, na verdade, como não rir? Aquela eguazinha que é só pele e osso vai galopar puxando todo aquele peso! Na carroça, dois rapazes prontamente empunham um chicote para ajudar Mikolka. Ressoa: "Vai!", e o pangaré puxa com toda sua força, mas não só não galopa como mal consegue mover as patas, em passos arrastados, berra e se agacha sob os golpes de três chicotes, que jorram em cima dela como uma chuva. Os risos na carroça e na multidão redobram, mas Mikolka se zanga e, possesso, chicoteia a eguazinha com golpes mais acelerados, como se acreditasse de verdade que ela ia mesmo galopar.

— Deixem comigo, irmãos! — grita um rapaz na multidão, que, só de ver aquilo, ficou com água na boca.

— Sobe! Sobe todo mundo! — grita Mikolka. — Vou levar todo mundo! E a galope! — E açoita e açoita e, nesse frenesi, já nem sabe por que está batendo.

4 Tipo de chapéu tradicional das camponesas russas.

— Paizinho, paizinho — grita ele para o pai. — Paizinho, o que eles estão fazendo? Paizinho, estão batendo no coitado do cavalinho!

— Vamos, vamos! — diz o pai. — Estão embriagados, fazem arruaça, os imbecis: vamos, não olhe! — E quer levá-lo embora, mas ele se solta de sua mão e, sem se controlar, corre para o cavalinho. Só que o pobre cavalinho já está mal. Respira ofegante, para, de novo dá um passo, por pouco não cai.

— Chicoteiem até matar! — grita Mikolka. — Já que começou, agora vou chicotear mesmo!

— Como é que pode? Você não é cristão, seu capeta! — grita um velhinho na multidão.

— Onde já se viu pôr uma carga dessas nas costas de um cavalinho assim — acrescentou outro.

— Vai acabar matando! — grita um terceiro.

— Não se mete! É minha propriedade! Faço o que eu quiser. Sobe mais gente! Sobe todo mundo! Quero galopar, mesmo que o mundo venha abaixo!

De repente, a gargalhada se desata a toda volta e recobre tudo: a eguazinha não suportou os golpes incessantes e, sem forças, começou a dar coices!

Dois rapazes saem da multidão empunhando chicotes e correm na direção do cavalinho para chicotear seus flancos. Cada um corre para um lado.

— No focinho, nos olhos, nos olhos! — grita Mikolka.

— Música, irmãos! — grita alguém da carroça e todos que estão na carroça obedecem. Começa uma canção de farra, retine um pandeiro, um assovio nos refrões. A camponesinha quebra nozes e dá risadas.

... Ele corre ao lado do cavalo, corre um pouco à frente, vê como chicoteiam seus olhos, bem nos olhos! Ele chora. O coração aperta, as lágrimas correm. Um dos chicoteadores fere seu rosto; ele nem sente, retorce as mãos, grita, se atira contra um velho grisalho de barba grisalha, que está balançando a cabeça e condena tudo aquilo. Uma camponesa segura sua mão e quer levá-lo dali; mas ele se desvencilha e corre de novo para o cavalinho. O animal já está nas últimas, porém, mais uma vez, começa a dar coices.

— Vai para o diabo! — berra Mikolka, num furor. Joga fora o chicote, se abaixa e pega no fundo da carroça uma vara de madeira grossa e comprida, um varal de carroça, segura na ponta com as duas mãos e, com esforço, levanta acima do alazão.

— Vai partir ao meio! — gritam em volta.

— Vai matar!

— É minha propriedade! — grita Mikolka e, com toda a força, desce o varal. Ressoa todo o peso da pancada.

— Mete o chicote, mete o chicote! Para que pararam? — gritam vozes na multidão.

Mikolka brande o varal mais uma vez e outra pancada, com toda a força, atinge as costas do pobre pangaré. Ele desaba para trás, mas se ergue de um pulo e puxa, puxa com todas as suas energias, em várias direções, para mover a carroça; porém, de todos os lados, batem os seis chicotes e o varal, novamente, se levanta e cai pela terceira vez, depois uma quarta, ritmado, com um baque fundo. Mikolka está possesso, porque não consegue matar com um só golpe.

— É dura na queda! — gritam em volta.

— Agora vai ter de cair, meus irmãos, chegou o fim dela! — grita um entusiasta na multidão.

— É com um machado, o que estão esperando? Termina com ela de uma vez — grita um terceiro.

— Eh, vocês parecem uns mosquitinhos! Abre espaço! — grita Mikolka furioso, larga o varal, se abaixa de novo até o fundo da carroça e apanha uma barra de ferro. — Cuidado! — grita e, com toda a força que tem, acerta e deixa sua pobre eguazinha aturdida. A pancada desce em cheio; a eguazinha cambaleia, afunda, quer andar, mas a barra de ferro, mais uma vez, com toda a força, acerta suas costas e ela tomba por terra, como se cortassem as quatro patas ao mesmo tempo.

— Dá cabo logo! — grita Mikolka e pula da carroça, como se tivesse enlouquecido. Alguns rapazes, também vermelhos e embriagados, apanham o que aparece na frente: chicotes, sarrafos, o varal, e correm para a eguazinha, já agonizante. Mikolka vai para o lado e, já à toa, começa a bater com a barra de ferro nas suas costas. O alazão estica o focinho, arqueja com força e morre.

— Matou! — gritam na multidão.

— É, por que não galopou?

— É minha propriedade! — grita Mikolka, com a barra de ferro nas mãos e os olhos injetados. Parece lamentar não ter mais ninguém em quem possa bater.

— Puxa, quer saber, você não é um cristão de verdade! — gritam muitas vozes na multidão.

Mas o pobre menino já está fora de si. Com um grito, abre caminho na multidão, vai na direção do cavalo, abraça seu focinho morto e ensanguentado, e beija, beija os olhos, os lábios... Depois, de repente, dá um salto, num delírio, se atira com os punhos cerrados contra Mikolka. Nesse instante, o pai, que já vinha atrás dele havia muito tempo, finalmente o agarra e o leva para longe da multidão.

— Vamos! Vamos! — diz para ele. — Vamos para casa!

— Paizinho! Por que eles... o pobre cavalinho... mataram! — soluça, mas a respiração está presa e as palavras escapam como gritos de seu peito oprimido.

— Estão embriagados, fazem farra, não é da nossa conta, vamos! — diz o pai. Ele envolve o pai nos braços, mas o peito aperta, aperta. Quer tomar fôlego, gritar, e acorda.

Acordou todo suado, os cabelos molhados de suor, ofegante, e se levanta horrorizado.

"Graças a Deus que é só um sonho!", disse, sentando embaixo de uma árvore e respirando fundo. "Mas o que é isso? Será que é o começo de uma febre? Que sonho mais horrendo!"

Todo seu corpo parecia ter levado uma surra; a mente estava escura e confusa. Apoiou os cotovelos nos joelhos e escorou a cabeça nas mãos.

"Meu Deus!", exclamou. "Será possível, mas será mesmo possível que eu vou, de fato, pegar um machado e bater na cabeça, esmagar o crânio dela... vou pisar e escorregar no sangue quente, pegajoso, arrombar o cadeado, roubar e tremer; me esconder, todo o sangue derramado... com um machado... Meu Deus, será?"

Estava tremendo como uma folha, ao dizer aquilo.

"Por acaso eu sou isso?", prosseguiu, ajeitando-se de novo, como que numa profunda perplexidade. "Pois se eu sabia muito bem que não ia suportar, então para que me torturei assim até hoje? Pois ontem mesmo, ontem, quando fui fazer aquele... *ensaio*, ontem mesmo eu entendi perfeitamente que não ia aguentar... O que eu estou querendo, agora? De que até hoje eu ainda tenho dúvidas? Pois ainda ontem, quando descia pela escada, eu mesmo disse que isso é sórdido, nojento, vil, vil... pois a simples ideia, *na realidade*, já me deu vontade de vomitar e me encheu de horror...

"Não, eu não vou aguentar, não vou aguentar! Mas, tudo bem, vamos admitir até que não exista nenhuma dúvida em todos esses cálculos, que tudo que ficou decidido, neste mês, seja claro como o dia, correto como a aritmética. Meu Deus! Só que, no final, por nada neste mundo eu vou me atrever! Pois eu não vou suportar, eu não vou suportar!... Para que, para que, então, até hoje..."

Ficou de pé, olhou em redor com ar de surpresa, como se estivesse assombrado de estar ali, e seguiu para a ponte T. Estava pálido, os olhos queimavam, a exaustão pesava em todos os membros, mas de súbito pareceu respirar mais leve. Sentia que havia se livrado do fardo terrível que o oprimira por tanto tempo e que, de repente, sua alma estava leve e em paz. "Meu Deus!", implorou. "Mostre-me qual o caminho, que eu vou repudiar esse meu... sonho maldito!"

Ao passar pela ponte, calma e lentamente, observava o rio Nievá, ao crepúsculo radiante do sol poente, vermelho e luminoso. Apesar de sua debilidade, nem chegava a sentir cansaço. Como se o abscesso que havia se formado no coração durante um mês inteiro de repente estourasse. Liberdade, liberdade! Agora, estava livre daqueles feitiços, da bruxaria, do encanto, da alucinação!

Mais tarde, quando se lembrava daquele tempo e de tudo o que havia acontecido naqueles dias, minuto a minuto, ponto a ponto, linha a linha, uma circunstância sempre o espantava, beirava a superstição e, embora no fundo nem fosse algo tão extraordinário assim, depois, o tempo todo, lhe parecia haver ali uma espécie de predeterminação de seu destino.

Mais exatamente, ele não conseguia entender e explicar por que, cansado e exausto como estava, sabendo que seria muito mais vantajoso voltar para casa pelo caminho mais curto e direto, retornou pela praça Sennaia, por onde não tinha a menor necessidade de passar. O desvio não era grande, mas era completa e obviamente desnecessário. É claro que acontecia dezenas de vezes de Raskólnikov voltar para casa sem lembrar-se das ruas por onde tinha passado. Porém por que, ele sempre se perguntava, depois, por que aquele encontro tão importante, tão decisivo para ele, e ao mesmo tempo tão extremamente casual, na praça Sennaia (aonde não tinha motivo nenhum para ir), foi ocorrer logo naquela hora, naquele minuto de sua vida, justamente quando se achava naquele estado de ânimo e naquelas circunstâncias em que isso, o tal encontro, só poderia produzir o efeito mais decisivo e mais definitivo em todo seu destino? Como se estivesse ali de propósito à sua espera!

Era por volta de nove horas quando chegou à praça Sennaia. Nas mesas, nos tabuleiros, nas vendas e nas barracas, todos os feirantes estavam fechando seus estabelecimentos, ou retiravam e arrumavam suas mercadorias, e se dispersavam a caminho de suas casas, assim como seus fregueses. Perto dos pequenos restaurantes, nos andares de baixo, nos pátios sujos e fedorentos dos prédios da praça Sennaia e, sobretudo, nas tabernas, se aglomeravam em grande número os mais variados tipos de operários e trapeiros. Quando caminhava pela rua sem rumo, Raskólnikov tinha predileção por aqueles lugares, assim como por todas as pequenas travessas vizinhas. Ali, seus andrajos não chamavam nenhuma atenção presunçosa e era possível se apresentar com a aparência que bem entendesse, sem ninguém ficar escandalizado. Na própria travessa K., na esquina, um pequeno-burguês e uma mulher, sua esposa, vendiam mercadorias em duas mesas: linhas, fitas, lenços de chita etc. Também tinham intenção de ir para casa, mas se demoravam ali, conversando com uma conhecida, que se aproximou. A conhecida era Lizavieta Ivánovna, ou simplesmente, como todos a conheciam, Lizavieta, a irmã mais nova da mesma velha Aliona Ivánovna, registradora de colégio[5] e usurária, em cuja casa Raskólnikov tinha estado na véspera para penhorar um relógio e fazer seu *ensaio*... Havia muito tempo que Raskólnikov sabia daquela Lizavieta e ela até já o conhecia um pouco. Era uma jovem alta, desajeitada, medrosa e submissa, quase uma idiota, de trinta e cinco anos, que vivia em completa escravidão na casa da irmã, trabalhava para ela dia e noite, tremia na sua frente e suportava até surras. Estava de pé, pensativa, com uma trouxa na mão, diante do vendedor e da mulher, e os escutava com atenção. Os dois explicavam algo para ela, com um fervor especial. Quando Raskólnikov a viu, de repente, uma sensação estranha, semelhante a um profundo assombro, tomou conta dele, embora nesse encontro nada houvesse de assombroso.

— A senhora, Lizavieta Ivánovna, podia resolver pessoalmente — falou alto o vendedor. — Passe aqui amanhã, depois das sete horas, mais ou menos. Eles também vão estar aqui.

— Amanhã? — disse Lizavieta, com voz arrastada e pensativa, como se estivesse indecisa.

— Puxa, mas aquela Aliona Ivánovna mete medo mesmo em você! — tagarelou a esposa do vendedor, mulherzinha esperta. — Quando olho para a senhora, é igualzinha a uma criança pequena. Ela nem é sua irmã de sangue, mas só adotiva, e olha só como domina a senhora.

5 Refere-se ao posto do marido, quando vivo. Trata-se do posto mais baixo na hierarquia do serviço civil, de catorze classes, criada por Pedro, o Grande, no início do século XVIII.

— Mas desta vez não diga nada para Aliona Ivánovna — interrompeu o marido. — Este é o meu conselho, e venha nos ver sem pedir a ela. O negócio é vantajoso. Depois, sua própria irmã vai entender.

— E quando eu devo vir?

— Amanhã, por volta das sete; e eles também vão vir; a senhora vai resolver pessoalmente.

— Vou servir um chazinho — acrescentou a esposa.

— Está bem, eu virei — disse Lizavieta, sempre pensativa, e, lentamente, começou a andar.

Naquele instante, Raskólnikov passou e não ouviu mais nada. Andava de modo discreto, imperceptível, tentando não deixar escapar nenhuma palavra. O assombro anterior pouco a pouco se converteu em horror, como se um calafrio percorresse suas costas. De forma súbita, repentina e totalmente inesperada, ele se deu conta de que, no dia seguinte, exatamente às sete horas da noite, Lizavieta, a irmã da velhinha e a única pessoa que morava com ela, não estaria em casa e que, portanto, às sete horas da noite em ponto, a velha *ficaria em casa sozinha*.

Até seu apartamento, faltavam só alguns passos. Entrou como um condenado à morte. Não concatenava nenhum raciocínio e não era, absolutamente, capaz de raciocinar; mas, de repente, sentiu com todo seu ser que não tinha mais liberdade nem de pensamento nem de vontade e que tudo, de súbito, estava decidido de uma vez por todas.

Claro, ainda que tivesse de esperar anos inteiros por um acaso propício, mesmo tendo já seu plano pronto e traçado, por certo seria impossível imaginar uma ocasião mais obviamente favorável ao sucesso de tal plano do que essa que agora, de repente, se apresentou a ele. De todo modo, seria bastante difícil saber no dia anterior, e de forma segura, com grande precisão e com o mínimo risco, sem quaisquer investigações e pesquisas arriscadas, que no dia seguinte, a tal hora, a tal velha, contra a qual se preparava um atentado, estaria sozinha, sem mais ninguém, em casa.

VI

Mais tarde, de algum modo, Raskólnikov veio a saber exatamente por que o vendedor e sua esposa convidaram Lizavieta para ir à sua casa. Era a questão mais banal do mundo e não encerrava, em si, nada de tão especial. Uma família que veio de fora, empobrecida, estava vendendo seus bens, as roupas etc., tudo de mulher. Como vender na feira não era lucrativo, andavam à procura de uma vendedora, e Lizavieta trabalhava com isso: vendia por comissão, de porta em porta, e tinha muita experiência, porque era muito honesta e sempre pedia o preço mais baixo: pedia um preço e pronto, era aquele e não mudava. No geral, falava pouco e, como já foi dito, era muito submissa e acanhada...

Entretanto, ultimamente Raskólnikov se tornara supersticioso. Nele, vestígios muito antigos de superstição tinham sobrevivido quase de forma indelével. E assim, em tudo aquilo, ele estava sempre inclinado a ver certa excentricidade, certo mistério, algo como a presença de não se sabe que influências e coincidências especiais. Ainda no inverno, um estudante conhecido seu, Pokoriev, ao partir para Khárkov, lhe comunicou, meio que por acaso, o endereço da velha Aliona Ivánovna, para o caso de ele ter de penhorar algum bem. Durante muito tempo, não foi à casa dela, porque tinha suas aulas e, de um jeito ou de outro, conseguia se virar. Um mês e meio antes, lembrou-se do endereço; tinha duas coisas que podia penhorar: o velho relógio de prata do pai e um anelzinho de ouro com três pedrinhas preciosas vermelhas, que a irmã lhe dera de lembrança, na sua despedida. Resolveu levar o anelzinho; ao encontrar a velha, logo ao primeiro olhar, ainda sem saber nada de especial sobre ela, sentiu uma vaga repugnância pela mulher, aceitou as duas "notinhas" que ela lhe deu e, no caminho de volta, entrou numa tabernazinha bem ruim. Pediu chá, sentou-se e começou a refletir profundamente. Uma ideia estranha emergiu na sua cabeça, como um pinto sai do ovo, e o deixou muito, muito interessado.

Quase a seu lado, noutra mesinha, estava um estudante que ele não conhecia nem um pouco, não tinha a menor lembrança dele, e também um jovem oficial. Tinham jogado bilhar e agora bebiam chá.

De súbito, ouviu que o estudante falava para o oficial sobre juros, sobre Aliona Ivánovna, registradora de colégio, e lhe deu o endereço. Só aquilo, de alguma forma, já pareceu estranho para Raskólnikov: acabava de vir de lá e ali estavam os dois justamente falando sobre ela. Claro, era um acaso, só que agora ele já não conseguia se desvencilhar de uma impressão extraordinária demais, era exatamente como se alguém quisesse lhe prestar um serviço: o estudante, de uma hora para outra, começou a fornecer a seu colega diversos detalhes a respeito da tal Aliona Ivánovna.

— Ela é formidável — disse ele. — Tem sempre dinheiro para emprestar. Rica como um judeu, é capaz de pagar cinco mil na hora, e também não faz pouco-caso de penhorar objetos que valem só um rublo. Muita gente nossa passou por lá. Só que é uma megera medonha…

E passou a contar como era perversa, rabugenta, e que bastava atrasar um dia o pagamento para vender os bens da pessoa. Dava quatro vezes menos do que valia o objeto, cobrava juros de cinco e até de sete por cento ao mês etc. O estudante não parava de falar e, ainda por cima, contou que a velha tinha uma irmã, a Lizavieta, a quem ela, tão miúda e sinistra, espancava toda hora e mantinha completamente escravizada, como se fosse uma criança pequena, embora Lizavieta tivesse no mínimo uns oito *verchki* de altura[1]…

— Veja só que fenômeno! — exclamou o estudante e deu uma gargalhada.

Passaram a falar sobre Lizavieta. O estudante falava dela com um tipo de prazer especial e não parava de rir, enquanto o oficial escutava com grande interesse, até pediu ao estudante que mandasse a tal Lizavieta à sua casa para remendar suas roupas de baixo. Raskólnikov não deixou escapar nenhuma palavra e ficou sabendo de tudo, de uma vez só: Lizavieta era mais nova, meia-irmã da mais velha (de mães diferentes) e já estava com trinta e cinco anos. Trabalhava para a irmã dia e noite, em casa, era cozinheira e lavadeira, além de costurar para fora, chegava a lavar o chão na casa dos outros e depois dava todo o dinheiro para a irmã. Não se atrevia a aceitar nenhuma encomenda e nenhum trabalho sem sua autorização. A velha já fizera seu testamento, fato conhecido pela própria Lizavieta, que não ia receber nenhum tostão de

1 Ou seja, 1,74 metro. Ver nota 7 do capítulo IV desta primeira parte.

herança, exceto os móveis, as cadeiras etc.: o dinheiro mesmo, a velha ia deixar para um mosteiro na província de N., para a memória eterna de sua alma. Lizavieta não era uma funcionária pública, mas uma pequeno-burguesa, solteira, bastante desajeitada, de estatura extraordinariamente alta, umas perninhas compridas e meio arqueadas, sempre de sapatos cambaios, de couro de bode, e se mantinha limpa e decente. O principal, e o que mais surpreendia e fazia rir o estudante, era que Lizavieta toda hora engravidava...

— Mas você não disse que ela é um monstro? — comentou o oficial.

— Sim, ela é toda escura, mais parece um soldado vestido de mulher, mas, sabe, não tem nada de monstruoso. Tem uns olhos e um rosto muito agradáveis. Até demais. A prova é que muita gente gosta. Tão mansinha, dócil, sossegada, cordata, concorda com tudo. E o sorriso é até muito bonito.

— Quer dizer que você também gosta dela? — riu o oficial.

— Por uma excentricidade. Não, eu vou lhe dizer o que é. Eu bem que mataria e roubaria aquela velha maldita, e garanto a você que sem o menor peso na consciência — acrescentou o estudante, com ardor.

De novo, o oficial deu uma gargalhada, mas Raskólnikov estremeceu. Que estranho, aquilo!

— Desculpe, mas agora eu quero lhe fazer uma pergunta a sério — empolgou-se o estudante. — Claro, eu estava só brincando, agora há pouco, mas veja bem: de um lado, uma velhinha tola, desmiolada, insignificante, perversa, doente, que não faz falta a ninguém, ao contrário, é prejudicial a todos, que nem sabe para que está viva e que amanhã ou depois vai morrer por conta própria. Está entendendo? Está entendendo?

— Certo, estou entendendo — respondeu o oficial, cravando os olhos atentos no companheiro exaltado.

— Pois continue escutando. De outro lado, forças jovens, frescas, que se extinguem em vão, sem apoio nenhum, e são milhares, estão em toda parte! Cem, mil boas ações e empreendimentos que podiam ser concretizados e incentivados com o dinheiro da velha, condenado a ir para um mosteiro! Centenas, talvez milhares de existências que passam a ter um caminho; dezenas de famílias salvas da indigência, da degradação, da morte, da depravação, das doenças venéreas... e tudo isso com o dinheiro dela. Mate a velha e pegue seu dinheiro para, com a ajuda dele, dedicar-se a servir toda a humanidade e o interesse geral: o que você acha, esse crime único e minúsculo não seria atenuado por milhares de boas ações? Em troca de uma vida, milhares de vidas salvas da podridão e da desagregação. Uma morte em troca de cem vidas… É uma questão de aritmética! E o que significa, no cômputo geral, a vida dessa velhota tuberculosa, burra e perversa? Não mais do que a vida de um piolho, de uma barata, e até nem isso vale, porque a velhota é nociva. Ela devora a vida dos outros: há pouco tempo, de maldade, mordeu o dedo de Lizavieta; por muito pouco não decepou!

— É claro, ela não merece viver — comentou o oficial. — Mas a natureza é assim.

— Ora, irmão, afinal de contas a natureza deve ser dirigida e corrigida, sem isso seria inevitável afundar nos preconceitos. Sem isso, não existiria nenhum grande homem. Ficam falando: "o dever, a consciência". Não quero dizer nada contra o dever e a consciência, mas afinal como é que nós entendemos essas palavras? Espere, vou lhe fazer mais uma pergunta. Escute!

— Não, espere você; eu é que vou lhe fazer uma pergunta. Escute!

— Está bem!

— Você fica aí falando e discursando, mas agora me diga uma coisa: é *você mesmo* que vai matar a velha ou não?

— Claro que não! Falei em termos de justiça… Mas não cabe a mim, e o problema…

— Quanto a mim, se você mesmo não se atreve, então não tem justiça nenhuma aqui! Vamos jogar mais uma partida!

Raskólnikov sentia uma comoção extraordinária. Claro, tudo aquilo eram conversas e ideias de jovens, as mais rotineiras e frequentes, que ele já ouvira muitas vezes, apenas sob outras formas e sobre outros temas. Mas por que ele teve de ouvir aquela conversa e aquelas ideias exatamente agora, quando, em sua cabeça, tinham acabado de germinar… *precisamente as mesmas ideias*? E por que, exatamente agora, quando havia acabado de trazer da casa da velha o embrião de sua ideia, ele teve de esbarrar justamente com uma conversa sobre a velha?… Aquela coincidência sempre lhe pareceu estranha. Aquela conversa banal de taberna teve um efeito extraordinário sobre ele, no desdobramento posterior da questão: como se fosse, de fato, uma espécie de predestinação, de diretriz…

Ao voltar da Sennaia, jogou-se no sofá e ficou sentado, imóvel, por uma hora inteira. Entretanto, foi escurecendo; não tinha velas, aliás nem passava por sua cabeça acender alguma. Jamais conseguiu lembrar: estaria pensando em alguma coisa naquele momento? Por fim, sentiu a febre de antes, um calafrio e, com prazer, se deu conta de que também podia deitar no sofá. Logo, um sono pesado, de chumbo, baixou sobre ele, como se o esmagasse.

Dormiu por um tempo incomum, e sem sonhos. Nastássia, ao entrar no quarto às dez horas da manhã seguinte, só a muito custo e empurrões conseguiu acordá-lo. Tinha trazido chá e pão. O chá, de novo, estava fraco e, de novo, estava na chaleira pessoal dela.

— Nossa, como dorme! — exclamou, com indignação. — Só sabe dormir!

Com esforço, levantou-se um pouco. A cabeça doía; ficou de pé, deu uma volta em seu cubículo e tombou de novo no sofá.

— Vai dormir outra vez! — exclamou Nastássia. — Será que você está doente mesmo?

Ele não respondeu.

— Quer um chá?

— Depois — falou com esforço, cerrando os olhos de novo e voltando-se para a parede. Nastássia continuou de pé, a seu lado.

— Vai ver está mesmo doente — disse ela, virou-se e saiu.

Voltou de novo às duas horas, com a sopa. Ele estava deitado como antes. O chá continuava intacto. Nastássia sentiu-se até ofendida e, com rancor, começou a lhe dar empurrões.

— Você já está dormindo demais! — exclamou, olhando para ele com repugnância. Raskólnikov levantou-se um pouco, se pôs sentado, mas não disse nada e só olhava para o chão.

— Está doente ou o quê? — perguntou Nastássia e, de novo, não recebeu resposta. — Devia dar uma saidinha na rua — disse ela, depois de uma pequena pausa. — Pelo menos pegar um ar. E agora, vai comer ou não vai?

— Depois — respondeu, com voz fraca. — Saia! — E acenou com a mão.

Ela ficou mais um pouco, olhou para ele com pena e saiu.

Minutos depois, ele ergueu os olhos e ficou muito tempo olhando para o chá e para a sopa. Depois, pegou o pão, pegou a colher e começou a comer.

Comeu um pouco, sem apetite, tomou três ou quatro colherzinhas, como que mecanicamente. A cabeça doía menos. Terminado o almoço, estirou-se de novo no sofá, mas já não conseguia dormir, deitado de cara para baixo, imóvel, o rosto afundado no travesseiro. Sonhava sem parar e todos os sonhos eram estranhos: na maioria das vezes, se via em algum lugar na África, no Egito, numa espécie de oásis. A caravana está descansando, os camelos estão deitados, serenos; em volta, palmeiras se erguem num círculo completo; todos estão almoçando. Ele não cansa de beber água, direto de um riacho que corre, murmurante, ali mesmo, a seu lado. E a água flui tão fresca, tão maravilhosamente azul e fria, entre pedras coloridas e sobre uma areia muito limpa, com pontinhos dourados... De súbito, ouviu nitidamente o relógio bater. Acordou, voltou a si, ergueu a cabeça, olhou para a janela, se deu conta da hora e, de repente, levantou-se de um pulo, totalmente desperto, como se alguém o tivesse arrancado do sofá. Na ponta dos pés, chegou à porta, entreabriu devagar e escutou, para ver se, lá de baixo, vinha algum barulho pela escada. O coração batia de modo estranho. Mas a escada estava em silêncio: pelo visto, todos dormiam... Parecia algo selvagem e maravilhoso que ele pudesse dormir tão profundamente desde o dia anterior e que ainda não tivesse feito nada, não tivesse preparado nada... Entretanto, talvez já fossem seis horas... E, de repente, em lugar do sono e do torpor, uma espécie de agitação extraordinária, desnorteante e febril tomou conta dele. De resto, os preparativos eram poucos. Reuniu todas as energias, a fim de apreender tudo e não esquecer nada; mas o coração continuava a bater e martelar de tal modo que era difícil respirar. Primeiro, tinha de fazer um laço e costurar no sobretudo — coisa de um minuto. Vasculhou embaixo do travesseiro e, no meio da roupa de baixo embolada, apanhou uma camisa velha, suja e totalmente destroçada. De seus trapos, ele arrancou uma tira de um *verchok* de largura e uns oito *verchki* de comprimento. Dobrou ao meio, despiu o sobretudo de verão, largo, pesado, feito de algum tecido grosso (seu único sobretudo), e começou a costurar as duas pontas da tira no forro interno, abaixo da axila esquerda. As mãos tremiam enquanto costurava, mas ele também conseguiu controlar isso, de tal modo que, quando vestiu de novo o sobretudo, não se percebia nada. A agulha e as linhas já estavam preparadas havia muito tempo, embrulhadas num pedaço de papel, em cima da mesinha. Quanto ao laço, era uma invenção pessoal muito engenhosa: o laço era para o machado. Não era possível carregar um machado na mão pela rua. Se escondesse debaixo do sobretudo, teria de ficar segurando com a mão, o que chamaria a atenção. Mas agora, com o laço, bastava apenas enfiar o machado na alça que ele ficaria ali pendurado tranquilamente, por dentro, abaixo da axila, durante todo o trajeto. Com a mão enfiada no bolso lateral do sobretudo, ele podia, enfim, segurar o cabo do machado, para que não ficasse balançando; e, como o sobretudo era muito largo, um verdadeiro saco, também não daria para notar, olhando de fora, que ele estava segurando algo com mão, por dentro do bolso. O laço, ele tinha inventado, também, já fazia duas semanas.

Feito isso, enfiou os dedos na pequena brecha entre seu "sofá turco" e o chão, tateou perto do canto esquerdo e puxou o "penhor", que ele havia preparado e escondido ali, havia muito tempo. Aquele penhor, no entanto, não era um penhor de verdade, mas apenas uma plaquinha de madeira aplainada e lisa, de tamanho e profundidade não maiores do que teria uma cigarreirazinha de prata. Havia encontrado por acaso aquela plaquinha num de seus passeios, num pátio em que funcionava uma espécie de oficina, num anexo nos fundos. Depois, ele acrescentou à plaquinha uma tira de ferro lisa e bem fininha — que na certa havia se desprendido de um objeto qualquer — e que ele também tinha achado na rua na mesma ocasião. Após unir as duas plaquinhas, das quais a de ferro era menor que a de madeira, amarrou uma na outra com força, com um barbante em cruz; depois, com cuidado e elegância, embrulhou num papel branco e limpo e, com um cordão, também em cruz, prendeu com um laço, e deu o nó de modo que ficasse ainda mais difícil desatar. A finalidade era desviar a atenção da velha por algum tempo, enquanto ela começasse a soltar o nó, para, desse modo, ganhar um minuto. A tira de ferro servia para dar peso, para que a velha, no primeiro instante, não adivinhasse que a "coisa" era de madeira. Tudo aquilo ficou guardado embaixo do seu sofá, para quando chegasse a hora. Assim que pegou o penhor, de repente, de algum canto do pátio, ressoou um grito:

— Já passou muito das seis horas!

— Há muito tempo! Minha nossa!

Correu para a porta, escutou bem, agarrou o chapéu e tratou de descer seus treze degraus com cuidado, sem fazer barulho, como um gato. Tinha pela frente a tarefa mais importante: roubar um machado na cozinha. Quanto ao que precisava fazer com o machado, isso ele já havia decidido, desde muito tempo. Levava também um pequeno podão; mas não confiava nem no podão nem, muito menos, nas próprias forças e, por isso, se fixou em definitivo no machado. Aliás, observemos uma peculiaridade a respeito de todas as decisões definitivas que ele havia tomado naquela questão. Tinham uma característica estranha: quanto mais definitivas se mostravam, mais assustadoras e mais absurdas se tornavam imediatamente a seus olhos. Apesar de toda sua torturante luta interior, ele nunca, durante todo aquele tempo, nem por um instante, conseguia crer na viabilidade de seus projetos.

E mesmo que, em algum momento, acontecesse de tudo já estar analisado e decidido por ele, até o último detalhe e de modo definitivo, e de não restar mais nenhuma dúvida — ainda assim, ao que parecia, ele desistiria de tudo, como algo absurdo, monstruoso e impossível. No entanto, restava ainda um verdadeiro abismo de questões e dúvidas. Quanto ao lugar onde conseguir um machado, isso era uma banalidade que não o inquietava nem um pouco, pois não havia nada mais fácil. A questão era que Nastássia saía de casa toda hora, sobretudo ao anoitecer: ou escapava para a casa de vizinhos, ou ia à vendinha, e sempre deixava a porta escancarada. Só por isso a senhoria brigava com ela. Portanto, quando chegasse a hora, bastaria entrar na cozinha sem fazer barulho e pegar o machado, e depois, passada uma hora (quando tudo já estivesse terminado), entrar e pôr de novo no lugar. Mas lhe veio ainda uma dúvida: quando ele retornasse uma hora depois para restituir o machado, Nastássia poderia já ter voltado. Claro, seria preciso passar direto e aguardar que ela saísse outra vez. E se nesse intervalo ela precisasse do machado, começasse a procurar e ficasse gritando, nervosa — aí surgiria uma suspeita ou, pelo menos, o risco de uma suspeita.

Mas isso já eram detalhes insignificantes, nos quais ele nem se dava ao trabalho de pensar, nem tinha tempo. Pensava no principal, deixava os detalhes para quando ele mesmo *estivesse convencido de tudo*. Só que era isso que parecia de todo impraticável. Pelo menos, parecia. Ele não era capaz, de maneira alguma, por exemplo, de imaginar que um dia terminaria de pensar, se levantaria e, simplesmente, iria andando para lá... Até seu recente *ensaio* (ou seja, a visita com a intenção de observar o lugar, em definitivo), ele apenas *ensaiava* fazer, o que era muito diferente de pôr em prática, pois só ficava dizendo: "Muito bem, vou até lá e vou tentar, é melhor do que ficar sonhando desse jeito!", mas, na hora agá, não aguentava, rogava pragas e fugia, enfurecido consigo mesmo. Entretanto, parecia que ele já havia concluído toda a análise, no sentido de uma solução moral da questão: sua casuística estava afiada como uma navalha e, em si mesmo, ele não encontrava objeções conscientes. Mas, em última instância, ele simplesmente não acreditava em si mesmo e, de propósito, como um escravo, procurava objeções, tateando para os lados, como se alguém o forçasse e o arrastasse para aquilo. O último dia, que havia começado de modo tão casual e que definira tudo de uma só vez, tinha agido sobre ele de forma quase totalmente mecânica: como se alguém o pegasse pelo braço e puxasse atrás de si, irresistível, às cegas, com uma força alheia à natureza, sem objeções. Como se a roda de uma máquina tivesse agarrado uma ponta solta de sua roupa e começasse a puxá-lo para dentro dela.

Primeiro — aliás, já desde muito tempo —, uma questão o preocupava: por que era tão fácil descobrir e esclarecer quase todos os crimes, e por que as pegadas de quase todos os criminosos se denunciavam tão obviamente? Pouco a pouco, ele chegou a conclusões variadas e curiosas e, em sua opinião, a causa principal se encerrava menos na impossibilidade material de esconder o crime do que no próprio criminoso: o próprio criminoso, na hora do crime — isso ocorre com quase todos —, está sujeito a uma espécie de rebaixamento da vontade e da razão, que dão lugar, ao contrário, a uma fenomenal leviandade infantil, e precisamente naquele momento em que a razão e a prudência são mais necessárias. Segundo sua convicção, esse eclipse da razão e esse rebaixamento da vontade dominam a pessoa à maneira de uma doença, desenvolvem-se aos poucos e chegam a seu ponto máximo pouco antes da execução do crime; prosseguem da mesma forma no momento do crime e ainda por algum tempo depois disso, dependendo do indivíduo; mais tarde, passam, assim como uma doença qualquer. A questão é: será que a doença gera o crime ou é o próprio crime que, de algum modo, por sua natureza peculiar, é sempre acompanhado de algo semelhante a uma doença? Ele ainda não se sentia capaz de responder.

Tendo chegado a tais conclusões, decidiu que, no seu caso, pessoalmente, em sua ação, não poderiam existir aquelas reviravoltas doentias, a razão e a vontade permaneceriam com ele, inalienáveis, por todo o tempo da execução do que ele havia planejado, pela única razão de que aquilo que havia planejado "não era crime"... Deixemos de lado todo o processo pelo qual ele chegou à última decisão; mesmo sem isso, já nos adiantamos demais... Acrescentemos apenas que as dificuldades puramente materiais e práticas de sua ação desempenhavam, em geral, em sua mente, o papel mais secundário possível. "Basta apenas conservar, por cima dessas dificuldades, toda a vontade e toda a razão, que elas, quando chegar a hora, serão totalmente derrotadas, quando for necessário enfrentar, nos mínimos detalhes, todos os pormenores da ação..." Porém a ação não começava. Suas decisões definitivas continuavam a ser aquilo em que ele menos acreditava, menos do que qualquer outra coisa e, quando chegou a hora, tudo acabou saindo de modo diferente, como que por acaso, quase de forma inesperada.

Antes mesmo de terminar de descer a escada, uma circunstância insignificante o deixou num impasse. Ao alcançar a cozinha da senhoria, que como sempre tinha a porta escancarada, espiou com cuidado, meio de lado, para verificar de antemão se, na ausência de Nastássia, a própria senhoria não estava ali e, caso contrário, se a porta de seu quarto estava bem fechada, para que a senhoria, de algum modo, lá de dentro, não pudesse vê-lo na hora em que ele entrasse para pegar o machado. Porém, qual não foi sua surpresa quando viu, de repente, que Nastássia dessa vez não só estava em casa, na sua cozinha, como também estava ocupada: tirava roupas brancas de um cesto e pendurava na corda! Ao vê-lo, ela parou de pendurar as roupas, virou-se para ele e ficou olhando, por todo o tempo que ele demorou para passar. Ele desviou os olhos e foi em frente, como se não tivesse percebido nada. Mas a questão estava encerrada: nada de machado! Estava horrivelmente abalado!

"E de onde é que eu fui tirar", pensava, ao sair pelo portão, "de onde é que eu fui tirar a ideia de que ela, necessariamente, naquele minuto, não estaria em casa? Por que, por que, por que eu decidi isso com tanta certeza?" Estava arrasado, de certo modo até humilhado. Tinha vontade de rir de si mesmo, com rancor... Uma raiva surda, feroz, fervia dentro dele.

Parou pensativo junto ao portão. Ir para a rua, assim, a esmo, passear, lhe dava repugnância; voltar para casa era mais repugnante ainda. "Mas que chance eu perdi, e para sempre!", balbuciou, parado, sem nenhum propósito, no portão, bem na frente do cubículo do porteiro, também de porta aberta. De repente, teve um sobressalto. Dentro do cubículo do porteiro, a dois passos de onde ele estava, embaixo de um banco, à direita, algo brilhou nos seus olhos... Observou em redor: ninguém. Na ponta dos pés, aproximou-se do cubículo, desceu dois degraus e, com voz fraca, chamou o porteiro. "Muito bem, não está em casa! Mas está perto, no pátio, porque a porta está escancarada." Precipitou-se na direção do machado (aquilo era um machado) e puxou-o de debaixo do banco, onde estava deitado entre duas achas de lenha; ali mesmo, antes de sair, prendeu-o no laço, meteu as mãos nos bolsos e saiu do cubículo do porteiro; ninguém notou! "Se não for com a razão, que seja com o diabo!", pensou, sorrindo de modo estranho. Aquele acaso lhe deu um ânimo extraordinário.

Seguiu caminho, sereno e *ponderado*, sem pressa, para não despertar nenhuma suspeita. Pouco olhava para os passantes, esforçava-se até para não olhar para os rostos e se manter o mais imperceptível que pudesse. Então, lembrou-se do chapéu. "Meu Deus! E anteontem eu tinha dinheiro e não consegui comprar um boné!" Uma maldição escapou de sua alma.

Ao olhar por acaso, de relance, para uma lojinha, viu ali, num relógio de parede, que já eram sete e dez. Tinha de se apressar e, ao mesmo tempo, fazer um desvio: chegar ao prédio dando uma volta pelo outro lado...

Antes, quando visualizava tudo aquilo na imaginação, às vezes pensava que ia ter muito medo. Mas agora não tinha muito medo; na verdade, não sentia medo algum. Naquele momento, o que o preocupava eram certos pensamentos impertinentes, mas que sempre duravam pouco. Ao passar pelo jardim Iussúpov, ele chegou a se interessar bastante pela ideia de construir chafarizes altos, pensando em como refrescariam o ar de todas as praças. Pouco a pouco, chegou à convicção de que, se ampliassem o Jardim de Verão por todo o Campo de Marte e o fundissem até com o Jardim Mikhailóvski, ficaria lindo e seria muito benéfico para toda a cidade. Então, de súbito, seu interesse mudou: por que será, exatamente, que, em todas as cidades grandes, não por uma necessidade determinada, mas por uma espécie de propensão especial, as pessoas têm de viver e residir justamente nas partes da cidade onde não há jardins nem chafarizes, mas sim lama, fedor e todo tipo de imundície? Então, lembrou-se de seus próprios passeios pela praça Sennaia e, por um instante, voltou a si: "Mas que absurdo", pensou. "Não, o melhor é não pensar em nada!"

"Com certeza, é assim que as pessoas condenadas à morte se embrenham em pensamentos sobre todos os objetos que encontram em seu caminho", passou, num lampejo, pela sua cabeça, mas foi só um lampejo, como um relâmpago; ele mesmo tratou logo de apagar a ideia... Entretanto, já está perto, ali está o prédio, aqui está o portão. Em algum lugar, um relógio bateu uma vez. "O que é isso? Já são sete e meia? Não pode, na certa está adiantado!"

Por sorte, no portão, o acaso de novo ajudou. Pois, como se fosse de propósito, naquele instante, bem na sua frente, entrou uma enorme carroça de feno, que o manteve completamente oculto por todo o tempo em que ele cruzava o portão e, assim que a carroça terminou de passar pelo portão e entrou no pátio, ele, num piscar de olhos, esgueirou-se à direita. No lado para onde foi a carroça, ouviam-se vozes que gritavam e discutiam, mas ninguém o viu e ninguém passou por ele. Muitas janelas que davam para o pátio imenso e quadrado estavam abertas naquele momento, porém ele nem sequer levantava a cabeça — não tinha forças. A escada para o apartamento da velha ficava perto, à direita, logo depois do portão. Ele já estava na escada...

Tomando fôlego, apertou com a mão o coração, que martelava, apalpou e ajeitou o machado mais uma vez, começou a subir a escada com cautela e em silêncio, enquanto, a todo instante, escutava com atenção. Mas até ali a escada permanecia completamente vazia; todas as portas estavam fechadas; não encontrou ninguém. No segundo andar, de fato, havia um apartamento desocupado, com a porta escancarada e, dentro, trabalhavam pintores, mas também não olharam para fora. Ele parou um pouco, pensou e foi em frente. "Claro, era melhor que nem estivessem aqui, mas... acima deles, há mais dois andares."

Agora sim, aqui está o quarto andar, aqui está a porta, aqui está o apartamento em frente; esse está vazio. No terceiro andar, ao que tudo indicava, o apartamento bem embaixo do da velha também estava vazio: o cartão de visita pregado na porta com tachinhas tinha sido retirado — foram embora!... Ele estava ofegante. Por um segundo, uma ideia passou pela sua cabeça: "Não será melhor fugir?". Mas não deu resposta e continuou a escutar, atento, na direção do apartamento da velha: um silêncio de morte. Depois, mais uma vez voltou o ouvido para a escada, para baixo, escutou por um bom tempo, com atenção... Em seguida, olhou em redor pela última vez, avançou de mansinho, ajeitou-se e, de novo, testou o machado no laço. "Será que não estou muito... pálido?", lhe veio à cabeça. "Será que não estou nervoso demais? Ela é desconfiada... Não será melhor esperar um pouco... até o coração parar de...?"

Só que o coração não parava. Ao contrário, como se fosse de propósito, batia forte, forte, forte... Ele não estava aguentando, estendeu a mão devagar e puxou o cordão da campainha. Meio minuto depois, tocou de novo, um pouco mais alto.

Sem resposta. Ficar tocando à toa não adiantava nada, e também não ficava bem, para ele. A velha estava em casa, sem dúvida, mas era desconfiada e estava sozinha. Em parte, ele conhecia seus hábitos... e, mais uma vez, encostou o ouvido na porta. Seja porque seus sentidos estavam muito apurados (o que, em geral, é difícil avaliar), seja porque algo soou mais alto, o fato é que, de um modo ou de outro, ele distinguiu uma espécie de rumor cauteloso de um toque de mão na maçaneta e o roçar de um vestido na própria porta. Alguém, discretamente, estava de pé junto à fechadura, do lado de dentro, e da mesma forma que ele, do lado de fora, escutava com atenção, disfarçando e, parece, também com o ouvido encostado na porta...

De propósito, ele se mexeu e balbuciou algo um pouco mais alto, para não dar a impressão de que estava se escondendo; em seguida, tocou a campainha pela terceira vez, porém baixinho, de modo sóbrio e sem nenhuma impaciência. Mais tarde, ao recordar-se daquilo de maneira clara, radiosa — aquele minuto ficou gravado nele para sempre —, não conseguia entender de onde havia tirado tanta astúcia, ainda mais porque sua mente parecia toldada, em certos momentos, e ele quase não sentia o próprio corpo... Um instante depois, ouviu que abriam o ferrolho.

VII

Como da outra vez, abriu-se uma frestinha minúscula na porta e, de novo, no escuro, dois olhos alertas e desconfiados se cravaram nele. Então Raskólnikov perdeu a cabeça e cometeu um erro importante. Temendo que a velha se assustasse por estarem sozinhos, e sem esperança de que seu aspecto a tranquilizasse, segurou a porta e puxou-a para si, para que a velha, de qualquer forma, não inventasse de trancar-se outra vez. Ao ver aquilo, ela não puxou a porta de volta, mas também não soltou a maçaneta, de modo que, por pouco, ele não a puxou também, junto com a porta, na direção da escada. Ao ver que ela estava agora plantada na soleira e não o deixava passar, ele avançou direto de encontro a ela. De susto, ela recuou, fez menção de falar alguma coisa, mas parece que não conseguiu e, de olhos arregalados, ficou olhando para ele.

— Boa noite, Aliona Ivánovna — começou, da maneira mais desembaraçada possível, só que a voz não obedecia, saía entrecortada, trêmula. — Eu trouxe... uma coisa para a senhora... olhe, é melhor ir para lá... para a luz... — Deixou-a para trás e, sem ser convidado, avançou direto para dentro do quarto. A velha correu atrás dele; sua língua se soltou.

— Meu Deus! O que o senhor veio fazer?... Quem é? O que o senhor deseja?

— Desculpe, Aliona Ivánovna... a senhora me conhece... Raskólnikov... olhe, trouxe o penhor que prometi há alguns dias... — E entregou o penhor.

A velha pensou em examinar o penhor, mas logo cravou o olhar bem nos olhos daquela visita, que entrou sem ser chamada. Observou com atenção, rancor e desconfiança. Passou um minuto; ele teve a impressão de que, nos olhos dela, havia algo parecido com deboche, como se já tivesse adivinhado tudo. Ele sentia que estava perdendo a cabeça, à beira de ficar apavorado, e apavorado a tal ponto que, pelo visto, se ela continuasse por mais meio minuto a olhar daquele jeito, sem dizer nenhuma palavra, era capaz de ele fugir dali correndo.

— O que a senhora está olhando tanto, será que não está me reconhecendo? — falou de repente, também com raiva. — Se quiser, pegue, senão… vou levar para outro, não tenho tempo.

Ele nem pensou em dizer aquilo, saiu de repente, sozinho.

A velha se recompôs e, ao que parece, o tom firme da visita a encorajou.

— O que é que você, meu caro, assim, tão de repente… o que é isso? — perguntou, olhando para o penhor.

— Uma cigarreirazinha de prata: lembra, eu falei da outra vez.

Ela estendeu a mão.

— Mas por que é que você está assim tão pálido? Olhe, até as mãos estão tremendo! Andou se banhando, meu caro?

— É a febre — respondeu bruscamente. — Querendo ou não, a gente fica pálido… quando não tem o que comer — acrescentou, mal conseguindo pronunciar as palavras. Suas forças, de novo, diminuíram. Mas a resposta se mostrou verossímil; a velha pegou o penhor.

— O que é? — perguntou, olhando de novo fixamente para Raskólnikov e sentindo, na mão, o peso do penhor.

— Uma coisa… uma cigarreirazinha… de prata… olhe.

— Mas o que é isso, nem parece que é de prata… Puxa, amarrou bem.

Enquanto tentava desatar o cordão e se virava para a janela, na direção da luz (todas as janelas estavam fechadas, apesar do abafamento), por alguns segundos ela se afastou dele por completo e ficou de costas. Ele desabotoou o sobretudo, desprendeu o machado do laço, mas não chegou a tirar todo o machado, apenas o segurou com a mão direita, por baixo da roupa. As mãos estavam horrivelmente fracas; ele mesmo sentia que, a cada instante, elas ficavam mais entorpecidas e mais duras. Temia deixar o machado escapar e cair… de repente, a cabeça pareceu rodar.

— Mas como ele amarrou isto aqui! — exclamou a velha irritada, e se moveu na direção dele.

Não podia perder nem mais um segundo. Retirou o machado inteiro do casaco, ergueu-o com as mãos, quase sem sentir, quase sem esforço, quase mecanicamente, baixou a parte de trás do machado em cima da cabeça da velha. A essa altura, ele parecia não ter forças. Porém, assim que baixou o machado uma vez, uma força nasceu dentro dele.

A velha, como sempre, estava com a cabeça descoberta. Os cabelos claros e um pouco grisalhos, ralinhos, gordurosos, untados de óleo, como de hábito, estavam presos numa trancinha, num rabinho de rato, embaixo de uma lasca de pente de chifre, saliente na parte posterior da cabeça. A pancada acertou na nuca, para o que contribuiu a pequena estatura da velha. Ela deu um grito, mas muito fraco e, de repente, pendeu para o chão, embora conseguisse ainda erguer as mãos à cabeça. Numa das mãos, continuava a segurar o "penhor". Então, com toda a força, ele bateu mais uma e outra vez, sempre com a parte de trás do machado e sempre no topo da cabeça. O sangue jorrou, como de um copo virado, e o corpo caiu de costas. Ele se desviou para o lado, deixou o corpo baixar até o chão e, na mesma hora, curvou-se na direção do rosto; já estava morta. Os olhos arregalados pareciam querer saltar, mas a testa e todo o rosto estavam enrugados e contraídos num espasmo.

Pôs o machado no chão ao lado da morta e, na mesma hora, tentando não se lambuzar no sangue que corria, enfiou a mão no bolso — no mesmo bolso direito de que ela havia tirado as chaves, na vez anterior. Ele estava em sua plena consciência, nem estupor nem vertigem existiam mais, só que as mãos continuavam a tremer. Depois, lembrou-se de que ele estava até muito atento, cuidadoso, tentava o tempo todo não se sujar... Rapidamente, apanhou as chaves; como antes, estavam todas juntas numa argola de aço. Correu logo para o quarto. Era um cômodo muito pequeno, com um enorme oratório de ícones. Junto à outra parede, ficava uma cama grande, perfeitamente limpa, com um cobertor de seda, acolchoado, enfeitado com retalhos. Na terceira parede, havia também uma cômoda. Coisa estranha: assim que começou a experimentar as chaves na cômoda, assim que ouviu o tilintar das chaves, foi atravessado por uma espécie de convulsão. De repente, veio de novo a vontade de largar tudo e fugir. Mas durou só um instante; era tarde para fugir. Chegou a rir de si mesmo, quando, de repente, outro pensamento perturbador bateu em sua cabeça. De súbito, teve a impressão de que a velha ainda podia estar viva e podia voltar a si. Deixou as chaves, a cômoda, e voltou correndo para o corpo, agarrou o machado e ergueu de novo, acima da velha, mas não baixou. Não havia dúvida de que estava morta. Depois de se agachar e examinar mais de perto, viu claramente que o crânio estava partido e até um pouco esfacelado, na lateral. Chegou a pensar em apalpar com o dedo, mas recuou a mão; não precisava, era uma coisa óbvia. Entretanto, o sangue já havia formado uma poça inteira. De repente, notou um cordão no pescoço dela, puxou, mas o cordão era forte e não rompia; além do mais, estava molhado de sangue. Experimentou puxar para cima, passando pelo rosto, mas algo atrapalhava, prendia. Em sua impaciência, quis erguer o machado de novo para bater direto no cordão, mesmo preso ao corpo, num golpe de cima para baixo, porém não teve coragem e, com dificuldade, manchando as mãos e o machado, depois de pelejar dois minutos, rompeu o cordão e retirou-o, sem tocar o machado no corpo; tinha razão: era uma carteira. No cordão, havia duas cruzes, uma de cipreste, outra de cobre, e, além disso, um santinho esmaltado; junto, pendia uma pequena carteira de camurça oleosa, com bordas e argola de aço. A carteira estava abarrotada; Raskólnikov enfiou-a no bolso, sem examinar o conteúdo, deixou cair as cruzes no peito da velha e, nessa hora, apanhando o machado, correu de novo para o quarto.

Estava com uma pressa medonha, agarrou as chaves e começou de novo a pelejar com elas. Porém, de um jeito ou de outro, não tinha sucesso: não encaixavam na fechadura. A questão não era tanto que as mãos tremessem, mas sim que ele usava sempre a chave errada: por exemplo, vê que a chave não é aquela, não serve, mas continua insistindo. De repente, caiu em si e compreendeu que aquela chave grande, com a ponta denteada, que estava ali pendurada junto com outras chaves menores, não devia de jeito nenhum ser da cômoda (como lhe veio à cabeça, na vez anterior), mas sim de algum cofre, e talvez fosse nesse cofre que tudo estava escondido. Deixou a cômoda de lado e, no mesmo instante, rastejou para debaixo da cama, pois sabia que as velhas costumam colocar os cofres embaixo da cama. E assim foi: lá estava um cofre de tamanho considerável, pouco mais de um *archin* de profundidade, de tampa convexa, revestida de marroquim vermelho, coberto com tachinhas de aço. A chave denteada prontamente encaixou na fechadura e abriu. Em cima, sob um pano branco, estava um abrigo de pele de lebre, forrado de tafetá vermelho; embaixo dele, um vestido de seda, depois um xale e ali, no fundo, parecia haver apenas trapos. Antes de tudo, tratou de limpar as mãos manchadas de sangue no tafetá vermelho. "É vermelho e não dá para perceber o sangue, no vermelho", começou a raciocinar e, de repente, caiu em si: "Meu Deus! O que é isso, estou ficando maluco?", pensou, num susto.

Porém, assim que revirou os trapos por baixo do abrigo de pele, dali escapuliu um relógio de ouro. Tratou de despejar tudo de uma vez só. De fato, misturados no meio dos trapos, havia objetos de ouro — na certa, tudo aquilo eram penhores, resgatados e não resgatados —, braceletes, correntinhas, alfinetes etc. Alguns estavam em estojos, outros apenas embrulhados em papel de jornal, mas com cuidado e esmero, em folhas duplas, e amarrados com uma fita. Sem demora, tratou de atulhar os bolsos da calça e do sobretudo com os objetos, sem escolher nem abrir os embrulhos e estojos; só que não teve tempo de apanhar muita coisa...

De repente, no quarto onde estava a velha, ele ouviu alguém andando. Parou e ficou em silêncio, como um morto. Mas não veio nenhum ruído, portanto foi só impressão. De súbito, nitidamente, soou um grito fraco, ou era como se alguém desse um gemido baixo, entrecortado, e depois silenciasse. Em seguida, mais uma vez, um silêncio de morte, por um ou dois minutos. Ele se pôs de cócoras junto ao cofre e esperou, recuperando o fôlego a muito custo, mas de repente, de modo brusco, se levantou, pegou o machado e correu para o outro quarto.

No meio do cômodo estava Lizavieta com uma grande trouxa nas mãos, olhava estupefata para a irmã assassinada, estava muito branca, como um lençol e, pelo visto, sem forças para gritar. Ao vê-lo entrar correndo, ela começou a tremer como uma folha, num calafrio, e todo seu corpo foi atravessado por espasmos; ergueu a mão, quis abrir a boca, mas mesmo assim não gritou e, devagar, andando de costas, começou a afastar-se para o canto, enquanto olhava direto para ele, fixamente, mas ainda sem gritar, como se estivesse sem fôlego para dar um grito. Ele avançou para ela, com o machado em punho; os lábios de Lizavieta se retorceram de um modo de dar pena, como uma criancinha que começa a ter medo de alguma coisa, olha fixo para aquilo que a assusta e se prepara para gritar. E a infeliz Lizavieta era a tal ponto simples, oprimida e para sempre atemorizada que nem chegou a levantar as mãos para proteger o rosto, embora fosse o gesto mais natural e necessário, naquele minuto, porque o machado estava erguido bem acima de seu rosto. Ela apenas levantou um pouquinho a mão esquerda, que estava livre, mas longe do rosto, e estendeu o braço devagar para a frente, na direção dele, como que para mantê-lo afastado. A pancada acertou o crânio em cheio, com o fio da lâmina, e abriu de um só golpe toda a parte superior da testa, quase até o topo da cabeça. Ela desabou de uma vez só. Raskólnikov perdeu completamente o controle, agarrou a trouxa que estava com Lizavieta, largou-a de novo e correu para o vestíbulo.

O medo o dominava cada vez mais, sobretudo depois do segundo assassinato, totalmente imprevisto. Sua vontade era fugir dali o mais depressa possível. E se naquele instante ele estivesse em condições de ver e raciocinar de modo mais correto; se pelo menos conseguisse se dar conta de toda a dificuldade de sua situação, de todo o desespero, de toda a aberração e de todo o absurdo que havia ali, e se conseguisse compreender também quantos obstáculos e, talvez, quantas perversidades ele ainda teria de enfrentar e praticar, a fim de conseguir escapar dali e chegar em casa, é muito provável que desistisse de tudo na mesma hora e fosse confessar seu crime por livre e espontânea vontade, e não por medo de si mesmo, mas sim e apenas por horror e aversão àquilo que tinha feito. A aversão, principalmente, aumentava e crescia dentro dele, a cada minuto. Agora, por nada no mundo ele chegaria perto do cofre, nem mesmo do quarto.

No entanto, uma espécie de alheamento, semelhante até a um estado de meditação, começou aos poucos a dominá-lo: por momentos, ele pareceu esquecer de si mesmo, melhor dizendo, esqueceu o principal e se aferrou a pormenores. Assim, ao olhar para a cozinha e ver um balde com água até a metade em cima de um banco, teve a ideia de lavar as mãos e o machado. As mãos estavam ensanguentadas e pegajosas. Afundou a lâmina do machado direto na água, agarrou um pedacinho de sabão que estava num pratinho rachado, no parapeito da janela, e começou a lavar as mãos, direto no balde. Depois de lavar as mãos, retirou o machado do balde, lavou a lâmina e, demoradamente, por uns três minutos, lavou também o cabo de madeira, que estava ensanguentado, limpando o sangue até com o sabão. Em seguida, esfregou tudo com uma roupa de cama dependurada para secar na corda do varal que atravessava a cozinha e, depois, por muito tempo, com atenção, examinou o machado junto à janela. Não restaram vestígios, apenas o cabo ainda estava molhado. Com muito cuidado, prendeu o machado no laço, por dentro do sobretudo. Então, até onde a luz turva da cozinha permitia, examinou o sobretudo, as calças, as botas. Exteriormente, à primeira vista, parecia não haver nada; só nas botas havia algumas manchas. Umedeceu um trapo e esfregou as botas. Sabia, no entanto, que não estava enxergando direito, que podia haver algo bem diante de seus olhos sem que ele percebesse. Ficou parado no meio do quarto, pensativo. Uma ideia torturante, sombria, veio à tona dentro dele: a ideia de que estava enlouquecendo e de que, naquele instante, não tinha forças para raciocinar nem para se proteger e de que, de qualquer forma, talvez não fosse preciso fazer o que agora estava fazendo… "Meu Deus! Tenho de correr, correr!", murmurou e precipitou-se para a porta. Mas ali o aguardava um horror tão grande como certamente ele nunca havia experimentado.

Ficou parado, olhando, sem acreditar nos próprios olhos: a porta, a porta do apartamento, que dava do vestíbulo para a escada, a mesma onde, pouco antes, ele tinha tocado a campainha e por onde havia entrado, não estava fechada, mas sim entreaberta e com um vão onde cabia inteira a palma da mão: nem fechadura nem ferrolho, e o tempo todo, durante todo aquele tempo! A velha não fechou a porta, depois que ele entrou, talvez por precaução. Mas, meu Deus! Afinal, depois, ele viu a Lizavieta ali! E como pôde, como pôde deixar de entender que ela, afinal, tinha de entrar por algum lugar? Não ia ser através da parede.

Atirou-se na direção da porta e trancou o ferrolho.

"Mas não, de novo, não é isso! Tenho de ir embora, ir embora..."

Soltou o ferrolho, abriu a porta e escutou atento, na direção da escada.

Ficou muito tempo escutando. Longe, em algum lugar, lá no térreo, na certa junto ao portão, duas vozes, sabe lá de quem, gritavam altas e estridentes, discutiam, xingavam. "O que eles...?" Ficou esperando, com impaciência. Por fim, tudo silenciou de vez, e de um só golpe; dispersaram-se. Ele queria sair já, mas, de repente, no andar de baixo, com muito barulho, uma porta se abriu para a escada e alguém começou a descer os degraus, cantarolando uma melodia. "Como podem fazer tanto barulho!", passou por sua cabeça, num lampejo. Encostou a porta de novo e esperou um pouco. Enfim, tudo silenciou; não havia ninguém. Já se preparava para dar o primeiro passo na escada, quando de repente se ouviram, outra vez, os passos de outra pessoa.

Aqueles passos soaram muito distantes, lá no térreo, no início da escada, mas depois ele iria se lembrar muito bem e com muita clareza de que, logo ao primeiro ruído, por alguma razão, começou a desconfiar de que a pessoa, com toda a certeza, estava indo *para lá*, para o quarto andar, para o apartamento da velha. Por quê? Os sons, por acaso, eram tão especiais, tão notáveis? Eram passos pesados, ritmados, sem pressa. Pronto, aí está, *ele* passou do primeiro andar e, olhe só, continuou a subir; dá para ouvir cada vez melhor! Dava mesmo para ouvir a respiração pesada do visitante. Olhe, começou a subir para o terceiro andar... está vindo para cá! E, de repente, ele teve a impressão de que estava como que petrificado, de que tudo aquilo era igual a um desses sonhos em que somos perseguidos de perto, querem nos matar, mas parece que criamos raízes e ficamos presos ao chão e que é impossível mover os braços.

Por fim, quando o visitante começou a subir para o quarto andar, só então, de súbito, ele entrou em ação e, de maneira rápida e ágil, conseguiu esgueirar-se de volta, do corredor da escada para dentro do apartamento, e encostou a porta. Em seguida, agarrou o machado e, devagar, sem fazer barulho, prendeu-o no laço. O instinto ajudou. Terminado tudo, ele prendeu a respiração e se escondeu, bem junto à porta. O visitante intruso também já se encontrava diante da porta. Agora, estavam os dois um diante do outro, como pouco antes haviam ficado ele e a velha, quando apenas a porta os separava, e ele se pôs a escutar com atenção.

O visitante respirou fundo, algumas vezes. "Deve ser gordo, grande", pensou Raskólnikov, apertando o machado na mão. De fato, parecia estar sonhando tudo aquilo. O visitante segurou o cordão da campainha e tocou forte.

Assim que o som metálico da campainha retiniu, de repente lhe veio a sensação de que, no quarto, estavam se mexendo. Por alguns segundos, ele até se pôs a escutar, a sério. O desconhecido tocou mais uma vez, esperou mais um pouco e, de repente, com impaciência, puxou a maçaneta da porta com toda a força. Raskólnikov olhava com horror para o gancho do ferrolho e, com um temor surdo, esperava que, a qualquer momento, o ferrolho saltasse. De fato, aquilo pareceu possível, tamanha era a força com que estavam puxando. Chegou a pensar em segurar o ferrolho com a mão, mas *o outro* poderia perceber. Sua cabeça parecia recomeçar a rodar. "Vou desmaiar!", passou pela sua cabeça, mas o desconhecido falou e, com isso, ele logo se refez.

— O que foi que deu nelas, pegaram no sono ou alguém estrangulou as duas? Desgraçaaaadas! — soltou um urro, como se a voz viesse de dentro de um barril. — Ei, Aliona Ivánovna, sua velha bruxa! Lizavieta Ivánovna, minha beleza inigualável! Abram! Eh, suas desgraçadas, estão dormindo ou o quê?

De novo se exasperando, puxou a campainha com toda a força, umas dez vezes seguidas. Claro que se tratava de alguém autoritário e com intimidade na casa.

De súbito, naquele exato instante, soaram perto, na escada, uns passos miúdos, afoitos. Mais alguém se aproximava. Raskólnikov não estava ouvindo, no início.

— Será que não tem ninguém? — gritou, alto e alegre, aquele que tinha acabado de chegar, dirigindo-se diretamente ao primeiro, que ainda continuava puxando a campainha. — Boa noite, Kokh!

"Pela voz, deve ser muito jovem", pensou Raskólnikov, de repente.

— Só o diabo vai saber, quase arrebentei o ferrolho — respondeu Kokh. — Mas e o senhor, por gentileza, como me conhece?

— Ora essa! Anteontem, no Gambrinus, joguei três partidas de bilhar seguidas com o senhor!

— A-a-ah...

— Então, não estão em casa? Estranho. Que tolice, ou melhor, que horror. Para onde a velha pode ir? Tenho um negócio para tratar.

— Pois é, meu caro, eu também tenho um negócio!

— Certo, mas o que fazer? Só resta voltar depois. A-ah! E eu que estava pensando que ia pôr a mão num bom dinheiro! — gritou o jovem.

— Claro, voltar depois, mas então para que marcar um horário? A própria bruxa marcou um horário comigo. Tive até de pegar um atalho. Mas em que diabo de lugar ela foi se meter, eu não entendo. A bruxa não sai de casa o ano inteiro, fica mofando, tem dor nas pernas, e aí de repente vai dar um passeio!

— E se a gente perguntar lá embaixo?

— Perguntar o quê?

— Para onde ela foi e quando volta.

— Hum... Diabo... perguntar... Mas, afinal, ela não vai a lugar nenhum... — E, com a mão, puxou a maçaneta mais uma vez. — Diabo, não tem jeito, o negócio é ir embora!

— Espere! — gritou o jovem, de repente. — Olhe: veja como a porta vai para trás, quando a gente empurra.

— E daí?

— Quer dizer que não está trancada com a fechadura, só no ferrolho, quer dizer, por um trinco! Olhe, está ouvindo como o ferrolho tilinta?

— E daí?

— Como é que você não entende? Quer dizer que uma delas está em casa. Se as duas tivessem saído, teriam fechado à chave pelo lado de fora, e não com um ferrolho, por dentro. Escute só: está vendo como o ferrolho tilinta? E, para abrir o ferrolho por dentro, é preciso estar em casa, entende? Portanto, estão em casa, só que não destrancam!

— Droga! É isso mesmo! — exclamou Kokh, admirado. — Quer dizer que elas estão lá! — E, com violência, começou a sacudir a porta.

— Espere! — gritou o jovem, mais uma vez. — Não puxe! Aqui tem alguma coisa errada... o senhor tocou a campainha, sacudiu a porta... e não destrancam; quer dizer que ou as duas desmaiaram ou...

— O quê?

— Olhe só: vamos falar com o porteiro; deixe que ele mesmo resolva.

— Combinado! — Os dois começaram a descer.

— Espere! É melhor o senhor ficar aqui, enquanto eu desço correndo para buscar o porteiro.

— E para que é que eu vou ficar?

— Sabe lá?...

— É, pode ser...

— Eu estou estudando para ser juiz de instrução! Aqui, é evidente, é e-vi-den-te, que tem alguma coisa errada! — exclamou o jovem com fervor e desceu correndo pela escada.

Kokh ficou e, mais uma vez, e de leve, tocou a campainha, que tilintou uma batida; depois, também de leve, como se ponderasse e avaliasse bem, se pôs a mexer na maçaneta, puxava e baixava, para se convencer mais uma vez de que a porta estava presa só pelo ferrolho. Depois se agachou, ofegante, e quis olhar através do buraco da fechadura; mas a chave, por dentro, impedia que se olhasse de fora e, portanto, não se podia ver nada.

Raskólnikov se mantinha imóvel e apertava o machado. Era como um delírio. Estava disposto até a se atracar com eles, se entrassem. Enquanto batiam na porta e combinavam o que fazer, lhe veio várias vezes, bruscamente, a ideia de pôr um fim de uma vez naquilo tudo e gritar para eles, por trás da porta. Teve vontade, algumas vezes, de xingar os dois, provocar, enquanto não arrombassem a porta. "Quanto antes melhor!", passou pela sua cabeça, num lampejo.

— Mas cadê ele, diabo...

O tempo passava, um minuto, outro, e ninguém chegava. Kokh começou a se agitar.

— Cadê ele, diabo! — gritou, de repente, com impaciência, abandonou seu posto de sentinela, também se precipitou pela escada, esbaforido, batendo as botas nos degraus. As passadas silenciaram.

— Meu Deus, o que fazer?

Raskólnikov soltou o ferrolho, entreabriu a porta — não se ouvia ninguém e, de súbito, já absolutamente sem pensar, saiu, encostou a porta atrás de si, o mais firme que pôde, e desceu correndo.

Já havia descido três lances de escada, quando, de repente, se ouviu um barulho forte lá embaixo — onde se enfiar? Não havia lugar onde pudesse se esconder. Pensou em voltar correndo para o apartamento.

— Ei, capeta, demônio! Segura!

Com um grito, alguém saiu de um apartamento e abalou para baixo, mais do que correr, despencou pela escada, gritando a plenos pulmões:

— Mitka! Mitka! Mitka! Mitka! Mitka! Que o diabo te carre-e-e-gue!

O grito terminou num ganido; os últimos sons já vieram de fora do prédio; tudo voltou ao silêncio. Porém, naquele mesmo instante, falando alto e sem parar, algumas pessoas começaram a subir a escada. Eram três ou quatro. Raskólnikov identificou a voz ressonante do jovem. "São eles!"

Em total desespero, seguiu direto a seu encontro: O que tiver de ser será! Se me pararem, está tudo perdido; se me deixarem passar, também está tudo perdido: vão se lembrar. Já estavam chegando; entre eles, faltava só um lance de escada — e, de repente, a salvação! A alguns degraus dele, à direita, o apartamento vazio e de porta escancarada, aquele mesmo, do segundo andar, onde estavam trabalhando uns pintores que agora, como se fosse de propósito, tinham ido embora. Com certeza, foram eles que tinham acabado de sair correndo, dando aqueles gritos. O piso tinha acabado de ser pintado e, no meio do cômodo, havia uma barrica e um caco de louça com tinta e pincel. Num piscar de olhos, ele se esgueirou pela porta aberta e escondeu-se atrás da parede, e foi bem a tempo: eles já estavam naquele patamar. Em seguida, viraram para a escada e continuaram a subir para o quarto pavimento, conversando em voz alta. Ele esperou um pouco, saiu na ponta dos pés e correu para baixo.

Ninguém na escada! No portão também. Atravessou o portão depressa e virou à esquerda, na rua.

Sabia muito bem, sabia bem até demais, que naquele instante eles já estavam dentro do apartamento e que ficaram muito admirados ao ver a porta aberta, quando pouco antes estivera trancada, sabia que eles já estavam olhando para os corpos e que ia passar menos de um minuto antes que eles adivinhassem e compreendessem perfeitamente que, pouco antes, o assassino tinha estado ali, havia conseguido se esconder em algum lugar, havia se esquivado deles, sorrateiramente, e havia fugido; também adivinharam, talvez, que ele tinha se abrigado no apartamento vazio, enquanto eles subiam pela escada. Entretanto, não se atrevia, sob nenhum pretexto, a acelerar muito as passadas, embora faltassem ainda cem passos para a primeira esquina. "Não será melhor escapulir por algum portão, depois da esquina, e esperar um pouco, num lugar qualquer, numa escada desconhecida? Não, eu estou perdido! E será que não está na hora de eu me livrar deste machado, em qualquer canto por aí? Não seria melhor pegar um coche de praça? Estou perdido! Estou perdido!"

Enfim, lá está uma travessa; entrou nela, mais morto que vivo; ali, já estava meio salvo e compreendia isso: menos suspeitas; além disso, muita gente passava afobada e, no meio das pessoas, ele desaparecia como um grão de areia. Porém todos aqueles tormentos haviam minado suas forças a tal ponto que ele mal conseguia se mover. O suor gotejava; o pescoço estava todo ensopado. "Encheu a cara, hein?", gritou alguém, quando ele chegou ao canal.

Agora, estava quase fora de si; quanto mais andava, pior ficava. No entanto, lembrava que, de repente, ao chegar ao canal, se assustou ao ver que havia pouca gente e que ali ele chamava mais atenção, e pensou em voltar para a travessa. Apesar de já estar à beira de um desmaio, ainda assim, fez um desvio e chegou em casa por um caminho muito diferente.

Quando passou pelo portão do seu prédio, ainda não estava com plena consciência de si mesmo; pelo menos conseguiu chegar à escada, e só então se lembrou do machado. Nesse momento, se viu diante de uma tarefa muito importante: repor o machado no lugar e da maneira mais discreta possível. Claro, ele já não tinha forças para compreender que talvez fosse muito melhor não colocar o machado no mesmo lugar, mas sim, em vez disso, dar sumiço nele, ainda que fosse mais tarde, em um lugar qualquer, em outro pátio.

Porém tudo acabou dando certo. A porta da casinha do porteiro estava encostada, mas não trancada, portanto o mais provável era que o porteiro estivesse em casa. Mas ele já havia perdido a tal ponto a capacidade de compreender o que quer que fosse que avançou direto para a casa do porteiro e abriu a porta. Se o porteiro tivesse perguntado: "O que deseja?", talvez ele lhe entregasse o machado sem hesitar. Só que o porteiro, mais uma vez, não estava em casa e ele teve tempo de colocar o machado no mesmo lugar, embaixo do banco; chegou a cobrir a lenha, deixou tudo como antes. Depois, não encontrou ninguém, pessoa nenhuma, até chegar a seu quarto; a porta da senhoria estava fechada. Ao entrar em casa, jogou-se no sofá, do jeito como estava. Não dormiu, mas ficou num torpor. Se alguém entrasse ali, ele se levantaria com um pulo e começaria a gritar. Farrapos e estilhaços de pensamentos enxameavam dentro de sua cabeça; mas ele não conseguia agarrar nenhum, não conseguia se deter em nenhum, apesar de todo seu esforço...

Segunda parte

I

Desse modo, ficou deitado muito tempo. Uma vez ou outra, parecia acordar e, naqueles instantes, notava que já era noite alta, mas nem passava pela sua cabeça levantar da cama. Afinal, percebeu que o dia já clareava. Estava deitado de costas no sofá, ainda atordoado pelo torpor recente. Da rua, de modo incisivo, chegavam clamores terríveis, desesperados, que ele, no entanto, ouvia todas as noites pela janela, depois das duas horas. Eram os mesmos que agora o despertavam. "Ah! Pronto, os beberrões estão saindo das tabernas", pensou. "Já passa das duas." E, de repente, pulou da cama, como se alguém o tivesse arrancado do sofá. "Como? Já passa das duas!" Sentou-se no sofá... e então, lembrou-se de tudo! De súbito, num piscar de olhos, lembrou-se de tudo!

No primeiro instante, achou que tinha enlouquecido. Um frio tremendo o dominou; só que o frio também vinha da febre, que tinha começado já fazia um bom tempo, quando ainda estava dormindo. Agora, de repente, bateu um calafrio tão forte que os dentes por pouco não saltaram da boca e, dentro dele, tudo começou a rodar. Abriu a porta e se pôs a escutar: o prédio todo estava adormecido. Atordoado, olhava para si e para todo o quarto, em redor, e não entendia: como ele, no dia anterior, foi capaz de entrar sem trancar a porta e se jogar direto no sofá sem tirar a roupa, até de chapéu na cabeça: o chapéu tinha escorregado e estava ali, caído no chão, perto do travesseiro. "Se chegasse alguém, agora, o que não ia pensar? Que eu estou bêbado, mas..." Correu para a janela. Havia luz bastante e ele tratou logo de examinar a si mesmo, por completo, dos pés à cabeça, toda a roupa: não haveria vestígios? Mas daquele jeito era impossível: trêmulo com os calafrios, começou a tirar toda a roupa e observou de novo em redor. Revirou tudo, até o último fio e remendo e, desconfiado de si mesmo, repetiu o exame umas três vezes. Mas não havia nada, pelo visto, nenhum vestígio; apenas na parte de baixo da calça, que tinha desfiado e pendia como uma franja, nessa mesma franja, tinham ficado espessas manchas de sangue coagulado. Ele pegou um canivete grande e cortou a franja. Fora isso, ao que parecia, não havia mais nada. De repente, lembrou que a carteira e os objetos que havia retirado do cofre da velha ainda continuavam, até agora, em seus bolsos, todos eles! Até agora, não tinha pensado em tirar tudo e esconder! E não pensou nisso nem mesmo quando estava examinando a própria roupa! Onde já se viu? Num instante, tratou de tirar os objetos do bolso e jogar sobre a mesa. Depois de retirar tudo, e de até revirar os bolsos até o fundo para conferir se não tinha ficado alguma coisa, ele carregou aquele monte todo para um canto. Lá, nesse mesmo canto do quarto, embaixo, num ponto, o papel de parede estava rasgado e descolado: tratou logo de enfiar tudo dentro daquele buraco, por trás do papel de parede: "Coube! Não dá para ver nada, a carteira também!", pensou com alegria, de pé, olhando atônito para o canto, para o buraco ainda mais alargado. De repente, tremeu todo de horror: "Meu Deus", murmurou em desespero. "O que deu em mim? Por acaso, assim fica mesmo escondido? Por acaso, isso é lá jeito de esconder?"

Na verdade, ele nem estava contando com os objetos: achava que só haveria dinheiro e, por isso, não havia preparado um esconderijo de antemão — "mas e agora, e agora, por que eu estou contente?", pensou. "Por acaso, isso é lá jeito de esconder? Não há dúvida, a razão está me abandonando!" Exausto, sentou-se no sofá e, na mesma hora, mais uma vez, foi sacudido por um calafrio insuportável. Num gesto mecânico, puxou o antigo casaco de inverno de estudante que estava na cadeira a seu lado, era quente, mas já estava quase em farrapos, cobriu-se com ele e o sono e o delírio, de uma vez só, tomaram conta dele novamente. Perdeu os sentidos.

Não mais de cinco minutos depois, pulou do sofá outra vez e, sem demora, num frenesi, atirou-se de novo na direção de suas roupas. "Como é que eu posso pegar no sono outra vez, quando ainda não fiz nada! É isso mesmo, é isso mesmo: até agora, não tirei o laço, embaixo da axila! Esqueci, esqueci uma coisa como essa! Uma prova como essa!" Arrancou o laço e, rapidamente, tratou de cortá-lo em pedacinhos, enfiando tudo no meio das roupas de baixo, sob o travesseiro. "Pedaços de pano rasgado não vão despertar suspeita, de jeito nenhum: acho que não, acho que não!", repetiu, de pé no meio do quarto e, com um esforço de atenção tão grande que chegava a doer, começou a observar em redor outra vez, no chão e em toda parte, para ver se tinha esquecido alguma coisa. A convicção de que tudo, até a memória, até o mero entendimento, o havia abandonado começava a atormentá-lo de modo insuportável. "Ora, será possível que já está começando, será possível que começou o suplício?" De fato, os fiapos da franja da calça que ele havia cortado estavam jogados no chão, no meio do quarto, aos olhos do primeiro que entrasse! "Mas o que foi que deu em mim!", exclamou, de novo, como que desnorteado.

Foi então que lhe veio à cabeça uma ideia estranha: que talvez toda sua roupa estivesse com sangue, que talvez houvesse muitas manchas, só que ele não via, não notava, porque seu entendimento estava enfraquecido, destroçado... a razão estava turva... De repente, lembrou que na carteira também havia sangue. "Ora! Então, quer dizer que no bolso também deve ter sangue, porque a carteira ainda estava molhada, quando enfiei no bolso!" Num instante, puxou o bolso para fora e — sim, lá estava —, no forro do bolso, havia sinais, manchas! "Portanto, a razão ainda não me abandonou de todo, portanto, ainda tenho entendimento e memória, se eu mesmo lembrei e deduzi!", pensou, em triunfo, depois de um suspiro contente e profundo, que encheu todo o peito. "Foi só uma fraqueza febril, um delírio de um minuto", e puxou para fora o forro do bolso esquerdo. Nesse momento, um raio de sol iluminou a bota esquerda: na meia que despontava da bota, uns sinais pareciam se pôr à mostra. Livrou-se da bota: "De fato, sinais! Toda a beiradinha da meia está respingada de sangue"; na certa, por descuido, havia pisado na poça de sangue... "Mas e agora, o que vou fazer com isso? Onde vou enfiar essa meia, as franjas, o bolso?"

Agarrou tudo na mão fechada e ficou parado no meio do quarto. "Na estufa? Mas é na estufa que vão revirar primeiro. Queimar? Sim, mas queimar com o quê? Não tenho nem fósforos. Não, o melhor é ir para a rua e largar tudo em qualquer lugar. Isso! É melhor largar por aí!", repetiu, sentando de novo no sofá. "E é já, neste minuto, sem demora!..." Contudo, em vez disso, sua cabeça baixou de novo para o travesseiro; de novo, um calafrio insuportável o enregelou; de novo, puxou o capote para si. E por muito tempo, por algumas horas, em meio a ímpetos, lhe pareceu que devia "ir agora, ir já, sem demora, para algum lugar, seja qual for, e jogar tudo fora, para ninguém ver, e rápido, rápido!". Chegou a ter ímpetos de se desvencilhar do sofá, quis levantar algumas vezes, mas não conseguia. Por fim, foi acordado por uma forte batida na porta.

— Vamos, abra, está vivo ainda? Mas ele só sabe dormir! — gritou Nastássia, batendo na porta com o punho fechado. — Dias e mais dias inteiros, feito um cachorro, só dormindo! É um cachorro! Abre, vai. Já passa das dez.

— Vai ver não está em casa! — falou uma voz de homem.

"Ah! É a voz do porteiro... O que ele quer?"

Ergueu-se e ficou sentado no sofá. O coração batia tanto que chegava a doer.

— E o gancho da tranca, quem fechou? — retrucou Nastássia. — Ora essa, agora deu para se trancar! O que está pensando, que vai ser posto para fora de casa? Abre aí, seu cabeça oca, acorde!

"O que eles querem? Para que o porteiro? Tudo foi descoberto. Resistir ou abrir? Ora, que se dane..."

Levantou-se, inclinou-se para a frente e retirou o gancho da tranca.

O tamanho do quarto, no todo, permitia que ele abrisse a tranca sem sair da cama.

Isso mesmo: eram o porteiro e Nastássia.

Nastássia deu uma olhada para ele de um jeito meio estranho. E ele, com ar desafiador e desesperado, olhou para o porteiro. Calado, o porteiro estendeu para ele um papel cinzento, dobrado ao meio e fechado com um lacre verde-garrafa.

— Uma intimação da delegacia — disse o porteiro, entregando o papel.

— De que delegacia?...

— De polícia, quer dizer, estão chamando na delegacia. Todo mundo sabe que delegacia.

— Da polícia!... Para quê?...

— E eu vou lá saber? Eles mandam, a gente vai. — Olhou atentamente para ele, observou em redor e virou-se para sair.

— Será que não ficou mesmo doente? — comentou Nastássia, sem tirar os olhos dele. O porteiro também virou a cabeça, por um minuto. — Está queimando de febre desde ontem.

Ele não respondeu e ficou segurando o papel nas mãos, sem tirar o lacre.

— Não levante agora, não — continuou Nastássia, penalizada, vendo que ele estava baixando as pernas do sofá. — Está doente, então não vai: senão queima os miolos. O que é que tem aí nas mãos?

Ele olhou: na mão direita, tinha pedaços cortados da franja, a meia e os farrapos arrancados do bolso. Tinha dormido com aquilo. Depois, ao refletir sobre a situação, lembrava-se de que, nos momentos em que ficava semidesperto, tomado pela febre, apertava tudo aquilo na mão com muita força e, assim, adormecia outra vez.

— Olhe só que farrapos ele juntou, e ainda dorme agarrado com eles, como se fosse um tesouro... — E Nastássia soltou sua risada nervosa e doentia. Num instante, ele enfiou tudo embaixo do capote e cravou nela os olhos fixos. Embora naquele momento não fosse capaz de entender grande coisa com plena clareza, ainda assim se deu conta de que não era daquele modo que se dirigem a uma pessoa que estão querendo prender. "Mas... a polícia?"

— Não era melhor tomar um chá? Não quer, que tal? Eu trago; sobrou...

— Não... eu vou; e vou já — murmurou ele, pondo-se de pé.

— Vai, sim, mas será que dá para descer pela escada?

— Eu vou...

— Como quiser.

Ela saiu atrás do porteiro. Na mesma hora, ele correu para a luz e examinou a meia e as franjas: "Tem manchas, mas não dá para notar nada; está tudo sujo, enxovalhado e já desbotou. Quem não souber de antemão não vai perceber nada. Portanto, de longe, Nastássia não pôde notar, graças a Deus!". Então, com um tremor, tirou o lacre da intimação e começou a ler; leu demoradamente e, afinal, entendeu. Era uma intimação de praxe da polícia para se apresentar naquele mesmo dia, às nove e meia, na repartição do inspetor de polícia do distrito.

"Mas que história é essa? Não tenho nada para tratar com a polícia! E, também, por que logo hoje?", pensou, com uma perplexidade torturante. "Meu Deus, que isso acabe logo de uma vez!" Estava à beira de se ajoelhar para rezar, mas até riu de si mesmo — não da reza, mas de si mesmo. Afobado, começou a trocar de roupa. "Se é para condenar, que me condenem logo de uma vez, tanto faz! Calçar a meia!", lhe veio à cabeça, de repente. "Vou me sujar ainda mais de poeira e então os vestígios vão sumir." Porém, assim que calçou a meia, descalçou-a no mesmo instante, com horror e repugnância. Descalçou e, no entanto, ao se dar conta de que não tinha outra, pegou-a e calçou de novo — e de novo deu uma risada. "Tudo isso são convenções, é tudo relativo, tudo isso são meras formalidades", pensou de passagem, só com uma beiradinha do pensamento, enquanto o corpo todo tremia. "E pronto, afinal já calcei! Afinal, acabei calçando mesmo!" No entanto, o riso foi logo substituído pelo desespero. As pernas tremiam. "De medo", murmurou consigo. A cabeça rodava e doía de febre. "Isto é um truque! Querem me apanhar com um truque e, de surpresa, me deixar todo confuso", prosseguiu, enquanto saía para a escada. "A desgraça é que eu estou à beira do delírio... e posso deixar escapar alguma bobagem..."

Na escada, lembrou que estava deixando todos os objetos para trás, num buraco no forro da parede — "mas aí, quem sabe, eles aproveitam que eu não estou em casa para dar uma busca" —, lembrou e parou. No entanto, foi dominado por tamanho desespero e, pode-se dizer, por um cinismo mortal tão grande que deu de ombros e seguiu em frente.

"Só quero que acabe logo!..."

Na rua, de novo, o calor estava insuportável; quem dera, naqueles dias todos, caísse pelo menos uma gota de chuva. De novo, poeira, tijolo e cal, de novo, o mau cheiro das tabernas e das vendinhas, de novo, a todo momento, bêbados, ambulantes finlandeses e coches de praça quase em ruínas. O sol brilhava com força em seus olhos, a tal ponto que, só de olhar, doía, e a cabeça começou a rodar — a habitual sensação febril de quem sai à rua, de repente, num dia de sol forte.

Ao chegar à esquina da rua *da véspera*, com uma angústia torturante, lançou um olhar para *aquele* prédio... e na mesma hora desviou os olhos.

"Se perguntarem, pode ser que eu conte", pensou, a caminho da delegacia.

A delegacia ficava a um quarto de versta. Tinham acabado de mudar para outro apartamento, para um prédio novo, no quarto andar. No apartamento anterior, ele tinha estado uma vez só, de passagem, mas havia muito tempo. Ao cruzar o portão, viu uma escada à direita, por onde descia um mujique, com uma caderneta nas mãos: "quer dizer que é o porteiro; quer dizer que aqui fica a delegacia", e começou a subir, a esmo. Não queria perguntar nada a ninguém.

"Eu entro, fico de joelhos e conto tudo...", pensou, ao chegar ao quarto andar.

A escada era estreitinha, íngreme e estava toda encharcada. Todas as cozinhas de todos os apartamentos de todos os quatro andares davam para essa escada e ficavam abertas quase o dia inteiro. Por isso, o abafamento era terrível. Para cima e para baixo, iam e vinham porteiros com cadernetas embaixo do braço, funcionários da polícia e gente de todo tipo, de ambos os sexos — visitantes. A porta da própria delegacia também estava escancarada. Ele entrou e parou na recepção. Ali, alguns mujiques estavam de pé, aguardando havia muito tempo. Também ali, o abafamento era extraordinário e, além disso, batia no nariz, a ponto de dar enjoo, um cheiro de tinta de óleo de linhaça podre, ainda fresca, com que repintaram as salas. Depois de esperar um pouco, ele decidiu ir mais adiante, rumo à sala seguinte. As salas eram todas minúsculas e baixinhas. Uma impaciência terrível o pressionava a ir sempre em frente. Ninguém o notava. Na segunda sala, estavam sentados alguns escrivães, vestidos apenas um pouco melhor do que ele, uma gente, toda ela, de aspecto estranho. Ele se dirigiu a um deles.

— O que você quer?

Mostrou a intimação.

— O senhor é estudante? — perguntou, depois de dar uma olhada na intimação.

— Sou, ex-estudante.

O escrivão olhou para ele, porém sem nenhuma curiosidade. Era um homem um tanto desgrenhado e com uma ideia fixa no olhar.

"Desse daí, não dá para saber nada, pois para ele tanto faz", pensou Raskólnikov.

— Vá até lá, fale com o escriturário — disse o escrivão e apontou o dedo para a frente, indicando a última sala.

Ele entrou na sala (a quarta, pela ordem) apertada, lotada de gente — pessoas de roupa um pouco mais limpa do que nas outras salas. Entre os visitantes, havia duas damas. Uma de luto, em roupas pobres, sentada à mesa, de frente para o escriturário, escrevia algo ditado por ele. A outra dama, muito gorda, toda vermelha-escarlate, com umas manchas, era uma mulher distinta e vestida até de modo suntuoso, trazia no peito um broche do tamanho de um pires de chá, estava de pé, à parte dos demais, e esperava alguma coisa. Raskólnikov empurrou sua intimação para o escriturário. O homem deu uma olhada rápida para ele e disse: "Espere um pouco", e continuou a cuidar do caso da dama de luto.

Ele tomou fôlego, respirando aliviado. "Com certeza, não é aquilo!" Pouco a pouco, foi ganhando coragem, reuniu todas as forças para se revigorar e voltar ao normal.

"Qualquer bobagem, qualquer ínfimo descuido, e eu posso me denunciar por completo! Hum… que pena que aqui não tem ar", acrescentou. "É abafado… A cabeça roda mais ainda… e a razão também…"

Sentia, dentro de si, em tudo, uma terrível desordem. Temia não ser capaz de se dominar. Tentava se fixar em algo, pensar em qualquer coisa, em algo completamente exterior, mas não dava certo, de jeito nenhum. No entanto, o escriturário despertava seu mais forte interesse: queria, a todo custo, adivinhar alguma coisa pelo seu rosto, decifrar. Era muito jovem, de uns vinte e dois anos, fisionomia morena e viva, parecia mais velho do que era, com roupas na moda e elegantes, cabelo empomadado e penteado com uma risca até a nuca, muitos anéis e argolas nos dedos brancos e limpos com escova, e umas correntinhas de ouro no colete. Com um estrangeiro que estivera ali, até falou duas ou três palavras em francês, e de modo bastante satisfatório.

— Luiza Ivánovna, a senhora podia sentar — disse ele, de passagem, para a dama vermelho-escarlate e bem-vestida, que continuava de pé, como se não se atrevesse a sentar, embora tivesse uma cadeira a seu lado.

— *Ich danke*[1] — disse ela em voz baixa e, com um rumor de seda, afundou na cadeira. Seu vestido azul-claro, com um acabamento branco rendado, se espalhou em torno da cadeira como se fosse um balão de ar e ocupou quase metade da sala. Propagou-se um perfume. Mas a dama, obviamente, estava encabulada por ocupar metade da sala e por exalar tanto perfume, assim sorria intimidada e, ao mesmo tempo, com desfaçatez, mas sua inquietação era evidente.

A dama de luto, afinal, terminou seu assunto e começou a se levantar. De repente, com algum barulho, entrou um oficial todo garboso, virando os ombros a cada passo de modo peculiar, jogou sobre a mesa o quepe com um distintivo e sentou-se numa poltrona. Ao vê-lo, a dama suntuosa chegou a se levantar da cadeira com um pulinho e, demonstrando um entusiasmo especial, se curvou numa reverência; porém o oficial não lhe deu a menor atenção e, diante dele, a mulher não se atreveu a sentar outra vez. Era o tenente, ajudante do inspetor da delegacia, de bigodes ruivos, esticados horizontalmente para os dois lados, um rosto de feições reduzidas ao extremo, que de resto não exprimiam nada de especial, senão alguma desfaçatez. Olhava de lado para Raskólnikov e com certa indignação: o terno de Raskólnikov já estava bastante surrado e, apesar de toda a humilhação, ainda assim, não era o terno o motivo daquela conduta; por descuido, Raskólnikov olhava para ele de modo direto e demorado demais, por isso o homem se ofendeu.

— O que você quer? — gritou, provavelmente surpreso de ver que aquele maltrapilho nem de longe se abatia, em face de seu olhar fulminante.

— Exigiram... uma intimação... — respondeu Raskólnikov, com descaso.

— É a questão da cobrança do dinheiro, do *estudante* — falou afobado o escriturário, se desgarrando da sua papelada. — Olhe aqui! — E empurrou um caderno para Raskólnikov, apontando um lugar. — Leia!

1 Alemão: "Agradeço".

"Dinheiro? Que dinheiro?", pensou Raskólnikov. "Mas... quer dizer que, na verdade, não é *aquilo*!" E estremeceu de alegria. De repente, sentiu-se terrivelmente, indescritivelmente leve. Todo o peso nos seus ombros evaporou.

— E a que horas está escrito para o senhor vir, prezado senhor? — gritou o tenente, cada vez mais ofendido, mas com o quê, ninguém sabia. — Mandaram o senhor vir às nove e agora já passa das onze!

— Faz só quinze minutos que me entregaram — respondeu Raskólnikov, alto e por cima do ombro, também irritado, de modo brusco e inesperado para ele mesmo, que chegou a encontrar nisso certo prazer. — E já estou fazendo muito, de vir aqui doente, com febre.

— Faça o favor de não gritar!

— Não estou gritando, estou falando de um jeito perfeitamente normal. É o senhor que está gritando comigo; sou estudante e não admito que gritem comigo.

O ajudante se inflamou a tal ponto que, no primeiro minuto, nem conseguiu falar nada e só alguns perdigotos voaram de sua boca. Levantou-se bruscamente.

— Faça o favor de cala-a-a-ar-se! O senhor está numa repartição. Não faça grosserias, cavalheiro!

— Sim, e o senhor também está numa repartição — exclamou Raskólnikov. — Além de gritar, está fumando cigarro, portanto o senhor falta com o respeito com todos nós. — Ao dizer isso, Raskólnikov sentiu um prazer indescritível.

O escriturário olhava para eles com um sorriso. O tenente exaltado estava visivelmente confuso.

— Isso não é da sua conta, meu senhor! — gritou, por fim, com voz alta e forçada. — Agora, faça o favor de dar a resposta que estão cobrando do senhor. Mostre para ele, Aleksandr Grigórievitch. São queixas contra o senhor! Não pagou o dinheiro! Vejam só como o nosso bravo falcãozinho quis voar alto!

Mas Raskólnikov já não estava ouvindo e, sofregamente, apanhou o papel, procurando decifrar depressa. Leu uma vez, outra, e não entendeu.

— Mas o que é isto? — perguntou ao escriturário.

— Isso é dinheiro que estão exigindo do senhor por uma carta de crédito, uma cobrança. O senhor deve ou pagar a dívida, com todas as custas, os juros etc., ou dar uma resposta por escrito, dizendo quando vai poder pagar, e ao mesmo tempo, antes de pagar, não pode de maneira nenhuma deixar a capital nem vender ou esconder seus bens. O credor tem direito de vender os bens do senhor e agir com o senhor conforme as leis.

— Mas eu… não devo a ninguém!

— Isso já não é da minha conta. Recebemos para cobrança uma carta de crédito vencida e protestada na justiça no valor de cento e quinze rublos, entregue pelo senhor a uma viúva, a registradora de colégio Zarnítsina, dez meses atrás, e que a viúva Zarnítsina transferiu, como pagamento, para o conselheiro da corte Tchebárov, portanto chamamos o senhor para responder.

— Mas ela não é a minha senhoria?

— E daí que seja a senhoria?

O escriturário olhava para ele com um sorriso condescendente, de pena, e ao mesmo tempo de certo triunfo, como se olhasse para um novato que enfrentasse pela primeira vez os tiros do inimigo: "E então", parecia dizer, "como é que está se sentindo agora?". Mas o que, o que ele tinha a ver, agora, com a questão da carta de crédito, da cobrança? Acaso, agora, aquilo merecia da parte dele alguma preocupação ou mesmo qualquer atenção que fosse? Continuava de pé, lia, escutava, respondia, ele mesmo fazia perguntas, mas tudo de modo mecânico. O triunfo da autopreservação, a salvação de um perigo opressivo — eis o que impregnava todo seu ser, naquele momento, sem previsão, sem análise, sem futuras adivinhações e deduções, sem dúvidas e sem perguntas. Foi um minuto de uma alegria plena, imediata, puramente animal. Porém, nesse mesmo minuto, na delegacia, pareceu estourar um raio e um trovão. O tenente, ainda muito abalado com o desrespeito, muito inflamado e, obviamente, no intuito de socorrer a ambição ferida, investiu com toda sua artilharia contra a pobre "dama suntuosa", que, com o sorriso mais tolo do mundo, olhava para o tenente desde o momento em que ele entrou.

— E você, sua encrenqueira de uma figa — gritou ele, de repente, a plenos pulmões (a dama de luto já havia saído). — O que foi que aconteceu lá na sua casa, noite passada? Hein? Mais um vexame, mais um deboche na rua inteira. De novo, briga e bebedeira. Você está querendo ir para a casa de detenção! Afinal, eu já disse para você, eu já preveni você dez vezes e, na décima primeira, não vou deixar passar! E você, mais uma vez, sua encrenqueira!

O papel chegou a cair das mãos de Raskólnikov, e ele olhava desnorteado para a dama suntuosa, que estava sendo enxovalhada com a maior falta de cerimônia; no entanto, logo se deu conta do que se tratava e, de imediato, toda aquela história passou a lhe agradar bastante. Escutava com prazer, a tal ponto que teve vontade de rir às gargalhadas... Todos os seus nervos estavam aos pulos.

— Iliá Petróvitch! — quis intervir o escriturário, com solicitude, mas se deteve para esperar um pouco, pois o esquentado tenente não podia ser contido, senão quando o segurassem pelo braço, e isso ele já sabia por experiência própria.

No que toca à dama suntuosa, no início, ela começou a tremer com aqueles raios e trovões; porém, coisa estranha: quanto mais os insultos se multiplicavam e ganhavam força, mais amável se tornava seu aspecto, mais encantador se fazia seu sorriso, voltado para o tenente aterrador. Sem sair do lugar, ela balbuciava e, toda hora, se curvava em reverências, aguardando com impaciência que, afinal, lhe permitissem tomar a palavra, e enfim falou.

— Não houve briga nem gritaria nenhuma *no meu casa*, senhor *kapitan* — desatou a tagarelar, e foi como fogo de metralha; ela falava com forte sotaque alemão, embora num russo eloquente. — E não houve nenhum, nenhum *schkandal*, eles já *chegar* bêbados e isso *explicar* tudo, senhor *kapitan*, eu não tenho culpa... Minha casa é nobre, senhor *kapitan*, a frequência é nobre, senhor *kapitan*, e eu sempre, sempre, evitei todo, todo *schkandal*. Eles já *chegar* completamente embriagados e depois *pedir* ainda mais três *karrafas* e aí um deles levantou os pés e começou a tocar o *fortpian* com os pés e isso é completamente impróprio numa casa nobre, e ele quebrou o *fortpian* todo e não tinham boas maneiras, nada, nada, e eu falei isso. Ele pegou uma *karrafa* e começou a bater com a *karrafa* para todo lado. Aí eu fui correndo chamar o porteiro e o Karl veio, ele pegou o Karl e bateu no olho e também bateu no olho de Henriet e bateu cinco vezes *no meu* cara. E isso já não são modos de tratar alguém numa casa nobre, senhor *kapitan*, e eu gritei. Aí ele abriu a janela que dá para o canal, ficou de pé na janela e começou a guinchar como um pequeno porco; e isso é uma vergonha. E como é que pode guinchar como um porco pequeno, da janela para a rua; isso é uma vergonha. Fii-fii-fii! E o Karl do lado dele puxou da janela, pelo fraque, e aí, isso é verdade, senhor *kapitan*, rasgou *sein Rock*.[2] E aí ele gritou que eu *man muß*[3] pagar para ele quinze rublos de multa. E eu mesma, senhor *kapitan*, paguei para ele cinco rublos do *sein Rock*. Isso é um hóspede ordinário, senhor *kapitan*, só arranja *schkandal*! E ele ainda me disse,

2 Alemão: “sua casaca”. 3 Alemão: “devo”.

sobre a senhora vai ser *gedriukt*[4] uma grande sátira, porque eu posso *escreveu* tudo sobre a senhora em todos os jornais.

— Quer dizer que é escritor?

— É, senhor *kapitan*, e que hóspede mais ordinário, senhor *kapitan*, quando numa casa nobre...

— Sei, sei, sei! Chega! Eu já disse, já disse, eu já disse para a senhora...

— Iliá Petróvitch! — exclamou o escriturário novamente, de modo expressivo. O tenente olhou ligeiro para ele; o escriturário inclinou a cabeça de leve.

— ... Pois então, respeitabilíssima *Laviza* Ivánovna, fique sabendo, esta é a minha última palavra, e esta é a última vez — continuou o tenente. — Se na sua casa nobre, mais uma única vez, acontecer algum escândalo, eu mesmo vou pôr você para ver o sol nascer quadrado, como se diz em linguagem elevada. Ouviu bem? Então o tal literato, o escritor, pegou cinco rublos da "casa nobre" por causa da aba do fraque? Para o inferno, com esses escritores! — E disparou um olhar de desprezo para Raskólnikov. — Anteontem, também houve uma confusão na taberna: ele almoçou e depois não quis pagar: "Vou escrever uma sátira sobre o senhor", disse ele. E na semana passada também houve outra história, num navio, ele chamou uma família respeitável pelos nomes mais sórdidos, um conselheiro de Estado, a esposa e a filha. Há poucos dias, puseram um desses para fora de uma confeitaria aos safanões. Aí está o que são esses escritores, literatos, estudantes, arautos... Peste! E você, vá embora! Eu mesmo vou até sua casa dar uma olhada... então, tome cuidado! Ouviu?

Luiza Ivánovna, com amabilidade afoita, começou a curvar-se em reverências para todos os lados e, ainda fazendo reverências, alcançou a porta; mas, na porta, esbarrou de costas num oficial distinto, de rosto fresco e franco, e de majestosas costeletas louras e espessas. Era o próprio Nikodim Fomitch, o inspetor de polícia do distrito. Luiza Ivánovna tratou logo de curvar-se numa reverência quase até tocar o chão e, a passos curtos e ritmados, saltitando, voou para fora da delegacia.

— De novo, as trovoadas, de novo, os raios e os trovões, a tempestade e o furacão! — Amável e amigável, Nikodim Fomitch dirigiu-se a Iliá Petróvitch. — De novo, o coração se perturbou, de novo entrou em ebulição! Dava para ouvir lá da escada!

4 Do alemão *drücken*, impresso, publicado.

— Que nada! — exclamou Iliá Petróvitch, com altiva displicência (e nem pronunciou "que nada", mas algo como "qui-nááá!"), passando para outra mesa com alguns papéis e virando os ombros, a cada passo, de modo pitoresco: para onde ia o passo, também ia o ombro. — Veja aqui, senhor, tenha a bondade: o cavalheiro escritor, ou melhor, estudante, ou seja, ex-estudante, não pagou o dinheiro, deu uma nota promissória, não deixa o apartamento, toda hora dão queixa contra ele, e ainda teve o desplante de dizer que eu estava fumando cigarro em sua presença! Ele mesmo age de modo inf-inf-infame, e veja só, senhor, tenha a bondade de olhar bem para ele: aqui está ele, agora, em seu aspecto mais atraente, senhor!

— Pobreza não é pecado, meu colega. O que tem demais? E sabemos que o senhor é mesmo pólvora, não suporta uma ofensa. E o senhor, com certeza, também se ofendeu com ele por alguma coisa e não se conteve — prosseguiu Nikodim Fomitch, voltando-se, amável, para Raskólnikov. — Mas não há motivo: é um homem no-bi-lí-í-íssimo, garanto ao senhor, só que é pólvora, pólvora! Irritou-se, ferveu, pronto: pegou fogo... Mas não é nada! Já passou! E, no final das contas, é só um coração de ouro! Até no regimento ele já era chamado de "tenente pólvora"...[5]

— E que regimento! — exclamou Iliá Petróvitch, muito satisfeito por brincarem com ele de modo tão cordial, mas ainda se mostrava irritado.

De repente, Raskólnikov sentiu vontade de lhe dizer algo extremamente agradável.

— Mas, me desculpe, capitão — começou, com total desembaraço, dirigindo-se de súbito para Nikodim Fomitch. — Ponha-se no meu lugar... Estou até disposto a pedir perdão para ele, se, de minha parte, eu tiver cometido alguma falta. Sou um estudante pobre e doente, deprimido — foi isto que ele disse: "deprimido" — pela pobreza. Sou ex-estudante, porque agora não posso me sustentar, mas vou receber um dinheiro... Tenho mãe e irmã numa província. Elas vão me mandar dinheiro e aí... vou pagar. Minha senhoria é uma mulher bondosa, mas ficou tão aborrecida por eu ter perdido as aulas particulares e ficar quatro meses sem pagar que nem me manda mais o almoço... E eu não compreendo absolutamente que nota promissória é essa! Agora, ela está exigindo, por meio dessa carta de crédito, que eu pague para ela, julgue o senhor mesmo!...

5 Em russo, "pólvora" é *pokhor*, exatamente o sobrenome do tenente, como se verá adiante.

— Mas isso já não é da nossa conta... — observou o escriturário, mais uma vez.

— Com licença, com licença, estou de pleno acordo com o senhor, mas permita que eu explique — concordou Raskólnikov, mais uma vez, dirigindo-se não ao escriturário, mas sempre a Nikodim Fomitch, porém tentando, com todo o empenho, dirigir-se também a Iliá Petróvitch, embora esse fingisse que estava obstinadamente escavando algo nos papéis e que, com desprezo, não estava lhe dando a menor atenção. — Permita que eu também, de minha parte, explique que moro na casa dela já há cerca de três anos, desde quando cheguei da província e antes... antes... Porém, por que não confessar logo de início, de minha parte, que prometi que ia casar com a filha dela, uma promessa verbal, puramente verbal... Era uma menina... na verdade, eu gostava dela... embora eu não estivesse apaixonado... em suma, é a juventude, ou seja, quero dizer que a senhoria me deu, na ocasião, muito crédito e eu levava, em parte, uma vida assim... eu era muito leviano...

— Ninguém está cobrando essas intimidades do senhor, meu caro, além do mais não temos tempo para isso — quis interromper Iliá Petróvitch, ríspido e triunfante, mas Raskólnikov o deteve com ardor e, no entanto, de repente, falar se tornou extraordinariamente penoso para ele.

— Mas permita, permita que, em parte, eu conte tudo... o que aconteceu... por minha vez... embora contar seja supérfluo, concordo com o senhor... Mas há um ano essa menina morreu de tifo e eu continuei como inquilino, como já estava, e a senhoria, quando se mudou para o apartamento atual, me disse... e disse de modo cordial... que confiava plenamente em mim e tudo... mas perguntou se eu não poderia lhe dar uma carta de crédito de cento e quinze rublos, o valor total do que ela julgava ser a minha dívida. Permita, senhor: ela mesma disse que, assim que eu lhe desse o documento, voltaria a me conceder todo o crédito que eu quisesse e que nunca, nunca, de sua parte... e foram estas as palavras dela... faria uso daquele documento, até eu pagar... E então, agora, quando eu perdi minhas aulas particulares e não tenho nem o que comer, ela executa essa tal cobrança... O que vou dizer, agora?

— Todos esses pormenores sentimentais, meu caro senhor, não nos dizem respeito — cortou Iliá Petróvitch, com arrogância. — O senhor deve assinar a resposta e assumir o compromisso e, quanto ao senhor estar apaixonado e todos esses episódios trágicos, nós não temos nada a ver com isso.

— Ora essa, assim você... está sendo cruel — murmurou Nikodim Fomitch, sentando-se à mesa e começando também a assinar documentos. Estava com um pouco de vergonha.

— Escreva aí — disse o escriturário para Raskólnikov.

— Escrever o quê? — perguntou ele, de modo um tanto rude.

— Eu vou ditar.

Raskólnikov teve a impressão de que o escriturário, depois de sua confissão, mostrava por ele mais desatenção e desprezo que antes, porém, coisa estranha — de repente sentiu uma completa indiferença por qualquer opinião sobre qualquer assunto, e essa mudança, de algum modo, ocorreu num minuto, num piscar de olhos. Se parasse para refletir um pouco, certamente ficaria admirado de ver como tinha sido capaz de falar com eles daquele modo, um minuto antes, e até perturbá-los com seus sentimentos. E de onde tinham vindo tais sentimentos? Agora, ao contrário, parecia que seu coração se esvaziara a tal ponto que, se a sala se enchesse não de policiais, mas de seus maiores amigos, nem assim encontraria uma palavra humana para lhes dizer. A sensação sombria do alheamento e da solidão torturante e infinita, de súbito, se revelou de forma consciente à sua alma. Não foi a indignidade de seu sincero desabafo para Iliá Petróvitch nem a indignidade do triunfo do tenente sobre ele que haviam transtornado seu coração daquele modo, tão de repente. Ah, o que ele tinha a ver, agora, com sua própria baixeza, com todas aquelas ambições, os tenentes, as alemãs, as intimações, as repartições etc. etc.! Naquele momento, ainda que o condenassem à fogueira, ele nem iria se mexer, é provável que nem sequer ouvisse a sentença com atenção. Com ele, se passava algo completamente desconhecido, novo, inesperado e nunca visto. Não que ele o compreendesse, de fato, mas sentia claramente, com toda a força da sensação, que não podia se dirigir àquelas pessoas na delegacia não só com a expansividade dos sentimentos, como fizera pouco antes, mas de nenhum outro modo, e mesmo que fossem seus irmãos e suas irmãs, e não tenentes da delegacia, ainda assim, qualquer que fosse a circunstância da vida, ele não teria nenhuma razão para se dirigir a eles; até aquele minuto, jamais havia experimentado uma sensação tão estranha e terrível. E o mais torturante de tudo é que se tratava mais de uma sensação que de uma consciência, um entendimento; uma sensação imediata, a mais torturante entre todas que havia provado até então ao longo da vida.

O escriturário começou a ditar o texto formal de praxe naqueles casos, ou seja, não posso pagar, prometo pagar em tal data (um dia qualquer), prometo não sair da cidade, não vender nem doar meus bens etc.

— Mas o senhor nem consegue escrever, a pena está caindo da sua mão — disse o escriturário, observando Raskólnikov com curiosidade. — O senhor está doente?

— Estou... a cabeça está rodando... continue falando!

— Acabou! Assine.

O escriturário apanhou o papel e foi cuidar de outro assunto.

Raskólnikov devolveu a pena, mas, em vez de levantar e sair, apoiou os cotovelos na mesa e apertou a cabeça entre as mãos. Parecia que estavam martelando um prego em cima de sua cabeça. De repente, lhe veio uma ideia estranha: levantar-se, andar na direção de Nikodim Fomitch e contar tudo o que havia ocorrido na véspera, tudo, até os últimos detalhes, depois levá-lo ao apartamento e mostrar os objetos escondidos no canto da parede, dentro do buraco. A ânsia era tão forte que já estava a ponto de levantar-se para fazer isso. "Não será o caso de pensar melhor, pelo menos mais um minuto?", passou pela sua cabeça. "Não, o melhor mesmo é nem pensar, tirar logo isso dos ombros!" Porém, de súbito, parou como que fincado no chão: Nikodim Fomitch estava falando para Iliá Petróvitch e suas palavras voavam até ele:

— Não pode ser, vão soltar os dois! Primeiro, tudo é contraditório; julgue você mesmo: para que iriam chamar o porteiro, se fosse coisa deles? Para denunciar a si mesmos, será? Ou por astúcia? Não, isso já seria astúcia demais! E, por último, os dois porteiros e uma mulher viram o estudante Pestriakov no portão e bem na hora em que ele estava entrando: ele veio com três amigos, despediu-se deles ali no portão e perguntou aos porteiros qual o número do apartamento, ainda em presença dos amigos. Ora, você acha que ele ia perguntar qual o número do apartamento, se tivesse alguma intenção desse tipo? E o tal de Kokh, antes de ir à casa da velha, ficou meia hora na casa do ourives, no térreo, e às quinze para as oito em ponto subiu para o apartamento da velha. Agora, imagine...

— Mas, com sua licença, como é que, então, eles foram cair nesta contradição: eles mesmos garantem que bateram na porta e que estava fechada, mas três minutos depois, quando trouxeram o porteiro, encontraram a porta aberta?

— Essa é que é a questão: o assassino seguramente estava lá dentro e tinha trancado o ferrolho; e seria apanhado, sem dúvida nenhuma, se Kokh não fizesse a burrice de sair, também, para ir atrás do porteiro. E aí, exatamente nesse intervalo, *ele* teve tempo para descer pela escada e escapulir de algum jeito. O Kokh se benze com as duas mãos e diz: "Se eu tivesse ficado lá, ele ia pular em cima de mim e me matar com o machado". Agora, ele quer mandar rezar uma missa em ação de graças, he-he-he!

— Mas ninguém viu o assassino?

— E como é que iam ver? O prédio é uma arca de Noé — respondeu o escriturário, que estava ouvindo com atenção, em seu lugar.

— O caso é claro, o caso é claro! — repetiu Nikodim Fomitch, com fervor.

— Não, não é nada claro — retrucou Iliá Petróvitch.

Raskólnikov levantou o chapéu e seguiu para a porta, mas não chegou lá...

Quando voltou a si, viu que estava numa cadeira, que alguém o segurava do lado direito, outra pessoa estava à esquerda, com um copo amarelo, cheio de um líquido amarelo, e que Nikodim Fomitch estava de pé na sua frente e olhava fixo para ele; levantou-se da cadeira.

— O que foi, está doente? — perguntou Nikodim Fomitch, muito ríspido.

— Na hora de assinar, ele mal conseguia segurar a pena — comentou o escriturário, enquanto sentava de novo em seu lugar e retomava seus papéis.

— Mas está doente assim há muito tempo? — gritou Iliá Petróvitch, de seu lugar, também remexendo uns papéis. Ele também havia cuidado do doente, é claro, quando estava desmaiado, mas se afastou, assim que ele voltou a si.

— Desde ontem... — balbuciou Raskólnikov, em resposta.

— E ontem o senhor saiu de casa?

— Saí.

— Doente?

— Doente.

— A que horas?

— Às oito da noite.

— Aonde foi, pode dizer?

— Andei pela rua.

— Curto e claro.

Raskólnikov respondia de modo seco, entrecortado, pálido como um lenço e sem baixar os olhos pretos e inflamados, em face do olhar de Iliá Petróvitch.

— Ele mal se aguenta em pé e você... — Nikodim Fomitch quis repreendê-lo.

— Tu-do-be-e-em! — disse Iliá Petróvitch, de modo peculiar. Nikodim Fomitch queria acrescentar alguma coisa, porém se calou, depois de olhar para o escriturário, que também olhava fixo para ele. De súbito, todos ficaram em silêncio. Era estranho.

— Muito bem, está certo — concluiu Iliá Petróvitch. — Não vamos mais reter o senhor.

Raskólnikov saiu. Enquanto saía, ainda pôde escutar o início de uma discussão animada, na qual, acima de todas, sobressaía a voz interrogativa de Nikodim Fomitch... Na rua, ele voltou a si, por completo.

"Vão dar uma busca, uma busca, e vai ser já!", repetia para si, enquanto se apressava para chegar em casa. "Bandidos! Estão desconfiados!" O pavor de antes o dominou por inteiro, mais uma vez, dos pés à cabeça.

II

"E se já tiverem dado a busca? E se, quando eu chegar em casa, der de cara com eles?"

Mas lá estava seu quarto. Nada, ninguém; ninguém tinha entrado. Nem Nastássia havia tocado em nada. Mas, meu Deus! Como é que ele foi capaz de deixar todos aqueles objetos dentro do buraco até aquela hora?

Correu para o canto, enfiou a mão atrás do papel de parede, começou a retirar os objetos e atulhar os bolsos. Revelou-se que eram oito, ao todo: duas caixinhas com brincos, ou algo parecido — ele não observou direito; depois, quatro estojos pequenos de marroquim. Uma correntinha simplesmente enrolada numa folha de jornal. E mais alguma coisa embrulhada em jornal, parecia uma medalha...

Espalhou tudo nos vários bolsos do casaco e no bolso da calça que havia sobrado, o bolso direito, tentando deixar de um jeito que ninguém notasse. Também tirou a carteira, junto com os outros objetos. Depois, saiu do quarto e, dessa vez, até deixou a porta escancarada.

Caminhava rápido e com firmeza e, embora tivesse a sensação de estar todo em pedaços, mantinha plena consciência de si. Temia ser seguido, temia que, em meia hora, em quinze minutos, dessem ordem para ir atrás dele; portanto, era preciso a todo custo, e bem depressa, enterrar as provas. Era preciso se controlar, enquanto ainda lhe restava alguma força e um pouco de raciocínio... Mas para onde devia ir?

Fazia muito tempo que aquilo já estava decidido: "Jogar tudo no canal, jogar as provas dentro da água, e assunto encerrado". Tinha resolvido ainda à noite, num delírio, nos momentos em que se lembrava da questão, e, por várias vezes, teve o impulso de se levantar e sair: "Depressa, depressa, jogar tudo no canal". No entanto, viu que era muito difícil desfazer-se daquilo.

Ficou vagando pela beira do canal de Ekatierina[1] durante meia hora, talvez mais, e olhava muitas vezes para as escadas que desciam até a água, quando passava por elas. Mas não dava nem para pensar em executar seu intento: ou havia balsas junto às escadas e, nelas, lavadeiras lavavam roupas brancas, ou havia barcos atracados e gente gritando por todo lado e, além do mais, lá de cima da rua, na beira do rio, todo mundo poderia ver e notar: seria muito suspeito se alguém descesse de propósito, parasse e jogasse alguma coisa na água. Pior ainda: e se os estojos não afundassem, saíssem boiando? Claro, era isso o que acabaria acontecendo. Todo mundo ia ver. E, mesmo sem isso, ao passar por ele, todos já estavam olhando de um jeito diferente e o observavam como se não tivessem outro interesse, ali, a não ser ele. "Por que é assim, ou quem sabe é só uma impressão minha?", pensava.

Por fim, lhe veio à cabeça: não seria melhor ir a algum lugar no rio Nievá? Lá, há menos gente, não chama a atenção, em todo caso é mais cômodo e, acima de tudo, é mais longe daqui. E, de repente, ficou admirado: como pôde andar meia hora, angustiado e inquieto, em lugares arriscados, sem que aquilo viesse antes ao seu pensamento? E perdeu meia hora inteira com uma ideia insensata, só porque era o que havia decidido num sonho, num delírio! Tornara-se distraído, esquecido ao extremo, e sabia disso. Decididamente, tinha de se apressar!

Foi para o Nievá pela avenida V.; mas, no caminho, de repente, outra ideia passou pela sua cabeça: "Por que no Nievá? Por que na água? Não era melhor ir a algum lugar distante, quem sabe nas Ilhas, e lá, num local isolado, na mata, embaixo de um arbusto... enterrar tudo isso e, quem sabe, marcar a árvore?". E embora sentisse não estar em condições de avaliar tudo de modo claro e equilibrado, naquele momento, sua ideia lhe pareceu perfeita.

No entanto, tampouco era seu destino chegar às Ilhas e o que aconteceu foi outra coisa: ao sair da avenida V. para a praça, de repente, à esquerda, viu a entrada de um pátio cercado de paredes sem janelas. À direita, logo depois da entrada do portão, no pátio, até bem longe, se estendia a parede do prédio vizinho, de quatro andares, uma parede sem janelas e sem caiação. À esquerda, em paralelo à parede sem janelas e também até junto ao portão, se estendia uma cerca de madeira, por uns vinte passos até o fundo do pátio, e depois fazia uma curva à esquerda. Era um lugar sem saída, cercado, onde

1 Hoje canal Griboiédov.

guardavam materiais diversos. Mais além, nos fundos do pátio, por cima da cerca, via-se o canto de um galpão baixo, de pedra, com muita fuligem, obviamente parte de alguma oficina. Ali, com certeza, havia alguma oficina de carruagens, uma selaria, uma serralheria, algo do tipo; por todo lado, quase até o portão, se acumulava muito pó de carvão. "Aqui está um bom lugar para largar tudo e fugir!", pensou de repente. Como não viu ninguém no pátio, avançou para o portão e, nesse instante, bem perto do portão, notou uma calha encostada na cerca (como acontece muitas vezes em prédios em que há muitos operários de fábricas, de corporações, cocheiros etc.) e, acima da calha, direto na cerca, estava escrito com giz o aviso, que nunca pode faltar em tais casos: "Proibido pará aqui". Portanto, era até melhor, pois nada haveria de suspeito se ele entrasse e ficasse ali só um momento. "O negócio é largar tudo aqui de uma vez só, amontoado num canto qualquer, e ir embora!"

Enquanto olhava em redor mais uma vez, já com a mão enfiada no bolso, de repente, junto à parede externa, entre o portão e a calha, num espaço em que a largura total chegava apenas a um *archin*, ele avistou uma pedra grande e em estado bruto, talvez de um *pud*[2] e meio de peso, mais ou menos, encostada à parede de pedra que dava para fora. Do outro lado dessa parede, ficava a rua, a calçada, ouvia-se o vaivém afobado dos pedestres, que ali eram sempre poucos; no entanto, do outro lado do portão, ninguém poderia vê-lo, a menos que a pessoa entrasse, vindo da rua, o que, aliás, acontecia muitas vezes, e por isso era preciso agir depressa.

Ele se agachou na direção da pedra, agarrou com firmeza a parte de cima, com as duas mãos, reuniu todas as suas forças e virou a pedra. Debaixo dela, formara-se uma pequena depressão: sem demora, retirou tudo do bolso e jogou ali. Teve de colocar a carteira por cima do resto e, mesmo assim, ainda sobrou espaço. Em seguida, agarrou a pedra de novo, virou-a com um empurrão para a posição anterior e ela ficou exatamente no mesmo lugar, só que parecia um pouco mais alta, quase nada. Porém, com os pés, ele empurrou um punhado terra junto às bordas e depois pisou. Não se notava nada.

Então saiu e se dirigiu para a praça. De novo, por um instante, como na véspera, na delegacia, foi dominado por uma alegria forte, quase insuportável. "As provas estão enterradas! E quem, quem vai pensar em procurar debaixo daquela pedra? Ela pode muito bem estar ali, quem sabe,

2 Um *pud* equivale a 16,3 quilos.

desde a construção do prédio, e vai continuar assim ainda por muito tempo. E mesmo que encontrem: quem é que vai pensar em mim? Está tudo acabado! Não existem provas!", e deu uma risada. Mais tarde, lembrou que riu com um riso nervoso, miúdo, baixinho e comprido, mas, mesmo assim, riu durante todo o tempo em que atravessou a praça. No entanto, ao chegar ao bulevar K., onde dois dias antes havia encontrado aquela garota, o riso cessou, de repente. Outros pensamentos se insinuaram em sua cabeça. De súbito, também lhe pareceu repugnante passar agora por aquele banco em que ele havia ficado sentado, pensando, na hora em que a garota foi embora, e também lhe pareceu que seria penoso demais encontrar de novo aquele guarda a quem, na ocasião, dera vinte copeques: "Que o diabo o carregue!".

Caminhava, olhando em redor, distraído e rancoroso. Agora, todos os seus pensamentos giravam em torno de um ponto principal — e ele mesmo sentia que aquele era, de fato, o ponto principal e que agora, exatamente agora, ele estava cara a cara com esse ponto principal — e que era a primeira vez, em dois meses, que aquilo acontecia.

"Para o diabo com tudo isso!", pensou, de súbito, num acesso de uma raiva inesgotável. "Já que começou, que vá até o fim, e que o diabo a carregue, a ela e essa vida nova! Meu Deus, como tudo isso é estúpido!... Como eu menti e me rebaixei, hoje! Como fui nojentamente bajulador e fingido, ainda há pouco, com aquele execrável Iliá Petróvitch! Aliás, isso também é bobagem! Estou pouco ligando para todos eles e também não me interessa se fui ou deixei de ser bajulador e fingido! Não é nada disso! Não é nada disso!..."

De repente, parou; uma questão nova, de todo inesperada e muito simples, o deixou ao mesmo tempo desnorteado e amargamente surpreso:

"Se, de fato, tudo isso foi feito de modo consciente, e não por estupidez, se você tinha de fato um objetivo determinado e firme, então de que modo, até agora, você não deu sequer uma olhada dentro da carteira e não sabe o que você pegou, por que assumiu todos esses sofrimentos e se meteu conscientemente nessa história tão torpe, sórdida, aviltante? E, afinal, agora há pouco, você ainda quis jogar na água a tal carteira junto com todos os objetos, os quais você também nem chegou a olhar... Como é que pode?"

E é assim mesmo; isso tudo é assim. Ele já sabia de tudo isso e, naquela questão, para ele, nada havia de novo; e quando, à noite, resolveu que ia jogar os objetos na água, foi uma decisão sem nenhuma hesitação ou dúvida, foi como algo que só pudesse ser assim, como se fosse impossível agir de qualquer outra maneira... Sim, ele sabia de tudo aquilo e se lembrava de tudo; e por muito pouco aquilo não ficara decidido já na véspera, no mesmo instante em que sentou diante do baú e retirou os estojos de dentro dele... Mas olhe no que deu!...

"Isto é porque estou muito doente", concluiu, afinal, com ar soturno, "eu mesmo me atormentei e me torturei, eu mesmo não sei o que estou fazendo... E ontem, e anteontem, e durante todo esse tempo, eu fiquei me torturando... Vou me curar e... não vou me torturar... Mas e se eu não me curar? Meu Deus! Como estou farto de tudo isso!..." Ele caminhava sem parar. Tinha uma vontade tremenda de se distrair de alguma forma, mas não sabia o que fazer nem que providência tomar. Uma sensação nova, indeterminada, o dominava mais e mais, a cada minuto: era uma espécie de repugnância infinita, quase física, tenaz, raivosa e detestável, a tudo que encontrava e que o rodeava. Para ele, todos que passavam eram nojentos — eram nojentos seus rostos, seu modo de andar, seus movimentos. Era capaz até de cuspir em qualquer um, morder, quem sabe, se alguém falasse com ele...

De repente, parou, quando chegou à beira do rio Málaia Nievá, na ilha Vassílievski, perto da ponte. "É ali que ele mora, naquele prédio", pensou. "O que é isso? Não pode ser. Acabei, por minha conta, indo para a casa do Razumíkhin! De novo, a mesma história, como da outra vez... Mas é mesmo muito curioso: será que vim parar aqui por minha conta ou só passei por acaso? Tanto faz; eu disse... anteontem... que, depois *daquilo*, eu iria à casa dele no dia seguinte, e acabei indo mesmo! É como se, agora, eu não pudesse mais passar aqui só por acaso..."

Subiu ao apartamento de Razumíkhin, no quinto andar.

Ele estava em casa, em seu cubículo, e naquele momento estudava, escrevia, e ele mesmo destrancou a porta. Fazia mais ou menos quatro meses que não se viam. Razumíkhin estava com um roupão já puído até se esfarrapar, sapatos sem meias, desgrenhado, barba por fazer e sem tomar banho. No rosto, exprimia surpresa.

— O que há com você? — gritou, olhando para seu camarada, dos pés à cabeça; em seguida, calou-se e deu um assovio. — Será que está tão mal assim? Puxa, estou vendo que você, meu irmão, deixou para trás este irmão aqui — acrescentou, olhando para os farrapos de Raskólnikov. — Mas sente, vamos, deve estar cansado! — E quando Raskólnikov desabou no sofá turco, recoberto por um pano encerado, em estado pior do que seu próprio sofá, Razumíkhin percebeu, de súbito, que sua visita estava doente.

— Mas você está gravemente enfermo, sabia? — Quis tomar seu pulso; Raskólnikov puxou a mão.

— Não precisa — disse. — Eu vim... para o seguinte: estou sem nenhum aluno particular... eu queria... aliás, não estou precisando de aluno nenhum...

— Quer saber? Você está delirando! — concluiu Razumíkhin, enquanto o observava com atenção.

— Não, eu não estou delirando... — Raskólnikov se levantou do sofá. Quando subiu para o apartamento de Razumíkhin, não imaginava que teria de ficar cara a cara com ele. E agora, num instante, por experiência própria, adivinhou que a coisa que estava menos disposto a fazer, naquele momento, era ficar cara a cara com quem quer que fosse, em qualquer lugar do mundo. Dentro dele, se ergueu toda a sua amargura. Por pouco não sucumbiu de tanta raiva de si mesmo, assim que chegou à soleira da porta de Razumíkhin.

— Adeus! — falou de repente e avançou para a saída.

— Mas espere, espere, seu maluco!

— Não precisa! — repetiu, e de novo puxou a mão.

— Então por que diabo veio aqui, afinal? Ficou doido, ou o quê? Afinal, isso é quase... uma ofensa. Não vou deixar você sair assim.

— Está certo, escute: vim à sua casa porque, fora você, não conheço ninguém que possa ajudar... começar... porque você é o mais bondoso de todos, quer dizer, é o mais inteligente, e pode discutir... Mas agora eu vejo que não estou precisando de nada, ouça bem, de nada mesmo... dos favores e do apoio de ninguém... Eu mesmo... sozinho... Mas chega! Me deixe em paz!

— Mas espere aí, só um minutinho, seu esmolambado! Você está completamente doido! Escute aqui, por mim, faça como quiser. Mas veja bem: aulas particulares, eu não tenho como arranjar, e nem quero saber disso, mas na feira de artigos usados há um livreiro, o Kheruvímov, que só ele já é uma espécie de aula. Hoje, eu não troco isso nem por cinco alunos particulares em casas de comerciantes. Ele faz umas publicaçõezinhas e uns livrinhos de ciências naturais que vendem feito água! Só os títulos já valem a pena! Olhe, você vivia dizendo que eu sou um bobo; pois juro por Deus que há gente mais boba do que eu! Agora, ele também embarcou nessa moda; ele mesmo não entende nada de nada, mas eu, é claro, incentivo. Olhe aqui este texto alemão, pouco mais de duas folhas... para mim, é o charlatanismo mais cretino do mundo: em suma, investiga se a mulher é gente ou não é gente! E no fim, é claro, fica solenemente comprovado que é gente. Kheruvímov está preparando isto para entrar no debate sobre a questão da mulher;

estou traduzindo; ele esparrama essas duas folhas e meia em seis, vamos criar um título muito pomposo, de meia página, e vender por meio rublo. Vai ser um sucesso! Pela tradução, ele me dá seis rublos por folha, quer dizer, vou ganhar quinze rublos por tudo, e recebo seis rublos adiantados. Terminado isso, vamos traduzir um texto sobre baleias e, depois, a segunda parte de *Confessions*, alguém já separou uns mexericos chatíssimos, e aí nós vamos traduzir; alguém disse para Kheruvímov que Rousseau é uma espécie de Radíschev.[3] Eu não me oponho, é claro, ele que vá para o diabo! Pois bem, você não quer traduzir a segunda folha de "Mulher é gente?". Se quiser, tome aqui o texto, agora mesmo, apanhe a pena, o papel… tudo isso é público… e tome aqui três rublos: como recebi adiantado por toda a tradução, pelas duas folhas, três rublos ficam logo para você, é a sua parte. Termine a folha e ainda vai ganhar mais três rublos. E tem mais, por favor, não pense que isso é favor nenhum da minha parte. Ao contrário, assim que você entrou aqui, eu imaginei logo para que você podia me ser útil. Em primeiro lugar, sou péssimo na ortografia; em segundo lugar, no alemão, às vezes eu sou um desastre, de modo que invento cada vez mais, da minha cabeça, e todo meu consolo é que assim acaba ficando até melhor. Está certo, quem sabe, pode ser que, em vez de melhor, fique pior… Mas você vai pegar ou não?

Raskólnikov, em silêncio, apanhou as folhas do artigo em alemão, pegou os três rublos e, sem dizer nenhuma palavra, saiu. Razumíkhin, admirado, ficou olhando para ele, enquanto se afastava. Porém, depois de ler só a primeira linha, Raskólnikov, de súbito, deu meia-volta, subiu de novo ao apartamento de Razumíkhin, colocou as folhas em alemão e os três rublos sobre a mesa e, mais uma vez sem dizer nenhuma palavra, foi embora.

— Mas você está num delírio alcoólico ou o quê? — berrou Razumíkhin, que finalmente se enfureceu. — Que comédia é essa que você está representando? Até a mim você está deixando maluco… Para que diabo você veio aqui, afinal?

— Não preciso… de traduções… — balbuciou Raskólnikov, já descendo a escada.

— Então, de que diabo você precisa? — gritou Razumíkhin para baixo. E o outro, calado, continuou a descer. — Ei, escute! Onde você mora?

3 Trata-se de *Confissões*, do filósofo suíço Jean-Jacques Rousseau (1712-78). Aleksandr Nikoláievitch Radíschev (1749-1802): filósofo russo, famoso por criticar o regime da servidão. Foi preso e exilado por Catarina II.

Não veio resposta.

— Então, que o diabo o carregue!...

Mas Raskólnikov já havia chegado à rua. Na ponte Nikoláievski,[4] mais uma vez, em razão de um incidente muito desagradável para ele, Raskólnikov se viu obrigado a sair por completo de seu estupor. O cocheiro de uma carruagem estalou uma chicotada em cheio nas suas costas, porque, apesar de o cocheiro ter gritado para ele três ou quatro vezes, Raskólnikov quase foi atropelado pelos cavalos. A chicotada o deixou tão furioso que, depois de recuar para o parapeito (não se sabe por que estava caminhando bem no meio da ponte, onde passam os veículos e não os pedestres), ele começou, de raiva, a ranger e estalar os dentes. Em volta, é claro, ressoaram risadas.

— Bem feito!

— É um desses vagabundos!

— Todo mundo sabe, eles se fingem de bêbados e se jogam de propósito embaixo das carruagens; e depois a gente ainda tem de se responsabilizar por isso.

— É assim que ganham a vida, meu prezado, é assim que ganham a vida...

Porém, naquele instante, enquanto ele estava de pé junto ao parapeito, esfregando as costas, e ainda olhava enraivecido e desnorteado para a carruagem que se afastava, de repente sentiu que alguém metia um dinheiro em sua mão. Virou-se para ver: uma idosa, esposa de um comerciante, de touquinha e sapatos de pele de cabra, na companhia de uma jovem, de chapéu e sombrinha verde, com certeza sua filha. "Aceite, meu caro, em nome de Cristo." Ele pegou o dinheiro e elas passaram. Era uma moeda de vinte copeques. Pela roupa e pelo aspecto, elas podiam muito bem tomá-lo por um mendigo, um autêntico pedinte de moedas na rua e, com certeza, ele devia cada um daqueles vinte copeques à chicotada, que as deixou com pena.

Apertou os vinte copeques na mão, deu uns dez passos e voltou o rosto para o Nievá, só que na direção do palácio.[5] Não havia uma única nuvem no céu, a água estava quase azul, o que é muito raro no Nievá. A cúpula da catedral,[6] que de nenhum outro ponto se delineia melhor do que vista dali, da ponte, a menos de vinte passos da capela,[7] rebrilhava tanto que, através

4 Hoje, ponte Blagoveschénski. 5 O Palácio de Inverno, residência do tsar. Hoje, incorporado ao Museu Hermitage. 6 Catedral de Santo Isaac. 7 Trata-se de uma capela construída nessa mesma ponte.

do ar puro, se podia distinguir cada ornamento com nitidez. A dor da chicotada havia cessado, e Raskólnikov tinha esquecido o golpe; agora, só lhe interessava um pensamento aflitivo e não de todo claro. Parado, ficou olhando ao longe, por muito tempo e fixamente; conhecia muito bem aquele lugar. Quando ia para a universidade — sobretudo no caminho de volta para casa —, costumava acontecer, e talvez tenha acontecido umas cem vezes, de ele parar exatamente naquele ponto, cravar o olhar naquela paisagem, de fato magnífica, e toda vez chegava quase a se admirar com sua sensação, obscura e insondável. Um frio inexplicável sempre soprava daquela paisagem; para ele, aquele quadro suntuoso estava cheio de um espírito mudo e surdo... Toda vez, se espantava com sua impressão triste e enigmática e, sem confiar em si mesmo, sempre deixava para mais tarde a tarefa de decifrá-la. Agora, de súbito, lembrou-se bruscamente daquelas suas questões e incertezas antigas e lhe pareceu não ser por acaso que as recordava agora. Pareceu-lhe extravagante e maravilhoso o simples fato de parar exatamente no mesmo lugar de antes, como se tivesse imaginado que poderia, agora, pensar o mesmo que pensava naquela ocasião e interessar-se pelos mesmos temas e pelos mesmos quadros que lhe interessavam... ainda tão pouco tempo antes. Sentia-se à beira do ridículo e, ao mesmo tempo, sentia um aperto no peito que chegava a doer. Lá embaixo, em algum ponto profundo, em algum lugar que mal dava para avistar, abaixo de seus pés, agora lhe aparecia todo aquele passado, os pensamentos antigos, os problemas antigos, os temas antigos, as impressões antigas, e toda aquela paisagem, e ele mesmo, e tudo, tudo... Fez um movimento involuntário com a mão e, de repente, dentro do punho cerrado, sentiu espremida a moeda de vinte copeques. Abriu a mão, olhou fixo para a moeda, ergueu o braço e jogou-a na água; em seguida, deu meia-volta e foi para casa. Teve a impressão de que, naquele minuto, como se fosse o corte de uma tesoura, ele havia se separado de tudo e de todos.

Chegou em casa já ao entardecer, portanto, no total tinha andado umas seis horas. Como e por que caminho voltou para casa, isso ele não conseguia lembrar. Trocou de roupa e, todo trêmulo, como um cavalo exaurido, deitou-se no sofá, puxou o capote para se cobrir e, na mesma hora, pegou no sono...

Acordou já no crepúsculo, por causa de um grito horrível. Meu Deus, que gritaria é essa? Sons tão brutais, uivos, lamentos, ranger de dentes, lágrimas, pancadas e xingamentos como aqueles, nunca tinha ouvido nem visto. Não conseguia nem imaginar tamanha ferocidade, tamanho furor. Horrorizado, ergueu-se e ficou sentado na cama, se atormentando, a ponto de desmaiar. Mas a briga, os lamentos e os xingamentos ficaram cada vez mais fortes. E então, para seu grande assombro, de repente, distinguiu a voz de sua senhoria. Ela uivava, se esgoelava e se lamuriava, afobada, em atropelo, disparando as palavras de um modo que era impossível depreender o que tanto implorava — claro, era para que parassem de bater, porque alguém estava batendo nela, ali na escada, e sem piedade. A voz de quem batia tornou-se a tal ponto aterradora, cruel e furiosa que já era apenas um ronco, mas mesmo assim o agressor também estava falando alguma coisa, e também depressa, de modo ininteligível, afoito e sufocado. De súbito, Raskólnikov estremeceu como uma folha: reconheceu a voz: era de Iliá Petróvitch. Iliá Petróvitch estava ali, e batia na senhoria! Dava pontapés e batia com a cabeça dela na escada — aquilo estava claro, se distinguia pelo barulho, pelos lamentos, pelas pancadas! O que é isso, o mundo virou de pernas para o ar, ou o quê? Ouvia-se como a multidão se aglomerava em todos os andares, por toda a escada, ouviam-se vozes, exclamações, gente subindo, pisadas fortes, portas batendo, correria. "Mas por que, por que, e como é possível?", repetia ele, pensando a sério que havia enlouquecido por completo. Mas não, estava escutando tudo claro demais!... Então, se é assim, quer dizer que logo vão chegar também a seu quarto, "porque... com certeza, tudo isso é por causa daquilo que... houve ontem... meu Deus!" Quis trancar o ferrolho, mas a mão não se levantou... afinal, era inútil! O medo, como um gelo, recobriu sua alma e o martirizava, o paralisava... Entretanto, por fim, todo aquele barulho, que havia durado exatos dez minutos, começou a amainar aos poucos. A senhoria gemia e suspirava, Iliá Petróvitch não parava de ameaçar e xingar... Mas, por fim, parece que também ele se calou; já não se ouvia mais sua voz. "Quem sabe foi embora? Meu Deus!" Sim, e a senhoria também está saindo, mas continua a gemer e a chorar... isso é a porta do apartamento dela que bateu... A multidão também está se dispersando da escada para os apartamentos... soltam exclamações de surpresa, discutem, chamam uns aos outros, ora levantam a voz e gritam, ora baixam o tom num sussurro. Deve ser muita gente; o prédio inteiro deve ter acudido às pressas. "Mas, meu Deus, será que tudo isso é mesmo possível? E para que, para que ele veio aqui?"

Raskólnikov, sem forças, tombou no sofá, mas não conseguia cerrar os olhos; ficou meia hora estirado em tamanho sofrimento, com a sensação de um horror infinito tão insuportável como nunca na vida havia experimentado. De repente, uma luz clara iluminou seu quarto: Nastássia entrou com uma vela e um prato de sopa. Depois de olhar para ele com atenção e perceber que não estava dormindo, colocou a vela na mesa e começou a arrumar o que havia trazido: o pão, o sal, o prato, a colher.

— Vai ver que está sem comer desde ontem. Um dia inteiro andando por aí, e ainda mais debaixo de febre.

— Nastássia... por que bateram na senhoria?

Ela olhou fixo para ele.

— Quem foi que bateu na senhoria?

— Ainda agora... meia hora atrás, o Iliá Petróvitch, o ajudante do inspetor, na escada... Por que ele espancou a senhoria desse jeito? E... por que ele veio aqui?

Calada, de sobrancelhas contraídas, Nastássia olhou bem para ele e o observou demoradamente. Aquele exame deixou Raskólnikov incomodado e até com medo.

— Nastássia, por que está calada? — falou, por fim, tímido e com voz fraca.

— Isso é o sangue — respondeu ela, afinal, em voz baixa e como se falasse para si mesma.

— Sangue!... Que sangue? — balbuciou ele, empalidecendo e recuando na direção da parede. Nastássia continuou calada, olhando para ele.

— Ninguém bateu na senhoria — falou ela, de novo, em voz severa e decidida. Raskólnikov olhava para ela, quase sem conseguir respirar.

— Mas eu mesmo ouvi... eu não estava dormindo... estava sentado — falou, mais tímido ainda. — Fiquei escutando muito tempo... Veio o ajudante do inspetor... Todo mundo correu para a escada, de todos os apartamentos...

— Não veio ninguém aqui. Isso é o sangue que está gritando em você. Isso acontece quando ele não tem saída e começa a coagular no fígado e aí a gente começa a ouvir coisas... Você vai comer ou não vai?

Ele não respondeu. Nastássia continuou de pé diante dele, olhava fixamente para Raskólnikov e não saía.

— Traga alguma coisa para eu beber... Nastássiuchka.

Ela desceu e, uns dois minutos depois, voltou com um caneco branco, de barro, com água; só que, depois, Raskólnikov já não se lembrava mais do que aconteceu, então. Só lembrava que tomou um gole de água fria e que derramou no peito o resto do caneco. Em seguida, tombou sem consciência.

III

No entanto, durante todo o tempo da doença, não chegou a perder por completo a consciência: era um estado febril, com delírio e semiconsciência. Depois, ele se lembrou de muita coisa. Teve a impressão de que muita gente se juntou a seu redor, queriam pegá-lo e carregá-lo para algum lugar, discutiam e brigavam muito a respeito dele. Então, de repente, ficou sozinho no quarto, todos foram embora e tinham medo dele, só de vez em quando, na porta, mal se abria uma fresta, olhavam para ele, ameaçavam, combinavam alguma coisa entre si, riam e zombavam. Lembrava-se muitas vezes de Nastássia a seu lado; distinguia também outra pessoa, parecia alguém bastante conhecido, mas quem era, exatamente, ele não conseguia adivinhar de maneira nenhuma, se afligia com isso e chegava a chorar. Às vezes, lhe parecia que estava de cama havia um mês; outras vezes, que era ainda o mesmo dia. Mas *daquilo* — *daquilo* ele havia se esquecido completamente — em compensação, lembrava a cada minuto que havia esquecido algo que não podia esquecer — se dilacerava, se torturava para lembrar, gemia, tinha acessos de fúria ou de um temor horrendo e insuportável. Então, vinha o ímpeto de sair dali, queria fugir, mas sempre alguém o segurava com força e, de novo, ele tombava na fraqueza e na inconsciência. Por fim, voltou a si por completo.

Isso aconteceu naquela manhã, às dez horas. Nesse horário, com o dia claro, o sol sempre esticava uma faixa comprida na sua parede direita e iluminava o canto perto da porta. Junto à cama, estava Nastássia e mais uma pessoa, que o observava com muita curiosidade e que ele não conhecia, absolutamente. Era um rapaz de cafetã, barbado, com aspecto de membro de um *artiel*.[1] Pela porta entreaberta, a senhoria espiava. Raskólnikov levantou-se um pouco, na cama.

1 Corporação ou associação de trabalhadores da mesma profissão ou ofício.

— Quem é esse, Nastássia? — perguntou, apontando para o rapaz.

— Puxa, finalmente acordou! — disse ela.

— Acordou — respondeu o rapaz. Ao notar que Raskólnikov tinha acordado, a senhoria, que espiava pela porta, imediatamente a fechou e se escondeu. Sempre encabulada, só a muito custo suportava conversas e explicações; tinha uns quarenta anos, era gorda e volumosa, de sobrancelhas e olhos pretos, com a bondade que vem da preguiça e da gordura; era até muito graciosa. Recatada além do necessário.

— O senhor... quem é? — continuou a perguntar, dirigindo-se ao próprio rapaz, membro de um *artiel*. Porém, naquele instante, mais uma vez, a porta abriu de supetão e, um pouco abaixado, por ser alto, entrou Razumíkhin.

— Mas isto aqui é uma cabine de navio — gritou, ao entrar. — Vivo batendo com a testa; e ainda chamam essas coisas de apartamento! E você, irmão, voltou a si? Páchenka[2] acabou de me contar.

— Acordou agora mesmo — disse Nastássia.

— Acordou agora mesmo — fez coro o rapaz do *artiel*, com um sorriso.

— Desculpe, mas quem é o senhor? — perguntou Razumíkhin, de repente, voltando-se para ele. — Eu, com sua licença, sou Vrazumíkhin; não Razumíkhin, como me qualificam, e sim Vrazumíkhin,[3] estudante, filho de nobres, e ele é meu amigo. E o senhor, então, de quem se trata?

Sou do *articl* do nosso escritório, do comerciante Chelopáiev, e estou aqui a trabalho.

— Tenha a bondade de sentar-se nesta cadeira. — O próprio Razumíkhin sentou-se na outra, do outro lado da mesinha. — E você, meu irmão, fez bem em acordar — prosseguiu, dirigindo-se a Raskólnikov. — Está há quatro dias sem comer e beber quase nada. Na verdade, só deram chá na colherzinha. Duas vezes, eu trouxe o Zóssimov para ver você. Lembra-se do Zóssimov? Examinou você com atenção e disse, de cara, que não era nada... que deu só alguma coisa na sua cabeça, sei lá. Uma espécie de ataque nervoso, por falta de comida, disse ele, e que deram pouca cerveja e pouco nabo para você, e daí vem a doença, mas não é nada, vai passar, vai sumir. O Zóssimov é um grande sujeito! Já começou a ficar conhecido, como médico. Muito bem, não vou reter o senhor aqui — dirigiu-se de novo ao membro do *artiel*. — Não gostaria

2 Hipocorístico de Praskóvia. **3** O personagem enfatiza, no trecho, o valor que os estudantes democratas da época atribuíam à razão. Em russo, *vrazumit* significa "fazer compreender racionalmente", *razumet*, "compreender", e *razum*, "razão".

de explicar o que o senhor deseja? Veja só, Ródia, já é a segunda vez que vem alguém desse escritório; só que antes não foi esse, foi outro, e eu até conversei com ele. Quem era aquele que veio aqui, antes do senhor?

— Só posso supor, certamente, que se trata de quem veio anteontem. Foi o Aleksei Semiónovitch; também trabalha em nosso escritório.

— Mas ele era mais comunicativo do que o senhor, não acha?

— Sim, senhor; de fato, ele é mais preparado.

— Que louvável; muito bem, senhor, prossiga.

— Pois bem, por intermédio de Afanássi Ivánovitch Vakhrúchin, de quem, suponho, o senhor já ouviu falar mais de uma vez, a pedido da mãezinha do senhor, foi feita uma transferência para o senhor através de nosso escritório — começou o rapaz do *artiel*, dirigindo-se diretamente a Raskólnikov. — Caso o senhor já esteja senhor de si, vamos lhe entregar trinta e cinco rublos, pois Semion Semiónovitch recebeu de Afanássi Ivánovitch, a pedido da mãezinha do senhor, um aviso de pagamento, à maneira antiga. O senhor o conhece?

— Sim... eu lembro... Vakhrúchin... — disse Raskólnikov, pensativo.

— Ouviu só? Ele conhece o comerciante Vakhrúchin! — exclamou Razumíkhin. — Como é que acha que ele não voltou a si? Aliás, agora percebo que o senhor também é uma pessoa sensata. Muito bem! Também dá gosto ouvir palavras inteligentes!

— Pois é ele mesmo, senhor, Vakhrúchin, Afanássi Ivánovitch, e a pedido da mãezinha do senhor, que por intermédio dele e da mesma forma já fez uma transferência para o senhor, uma vez, também desta vez o senhor Semion Semiónovitch não se negou ao pedido dela e, há poucos dias, mandou de sua parte o aviso para entregar ao senhor trinta e cinco rublos, com os melhores votos.

— Foi aí nesses "melhores votos" que o senhor se saiu melhor, sabia? E também não ficou nada mal esse "a mãezinha do senhor". Pois bem, na opinião do senhor: ele está inteiramente lúcido?

— Para mim, está tudo bem, senhor. Basta apenas que ele ponha sua assinatura.

— Pois ele vai rabiscar! O que o senhor tem aí, um livro ou o quê?

— Sim, um livro, senhor. Aqui está.

— Me dê aqui. Pronto, Ródia, escreva. Levante-se. Eu apoio você; assine Raskólnikov para ele, segure a pena, porque, irmão, agora, para nós, o dinheiro é mais doce do que o mel.

— Não preciso — disse Raskólnikov, rechaçando a pena.

— Que história é essa de não preciso?

— Não vou assinar.

— Ah, diabo, como é que vai ser, sem assinatura?

— Não preciso... de dinheiro...

— Não precisa desse dinheiro! Ora, irmão, isso é mentira sua, eu sou testemunha! Não se preocupe, por favor, ele está só... sonhando outra vez. Aliás, ele costuma mesmo ficar por aí sonhando acordado... O senhor é um homem razoável e nós vamos orientá-lo, ou seja, vou simplesmente guiar sua mão e ele vai assinar. Levante-se, vamos...

— Pensando bem, senhor, acho melhor eu passar aqui outro dia.

— Não, não; para que se dar esse trabalho? O senhor é uma pessoa sensata... Vamos, Ródia, não tome o tempo de seu visitante... veja, ele está esperando — e preparou-se, de fato, para guiar a mão de Raskólnikov.

— Deixe, eu mesmo... — disse ele, pegou a pena e assinou o livro. O rapaz do *artiel* entregou o dinheiro e foi embora.

— Bravo! E agora, irmão, quer comer?

— Quero — respondeu Raskólnikov.

— Tem sopa?

— De ontem — respondeu Nastássia, que ficara ali de pé, durante todo o tempo.

— Com batata e arroz?

— Com batata e arroz.

— Eu já sabia. Traz a sopa, e um chá também.

— Vou trazer.

Raskólnikov olhava para tudo com um espanto profundo e com um temor atônito e absurdo. Resolveu calar-se e esperar: o que ia acontecer? "Parece que não estou delirando", pensou. "Parece que isto é real..."

Uns dois minutos depois, Nastássia voltou com a sopa e avisou que ia trazer o chá logo depois. Junto com a sopa, vieram duas colheres, dois pratos e todo o resto: o saleiro, a pimenteira, a mostarda para pôr na carne de boi e muita coisa que já fazia tempo não era servida com tanto esmero. A toalha de mesa estava limpa.

— Não seria mal, Nastássiuchka, se a Praskóvia Pávlovna mandasse trazer duas garrafinhas de cerveja. Vamos beber, minha cara.

— Ora, ora, você não perde tempo! — murmurou Nastássia, e foi atender o pedido.

Raskólnikov continuava a observar tudo com ar tenso e arredio. Entretanto, Razumíkhin havia sentado ao lado dele no sofá, meio desajeitado, como um urso, e escorava a cabeça do amigo com a mão esquerda, embora Raskólnikov pudesse se manter na posição correta por conta própria, e, com a mão direita, levava a colher de sopa até a boca do enfermo, depois de soprar a colher várias vezes, para que ele não se queimasse. Mas a sopa estava só morna. Raskólnikov, com voracidade, engoliu uma colherada, depois outra, e uma terceira. No entanto, de repente, Razumíkhin parou com a colher em pleno ar e declarou que era preciso consultar Zóssimov acerca do futuro.

Nastássia entrou, com duas garrafas de cerveja.

— E chá, você quer?

— Quero.

— Traz logo esse chá também, Nastássia, porque, em matéria de chá, parece que não precisa terminar a faculdade. Mas, ora, aqui está a cerveja! — Voltou a sentar na sua cadeira, puxou a sopa e a carne para si e começou a comer com tamanho apetite que parecia estar há três dias sem comer.

— Agora, irmão Ródia, eu vou almoçar aqui, assim, com você todo dia — balbuciava do jeito que podia, com a boca toda cheia de carne de boi. — E tudo isso quem faz é a Páchenka, a sua senhoriazinha, que me faz as honras de todo o coração. Eu, está claro, não insisto, mas também não protesto. Mas aí está a Nastássia com o chá. Que rapidez! Nástienka, não quer uma cervejinha?

— Eh, que sem-vergonhice é essa?

— E um chazinho?

— Um chazinho pode ser

— Pode servir. Espere, eu mesmo sirvo você; sente à mesa.

Rapidamente, Razumíkhin cuidou de tudo, serviu o chá, depois serviu mais uma xícara, abandonou seu desjejum na mesa e sentou de novo no sofá. Como antes, escorou a cabeça do enfermo com a mão esquerda, ergueu-o no sofá e começou a lhe dar chá com a colherzinha, e de novo, sem parar e com especial afinco, soprava cada colherada, como se nesse processo de soprar residisse o ponto salvador e mais importante de toda a cura. Raskólnikov se mantinha calado, não se opunha, apesar de sentir em si forças suficientes, e de sobra, para se manter sentado no sofá sozinho, sem ajuda de ninguém, e não só tinha o domínio das mãos necessário para segurar a colher e a xícara, como talvez até fosse capaz de andar. No entanto, por uma estranha espécie de astúcia, quase animal, de repente lhe veio à cabeça a ideia de esconder suas forças, por enquanto, dissimular, fingir até, se necessário, que ainda não tinha completo entendimento das coisas e, enquanto isso, escutar e observar o que estava se passando ali. Contudo, ele ainda não havia controlado sua aversão: depois de ingerir umas dez colheres de chá, de repente, libertou sua cabeça, repeliu a colher com irritação e, de novo, desabou no travesseiro. Sob sua cabeça, agora, havia travesseiros de verdade — de penas, com fronhas limpas; ele também percebeu isso e levou-o em consideração.

— É preciso que Páchenka nos mande, hoje mesmo, uma geleia de framboesa, para fazer uma bebida para ele — disse Razumíkhin, sentando em seu lugar e ocupando-se, de novo, da sopa e da cerveja.

— E onde é que ela vai colher framboesas para você? — perguntou Nastássia, segurando o pires nos cinco dedos abertos e filtrando o chá "através do açúcar", pois tinha um torrão dentro da boca.

— A framboesa, minha cara, ela vai colher lá na quitanda. Veja, Ródia, uma longa história se passou aqui, na sua ausência. Quando você escapuliu da minha casa daquele jeito desavergonhado, sem me dar o endereço do seu apartamento, de repente me bateu uma raiva tão grande que resolvi descobrir onde você morava, para pegar você e dar cabo de uma vez. E comecei no mesmo dia. Saí andando por todo lado, perguntando, perguntando! Este apartamento aqui, eu tinha esquecido; aliás, eu nunca poderia lembrar, porque eu nunca soube dele. Mas, do apartamento anterior, eu só lembrava que ficava nas Cinco Esquinas,[4] no edifício Kharlámov. Então procurei e procurei o tal do edifício Kharlámov e depois vi que não era o edifício Kharlámov coisa nenhuma, e sim o edifício Bukh... como às vezes a gente se confunde com essas letras! Aí, fiquei irritado. Eu me irritei e, por via das dúvidas, no dia seguinte, fui lá no departamento de registro de endereços e, imagine só: em dois minutos, localizaram você. Está registrado lá.

— Estou registrado!

— Claro; mas o endereço do general Kobeliov, que alguém perguntou quando eu estava lá, eles não conseguiram achar de jeito nenhum. Pois bem, é uma história comprida. Assim que eu apareci aqui de surpresa, logo me inteirei de todos os seus assuntos; todos, todos mesmo, irmão, eu sei de tudo; e ela, esta aqui, também viu: conheci o Nikodim Fomitch, me apresentaram

4 Nome popular do cruzamento, em São Petersburgo, formado pela avenida Zágorodni e pelas ruas Raziézjaia, Rubinstein (antiga Tróitskaia) e Lomonóssov (antiga travessa Tchornichov).

o Iliá Petróvitch, o escriturário da delegacia local e, por fim, conheci a Páchenka... e isso já foi o coroamento de tudo; e esta aqui está sabendo...

— Todo açucarado — murmurou Nastássia, rindo, com ar maroto.

— Pois você, Nastássia Nikíforovna, devia era colocar seu açúcar na xícara de chá e não dentro da boca.

— Ah, seu cachorro! — gritou Nastássia, de repente, e soltou uma risada. — E eu sou Petrovna e não Nikíforovna — acrescentou, de repente, quando parou de rir.

— Vamos considerar isso, senhora. Pois bem, irmão, veja, para não ficar jogando conversa fora, eu queria, de cara, disparar aqui uma corrente elétrica por toda parte a fim de erradicar, de uma só vez, todos os preconceitos; mas a Páchenka venceu. Eu, irmão, jamais poderia esperar que ela fosse tão... *avenántkaia*[5]... hein? O que você acha?

Raskólnikov se mantinha calado, embora nem por um momento desviasse dele seu olhar perturbado, e agora continuava a fitá-lo tenazmente.

— E é até muito — prosseguiu Razumíkhin, sem se incomodar em nada com o silêncio, como se concordasse com uma resposta recebida — e é até muito boa mesmo, em todos os aspectos.

— Que animal! — exclamou de novo Nastássia, que parecia estar se deliciando de modo indescritível com aquela conversa.

— O ruim, irmão, é que você, desde o início, não soube como tratar o assunto. Com ela, não precisava ser desse jeito. Pois se trata, como vou dizer, de um caráter completamente inesperado! Bem, sobre o caráter, vamos deixar para depois... Mas, por exemplo, como é que você deixou as coisas chegarem ao ponto de ela ter a coragem de não mandar mais comida para você? Ou, por exemplo, essa nota promissória? Será que você teve um ataque de loucura, para assinar uma nota promissória? Ou então, por exemplo, aquela proposta de casamento, quando a menina, a Natália Egórovna, estava viva... Estou sabendo de tudo! Aliás, vejo que esse é um ponto delicado e que eu sou um burro; me desculpe. Mas, a propósito da tolice: você não acha, irmão, que a Praskóvia Pávlovna, afinal, não é tão tola como se pode supor à primeira vista, hein?

— Acho... — disse entre os dentes Raskólnikov, olhando para o lado, mas compreendendo que era vantajoso alimentar a conversa.

5 Da palavra francesa *avenante*: atraente.

— Não é mesmo verdade? — exclamou Razumíkhin, que parecia alegre por ter recebido uma resposta. — Mas também não chega a ser inteligente, não é? Um caráter absolutamente, absolutamente inesperado! Eu, irmão, estou um tanto perdido, garanto a você... Ela vai completar quarenta anos exatos. Ela diz que tem trinta e seis e tem todo o direito de dizer. Aliás, juro a você, eu a aprecio mais pelo lado intelectual, só pela metafísica; pois aqui, irmão, o emblema que nos enlaçou é igual à sua álgebra! Não estou entendendo mais nada! Muito bem, tudo isso é um disparate, só que ela, ao ver que você já não era mais estudante, que tinha perdido os alunos particulares e o uniforme de estudante, e que, com a morte da filha, não tinha mais nenhum motivo familiar para sustentar você, de repente ficou assustada; e você também, por seu lado, se esqueceu de tudo, metido com as suas coisas, e não cumpriu nada do combinado, e ela teve a ideia de despejar você do apartamento. Já vinha alimentando essa ideia há bastante tempo e achou, também, que era uma pena perder a nota promissória. Além do mais, você mesmo garantiu que sua mãe ia pagar...

— Isso eu falei por uma baixeza minha... Minha mãe está à beira de pedir esmola... e eu menti só para que me deixassem ficar no apartamento e... me dessem comida — falou Raskólnikov, alto e claro.

— Sei, e nisso foi sensato. A questão toda é que, nessa altura, o tal do sr. Tchebarov, conselheiro da corte e homem de negócios, se meteu na história. Sem ele, Páchenka não teria inventado nada disso e até teria vergonha; mas um homem de negócios não sente vergonha e logo de cara, é claro, propôs a questão: Existe esperança de receber o pagamento da nota promissória? Resposta: Sim, porque existe a tal mãe que, com os cento e vinte e cinco rublos da sua pensão, pode ficar até sem comer, mas vai ajudar o seu Ródienka, e também existe a tal irmãzinha que, pelo irmão, está disposta até a trabalhar como escrava. Foi nisso que ele se baseou... Por que está se remexendo? Agora, irmão, eu estou sabendo de todos os seus segredos, não foi à toa que você abriu o coração com a Páchenka, quando ainda era aparentado com ela, mas agora estou falando como amigo... Pois bem, a questão é a seguinte: uma pessoa honesta e sensível fala com franqueza e um homem de negócios escuta, vai comendo aos poucos e depois ele rói a gente até o osso. E foi assim que ela passou essa nota promissória para esse tal de Tchebarov, como forma de pagamento, e ele pegou e foi logo cobrar a execução formalmente, sem o menor constrangimento. Quando eu soube de tudo isso, também quis dar uma descarga elétrica nele, para desencargo de consciência, mas nessa altura se estabeleceu a harmonia entre mim e a

Páchenka, e eu mandei pôr fim a toda essa história na própria fonte, dando a garantia de que você ia pagar. Eu, irmão, dei a garantia por você, está ouvindo? Chamamos Tchebarov, meti dez rublos na cara dele, tomei o papel de volta, e aqui tenho a honra de apresentá-lo ao senhor; agora acreditam na palavra do senhor, tome aqui, pegue, já devidamente rasgado por mim.

Razumíkhin colocou a carta de crédito sobre a mesa; Raskólnikov olhou para ele de relance e, sem dizer nenhuma palavra, virou-se para a parede. Isso chegou a desgostar Razumíkhin.

— Estou vendo, irmão — exclamou, um minuto depois —, que mais uma vez eu fiz papel de bobo. Pensei em distrair você com minha conversa, para entreter, mas parece que tudo que consegui foi causar amargura.

— Foi você que eu não reconheci, quando eu estava delirando? — perguntou Raskólnikov, só depois de um minuto de silêncio, e sem virar a cabeça.

— Foi, sim, e chegou a ter um acesso de fúria, por isso, sobretudo na vez em que eu trouxe o Zamiótov.

— Zamiótov?... O escriturário da delegacia?... Por quê? — Raskólnikov virou-se depressa e cravou os olhos em Razumíkhin.

— Mas por que ficou assim?... Que perturbação é essa? Ele queria conhecer você; foi por iniciativa dele, porque eu e ele conversamos muito sobre você... Do contrário, de quem eu ia saber tanta coisa a seu respeito? É um sujeito magnífico, irmão, um verdadeiro prodígio... à sua maneira, é claro. Agora, ficamos amigos; nos vemos quase todo dia. Pois eu me mudei para aqui perto. Você não sabia? Acabei de me mudar. Estive com ele umas duas vezes na casa de Laviza. Você se lembra da Laviza, Laviza Ivánovna?

— Falei alguma coisa, quando delirava?

— Pudera! Você não tinha controle de nada.

— E o que foi que eu falei?

— Ora essa! O que falou no delírio? Todo mundo sabe como é delirar... Muito bem, irmão, agora, para não perder tempo, vamos aos negócios.

Levantou-se da cadeira e apanhou o boné.

— O que foi que eu falei?

— Eh, já está virando mania! Está com medo de ter contado algum segredo? Não se preocupe: não revelou nada sobre a condessa.[6] Mas sobre um

6 A passagem costuma ser entendida como uma alusão à novela *A dama de espadas*, de Púchkin, na qual uma condessa detém um segredo que permite vencer no jogo de cartas.

buldogue, uns brincos, umas correntinhas, sobre a ilha Krestóvski, sobre sei lá que palácio, sobre Nikodim Fomitch e Iliá Petróvitch, o ajudante do inspetor, disso você falou bastante. Além do mais, você se mostrou muito, mas muito interessado mesmo por sua própria meia! Você choramingava: me dê minha meia, dizia, e não parava. O próprio Zamiótov saiu procurando suas meias por todo canto, com as próprias mãozinhas lavadas, perfumadas, com anéis, e acabou trazendo aquela imundície para o senhor. Só então o senhor se acalmou e passou um dia inteiro com aquela imundície nas mãos; era impossível arrancar de suas mãos. Agora, deve estar metida em algum canto, aí embaixo do seu cobertor. E também ficou pedindo umas franjas da calça, e que choradeira! A gente até procurou por todo lado: que raio de franjas eram essas? Mas não conseguimos encontrar nada... Muito bem, agora vamos ao que interessa! Aqui estão trinta e cinco rublos; deles, vou pegar dez, e daqui a duas horinhas, mais ou menos, vou prestar contas disso. Nesse meio-tempo, também vou avisar o Zóssimov, se bem que ele já devia ter vindo aqui há um bom tempo, mesmo sem eu chamar, pois já passa das onze horas. E a senhora, Nástienka, na minha ausência, trate de vir aqui mais vezes, para o caso de ele querer beber ou outra coisa qualquer... E quanto à Páchenka, eu mesmo vou lá agora, dizer para ela o que é preciso fazer. Até logo!

— Já está até chamando de Páchenka! Ah, que carinha de safado! — disse Nastássia, quando ele saiu; em seguida, abriu a porta e se pôs a escutar com atenção, só que não se conteve e desceu a escada correndo. Estava interessada demais em saber o que ele estava dizendo para a patroa; e, de resto, era visível que estava completamente encantada com Razumíkhin.

Assim que a porta fechou atrás dela, o doente se desvencilhou do cobertor e, como que meio enlouquecido, saltou da cama. Exaltado, numa impaciência convulsiva, esperava apenas que os outros saíssem de uma vez, para que ele, sozinho, pudesse cuidar de seus assuntos. Mas o que eram eles, afinal, que assuntos eram esses? Agora, no entanto, pareceu esquecer, e era como se fosse de propósito. "Meu Deus! Diga-me só uma coisa: eles já estão sabendo de tudo ou não? Pode ser que já saibam e estejam só fingindo, brincando, enquanto eu estou de cama, mas de repente vão entrar aqui e dizer que já sabem de tudo há muito tempo e que estavam só... Mas o que era mesmo que eu ia fazer agora? Esqueci, e parece até que foi de propósito; esqueci de repente, e tinha lembrado ainda agora há pouco!..."

Estava de pé no meio do quarto e olhava em redor, numa perplexidade agoniante; foi até a porta, abriu, escutou; mas não era isso. De repente, como se tivesse lembrado, precipitou-se para o canto onde havia um buraco por trás do papel de parede, começou a examinar tudo, enfiou a mão no buraco, vasculhou, mas também não era aquilo. Foi até a estufa, abriu-a e pôs-se a vasculhar nas cinzas: os pedacinhos das franjas da calça e os retalhos cortados do bolso estavam jogados ali, do mesmo jeito que ele os havia largado; portanto, ninguém tinha visto! Então se lembrou da meia, sobre a qual Razumíkhin tinha acabado de falar. Na verdade, ali estava ela, em cima do sofá, embaixo do cobertor, mas, de lá para cá, tinha ficado tão surrada e imunda que, é claro, Zamiótov não pôde mesmo perceber nada.

"Bah, Zamiótov!... A delegacia!... Mas para que estão me chamando para ir à delegacia? Onde está a intimação? Bah!... Fiz confusão: isso foi quando me intimaram! Naquela hora, eu também examinei a meia, mas agora... agora, eu estava doente. Então, por que o Zamiótov veio aqui? Por que Razumíkhin o trouxe aqui?...", murmurava, sem forças, sentando-se de novo no sofá. "Mas o que é isso? Será que ainda estou delirando e inventando tudo isso ou será mesmo a realidade? Parece que é a realidade... Ah, lembrei: fugir! Fugir correndo, já, a todo custo, fugir! Sim... mas para onde? E onde está minha roupa? As botas sumiram! Levaram! Esconderam! Estou entendendo! Ah, aqui está o sobretudo... não repararam! Lá está o dinheiro em cima da mesa, graças a Deus! E aqui está a nota promissória... Pego o dinheiro e vou embora, alugo outro apartamento, eles não vão me achar!... É, mas e o departamento de registro de endereços? Vão achar! Razumíkhin vai achar. O melhor é fugir... para longe... para a América, e mandar todos eles para o inferno! E também levar a nota promissória... vai ser útil. E levar o que mais? Eles acham que estou doente! Não sabem que posso andar, he-he-he!... Pelos olhares, adivinhei que estão sabendo de tudo! É só eu descer pela escada! Mas e se lá embaixo estiverem os guardas deles, a polícia? O que é isso, chá? Ah, olhe, deixaram cerveja, meia garrafa, e fresca!"

Apanhou a garrafa em que restava um copo cheio e, com prazer, bebeu de um só gole, como se quisesse apagar um fogo no peito. Porém não passou nem um minuto e a cerveja subiu à sua cabeça e um arrepio leve, e até agradável, percorreu suas costas. Deitou-se e puxou o cobertor para cobrir-se. Seus pensamentos, desde antes já doentios e desencontrados, começaram a se embaralhar cada vez mais e, logo, um sono leve e agradável tomou conta dele. Com prazer, procurou um lugar para a cabeça no travesseiro, enrolou-se mais encolhido no cobertor macio e acolchoado, que agora o cobria, em lugar do capote esfarrapado de antes, deu um suspiro baixinho e pegou num sono profundo, forte, reparador.

Acordou ao ouvir que alguém tinha entrado, abriu os olhos e viu Razumíkhin, que havia escancarado a porta e estava de pé na soleira, com ar perplexo: entrar ou não? Na mesma hora, Raskólnikov ergueu-se um pouco no sofá e olhou bem para ele, como se fizesse força para lembrar-se de algo.

— Ah, não está dormindo, pois bem, aqui estou! Nastássia, arraste essa trouxa para cá! — gritou Razumíkhin, para baixo. — Já vou prestar contas para você...

— Que horas são? — perguntou Raskólnikov, olhando em volta, com ar perturbado.

— Dormiu que foi uma beleza, irmão: lá fora, já está anoitecendo, vão dar seis horas, mais ou menos isso. E você dormiu seis horas e tanto...

— Meu Deus! O que foi que deu em mim?...

— Ora, o que é que tem? Aproveite! Está com pressa para ir aonde? Tem algum encontro ou o quê? Agora, nós temos todo o tempo do mundo. Já estou esperando você há umas três horas; passei por aqui duas vezes e você só fazia dormir. Fui duas vezes falar com o Zóssimov: não estava em casa, e é só o que eu sei! Mas não há de ser nada, ele vai vir!... Também se ausentou por causa de seus afazeres. E eu me mudei hoje, mudei de vez, e com o titio. Pois agora tenho um tio... Pois é, mas deixe isso para lá, vamos ao que interessa!... Nástienka, me dá aqui a trouxa. Agora, nós... Mas, irmão, como está se sentindo?

— Eu estou ótimo! Não estou doente... Razumíkhin, você está aqui há muito tempo?

— Já disse, estou esperando há três horas.

— Sei, mas e antes?

— Antes de quê?

— A que horas você veio para cá?

— Ora, pois eu acabei de contar para você; será que não lembra?

Raskólnikov ficou pensativo. Para ele, os fatos recentes pareciam um sonho. Não conseguia lembrar sozinho e ficou olhando para Razumíkhin, com ar interrogativo.

— Hum! — disse o amigo. — Esqueceu! Ainda há pouco me pareceu que você continuava com a cabeça nas nuvens... Agora, com o sono, se recuperou... Juro, você está com um aspecto muito melhor. Parabéns! Pois então, vamos ao que interessa! Agora sim, você vai lembrar. Olhe para cá, meu caro.

Começou a desamarrar a trouxa, na qual, obviamente, tinha extremo interesse.

— Isso, irmão, acredite ou não, era o que estava pesando mais no meu coração. Porque é preciso fazer de você um homem. Vamos lá: comecemos por cima. Está vendo este boné? — começou, tirando da trouxa um quepe bem bonitinho, mas ao mesmo tempo muito comum e barato. — Quer ter a bondade de experimentar?

— Depois, mais tarde — falou Raskólnikov, recuando, irritado.

— Essa não, irmão Ródia, não resista, depois vai ser tarde; além do mais, desse jeito vou passar a noite toda sem dormir, porque comprei as roupas no escuro, sem saber seu tamanho. Perfeito! — exclamou em triunfo, ao experimentar o chapéu. — É a medida exata! O chapéu, irmão, é a coisa primordial numa roupa, uma recomendação, de certa maneira. Tolstiakov, um amigo meu, é obrigado a tirar o chapéu toda vez que entra num local público, onde todo mundo está de gorro ou de quepe. Todo mundo acha que ele faz isso por algum sentimento servil, mas é só porque tem vergonha daquele ninho de passarinho que usa em cima da cabeça: que sujeito mais envergonhado! Muito bem, Nástienka, qual destes dois chapéus você prefere: este *palmerston*[7] (pegou, num canto, o chapéu redondo de Raskólnikov, todo destroçado, que, não se sabe por que razão, ele chamou de *palmerston*) ou esta joiazinha aqui? Ródia, tente só calcular quanto eu paguei por isso. E você, Nastássiuchka? — voltou-se para ela, vendo que Raskólnikov se mantinha calado.

— Na certa, pagou uns vinte copeques — respondeu Nastássia.

— Que vinte copeques, sua burra! — gritou ele, ofendido. — Hoje em dia, por vinte copeques não dá para comprar nem você! Oitenta copeques! E isso porque é usado. Na verdade, fiz um acordo: você usa esse chapéu até gastar e, no ano que vem, vão dar outro de graça, juro! Muito bem, agora vamos passar para os Estados Unidos Americanos, como chamávamos esta peça de roupa no tempo do ginásio. Vou logo avisando: eu tenho orgulho desta calça! — E estendeu, diante de Raskólnikov, uma calça cinzenta, de verão, de tecido leve, de lã. — Nenhum furinho, nenhuma manchinha, e ainda por cima perfeitamente apresentável, embora também seja de segunda mão, assim como o colete, da mesma cor, como exige a moda.

7 Referência a H. J. T. Palmerston (1784-1865), político e primeiro-ministro inglês.

E o fato de ser de segunda mão, na verdade, é melhor ainda: fica mais macia, mais leve... Veja, Ródia, para fazer carreira na sociedade, a meu ver, basta observar sempre as estações; se em janeiro não fazem questão de aspargos, então a gente guarda alguns copeques a mais na carteira; o mesmo vale para esta roupa. Agora estamos no verão e eu fiz compras de artigos de verão, porque, quando for chegando o outono, vai ser necessário um tecido mais quente e, assim, você vai ter de abandonar... Ainda mais porque, na verdade, até lá, você já vai ter conseguido dar cabo de tudo isso, se não for pelo desenvolvimento de hábitos luxuosos, então será pela desordem interior mesmo. Muito bem, avalie! Quanto custou, na sua opinião? Dois rublos e vinte e cinco copeques! E note bem, de novo, com as mesmas condições de antes: você usa até acabar e, no ano que vem, vão dar outras roupas de graça para você! Na loja de Fediáiev, só fazem negócio assim: você paga uma vez e fica satisfeito para o resto da vida, porque não vai ter mais de voltar lá. Muito bem, agora vamos passar para as botas... Que tal? Afinal, é claro, também são de segunda mão, mas vão atender você por uns dois meses, porque é trabalho feito no exterior, mercadoria estrangeira: um secretário da embaixada inglesa levou para a feira de artigos usados na semana passada; só usou as botas por seis dias e tinha muita necessidade de dinheiro. O preço foi um rublo e cinquenta copeques. Não é um achado?

— Mas pode não caber no pé dele! — observou Nastássia.

— Não caber? E o que é isto aqui? — E tirou do bolso uma bota velha de Raskólnikov, estropiada, toda furada e suja de lama seca. — Fui lá com uma de reserva e, por este monstro aqui, eles recuperaram o tamanho certo do pé. Toda essa questão foi tratada com muito zelo. Quanto à roupa de baixo, já me entendi com a senhoria. Olhe só, em primeiro lugar, três camisas de algodão, mas com o peitilho na moda... Vejamos as contas, portanto: oitenta copeques pelo boné, dois rublos e vinte e cinco pelo resto da roupa; no total, três rublos e cinco copeques; um rublo e cinquenta copeques pelas botas, porque elas são muito boas mesmo; no total, quatro rublos e cinquenta e cinco copeques; e mais cinco rublos por toda a roupa de baixo, eu comprei por atacado; no total, são exatamente nove rublos e cinquenta e cinco copeques. Quarenta e cinco copeques de troco, em moedas de cobre de cinco copeques, tome aqui, faça o favor de pegar... e, desse modo, Ródia, você agora refez todo seu guarda-roupa, porque, na minha opinião, seu sobretudo não só ainda pode servir como tem até um aspecto especialmente nobre: é a vantagem de comprar com o Chármer![8] Quanto às meias e coisas desse tipo, eu deixo por sua conta; sobraram vinte e cinco rublozinhos, e quanto à Páchenka e ao aluguel do apartamento, não se preocupe: eu já disse: crédito ilimitado. E agora, irmão, por favor, troque a roupa de baixo, pode ser que a doença, agora, tenha ficado só nessa camisa...

— Me largue! Não quero! — esquivou-se Raskólnikov, que ouvia com repugnância o discurso forçadamente jocoso de Razumíkhin sobre as compras...

— Isso, irmão, é impossível; para que foi que eu andei batendo perna por aí? — insistiu Razumíkhin. — Nastássiuchka, não fique encabulada, me ajude, olhe, assim! — E, apesar da resistência de Raskólnikov, ele conseguiu trocar sua roupa de baixo. Raskólnikov desabou na cabeceira da cama e, por uns dois minutos, não disse nenhuma palavra.

"Não vão me deixar em paz!", pensou.

— Com que dinheiro você comprou tudo isso? — perguntou, afinal, olhando para a parede.

— Dinheiro? Você tem cada uma! Com o seu próprio dinheiro. Há pouco esteve aqui um membro de um *artiel*, do escritório do Vakhrúchin, sua mãezinha mandou; ou também já se esqueceu disso?

— Agora estou lembrando... — falou Raskólnikov, depois de refletir por muito tempo, com ar triste. Razumíkhin, de rosto contraído, olhava para ele com preocupação.

A porta abriu e entrou um homem alto e corpulento, que pareceu a Raskólnikov ser também, de certa forma, um conhecido.

— Zóssimov! Até que enfim! — gritou Razumíkhin, alegrando-se.

8 Trata-se de um famoso alfaiate de São Petersburgo.

IV

Zóssimov era um homem alto e gordo, de rosto inflado, pálido, sem cor, barba raspada, cabelo liso e louro, óculos e um grande anel de ouro num dedo intumescido de gordura. Tinha uns vinte anos. Vestia um sobretudo largo, elegante, leve, calça clara de verão, e tudo nele, no geral, era largo, elegante e novo em folha; camisa branca impecável, correntinha de relógio pesada. Suas maneiras eram vagarosas, pareciam indolentes, mas, ao mesmo tempo, estudadamente desembaraçadas; a pretensão, de resto disfarçada com esforço, transparecia a todo momento. Era tido como pessoa difícil por todos que o conheciam, mas também diziam que ele conhecia bem seu trabalho.

— Eu, irmão, passei na sua casa duas vezes... Olhe, ele acordou! — gritou Razumíkhin.

— Estou vendo, estou vendo; pois bem, como é que estamos nos sentindo hoje, hein? — Zóssimov voltou-se para Raskólnikov, olhando fixamente para ele e sentando-se no sofá ao lado de seus pés, onde logo tratou de se acomodar como pôde.

— Continua na melancolia — prosseguiu Razumíkhin. — Acabamos de trocar sua roupa de baixo e por pouco ele não chorou.

— É compreensível; isso podia ficar para depois, se ele não desejava... O pulso está excelente. E essa cabeça ainda dói um pouco, não é?

— Estou bem, em perfeita saúde! — disse Raskólnikov, enfático e irritado, erguendo-se bruscamente no sofá, com olhos chamejantes, mas logo desabou de novo no travesseiro e virou para a parede. Zóssimov o observava com atenção.

— Muito bem... tudo conforme o esperado — declarou com ar impassível. — Comeu alguma coisa?

Contaram para ele e perguntaram o que podiam dar para Raskólnikov comer.

— Podem dar tudo... Sopa, chá... Cogumelos e pepinos, claro, não devem dar, carne de boi também não é preciso, e... bem, de nada adianta esta conversa fiada... — Trocou um olhar com Razumíkhin. — Não deem mais remédio nem nada; amanhã, volto para examinar... Podia ser até hoje mesmo... bem, está certo...

— Amanhã à tardinha vou sair com ele para passear! — decidiu Razumíkhin. — Vamos ao jardim Iussúpov e depois ao "Palais de Cristal".

— Amanhã, eu acho melhor ainda não começar a mexer com ele, mas pensando bem... um pouquinho só... está certo, até lá nós veremos.

— Ah, mas que pena, logo hoje que eu vou comemorar a mudança, a dois passos daqui; seria bom que ele fosse. Mesmo que ficasse deitado no sofá, no meio da gente! E você, não vai lá? — de repente, Razumíkhin virou-se para Zóssimov. — Não se esqueça, você prometeu!

— Pode ser, um pouco mais tarde, talvez. O que você organizou?

— Uma coisa à toa, chá, vodca, arenque. Vão servir uma torta: é uma reunião de amigos.

— Quem, exatamente?

— Tudo gente daqui mesmo e quase todos novos, na verdade... sem contar o tio, que é velho, mas também é novo aqui: só chegou a Petersburgo ontem, para resolver umas questõezinhas lá dele; a gente se vê uma vez de cinco em cinco anos.

— Quem é ele?

— Passou a vida toda como diretor de um correio de província... tem sessenta e cinco anos, recebe uma aposentadoriazinha, não vale a pena falar disso... Mas eu adoro meu tio. O Porfíri Petróvitch vai lá: é o comissário local do departamento de investigação... formado na Escola Imperial de Direito. Mas você já o conhece...

— Ele também é uma espécie de parente seu?

— Muito distante; mas por que fez essa cara feia? Só porque se desentenderam uma vez é motivo para você não ir?

— Ora, eu não ligo a mínima para ele...

— Tanto melhor. Também vão estudantes, um professor, um funcionário, um músico, um oficial, Zamiótov...

— Diga-me, por favor, o que pode haver de comum entre você e esse aqui — Zóssimov acenou com a cabeça para Raskólnikov — e um Zamiótov qualquer?

— Ah, esses ranzinzas! Os princípios!... Você se movimenta como se fosse impulsionado por molas; nem se atreve a se virar por vontade própria;

pois para mim o que importa é ser um homem bom, isso é que é um princípio, e não quero saber de mais nada. Zamiótov é um homem maravilhoso.

— E recebe suborno.

— Certo, recebe suborno, mas que se dane! O que interessa, se ele recebe suborno? — gritou Razumíkhin, de repente, se irritando de modo um tanto forçado. — Por acaso eu elogiei, para você, o fato de ele receber suborno? Eu só disse que ele, de certo modo, é um homem bom! E, francamente, se a gente olhar bem, de todos os ângulos, será que ia sobrar muita gente boa neste mundo? Olhe, eu estou convencido de que, nesse caso, por mim, com tripas e tudo, vão dar só uma cebola assada, e mesmo assim só se ainda levarem você de quebra!...

— É pouco; por você, eu dou duas cebolas...

— E por você eu só dou uma! Sempre com suas piadinhas! Zamiótov ainda é um menino, eu ainda puxo as orelhas dele, porque a gente precisa atrair e não afastar o garoto. Não é afastando a pessoa que a gente a corrige, ainda mais com um menino. Com um menino, é preciso tomar duas vezes mais cuidado. Ah, vocês, progressistas ignorantes, não entendem nada mesmo! Não respeitam a pessoa, ofendem a si mesmos... E, se quer saber, nós estamos ligados, talvez, por uma causa comum.

— Gostaria de saber.

— Ainda é aquela questão do pintor, quer dizer, o tal pintor de paredes... Nós vamos tirar o sujeito de lá! Aliás, agora, não tem mais problema. O caso está muito claro! Nós vamos dar só um empurrãozinho!

— E que pintor é esse?

Como, será que não contei para você? Contei ou não? Ah, é, eu só comecei a contar... Olhe, é sobre o assassinato daquela velha usurária, viúva de um funcionário... pois bem, agora é nisso que o pintor está metido...

— Sobre esse assassinato, eu já sabia antes de você me contar, e eu até me interessei pelo caso... em parte... por uma circunstância... e eu também li nos jornais! Olhe...

— E também mataram a Lizavieta! — deixou escapar Nastássia, de repente, voltando-se para Raskólnikov. O tempo todo, ela continuava no quarto, escutando, encolhida junto à porta.

— Lizavieta? — balbuciou Raskólnikov, com voz quase inaudível.

— A Lizavieta que vendia mercadorias de porta em porta, não conhece? Ela vinha aqui, ficava lá embaixo. Até consertou uma camisa sua.

Raskólnikov voltou-se para a parede, onde, no forro de papel amarelo e sujo, estampado com florzinhas brancas, ele escolheu uma florzinha branca, meio desajeitada, com risquinhos marrons, e se demorou a examiná-la: quantas folhas, quantas dobrinhas em cada folha e quantos risquinhos? Ele sentia os braços e as pernas dormentes, pareciam paralisados, mas nem tentava se mexer e, obstinadamente, olhava para a parede.

— Muito bem, e o que houve com esse tal pintor? — Zóssimov, com particular descontentamento, cortou a tagarelice de Nastássia. Ela deu um suspiro e calou-se.

— Acontece que ele também foi indiciado pelo assassinato! — continuou Razumíkhin, com agitação.

— E as provas, quais são?

— Que provas coisa nenhuma! Aliás, é justamente por causa de uma prova, só que essa prova não é uma prova, e é isso que é preciso provar! E foi exatamente assim que, no início, prenderam e indiciaram aqueles outros, como se chamam... Kokh e Pestriakov. Nossa! Quanta besteira fizeram nisso tudo, dá até nojo, para quem vê de fora! O tal do Pestriakov pode ser até que dê um pulo na minha casa hoje... Aliás, Ródia, você sabe dessa história, aconteceu antes de você ficar doente, exatamente na véspera do dia em que você desmaiou lá na delegacia, quando contaram o caso para você...

Zóssimov observou Raskólnikov com curiosidade; ele não se mexeu.

— Sabe de uma coisa, Razumíkhin? Eu vou examinar você: anda muito agitado — comentou Zóssimov.

— Pode ser, mas nós vamos soltar o homem! — gritou Razumíkhin e deu um murro na mesa. — E sabe o que é mais ultrajante? Não é nem que eles estejam mentindo; sempre se pode perdoar uma mentira; uma mentira tem até um encanto, porque acaba levando à verdade. Não, o que irrita é que, de repente, eles passam a cultuar a própria mentira. Eu respeito o Porfíri, mas... Afinal, por exemplo, o que foi que, antes de tudo, os deixou desnorteados? A porta estava trancada, mas foram chamar o porteiro... e, quando voltaram, estava aberta; muito bem, quer dizer, então, que foram Kokh e Pestriakov que mataram! Essa é a lógica deles!

— Mas não se exalte; ficaram só detidos; é impossível... Aliás, eu até encontrei esse tal de Kokh; afinal, se constatou que ele comprava da velha objetos de valor que não tinham sido resgatados, para depois revender, não é?

— Sim, um tremendo vigarista! Compra até notas promissórias. Um negociante. Mas que o diabo o carregue! É isso o que me deixa irritado, você entende? Essa rotina deles, caduca, vulgar, estúpida, me dá raiva... E aqui, só nesse caso, dá para descobrir todo um caminho novo. Só pelos dados psicológicos, já é possível mostrar como se deve achar a pista verdadeira. "Nós temos os fatos!", eles dizem. Só que os fatos não são tudo; pelo menos metade da questão consiste em saber tratar os fatos!

— E você sabe tratar os fatos?

— Sim, porque não é possível ficar calado quando a gente sente, e sente na palma da mão, que poderia ajudar no caso, era só... Ah!... Você conhece o caso em detalhes?

— Eu estou aqui esperando que você fale do pintor.

— Ah, é! Pois bem, escute só a história: exatamente três dias depois do assassinato, de manhã, quando ainda estavam lá cheios de cuidados com o Kokh e o Pestriakov (e isso apesar de eles comprovarem todos os seus passos, a evidência é gritante!), de repente, surge o fato mais inesperado. Um tal de Dúchkin, um camponês, dono de uma taberna que fica bem em frente ao tal prédio, aparece na delegacia e leva um estojo de joias com brincos de ouro e conta uma história comprida: "Anteontem à noite, um pouco depois das oito horas" — o dia e a hora! Notou bem? —, "veio falar comigo um pintor de parede que, antes, durante o dia, tinha passado lá, o Mikolai,[1] e me levou esta caixinha com brincos de ouro e umas pedrinhas para penhorar e, em troca, me pediu dois rublos e, quando perguntei onde ele havia encontrado, respondeu que foi na calçada. Não perguntei mais nada", é o Dúchkin que está falando, "e dei um rublo para ele, uma notinha de um rublo, porque achei que, se ele não penhorasse comigo, seria com outro qualquer, não fazia diferença, ele ia mesmo torrar tudo em bebida, então era melhor ficar mesmo comigo: quanto mais a gente esconde o boi, mais o rabo aparece, e se eu descobrisse alguma coisa ou se eu ouvisse algum rumor, aí eu devolvia logo". Muito bem, é claro que ele está contando lorotas, mente que nem um cavalo, porque eu conheço esse tal de Dúchkin, é usurário e receptador de objetos roubados e ele não ia pegar objetos que valem trinta rublos só para "devolver", ele roubou aquilo do Mikolai. Simplesmente teve medo. Bem, mas que ele vá para o inferno, escute; o Dúchkin continuou assim: "Esse camponês, o Mikolai Demiéntiev, eu conheço desde pequeno, é da nossa província e do nosso distrito, Zaraisk, porque nós mesmos somos

1 Variante de Nikolai.

de Riazan. Porque o Mikolai, embora não seja um beberrão, bebe bastante, e a gente sabia que estava trabalhando no tal prédio, pintando um apartamento com o Mitrei,[2] eles são conterrâneos. Depois que recebeu de mim a nota de um rublo, na mesma hora gastou, bebeu logo dois copos de uma vez, pegou o troco e foi embora, mas eu não vi o Mitrei com ele, naquela hora. E no dia seguinte me contaram que a Aliona Ivánovna e a irmã, a Lizavieta Ivánovna, tinham sido assassinadas com um machado, e eu conhecia as duas, e aí me bateu uma desconfiança daqueles brincos, porque eu sabia que a falecida emprestava dinheiro em troca de objetos em penhora. Fui ao prédio falar com eles dois e, com cuidado, busquei descobrir alguma coisa por minha conta, de mansinho, e perguntei, antes de qualquer coisa: O Mikolai está aí? O Mitrei disse que o Mikolai tinha feito uma farra, chegou de madrugada bêbado, ficou em casa mais ou menos dez minutos e saiu de novo, mas o Mitrei não o viu mais depois disso e estava terminando o trabalho sozinho. O trabalho deles era no segundo andar do mesmo prédio dos assassinatos. Depois de ouvir tudo isso, eu não contei nada para ninguém", é o Dúchkin que está contando, "fiquei sabendo tudo que era possível sobre o assassinato e voltei para casa com aquela mesma desconfiança. Aí, hoje de manhã, às oito horas", quer dizer, anteontem, entende, "quando eu olho, lá está o Mikolai entrando na minha taberna, nem sóbrio nem lá muito bêbado, quer dizer, em condição de conversar direito. Sentou sem dizer nada. Naquela hora, além dele, na taberna, só havia um estranho e um outro que dormia num banco, um conhecido, além de dois meninos de casa. 'Você esteve com o Mitrei?', perguntei. 'Não, não estive com ele', respondeu. 'E não veio aqui?' 'Faz três dias que não venho', responde. 'E onde passou a noite, hoje?' 'Ah, em Piéski,[3] ou melhor, em Kolomna.'[4] 'E onde achou os brincos?', perguntei. 'Ah, achei na calçada', e respondeu como se isso fosse uma coisa indecente, sem olhar para mim. 'E você não soube o que aconteceu naquela mesma noite, naquele horário, naquele mesmo prédio?' 'Não, eu não soube', respondeu. E, quando ele ouviu, arregalou os olhos e, de repente, ficou branco feito giz. Contei para ele, fiquei olhando e ele começou a se levantar para pegar o chapéu. Então, eu quis retê-lo: 'Espere, Mikolai, não vai

2 Variante de Dmítri. 3 Significa "areias"; nome histórico da área, de solo arenoso, entre o rio Nievá, a avenida Niévski e a avenida Ligóvski, atravessada pela avenida Suvórovski. 4 Nome histórico de um bairro situado na parte oeste de São Petersburgo, entre o rio Bolchaia Nievá e os canais Moika, Fontanka e Kriúkov.

beber mais?', perguntei. E pisquei o olho para um menino, para ele segurar a porta, depois saí de trás do balcão: só que o Mikolai pulou fora, fugiu de mim, foi para a rua, correu e se meteu pelos becos... mal pude ver. Aí minha desconfiança se confirmou, porque o crime era dele, não tinha mais dúvida..."

— Pode apostar que sim! — exclamou Zóssimov.

— Espere! Escute só o final! Saíram logo atrás do Mikolai, é claro, detiveram o Dúchkin e deram uma busca na casa dele, detiveram também o Mitrei; vasculharam também o bairro de Kolomna, e então, de repente, no terceiro dia, pegaram o próprio Mikolai: foi apanhado perto dos portões da cidade, numa estalagem. Quando chegou lá, ele tirou a cruz de prata do pescoço e pediu uma garrafinha de vodca em troca da cruz. Deram. Uns minutos depois, uma camponesa entrou num estábulo de vacas e viu, por uma brecha: ele estava num galpão vizinho, tinha amarrado um cinto numa viga e feito um laço; estava de pé em cima de um cepo e tentava enfiar a cabeça e o pescoço no laço; a camponesa gritou feito uma louca, as pessoas vieram correndo: "Então você é assim!". "Me levem para qualquer delegacia", diz ele, "vou confessar tudo." Muito bem, e levaram o Mikolai com as *oneres*[5] todas para uma delegacia qualquer, quer dizer, para cá mesmo. Pois bem, e aí, nome, profissão, idade ("vinte e dois") etc. etc. Pergunta: "Quando o senhor e o Mitrei estavam trabalhando, não viram alguém passar na escada, em tal dia e tal hora?". Resposta: "Pode ser, sempre passa gente por ali, a gente sabe, mas não notou". "E vocês não ouviram barulhos ou algo parecido?" "A gente não ouviu nada de diferente." "E você, Mikolai, sabia que, naquele mesmo dia, roubaram e mataram a viúva de nome tal e também a irmã?" "Eu não sabia de nada. Quem me contou primeiro foi o Afanássi Pávlitch, anteontem, lá na taberna." "E onde foi que você achou os brincos?" "Achei na calçada." "Por que você não foi trabalhar com o Mitrei, no dia seguinte?" "Porque fiquei de farra." "Onde?" "Por aí, um monte de lugar." "Por que fugiu do Dúchkin?" "Porque, na hora, fiquei morrendo de medo." "Medo de quê?" "De me condenarem." "Como podia ter medo, se você acha que não tem culpa de nada?..." Pois, acredite ou não, Zóssimov, essa pergunta foi feita, e literalmente com essas palavras, eu sei com toda a segurança, me transmitiram com toda exatidão! Que tal? Que tal?

— Está bem, mas, afinal, existem provas?

5 Forma russificada do francês *honneurs*, honras.

— Mas eu não estou falando de provas e sim da pergunta, a maneira como eles entendem sua essência! Ora, que diabo!... Pois bem, aí, eles tanto apertaram, tanto espremeram, que o sujeito acabou confessando: "Não foi na calçada que eu achei", disse ele, "mas no apartamento que eu e o Mitrei estávamos pintando." "De que maneira?" "Eu e o Mitrei ficamos pintando o dia inteiro, até as oito horas, do mesmo jeito de sempre, e aí a gente estava se arrumando para sair, quando o Mitrei pegou o pincel e lambuzou minha cara de tinta, e aí fugiu correndo e eu fui atrás dele. Saí correndo atrás dele, berrando feito um louco; quando fiz a curva na saída da escada, dei de cara com o porteiro e com uns senhores, mas não lembro quantos senhores tinha com ele, e o porteiro me xingou por causa disso, outro porteiro também me xingou, e a mulher do porteiro saiu e também xingou, e um senhor que entrou no pátio com a esposa também xingou a gente, porque eu e o Mitka estávamos estirados no chão, barrando o caminho: eu puxei o cabelo do Mitka, ele caiu, eu comecei a dar murros, e o Mitka também, deitado embaixo de mim, puxava meu cabelo e me dava murros, mas a gente não fazia isso por maldade, era tudo coisa de amigo, brincadeira. Depois o Mitka se soltou e correu pela rua, eu fui atrás dele, mas não alcancei e voltei para o apartamento sozinho, porque tinha de arrumar tudo. Comecei a arrumar e fiquei esperando o Mitrei, no caso de ele voltar. E aí, atrás da porta, bem na entrada, num canto, no chão, junto à parede, eu pisei numa caixinha. Peguei para olhar e ela está embrulhada num papel. Tirei o papel, e aí eu vi uns ganchinhos brilhosos, quando eu levanto os ganchinhos, lá estão os tais brincos..."

— Atrás da porta? Estava atrás da porta? Atrás da porta? — gritou Raskólnikov, de repente, olhando para Razumíkhin com expressão assustada, e se levantou devagar, apoiando-se com a mão no sofá.

— Foi... mas o que é? O que deu em você? Por que ficou assim? — Razumíkhin também se levantou.

— Nada! — respondeu Raskólnikov, quase inaudível, baixando de novo no travesseiro e virando-se, outra vez para a parede. Todos ficaram em silêncio, por um tempo.

— Deve ter cochilado, ainda está meio adormecido — disse Razumíkhin, afinal, olhando para Zóssimov com ar interrogativo; com a cabeça, o médico fez um leve gesto negativo.

— Bem, continue, vamos — disse Zóssimov. — E depois?

— O que houve depois? Assim que ele viu os brincos, na mesma hora esqueceu o apartamento e o Mitka, pegou o chapéu e foi correndo para encontrar o Dúchkin e, como já sabemos, recebeu dele um rublo e mentiu, dizendo que tinha achado na calçada, e logo depois caiu na farra. Mas, sobre o assassinato, ele fica repetindo a mesma coisa: "Eu não sabia de nada. Só fui saber anteontem". "E por que você não apareceu mais, só hoje?" "Fiquei com medo." "E queria se enforcar?" "Por causa de um pensamento." "Que pensamento?" "De que iam me condenar." Pois bem, aí está toda a história. Agora, o que você acha que eles extraíram disso tudo?

— O que dá para pensar? Indício existe, muito pouco, mas existe. É um fato. Não vai querer que eles soltem o seu pintor, vai?

— Mas eles até já indiciaram logo o homem por assassinato! Eles não têm nenhuma dúvida de nada...

— Mentira; você está nervoso. Muito bem, e os brincos? Você há de convir que, se no mesmo dia e na mesma hora, o cofrezinho da velha caiu nas mãos de Nikolai... você há de convir que tem de haver uma explicação para ele ter achado o cofre, não é? E isso não é pouco, numa investigação desse tipo.

— Uma explicação! Uma explicação? — gritou Razumíkhin. — E por acaso o senhor, doutor, o senhor, que antes de tudo tem a obrigação de estudar o homem e, mais do que qualquer outro, tem a oportunidade de estudar a natureza humana, por acaso você não está vendo, por todos esses dados, qual é a natureza desse Nikolai? Será que não enxerga, desde o primeiro olhar, que tudo o que ele contou nos interrogatórios é a mais sagrada verdade? Os brincos foram parar na mão dele exatamente da maneira como ele contou. Pisou na caixinha no chão e pegou!

— A mais sagrada verdade! Mas você mesmo não admitiu que ele mentiu, na primeira vez?

— Escute, escute com atenção: o porteiro, o Kokh, o Pestriakov, o outro porteiro, a esposa do primeiro porteiro, a mulher que estava na casa da esposa do porteiro, o conselheiro da corte Kriúkov, que naquele exato minuto desceu do coche de aluguel e entrou pelo portão de braço dado com uma dama, todos eles, ou seja, oito ou nove testemunhas, atestam de forma unânime que Nikolai jogou Dmítri no chão, pulou em cima dele e o esmurrou, e que Dmítri puxou seu cabelo e também o esmurrou. Lá estão os dois estirados no meio do caminho e bloqueiam a entrada; são xingados por todos e os dois, "como meninos levados" (expressão literal das testemunhas), ficam atracados no chão, berram, brigam e dão risadas, e riem cada um mais que o outro, com as caras mais engraçadas, e correm um atrás do outro, igualzinho a crianças, saem pela rua na maior correria. Ouviu bem? Agora, examine com rigor: os corpos lá em cima ainda estão quentes, está ouvindo? Foi assim que encontraram os corpos! Se os dois tivessem matado, ou só o Nikolai, e depois tivessem apanhado o cofre, ou se tivessem participado apenas de algum arrombamento e furto, nesse caso, permita que eu faça a você só uma pergunta: um estado de espírito como esse, quer dizer, gritaria, risadas, brigas de criança junto ao portão do prédio, isso combina com um machado, sangue, astúcia ardilosa, cautela, roubo? Acabaram de matar, uns cinco ou dez minutos antes, no máximo, porque os corpos foram encontrados ainda quentes, e de repente, deixando para trás os cadáveres, o apartamento aberto, sabendo que as pessoas tinham entrado lá naquela hora, deixando para trás o que tinham roubado, os dois, como crianças pequenas, se embolam numa briga no meio da calçada, dão gargalhadas, atraem a atenção de todo mundo, e disso dão prova dez testemunhas unânimes!

— De fato, é estranho! Com certeza, não é possível, porém...

— Não, irmão, não tem nenhum *porém*, e se os brincos foram parar nas mãos de Nikolai naquele mesmo dia e naquela mesma hora, realmente, essa é a objeção factual mais importante contra a inocência dele... no entanto ela está explicada de forma direta nos depoimentos dele e, por consequência, ainda é uma *objeção discutível*... portanto é preciso tomar em consideração também os fatos que absolvem, ainda mais porque são fatos *irrefutáveis*. E, pelo caráter de nossa jurisprudência, você acha que eles vão aceitar, ou serão capazes de aceitar, um fato como esse... que se baseia unicamente em uma impossibilidade psicológica e mais nada, que nada mais é do que um estado de espírito, como um fato irrefutável que destrói todos os fatos materiais incriminadores, quaisquer que sejam eles? Não, eles não vão aceitar, e não vão aceitar de jeito nenhum, porque, afinal, acharam a caixinha e o homem quis enforcar-se, "o que não poderia ocorrer, se ele se sentisse inocente"! Aí está a questão capital, é por isso que fico tão irritado! Entenda!

— É, estou vendo que você está mesmo irritado. Espere, me esqueci de perguntar: qual é a prova de que a caixinha com os brincos era de fato da velha?

— Isso está provado — respondeu Razumíkhin, franzindo o rosto e como que a contragosto. — Kokh reconheceu o objeto e indicou quem o penhorou e esse, por sua vez, confirmou, de maneira categórica, que o objeto era mesmo seu.

— Isso é mau. Mais uma coisa: na hora em que o Kokh e o Pestriakov subiram a escada correndo, será que ninguém viu o Nikolai, não será possível provar isso de algum jeito?

— Aí é que está o problema, ninguém viu — respondeu Razumíkhin, contrariado. — Aí é que está o lado ruim; nem o Kokh nem o Pestriakov viram os dois, quando subiram a escada, embora, nesta altura, o depoimento deles não signifique mais grande coisa. Eles dizem: "Vimos que o apartamento estava aberto, que deviam estar trabalhando lá dentro, mas não prestamos atenção, quando passamos, e também não paramos para pensar se havia mesmo algum operário lá dentro ou não".

— Hum. Portanto, as únicas justificativas para uma defesa são de que os dois trocaram socos e davam gargalhadas. Suponhamos que seja uma prova forte, mas... Mas me desculpe: como é que você mesmo explica o fato? Como explica a descoberta dos brincos, se ele realmente os achou do modo como declara?

— Como eu explico? Mas o que há aqui para explicar? A questão está muito clara! Pelo menos o rumo em que o caso deve ser conduzido está claro e comprovado, e foi exatamente a caixinha que o comprovou. O verdadeiro assassino deixou cair os brincos. O assassino estava lá em cima e ficou trancado lá dentro, quando Kokh e Pestriakov bateram na porta. Kokh fez a besteira de descer; aí o assassino saiu depressa e também correu para baixo, porque não havia outra saída. No meio da escada, para esconder-se de Kokh, de Pestriakov e do porteiro, entrou no apartamento vazio, no exato momento em que Dmítri e Nikolai tinham saído, e então o assassino ficou escondido atrás da porta, enquanto o porteiro e os outros passavam e subiam, ele esperou um pouco até os passos silenciarem e aí desceu na maior tranquilidade, exatamente na hora em que Dmítri e Nikolai corriam pela rua afora e todos tinham se dispersado, e não havia mais ninguém junto ao portão do prédio. Podem até ter visto o assassino passar, mas ninguém reparou; por acaso passa pouca gente ali? E a caixinha, ele a deixou cair do bolso quando estava atrás da porta e não percebeu que ela caiu, porque tinha outras coisas em que pensar. A caixinha prova com clareza que ele ficou exatamente naquele lugar. Pronto, está tudo aí, preto no branco!

— Engenhoso! Não, irmão, isso é muito engenhoso. Engenhoso demais!

— Mas por que não, por quê?

— Porque tudo deu certo demais... e se encaixou... exatamente como no teatro.

— A-ah! — exclamou Razumíkhin, mas naquele instante a porta abriu e entrou uma pessoa nova, que nenhum dos presentes conhecia.

V

Era um cavalheiro já de certa idade, arrumado, distinto, de fisionomia reservada e azeda, que de início ficou parado na porta, observando em redor com indisfarçável ar de surpresa ofendida e que, com os olhos, parecia indagar: "Onde é que eu vim me meter?". Desconfiado e até afetando certo susto, à beira do ultraje, ele observava a "cabine de navio" de Raskólnikov, apertada e de teto baixo. Em seguida, com a mesma surpresa, deslocou os olhos e os deteve no próprio Raskólnikov, não completamente vestido, despenteado, sujo, estirado em seu sofá miserável e imundo, e que também o observava, imóvel. Em seguida, com a mesma indolência, o homem se pôs a examinar o desgrenhado, mal barbeado e desleixado Razumíkhin, que, por sua vez, o fitava direto nos olhos, de modo atrevido e interrogativo, sem se mexer. O silêncio carregado se prolongou um minuto e, por fim, como era de se esperar, houve uma pequena mudança no cenário. Percebendo, na certa, por alguns dados, aliás bastante incisivos, que por meio de um comportamento rigoroso em excesso, ali, naquela "cabine de navio", não seria possível obter nada, o cavalheiro recém-chegado abrandou um pouco sua atitude e, educadamente, mas não sem certa severidade, falou, dirigindo-se a Zóssimov e escandindo cada sílaba de sua pergunta:

— Rodion Románovitch Raskólnikov, senhor estudante ou ex-estudante, está aqui?

Zóssimov se mexeu devagar e talvez tivesse respondido, se Razumíkhin, a quem o homem não tinha se dirigido absolutamente, não houvesse logo tomado a frente:

— Aí está ele, deitado no sofá! E o senhor, o que deseja?

Esse jeito familiar de dizer "E o senhor, o que deseja?" cortou o ímpeto do cavalheiro presunçoso; por pouco ele não se virou para Razumíkhin, mas conseguiu se conter a tempo e logo se voltou de novo para Zóssimov:

— Esse é o Raskólnikov! — balbuciou Zóssimov, apontando para o doente, com um movimento da cabeça, depois deu um bocejo e, nisso, abriu a boca de modo incomum e a manteve nessa posição por um tempo também incomum. Em seguida, devagar, meteu a mão no bolso do colete, tirou um enorme relógio convexo, com tampa de ouro, abriu, olhou a hora e, também devagar e indolente, guardou-o de novo no bolso.

O próprio Raskólnikov se mantinha o tempo todo calado, no sofá, e obstinadamente, embora sem pensar em nada, olhava para o recém-chegado. O rosto, que agora havia se desviado da florzinha curiosa no papel de parede, estava pálido demais e exprimia um sofrimento fora do comum, como se ele tivesse acabado de se submeter a uma cirurgia dolorosa ou tivesse saído de uma sessão de tortura. Mas, pouco a pouco, o cavalheiro foi despertando nele uma atenção cada vez maior, depois uma perplexidade, depois uma desconfiança e até uma espécie de temor. Quando Zóssimov apontou na sua direção e disse: "Esse é o Raskólnikov", ele, de repente e de modo brusco, se ergueu no sofá, como se desse um pulo, sentou-se e, com voz quase desafiadora, mas entrecortada e fraca, falou:

— Sim! Eu sou Raskólnikov! O que o senhor deseja?

O visitante olhou com atenção e disse, em tom imponente:

— Piotr Petróvitch Lújin. Tenho grande esperança de que meu nome não seja de todo desconhecido do senhor.

Mas Raskólnikov, que esperava algo muito diferente, fitou-o com ar inexpressivo e absorto, sem nada responder, como se fosse a primeira vez na vida que ouvia o nome Piotr Petróvitch.

— Como? Será possível que o senhor até agora não recebeu nenhuma notícia minha? — perguntou Piotr Petróvitch, curvando-se um pouco para a frente.

Em resposta, Raskólnikov afundou devagar no travesseiro, colocou as mãos embaixo da cabeça e se pôs a olhar para o teto. O aborrecimento transpareceu no rosto de Lújin. Zóssimov e Razumíkhin se puseram a observá-lo com curiosidade maior ainda e o cavalheiro ficou obviamente confuso.

— Eu supunha, contava com isso — resmungou —, que a carta enviada há mais de dez dias, talvez até há duas semanas...

— Escute, por que o senhor tem de ficar parado aí na porta? — cortou Razumíkhin, de repente. — Se tem algo para explicar, então sente, porque para os dois, o senhor e a Nastássia, aí fica muito apertado. Nastássiuchka, chegue um pouquinho para o lado, deixe o homem passar! Entre, sente nessa cadeira aqui! Espremendo, dá para passar!

Ele afastou sua cadeira da mesa, liberou um pouco de espaço entre a mesa e seus joelhos e, nessa posição forçada, esperou um pouco que o visitante "se espremesse" naquela brecha. O momento foi escolhido de tal modo que era impossível negar, e o visitante se espremeu para passar naquele vão estreito, afobado e aos tropeções. Chegando à cadeira, sentou-se e olhou desconfiado para Razumíkhin.

— Mas o senhor não precisa ficar constrangido — disparou Razumíkhin. — O Ródia está doente há cinco dias e ficou três dias delirando, só agora acordou e até comeu com apetite. Esse é o médico dele, acabou de examiná-lo, e eu sou um amigo do Ródkin, também sou um ex-estudante, e agora estou aqui servindo de enfermeiro; portanto, não repare em nós e não se sinta embaraçado, continue e diga o que é que o senhor deseja.

— Agradeço aos senhores. Mas será que não incomodo o enfermo com minha presença e minha conversa? — Piotr Petróvitch voltou-se para Zóssimov.

— Nããão — resmungou Zóssimov. — Pode até ser uma distração. — E bocejou de novo.

— Ah, já faz um tempo que ele voltou à consciência, desde hoje de manhã! — continuou Razumíkhin, cuja familiaridade tinha o tom de uma simplicidade tão desinibida que Piotr Petróvitch mudou de atitude e começou a alegrar-se, talvez, em parte, porque aquele maltrapilho insolente tinha se apresentado, afinal, como estudante.

— Sua mãezinha... — começou Lújin.

— Hum! — bufou alto Razumíkhin. Lújin olhou para ele, com ar interrogativo.

— Não é nada, falei à toa; vá em frente...

Lújin encolheu os ombros.

— Sua mãezinha, quando eu ainda estava com ela, começou a escrever uma carta para o senhor. Ao chegar aqui, de propósito, deixei passar alguns dias antes de vir à sua casa para estar plenamente seguro de que o senhor já estaria informado de tudo; mas agora, para minha surpresa...

— Eu sei, eu sei! — exclamou Raskólnikov, de repente, com a expressão do aborrecimento mais impaciente. — Quem é o senhor? O noivo? Pois é, eu sei!... E chega!

Piotr Petróvitch ficou francamente ofendido, mas não disse nada. Com esforço, tratou logo de tentar compreender o que significava tudo aquilo. O silêncio se estendeu por um minuto.

Entretanto, Raskólnikov, que havia se virado de leve para ele na hora de falar, de repente se pôs a examiná-lo de novo com atenção e com uma espécie de curiosidade diferente, como se pouco antes não tivesse ainda conseguido examiná-lo o bastante, ou como se algo novo, nele, o tivesse surpreendido: para isso, chegou a levantar-se um pouco do travesseiro. De fato, no aspecto geral de Piotr Petróvitch, havia mesmo algo de diferente e que surpreendia, algo que, para ser exato, justificava a denominação de "noivo", palavra que acabara de ser aplicada a ele com tanta falta de cerimônia. Em primeiro lugar, era evidente, e visível até demais, que Piotr Petróvitch se apressara com empenho em aproveitar seus poucos dias na capital para aprimorar o vestuário e se fazer elegante, à espera da noiva, o que, de resto, era algo de todo inocente e justificável. Até sua consciência pessoal de satisfação consigo mesmo com aquela mudança para melhor, uma satisfação talvez até grande demais, poderia ser perdoada num caso assim, pois Piotr Petróvitch pertencia às fileiras dos noivos. Toda a sua roupa acabara de sair da alfaiataria e tudo era bonito, exceto pelo fato de tudo ser novo demais e denunciar em demasia um propósito conhecido. Mesmo o chapéu elegante, redondo, novo em folha, testemunhava aquele propósito: Piotr Petróvitch tratava o chapéu com demasiado respeito e o segurava nas mãos com excessivo cuidado. Até o magnífico par de luvas lilases, autênticas Jouvin,[1] testemunhava o mesmo propósito, embora ele não as vestisse, limitando-se a segurá-las nas mãos a fim de exibi-las. Já na roupa de Piotr Petróvitch predominavam as cores claras e joviais. Usava um bonito paletó de verão de tom marrom-claro, calças claras e leves, assim como o colete, camisa branca e fina recém-comprada, a mais leve gravata de cambraia com listras cor-de-rosa e, o mais importante: tudo isso caía muito bem em Piotr Petróvitch. Tinha o rosto muito fresco e até bonito e, mesmo sem isso, ele parecia mais jovem do que os quarenta e cinco anos que contava. Suíças escuras recobriam de modo agradável os dois lados da cabeça, como duas costeletas, e se adensavam lindamente ao chegar perto do queixo lustroso e recém-raspado. Até os cabelos, aliás apenas um pouquinho grisalhos, penteados e frisados no cabeleireiro, não apresentavam com essa circunstância nada de ridículo ou de tolo, o que costuma acontecer com cabelos frisados, pois dão ao rosto a inevitável aparência de um alemão que vai casar.

1 Xavier Jouvin, famoso luveiro francês (1801-44).

Se naquela fisionomia, bastante bela e respeitável, havia algo realmente desagradável e repulsivo, já era devido a outros motivos. Depois de examinar o sr. Lújin sem nenhuma cerimônia, Raskólnikov sorriu de modo venenoso, afundou mais uma vez a cabeça no travesseiro e, como antes, ficou olhando para o teto.

— Lamento muito, muito mesmo, encontrar o senhor nesse estado — recomeçou Lújin, cortando o silêncio com esforço. — Se eu soubesse de sua doença, teria vindo antes. Mas, o senhor sabe, os compromissos!... Além do mais, como advogado, tenho uma causa da maior importância em andamento no Senado. Nem menciono outros afazeres, que o senhor pode adivinhar. Seus familiares, ou seja, sua mãe e sua irmã, eu as espero a qualquer momento...

Raskólnikov remexeu-se um pouco e fez menção de falar; seu rosto exprimia certa agitação. Piotr Petróvitch deteve-se, esperou um pouco, mas, como nada aconteceu, prosseguiu:

— ... a qualquer momento. Encontrei para elas um apartamento temporário...

— Onde? — perguntou Raskólnikov, com voz fraca.

— Muito perto daqui, no edifício Bakaliéiev.

— Fica na avenida Voznessiénski — cortou Razumíkhin. — Tem dois andares, com quartos de pensão; é do comerciante Iúchin; já estive lá.

— Sim, quartos de pensão...

— Uma imundície horrorosa: sujeira, mau cheiro, e ainda por cima é um lugar suspeito; houve umas histórias; e só o diabo sabe quem é que mora lá!... Eu mesmo fui lá por causa de um caso escandaloso. Mas é barato.

— Eu, naturalmente, não pude reunir tantas informações, pois sou novo na cidade — objetou Piotr Petróvitch, melindrado. — Mas, de resto, no caso, são dois quartos absolutamente limpos, e será por um tempo muito breve... Eu já encontrei o apartamento definitivo, ou seja, o nosso apartamento — virou-se para Raskólnikov —, que agora está sendo preparado; enquanto isso, eu mesmo me acomodo num apertado quarto de pensão, a dois passos daqui, no edifício da sra. Lippevechsel, no apartamento de um jovem amigo meu, Andrei Semiónovitch Lebeziátnikov; foi ele que me recomendou o edifício Bakaliéiev...

— Lebeziátnikov? — perguntou Raskólnikov, lentamente, como se tentasse lembrar.

— Sim, Andrei Semiónitch Lebeziátnikov, funcionário do ministério. O senhor o conhece?

— Sim... não... — respondeu Raskólnikov.

— Desculpe, foi o que me pareceu, pela sua pergunta. Tempos atrás, fui tutor dele... um jovem muito agradável... e atualizado... O contato com a juventude me deixa contente: por ela, sabemos das novidades. — Piotr Petróvitch olhou esperançoso para todos os presentes.

— Mas em que sentido? — perguntou Razumíkhin.

— No sentido mais sério, por assim dizer, na própria essência da questão — emendou Piotr Petróvitch, como se a pergunta o tivesse alegrado. — Vejam, há dez anos que eu não vinha a Petersburgo. Todas as nossas novidades, as reformas, as ideias, tudo isso chegou a nós, na província; mas, para ver com mais clareza e para ver tudo, é preciso estar em Petersburgo. Pois bem, senhores, e eu tenho para mim que é exatamente quando se observa a nossa jovem geração que mais percebemos e mais aprendemos. E eu admito: fiquei contente...

— Com o que, exatamente?

— A pergunta do senhor é muito abrangente. Posso estar enganado, mas me parece encontrar uma visão mais clara, mais crítica, por assim dizer, mais atuante...

— Isso é verdade — sussurrou Zóssimov.

— Mentira, não tem nada de atuante — Razumíkhin fincou pé. — É difícil ser atuante, isso não cai do céu. E nós há quase duzentos anos desaprendemos o que é ser atuantes...[2] Quanto às ideias, pode ser, elas estão circulando por aí. — Razumíkhin se dirigia a Piotr Petróvitch. — E existe a vontade de fazer o bem, embora seja um tanto infantil; e a honestidade, a gente até encontra, apesar de também nisso haver um monte de impostores, mas disposição para agir, já isso não existe! Para ser atuante, é preciso gastar a sola do sapato.

— Não concordo com o senhor — retrucou Piotr Petróvitch, com visível satisfação. — Naturalmente, existem paixões, injustiças, mas temos de ser compreensivos: as paixões dão testemunho do fervor pela causa e também das circunstâncias externas injustas em que a própria causa se situa. Se pouco foi feito, é porque o tempo também foi pouco. Sobre os meios, não digo nada. No meu modo pessoal de ver, se o senhor quiser saber, até que se fez alguma coisa: difundiram-se ideias novas e úteis, difundiram-se

2 O trecho costuma ser entendido como uma referência às grandes reformas do tsar Pedro, o Grande (1672-1725), fundador de São Petersburgo, nova capital do Império Russo.

algumas obras novas e úteis, em lugar das antigas, sonhadoras e românticas; a literatura adquire um teor mais maduro; muitos preconceitos nocivos foram ridicularizados e erradicados... Numa palavra, cortamos nosso vínculo com o passado de forma irrevogável e isso, a meu ver, já é uma façanha, senhor...

— Decorou bem a lição! Está habilitado — disse Raskólnikov, de repente.

— O que disse, senhor? — perguntou Piotr Petróvitch, sem entender, mas não obteve resposta.

— Tudo isso é justo — interveio Zóssimov, às pressas.

— Não é fato, senhor? — prosseguiu Piotr Petróvitch, olhando para Zóssimov com simpatia. — O senhor mesmo há de convir — continuou, dirigindo-se a Razumíkhin, mas já com um toque de triunfo e superioridade, e só por muito pouco não acrescentou: "meu jovem rapaz" — que existe um incremento, ou, como dizem hoje em dia, um progresso, embora em nome da ciência e da verdade econômica...

— Lugar-comum!

— Não, não é lugar-comum, meu senhor! Por exemplo, se até hoje me disseram "ame", e eu amei, qual foi o resultado disso? — prosseguiu Piotr Petróvitch, talvez com precipitação excessiva. — O resultado foi que dividi meu cafetã ao meio, dividi com o próximo, e nós dois ficamos meio despidos. Como diz o provérbio russo: "Se você for atrás de várias lebres ao mesmo tempo, não vai pegar nenhuma". Já a ciência diz: ame a si mesmo antes de todos, pois tudo no mundo está baseado no interesse pessoal. Ame a si mesmo que assim você resolverá seus negócios da forma devida e o seu cafetã continuará inteiro. Já a verdade econômica acrescenta que, quanto mais negócios privados houver na sociedade e, por assim dizer, quanto mais cafetãs inteiros houver, tanto mais firmes serão as bases para a sociedade e tanto mais organizada será, nela, a causa comum. Portanto, ao adquirir única e exclusivamente para mim, eu, exatamente desse modo, estou adquirindo também como se fosse para todos e, assim, consigo que o próximo ganhe algo mais do que um cafetã rasgado, e já não será mais por meio de favores particulares e isolados, mas sim em consequência do incremento geral.[3] É uma ideia simples, mas, por infelicidade, demorou muito tempo

3 Referência ao filósofo utilitarista inglês Jeremy Bentham (1748-1832), expoente do liberalismo burguês, cujas ideias estavam em voga na Rússia. Bentham esteve na Rússia, onde escreveu seu livro *Defesa da usura* (1787), uma aplicação radical do liberalismo econômico.

para chegar aqui, abafada pelas paixões e pelas quimeras e, no entanto, não parece necessária muita sagacidade para perceber...

— Desculpe, mas eu também não tenho muita sagacidade — cortou Razumíkhin, de modo brusco. — Por isso, vamos parar por aqui. Afinal, eu comecei a falar com um objetivo, mas todo esse palavrório, que só serve para matar o tempo, todos esses lugares-comuns incessantes, intermináveis, mil vezes martelados e repetidos, há três anos vêm enchendo minha paciência a tal ponto que, juro, chego a ficar vermelho não só quando eu falo disso, mas até quando ouço outras pessoas falando. O senhor, é claro, se apressou em ostentar seus conhecimentos, isso é bastante perdoável, e eu não condeno. Agora, eu só gostaria de saber quem é o senhor, porque, veja bem, nos últimos tempos, são tantos e tão diversos os empreendedores que se agarraram à causa comum e a deturparam e a torceram em seu próprio interesse a tal ponto que, francamente, estragaram tudo. Muito bem, chega!

— Prezado cavalheiro — quis começar o sr. Lújin, chocado e com uma dignidade incomum —, o senhor não estará querendo dizer, com tamanha falta de cerimônia, que eu também...

— Ah, me perdoe, me perdoe... Eu jamais faria isso!... Muito bem, agora chega! — cortou Razumíkhin e voltou bruscamente para a conversa de antes com Zóssimov.

Piotr Petróvitch mostrou-se inteligente o bastante para acreditar de imediato na explicação. De resto, resolveu também ir embora, dois minutos depois.

— Espero que nosso conhecimento, que começou agora — dirigiu-se a Raskólnikov —, após a sua recuperação e em razão de circunstâncias das quais o senhor está a par, se fortaleça mais ainda... Em especial, lhe desejo saúde...

Raskólnikov nem virou a cabeça. Piotr Petróvitch começou a se levantar da cadeira.

— Foi alguém que tinha objetos penhorados que matou, só pode ser! — disse Zóssimov, categórico.

— Só pode ser! — confirmou Razumíkhin. — Porfíri não revela quais são suas ideias, mas anda interrogando as pessoas que tinham objetos penhorados com ela...

— Está interrogando? — perguntou Raskólnikov em voz alta.

— Sim, por quê?

— Por nada.

— Como ele sabe quem são? — perguntou Zóssimov.

— Alguns, o Kokh apontou; outros tinham o nome escrito nos embrulhos dos objetos; outros ainda se apresentaram por conta própria, quando souberam...

— Deve ser mesmo esperto e experiente, esse canalha! Que audácia! Que determinação!

— Mas aí é que está, ele não é nada disso! — cortou Razumíkhin. — E é isso que está levando todos vocês pelo caminho errado. Pois eu digo que ele não é esperto nem experiente e que, com certeza, foi sua primeira vez! Suponha um plano elaborado e um canalha esperto e você vai chegar a uma situação inconcebível. Mas suponha alguém inexperiente e você vai ver que ele só escapou da desgraça por mero acaso, e o que é que um acaso não faz! Veja, parece que ele nem previu esses obstáculos! E como foi que ele se comportou? Pegou uns objetos que valem dez ou vinte rublos, encheu o bolso, remexeu uns embrulhos, uns trapos e, no entanto, na cômoda, na gaveta superior, dentro do cofre, só em moedas, acharam mil e quinhentos, sem contar as notas! Ele não soube nem roubar, só foi capaz de matar! Foi a primeira vez, garanto a você, a primeira vez; ele está perdido! E não foi graças a um plano que ele se safou, foi por mero acaso!

— Parece que se trata do recente assassinato da velha viúva de um funcionário — intrometeu-se Piotr Petróvitch, que já estava de chapéu e luvas na mão, falando para Zóssimov, no intuito de dizer mais algumas palavras inteligentes antes de sair. Era visível que estava ansioso para deixar uma impressão favorável e que a vaidade tinha vencido a prudência.

— Sim. O senhor ouviu falar?

— Claro, foi na vizinhança...

— E conhece os detalhes?

— Não posso afirmar; porém o que me interessa no caso é outra circunstância, por assim dizer, é a questão em seu todo. Nem vou mencionar que os crimes na classe inferior aumentaram nos últimos cinco anos; tampouco vou mencionar os incêndios e os arrombamentos constantes e generalizados; para mim, o mais estranho é que os crimes nas classes superiores também aumentaram da mesma forma e, por assim dizer, em paralelo. Num lugar, um ex-estudante roubou um correio numa estrada importante; noutro lugar, gente de posição social destacada falsificava dinheiro; em Moscou, capturaram todo um bando de falsários de bilhetes de loteria, cujo chefe é um professor universitário de história universal; noutro lugar, mataram o nosso secretário do Exterior, por um misterioso motivo pecuniário... E se agora essa velha usurária foi assassinada por um de seus clientes, trata-se, portanto, de uma pessoa da mais alta sociedade, pois mujiques não penhoram objetos de ouro, e então, desse modo, como explicar, por um lado, esse desregramento da parte civilizada de nossa sociedade?

— Há muitas transformações econômicas... — respondeu Zóssimov.

— Como explicar? — sussurrou Razumíkhin. — Pois é justamente a enraizada e excessiva falta de disposição de agir que poderia explicar.

— Como assim, senhor?

— O que foi que respondeu em Moscou aquele tal professor universitário de história, quando perguntaram por que falsificava bilhetes de loteria? "Todos enriquecem por vários meios, então eu também quis enriquecer depressa." Não me lembro das palavras exatas, mas o sentido era: à custa dos outros, depressa, sem trabalho! Acostumaram-se a viver com tudo pronto, a contar com a ajuda dos outros, a receber tudo já mastigado. Pois bem, chegou a grande hora em que todo mundo se apresenta da maneira como é...[4]

No entanto, e a moral? E, por assim dizer, as normas...

— E o senhor está preocupado com a moral? — interveio Raskólnikov, de modo inesperado. — Pois tudo isso é a aplicação da sua própria teoria!

— Da minha própria teoria, como assim?

— Leve aquilo que o senhor acabou de preconizar à sua consequência lógica e verá que as pessoas podem matar...

— Faça-me o favor! — gritou Lújin.

— Não, não é assim! — protestou Zóssimov.

Raskólnikov estava pálido, deitado, o lábio superior trêmulo, e respirava com dificuldade.

— Para tudo existe certa medida — prosseguiu Lújin, em tom arrogante. — Uma ideia econômica ainda não é uma incitação ao assassinato e se apenas supusermos...

— E não é verdade que o senhor — cortou de novo Raskólnikov, de repente, com a voz trêmula de raiva, na qual se percebia uma espécie de alegria de ofender —, não é verdade que o senhor disse para a sua noiva... na hora mesmo em que recebeu o consentimento dela, que o senhor estava contente,

4 Essas palavras podem ser entendidas como uma alusão ao regime de servidão e à emancipação dos servos, ocorrida em 1861, poucos anos antes de o romance ser escrito.

acima de tudo, porque... ela era miserável... porque é mais vantajoso escolher uma esposa entre os miseráveis, para depois poder exercer um domínio sobre ela... e poder jogar na sua cara que ela lhe deve muitos favores?...

— Prezado cavalheiro! — exclamou Lújin, com raiva e irritação, todo vermelho e desconcertado. — Prezado cavalheiro... torcer uma ideia dessa forma! Desculpe, mas devo lhe afirmar que os rumores que chegaram ao senhor, ou, melhor dizendo, que foram trazidos até o senhor, não contêm sequer uma sombra de fundamento sólido e eu... suspeito quem foi... numa palavra... essa flecha... numa palavra, sua mãezinha... A par, no entanto, de todas as suas magníficas virtudes, ela me havia mostrado, antes disso, ter certas ideias de teor romântico e arrebatado... Mas, mesmo assim, eu estava a mil verstas de supor que ela fosse capaz de entender e apresentar a questão sob um aspecto tão deturpado pela fantasia... E por fim... por fim...

— Quer saber de uma coisa? — gritou Raskólnikov, erguendo-se apoiado no travesseiro e cravando nele, em cheio, os olhos penetrantes e radiosos. — Quer saber de uma coisa?

— O que, senhor? — Lújin parou e esperou, com ar ofendido e provocador. Correram alguns segundos de silêncio.

— Que, se o senhor, mais uma vez... se atrever a mencionar uma palavra sequer... sobre a minha mãe... eu vou jogar o senhor de cabeça pela escada abaixo!

— O que deu no senhor! — gritou Razumíkhin.

— Ah, pois então é assim! — Lújin empalideceu e mordeu o lábio. — Escute aqui, cavalheiro — começou pausadamente, contendo-se com esforço, mas ainda assim ofegante. — Ainda há pouco, desde que entrei, eu adivinhei a sua animosidade, mas permaneci aqui de propósito para descobrir mais alguma coisa. Eu poderia perdoar muita coisa a um doente e a um parente, mas agora... ao senhor... nunca...

— Eu não estou doente! — gritou Raskólnikov.

— Tanto pior, senhor...

— Vá para o diabo!

Mas Lújin já havia saído por conta própria, sem terminar a frase, espremendo-se de novo entre a mesa e a cadeira; dessa vez, Razumíkhin levantou-se, para deixá-lo passar. Sem olhar para ninguém e sem sequer acenar com a cabeça para Zóssimov, que havia já algum tempo fazia sinais com a cabeça para que ele deixasse o doente em paz, Lújin saiu, tomando o cuidado de erguer o chapéu só até os ombros, ao passar um pouco abaixado pela porta. E até a curvatura das costas parecia exprimir, no caso, que Lújin levava consigo uma terrível afronta.

— Como pode, como pode fazer isso? — disse Razumíkhin, desconcertado, balançando a cabeça.

— Me deixem, me deixem em paz! — gritou Raskólnikov, transtornado. — Vamos, me deixem em paz de uma vez, seus torturadores! Não tenho medo de vocês! Agora eu não tenho medo de ninguém, de ninguém! Sumam daqui! Quero ficar sozinho, sozinho, sozinho!

— Vamos! — disse Zóssimov, acenando com a cabeça para Razumíkhin.

— Desculpe, mas será possível deixá-lo nesse estado?

— Vamos! — repetiu Zóssimov, com insistência, e saiu. Razumíkhin refletiu um pouco e correu para alcançá-lo.

— Poderia ser pior, se não obedecêssemos — disse Zóssimov, já na escada. — Não se pode irritar...

— O que é que ele tem?

— Se ao menos ele recebesse algum tipo de estímulo favorável, aí sim! Pouco antes, ele estava em boas condições... Sabe, ele tem alguma coisa na mente! Uma coisa fixa, opressiva... E é isso que eu mais receio; seguramente!

— Na certa foi aquele cavalheiro, o tal de Piotr Petróvitch! Pela conversa, deu para perceber que vai casar com a irmã do Ródia, que recebeu uma carta sobre isso ainda antes de ficar doente...

— Sim; foi o diabo que o trouxe aqui, agora; talvez tenha estragado tudo. E você notou como Raskólnikov fica indiferente a tudo, como se esquiva de tudo, exceto um único ponto, que aliás o deixa fora de si: é o assassinato...

— Sim, sim! — concordou Razumíkhin. — Percebi muito bem! Fica interessado, assustado. Foi isso que o deixou assustado no dia mesmo em que adoeceu, na delegacia, com o inspetor; ele caiu desmaiado.

— Conte-me isso à noite, em mais detalhes, e depois vou lhe contar também uma coisa. Ele me interessa muito! Daqui a meia hora passarei lá, de novo, para vê-lo... De resto, não terá inflamação...

— Obrigado! E eu vou esperar um tempinho no apartamento da Páchenka e observá-lo por intermédio da Nastássia...

Quando os outros foram embora, Raskólnikov olhou para Nastássia com impaciência e angústia; mas ela ainda hesitava em sair.

— Vai tomar chá agora? — perguntou ela.

— Depois! Quero dormir! Me deixe sozinho...

Virou-se para a parede, num movimento convulsivo; Nastássia saiu.

VI

Porém, assim que ela saiu, Raskólnikov se levantou, passou o ferrolho na porta, desamarrou a trouxa de roupas que Razumíkhin havia trazido pouco antes, e que havia fechado de novo, e começou a vestir-se. Coisa estranha: de repente, ele parecia ter ficado absolutamente calmo; não havia nem delírio insano, como pouco antes, nem pavor, como em todos os últimos dias. Era o momento inicial de uma espécie de calma estranha, repentina. Seus movimentos eram precisos e claros, neles transparecia uma intenção firme. "Hoje mesmo, hoje mesmo!...", balbuciava consigo. No entanto, entendia que ainda estava fraco, mas a fortíssima tensão espiritual que havia desaguado na calma, numa ideia fixa, também lhe dera forças e confiança em si mesmo; de resto, sua esperança era de não cair no meio da rua. Já todo vestido com as roupas novas, olhou para o dinheiro que estava sobre a mesa, pensou um pouco e enfiou-o no bolso. O dinheiro contava vinte e cinco rublos. Também pegou todas as moedas de cobre de cinco copeques, o troco dos dez rublos que Razumíkhim desperdiçara com as roupas. Depois, sem fazer barulho, abriu o ferrolho, saiu do quarto, desceu pela escada e espiou pela porta aberta da cozinha: Nastássia estava de costas para ele, curvada, soprando as brasas do samovar da senhoria. Nada ouviu. E, afinal, quem poderia imaginar que ele ia sair? Um minuto depois, já estava na rua.

Eram oito horas, o sol se punha. O abafamento era o mesmo de antes; mas Raskólnikov respirava com avidez aquele ar fétido, poeirento, contaminado pela cidade. Sua cabeça começava a girar de leve; de repente, uma espécie de energia selvagem se pôs a reluzir em seus olhos inflamados e em seu rosto emagrecido, de uma palidez amarelada. Não sabia para onde estava indo nem sequer pensava no assunto; só sabia uma coisa: "É preciso terminar *isso* tudo hoje mesmo, e de uma vez, e já; não vou mais voltar para casa, porque *não quero viver assim*". Terminar como? Terminar o quê?

Sobre isso, não tinha a menor ideia e nem queria pensar. Ele rechaçava o pensamento; e o pensamento o torturava. Só sentia e sabia que era preciso mudar tudo, de um jeito ou de outro, "seja lá como for", repetia ele em desespero, com inabalável determinação e confiança em si mesmo.

Seguindo o caminho rotineiro de seus passeios anteriores, conforme um antigo hábito, caminhou direto rumo à praça Sennaia. Antes de chegar à praça Sennaia, na calçada, em frente a uma lojinha, topou com um jovem moreno que tocava um realejo e entoava uma espécie de romança completamente sentimental. O tocador de realejo era acompanhado por uma menina de uns quinze anos, de pé a seu lado, na calçada, vestida como uma senhorita da nobreza, de crinolina, mantilha, luvas e um chapéu de palha com uma pluma de cor flamejante; tudo velho e surrado. Com voz rascante, típica de cantores de rua, mas bastante forte e agradável, ela cantava a romança, à espera das moedas de dois copeques que mandariam da lojinha. Raskólnikov se deteve ao lado de dois ou três ouvintes, escutou um pouco, pegou uma moeda de cinco copeques e colocou na mão da menina. De repente, como quem faz um corte, ela interrompeu a canção na nota mais aguda e comovente e gritou, de modo brusco, para o tocador de realejo: "Vamos!", e ambos se arrastaram adiante, rumo à lojinha seguinte.

— O senhor gosta de canções de rua? — perguntou Raskólnikov para um pedestre já de idade madura que estava de pé a seu lado, perto do tocador de realejo, e que parecia uma dessas pessoas que vagam sem rumo pela rua. Ele olhou feroz e surpreso para Raskólnikov. — Eu gosto — prosseguiu Raskólnikov, mas com tal aspecto que parecia não estar falando absolutamente de canções de rua. — Eu gosto do modo como os tocadores de realejo cantam nas noites frias, escuras e úmidas, sempre úmidas, quando todos os pedestres têm caras pálidas, esverdeadas e doentias; ou, melhor ainda, quando cai uma neve molhada, bem vertical, sem vento nenhum, sabe como é? E os lampiões a gás brilham no meio da neve...

— Eu não sei... Desculpe... — balbuciou o cavalheiro, assustado com a pergunta e com o aspecto estranho de Raskólnikov, e atravessou para o outro lado da rua.

Raskólnikov seguiu em frente e foi dar na esquina da Sennaia onde o homem e a mulher que haviam conversado com Lizavieta dias antes costumavam vender suas mercadorias; mas agora não estavam ali. Ao reconhecer o lugar, ele parou, olhou em redor e voltou-se para um jovem de camisa vermelha que bocejava na entrada de um armazém de farinha.

— Não é aqui nesta esquina que fica aquele homem que vende mercadorias com uma mulher?

— Todo mundo vem vender — respondeu o rapaz, medindo Raskólnikov de alto a baixo.

— Como ele se chama?

— Do jeito como foi batizado.

— Mas você também não é de Zaraisk? De que província?

De novo, o rapaz olhou bem para Raskólnikov.

— Nossa terra, vossa excelência, não é uma província, mas um distrito, e foi meu irmão que viajou, eu fiquei em casa, por isso eu não sei, senhor... Queira perdoar, vossa excelência, seja generoso.

— É uma cantina que tem lá em cima?

— É uma taberna, e também tem um bilhar; tem até "princesas"... Uma beleza!

Raskólnikov atravessou a praça. Lá na esquina, havia uma aglomeração de pessoas, todos mujiques. Ele se enfiou no meio da massa, espiando os rostos. Por algum motivo, sentia-se impelido a falar com todos. Porém os mujiques não lhe davam atenção e todos vociferavam entre si, reunidos em grupos. Ele ficou ali um pouco, pensou um momento e seguiu para a direita pela calçada, na direção da avenida V. Escapuliu da praça e foi dar numa travessa... Já havia passado muitas vezes por aquela travessa curta, que faz uma curva e leva da praça para a rua Sadóvaia. Ultimamente, quando se sentia nauseado, ele chegava a se ver impelido a vagar por todos aqueles lugares, "para ficar ainda mais nauseado". Agora ele entrou por ali sem pensar em nada. No local, há um prédio grande, todo ocupado por tabernas e outros estabelecimentos que vendem bebidas; deles, a todo instante, mulheres saíam correndo, vestidas da maneira como andam "na vizinhança de casa" — com os cabelos descobertos e só de vestido. Em dois ou três lugares, elas se juntavam em grupos na calçada, sobretudo na descida para um subsolo, por onde se podia chegar a vários estabelecimentos altamente recreativos, descendo dois patamares de escada.[1] Num deles, naquele momento, havia tumulto e gritaria, que se espalhava por toda a rua, dedilhavam um violão, cantavam canções, havia grande alegria. Um numeroso grupo

1 Perto da praça Sennaia, na travessa Tairov, havia na época três casas de tolerância no subsolo de um prédio, segundo nota da edição russa.

de mulheres se aglomerava na entrada; algumas sentadas nos degraus, outras, na calçada e outras, ainda, conversavam de pé. Ao lado, na beira da rua, um soldado bêbado vagava à toa, xingando, com um cigarro na mão, parecia querer entrar em algum lugar, mas era como se tivesse esquecido onde era. Um maltrapilho trocava xingamentos com outro e um bêbado, já fora de si, rolava atravessado no meio da rua. Raskólnikov parou junto ao grupo grande de mulheres. Elas conversavam com vozes roucas; todas usavam vestidos de chita, sapatos de couro de cabra, e tinham a cabeça descoberta. Algumas tinham passado dos quarenta, mas havia outras de dezessete anos, quase todas de olhos roxos.

Por algum motivo, ele se interessou pela cantoria e por toda aquela algazarra lá embaixo... No meio das gargalhadas e dos gritos cortantes que vinham de lá, por trás de um temerário canto em falsete e do som de um violão, alguém dançava freneticamente, batendo os saltos dos sapatos ritmados no chão. Raskólnikov escutava atento, com ar sombrio e pensativo, curvado junto à entrada, na calçada, espiando lá para baixo com curiosidade.

Ai, meu lindo guardinha,
Não bata em mim à toa!...

trinava a voz fina do cantor. Raskólnikov sentia uma vontade terrível de escutar melhor o que estavam cantando, como se toda a questão fosse essa.

"Que tal dar uma olhada?", pensou. "Estão às gargalhadas! É a bebedeira. Não será o caso de eu beber e me embriagar?"

— Não vai entrar, querido cavalheiro? — perguntou uma das mulheres com voz bastante sonora e ainda não de todo rouca. Era jovem e até que não causava repugnância, caso único em todo o grupo.

— Olhe só, que bonitinha! — respondeu Raskólnikov, depois de erguer a cabeça e olhar para ela.

A mulher sorriu; gostou muito do elogio.

— O senhor também é muito bonitinho — disse.

— Como é magro! — comentou outra, com voz de baixo. — O que foi, teve alta do hospital?

— Parece que são filhas de general, todas têm o nariz arrebitado! — interveio um mujique, se aproximando de repente, embriagado, num *armiak* desabotoado, com uma careta esperta e risonha. — Olhe, que diversão.

— Entre, já que veio aqui!

— Vou entrar! Que delícia!

E desceu aos trambolhões.

Raskólnikov moveu-se para a frente.

— Escute, senhor! — gritou uma menina, atrás dele.

— O que é?

Ela ficou embaraçada.

— Querido senhor, eu sempre vou ficar feliz de passar uma hora com o senhor, mas agora me sinto meio encabulada na sua presença. Amável cavalheiro, me dê seis copeques para uma bebidinha!

Raskólnikov pegou o que tinha no bolso: três moedas de cinco copeques.

— Ah, que senhor mais bondoso!

— Como você se chama?

— Me chame de Duklida.

— Essa não, o que é isso? — comentou, de repente, uma das mulheres do grupo, balançando a cabeça para Duklida. — Eu nem sei como é que pode pedir desse jeito! Se fosse eu, acho que ia até morrer só de vergonha...

Raskólnikov olhou com curiosidade para a mulher que havia falado. Era uma jovem com marcas de varíola, trinta anos, coberta de hematomas, o lábio superior inchado. Falava e censurava em tom calmo e sério.

"Onde foi", pensou Raskólnikov, enquanto caminhava adiante, "onde foi que eu li que um homem condenado à morte, uma hora antes de morrer, fala ou pensa que, se fosse obrigado a viver em algum lugar elevado, num penhasco, e numa área muito estreita, onde só tivesse espaço para apoiar os pés, e em redor só houvesse abismos, o oceano, a escuridão eterna, a solidão eterna e uma tempestade eterna, e tivesse de ficar de pé, assim, num espaço de um *archin* a vida inteira, mil anos, a eternidade, ainda seria melhor viver desse jeito do que morrer já! Bastava viver, viver, viver! Não importa como, mas apenas viver!... Como isso é verdadeiro! Meu Deus, como isso é verdadeiro! O homem é um canalha! E também é canalha quem, por causa disso, o chama de canalha!", acrescentou um minuto depois.[2]

Foi dar em outra rua: "Ora! O Palácio de Cristal! Agora há pouco, o Razumíkhin estava falando do Palácio de Cristal. Mas o que eu queria mesmo fazer? Ah, é, ler!... Zóssimov disse que leu nos jornais..."

2 Refere-se ao romance *Notre-Dame de Paris* (livro XI, cap. 2), do escritor francês Victor Hugo (1802-85). Dostoiévski vai repisar várias vezes a imagem do "espaço de um *archin*" em *Crime e castigo*.

— Tem jornais? — perguntou ao entrar numa taberna muito ampla e até bem arrumada, com alguns reservados, aliás bastante vazios. Dois ou três clientes bebiam chá e, num reservado mais isolado, estava um grupo de quatro homens bebendo champanhe. Raskólnikov teve a impressão de que, entre eles, estava Zamiótov. No entanto, de longe, não dava para ver direito.

"Deixe para lá!", pensou.

— O senhor vai querer vodca? — perguntou o criado.

— Traga um chá. E também me traga uns jornais velhos, de uns cinco dias atrás, que eu lhe dou uma gorjeta.

— Sim, senhor. Tome aqui os jornais de hoje. O senhor não quer vodca?

Apareceram os jornais velhos e o chá. Raskólnikov sentou-se e começou a procurar: "Izler... Izler... Astecas... Izler... Bartola... Massimo... Astecas... Izler... Que diabo![3] Ah, aqui estão algumas notinhas: mulher desabou pela escada... cidadão se incendiou com a bebida... incêndio em Piéski... incêndio em Petersbúrgskaia...[4] mais um incêndio em Petersbúrgskaia... outro incêndio em Petersbúrgskaia... mais um incêndio em Petersbúrgskaia... Izler... Izler... Izler... Izler... Massimo... Ah, aqui está..."

Encontrou afinal o que procurava e começou a ler; as linhas saltavam em seus olhos, mesmo assim leu toda a "notícia" até o fim e se lançou avidamente em busca dos últimos desdobramentos, nos números seguintes do jornal. Enquanto tateava as folhas, as mãos tremiam de impaciência convulsiva. De repente, alguém sentou ao seu lado, à sua mesa. Ele olhou — era Zamiótov, o mesmo Zamiótov e com o mesmo aspecto, com os anéis, as correntinhas, a risca nos cabelos pretos frisados e empomadados, o colete elegante, o sobretudo um tanto surrado, a camisa branca usada. Estava alegre, pelo menos sorria muito contente e satisfeito. O rosto moreno estava um pouco afogueado por causa do champanhe.

— Como? O senhor por aqui? — começou com surpresa e no tom de quem o conhecesse havia cem anos. — Ontem mesmo o Razumíkhin me disse que o senhor estava desacordado. Que estranho! Pois eu mesmo estive na casa do senhor...

3 Trata-se de notícias reais da época. Izler era uma figura popular na capital russa, proprietário de um jardim chamado Águas Minerais. Bartola e Massimo eram anunciados como descendentes de astecas que, supostamente, iriam visitar a cidade em breve. 4 Corresponde à atual Petrográdskaia Storoná, bairro histórico de São Petersburgo, onde se situa a Fortaleza de Pedro e Paulo.

Raskólnikov já sabia que ele ia se aproximar. Pôs os jornais de lado e virou-se para Zamiótov. Havia um sorrisinho em seus lábios e naquele sorriso transparecia uma espécie nova de impaciência nervosa.

— Isso eu sei, eu sei que o senhor foi lá — respondeu. — Ouvi dizer... Foi procurar uma meia... Sabe, Razumíkhin está louco pelo senhor, disse que o senhor e ele foram à casa de Laviza Ivánovna, aquela que o senhor tentou ajudar piscando o olho para o tenente Pórokh, mas ele, mesmo assim, não entendeu, lembra? Puxa, parece que não há como não entender, a questão é tão clara... não é?

— E como ele é agitado!

— O Pórokh?

— Não, o amigo do senhor, o Razumíkhin...

— Ah, para o senhor a vida é boa, sr. Zamiótov; entra sem pagar nos lugares mais agradáveis! Quem é que estava ali, agora mesmo, servindo champanhe para o senhor?

— Ah, é que nós... bebemos juntos... O que tem de mais se ele me serviu?

— São os honorários! De tudo, o senhor se aproveita! — Raskólnikov riu. — Mas tudo bem, grande garoto, tudo bem! — acrescentou, dando um tapinha no ombro de Zamiótov. — Não falei por mal, é "tudo coisa de amigo, brincadeira", como disse aquele operário do senhor, quando se atracou com o Mitka, sabe, naquele caso da velhota.

— Mas como é que o senhor está sabendo disso?

— Pois é, talvez eu saiba mais do que o senhor.

— Tem alguma coisa estranha no senhor... Na certa, ainda está muito doente. Não devia ter saído de casa...

— Então eu pareço estranho, para o senhor?

— Sim. E o que é que está lendo aí nos jornais?

— Os jornais.

— Andam escrevendo muito sobre incêndios...[5]

— Não, eu não estou interessado em incêndios. — Nisso, olhou para Zamiótov com ar enigmático; de novo, um sorriso sarcástico torceu seus

5 Uma nota na edição russa assinala que os jornais daquela época traziam muitas notícias de incêndios e a polícia tentava incriminar os revolucionários como incendiários. Segundo um texto do crítico Tchernichévski (1828-89), escrito anos depois, Dostoiévski parecia crer nisso, pois o escritor o procurou pessoalmente para que Tchernichévski exercesse influência pacificadora sobre a juventude.

lábios. — Não, eu não estou interessado em incêndios — prosseguiu, piscando os olhos para Zamiótov. — Mas admita, meu caro jovem, que o senhor está morrendo de vontade de saber o que eu estou lendo.

— Não tenho o menor interesse; perguntei por perguntar. Não se pode mais perguntar nada? O que o senhor sempre...

— Escute, o senhor é uma pessoa educada, culta, não é?

— Estudei até a sexta série do ginásio — respondeu Zamiótov, com certo orgulho.

— Sexta série! Ah, mas que sabido! Com risca no cabelo, anéis, um homem rico! Puxa, que garoto mais adorável! — Então Raskólnikov desatou uma risada nervosa em cheio na cara de Zamiótov. Este recuou, e não por sentir-se ofendido, mas sim por ficar muito surpreso.

— Puxa, que estranho! — repetiu Zamiótov, muito sério. — Acho que o senhor ainda está delirando.

— Delirando? Está mentindo, sabidinho!... Quer dizer que eu sou estranho, não é? O senhor me acha curioso, não é? Não me acha curioso?

— Acho.

— Ou seja, o que é que eu estou lendo, o que é que eu estou procurando, não é? Olhe só quantos jornais eu mandei trazer! Que coisa esquisita, hein?

— Pois é, explique.

— Está de orelhas em pé, não é?

— Que orelhas em pé são essas?

— Depois eu explico qual é a orelha e qual é o pé, meu caro, vou declarar ao senhor... não, melhor dizendo: "vou confessar"... Não, também não é isso: "vou dar um depoimento e o senhor vai anotar"... é isso! Pois bem, eu vou dar o depoimento de que eu estava lendo, me interessava... eu procurava... eu estava pesquisando... — Raskólnikov estreitou os olhos e esperou. — Eu estava pesquisando, e foi para isso que entrei aqui, notícias sobre o assassinato da velha viúva de um funcionário — declarou, por fim, quase num sussurro, levando o rosto extraordinariamente perto do rosto de Zamiótov. Este ficou olhando direto para Raskólnikov, cara a cara, e se manteve imóvel, sem afastar o rosto. Tempos depois, o que pareceu mais estranho para Zamiótov é que o silêncio de ambos se prolongou por um minuto inteiro e que, por um minuto inteiro, os dois ficaram apenas olhando um para o outro.

— Mas o que me importa o que o senhor estava lendo? — exclamou, de repente, com impaciência e perplexidade. — O que é que eu tenho a ver com isso? O que interessa?

— É aquela velha — continuou Raskólnikov, com o mesmo sussurro e sem se mexer, em resposta à exclamação de Zamiótov. — A mesma de quem o senhor estava falando na delegacia, lembra, quando eu caí desmaiado. E então, agora está entendendo?

— Mas e daí? "Entendendo"... o quê? — disse Zamiótov, quase assustado.

O rosto imóvel e sério de Raskólnikov num instante se transformou e, de repente, mais uma vez, ele desatou a mesma risada nervosa de pouco antes, como se não fosse absolutamente capaz de se conter. E, por um momento, com uma clareza extraordinária, lembrou-se da sensação de dias antes, na hora em que estava de pé junto à porta fechada, com o machado em punho, e a tranca sacudia, rogavam pragas do outro lado da porta, forçavam a tranca, e de repente Raskólnikov teve vontade de gritar para eles, xingá-los, mostrar a língua, zombar, rir, gargalhar, gargalhar, gargalhar!

— Ou o senhor está louco ou... — disse Zamiótov. E parou, como que chocado, de repente, com a ideia que bateu de estalo em sua cabeça.

— Ou? "Ou" o quê? E então? Diga logo, vamos!

— Nada! — respondeu Zamiótov, num acesso de irritação. — Tudo isso é absurdo!

Ambos ficaram calados. Depois da risada repentina e epiléptica, Raskólnikov, de repente, se pôs pensativo e triste. Apoiou os cotovelos na mesa e escorou a cabeça na mão. Parecia ter esquecido Zamiótov por completo. O silêncio durou muito tempo.

— Ahn? O quê? O chá?... Pode ser... — Raskólnikov bebeu do copo, pôs na boca um pedaço de pão e, de repente, depois de olhar bem para Zamiótov, pareceu lembrar-se de tudo e foi como se acordasse: no mesmo instante, o rosto ganhou a expressão zombeteira de antes. Ele continuou a beber o chá.

— Hoje em dia, essas vigarices proliferaram muito — disse Zamiótov. — Sabe, não faz muito tempo eu li no *Notícias de Moscou* que desbarataram uma quadrilha inteira de falsificadores de dinheiro, em Moscou. Era uma verdadeira empresa. Falsificavam cédulas.

— Ah, isso já faz tempo! Já tem um mês que li — respondeu Raskólnikov, tranquilamente. — Então, para o senhor, são vigaristas? — acrescentou, rindo.

— E não são?

— Essa gente? São crianças, uns principiantes, e não vigaristas! Reunir meia centena de pessoas para uma finalidade dessa! Como é que pode?

Até três já seria demais, e o pior é que cada um teria de ter mais confiança nos outros do que tem em si mesmo! E basta que um beba além da conta e solte a língua para que tudo vire pó! Coisa de principiantes! Contratam gente duvidosa para trocar as notas no guichê do banco: como podem confiar uma questão como essa à primeira pessoa que aparece? Muito bem, vamos supor que mesmo com esses principiantes dê certo, vamos supor que cada um troque um milhão, muito bem, mas e depois? E o resto da vida? Cada um fica dependendo do outro para o resto da vida! É melhor se enforcar de uma vez! Só que eles nem foram capazes de trocar o dinheiro direito: o sujeito foi ao banco trocar as notas falsas, recebeu cinco mil e as mãos tremeram. Contou quatro mil e o resto ele recebeu sem contar, na base da confiança, para meter logo no bolso o mais depressa possível. Foi aí que despertou a suspeita. E tudo desmoronou por causa de um imbecil! Como é possível uma coisa dessa?

— Que as mãos tenham tremido? — emendou Zamiótov. — Não, isso é possível sim, senhor. Eu estou plenamente convencido de que isso é possível. Às vezes, a pessoa não aguenta.

— Não aguenta isso?

— E o senhor, por acaso, aguentaria? Não, eu não aguentaria! Encarar um horror desse em troca de cem rublos! Levar notas falsas... para onde?... Para o guichê de um banco, onde já estão calejados com esse golpe? Não, eu ficaria atrapalhado. E o senhor não ficaria atrapalhado?

De repente, mais uma vez, Raskólnikov sentiu uma vontade tremenda de "mostrar a língua". Por instantes, um calafrio percorreu suas costas.

— Eu não agiria assim — começou, se desviando da pergunta. — Veja como eu trocaria o dinheiro: contaria os primeiros mil rublos, e contaria umas quatro vezes, examinaria cada cédula de todos os ângulos, e só então receberia o segundo milhar; começaria a contar, contaria até a metade, tiraria uma nota de cinquenta rublos, olharia contra a luz, viraria o outro lado e olharia de novo contra a luz, para ver se não era falsa. Diria: "Eu tenho medo: faz pouco tempo, uma parente perdeu vinte e cinco rublos desse jeito"; e aí eu contaria uma história. "Não, me desculpe. No segundo milhar, parece, eu não contei direito a sétima centena, estou em dúvida." Deixaria de lado o terceiro milhar, voltaria ao segundo, e assim iria até o quinto. Quando terminasse, eu tiraria uma notinha do quinto milhar, e também do segundo, olharia de novo contra a luz, de novo com ar de dúvida: "Troque, por favor". Deixaria o funcionário do banco exausto, a tal ponto que ele já não saberia mais o que fazer para se ver livre de mim! Afinal, terminaria tudo. Eu iria embora, abriria a porta... mas não, desculpe, eu voltaria de novo, perguntaria mais alguma coisa, receberia uma explicação qualquer... pronto, é assim que eu ia fazer!

— Puxa, que coisas estranhas o senhor está dizendo! — reagiu Zamiótov, rindo. — Só que tudo isso não passa de conversa, na prática o senhor certamente iria vacilar. Pois eu lhe digo que, na minha opinião, não só o senhor e eu como até mesmo uma pessoa calejada e audaciosa não poderia responder por si mesma. E nem é preciso ir muito longe. Aqui está um exemplo: em nossa jurisdição, mataram uma velha. Pois bem, parece que um tolo desesperado, em plena luz do dia, arriscou a sorte e se salvou por milagre, e mesmo assim suas mãos tremeram: não foi capaz de roubar, ele não suportou; pelos fatos, é evidente...

Raskólnikov pareceu ofendido.

— É evidente! Pois então vá lá e prenda o sujeito, vá, agora mesmo! — gritou Raskólnikov, desafiando Zamiótov em tom rancoroso.

— Claro, vão prender, sim.

— Quem? O senhor? É o senhor que vai prender? Vai ficar é cansado! Veja só, o principal para o senhor é o seguinte: o sujeito está gastando o dinheiro ou não? Ele não tinha dinheiro e aí, de repente, começa a gastar... Pronto, como é que não vai ser ele? Ora, desse jeito, qualquer criança pode enganar o senhor, se quiser!

— Acontece que todos eles fazem assim — respondeu Zamiótov. — Matam com astúcia, se afastam da vida que levavam, mas depois acabam indo a uma taberna e aí se perdem. É na taberna que são apanhados. Nem todos são espertos como o senhor. O senhor, é claro, não iria a uma taberna, não é?

Raskólnikov franziu as sobrancelhas e olhou fixamente para Zamiótov.

— O senhor parece que está com tanta vontade de saber como eu agiria nessa situação que chega a dar água na boca, não é? — perguntou, incomodado.

— Gostaria mesmo — respondeu Zamiótov, firme e sério. E passou a falar e a olhar de modo sério demais.

— Muito?

— Muito.

— Está bem. Veja só como eu agiria — começou Raskólnikov e, de repente, de novo, aproximou seu rosto do de Zamiótov, fitou-o de novo nos olhos e falou de novo num sussurro, de tal maneira que dessa vez Zamiótov chegou a tremer. — É deste jeito que eu faria: pegaria o dinheiro e os objetos penhorados e, assim que saísse de lá, bem depressa, sem passar em nenhum outro lugar, iria para algum terreno sem saída, só com uma cerca, sem quase ninguém, uma espécie de horta ou algo assim. Antes, nesse pátio, num canto, junto à cerca, eu já teria localizado uma pedra qualquer, com um *pud* ou um *pud* e meio de peso, uma pedra que já devia estar ali desde a construção do prédio; eu levantaria a pedra... debaixo dela, deve haver um buraco e, dentro desse buraco, eu colocaria todos os objetos e o dinheiro. Colocaria os objetos e baixaria a pedra por cima, do mesmo jeito como estava antes, ajeitaria a terra em volta com o pé e iria embora. Deixava passar um ano, dois anos, e não pegava nada, três anos e não pegava nada, e então, muito bem: aí eu quero ver como o senhor vai me achar! Acabou-se, eu sumi, para sempre!

— O senhor é louco — disse Zamiótov, por algum motivo, quase num sussurro e, de repente, também por algum motivo, afastou-se um pouco de Raskólnikov. Os olhos de Raskólnikov brilharam; seu rosto empalideceu horrivelmente; o lábio superior tremeu e começou a latejar. Ele se inclinou para Zamiótov, o mais perto possível, e começou a mexer os lábios, sem pronunciar nenhuma palavra; assim se passou meio minuto; ele sabia o que estava fazendo, mas não conseguia se conter. A palavra terrível sacudia em seus lábios, como a tranca na porta, dias antes; à beira de se soltar, à beira de escapar, à beira de se denunciar!

— E se eu tiver matado a velha e a Lizavieta? — proferiu de repente, e caiu em si.

Zamiótov, desnorteado, olhou bem para ele e empalideceu como uma toalha de mesa. O rosto se retorceu num sorriso.

— Mas será que isso é possível? — falou, quase inaudível.

Raskólnikov olhou bem para ele, com ar malévolo.

— Confesse que o senhor acreditou, não foi? Não foi mesmo?

— De maneira nenhuma! E agora, mais do que nunca, é que eu não acredito mesmo! — respondeu depressa Zamiótov.

— Afinal, ele mordeu a isca! O sabidinho caiu na armadilha! Quer dizer que o senhor antes acreditava, já que agora não acredita "mais do que nunca", não é?

— Não, de modo algum! — exclamou Zamiótov, visivelmente confuso. — O senhor é que ficou me assustando desse jeito só para me levar a isso, não foi?

— Portanto, não acredita? Então me diga sobre o que os senhores ficaram falando, na delegacia, depois que eu saí de lá? E por que o tenente Pórokh me interrogou, depois do desmaio? Ei, rapaz — gritou para o criado, levantando-se e pegando o boné. — Quanto eu devo?

— Trinta copeques, ao todo — respondeu o criado, que acudiu correndo.

— Tome aqui mais vinte copeques de gorjeta. Veja só quanto dinheiro! — E estendeu para Zamiótov a mão trêmula com as cédulas. — Vermelhinhas, azuizinhas,[6] vinte e cinco rublos. De onde saíram? E de onde veio esta roupa nova? Afinal, o senhor sabe que eu não tinha nenhum copeque! Não há dúvida de que já interrogaram a senhoria... Muito bem, chega! *Assez causé!*[7] Até logo... Foi um prazer!...

Saiu todo trêmulo, com uma espécie de sensação histérica desenfreada, na qual, entretanto, havia uma dose de prazer insuportável — de resto, ele estava taciturno, terrivelmente cansado. Tinha o rosto contraído, como depois de uma espécie de convulsão. Sua fadiga aumentava rapidamente. Porém, ao primeiro estímulo, à primeira sensação irritante, suas forças se agitavam e voltavam, para também se debilitarem mais uma vez, à medida que a sensação enfraquecia.

Ao se ver sozinho, Zamiótov continuou sentado no mesmo lugar, pensativo, por muito tempo. Raskólnikov, por acaso, tinha virado de pernas para o ar todas as suas ideias relativas a certo ponto, e isso havia firmado em definitivo sua opinião.

"Iliá Petróvitch é um burro!", concluiu, categórico.

Assim que Raskólnikov abriu a porta para a rua, de súbito, ali mesmo no alpendre, esbarrou com Razumíkhin, que entrava. Os dois, mesmo a um passo um do outro, não se viram e quase se chocaram cabeça com cabeça. Por algum tempo, ficaram se medindo mutuamente com os olhos. Razumíkhin estava muito desconcertado, mas de repente uma raiva, uma raiva de verdade, começou a faiscar ameaçadora em seus olhos.

— Então foi aqui que você se meteu! — gritou com toda a força. — Fugiu da cama! Eu procurei você até embaixo do sofá! Até no sótão a gente foi olhar! Quase bati na Nastássia por sua causa... E olhe só onde ele veio

6 "Azuizinhas" eram as notas de cinco rublos; "vermelhinhas", as de dez. 7 Francês: "Chega de conversa!".

se meter! Rodka! O que isso quer dizer? Conte toda a verdade! Confesse! Está ouvindo?

— Isso quer dizer que eu estou mortalmente farto de vocês todos e quero ficar sozinho — respondeu Raskólnikov, em tom sereno.

— Sozinho? Quando você ainda nem consegue andar direito, quando a sua pele ainda está pálida feito um lençol e a respiração está ofegante! Seu palerma!... O que foi fazer no Palácio de Cristal? Confesse logo de uma vez!

— Me solta! — retrucou Raskólnikov e quis seguir em frente. Isso deixou Razumíkhin fora de si: agarrou-o com força pelo ombro.

— Soltar? Você se atreve a dizer "me solta"? Sabe o que vou fazer com você agora? Vou agarrar você pelos braços, dar um nó, carregar para casa feito uma trouxa, debaixo do braço, e deixar lá trancado!

— Escute, Razumíkhin — começou Raskólnikov em voz baixa e, pelo visto, numa calma absoluta. — Será que você não enxerga que eu não quero sua caridade? E, afinal, para que tanto desejo de fazer caridade a alguém que... não dá a mínima para isso? Alguém que, no fim das contas, acha profundamente penoso suportar essa caridade? Afinal, para que você me procurou no início da doença? Será que eu não ficaria muito feliz em morrer? Afinal, será que hoje eu já não deixei bastante claro que você está me atormentando, que eu estou... farto de você? No fundo, isso já é vontade de atormentar as pessoas! Garanto a você que tudo isso atrapalha gravemente a minha cura, porque me irrita o tempo todo. Ainda há pouco, o Zóssimov foi embora para não me deixar irritado! Então, você também me deixe em paz, pelo amor de Deus! E, afinal, que direito você tem de me conter à força? Será que não percebe que eu estou, agora, falando em pleno domínio das faculdades mentais? Como, me ensine como devo suplicar a você para que, afinal, não fique grudado em mim e não me faça caridade nenhuma? Que eu seja um ingrato, que eu seja um infame, não importa, apenas me deixem em paz, todos vocês, pelo amor de Deus, me deixem em paz! Me deixem em paz! Me deixem em paz!

Ele começou com calma, alegrando-se de antemão com todo o veneno que se preparava para derramar, mas acabou tomado pela fúria e ofegante, como na conversa com Lújin, mais cedo.

Razumíkhin ficou parado, pensou um pouco e soltou seu braço.

— Vá para o diabo! — disse em voz baixa, com ar quase sonhador. — Espere! — gritou de súbito, quando Raskólnikov mal havia saído do lugar.

— Escute aqui. Quero dizer que todos vocês, sem escapar nenhum, são uns conversas-fiadas e uns fanfarrões! Quando aparece um sofrimentozinho qualquer, vocês ficam sentados em cima dele como uma galinha faz com os ovos! E nisso vocês chegam a plagiar os outros. Vocês não têm nenhum sinal de vida independente! São feitos de pomada de espermacete, têm soro de leite nas veias, em vez de sangue! Não acredito em nenhum de vocês! A primeira coisa que fazem, em qualquer circunstância, é parecer que não são gente! Espe-e-e-re aí! — gritou com fúria redobrada, ao ver que Raskólnikov começava a se afastar, de novo. — Escute até o fim! Sabe, hoje vai ter uma reunião lá em casa para comemorar a mudança, pode ser que já estejam chegando agora, mas eu deixei meu tio lá, para receber as visitas... eu dei uma fugidinha. Pois bem, se você não fosse um burro, um burro como qualquer outro, um burro dos pés à cabeça, uma tradução de uma língua estrangeira... veja, Ródia, eu admito, você até que é um menino inteligente, só que você é burro! Aí está, se você não fosse burro, devia dar um pulo hoje na minha casa, ficar na festa, era melhor do que bater perna à toa por aí. Já que saiu de casa, não adianta mais reclamar! Eu arranjava uma poltrona macia para você, a senhoria tem uma... Um chazinho, a companhia... Melhor, eu vou colocar você num sofazinho, você pode ficar deitado bem no meio, e nós em volta... E o Zóssimov vai lá, também. E então, você vai?

— Não.

— Está menti-i-i-ndo! — exclamou Razumíkhin, impaciente. — Como é que você sabe? Você não está em condição de responder por si mesmo! E além do mais você não entende nada disso... Eu já rompi relações mil vezes desse mesmo jeito e depois voltei atrás... Dá uma vergonha e a gente volta para as pessoas! Guarde na memória, edifício Potchinkov, terceiro andar...

— Pois então, prezado Razumíkhin, pelo prazer de fazer uma caridade, parece que o senhor permite até que alguém bata no senhor.

— Quem? Em mim? Eu arranco o nariz de quem sequer imaginar fazer isso! Edifício Potchinkov, número 47, apartamento do funcionário Bábuchkin...

— Eu não vou, Razumíkhin! — Raskólnikov deu as costas e foi em frente.

— Aposto que vai! — gritou atrás de Raskólnikov. — Senão você... senão eu não quero mais saber de você! Espere, ei! O Zamiótov está lá dentro?

— Está.

— Viu?

— Vi.

— E falou?

— Falei.

— Sobre o quê? Ah, que o diabo o carregue, é melhor nem contar. Potchinkov, 47. Bábuchkin, não esqueça!

Raskólnikov chegou à rua Sadóvaia e dobrou a esquina. Razumíkhin ficou parado, pensativo, olhando para ele. Por fim, deu de ombros, entrou no prédio, mas parou no meio da escada.

"Que diabo!", continuou, quase em voz alta. "O que ele está falando faz sentido, mas é como se... No final, o burro sou eu! Até os malucos falam coisas que fazem sentido, não é? E me parece que é disso que o Zóssimov tem receio!" Bateu com o dedo na testa. "Mas e se... mas como é possível deixar que ele fique sozinho, agora? Pode se afogar... Eh, mas que besteira eu fiz! Não pode ser!" E voltou atrás correndo, no encalço de Raskólnikov, só que não viu mais nem sinal dele. Deu uma cusparada e voltou, a passos rápidos, para o Palácio de Cristal, a fim de interrogar Zamiótov o quanto antes.

Raskólnikov foi direto para a ponte ***ski,[8] parou no meio, junto à grade, apoiou os cotovelos no parapeito e ficou olhando ao longe. Depois que se despediu de Razumíkhin, ele foi enfraquecendo a tal ponto que só a muito custo conseguiu chegar ali. Tinha vontade de sentar ou deitar em qualquer lugar, ali mesmo na rua. Debruçado sobre a água, olhou mecanicamente para o último reflexo rosado do pôr do sol, para a fileira de prédios escurecidos no crepúsculo cada vez mais denso, para uma janelinha distante num certo sótão na margem esquerda, que brilhava como uma chama sob o último raio de sol, que batia nela por um momento, olhou para a água escurecida do canal e pareceu ficar observando aquela água com atenção. Por fim, em seus olhos, começaram a girar uns círculos vermelhos, os prédios passaram a se mover, as margens do rio, as carruagens... tudo começou a girar e dançar em redor. De repente, ele despertou, talvez salvo novamente de outro desmaio por uma visão cruel e horrenda. Sentiu que havia alguém a seu lado, à direita, bem perto; olhou de relance e viu uma mulher alta, de lenço na cabeça, rosto amarelo, alongado e ébrio, olhos vermelhos e fundos. Estava olhando direto para ele, mas era evidente que não enxergava nada e que não distinguia ninguém. De repente, ela apoiou o braço direito no corrimão, levantou a perna direita e passou-a por cima da grade, depois

8 Ponte Voznessiénski.

a esquerda, e jogou-se no canal. A água suja se abriu, engoliu a vítima por um momento, mas um minuto depois a afogada voltou à tona e foi levada mansamente pela correnteza, cabeça e pernas dentro da água, as costas para cima, a saia embolada e inflada sobre a água, como um travesseiro.

— Ela se afogou! Ela se afogou! — gritaram dezenas de vozes; pessoas acorreram, as margens ficaram coalhadas de espectadores, o povo se aglomerou na ponte, em volta de Raskólnikov, imprensando e empurrando suas costas.

— Meu Deus, mas aquela é a nossa Afrossíniuchka! — ouviu-se um grito pesaroso de mulher. — Meu Deus, salvem! Minha gente, vamos tirar da água!

— Um bote! Um bote! — gritaram na multidão.

Mas já não era necessário um bote: um policial desceu correndo a escada até o canal, tirou o capote, as botas e se jogou na água. Não teve muito trabalho: a correnteza levara a afogada para dois passos da margem, o guarda a segurou pela roupa com a mão direita e, com a esquerda, agarrou um galho que seu camarada estendeu para ele e assim a afogada foi logo retirada da água. Estenderam a mulher na margem, sobre uma laje de granito. Logo despertou, ergueu-se um pouco, se pôs sentada e começou a espirrar e fungar, enquanto, de modo totalmente absurdo, enxugava com as mãos o vestido molhado. Nada dizia.

— Meu Deus, ela bebeu tanto que perdeu a cabeça — uivou a mesma voz de mulher, já perto de Afrossíniuchka. — Há pouco tempo, ela também quis se enforcar, foi salva já com a corda no pescoço. Agora eu fui à vendinha e deixei uma menina tomando conta dela... e aí aconteceu a desgraça! É nossa vizinha, gente, nossa vizinha, mora perto, no segundo prédio da esquina para cá, olhe, fica ali...

O povo se dispersou, os guardas ainda ficaram cuidando da afogada, alguém falava alto em ir à delegacia... Raskólnikov via tudo aquilo com uma estranha sensação de apatia e indiferença. Sentia repugnância. "Não, é sórdido... a água... não vale a pena", balbuciou consigo. "Não vai dar em nada", acrescentou. "Não se espera nada. E o que é isso, a delegacia... E por que Zamiótov não está na delegacia? A delegacia abre depois das nove..." Deu as costas para a grade da ponte e olhou em volta.

— Muito bem, que seja! Azar! — falou em tom decidido; saiu da ponte e seguiu para o lado onde se encontrava a delegacia. Tinha o coração vazio e seco. Não queria pensar. Até a angústia havia passado, não restava nenhum vestígio da energia de antes, quando saíra de casa, a energia com a qual queria "terminar com tudo"! Uma apatia completa havia tomado seu lugar.

"Ora, é uma saída!", pensou, enquanto caminhava devagar e apático pela beira do canal. "De todo jeito, eu vou terminar, porque eu quero... mas será que é uma saída? Ora, tanto faz! Vai ter um *archin* de espaço... he! Mas que final! E será mesmo o fim? Vou contar para eles ou não vou? Eh... que diabo! Além do mais, estou cansado: tenho de sentar ou deitar em algum lugar, e bem depressa! O que mais dá vergonha é que isso é uma enorme tolice. Quero que tudo se dane. Ah, quanta bobagem vai se enfiando na cabeça..."

Para chegar à delegacia, era preciso seguir reto e virar à esquerda na segunda esquina: ficava logo ali, a dois passos. Porém, ao chegar à primeira esquina, ele parou, pensou um pouco, entrou numa travessa e tomou um desvio, passando por duas ruas — talvez sem nenhum propósito, talvez para adiar, nem que fosse um minuto, e ganhar tempo. Caminhava e olhava para o chão. De repente, teve a impressão de que alguém havia sussurrado algo em seu ouvido. Ergueu a cabeça e viu que estava na frente *daquele* prédio, bem no portão. Desde *aquela* noite, ele não tinha ido mais ali nem passou pelo lugar.

Um desejo irresistível e inexplicável o arrastou. Ele entrou no prédio, atravessou o portão, tomou a direita após a primeira entrada e começou a subir a escada conhecida, rumo ao quarto andar. A escada estreita e íngreme estava muito escura. A cada patamar, ele se detinha e observava com curiosidade. No primeiro andar, na janela, uma das vidraças tinha sido removida: "Naquela vez, não estava assim", pensou ele. E lá está o apartamento do segundo andar onde trabalhavam Nikolachka e Mitka: "Fechado; e a porta foi pintada de novo; quer dizer que está para alugar". E lá está o terceiro andar... e o quarto... "É aqui!" A perplexidade tomou conta dele: a porta do apartamento estava escancarada, havia gente lá dentro, ouviam-se vozes; ele não esperava aquilo, nem de longe. Depois de hesitar um instante, galgou o último degrau e entrou no apartamento.

Também estava sendo reformado; havia operários; aquilo pareceu deixá-lo surpreso. Por alguma razão, havia previsto encontrar tudo exatamente como tinha deixado, talvez até os cadáveres no chão, no mesmo lugar. Mas agora as paredes estavam nuas, nenhum móvel; como era estranho! Avançou rumo à janela e sentou no peitoril.

Ao todo, eram dois operários, ambos rapazes novos: um deles muito mais jovem. Estavam colando um papel de parede branco, novo, com florzinhas violeta, no lugar do antigo forro amarelo, puído e descascado. Por algum motivo, aquilo deixou Raskólnikov horrivelmente desgostoso; olhava com rancor para o papel de parede novo, parecia lamentar que tivessem modificado tudo a tal ponto.

Era claro que os operários estavam atrasados e agora enrolavam o papel às pressas e se preparavam para ir embora. A chegada de Raskólnikov quase não chamou a atenção deles. Estavam conversando sobre algo. Raskólnikov cruzou os braços e se pôs a escutar.

— Aí ela chega, a tal, de manhã, na minha casa — dizia o rapaz um pouco mais velho. — Cedo, bem cedinho, toda arrumada. Eu digo: "Por que você me aparece agora, assim, toda cheia de mimos, feito um limão doce e uma laranjinha açucarada?". Ela responde: "Tit Vassílitch, de agora em diante, a partir de hoje, eu quero me pôr completamente às suas ordens". Foi assim que aconteceu! E estava toda chique, igual a uma revista, igualzinho a uma revista de moda!

— Mas o que é isso, tio, uma revista de moda? — perguntou o mais jovem. Pelo visto, ele estava aprendendo com o "tio".

— Uma revista, meu irmão, é onde tem aquelas figuras coloridas; todo sábado essas revistas chegam do exterior, pelo correio, para os alfaiates locais, mostram como todo mundo deve se vestir, tanto o sexo masculino como o feminino. Desenhos, sabe? Os homens, eles desenham mais de *bekecha*[9] e na seção feminina, meu irmão, eles mostram umas *suflióri*[10] que mesmo se você me desse tudo eu ainda ia achar pouco!

— O que é que não existe nesta Píter![11] — exclamou o mais jovem, com entusiasmo. — Fora a mãe de Deus, tem de tudo!

— Fora isso, meu irmão, você encontra tudo mesmo! — concluiu o mais velho, em tom professoral.

Raskólnikov se levantou e foi para o outro quarto, onde antes ficava a cama, a cômoda e a penteadeira; sem móveis, o quarto parecia horrivelmente pequeno. O papel de parede ainda era o mesmo; no canto, sobre o papel de parede, se destacava com nitidez o lugar onde antes ficava a prateleira

9 Tipo de casacão comprido. **10** Do francês *souffleur*, "soprar". Em russo, designa o ponto do teatro, que sopra o texto para os atores. Neste caso, é uma gíria das prisões; designa mulheres de comportamento duvidoso. **11** Petersburgo.

dos ícones. Raskólnikov observou um pouco e voltou para sua janelinha. O operário mais velho olhava para ele com atenção, disfarçadamente.

— Mas e o senhor, o que deseja? — perguntou de repente, voltando-se para Raskólnikov.

Em vez de dar uma resposta, Raskólnikov levantou-se, foi para a entrada, segurou o cordão da campainha e puxou. A mesma sineta, o mesmo som de lata! Puxou mais uma vez, e outra; escutava e recordava. A sensação horrenda e torturante daquele dia começou a voltar à sua memória, cada vez mais clara e mais viva; ele estremecia a cada toque e achava aquilo cada vez mais agradável.

— E então, o que você quer? Quem é você? — gritou o operário, vindo em sua direção. Raskólnikov entrou de novo pela porta.

— Quero alugar um apartamento — respondeu. — Estou olhando.

— À noite, não alugam apartamentos; além do mais, o senhor tem de falar com o porteiro.

— Lavaram o chão; vão pintar? — prosseguiu Raskólnikov. — Não tinha sangue?

— Que sangue?

— É que mataram aqui uma velha e a irmã. Tinha uma poça enorme ali.

— Mas que tipo de gente é você? — gritou o operário, incomodado.

— Eu?

— É.

— Você quer mesmo saber? Vamos à delegacia, lá eu vou contar.

Os operários ficaram olhando para ele, espantados.

— Já está na hora de ir embora, a gente está atrasado. Vamos, Aliochka. Temos de fechar — disse o mais velho.

— Certo, vamos! — respondeu Raskólnikov, com indiferença, e saiu na frente, descendo devagar a escada. — Ei, porteiro! — gritou, ao passar pelo portão.

Na saída do prédio para a rua, havia algumas pessoas que olhavam para os pedestres: os dois porteiros, uma mulher, um pequeno-burguês de roupão e mais alguém. Raskólnikov seguiu direto até eles.

— O que o senhor quer? — disparou um dos porteiros.

— Foi à delegacia?

— Estive lá agora mesmo. O que o senhor quer?

— E eles estão lá?

— Estão.

— O ajudante do inspetor também?

— Estava lá. O que o senhor quer?

Raskólnikov não respondeu e ficou ao lado deles, pensativo.

— Veio olhar o apartamento — disse o operário mais velho, chegando.

— Que apartamento?

— Onde a gente está trabalhando. "Por que lavaram o chão?", ele perguntou. "Aqui teve um assassinato e eu vim para alugar." E depois começou a tocar a campainha, por pouco não arrancou a corda. Depois disse: "Vamos para a delegacia que lá eu vou provar tudo". E ficou chateando.

Espantado, de cara feia, o porteiro olhou bem para Raskólnikov.

— Mas quem é o senhor? — gritou ele, mais ameaçador.

— Sou Rodion Románitch Raskólnikov, ex-estudante, moro no prédio Schill, ali na travessa, perto daqui, no apartamento número 14. Pergunte ao porteiro... ele me conhece. — Raskólnikov falou tudo isso com uma espécie de preguiça, de alheamento, sem se virar e olhando fixo para a rua, que estava escurecendo.

— E para que o senhor veio ao apartamento?

— Para ver.

— O que tem lá para ver?

— Que tal pegar esse sujeito de uma vez e levar logo para a delegacia? — interveio de repente o pequeno-burguês, e esperou calado.

Raskólnikov disparou para ele um olhar de esguelha, por cima do ombro, observou com atenção e falou, também baixo e com ar de indolência:

— Vamos!

— Isso mesmo, leva logo! — emendou o pequeno-burguês, animado. — Para que é que ele foi até *lá*, o que ele tem na cabeça, hein?

— Se está bêbado ou não, só Deus sabe — resmungou o operário.

— Mas o que é que o senhor quer? — gritou de novo o porteiro, que começou a se zangar de verdade. — Por que fica enchendo a paciência?

— Está com medo de ir à delegacia? — retrucou Raskólnikov, com sarcasmo.

— Medo de quê? Por que fica enchendo a paciência?

— É um sem-vergonha! — gritou a mulher.

— Que adianta bater boca com ele? — gritou o outro porteiro, um mujique enorme, de *armiak* desabotoado e com chaves presas no cinto. — Cai fora!... É um sem-vergonha mesmo... Cai fora logo!

Agarrou Raskólnikov pelo ombro e jogou-o na rua. Ele quase deu uma cambalhota, mas não chegou a cair, se aprumou, olhou em silêncio para todos os espectadores e foi embora.

— Sujeito esquisito — exclamou o operário.

— Hoje em dia, o povo anda mesmo esquisito — disse a mulher.

— Era melhor levar para a delegacia — acrescentou o pequeno-burguês.

— Não adianta nada levar — decidiu o porteiro maior. — É um grande sem-vergonha! Você se mete com ele e depois, já sabe, fica enrolado, não se livra nunca mais... Eu sei!

"Então, será que eu vou ou não vou?", pensou Raskólnikov, parando no meio do calçamento da rua, num cruzamento, e olhando em redor como se esperasse de alguém a palavra final. Mas não veio resposta de parte alguma; tudo estava surdo e morto, como as pedras sobre as quais estava pisando, morto para ele, só para ele... De repente, ao longe, a uns duzentos passos, no fim da rua, na escuridão que se adensava, ele distinguiu um aglomerado de gente, vozes, gritos... No meio, estava parada uma carruagem... Uma luz faiscava no meio da rua. "O que é isso?" Raskólnikov virou para a direita e caminhou para a multidão. Parecia querer se agarrar a qualquer coisa e sorriu com frieza ao pensar nisso, porque já havia tomado a decisão final sobre a delegacia e sabia, com firmeza, que logo tudo ia chegar ao fim.

VII

No meio da rua havia uma carruagem elegante e senhorial, atrelada a dois fogosos cavalos cinzentos; não tinha passageiros, e o próprio cocheiro descera da boleia e estava de pé, ao lado; os cavalos eram seguros pelas rédeas. Em volta, se comprimia muita gente e, à frente de todos, havia policiais. Um deles trazia nas mãos um lampião aceso, com o qual, curvado para a frente, iluminava algo sobre o calçamento, junto às rodas. Todos falavam, gritavam, ofegavam; o cocheiro parecia perplexo e, de quando em quando, repetia:

— Que desgraça! Meu Deus, mas que desgraça!

Raskólnikov abriu caminho como pôde e, afinal, viu o motivo de toda aquela confusão e curiosidade. No chão, atropelado pelos cavalos, jazia um homem, pelo visto, sem sentidos, muito malvestido, mas em trajes "nobres", e todo ensanguentado. Do rosto, da cabeça, o sangue escorria; o rosto estava todo machucado, esfolado, deformado. Via-se logo que o atropelamento era grave.

— Meu Deus! — se lamentava o cocheiro. — Não dá para entender! Se eu estivesse correndo, se eu não tivesse gritado para ele, mas eu não vinha depressa, vinha normal. Todo mundo viu: eles não têm como mentir, nem eu. Ninguém acende vela para bêbado, todo mundo sabe!... Eu olho e lá vem ele atravessando a rua, cambaleando, mal se aguenta em pé... gritei uma vez e outra e mais uma, e freei os cavalos; mas ele vai em frente e cai direitinho embaixo das patas dos cavalos! Parece até que foi de propósito, ou então já estava para lá de bêbado... Os cavalos são jovens, ariscos... Quiseram disparar, o homem gritou... eles correram mais ainda... e aconteceu a desgraça.

— Foi assim mesmo! — ressoou o comentário de uma testemunha, na multidão.

— Ele gritou, é verdade, gritou três vezes para ele — confirmou outra voz.

— Exatamente três vezes, todo mundo ouviu! — gritou um terceiro.

De resto, o cocheiro não estava muito abatido nem assustado. Era óbvio que a carruagem pertencia a um proprietário rico e importante, que em algum lugar estava esperando sua chegada; os policiais, naturalmente, estavam bastante preocupados em resolver essa última questão. Era preciso carregar o atropelado à delegacia e ao hospital. Ninguém sabia o nome dele.

Enquanto isso, Raskólnikov conseguiu abrir caminho e curvou-se para ver de perto. De repente, o lampião iluminou com clareza o rosto do infeliz; ele o reconheceu.

— Eu o conheço, eu o conheço! — começou a gritar, se espremendo e avançando mais ainda. — É um funcionário aposentado, o conselheiro titular Marmeládov! Ele mora logo aqui do lado, no edifício Kozel... Um médico, depressa! Eu pago, olhem! — Tirou o dinheiro do bolso e mostrou para o guarda. Estava numa agitação espantosa.

Os policiais ficaram contentes de saber quem era o atropelado. Raskólnikov também deu seu nome, endereço e, com todas as suas forças, como se o caso fosse com seu próprio pai, tentava persuadir as pessoas a levar o desacordado Marmeládov para o seu apartamento o quanto antes.

— Olhem, é ali, três prédios depois — insistia ele. — O edifício Kozel, de um alemão rico... Agora ele está embriagado, na certa estava indo para casa. Eu o conheço... É beberrão... Ele tem família, esposa, filhos pequenos, tem uma filha solteira. Enquanto não for levado para o hospital, um médico pode ir lá na casa dele mesmo! Eu pago, eu pago!... De um jeito ou de outro, vai ficar sob os cuidados da família, vão ajudar, senão ele vai morrer antes de chegar ao hospital...

Até deu um jeito de enfiar um dinheiro na mão de alguém; a questão, de resto, era clara e perfeitamente legal e, em todo caso, ali a ajuda estava mais perto. Levantaram e carregaram o atropelado; acharam quem ajudasse. O edifício Kozel ficava a uns trinta passos. Raskólnikov caminhava atrás, segurava a cabeça com cuidado e ia indicando o caminho.

— Para cá, para cá! Na escada, tem de entrar com a cabeça para cima; deem a volta... Isso, assim! Eu vou pagar, eu vou recompensar — balbuciava.

Katierina Ivánovna, como sempre, assim que arranjava um minuto livre, logo se punha a andar de um lado para outro em seu quarto pequeno, da janela para a estufa e da estufa para a janela, os braços cruzados com força sobre o peito, falando sozinha e tossindo. Ultimamente, e cada vez mais, costumava conversar com a filha mais velha, Pólienka, de dez anos, que, embora ainda não compreendesse muita coisa, entendia muito bem aquilo de que a mãe precisava e por isso a seguia sempre com os olhos grandes e inteligentes e usava toda a força de sua astúcia a fim de parecer que compreendia tudo. Naquela hora, Pólienka estava despindo o irmão menor, que passara o dia todo adoentado, e o preparava para dormir. Enquanto esperava que trocassem sua camisa, que teria de ser lavada de noite, o menino se mantinha em silêncio, sentado na cadeira, com expressão séria, franca, imóvel, as perninhas estendidas para a frente, apertadas com força uma contra a outra, os calcanharzinhos juntos e à mostra e as pontas dos pés viradas em direções opostas. O menino escutava o que a mãezinha dizia para a irmã, fazia beicinho, de olhos esbugalhados, e não se mexia, exatamente como costumam ficar sentados todos os meninos inteligentes, enquanto alguém está trocando sua roupa na hora de dormir. A menininha, ainda menor que ele, vestida em verdadeiros farrapos, estava de pé junto ao biombo e esperava sua vez. A porta para a escada estava aberta a fim de se resguardarem, por pouco que fosse, das ondas de fumaça de tabaco que se derramavam dos outros quartos e que, toda hora, forçavam a pobre tísica a uma tosse longa e tormentosa. Katierina Ivánovna parecia ter emagrecido mais ainda naquela semana e as manchas vermelhas em suas bochechas ardiam em cores ainda mais fortes do que antes.

— Você não acredita, você nem pode imaginar, Pólienka — dizia, caminhando pelo quarto —, como vivíamos alegres e com fartura na casa do papai e como esse beberrão acabou comigo e vai acabar com vocês todos! Papai era coronel do serviço civil e já estava quase chegando a governador; só faltava um passo qualquer e, assim, todo mundo vinha até ele e dizia: "Nós já consideramos o senhor como nosso governador, Ivan Mikháilitch". Quando eu... cof! Quando eu... cof-cof-cof... ah, vida desgraçada! — gritou expectorando e apertando o peito. — Quando eu... ah, quando eu fui ao último baile... na casa do chefe da nobreza... a princesa Bezzemiélnaia me viu, a mesma que depois me abençoou, quando eu casei com seu pai, Pólia... e na mesma hora perguntou: "Você não é aquela menina graciosa que dançou com o xale no baile da formatura?"... (Tem de costurar esse buraco; olhe, é melhor pegar a agulha assim e costurar do jeito que ensinei para você, senão amanhã... cof!... amanhã... cof-cof-cof!... vai rasgar mais ainda!) — gritou ela, com a voz esganiçada. — Na época, tinha acabado de chegar de Petersburgo o príncipe camareiro da corte Schegolskói... ele dançou comigo a mazurca e, no dia seguinte, já queria mandar um pedido de casamento; mas eu mesma agradeci, com expressões lisonjeiras, e disse que meu coração havia muito pertencia a outro. Esse outro era o seu pai, Pólia; meu pai ficou terrivelmente zangado... E a água está pronta? Bom, me dê aqui a camisa; e as meiazinhas?... Lida — e voltou-se para a filha menor. — Esta noite você vai dormir assim mesmo, sem camisa; dá-se um jeito... e as meiazinhas, coloque aqui do lado... Vamos lavar tudo junto... O que há com aquele esfarrapado que não chega, esse bêbado! Já usou tanto a camisa que mais parece um pano de chão, está toda esfiapada... Vamos pôr tudo junto, assim a gente não tem de se atormentar duas noites seguidas! Meu Deus! Cof-cof-cof-cof! De novo! Mas o que é isso? — exclamou, ao ver a multidão na entrada e as pessoas que abriam caminho pelo seu quarto, carregando alguma coisa. — O que é isso? O que estão carregando aí? Meu Deus!

— Onde vamos colocar? — perguntou um guarda, olhando em redor, quando já haviam trazido o ensanguentado e inconsciente Marmeládov para dentro do quarto.

— No sofá! Coloquem direto no sofá, a cabeça para cá — indicou Raskólnikov.

— Foi atropelado na rua! Está bêbado! — gritou alguém, na entrada.

Katierina Ivánovna ficou muito pálida e mal conseguia respirar. As crianças se assustaram. A pequena Lídotchka deu um grito, correu para Pólienka, abraçou-a e começou a tremer.

Depois de estender Marmeládov no sofá, Raskólnikov correu para Katierina Ivánovna.

— Pelo amor de Deus, acalme-se, não tenha medo! — disse, balbuciante. — Ele estava atravessando a rua, a carruagem o atropelou, não fique preocupada, ele vai se recuperar, fui eu que mandei trazer para cá... eu já estive aqui na sua casa, lembra?... Ele vai se recuperar, eu pago!

— Tanto fez que conseguiu! — gritou Katierina Ivánovna, em desespero, e atirou-se sobre o marido.

Na mesma hora, Raskólnikov percebeu que ela não era dessas mulheres que logo caem desmaiadas. Num piscar de olhos, pôs um travesseiro embaixo da cabeça do infeliz, coisa em que ninguém tinha pensado; Katierina Ivánovna tratou de tirar a roupa do marido, examinou-o, tomou várias providências sem hesitar, esquecida de si mesma, enquanto mordia o lábio trêmulo e reprimia os gritos já prontos para irromper do peito.

Raskólnikov, enquanto isso, convenceu alguém a chamar um médico. Verificou-se que, dois prédios à frente, morava um médico.

— Mandei chamar o médico — afirmou para Katierina Ivánovna. — Não fique preocupada, eu pago. Não tem água?... E traga um guardanapo, uma toalha, alguma coisa, rápido; ainda não se sabe qual é o ferimento... Ele está ferido, mas não está morto, a senhora pode ter certeza... O médico vai dizer!

Katierina Ivánovna correu para a janela; ali, no canto, sobre uma cadeira quebrada, estava uma grande bacia de barro com água, preparada para lavar as roupas brancas das crianças e do marido. Essa lavagem noturna era feita por Katierina Ivánovna, com as próprias mãos, pelo menos duas vezes por semana, às vezes até mais, porque a situação tinha chegado ao ponto de quase não haver mais roupa para trocar, cada membro da família tinha apenas uma muda de roupa branca e, como Katierina Ivánovna não suportava a falta de asseio, ela preferia se martirizar à noite a ver sujeira em sua casa, mesmo sem forças, quando todos estavam dormindo, para que a roupa molhada, pendurada numa corda estendida, tivesse tempo de secar até de manhã, de modo que pudessem ter roupas limpas. Tentou pegar a bacia e levá-la, conforme o pedido de Raskólnikov, mas por muito pouco não tombou com o peso. Raskólnikov, por sua vez, já havia arranjado uma toalha, encharcou o pano na água e começou a lavar o rosto de Marmeládov, coberto de sangue. Katierina Ivánovna ficou parada, tomando fôlego com esforço, as mãos apertadas contra o peito. Ela mesma estava precisando de socorro. Raskólnikov começava a entender que ele talvez tivesse agido mal, ao convencer as pessoas a levarem o atropelado para lá. O guarda também estava em dúvida.

— Pólia! — gritou Katierina Ivánovna. — Vá correndo chamar a Sônia, vá logo. Se ela não estiver, não faz diferença, diga que o pai dela foi atropelado por cavalos e que ela tem de vir logo para cá... quando voltar. Vá depressa, Pólia! Tome, se cubra com o lenço!

— Corre até não poder mais! — gritou o menino, de repente, e depois afundou de novo na silenciosa e imóvel posição anterior, sentado na cadeira, os olhinhos esbugalhados, os calcanhares voltados para a frente, a ponta dos pés viradas em direções opostas.

Nesse meio-tempo, o quarto tinha se entupido de gente de tal modo que não havia espaço sequer para uma maçã cair no chão. Os policiais foram embora, exceto um, que ficou ainda por um tempo e tentava, mais uma vez, enxotar pela escada o público que, toda hora, voltava a se aglomerar, subindo pelos degraus. Do outro lado, quase todos os inquilinos da sra. Lippevechsel tinham deixado vazia a parte interna do apartamento e, primeiro, se aglomeraram só na porta, mas depois jorraram numa turba para o interior do quarto. Katierina Ivánovna teve um acesso de fúria.

— Deixem pelo menos que ele morra em paz! — desatou a gritar para a turba inteira. — Que espetáculo vocês inventaram! E com cigarros! Cof-cof-cof! Só falta entrarem de chapéu!... E tem mesmo um lá de chapéu... Fora daqui! Respeitem pelo menos um corpo morto!

A tosse a sufocou, mas serviu para meter medo. Pelo visto, chegaram a sentir temor de Katierina Ivánovna; os inquilinos, um após o outro, se empurraram para voltar pela porta, com a estranha sensação de satisfação interior que sempre se manifesta, mesmo nas pessoas mais íntimas, diante da desgraça repentina de alguém próximo, sensação da qual ninguém está livre, sem exceções, a despeito até do mais sincero sentimento de pesar e de solidariedade.

Entretanto, atrás da porta, soaram vozes que falavam do hospital, diziam que aquela balbúrdia, ali, era inútil e inconveniente.

— Inconveniente é morrer! — berrou Katierina Ivánovna e já se dispunha a pôr a porta abaixo e se lançar sobre eles como um verdadeiro trovão, porém, já na porta, esbarrou na própria sra. Lippevechsel, que acabara de receber a notícia da desgraça e viera correndo para pôr ordem na casa. Era uma alemã extremamente rabugenta e desorganizada.

— Ah, meu Deus! — Ela abriu os braços. — O cavalo pisoteou o seu marido bêbado. Leve para o hospital! Eu sou a senhoria!

— Amália Liudvígovna! Eu peço à senhora que pense bem no que está falando — começou Katierina Ivánovna, em tom altivo (sempre falava em tom altivo com a senhoria, para "ela não esquecer qual é seu lugar", e mesmo agora não conseguia renunciar a essa satisfação) —, Amália Liudvígovna...

— Já falei para a senhora nunca se atrever a me chamar de Amália Liudvígovna; eu sou Amal-Ivan!

— A senhora não é Amal-Ivan e sim Amália Liudvígovna e, assim como eu não faço parte de seus bajuladores infames, como é o caso do sr. Lebeziátnikov, que agora está dando risadinhas atrás da porta — de fato, atrás da porta, soaram uma risada e um grito: "elas se engalfinharam!" —, eu vou sempre chamar a senhora de Amália Liudvígovna, se bem que não consigo absolutamente entender por que a senhora não gosta desse nome. A senhora mesma pode ver o que aconteceu com o Semion Zakhárovitch; ele está morrendo. Peço agora que a senhora feche essa porta e não deixe entrar ninguém. Permitam pelo menos que ele morra em paz! Se não, garanto à senhora, amanhã mesmo, o general governador será pessoalmente informado do que a senhora fez. O príncipe me conheceu ainda mocinha e se lembra muito bem do Semion Zakhárovitch, a quem prestou muitos favores. Todos sabem que o Semion Zakhárovitch tinha muitos amigos e protetores, dos quais ele mesmo abriu mão, movido por um orgulho nobre, ao sentir sua infeliz fraqueza, mas agora — ela apontou para Raskólnikov — veio nos ajudar um jovem magnífico, que possui recursos e conhecimentos e que o Semion Zakhárovitch conheceu ainda na infância e, esteja segura, Amália Liudvígovna...

Tudo isso foi pronunciado de forma extremamente acelerada e, quanto mais falava, mais rápido pronunciava, porém a tosse acabou cortando de uma vez a eloquência de Katierina Ivánovna. Naquele momento, o moribundo acordou, deu um longo gemido e a esposa correu para ele. O ferido abriu os olhos e, ainda sem reconhecer nem compreender, se pôs a olhar para Raskólnikov, de pé à sua frente. Sua respiração era difícil, profunda e entrecortada; o sangue se espremia no canto dos lábios; o suor brotava na testa. Sem reconhecer Raskólnikov, ele começou a correr os olhos em volta. Katierina Ivánovna olhava para ele com expressão triste, mas severa, e lágrimas desceram de seus olhos.

— Meu Deus! O peito dele está todo esmagado! Olhe o sangue, o sangue! — exclamou, em desespero. — É preciso tirar toda a roupa da cintura para cima! Vire um pouco, Semion Zakhárovitch, se puder — gritou ela.

Marmeládov reconheceu a esposa.

— Um padre! — falou ele, com voz rouca.

Katierina Ivánovna se afastou para a janela, encostou a testa na esquadria e, em desespero, gritou:

— Vida maldita!

— Um padre! — bradou de novo o moribundo, após um minuto de silêncio.

— Já chama-a-a-ram! — gritou para ele Katierina Ivánovna; Marmeládov entendeu o grito e calou-se. Com olhar tímido e tristonho, procurava os olhos da esposa; ela voltou para perto dele e ficou de pé junto à cabeceira. O marido se acalmou um pouco, mas só por breve tempo. Seus olhos logo se detiveram na pequenina Lídotchka (sua favorita), que estava tremendo num canto, como num ataque nervoso, e olhava para o pai com seus olhos de criança, fixos e espantados.

— Ah... ah... — ele apontava para a menina com inquietação. Queria falar alguma coisa.

— O que é agora? — gritou Katierina Ivánovna.

— Descalça! Descalça! — balbuciou ele, com um olhar insano, apontando para os pés descalços da menina.

— Cale a bo-o-o-ca! — gritou Katierina Ivánovna, com raiva. — Você sabe muito bem por que ela está descalça!

— Graças a Deus, o médico! — gritou Raskólnikov, contente.

O médico, um velho alemão escrupuloso, entrou espiando em redor, com ar desconfiado; foi até o doente, tomou seu pulso, apalpou a cabeça com atenção e, com a ajuda de Katierina Ivánovna, abriu toda a camisa molhada de sangue e pôs a nu o peito do paciente. O peito estava todo deformado, afundado e ferido; algumas costelas do lado direito estavam quebradas. No lado esquerdo, bem no coração, havia uma mancha funesta, grande, amarelada e negra: a pancada brutal do casco. O médico franziu o rosto. O policial contou que a vítima ficou agarrada na roda e foi arrastada pelo calçamento da rua, girando, por uns trinta passos.

— Admira que ainda tenha recobrado os sentidos — murmurou o médico bem baixinho para Raskólnikov.

— O que o senhor quer dizer? — perguntou ele.

— Vai morrer logo.

— Não há nenhuma esperança?

— Não há a mínima! Está nos últimos suspiros... Além do mais, o ferimento na cabeça é muito perigoso... Hum. Talvez se possa fazer uma sangria... mas... seria inútil. Em cinco ou dez minutos, vai morrer, não tem escapatória.

— Então é melhor fazer uma sangria!

— Talvez... Mas eu previno que será completamente inútil.

Nesse momento, soaram mais passos, a multidão na entrada se deslocou e, na soleira, surgiu um sacerdote, um velhinho grisalho, com o material para a extrema-unção. Atrás dele, veio um policial, que chegara da rua. O médico logo cedeu seu lugar e trocou com o padre um olhar significativo. Raskólnikov pediu que o médico esperasse mais um pouco. O médico encolheu os ombros e ficou.

Todos recuaram. A confissão durou muito pouco. O moribundo já não entendia quase nada; conseguia articular apenas sons entrecortados e obscuros. Katierina Ivánovna apanhou Lídotchka, tirou o menino da cadeira, afastou-se para a estufa, no canto, ajoelhou-se e pôs os filhos de joelhos, também, na sua frente. A menina só tremia; mas o menino, apoiado sobre os joelhinhos nus, erguia a mãozinha ritmadamente, fazia o sinal da cruz completo e se abaixava até bater com a testa no chão, o que, pelo visto, lhe dava uma satisfação especial. Katierina Ivánovna mordia os lábios e reprimia as lágrimas; ela também rezava, de vez em quando ajeitava a camisa do menino e, mesmo sem se levantar e sem parar de rezar, deu um jeito de apanhar um lenço dentro da cômoda e cobrir os ombros da menina, despidos em demasia. Enquanto isso, as portas dos cômodos internos foram abertas de novo pelos curiosos. Na entrada, os espectadores se comprimiam cada vez mais, eram os inquilinos de todos os andares, que, no entanto, não cruzavam a soleira do quarto. Só um toco de vela iluminava toda a cena.

Naquele instante, Pólienka abriu caminho depressa através da multidão, na entrada, depois de ter ido chamar a irmã. Entrou quase sem fôlego de tanto correr, retirou o lenço da cabeça, procurou a mãe com os olhos, aproximou-se e disse: “Está vindo! Encontrei na rua!”. A mãe fez a filha ficar de joelhos a seu lado. Tímida e sem fazer barulho, uma jovem abriu caminho na turba e foi estranha sua repentina aparição naquele quarto, envolto em miséria, farrapos, morte e desespero. Ela também vestia farrapos, suas roupas eram miseráveis, mas estava enfeitada à maneira das ruas, conforme o gosto e as regras estabelecidas em seu mundo especial, cuja finalidade se denunciava de modo claro e escandaloso. Sônia parou na entrada, bem na soleira da porta, não cruzou o portal e pareceu desnorteada, sem noção de coisa alguma, esquecida de que ali era indecente aquele seu vestido de seda colorida, comprado de quarta mão, com sua cauda longa e ridícula e sua crinolina exagerada, que tomava toda a largura da porta, bem como as botinhas de cor clara, a sombrinha, desnecessária à noite, mas que ela trazia consigo, e também o ridículo chapéu de palha redondo, com uma pluma clara, cor de fogo. Embaixo daquele chapeuzinho infantil e inclinado, espreitava um rostinho magro, pálido e assustado, de boca aberta e olhos imóveis de pavor. Sônia era uma lourinha baixa, de dezoito anos, magrinha, mas bastante bonita e de notáveis olhos azuis. Olhava fixamente para o sofá, para o sacerdote; também estava sem fôlego, por ter vindo depressa. Enfim, soaram rumores, na certa algumas palavras na multidão chegaram até ela. Sônia baixou os olhos, deu um passo além da soleira e parou já dentro do quarto, mas mesmo assim ainda bem perto da porta.

A confissão e a comunhão terminaram. Katierina Ivánovna se aproximou outra vez do leito do marido. O sacerdote se afastou e, ao sair, quis dizer algumas palavras de despedida e de consolo para Katierina Ivánovna.

— E o que é que eu vou fazer com esses aí? — cortou ela, brusca e raivosa, apontando para as crianças.

— Deus é misericordioso; confie na ajuda do Altíssimo — começou o sacerdote.

— Ah-ah! É misericordioso, mas não com a gente!

— Isso é pecado, pecado, senhora — advertiu o sacerdote, balançando a cabeça.

— E isso não é pecado? — gritou Katierina Ivánovna, apontando para o moribundo.

— Talvez aqueles que foram os causadores involuntários aceitem recompensar a senhora, pelo menos pela perda de receitas...

— O senhor não está entendendo! — gritou Katierina Ivánovna irritada, e abanou a mão. — Além do mais, recompensar por quê? Foi ele mesmo, o bêbado, que se jogou debaixo dos cavalos! E que receitas? Ele não trazia nenhum dinheiro para casa, só tormentos. Um beberrão que gastava tudo com bebida. Roubava o que tínhamos e levava para a taberna, consumiu na taberna a minha vida e a vida de todos eles! Graças a Deus que está morrendo! É menos um prejuízo!

— É preciso perdoar na hora da morte, senhora, e isso é pecado, tais sentimentos são um grande pecado!

Katierina Ivánovna se desdobrava em torno do doente, lhe dava de beber, enxugava o suor e o sangue da cabeça, ajeitava o travesseiro e ainda conversava com o sacerdote, conseguindo de vez em quando, no meio de seus afazeres, voltar-se para ele. Mas, de repente, se lançou contra ele quase num acesso de fúria.

— Ah, padre! Palavras são só palavras! Perdoar! Olhe, se não tivesse sido atropelado, ele chegaria aqui hoje com sua camisa toda surrada, a única que tem, em farrapos, é assim, ele se joga ali e pega no sono, enquanto eu fico até o sol nascer lavando e enxaguando os andrajos dele e das crianças, depois ponho para secar na janela e, quando sol nasce, eu sento para remendar a roupa... e essa é a minha noite!... Então, me diga, de que lá adianta falar em perdão? Além do mais, eu já perdoei!

Uma tosse profunda e tenebrosa cortou suas palavras. Ela escarrou no lenço e enfiou-o quase debaixo do nariz do padre, enquanto com a outra mão apertava o peito de dor. O lenço estava coberto de sangue...

O sacerdote baixou a cabeça e não falou nada.

Marmeládov estava na última agonia; não desviava os olhos de Katierina Ivánovna, de novo curvada sobre ele. O moribundo continuava querendo falar alguma coisa; começava, movia a língua com esforço, articulava palavras obscuras, mas Katierina Ivánovna, entendendo que ele queria pedir seu perdão, logo gritou, autoritária:

— Cale a bo-o-o-ca! Não precisa... Eu sei o que você quer falar!... — E o doente ficou em silêncio; porém, naquele instante, seu olhar fugidio se desviou para a porta, e ele viu Sônia...

Até então, Marmeládov não havia percebido: ela estava no canto e na sombra.

— Quem é? Quem é? — exclamou de repente, com voz rouca e sufocada, cheia de angústia, enquanto apontava com horror para a porta, onde estava a filha, e se esforçava para erguer o corpo.

— Deite! De-e-eite! — gritou Katierina Ivánovna.

Mas ele, com um esforço teatral, conseguiu erguer-se apoiado no braço. Imóvel e com ar desvairado, olhou para a filha por um tempo, como se não a reconhecesse. Mas também nunca a tinha visto naquelas roupas. De súbito, a reconheceu, humilhada, mortificada, enfeitada demais, envergonhada, enquanto esperava humildemente sua vez de se despedir do pai moribundo. E no rosto dele se refletiu um sofrimento infinito.

— Sônia! Filha! Desculpe! — gritou e fez menção de estender a mão para ela, porém, perdendo o ponto de apoio, escorregou e desabou do sofá, direto de cara no chão; acudiram para levantá-lo, o puseram no lugar, mas ele já estava no fim. Sônia deu um grito fraco, correu para perto, abraçou o pai e, nesse abraço, pareceu ficar paralisada. Ele morreu nos braços dela.

— Conseguiu o que queria! — gritou Katierina Ivánovna, ao ver o cadáver do marido. — Mas e agora, o que fazer? Como é que eu vou enterrar? E esses aqui, como é que amanhã eu vou poder dar comida para eles?

Raskólnikov se aproximou de Katierina Ivánovna.

— Katierina Ivánovna — disse ele —, semana passada, seu falecido marido me contou toda sua vida e todas as circunstâncias... Tenha certeza de que ele me falou da senhora com um respeito arrebatado. Desde aquela noite em que eu soube como ele era devotado a todos vocês e como respeitava e amava especialmente a senhora, Katierina Ivánovna, apesar da infeliz fraqueza de que ele sofria, desde aquela noite, eu e ele ficamos amigos... Permita que agora eu... contribua para as devidas homenagens ao meu amigo falecido. Tome aqui... vinte rublos, parece... se isso puder servir de ajuda à senhora... eu... numa palavra, eu virei... virei sem falta... eu, amanhã, amanhã mesmo, talvez eu passe aqui... Adeus!

E saiu depressa do quarto, abrindo caminho ligeiro pela multidão, rumo à escada; mas de repente, no meio da turba, esbarrou com Nikodim Fomitch, que soube da desgraça e quis tomar as providências pessoalmente. Os dois não se viam desde a cena na delegacia, mas Nikodim Fomitch o reconheceu na mesma hora.

— Ah, é você?

— Morreu — respondeu Raskólnikov. — Veio o médico, veio o sacerdote, está tudo resolvido. Não perturbe a pobre mulher, além do mais, ela está tuberculosa. Dê ânimo para ela, se o senhor puder... Pois o senhor é um homem bom, eu sei... — acrescentou com um risinho, fitando-o direto nos olhos.

— E como vai o senhor... mas, veja, se manchou de sangue — notou Nikodim Fomitch, depois de discernir, à luz do lampião, manchas frescas no colete de Raskólnikov.

— Pois é, me manchei... estou cheio de sangue! — exclamou Raskólnikov com um ar diferente, depois sorriu, fez um cumprimento com a cabeça e se foi pela escada.

Desceu devagar, sem pressa, todo febril e, sem se dar conta, repleto da sensação nova, imensa e única de uma vida plena e poderosa, que de repente o arrebatou. Tal sensação podia se assemelhar ao sentimento de um condenado à morte que, de súbito, de forma inesperada, recebe o indulto. Na metade da escada, foi alcançado pelo sacerdote, que voltava para casa; sem dizer nada, Raskólnikov deixou-o passar, trocando com ele um cumprimento silencioso. Porém, depois de descer alguns degraus, ouviu, de repente, passos afoitos atrás de si. Alguém vinha em seu encalço. Era Pólienka; corria atrás dele e o chamava:

— Escute! Escute!

Virou-se para ela. A menina descia correndo pelo final da escada e parou na frente dele, só um degrau acima. Do portão, vinha uma luz turva. Raskólnikov olhou para o rostinho magro, mas meigo, da menina, que sorria e olhava para ele, alegre e infantil. Tinha vindo às pressas com uma missão que, visivelmente, lhe agradava muito.

— Escute, como o senhor se chama?... E também: onde o senhor mora? — perguntou depressa, ofegante.

Ele pôs as mãos nos ombros da menina e olhou para ela com uma espécie de felicidade. Sentia um grande prazer em olhar para Pólienka — nem sabia por quê.

— Quem mandou a senhorita vir?

— Foi minha irmãzinha Sônia que mandou — respondeu a menina, sorrindo, mais alegre ainda.

— Eu já sabia que foi sua irmã Sônia quem mandou.

— A mãezinha também me mandou. Quando a irmãzinha Sônia começou a me pedir, mamãe também veio e disse: "Corre logo, Pólienka!".

— A senhorita ama a sua irmãzinha Sônia?

— Eu amo sim, mais que todo mundo! — exclamou Pólienka, com uma espécie de firmeza especial, e de repente seu sorriso ficou mais sério.

— E vai me amar também?

Em lugar de resposta, viu o rostinho e os lábios roliços da menina se aproximarem e se dilatarem ingenuamente para beijá-lo. De súbito, os braços, como palitos, o apertaram com toda a força, a cabeça se recostou no seu ombro e a menina começou a chorar baixinho, apertando o rosto contra ele, cada vez mais forte.

— Coitado do papai! — disse, depois de um minuto, levantando o rostinho choroso e enxugando as lágrimas com as mãos. — Agora, toda hora acontece uma desgraça — acrescentou, de modo inesperado, com aquele aspecto especialmente firme que as crianças se esforçam para adotar, quando desejam falar como "gente grande".

— E o papai amava vocês?

— Ele amava a Lídotchka mais que todos nós — prosseguiu Pólienka, muito séria e sem sorrir, já falando como uma adulta perfeita. — Gostava porque ela é pequena e também porque é doente e ele sempre levava a Lídotchka ao hospital, e já para nós ele ensinava a ler, para mim ele ensinava gramática e catecismo — acrescentou com dignidade. — E a mãezinha não dizia nada, mas a gente sabia que ela adorava isso, e o papai também sabia, mas a mãezinha queria me ensinar francês, porque eu já estou na idade de receber educação.

— E rezar, vocês sabem?

— Ah, claro que a gente sabe! Já faz tempo; como eu sou grande, rezo calada, mas o Kólia e a Lídotchka rezam em voz alta junto com a mãezinha; primeiro a "Ave-Maria", depois tem outra prece: "Deus, perdoe e abençoe a irmãzinha Sônia", e depois também: "Deus, perdoe e abençoe nosso outro papai", porque o nosso papai mais velho já morreu, esse é um outro, e a gente também reza para ele.

— Pólietchka, eu me chamo Rodion; de vez em quando, reze também por mim: "e pelo servo Rodion", e mais nada.

— Eu vou rezar pelo senhor, o resto da minha vida — respondeu a menina com fervor e, de repente, riu outra vez, se jogou contra ele e, de novo, o abraçou com força.

Raskólnikov lhe disse seu nome completo, seu endereço e prometeu voltar no dia seguinte, sem falta. A menina foi embora completamente entusiasmada com ele. Passava das dez horas quando Raskólnikov saiu à rua. Cinco minutos depois, estava parado na ponte, exatamente no mesmo lugar de onde a mulher, na véspera, tinha se jogado.

"Chega!", disse ele, decidido e solene. "Basta de miragens, basta de falsos temores, basta de fantasmas!... Existe vida! Por acaso não estou vivo? Minha vida ainda não morreu junto com a velhota decrépita! O reino dela é o dos Céus e... chega, mãezinha, já estava na hora de descansar! O reino agora é o da razão e da luz e... e da vontade, e da força... e agora é que vamos ver! Agora é que vamos ser postos à prova!", acrescentou com arrogância, como se falasse para uma espécie de força sombria e a desafiasse. "Pois eu já aceitei viver limitado ao espaço de apenas um *archin*.

"... Estou muito fraco neste momento, mas... parece que toda a doença passou. E eu sabia que ia passar, quando saí de casa, ontem. Aliás, o edifício Potchinkov fica a dois passos daqui. Eu tenho de ir à casa de Razumíkhin de todo jeito, mesmo se o edifício não ficasse a dois passos... Deixe que ele ganhe a aposta!... Deixe que ele se divirta... Deixe, não importa!... Força, é preciso de força! Sem força, nada é possível; e força só se pode alcançar pela força, é isso que eles não sabem", raciocinou com orgulho e confiança em si mesmo, e deixou a ponte, andando quase sem levantar os pés. De minuto a minuto, o orgulho e a autoconfiança se acumulavam dentro dele; a cada novo minuto, ele já não era mais a mesma pessoa do minuto anterior. Entretanto, o que aconteceu de tão especial que provocou tamanha reviravolta? Nem ele sabia; como um afogado que se agarra a uma palha, lhe pareceu, de repente, que "é possível viver, existe vida, que minha vida não morreu junto com a velhota decrépita". Talvez ele estivesse tirando uma conclusão apressada, mas nem pensava no assunto.

"Mesmo assim, eu pedi para ela mencionar o servo Rodion nas suas preces", lhe veio à cabeça, de repente. "Bem, isso... é por via das dúvidas!", acrescentou, e ele mesmo riu de sua tirada infantil. Seu estado de espírito era excelente.

Encontrou Razumíkhin com facilidade; no edifício Potchinkov, já conheciam o novo inquilino, e o porteiro logo lhe indicou o caminho. Já na metade da escada se podia distinguir o barulho e as vozes animadas da grande festa. A porta para a escada estava toda aberta; ouviam-se gritos e discussões. O quarto de Razumíkhin era bastante grande, havia umas quinze pessoas na festa. Raskólnikov parou no vestíbulo. Ali, atrás de uma divisória, duas criadas da senhoria se agitavam atarefadas em torno de dois grandes samovares, garrafas, talheres e pratos, com uma torta e petiscos trazidos da cozinha da senhoria. Raskólnikov mandou chamar Razumíkhin. Este logo acudiu com entusiasmo. Desde o primeiro olhar, era visível que tinha bebido além da conta e, embora Razumíkhin quase nunca conseguisse ficar completamente embriagado, dessa vez dava para notar alguma coisa.

— Escute — apressou-se Raskólnikov. — Só vim dizer que você ganhou a aposta e que, de fato, ninguém sabe o que pode acontecer com a gente: estou tão fraco que logo, logo, vou cair no chão. Por isso, boa noite e adeus! Amanhã, passe na minha casa...

— Quer saber? Vou levar você até em casa! Quando você mesmo diz que está fraco, é porque...

— E os convidados? Quem é aquele de cabelo crespo, ali, que acabou de dar uma olhada para cá?

— Aquele? Só o diabo sabe quem é! Um conhecido do titio, na certa, mas pode ser que tenha vindo por conta própria... Vou deixar que o titio cuide dele; é uma joia de pessoa; é pena que eu não possa apresentar para você, agora. Mas que o diabo o carregue, a ele e a todo mundo! Agora, não quero saber de nenhum deles, só preciso de ar fresco e, portanto, irmão, você chegou na hora certa: mais dois minutinhos aqui e eu ia me atracar com alguém, juro! Eles mentem do modo mais descarado... Você nem pode imaginar a que ponto uma pessoa pode se afundar na mentira! Pensando bem, é claro que pode imaginar, não é? Nós mesmos também não mentimos? Então, deixe que mintam: em compensação, depois não vão mentir mais... Sente aí um minutinho, vou trazer o Zóssimov.

O médico se precipitou sobre Raskólnikov até com uma espécie de voracidade; notava-se nele uma curiosidade diferente; logo seu rosto se desanuviou.

— Precisa dormir já — concluiu, depois de examinar o paciente, na medida do possível. — E podia também tomar uma coisinha para a noite. Toma? Eu preparei agora há pouco... um pozinho.

— Até dois — respondeu Raskólnikov.

O pozinho foi ingerido na mesma hora.

— É muito bom que você o acompanhe até em casa — observou Zóssimov para Razumíkhin. — Vamos ver como ele estará amanhã, mas hoje não está nada mal: uma mudança notável, em tão pouco tempo. Vivendo e aprendendo...

— Sabe o que foi que o Zóssimov acabou de me sussurrar, quando estávamos saindo? — disparou Razumíkhin, assim que ganharam a rua. — Vou contar tudo para você, irmão, com franqueza, porque eles são umas bestas. O Zóssimov me mandou ficar falando muito com você, no caminho, e obrigar você a falar bastante, também, e depois contar tudo para ele, porque ele anda com a ideia... de que você está... maluco, ou perto disso. Imagine só! Em primeiro lugar, você é três vezes mais inteligente do que ele; em segundo lugar, se você não estiver louco, não deve dar a mínima para o fato de ele ter enfiado tamanha besteira na cabeça; e, em terceiro lugar, aquela posta de carne é, por especialidade, um cirurgião, mas agora anda interessado em doenças mentais, e o que o levou a mudar totalmente de ideia a seu respeito foi aquela conversa que você teve, hoje, com o Zamiótov.

— O Zamiótov contou tudo para você?

— Tudo, e fez muito bem. Agora eu entendi todo o segredo, e o Zamiótov também entendeu... Bem, em resumo, Ródia... a questão é que... agora eu estou um pouco embriagado... Mas não há de ser nada... a questão é que essa ideia... entende, germinou de verdade dentro deles, entende? Quer dizer, eles não se atreveram a falar para ninguém, porque é um disparate sem pé nem cabeça, e ainda mais quando prenderam aquele pintor de parede, aí é que tudo isso virou pó e se apagou de uma vez por todas. Mas por que é que eles são tão tolos? Na hora, eu dei uns safanões no Zamiótov... mas isso fica aqui entre nós, irmão; por favor, nem por insinuação dê a entender que sabe disso; eu percebi que ele é sensível; estava na casa de Laviza... mas hoje, hoje tudo ficou esclarecido. O mais importante é o tal de Iliá Petróvitch! Ele se aproveitou do seu desmaio lá na delegacia, mas ele mesmo acabou ficando envergonhado; pois eu estou sabendo...

Raskólnikov escutava com avidez. Embriagado, Razumíkhin falava desenfreadamente.

— Eu desmaiei na delegacia porque estava abafado e a tinta a óleo fresca exalava um cheiro forte — disse Raskólnikov.

— E ele ainda explica! Sim, e não foi só a tinta: a inflamação ficou incubada um mês inteiro. O Zóssimov é testemunha! E você nem pode imaginar como aquele garoto está arrasado! "Eu não valho o dedo mindinho daquele homem!", diz ele. Quer dizer, o seu dedo. Às vezes, irmão, ele tem bons sentimentos. Mas a lição, a lição que ele teve hoje no Palácio de Cristal foi o auge da perfeição! Pois você, primeiro, meteu medo nele, levou o sujeito à beira da convulsão! Quase o obrigou a se convencer daquela bobagem monstruosa e, de repente... mostrou a língua para ele: "Olhe aí o que você fez!", foi como se você dissesse. Perfeito! Agora, ele está esmagado, aniquilado! Você é um mestre, juro, bem feito para eles! Ah, pena que eu não estava lá! Agora ele estava esperando você ansiosamente. O Porfíri também quer conhecer você...

— Ah... esse também... Mas por que me consideraram louco?

— Quer dizer, não é propriamente louco. Eu, irmão, parece que andei falando demais para você... Você está vendo que, desde algum tempo, ele anda impressionado, porque você só se interessa por esse ponto; agora está claro por que você se interessa tanto; sabendo das circunstâncias... e sabendo como aquilo exasperou você e ainda por cima se misturou com a doença... Eu, irmão, estou um pouco embriagado, mas só o diabo sabe qual é a ideia dele... Eu digo a você: ele anda interessado por doenças mentais. Mas você não deve dar a mínima...

Os dois ficaram calados por meio minuto.

— Escute, Razumíkhin — disse Raskólnikov. — Quero falar com franqueza para você: eu estive agora na casa de um morto, um funcionário morreu... deixei lá todo meu dinheiro... além do mais, acabei de levar um beijo de uma criatura que, mesmo se eu tivesse matado alguém, também teria... mas eu estou me enrolando todo em mentiras; estou muito fraco, me segure... agora vem a escada...

— O que deu em você? O que deu em você? — perguntou Razumíkhin, perturbado.

— A cabeça está girando um pouco, só que não é isso, a questão é que ando tão triste, tão triste! Que nem uma mulher... juro! Olhe, o que é isso? Olhe! Olhe!

— O que é?

— Será que não está vendo? Uma luz no meu quarto, não está vendo? Na fresta...

Já estavam no último lance de escada, junto à porta da senhoria e, de fato, olhando de baixo para cima, viam que havia uma luz dentro do cubículo de Raskólnikov.

— Que estranho! Nastássia, talvez... — disse Razumíkhin.

— Ela nunca entra no meu quarto numa hora dessa, até já faz tempo que ela pegou no sono, mas... para mim, tanto faz! Adeus!

— Que história é essa? Eu vou acompanhar você, vamos entrar juntos!

— Eu sei que vamos entrar juntos, mas eu quero apertar sua mão agora e me despedir aqui de você. Vamos, me dê a mão, adeus!

— O que deu em você, Ródia?

— Nada; vamos; você vai ser testemunha...

Recomeçaram a galgar a escada e, pela cabeça de Razumíkhin, passou a ideia de que Zóssimov talvez tivesse razão. "Ah! Meu palavrório o deixou perturbado!", resmungou consigo. De repente, ao se aproximarem da porta, ouviram vozes no quarto.

— Mas o que está acontecendo? — gritou Razumíkhin.

Primeiro, Raskólnikov pegou a maçaneta e puxou a porta toda para trás, abriu e parou na soleira, como se os pés estivessem fincados no chão.

Sua mãe e sua irmã estavam sentadas no sofá, esperavam já fazia uma hora e meia. Por que eram elas as pessoas que Raskólnikov menos contava encontrar e por que pensava nelas cada vez menos, apesar da notícia repetida, nesse mesmo dia, de que as duas tinham partido, estavam chegando e logo estariam ali? Durante aquela hora e meia, as duas não pararam de fazer perguntas para Nastássia, que estava agora diante delas e já tivera ocasião de contar o segredo todo. Ao saberem que Raskólnikov "tinha fugido hoje", mesmo doente e delirante, pelo que se percebia do relato, a mãe e a irmã ficaram desnorteadas! "Meu Deus, o que ele tem?" As duas choravam, as duas, naquela hora e meia de espera, tinham suportado os tormentos da cruz.

Um grito alegre, arrebatado, saudou a chegada de Raskólnikov. Ambas se lançaram sobre ele. Porém Raskólnikov se manteve parado como um morto; uma consciência repentina e insuportável o golpeou como um trovão. Nem as mãos se ergueram para abraçá-las: não conseguiram. A mãe e a irmã o apertavam em seus abraços, o beijavam, riam, choravam... Ele recuou um passo, cambaleou e tombou no chão, desmaiado.

Aflição, gritos de horror, gemidos... Razumíkhin, que estava na soleira, voou para dentro do quarto, apanhou o doente em seus braços vigorosos e, num piscar de olhos, Raskólnikov voltou a si, no sofá.

— Não é nada, não é nada! — gritava Razumíkhin para a mãe e a irmã. — É um desmaio, é uma bobagem! O médico acabou de dizer que ele está muito melhor, que está completamente saudável! Água! Está tudo bem, olhem, ele está voltando a si, vejam, já acordou!

E agarrou a mão de Dúnietchka de tal maneira que por pouco não arrancou seu braço, quando a puxou para ver que "ele já acordou". A mãe e a irmã olhavam para Razumíkhin com ternura e gratidão, como se fosse a própria providência; graças a Nastássia, elas já sabiam o que havia representado para Ródia, durante todo o tempo de sua enfermidade, aquele "jovem despachado", como Nastássia o chamou na conversa íntima que tivera com Dúnia e Pulkhéria Aleksándrovna Raskólnikova, nessa mesma noite.

Terceira parte

I

Raskólnikov ergueu o corpo e ficou sentado no sofá.

Deu um aceno fraco para Razumíkhin, a fim de interromper a verdadeira torrente dos seus consolos fervorosos e desconexos, dirigidos à mãe e à irmã, segurou as mãos das duas e, durante uns dois minutos de silêncio, ficou olhando ora para uma, ora para outra. A mãe se assustou com seu olhar. Nele, transparecia um sentimento tão forte que chegava às raias do sofrimento e, ao mesmo tempo, havia naquele olhar algo de estático, semelhante à loucura. Pulkhéria Aleksándrovna começou a chorar.

Avdótia Románovna estava pálida; sua mão tremia, na mão de Raskólnikov.

— Vocês vão para casa... com ele — falou Raskólnikov com voz entrecortada e apontou para Razumíkhin. — Até amanhã; amanhã, tudo... Faz muito tempo que chegaram?

— À tardinha, Ródia — respondeu Pulkhéria Aleksándrovna. — O trem atrasou que foi um horror. Mas, Ródia, não vou deixar você sozinho agora por nada neste mundo! Vou passar a noite aqui ao seu lado...

— Não me torturem! — exclamou ele, e abanou a mão, irritado.

— Eu vou ficar com ele! — gritou Razumíkhin. — Não vou deixá-lo nem um minuto, que se danem todos que estão lá em casa, por mim, eles podem subir pelas paredes! Lá, o meu tio é quem preside a festa.

— Como, como posso agradecer ao senhor? — começou Pulkhéria Aleksándrovna, apertando de novo a mão de Razumíkhin, mas Raskólnikov a interrompeu mais uma vez:

— Eu não aguento, eu não aguento! — repetiu, exasperado. — Não me torturem! Chega, vão embora... Eu não aguento!...

— Vamos, mãezinha, vamos sair do quarto pelo menos um minuto — sussurrou Dúnia, assustada. — Estamos fazendo o Ródia sofrer, isso é claro.

— Mas será possível que, depois de três anos, não posso nem olhar um pouco para ele?! — Pulkhéria Aleksándrovna começou a chorar.

— Esperem um pouco! — ele as deteve mais uma vez. — Vocês ficam me interrompendo toda hora e meus pensamentos se embaralham... Já falaram com o Lújin?

— Não, Ródia, mas ele já sabe de nossa chegada. Soubemos que Piotr Petróvitch teve a bondade de visitar você hoje, Ródia — acrescentou Pulkhéria Aleksándrovna, com certa timidez.

— É... teve a bondade... Dúnia, não faz muito tempo, eu disse para o Lújin que ia jogá-lo escada abaixo e também mandei que fosse para o inferno...

— Ródia, o que você fez? Com certeza, você... não quer dizer... — começou Pulkhéria Aleksándrovna, assustada, mas parou, olhando para Dúnia.

Avdótia Románovna observava atentamente o irmão e estava esperando algo mais. As duas já haviam sido advertidas por Nastássia acerca da discussão, até onde ela havia conseguido entender e transmitir, e sofriam com a perplexidade e a expectativa.

— Dúnia — prosseguiu Raskólnikov, com esforço. — Eu não desejo esse casamento e por isso, amanhã mesmo, antes de qualquer outra coisa, você deve rejeitar o pedido do Lújin, e que eu não sinta mais nem o cheiro dele.

— Meu Deus! — gritou Pulkhéria Aleksándrovna.

— Irmão, pense bem no que está dizendo! — começou Avdótia Románovna, exaltada, mas logo se conteve. — Talvez agora você não esteja em condições, está cansado — disse, em tom delicado.

— Delirante? Não... Você vai casar com o Lújin por minha causa. Mas eu não aceito o sacrifício. Por isso, amanhã, escreva uma carta... com a recusa... De manhã, me dê a carta para eu ler e acabou-se!

— Eu não posso fazer isso! — gritou a moça, ofendida. — Com que direito...

— Dúnietchka, você também está exaltada, deixe, amanhã... Será que você não está vendo... — A mãe ficou assustada, precipitou-se para Dúnia. — Ah, vamos embora, é melhor!

— Está delirando! — começou a gritar Razumíkhin, ébrio. — Se não, como ele se atreveria? Amanhã, toda essa estupidez vai passar... Mas hoje, na verdade, ele pôs o homem para correr. Isso aconteceu mesmo. Pois é, e o sujeito ficou bem zangado... Veio aqui, exibiu sua oratória, ostentou seus conhecimentos e depois foi embora com o rabo entre as pernas...

— Então é verdade? — gritou Pulkhéria Aleksándrovna.

— Até amanhã, irmão — disse Dúnia, com aflição. — Vamos, mãezinha... Adeus, Ródia!

— Escute, irmã — repetiu Raskólnikov, por trás delas, reunindo as últimas forças. — Eu não estou delirando; esse casamento é uma infâmia. Deixe que eu seja infame, mas você não deve... qualquer um... e embora eu seja um canalha, uma irmã assim, eu não vou considerar minha irmã. Ou eu, ou Lújin! Vão embora...

— Mas você ficou louco! É um déspota! — Razumíkhin se enfureceu, porém Raskólnikov não respondeu mais, talvez sem forças para responder. Estirou-se no sofá e virou-se de cara para a parede, em completa prostração. Avdótia Románovna olhou com curiosidade para Razumíkhin; seus olhos negros faiscaram: Razumíkhin chegou a estremecer, sob aquele olhar. Pulkhéria Aleksándrovna estava parada, como que estupefata.

— Não posso ir embora, de maneira alguma! — sussurrou ela para Razumíkhin, à beira do desespero. — Vou ficar aqui, em qualquer canto... Leve a Dúnia.

— E vai estragar tudo! — sussurrou também Razumíkhin, fora de si. — Vamos pelo menos até a escada. Nastássia, ilumine aqui! Juro para a senhora — prosseguiu ele, quase num sussurro, já na escada — que, ainda há pouco, ele quase bateu em mim e no médico! Entende? No próprio médico! E o médico se retirou para que ele não ficasse ainda mais irritado, foi embora, mas eu fiquei lá embaixo de vigia e ele, então, trocou de roupa e escapuliu. E agora vai escapulir de novo, se ficar irritado, e já é de noite e ele vai acabar fazendo alguma coisa contra si mesmo...

— Ah, do que o senhor está falando?

— Além do mais, a Avdótia Románovna não pode ficar sozinha no quarto, sem a senhora! Pense bem onde a senhora está! Pois aquele patife do Piotr Petróvitch não conseguiu nem arranjar um quarto melhor para as senhoras... Aliás, sabe, eu estou um pouco embriagado e por isso... fico xingando assim; mas não liguem...

— Eu posso ficar aqui na casa da senhoria — insistiu Pulkhéria Aleksándrovna. — Vou implorar que ela arranje um cantinho para que eu e a Dúnia passemos esta noite. Não consigo deixar o Ródia desse jeito, não posso!

Enquanto conversavam, estavam na escada, no patamar, bem na frente da porta da senhoria. Um degrau abaixo, Nastássia iluminava o caminho. Razumíkhin se encontrava numa agitação fora do comum. Apenas meia hora antes, ao acompanhar Raskólnikov até sua casa, Razumíkhin havia tagarelado demais, até ele admitia isso, no entanto estava muito animado, quase refeito, apesar da tremenda quantidade de bebida que havia ingerido naquela noite. Agora, seu estado parecia até uma espécie de êxtase e, ao mesmo tempo, era como se toda aquela bebida se derramasse de volta em sua cabeça, de uma só vez e com força redobrada. Estava ao lado das duas damas, segurava ambas pelas mãos, exortava, apresentava seus argumentos com uma sinceridade maravilhosa e, na certa, para maior persuasão, quase a cada palavra, apertava as mãos delas com toda a força, como um torno, até doer, e, com os olhos, parecia devorar Avdótia Románovna, que não se constrangia com isso nem um pouco. Às vezes, de dor, elas tentavam desvencilhar as mãos daquela mãozorra enorme e ossuda, mas Razumíkhin nem notava e as puxava para si com mais força ainda. Se agora, por capricho, elas mandassem que ele se jogasse de cabeça escada abaixo, ele obedeceria na mesma hora, sem discutir e sem hesitar. Embora sentisse que o rapaz era muito excêntrico e apertava sua mão de forma bastante dolorosa, Pulkhéria Aleksándrovna, toda preocupada e com o pensamento em seu Ródia, ao mesmo tempo encarava Razumíkhin como a própria providência e, por isso, não queria notar aqueles pormenores extravagantes. Entretanto, apesar de ter a mesma preocupação, e embora não fosse de temperamento assustadiço, Avdótia Románovna recebia com perplexidade, e até com susto, os olhares do amigo do irmão, que faiscavam com um fogo selvagem, e só a confiança infinita naquele homem estranho, inspirada pelos relatos de Nastássia, continha seu ímpeto de fugir dali e arrastar a mãe consigo. Avdótia Románovna também compreendia que, agora, talvez elas já não pudessem mais fugir de Razumíkhin. De resto, uns dez minutos depois, ela ficou bem mais calma; Razumíkhin tinha a faculdade de se revelar por completo num piscar de olhos, qualquer que fosse seu estado de ânimo, portanto logo todos sabiam com quem estavam lidando.

— A senhora não pode de maneira alguma pedir isso à senhoria, é o mais terrível absurdo! — gritou ele, para convencer Pulkhéria Aleksándrovna. — Mesmo sendo a mãe, se a senhora ficar aqui, vai levar o Rodion a um ataque de fúria e aí só o diabo sabe o que vai acontecer! Escutem, vejam o que eu vou fazer: a Nastássia vai ficar com ele agora, enquanto eu levo vocês duas até sua casa, porque sozinhas as senhoras não podem andar pela rua; nesse ponto, em Petersburgo, nós... Bem, dane-se!... Depois eu volto logo da sua casa para cá e, em quinze minutos, dou minha palavra de honra, mando notícias para as senhoras: como ele está, se dormiu ou não e tudo isso. Depois, escutem! Depois de voltar da sua casa, eu dou um pulo ligeiro na minha casa, tem uma festa lá, todo mundo está embriagado, aí eu pego o Zóssimov, é o médico que está tratando o Rodion, agora ele está lá em casa e não está bêbado; ele não fica bêbado, nunca fica bêbado! Eu arrasto o médico para cá para ver o Rodka e depois vou correndo à casa das senhoras, quer dizer, em uma hora, as senhoras vão receber dois relatórios sobre ele, e ainda mais do médico, entendem, do próprio médico; é bem diferente de receber de mim! Se ele piorar, juro, eu trago as senhoras para cá, e se estiver bem, então as senhoras vão deitar e dormir. Eu vou passar a noite toda aqui, na entrada, ele não vai nem saber, e eu vou mandar o Zóssimov passar a noite na casa da senhoria, para que ele fique bem à mão. E então, o que é melhor para ele, agora, as senhoras ou o médico? Ora, o médico é mais útil, é mais útil. Muito bem, então vão para casa! Com a senhoria, é impossível; para mim é possível, mas, para as senhoras, é impossível: ela não deixa, porque... porque ela é burra. Vai ter ciúmes de mim por causa da Avdótia Románovna e, querem saber, por causa da senhora também... Mas de Avdótia Románovna, nem se fala. É uma personalidade absolutamente, absolutamente imprevisível! Aliás, eu também sou uma besta... Dane-se! Vamos lá! Não acreditam em mim? Ora, acreditam em mim ou não?

— Vamos, mãezinha — disse Avdótia Románovna. — Ele vai fazer o que está prometendo, sem dúvida. Já salvou a vida do meu irmão e, se é mesmo verdade que o médico aceita pernoitar aqui, o que pode ser melhor?

— Pronto, as senhoras... as senhoras... estão me entendendo, porque as senhoras... são anjos! — exclamou Razumíkhin, em êxtase. — Vamos! Nastássia! Suba logo depois e fique lá com ele, e leve o lampião; eu volto daqui a quinze minutos...

Embora não estivesse plenamente convencida, Pulkhéria Aleksándrovna não fez mais objeções. Razumíkhin deu um braço para cada uma e arrastou-as pela escada. Entretanto, deixou Pulkhéria Aleksándrovna inquieta: "Apesar de despachado e bondoso, será que ele tem condições de cumprir o que promete? Pois olhe só o estado dele!...".

— Ah, eu entendo, as senhoras estão pensando no estado em que eu me encontro, não é? — Razumíkhin adivinhou, cortando os pensamentos dela, enquanto esticava suas passadas enormes pela calçada, de modo que só a muito custo as duas damas conseguiam acompanhá-lo, o que, de resto, ele nem percebia. — Bobagem! Quer dizer... eu estou embriagado como um idiota, mas a questão não é essa; eu estou embriagado, sim, mas não é da bebida. É que, quando vi as senhoras, senti uma pancada na cabeça... Mas não liguem para mim! Não prestem atenção: eu minto; não sou digno das senhoras... Eu sou indigno das senhoras no mais alto grau!... E assim que eu tiver deixado as senhoras em casa, num piscar de olhos, eu venho aqui mesmo ao canal, despejo dois baldes de água em cima da cabeça e estou pronto... Se as senhoras soubessem como eu amo vocês duas!... Não riam e não fiquem zangadas!... Podem ficar zangadas com todo mundo, mas não se zanguem comigo! Sou amigo dele e, portanto, sou amigo das senhoras também. Eu quero tanto... Eu já pressentia isso... no ano passado, teve um momento em que... Na verdade, eu não pressenti coisa nenhuma, porque parece que as senhoras caíram do céu. E eu, na certa, vou passar a noite toda sem dormir... Até pouco tempo, o Zóssimov temia que o Ródia tivesse ficado louco... É por isso que a gente não deve irritar...

— O que o senhor está dizendo?! — gritou a mãe.

— Será possível que o próprio médico tenha dito isso? — perguntou Avdótia Románovna.

— Disse, sim, só que na verdade não tem nada a ver com isso, de jeito nenhum. E ele ainda deu um remédio, um pozinho, eu vi, e aí as senhoras chegaram... Ah!... Seria melhor se chegassem amanhã! Mas é bom que a gente tenha saído de lá. Daqui a uma hora, as senhoras vão receber um relatório do próprio Zóssimov. Olhem, aquele sujeito não fica bêbado! E eu também não vou mais estar embriagado... Mas sabem por que foi que eu me embriaguei desse jeito? Foi porque eles me meteram numa discussão, os desgraçados! E eu jurei não discutir!... Eles falam cada besteira! Por pouco eu não briguei! Deixei o titio lá, ele comanda a festa... Pois bem, vejam se conseguem acreditar: eles exigem uma impessoalidade completa e nisso encontram o maior gosto! Não ser o que eu sou, ter a mínima semelhança possível comigo mesmo! É isso que, entre eles, se considera o progresso mais elevado. Se ao menos mentissem com a própria cabeça, mas...

— Escute — interrompeu Pulkhéria Aleksándrovna com timidez, mas isso só serviu para pôr mais lenha na fogueira.

— E o que a senhora acha? — berrou Razumíkhin, levantando a voz mais ainda. — A senhora acha que eu sou a favor de que eles mintam? Que absurdo! Eu adoro quando eles mentem! A mentira é o único privilégio humano em relação a todos os organismos. A gente vai mentindo até chegar à verdade! É porque eu minto que eu sou também um ser humano. Não alcançamos nenhuma verdade sem antes mentir umas catorze vezes, ou até cento e catorze vezes, e isso é até uma coisa honesta, de certa maneira;

muito bem, só que nós não somos capazes de mentir com nossa própria cabeça! Você mente para mim, mas mente com a própria cabeça, e então eu dou um beijo em você. Mentir com a própria cabeça... afinal, isso é quase melhor do que uma verdade alheia; no primeiro caso, você é uma pessoa e, no segundo, você é só um passarinho! A verdade não vai fugir, mas a vida, a gente pode trancar por trás de tábuas e pregos; houve exemplos. Pois bem, e nós, agora? Todos nós, todos, sem exceção, no que se refere à ciência, ao desenvolvimento, ao pensamento, às invenções, aos ideais, aos desejos, ao liberalismo, ao intelecto, à experiência e a tudo, tudo, tudo, tudo, tudo, ainda estamos nos bancos da primeira série do curso preparatório do ginásio! Gostamos de sobreviver à custa da inteligência alheia... e não largamos mais! Não é mesmo? Não é como eu estou dizendo? — Razumíkhin esbravejava, sacudindo e apertando as mãos das duas damas. — Não é mesmo?

— Ah, meu Deus, eu não sei — respondeu a pobre Pulkhéria Aleksándrovna.

— Sim, sim... embora eu não esteja totalmente de acordo com o senhor — acrescentou Avdótia Románovna, em tom sério, e Razumíkhin, dessa vez, espremeu sua mão de modo tão doloroso que ela chegou a dar um grito.

— Sim? A senhora disse sim? Puxa, então, depois disso a senhora... a senhora... — começou a gritar, empolgado. — A senhora é a fonte da bondade, da pureza, da razão e... da perfeição! Me dê a sua mão aqui, me dê... a senhora também, me dê aqui a sua mão, eu quero beijar suas mãos aqui, já, e de joelhos!

Ficou de joelhos no meio da calçada, por sorte vazia naquele horário.

— Pare, imploro ao senhor, o que está fazendo? — gritou Pulkhéria Aleksándrovna, perturbada ao extremo.

— Levante, levante! — Dúnia ria, também inquieta.

— De jeito nenhum, antes me deem as mãos! Isso, assim, e chega, já me levantei, vamos! Eu sou um palerma infeliz, sou indigno das senhoras, e um bêbado, e sinto vergonha... Não sou digno de amar as senhoras, mas ficar de joelhos diante das senhoras, isso é um dever de qualquer pessoa que não for uma besta quadrada! E eu me ajoelhei... Olhe, aqui fica o quarto das senhoras e, se numa coisa o Rodion teve razão, foi quando pôs para correr aquele seu Piotr Petróvitch! Como ele teve a coragem de alugar um quarto assim para as senhoras? É um escândalo! Sabem quem é que fica aqui? E a senhora é a noiva! A senhora é a noiva, não é? Muito bem, depois de uma coisa dessas, eu só posso dizer que o noivo da senhora é um patife!

— Escute, sr. Razumíkhin, o senhor perdeu a noção do... — começou Pulkhéria Aleksándrovna.

— Sim, sim, a senhora está certa, eu perdi a noção, e estou com vergonha! — Razumíkhin controlou-se. — Mas... mas... a senhora não pode se zangar comigo por causa do que eu estou dizendo! Porque estou falando com sinceridade e não porque... hum! Isso seria indecente; em suma, não é porque eu... pela senhora... hum!... bem, não precisa, eu não vou dizer por que, não me atrevo!... E nós todos logo compreendemos, há pouco tempo, assim que ele entrou, que aquele homem não é do nosso meio. E não é porque tinha o cabelo frisado no cabeleireiro, não é porque ele quis logo exibir toda a sua inteligência, mas porque ele é um espião e um especulador; porque é um judeu e um bufão, e isso se percebe logo. As senhoras acham que ele é inteligente? Não, ele é um burro, um burro! Puxa, por acaso está à altura da senhora? Ah, meu Deus! Veja, senhora — e parou de repente, já subindo a escada rumo ao quarto —, embora lá na minha casa todo mundo esteja embriagado, todos eles são honestos, e apesar de nós mentirmos, porque afinal eu também minto, nós mentimos até finalmente alcançar a verdade, porque estamos no caminho nobre, enquanto o Piotr Petróvitch... não está no caminho nobre. Agora há pouco, eu xinguei feio todos eles, mas na verdade eu respeito todos eles; e mesmo o Zamiótov, ainda que eu não o respeite, eu até gosto dele, porque... é um pirralhinho! Até aquele animal do Zóssimov, porque... é honesto e conhece seu ofício... Mas chega, tudo está dito e perdoado. Perdoado? Será mesmo? Bem, vamos lá. Eu conheço este corredor, já estive aqui; olhe, ali no quarto número 3 houve um escândalo... Certo, onde as senhoras estão? Qual é o número? Oito? Muito bem, de noite, mantenham a porta trancada, não deixem ninguém entrar. Daqui a quinze minutos, vou voltar com notícias e, meia hora depois, virei com o Zóssimov, as senhoras vão ver! Adeus, eu vou correndo!

— Meu Deus, Dúnietchka, o que vai acontecer? — disse Pulkhéria Aleksándrovna, aflita e assustada, dirigindo-se à filha.

— Acalme-se, mamãe — respondeu Dúnia, tirando o chapéu e o xale. — Foi Deus quem nos mandou esse senhor, apesar de ter vindo direto de uma bebedeira. Podemos confiar nele, eu asseguro à senhora. E tudo o que ele já fez pelo meu irmão...

— Ah, Dúnietchka, só Deus sabe se ele vai voltar! E como foi que eu aceitei deixar o Ródia?... E não era nada disso, nada disso, que eu esperava encontrar, quando eu vim visitar o Ródia! Como ele foi ríspido, parece que nem ficou contente...

Lágrimas brotaram em seus olhos.

— Não, não é assim, mãezinha. A senhora não olhou bem, a senhora ficou chorando o tempo todo. Ele está muito abalado por uma doença grave, essa é a causa de tudo.

— Ah, essa doença! Alguma coisa vai acontecer, alguma coisa vai acontecer! E o jeito como ele falou com você, Dúnia! — disse a mãe, mirando tímida nos olhos da filha, a fim de ler todo seu pensamento, e já meio consolada ao ver que Dúnia estava defendendo Ródia e, portanto, havia perdoado o irmão. — Tenho certeza de que, amanhã, ele vai pensar melhor — acrescentou, para sondar a filha até o fundo.

— Já eu tenho certeza de que, amanhã, ele vai dizer a mesma coisa... sobre isso — retrucou Avdótia Románovna e, naturalmente, aquilo representava um embaraço, porque esse era o ponto sobre o qual, agora, Pulkhéria Aleksándrovna mais receava falar. Dúnia chegou bem perto e beijou a mãe. Esta, em silêncio, abraçou a filha com força. Em seguida, ficou sentada, na angustiada expectativa do regresso de Razumíkhin e, timidamente, com os olhos, começou a seguir a filha, que, de braços cruzados e também na expectativa, se pôs a andar pelo quarto, para um lado e para outro, refletindo em silêncio. Andar assim pensativa de um lado para outro era um costume rotineiro de Avdótia Románovna e, nessas horas, a mãe sempre temia perturbar sua reflexão, por pouco que fosse.

Razumíkhin, é claro, parecia ridículo em sua ardorosa, repentina e embriagada paixão por Avdótia Románovna; porém, ao ver Avdótia Románovna, ainda mais agora, caminhando de braços cruzados pelo quarto, triste e pensativa, talvez muitos perdoassem Razumíkhin, e isso sem levar em conta sua condição de excêntrico. Avdótia Románovna era de uma beleza notável: alta, extremamente bem talhada, forte, segura de si, algo que se patenteava em todos os gestos e que, no entanto, não reduzia em nada a suavidade e a graça de seus movimentos. O rosto parecia o do irmão, mas se podia dizer até que ela era uma beldade. Os cabelos eram castanho-claros, um pouco mais claros que os do irmão; os olhos quase negros cintilavam orgulhosos e, ao mesmo tempo, às vezes, por instantes, extraordinariamente bondosos. Era pálida, mas não de uma palidez doentia; o rosto reluzia de frescor e saúde. A boca era um pouco pequena, o lábio inferior, fresco e escarlate, se projetava um pouquinho para a frente, junto com o queixo — era a única irregularidade naquele belo rosto, porém lhe conferia um traço peculiar e, de quebra, também uma espécie de arrogância. A expressão do rosto era sempre mais séria e pensativa do que alegre; em compensação, como o sorriso caía bem naquele rosto, e como caía bem o riso alegre, jovem, desinibido! É compreensível que Razumíkhin, ardoroso, sincero, rústico, honesto, embriagado e forte como um *bogatir*,[1] que nunca tinha visto nada parecido, tenha perdido a cabeça desde o primeiro olhar. Além do mais, como se fosse de propósito, o acaso lhe mostrou Dúnia, pela primeira vez, no belo momento de amor e de alegria em que reencontrava o irmão. Depois, Razumíkhin viu como o lábio inferior de Dúnia tremeu de indignação, em resposta às imposições insolentes, cruéis e ingratas do irmão — e Razumíkhin não conseguiu resistir.

No entanto, pouco antes, na escada, em plena embriaguez, enquanto disparava um monte de mentiras, ele disse uma verdade ao apontar que a excêntrica senhoria de Raskólnikov, Praskóvia Pávlovna, teria ciúmes dele por causa não só de Avdótia Románovna mas também, talvez, da própria Pulkhéria Aleksándrovna. Apesar de Pulkhéria Aleksándrovna já ter quarenta e três anos, seu rosto ainda preservava sinais da antiga beleza e, além disso, ela parecia muito mais jovem do que era, o que quase sempre ocorre com mulheres que conservam, até a velhice, a lucidez do espírito, o frescor das sensações e o ardor honesto e puro do coração. Entre parênteses, digamos que preservar tudo isso é o único meio de não perder a própria beleza, mesmo na velhice. Seus cabelos já começavam a ficar grisalhos e ralos, pequenas ruguinhas raiadas já haviam surgido junto aos olhos fazia tempo, as bochechas descaíram e secaram com as preocupações e os desgostos e, mesmo assim, era um rosto lindo. Era um retrato do rosto de Dúnietchka, só que vinte anos mais tarde, exceto pela expressão do lábio inferior, que na mãe não se projetava para a frente. Pulkhéria Aleksándrovna era emotiva, mas sem chegar a ser sentimental, era tímida e complacente, mas só até determinado limite: ela cedia em muita coisa, podia aceitar muita coisa, mesmo que contrariasse sua convicção, mas havia sempre um limite de integridade, de regras e de convicções fundamentais, que nenhuma circunstância era capaz de forçá-la a ultrapassar.

Exatamente vinte minutos depois de Razumíkhin ter saído, soaram na porta duas batidas baixas, mas ansiosas; ele tinha voltado.

— Não vou entrar, não tenho tempo! — disse às pressas, quando abriram a porta. — Está dormindo que é uma beleza, está ótimo, tranquilo, Deus

1 Nome genérico dos heróis dos antigos poemas épicos populares russos, que se destacavam pela força física.

queira que fique dez horas dormindo assim. A Nastássia está com ele; mandei não sair de lá até eu voltar. Agora vou arrastar o Zóssimov, ele vai fazer um relatório para as senhoras e depois as senhoras também devem ir dormir; estão exaustas, estou vendo, não aguentam mais.

E abalou pelo corredor.

— Que rapaz despachado... e dedicado! — exclamou Pulkhéria Aleksándrovna, numa alegria extraordinária.

— Parece uma pessoa maravilhosa! — respondeu Avdótia Románovna com certo ardor, voltando a caminhar pelo quarto, para um lado e para outro.

Quase uma hora depois, soaram passos no corredor e outra batida na porta. As duas mulheres estavam esperando, dessa vez plenamente seguras da promessa de Razumíkhin; e, de fato, ele tinha conseguido arrastar Zóssimov até lá. Zóssimov concordou prontamente em abandonar a festança e ir examinar Raskólnikov, porém foi ao encontro das damas a contragosto e muito desconfiado, sem acreditar no embriagado Razumíkhin. Todavia seu amor-próprio logo ficou satisfeito e até lisonjeado: Zóssimov entendeu que elas o aguardavam, de fato, como um oráculo. Permaneceu com elas exatamente dez minutos e conseguiu convencer e tranquilizar Pulkhéria Aleksándrovna. Falou com uma simpatia fora do comum, mas de modo contido e com seriedade redobrada, tal como faz um médico de vinte e sete anos numa consulta importante, e não se desviou do assunto em uma única palavra sequer, tampouco manifestou o mínimo desejo de estabelecer relações mais pessoais e particulares com as duas damas. Ao perceber, logo ao entrar, que Avdótia Románovna era de uma beleza deslumbrante, se empenhou imediatamente em não prestar nenhuma atenção a ela durante toda a visita e se dirigia apenas a Pulkhéria Aleksándrovna. Tudo isso lhe dava uma extraordinária satisfação interior. Sobre o enfermo, propriamente, ele declarou que, naquele momento, se encontrava em estado de todo satisfatório. Segundo suas observações, a par das condições materiais ruins dos últimos meses, a doença do paciente tinha também algumas causas morais, "são, por assim dizer, o produto de numerosos e complexos fatores morais e materiais, a angústia, a ansiedade, as preocupações, certas ideias... etc.". Ao notar, de passagem, que Avdótia Románovna escutava com especial atenção, Zóssimov demorou-se um pouco mais nesse tema. À pergunta tímida e ansiosa de Pulkhéria Aleksándrovna sobre a existência de "certas suspeitas de insanidade mental", ele respondeu, com um sorriso sereno e franco, que suas palavras tinham sido exageradas; que, sem dúvida, no paciente, se percebia uma espécie de ideia fixa, algo que denunciava a monomania, pois ele, Zóssimov, vinha agora acompanhando, de forma especial, aquele ramo da medicina extraordinariamente interessante, porém, afinal, era preciso lembrar que, quase até aquele dia, o paciente tinha estado delirante e... e, é claro, a chegada de familiares iria fortalecer o paciente, distraí-lo e agir de modo regenerador, "contanto que se possam evitar novas comoções fortes", acrescentou de forma expressiva. Em seguida, levantou-se e despediu-se com uma reverência circunspecta e cordial, seguida por bênçãos, por uma fervorosa gratidão, por súplicas e até pela mãozinha de Avdótia Románovna que, sem que Zóssimov a procurasse, se estendeu para ele para um aperto de despedida, e o médico saiu satisfeitíssimo com sua visita e mais ainda consigo mesmo.

— Mas vamos nos falar amanhã; agora, durmam, é preciso! — concluiu Razumíkhin, ao sair com Zóssimov. — Amanhã, o mais cedo possível, virei aqui com um relatório.

— Puxa, mas que garota fascinante, essa Avdótia Románovna! — comentou Zóssimov, quase lambendo os beiços, quando os dois ganharam a rua.

— Fascinante? Você disse fascinante! — começou a rugir Razumíkhin e, de repente, se jogou contra Zóssimov e agarrou-o pela garganta. — Se algum dia você tiver a ousadia... Está entendendo? Está entendendo? — gritava, enquanto o sacudia pelo colarinho e o apertava de encontro à parede. — Escutou?

— Mas me solte, seu diabo bêbado! — debatia-se Zóssimov, e depois, quando o outro já o havia soltado, olhou fixo para ele e, de súbito, deu uma gargalhada. Razumíkhin estava parado na sua frente, de braços abaixados, pensativo, ar sério e soturno.

— Está certo, eu sou uma besta — disse ele, sombrio como uma nuvem. — Mas, afinal... você também é.

— Ah, não, irmão, eu não sou mesmo. Eu não fico sonhando com tolices.

Os dois caminharam em silêncio e, só quando estavam se aproximando do apartamento de Raskólnikov, Razumíkhin cortou o silêncio, intensamente preocupado.

— Escute — disse para Zóssimov. — Você é um ótimo garoto, mas, além de todas as suas qualidades nojentas, ainda por cima é um depravado, eu sei disso, e é também sórdido. É um lixo, nervoso, fraco, você é uma aberração, você engordou e não é capaz de abrir mão de nada... e é isso que eu chamo de sordidez, porque leva a gente direto para a lama. Você mimou a si mesmo a tal ponto que, confesso, eu entendo cada vez menos como é que, com tudo isso, você ainda consegue ser um médico bom e até abnegado. Dorme num colchão de penas (é um médico!) e de noite levanta para atender um doente! Daqui a três anos, você não vai mais levantar para atender os doentes... Certo, diabo, isso não vem ao caso, o que interessa é o seguinte: esta noite, você vai ficar na casa da senhoria (eu a convenci a duras penas!) e eu vou ficar na cozinha: é uma oportunidade para vocês dois se conhecerem mais de perto! Mas não é o que você está pensando! Nem sombra disso, irmão...

— Mas eu não estou pensando nada.

— O que existe aqui é o pudor, o recato, a modéstia, uma castidade tenaz e, com tudo isso... há os suspiros, e ela se derrete como cera, e se derrete toda! Você vai me salvar dela, em nome de todos os demônios do mundo! É *avenántkaia*[2] demais!... Eu vou recompensar, dou minha cabeça em recompensa!

Zóssimov soltou uma gargalhada maior ainda.

— Puxa, você ficou mesmo de cabeça virada! Mas o que eu vou fazer com ela?

— Garanto, não vai dar muito trabalho, é só falar qualquer coisa bem água com açúcar, é só sentar do lado dela e ficar falando. Além do mais, você é médico, comece a tratar uma doença qualquer. Juro, não vai se arrepender. No quarto, tem um clavicórdio; eu, afinal, você sabe, desafino um pouco; eu sei uma cançãozinha russa autêntica: "Vou me afogar em lágrimas de fogo...". Ela gosta das autênticas... bem, foi com uma cançãozinha que começou; afinal, você é um virtuose no piano, um mestre, um Rubinstein... Eu garanto, não vai se arrepender!

— Mas, afinal, você fez algum tipo de promessa para ela, é isso? Assinou um contrato? Prometeu casar, na certa...

— Nada disso, nada disso, não tem rigorosamente nada! E ela não é assim, nem de longe; quem queria ficar com ela era o Tchebarov...

— Muito bem, então largue a mulher!

— Não dá para largar assim.

— E por que não dá?

— Puxa, não dá porque não dá, e pronto! Aqui, irmão, existe um fator de atração.

— Então por que você a seduziu?

2 Forma russificada do francês *avenante*: graciosa, amável.

— Mas eu não a seduzi, de jeito nenhum, pode ser que eu mesmo é que tenha sido seduzido, e por estupidez minha, e já para ela não vai fazer nenhuma diferença, se é você ou eu, contanto que alguém sente com ela e fique suspirando. Isso, irmão... Eu não sou capaz de exprimir para você... mas, olhe, você sabe matemática muito bem e até hoje estuda, eu sei... pois bem, comece a ensinar para ela o cálculo integral, juro, não estou brincando, estou falando sério, para ela não vai fazer a menor diferença: vai ficar olhando para você, vai suspirar, e assim vai passar um ano inteirinho. Entre outras coisas, eu falei para ela muito demoradamente, por dois dias seguidos, sobre a Câmara Alta da Prússia (porque, afinal, sobre o que eu ia falar com ela?), e ela só suspirava e transpirava! Só não fale de amor... é tímida a ponto de ter espasmos... mas finja que não consegue se afastar dela... muito bem, chega. É tremendamente confortável; é como se você estivesse em casa... leia, fique sentado, deitado, escreva... Pode até beijar, com cuidado...

— E para que é que eu preciso dela?

— Ah, eu não consigo explicar para você, não tem como! Veja: vocês dois nasceram um para o outro, combinam à perfeição! Eu até já tinha pensado em você, antes... Afinal, é assim mesmo que você vai terminar! Então, para você tanto faz, se for mais cedo ou mais tarde, não é? Aqui, existe um fator colchão de penas, que faz a gente se deitar nele... Ah! Não é só um colchão de penas! Atrai; é o fim do mundo, uma âncora, um refúgio tranquilo, o umbigo da terra, os três peixes que sustentam o globo terrestre, a essência das panquecas, dos pastelões gordurosos, do samovar do fim de tarde, dos gemidos baixinhos e das *katsavieiki*[3] quentinhas, dos leitos de tijolos junto à estufa aquecida... pois bem, é como se você, de repente, tivesse morrido e, ao mesmo tempo, continuasse vivo, com as vantagens das duas coisas de uma vez só! Bem, irmão, que diabo, já contei mentiras demais, está na hora de dormir! Escute: de noite, às vezes, eu acordo assustado e aí eu vou dar uma olhadinha nele. Só que não é nada, bobagem, está tudo bem. Não fique aflito, e você mesmo, se quiser, vá lá espiar, uma vezinha só, também. Mas se notar qualquer coisinha à toa, um delírio, por exemplo, ou uma febre, ou o que for, me acorde na mesma hora. Só que não pode ser...

3 Jaquetas femininas russas tradicionais.

II

No dia seguinte, depois das sete horas, Razumíkhin acordou preocupado e sério. Muitas incertezas novas e inesperadas surgiram, de repente, para ele naquela manhã. Antes, nem imaginava que algum dia acordaria assim. Lembrou-se, nos mínimos detalhes, de tudo que ocorrera na véspera e entendeu que tinha vivido algo de extraordinário, que ele havia provado uma impressão até então inteiramente desconhecida e diferente de todas as anteriores. Ao mesmo tempo, reconhecia com clareza que o sonho que ardia em chamas dentro de sua cabeça era impraticável, no mais alto grau... impraticável a tal ponto que ele até se envergonhou do próprio sonho e, sem demora, passou para outras preocupações e incertezas mais prementes, herdadas do "maldito dia de ontem".

Sua lembrança mais medonha era a de ter se mostrado "baixo e vil", na véspera, não só por estar embriagado, mas por dizer palavras grosseiras na frente de uma moça, aproveitando-se da situação dela, movido por um ciúme tolo e precipitado em relação ao noivo, ignorando não só as relações e obrigações mútuas entre eles, como sem sequer conhecer direito a pessoa do noivo. E que direito tinha ele de julgá-lo de modo tão rápido e irrefletido? Quem pediu para ele se arvorar em juiz? Acaso uma criatura como Avdótia Románovna é capaz de se entregar a um homem indigno por causa de dinheiro? Portanto, também havia méritos nele. E os quartos? Mas como ele poderia saber, de fato, que a pensão era assim? Afinal, ele está preparando um apartamento... Ah, como tudo isso é infame! E qual é a justificativa, que ele estava bêbado? Um pretexto idiota, que o humilhava ainda mais! No vinho está a verdade, e eis que essa verdade se revelou por completo, "isto é, se revelou toda a imundície do meu coração invejoso e grosseiro"! E acaso a ele, Razumíkhin, é permitido qualquer sonho que seja? Quem é ele, o bêbado rude e fanfarrão da véspera, em comparação com uma jovem como ela? "Acaso é possível uma comparação tão cínica e ridícula?" Em desespero, Razumíkhin enrubesceu diante daquele pensamento e, de súbito, como se fosse de propósito, lembrou-se no mesmo instante, com toda a clareza, de ter dito para elas na véspera, na escada, que a senhoria teria ciúmes de Avdótia Románovna... e isso já foi insuportável. Com toda a força, deu um murro na estufa da cozinha, feriu a mão e deslocou um tijolo.

"Claro", resmungou um minuto depois, com um sentimento de auto-humilhação, "claro, agora nunca mais eu vou apagar nem esconder todas essas sujeiras... só que eu não tenho tempo para pensar nisso e, portanto, vou lá me apresentar e ficar calado... cumprir minhas obrigações... também calado e... e eu não vou pedir desculpas e não vou dizer nada e... e, é claro, agora está tudo perdido mesmo!"

No entanto, ao vestir-se, examinou seu terno com mais minúcia do que o costume. Não tinha outra roupa e, mesmo se tivesse, talvez não vestisse: "sim, eu não vestiria, e de propósito". Porém, em todo caso, não podia continuar cínico, sujo e desleixado: não tinha direito de abusar dos sentimentos dos outros, ainda mais quando os outros, no caso, precisavam dele e o convidavam para ir à sua casa. Escovou a roupa com todo o cuidado. Já a roupa branca, ele mantinha sempre em estado razoável; quanto a isso, era especialmente asseado.

Naquela manhã, lavou-se com afinco — conseguiu o sabão com Nastássia —, lavou os cabelos, o pescoço e sobretudo as mãos. Quando topou com a questão: "fazer a barba ou não" (Praskóvia Pávlovna tinha uma navalha excelente, deixada pelo falecido sr. Zarnítsin), a questão foi decidida negativamente, e até com dureza: "Que fique como está! Pois vão achar que eu fiz a barba só para... sim, sem dúvida, é o que vão pensar! Então, nada de barba!

"E principalmente vão pensar... ele é bruto, sujo, suas maneiras são de quem vive nas tabernas; e... e, vamos admitir, ele sabe que também é, por pouco que seja, uma pessoa direita... pois bem, o que há para se orgulhar em ser uma pessoa direita? Todo mundo deve ser uma pessoa direita, e também mais pura e... no entanto", Raskólnikov se lembra disso, "ele tem nas costas alguns casinhos complicados... não que sejam indecorosos, mas, apesar de tudo, puxa!... Cada ideia que aparece! Hum... E tudo isso ao lado de Avdótia Románovna! Ora essa, que diabo! Azar! Eu vou ficar de propósito assim mesmo, sujo, seboso, como quem passa a vida nas tabernas, e que se dane! Eu vou ficar até pior ainda!..."

No meio de tais monólogos, ele foi surpreendido por Zóssimov, que pernoitara na sala de Praskóvia Pávlovna.

Estava a caminho de casa e, na saída, de passagem, fez questão de ver o paciente. Razumíkhin informou que Raskólnikov dormia como uma marmota. Zóssimov mandou que não o acordassem, até ele despertar por conta própria. Prometeu dar um pulo ali, pessoalmente, por volta das onze horas.

— Isso se ele estiver em casa — acrescentou. — Ah, diabo! Não tenho nenhuma autoridade sobre o meu paciente e ainda querem que eu o cure! Você não sabe se *ele* vai à casa daquelas ou se *aquelas* virão aqui?

— Eu acho que aquelas — respondeu Razumíkhin, entendendo o propósito da pergunta — virão aqui, naturalmente, para tratar de assuntos de família. E eu irei embora. Você, como médico, é claro, tem mais direito do que eu.

— Só que eu não sou confessor; virei e depois irei embora; sem elas, eu já tenho muitos problemas.

— Uma coisa me preocupa — interrompeu Razumíkhin, franzindo a sobrancelha. — Ontem, a caminho de casa, quando eu estava bêbado, contei para ele mais do que devia, falei um monte de besteira... um monte... entre outras coisas, eu disse que você tinha receio de que ele... tivesse uma propensão à insanidade mental...

— Ontem, sobre isso, você também falou mais do que devia com as damas.

— Eu sei que foi estupidez! Pode me bater! Mas você, de verdade, tinha alguma ideia firme a respeito do assunto?

— Isso é um absurdo, estou lhe dizendo; que ideia firme que nada! Foi você mesmo que o descreveu como um monomaníaco, quando me levou para examiná-lo... Pois bem, e ontem nós ainda pusemos mais lenha na fogueira, quer dizer, você é que fez isso, com aquelas histórias... sobre o tal pintor de parede; uma bela conversa você foi escolher, numa hora em que ele podia já estar bastante perturbado justamente com esse assunto! Se eu soubesse com exatidão o que havia ocorrido na delegacia e que lá um canalha qualquer havia suspeitado dele e o havia... insultado! Hum... eu não teria permitido tal conversa, ontem. Porque, de uma gota, esses monomaníacos fazem um oceano, eles sonham acordados... Até onde eu me lembro, aquela história do Zamiótov, ontem, me esclareceu metade da questão. E como! Eu sei do caso de um hipocondríaco de quarenta anos que, sem condições de suportar mais as zombarias constantes de um menino de oito anos, à mesa, o matou a facadas! E aqui nós temos um homem que se veste em trapos, um policial arrogante, uma doença incipiente e uma suspeita como essa! Tudo em cima de um hipocondríaco delirante! E com um orgulho frenético, excepcional!

Pode estar aí todo o ponto de partida da doença! Pois é, diabos!... Aliás, esse Zamiótov é mesmo um garoto simpático, só que, hum... ontem, ele contou tudo aquilo à toa. Um tagarela medonho!

— Mas ele contou para quem? Para mim e para você?

— E também para o Porfíri.

— E o que tem demais contar para o Porfíri?

— A propósito, você tem alguma influência sobre aquelas lá, a mãe e a irmã? Era bom que tomassem mais cuidado com ele, hoje...

— Eles vão se entender! — respondeu Razumíkhin, a contragosto.

— E por que ele agiu assim com o tal do Lújin? O homem tem dinheiro, não parece desagradar a ela... e, afinal de contas, elas não têm um tostão furado, não é mesmo? Hein?

— Mas por que você quer tanto descobrir esses segredos? — gritou Razumíkhin, irritado. — Como é que eu vou saber se elas têm ou não têm nenhum tostão? Pergunte você mesmo para elas, pode ser que fique sabendo...

— Puxa, como às vezes você é estúpido! A embriaguez de ontem não passou... Até logo; agradeça por mim à sua Praskóvia Pávlovna pelo pernoite. Ela se trancou, nem respondeu ao bom-dia que eu lhe disse através da porta, mas se levantou às sete horas, passaram pelo corredor levando o samovar da cozinha para ela... Não fui considerado digno de contemplar...

Às nove horas em ponto, Razumíkhin apareceu no apartamento do edifício Bakaliéiev. As duas damas o aguardavam fazia tempo, com impaciência histérica. Tinham acordado por volta das sete horas ou até mais cedo. Ele entrou, de cara sombria como a noite, e cumprimentou-as com uma reverência desajeitada, o que logo o deixou irritado — consigo mesmo, é claro. Mas suas previsões estavam erradas: Pulkhéria Aleksándrovna correu logo em sua direção, segurou suas mãos e por pouco não o beijou. Razumíkhin olhou de relance, timidamente, para Avdótia Románovna; porém, naquele minuto, naquele rosto arrogante, havia tamanha expressão de gratidão e de amizade, havia um respeito tão inesperado e completo por ele (em lugar dos olhares desdenhosos e do desprezo irreprimível e mal disfarçado!), que na verdade teria sido até mais fácil, para ele, se o recebessem com xingamentos, pois daquele modo a situação se tornava constrangedora demais. Por sorte, o tema da conversa já estava preparado de antemão e ele logo tratou de se aferrar ao assunto.

Depois de saber que Raskólnikov "ainda não tinha acordado", mas que "tudo está ótimo", Pulkhéria Aleksándrovna declarou que era melhor assim, "porque ela precisava muito, muito mesmo, ter uma longa conversa prévia com ele". Seguiu-se uma pergunta sobre o chá e o convite para beberem juntos; elas mesmas, à espera de Razumíkhin, ainda não tinham tomado chá. Avdótia Románovna tocou a sineta, um moleque maltrapilho atendeu ao chamado, recebeu ordem de trazer o chá, que foi servido, afinal, mas tão sujo e de modo tão impróprio que as damas tiveram vergonha. Razumíkhin praguejou com veemência contra a pensão, mas, lembrando-se de Lújin, calou-se, encabulou-se e sentiu uma alegria tremenda quando as perguntas de Pulkhéria Aleksándrovna, enfim, se derramaram em série, uma depois da outra e sem pausa.

Em resposta, ele falou quarenta e cinco minutos, interrompido toda hora por novas perguntas, e conseguiu transmitir todos os fatos principais e indispensáveis que ele conhecia do último ano da vida de Rodion Románovitch, concluindo com um relato detalhado da doença dele. No entanto, deixou de fora muita coisa que foi preciso omitir, entre elas a cena na delegacia e todas as suas consequências. Elas escutavam seu relato com avidez; mas quando Razumíkhin achou que já havia terminado e satisfizera suas ouvintes, verificou-se que, para elas, era como se nem tivesse começado.

— Diga, diga o que o senhor acha... ah, me desculpe, até agora eu não sei o seu nome — falou depressa Pulkhéria Aleksándrovna.

— Dmítri Prokófitch.

— Pois bem, Dmítri Prokófitch, eu queria muito, muito mesmo, saber... como no geral... ele agora está encarando as coisas, ou seja, compreenda, como vou dizer isso ao senhor, ou seja, é melhor dizer assim: do que ele gosta e do que ele não gosta? Ele fica sempre assim irritado? Que desejos ele tem e, por assim dizer, que sonhos, se for possível? O que é que tem influência sobre ele, exatamente agora? Numa palavra, eu gostaria de...

— Ah, mãezinha, como é possível responder tudo isso, de repente? — advertiu Dúnia.

— Ah, meu Deus, é que eu nem de longe, nem de longe mesmo, esperava encontrá-lo assim, Dmítri Prokófitch.

— Mas isso é muito natural, senhora — respondeu Dmítri Prokófitch. — Eu não tenho mãe, mas meu tio vem para cá todo ano e quase sempre diz que não me reconhece, até minha fisionomia, e é um homem inteligente; mas, nesses três anos em que as senhoras estão separadas dele, muita água correu por baixo da ponte. O que posso dizer? Eu conheço Rodion há um ano e meio: é taciturno, melancólico, arrogante e orgulhoso; ultimamente (talvez já muito antes), anda cismado e hipocondríaco. É generoso e bom. Não gosta de demonstrar seus sentimentos e prefere praticar uma crueldade a dar voz ao coração. Às vezes, no entanto, nada tem de hipocondríaco, é apenas frio e insensível até a desumanidade, na verdade é como se nele duas personalidades contraditórias se alternassem. Às vezes, é horrivelmente calado! Não tem tempo para coisa nenhuma, tudo o atrapalha, mas fica só deitado, sem fazer nada. Não diz gracejos, mas não é porque não tenha senso de humor: é como se não tivesse tempo para essas bobagens. Não ouve até o fim o que falam para ele. Nunca se interessa por aquilo que, em determinado momento, interessa aos outros. Ele se tem em muito alta conta e, parece, não é sem alguma razão. Muito bem, e o que mais?... Acho que a chegada das senhoras terá uma influência regeneradora sobre ele.

— Ah, Deus queira! — exclamou Pulkhéria Aleksándrovna, aflita com a explanação de Razumíkhin sobre o seu Ródia.

Mas Razumíkhin, afinal, lançou um olhar mais veemente para Avdótia Románovna. Ao longo da conversa, muitas vezes olhava de relance para ela, de modo fugaz, só por um instante, e logo desviava o olhar. Avdótia Románovna ora sentava à mesa e escutava com atenção, ora se levantava de novo e começava a caminhar, como era seu costume, de um lado para outro, de braços cruzados, os lábios comprimidos, e fazia uma pergunta de vez em quando, pensativa, sem interromper os passos. Também tinha o costume de não ouvir até o fim o que lhe diziam. Usava um vestido de tecido leve e escuro e, no pescoço, tinha enrolada uma echarpe branca e transparente. Por muitos sinais, Razumíkhin logo percebeu que as duas mulheres estavam numa situação à beira da miséria. Se Avdótia Románovna estivesse vestida como uma rainha, ainda assim, parece que não sentiria nenhum medo dela; agora, talvez por estar tão pobremente vestida e por ele ter notado aquela situação de penúria, o medo se arraigou no coração de Razumíkhin e ele passou a temer cada palavra, cada gesto, o que, naturalmente, era embaraçoso para alguém que, já sem isso, se mostrava pouco seguro de si.

— O senhor contou muitas coisas curiosas sobre o caráter do meu irmão e... de modo imparcial. Isso é bom; eu pensei que o senhor fosse falar dele com reverência — observou Avdótia Románovna, com um sorriso. — Parece, e nisso o senhor tem razão, que falta uma mulher ao lado dele — acrescentou, com ar pensativo.

— Eu não disse isso, no entanto pode ser que a senhora esteja certa, apenas...

— O quê?

— Acontece que ele não ama ninguém; e talvez nunca venha a amar... — cortou Razumíkhin.

— Ou seja, ele é incapaz de amar?

— Sabe, Avdótia Románovna, a senhora mesma é tremendamente parecida com seu irmão, em tudo! — deixou escapar, de repente, e do modo mais inesperado para si mesmo; porém, no mesmo instante, ao lembrar que estava falando com ela exatamente sobre o irmão, ficou vermelho como um camarão e muito embaraçado. Avdótia Románovna não pôde deixar de rir, olhando para ele.

— Quanto ao Ródia, vocês dois podem estar enganados — retrucou Pulkhéria Aleksándrovna, ferida em sua suscetibilidade. — Não estou falando de agora, Dúnietchka. O que o Piotr Petróvitch descreve naquela carta... e o que eu e você supúnhamos... pode não ser verdade, mas o senhor, Dmítri Prokófitch, não pode nem imaginar como ele é dado a fantasias e também, como vou dizer, a caprichos. Eu nunca pude confiar no temperamento dele, mesmo quando tinha quinze anos. Estou convencida de que ele, também agora, de uma hora para outra, é capaz de fazer consigo algo que ninguém jamais pensou em fazer... Nem é preciso ir muito longe: o senhor sabia que, há um ano e meio, ele me deixou pasma, fulminada, e por pouco não me matou, quando inventou de casar com aquela, como se chama... a filha da tal de Zarnítsina, a senhoria dele.

— O senhor conhece algum detalhe dessa história? — perguntou Avdótia Románovna.

— O senhor acha — prosseguiu Pulkhéria Aleksándrovna, com ardor — que, naquela hora, minhas lágrimas, meus apelos, minha doença, até minha morte de desgosto, quem sabe, e a nossa pobreza poderiam deter o Ródia? Ele passaria por cima de todos os obstáculos e com a maior tranquilidade. E, então, será que isso quer dizer que ele não tem mesmo amor por nós?

— Ele nunca me contou nada sobre essa história — respondeu Razumíkhin, cauteloso. — Mas eu soube de alguma coisa, dita pela própria sra. Zarnítsina, que também, por seu lado, não é de ficar contando histórias à toa, e o que eu ouvi talvez seja até um pouco estranho...

— E o que foi que o senhor ouviu? — perguntaram as duas, ao mesmo tempo.

— Na verdade, nada tão especial assim. Eu só soube que esse casamento, que já estava totalmente acertado e só não se realizou por causa da morte da noiva, não agradava nem um pouco à sra. Zarnítsina... Além do mais, pelo que dizem, a noiva nem era bonita, quer dizer, contam até que era feia... e um bocado doente e... estranha... mas parece que tinha lá suas qualidades. Devia ter algumas qualidades, senão é impossível entender... Ela também não possuía dote nenhum, mas nem ele estaria contando com um dote... Em geral, nesses casos, é difícil julgar.

— Estou convencida de que ela era uma jovem digna — ponderou Avdótia Románovna, para encurtar a conversa.

— Deus me perdoe, mas eu até me alegrei com a morte dela, apesar de eu não saber qual dos dois iria acabar destruindo a vida do outro primeiro: se ele, a vida dela, ou ela, a vida dele — concluiu Pulkhéria Aleksándrovna; em seguida, com olhares demorados e ininterruptos para Dúnia, o que visivelmente desagradava à filha, recomeçou a indagar, com cuidado, a respeito da cena entre Ródia e Lújin, na véspera. Aquele incidente, via-se bem, era o que mais a inquietava e a deixava à beira do pavor e do calafrio. Razumíkhin recontou tudo em minúcias, mas dessa vez acrescentou sua conclusão: acusou diretamente Raskólnikov de ofensa premeditada contra Piotr Petróvitch, mas, agora, sem lhe conceder a desculpa da doença.

— Ele já havia pensado nisso antes da doença — acrescentou.

— Eu também acho — disse Pulkhéria Aleksándrovna, com ar abatido. Mas ficou muito surpresa ao perceber que Razumíkhin, dessa vez, se referiu a Piotr Petróvitch com muito cuidado e até, assim parecia, com respeito. Isso também surpreendeu Avdótia Románovna.

— Então, qual é a opinião do senhor sobre o Piotr Petróvitch? — perguntou Pulkhéria Aleksándrovna, sem conseguir se conter.

— Sobre o futuro marido de sua filha, eu não posso ter outra opinião — respondeu Razumíkhin com firmeza e veemência — e não digo isso por mera cortesia vulgar, mas sim porque... porque... bem, pura e simplesmente porque foi a própria Avdótia Románovna que se dignou a escolher por vontade própria esse homem. Se ontem eu o injuriei daquela maneira, foi porque eu estava sordidamente embriagado e também... maluco; sim, maluco, de cabeça virada, enlouqueci por completo... e hoje sinto vergonha disso!... — Ficou vermelho e calou-se. Avdótia Románovna suspirou, mas não interrompeu o silêncio. Não proferiu nenhuma palavra, desde o instante em que começaram a falar de Lújin.

Entretanto, sem o respaldo da filha, Pulkhéria Aleksándrovna ficou visivelmente indecisa. Por fim, titubeante e olhando o tempo todo para a filha, declarou que agora estava muito aflita com uma circunstância.

— Veja, Dmítri Prokófitch... — começou. — Posso ser totalmente franca para o Dmítri Prokófitch, Dúnietchka?

— Mas é claro, mãezinha — respondeu Avdótia Románovna, com ar grave.

— Trata-se do seguinte — começou sem demora, como se, com aquela permissão de expressar seu desgosto, tivessem retirado uma montanha de cima de seus ombros. — Hoje, bem cedo, recebemos um bilhete de Piotr Petróvitch em resposta ao aviso de nossa chegada, ontem. Veja, ontem ele devia nos encontrar na estação de trem, como tinha prometido. Em vez disso, foi um lacaio que nos recebeu na estação, ele trazia o endereço desta pensão aqui e a ordem de nos mostrar o caminho, entretanto Piotr Petróvitch mandou avisar que viria nos ver hoje de manhã. Em vez disso, hoje de manhã, ele mandou este bilhete aqui... Mas é melhor que o senhor mesmo leia; há um ponto aí que me deixa muito inquieta... o senhor mesmo logo vai ver que ponto é esse... e depois me diga sua opinião sincera, Dmítri Prokófitch! O senhor conhece melhor do que ninguém o temperamento de Ródia e pode nos aconselhar melhor do que ninguém. Previno ao senhor que Dúnietchka já tem tudo decidido, desde o primeiro momento, mas eu, eu ainda não sei como agir e... e estava mesmo esperando o senhor.

Razumíkhin desdobrou o bilhete, datado da véspera, e leu o seguinte:

> "Misericordiosa sra. Pulkhéria Aleksándrovna, tenho a honra de lhe informar que, em razão de empecilhos inesperados, não pude recebê-la no desembarque e enviei, para tanto, uma pessoa inteiramente apta. Da mesma forma, serei privado da honra de encontrar a senhora amanhã cedo, por conta de questões inadiáveis no Senado, mas também para não perturbar o encontro de família entre a senhora e seu filho e Avdótia Románovna e seu irmão. Terei a honra de visitá-la e cumprimentá-la em seu apartamento não antes de amanhã, exatamente às oito horas da noite, porém me atrevo a agregar aqui meu pedido encarecido e, acrescento, veemente, para que, em nosso encontro comum, Rodion Románovitch não esteja presente, pois ele me insultou de modo grosseiro e inaudito, na visita que fiz a ele por ocasião de sua enfermidade e, a par disso, por ter de dar pessoalmente à senhora uma explicação indispensável e pormenorizada sobre um determinado ponto, acerca do qual desejo saber seu próprio parecer. Quanto a isso, tenho a honra de preveni-la de que, caso eu, a despeito de meu pedido, encontre Rodion Románovitch, serei obrigado a me retirar de imediato e, então, a senhora

terá de culpar apenas a si mesma. Escrevo na suposição de que Rodion Románovitch, que por ocasião de minha visita parecia bastante enfermo, porém, duas horas depois, de súbito, já estava recuperado, poderá, portanto, sair de sua casa e ir ao encontro da senhora. Convenci-me disso com meus próprios olhos, ontem, no apartamento de um beberrão atropelado por cavalos, que em razão disso estava moribundo, cuja filha, mocinha de conduta notória, recebeu dele vinte e cinco rublos, pelo menos, sob o pretexto de pagar o enterro, o que me surpreendeu ao extremo, sabendo com quantos transtornos a senhora conseguiu reunir essa soma. A propósito, ao testemunhar meu apreço especial à respeitável Avdótia Románovna, peço que receba, aqui, os sentimentos de dedicação respeitosa de seu humilde criado,

"P. Lújin."

— O que eu vou fazer agora, Dmítri Prokófitch? — disse Pulkhéria Aleksándrovna, quase chorando. — Como vou pedir ao Ródia que não venha? Ontem, ele exigiu com tanta insistência que a irmã rejeitasse Piotr Petróvitch e, agora, ordenam que ele mesmo não seja recebido aqui! Só que ele vai vir de propósito, assim que souber, e... o que eu vou fazer?

— Faça exatamente como Avdótia Románovna decidiu — respondeu Razumíkhin, de pronto e tranquilo.

— Ah, meu Deus! Ela diz... só Deus sabe o que é isso que ela diz, e ela também não me explica qual é o objetivo! Ela diz que vai ser melhor, ou antes, não que seja melhor, mas que, sei lá por que razão, vai ser absolutamente necessário que Ródia também esteja aqui hoje às oito horas, de propósito, e que os dois, a todo custo, se encontrem... Só que eu não quero mostrar essa carta para ele e, por intermédio do senhor, pensei em usar de algum expediente astucioso para que ele não venha aqui... porque ele é tão irritadiço... E eu também não estou entendendo nada desse tal beberrão que morreu, quem é essa filha e como ele foi capaz de entregar a essa tal filha todo o dinheiro que tinha restado... e que...

— E que custou tão caro para a senhora, mãezinha — acrescentou Avdótia Románovna.

— Ontem, ele estava muito transtornado — disse Razumíkhin, pensativo. — Se as senhoras soubessem os horrores que ele disse ontem, na taberna, apesar de ter falado de modo inteligente... hum! De fato, ontem ele me contou alguma coisa sobre um defunto e uma mocinha, quando estávamos indo para casa, mas eu não entendi nenhuma palavra... Aliás, ontem, eu mesmo estava...

— O melhor, mãezinha, é irmos nós mesmas à casa dele e lá, garanto à senhora, vamos resolver, de uma vez por todas, o que fazer. Além do mais, já está na hora... meu Deus! Onze horas! — exclamou, depois de olhar para seu magnífico relógio de ouro esmaltado, pendurado ao pescoço por uma fina correntinha veneziana, que não combinava em nada com o resto da indumentária. "Presente do noivo", pensou Razumíkhin.

— Ah, está na hora!... Está na hora, Dúnietchka! — agitou-se, em alvoroço, Pulkhéria Aleksándrovna. — Com o nosso atraso, ainda por cima, ele vai pensar que ficamos aborrecidas com o que aconteceu ontem. Ah, meu Deus!

Enquanto falava, alvoroçada, vestia seu xale e se cobria com o chapéu; Dúnietchka também se arrumava. Suas luvas estavam não apenas surradas como também rasgadas, o que Razumíkhin notou; entretanto, aquela flagrante pobreza das roupas conferia às damas até uma espécie de dignidade especial, o que sempre ocorre com quem sabe trajar roupas pobres. Razumíkhin olhava para Dúnietchka com reverência e se orgulhava de acompanhá-la. "Essa é a rainha", pensou ele, "que consertava suas meias na prisão, e é claro que, naquela hora, parecia mesmo uma rainha de verdade, e até mais do que nas solenidades e cerimônias mais suntuosas."[1]

— Meu Deus! — exclamou Pulkhéria Aleksándrovna. — Quando é que eu poderia imaginar que, um dia, eu ia ter medo de me encontrar com meu filho, o meu querido, o meu tão querido Ródia, como tenho agora!... Estou com medo, Dmítri Prokófitch! — acrescentou, e olhou tímida para ele.

— Não tenha medo, mãezinha — disse Dúnia, e beijou-a. — É melhor acreditar nele. Eu acredito.

— Ah, meu Deus! Eu também acredito, mas passei a noite toda sem dormir! — exclamou a pobre mulher.

Saíram para a rua.

— Sabia, Dúnietchka, já quase de manhã, quando finalmente peguei no sono um pouquinho, de repente eu sonhei com a Marfa Petrovna... e toda de branco... ela chegou perto, me pegou pela mão, ela mesma ficou balançando a cabeça para mim, e com um ar severo, tão severo, parecia me

1 Refere-se a Maria Antonieta (1755-93), esposa do rei Luís XVI, da França, presa na Revolução Francesa.

condenar... Será que é bom sinal? Ah, meu Deus, Dmítri Prokófitch, o senhor ainda não sabe: Marfa Petrovna morreu!

— Não, eu não soube; qual Marfa Petrovna?

— Foi de repente! E imagine só...

— Depois, mãezinha — Dúnia estava constrangida. — Afinal, ele nem sabe quem foi a Marfa Petrovna.

— Ah, o senhor não sabe? Mas eu pensei que o senhor já soubesse de tudo. O senhor me perdoe, Dmítri Prokófitch, nos últimos dias, a minha cabeça anda mesmo muito confusa. Na verdade, eu considero o senhor uma espécie de Providência para nós e, por isso, acho que já está sabendo de tudo. Eu considero o senhor uma pessoa da família... Não fique aborrecido por eu falar assim. Ah, meu Deus, o que o senhor tem aí na mão direita? Machucou-se?

— É, me machuquei — balbuciou Razumíkhin, exultante.

— Às vezes eu me deixo levar pela emoção, por isso a Dúnia me repreende... Mas, meu Deus, que cubículo é aquele onde ele mora! Mas será que já acordou? E aquela mulher, a senhoria, acha mesmo que aquilo é um quarto? Escute, o senhor diz que ele não gosta de mostrar o que traz no coração, então eu, talvez, o aborreça com as minhas... fraquezas, não é?... Será que o senhor pode me ensinar, Dmítri Prokófitch? Como eu faço com ele? Sabe, eu ando completamente perdida.

— Não fique perguntando muito sobre algum assunto, se notar que ele está com a sobrancelha franzida; principalmente sobre a sua saúde, não fique perguntando muito; ele não gosta.

— Ah, Dmítri Prokófitch, como é duro ser mãe! Mas olhe só esta escada... Que escada horrorosa!

— Mãezinha, a senhora está até pálida, se acalme, minha querida — disse Dúnia, e fez um carinho na mãe. — Ele vai ficar feliz de ver a senhora, não há dúvida, e mesmo assim a senhora fica se atormentando — acrescentou, com olhos faiscantes.

— Esperem, eu vou na frente para dar uma olhada, vou ver se ele já acordou.

As damas seguiram bem devagar, atrás de Razumíkhin, que se adiantou pela escada, e quando elas alcançaram o quarto andar e passaram pelo apartamento da senhoria, notaram que a porta estava entreaberta e, pela fresta, dois olhos negros e rápidos miravam para elas, do escuro. Quando os olhares se cruzaram, a porta bateu de repente, e com tal estrondo que por pouco Pulkhéria Aleksándrovna não gritou de susto.

III

— Ele está bem, ele está bem! — gritou Zóssimov, alegre, quando elas entraram. Fazia dez minutos que o médico tinha chegado e agora estava sentado na mesma ponta do sofá da véspera. Raskólnikov estava sentado na ponta oposta, completamente vestido e até lavado e penteado com esmero, o que fazia tempo que não acontecia. Num instante, todo o espaço do quarto ficou tomado, mas Nastássia, ainda assim, conseguiu entrar, atrás das visitas, e ficou escutando.

De fato, Raskólnikov estava quase saudável, sobretudo em comparação com o dia anterior, só que muito pálido, distraído e triste. Exteriormente, parecia uma pessoa ferida ou que tivesse suportado alguma dor física forte: sobrancelhas contraídas, lábios comprimidos, olhar inflamado. Falava pouco e de má vontade, como que à força ou para cumprir uma obrigação, e de vez em quando uma espécie de inquietude transparecia em seus movimentos.

Só faltava uma tipoia no braço ou uma atadura de gaze no dedo para completar a semelhança com uma pessoa que, por exemplo, tivesse um abscesso no dedo, uma contusão no braço ou algo do tipo.

No entanto, mesmo aquele rosto pálido e tristonho se iluminou por um momento, como se uma luz acendesse, quando a mãe e a irmã entraram, mas isso apenas acrescentou à sua expressão, em lugar da distração melancólica anterior, uma espécie de tormento ainda mais concentrado. A luz logo se apagou, mas o tormento persistiu e Zóssimov, que observava e estudava seu paciente com todo o fervor jovial do médico que mal começou a exercer seu ofício, percebeu nele, com surpresa, em lugar de alegria com a chegada dos familiares, uma espécie de determinação oculta e opressiva de suportar uma ou duas horas de uma tortura da qual não podia mais fugir. Depois, viu que quase todas as palavras da conversa que se seguiu pareciam picar algum ferimento do paciente e atiçar ainda mais a ferida; ao mesmo tempo, o médico ficou bastante admirado com sua atual capacidade de se controlar e de esconder os sentimentos do monomaníaco da véspera, quando qualquer mínima palavra o deixava à beira de um acesso de fúria.

— Sim, eu mesmo vejo agora que estou quase bom — disse Raskólnikov, enquanto beijava a mãe e a irmã de maneira afável, o que logo deixou Pulkhéria Aleksándrovna radiante. — E eu já não estou dizendo isso *como disse ontem* — acrescentou, se dirigindo a Razumíkhin, enquanto apertava amigavelmente sua mão.

— Eu até me surpreendi com ele hoje — começou Zóssimov, muito alegre com a chegada deles, pois em dez minutos já havia conseguido perder o fio da conversa com seu paciente. — Em três ou quatro dias, se continuar assim, ele estará exatamente como antes, ou seja, como estava há um mês, ou dois... ou, quem sabe, três? Pois faz tempo que isso começou e foi se formando... hein? Admite, agora, que talvez o senhor mesmo seja o culpado? — acrescentou, com um sorriso cauteloso, como se continuasse receoso de irritar Raskólnikov com qualquer coisa.

— É muito possível — respondeu ele, friamente.

— Eu estou dizendo isso — prosseguiu Zóssimov, embevecido — porque, no essencial, a sua recuperação completa depende, agora, unicamente do senhor mesmo. Agora que já é possível conversar com o senhor, eu gostaria de convencê-lo de que é necessário remover as causas originais e, por assim dizer, de raiz, que influenciam a formação do seu estado doentio, aí então o senhor vai se curar; do contrário, será pior ainda. Eu não conheço essas causas originais, mas o senhor deve conhecê-las. O senhor é uma pessoa inteligente e, sem dúvida, tem observado a si mesmo. Parece-me que o início de seu distúrbio coincide, de certa forma, com sua saída da universidade. O senhor não pode ficar sem uma ocupação e por isso me parece que o trabalho e um objetivo traçado com firmeza poderiam ser de grande ajuda para o senhor.

— Sim, sim, o senhor tem toda razão... eu logo vou voltar para a universidade e, então, tudo vai correr bem... de vento em popa...

Zóssimov, que havia começado seus conselhos inteligentes, em parte, para impressionar as damas, ficou certamente um pouco desencorajado quando, encerrado o discurso, olhou para seu ouvinte e notou em seu rosto um claro ar de deboche. Contudo, isso durou só um instante. Pulkhéria Aleksándrovna tratou logo de agradecer a Zóssimov, em especial pela visita a elas, na pensão, na noite anterior.

— Mas então ele esteve com vocês à noite? — perguntou Raskólnikov, e pareceu chocado. — Portanto, vocês também não dormiram depois da viagem?

— Ah, Ródia, afinal, tudo isso foi só até duas horas. Eu e Dúnia, lá em casa, nunca vamos dormir antes das duas.

— Eu também não sei como agradecer a ele — prosseguiu Raskólnikov, que de repente contraiu as sobrancelhas e baixou os olhos. — Deixando de lado a questão pecuniária, e o senhor me perdoe mencionar o assunto — falou para Zóssimov —, eu já nem sei o que fiz para merecer do senhor uma atenção tão especial. Simplesmente não entendo... e... e para mim é até penoso, porque não faz sentido: digo isso ao senhor com franqueza.

— Sim, mas não fique irritado — Zóssimov deu um riso forçado. — Suponha que o senhor é o meu primeiro paciente, pois os médicos como eu, que estão apenas começando a clinicar, amam seus primeiros pacientes como se fossem seus filhos, e alguns quase se apaixonam por eles. E eu também não tenho uma clientela tão abundante assim.

— E eu nem falo dele — acrescentou Raskólnikov, apontando para Razumíkhin —, que também não recebeu nada de mim, além de insultos e atribulações.

— Puxa, que mentira! O que deu em você hoje, que está com esse temperamento sentimental? — gritou Razumíkhin.

Se tivesse mais perspicácia, enxergaria que ali não havia nem sombra de temperamento sentimental, mas sim algo exatamente oposto. Porém Avdótia Románovna percebeu. Observava o irmão com olhar fixo e com preocupação.

— Sobre a senhora, mãezinha, eu nem me atrevo a falar — prosseguiu ele, como se tivesse decorado, de manhã cedo, a lição da escola. — Só hoje consegui entender, em certa medida, como a senhora deve ter sofrido ontem, aqui, à espera da minha volta. — Dito isso, de repente, em silêncio e com um sorriso, estendeu a mão para a irmã. Mas naquele sorriso, dessa vez, cintilou um sentimento verdadeiro e sem afetação. Dúnia, alegre e agradecida, no mesmo instante segurou e apertou com ardor a mão estendida para ela. Foi a primeira vez que Raskólnikov se dirigiu à irmã, depois da desavença da véspera. O rosto da mãe se iluminou de emoção e felicidade, ao ver a reconciliação tácita e definitiva do irmão com a irmã.

— Olhe, é por isso que eu o adoro! — sussurrou Razumíkhin, sempre exagerado, e virou-se na cadeira com um movimento brusco.

"E como sabe resolver tudo tão bem", pensou a mãe, "que ímpetos de nobreza e como ele soube terminar de maneira delicada e simples a desavença de ontem com a irmã... apenas estendeu a mão um minuto e lançou um olhar tão bonito... E que olhos lindos ele tem e como todo seu rosto é lindo!... Chega a ser até mais bonito do que a Dúnietchka... Mas, meu Deus, como está malvestido, que roupas horríveis! O Vássia, o menino de recados da loja de Afanássia Ivánovna, se veste melhor do que ele!... Minha vontade, agora, eu acho, minha vontade era mesmo correr para ele e dar um abraço e... chorar, mas tenho medo, tenho medo... o que há com ele, meu Deus?... Afinal, olhe como ele fala carinhosamente, e mesmo assim tenho medo! Mas do que é que eu tenho medo?..."

— Ah, Ródia, você nem acredita como ontem eu e a Dúnietchka ficamos... tristes! — emendou ela, de repente, apressando-se para responder à pergunta do filho. — Agora que tudo já passou e está terminado e que estamos todos felizes outra vez, eu posso contar. Imagine só, viemos correndo para abraçar você, quase que direto do vagão de trem para cá, e aquela mulher... ah, sim, aí está ela! Bom dia, Nastássia!... De repente, ela nos diz que você estava de cama, com *delirium tremens*, e que tinha acabado de fugir do médico, sem ninguém notar, delirante, pela rua afora, e que haviam saído às pressas para tentar encontrar você. Então, você nem pode acreditar como nós ficamos! Eu logo me lembrei do fim trágico do tenente Potántchikov, nosso conhecido, amigo do seu pai... você não se lembra dele, Ródia?... também teve *delirium tremens* e fugiu assim do mesmo jeito, acabou caindo num poço e só conseguiram tirar o tenente de lá no dia seguinte. E nós, é claro, ficamos mais nervosas ainda. Tivemos vontade de correr atrás do Piotr Petróvitch para, quem sabe, com a ajuda dele... porque, afinal, nós estávamos sozinhas, completamente sozinhas — e ela arrastou a voz queixosa, mas de repente emudeceu, ao lembrar que ainda era bastante perigoso falar de Piotr Petróvitch, apesar de "estarmos todos felizes outra vez".

— Sim, sim... claro, tudo isso é lamentável... — balbuciou Raskólnikov, em resposta, mas com ar tão distraído, tão desatento, que Dúnietchka olhou para ele com perplexidade.

— O que era mesmo que eu queria dizer, também? — continuou Raskólnikov, fazendo força para lembrar. — Ah, sim: por favor, mãezinha, e você, Dúnietchka, não pensem que, hoje, eu não quis ir à casa de vocês, mais cedo, e fiquei esperando que vocês viessem aqui primeiro.

— Mas de onde você tirou essa ideia, Ródia? — gritou Pulkhéria Aleksándrovna, também surpresa.

"Por que será que ele está nos respondendo como se fosse por obrigação?", pensou Dúnietchka. "Ele faz as pazes, pede desculpas, tudo como se cumprisse um dever ou mostrasse uma lição de casa na escola."

— Assim que eu acordei, quis ir até lá, mas as roupas me impediram; ontem, me esqueci de dizer para ela... a Nastássia... lavar esse sangue... E só agora consegui me vestir.

— Sangue? Que sangue? — alarmou-se Pulkhéria Aleksándrovna.

— Não é nada... não se preocupe. Esse sangue é porque, ontem, quando estava vagando meio delirante pela rua, esbarrei com um homem atropelado... um funcionário...

— Delirante? Mas se você se lembra de tudo... — cortou Razumíkhin.

— É verdade — respondeu Raskólnikov com uma espécie de cuidado todo especial. — Eu me lembro de tudo, até nos mínimos detalhes, mas o que admira é que não consigo explicar direito por que eu fiz isso, por que eu fui lá e por que eu falei aquelas coisas.

— É um fenômeno muito conhecido — interveio Zóssimov. — A execução de uma tarefa é, às vezes, perfeita, extremamente eficaz, mas o controle do comportamento, o fundamento das ações, não tem coerência e depende de diversas impressões doentias. Como se fosse um sonho.

"Afinal, talvez seja até bom que ele me considere quase um louco", refletiu Raskólnikov.

— Mas talvez as pessoas sãs também sejam assim — comentou Dúnietchka, olhando para Zóssimov com preocupação.

— Uma observação bastante correta — respondeu o médico —, no sentido de que realmente todos nós, e com muita frequência, agimos quase como loucos, apenas com a pequena diferença de que os "doentes" são um pouco mais loucos do que nós, porque aqui é preciso discernir o limite. Pessoas harmônicas, é verdade, quase não existem; em dezenas de milhares, talvez em muitas centenas de milhares, encontraremos uma só, e ainda assim serão exemplares bastante fracos...

Ao ouvirem a palavra "louco", que Zóssimov deixara escapar por descuido, ao sair tagarelando sobre seu tema predileto, todos franziram o rosto. Raskólnikov, como se não prestasse atenção, se mantinha sentado, pensativo e com um sorriso estranho nos lábios pálidos. Continuava e refletir a respeito de algo.

— Mas e o tal atropelado? Eu interrompi você! — gritou Razumíkhin, afobado.

— O quê? — Era como se Raskólnikov acordasse. — Ah, é... Eu me sujei de sangue quando ajudei a carregar o homem para o apartamento... Aliás, mãezinha, eu fiz ontem uma coisa imperdoável; realmente, eu não estava bom da cabeça. Eu dei todo o dinheiro que a senhora me mandou, e dei... para a esposa dele... para pagar o enterro. Agora está viúva, é tuberculosa, pobre mulher... três órfãos pequenos, passando fome... não tem nada na casa... e tem uma filha maior... Talvez a senhora mesma desse o dinheiro, se visse... No entanto, eu não tinha nenhum direito, admito, ainda mais sabendo como a senhora conseguiu aquele dinheiro. Para ajudar, é preciso primeiro ter o direito, senão: "*Crevez chiens, si vous n'êtes pas contents!*"[1] — E deu uma risada. — Não é, Dúnia?

— Não, não é assim — respondeu Dúnia, com firmeza.

— Puxa! Até você... com essas ideias! — murmurou, olhando para ela quase com ódio e sorrindo com desdém. — Eu devia levar isso em conta... Bem, é até louvável: é melhor para você... mas vai acabar chegando a um limite que, se você não atravessar, vai ser infeliz, e se atravessar, será, talvez, mais infeliz ainda... Mas tudo isso é bobagem! — acrescentou irritado, aborrecido com sua ira involuntária. — Eu só queria dizer que peço perdão à senhora, mãezinha — concluiu, brusco e seco.

— Chega, Ródia, eu estou convencida de que tudo o que você fez, tudo, é ótimo! — disse a mãe, alegre.

— Não tenha tanta certeza — respondeu ele, com a boca torta num sorriso. Seguiu-se um silêncio. Havia algo tenso em toda aquela conversa, bem como no silêncio, na reconciliação, nas desculpas, e todos sentiam isso.

"E, afinal, parece que elas têm medo de mim", pensou Raskólnikov, olhando de esguelha para a mãe e a irmã. Pulkhéria Aleksándrovna, de fato, quanto mais ficava calada, mais intimidada se sentia.

"Na ausência delas, parece que eu as amava", passou pela cabeça de Raskólnikov.

— Sabe, Ródia, a Marfa Petrovna morreu! — disparou, de repente, Pulkhéria Aleksándrovna.

1 Francês: "Que morram os cães, se não estiverem contentes!". Citação, ligeiramente alterada, de *Os miseráveis* (tomo 1, livro oitavo, cap. 4), de Victor Hugo.

— Quem é essa Marfa Petrovna?

— Ah, meu Deus, é a Marfa Petrovna, a Svidrigáilova! Eu já escrevi tanto sobre ela para você.

— A-a-a-ah, sim, estou lembrando... Então ela morreu? Puxa, é mesmo? — agitou-se, de repente, como se despertasse. — Será possível? E morreu de quê?

— Imagine só, foi de repente! — apressou-se Pulkhéria Aleksándrovna, animada com a curiosidade do filho. — Bem na hora em que eu mandei a carta para você, naquele mesmo dia! Imagine, parece que aquele homem horrível é que foi a causa da morte. Dizem que foi terrivelmente espancada!

— Mas será que eles viviam assim? — perguntou Raskólnikov, dirigindo-se à irmã.

— Não, ao contrário. Ele sempre foi muito paciente com a esposa, até gentil. Em muitos casos, ele foi até complacente demais com o caráter dela, por sete anos inteiros... De algum modo, de repente, perdeu a paciência.

— Portanto, ele não é tão horrível assim, se ele se conteve durante sete anos. Dúnietchka, você parece que o absolve, não é?

— Não, não, ele é um homem horrível! Eu não consigo imaginar ninguém mais horrível do que ele — respondeu Dúnia, à beira de um calafrio, contraiu as sobrancelhas e se pôs pensativa.

A coisa entre eles aconteceu de manhã — prosseguiu Pulkhéria Aleksándrovna, às pressas. — Depois, ela mandou atrelar os cavalos para ir à cidade logo após o almoço, porque nesses casos ela sempre ia à cidade; na hora do almoço, dizem que ela comeu com muito apetite...

— Depois de ser espancada?

— ... Mas ela sempre teve esse... costume e, logo depois do almoço, para não se atrasar, foi para um balneário... Sabe, ela tomava umas espécies de banhos terapêuticos; lá, tem uma fonte de água fria e ela se banhava ali com regularidade, todos os dias, mas assim que entrou na água, de repente, sofreu um ataque!

— Pudera! — disse Zóssimov.

— Ele espancou demais a esposa?

— Ora, isso não faz diferença — retrucou Dúnia.

— Hum! Ainda assim, mãezinha, a senhora sente vontade de contar toda essa bobagem — falou Raskólnikov, de repente, irritado e como que por acaso.

— Ah, pois é, meu caro, eu não sabia sobre o que falar — confessou Pulkhéria Aleksándrovna.

— Mas por que é que vocês todos têm medo de mim? — disse ele, com um sorriso retorcido.

— De fato, isso é verdade — respondeu Dúnia, olhando direto para o irmão, com ar severo. — A mãezinha, quando estava subindo a escada, chegou a se benzer de medo.

O rosto de Raskólnikov se contorceu como num espasmo.

— Ah, o que você está dizendo, Dúnia? Não se zangue, por favor, Ródia... Por que fez isso, Dúnia? — exclamou Pulkhéria Aleksándrovna, consternada. — Na verdade, durante toda a viagem para cá, no trem, fiquei sonhando com o nosso reencontro, que íamos nos rever, que íamos contar tudo um para o outro... e eu estava tão feliz que nem via a estrada! Mas o que estou dizendo? Agora eu estou feliz... Dúnia, você não devia! Eu já estou feliz só de ver você, Ródia...

— Chega, mãezinha — resmungou Raskólnikov, constrangido, sem olhar para a mãe e apertando a mão dela. — Teremos tempo para ficar conversando horas e horas!

Dito isso, de repente, ele se sentiu confuso e empalideceu: de novo, a horrível e recente sensação de um frio mortal perpassou seu espírito; mais uma vez, de súbito, ficou absolutamente claro e evidente, para ele, que estava dizendo uma mentira terrível, que agora não só nunca mais teria tempo para conversar horas e horas como não poderia nunca mais simplesmente *conversar* com ninguém sobre o que quer que fosse. A sensação daquele pensamento aflitivo foi tão forte que ele, num instante, quase ficou alheio a tudo, levantou-se e, sem olhar para ninguém, caminhou para sair do quarto.

— O que deu em você? — gritou Razumíkhin, segurando-o pelo braço.

Sentou-se de novo, calado, olhando ao redor; todos olhavam para ele, com perplexidade.

— Mas como vocês todos são chatos! — gritou Raskólnikov, de repente, de modo completamente inesperado. — Falem alguma coisa! Para que serve ficar assim sentado? Vamos, falem aí! Vamos conversar... Ficamos aqui todos reunidos e calados... Puxa, qualquer assunto serve!

— Graças a Deus! E eu que pensei que estava começando alguma coisa igual ao que ele teve ontem — disse Pulkhéria Aleksándrovna, fazendo o sinal da cruz.

— O que você tem, Ródia? — perguntou Avdótia Románovna, desconfiada.

— Ora, não é nada, eu me lembrei de uma coisa — respondeu e, de repente, deu uma risada.

— Ora, se você se lembrou de uma coisa, isso é bom! Senão eu mesmo ia pensar que... — murmurou Zóssimov, levantando-se do sofá. — Mas já está na minha hora; ainda vou ter, talvez, de passar no... se der tempo...

Fez uma reverência e saiu.

— Que homem maravilhoso! — disse Pulkhéria Aleksándrovna.

— Sim, maravilhoso, excelente, educado, inteligente... — desandou a falar Raskólnikov, de súbito, com uma rapidez inesperada e com uma espécie de animação incomum, até então. — Eu o conheci antes da doença, só não lembro onde foi... Sei lá onde eu estava... Esse aí também é um homem bom! — acenou para Razumíkhin. — Gosta dele, Dúnia? — perguntou, de repente, e deu uma risada, sem que ninguém soubesse o motivo.

— Muito — respondeu Dúnia.

— Puxa, mas você é um... porco! — disse Razumíkhin, tremendamente constrangido e ruborizado, e levantou-se da cadeira. Pulkhéria Aleksándrovna sorriu de leve, enquanto Raskólnikov dava uma sonora gargalhada.

— Aonde vai?

— Eu também... preciso...

— Não precisa coisa nenhuma, fique aqui! Zóssimov saiu e por isso você também tem de sair? Não vá... E que horas são? Meio-dia? Que relógio bonito você tem, Dúnia! Mas por que ficaram calados outra vez? Sou só eu que tenho de falar o tempo todo!...

— É um presente de Marfa Petrovna — respondeu Dúnia.

— Caríssimo — acrescentou Pulkhéria Aleksándrovna.

— A-a-ah! Como é grande, quase não serve para damas.

— É desse tipo que eu gosto — disse Dúnia.

"Quer dizer que não é um presente do noivo", pensou Razumíkhin e, por algum motivo, alegrou-se.

— E eu que pensei que era um presente do Lújin — observou Raskólnikov.

— Não, ele ainda não deu nenhum presente para Dúnietchka.

— A-a-ah! Lembra, mãezinha, eu estava apaixonado e queria casar — disse ele, de repente, olhando para a mãe, chocada com aquela repentina guinada e com o tom em que ele começou a falar do assunto.

— Ah, meu caro, eu sei, sim! — Pulkhéria Aleksándrovna trocou um olhar com Dúnietchka e com Razumíkhin.

— Hum! Pois é! O que eu posso contar para a senhora? Eu mal me recordo, na verdade. Era uma garota tão doente — prosseguiu e, de súbito, se mostrou de novo pensativo, com os olhos voltados para baixo. — Vivia adoentada; gostava de dar esmola aos mendigos, sempre com o sonho de entrar para um convento e, certa vez, ficou banhada em lágrimas, quando começou a falar sobre isso; sim, sim... eu lembro... lembro muito bem. Tão feiazinha... Juro, não sei por que foi que eu me enamorei dela, na época, deve ter sido porque estava sempre doente... E mesmo se fosse manca ou corcunda, eu acho que eu a amaria mais ainda... — Sorriu, pensativo. — Pois é... Foi um delírio de primavera...

— Não, não foi só um delírio de primavera — retrucou Dúnietchka, com veemência.

Raskólnikov olhou para a irmã com atenção e insistência, mas não captou nem sequer entendeu as palavras dela. Em seguida, em profunda meditação, levantou-se, aproximou-se da mãe, voltou a seu lugar e sentou-se.

— Mesmo agora, você continua a amar essa moça! — exclamou Pulkhéria Aleksándrovna, comovida.

— Ela? Agora? Ah, sim... a senhora está falando dela! Não. Tudo isso, agora, parece que pertence a outro mundo... e faz tanto tempo. E, aliás, tudo à minha volta parece, também, que nem está acontecendo aqui...

Olhou para eles, com atenção.

— Vocês, por exemplo... é como se eu estivesse olhando para vocês a mil verstas de distância... Só o diabo sabe por que estamos falando disso! E para que ficar perguntando? — acrescentou com irritação e calou-se, roendo as unhas e, de novo, pensativo.

— Que quarto ruim, você tem, Ródia, parece um caixão — disse Pulkhéria Aleksándrovna, interrompendo o silêncio opressivo. — Tenho certeza de que metade do motivo para você andar tão melancólico é este lugar.

— O quarto?... — respondeu Raskólnikov, distraído. — É, o quarto contribuiu muito, eu também estava pensando nisso... Mas se a senhora soubesse que ideia estranha acabou de expressar, mãezinha... — acrescentou, de repente, e deu um sorriso forçado.

Mais um pouco e aquela companhia, aqueles parentes, após três anos de separação, e aquele tom familiar em uma conversa na qual era impossível falar sobre o que quer que fosse teriam, afinal, se tornado francamente insuportáveis para ele. No entanto, havia uma questão inadiável que, de um modo ou de outro, era preciso resolver naquele dia e a todo custo — assim Raskólnikov havia decidido mais cedo, ao acordar. E agora ele se alegrou com a tal *questão*, encarada como uma saída.

— É o seguinte, Dúnia — começou ele, em tom sério e seco. — Claro que eu peço desculpas a você pela maneira como eu me despedi ontem, mas considero que é meu dever lembrar a você, mais uma vez, que eu não abro mão do ponto principal. Ou eu, ou Lújin. Mesmo que eu seja um canalha, você não deve aceitar. É uma pessoa qualquer. Se você se casar com o Lújin, na mesma hora vou deixar de considerar você minha irmã.

— Ródia! Ródia! Mas isto é exatamente a mesma coisa de ontem! — gritou Pulkhéria Aleksándrovna, amargurada. — E por que toda hora você diz que é um canalha? Eu não consigo suportar! Ontem foi a mesma coisa...

— Irmão — respondeu Dúnia, com firmeza e também com secura. — Em tudo isso, há um erro seu. De noite, eu fiquei refletindo e descobri qual é o erro. Tudo se resume em que você parece supor que eu estou me sacrificando a alguém e por alguém. E não é nada disso. Eu vou casar simplesmente por mim mesma, porque para mim a vida está difícil; de outro lado, é claro, vou ficar feliz se eu puder ser útil também aos familiares, mas esse não é o motivo principal da minha decisão...

"Está mentindo", pensou ele, roendo as unhas com raiva. "Presunçosa! Não quer admitir que deseja fazer uma caridade! Ah, esses temperamentos infames! Eles amam como se odiassem... Ah, como eu... odeio todos eles!"

— Em suma, eu vou casar com Piotr Petróvitch — prosseguiu Dúnietchka —, porque, entre dois males, escolhi o menor. Minha intenção é fazer honestamente tudo o que ele espera de mim e, portanto, eu não estou enganando... Por que você está sorrindo assim?

Ela também ficou ruborizada e a ira faiscou em seus olhos.

— Vai fazer tudo? — perguntou ele, sorrindo com veneno.

— Até determinado limite. A maneira e a forma do pedido de casamento de Piotr Petróvitch logo me mostraram do que ele precisa. Claro, talvez ele se tenha em alta conta demais, porém eu espero que ele também me tenha em alta conta... Do que você está rindo, de novo?

— E por que você está vermelha, de novo? Está mentindo, irmã, está mentindo de caso pensado, e só por teimosia de mulher, só para não dar o braço a torcer na minha frente... Você não pode respeitar o Lújin: eu o vi e falei com ele. Portanto, você vai se vender por dinheiro e, portanto, de um jeito ou de outro, está agindo de forma vil, mas eu fico feliz de ver que você, pelo menos, ainda é capaz de ficar vermelha!

— Não é verdade, eu não estou mentindo!... — gritou Dúnietchka, perdendo todo o sangue-frio. — Eu não vou casar com ele, se não estiver convencida de que ele me dá valor e tem apreço por mim; eu não vou casar, se não estiver firmemente convencida de que eu mesma posso respeitá-lo. Por sorte, eu tenho meios de me convencer disso de maneira segura, e pode ser hoje. Um casamento assim não é uma infâmia, como você está dizendo! Mas, se você tivesse razão, se eu, de fato, tivesse resolvido cometer uma infâmia, não seria uma crueldade, da sua parte, falar assim comigo? Por que você cobra de mim um heroísmo que talvez nem exista em você? Isso é despotismo, isso é uma violência! Se eu vou arruinar alguém, será só a mim mesma... Eu ainda não esfaqueei ninguém!... Por que está olhando para mim desse jeito? Por que ficou tão pálido? Ródia, o que você tem? Ródia, meu querido!...

— Meu Deus! Você fez o Ródia desmaiar! — gritou Pulkhéria Aleksándrovna.

— Não, não... bobagem... não é nada!... A cabeça rodou um pouquinho. Não é desmaio nenhum... Vocês cismaram com essa história de desmaio!... Hum! Sim... O que era mesmo que eu queria? Ah, sim: de que forma você vai se convencer ainda hoje de que pode respeitar o Lújin e de que ele... dá valor a você e... como foi mesmo que você disse? Parece que você disse que vai ser hoje, não é? Ou será que ouvi mal?

— Mãezinha, mostre para o irmão a carta de Piotr Petróvitch — disse Dúnietchka.

Com mãos trêmulas, Pulkhéria Aleksándrovna entregou a carta. Raskólnikov pegou-a com grande curiosidade. Porém, antes de desdobrar o papel, olhou de repente para Dúnietchka com certa surpresa.

— Mas que estranho — falou devagar, como que chocado, de repente, por uma ideia nova. — De onde me veio toda essa agitação? Para que gritar assim? Ora, case com quem quiser!

Falava como se fosse para si mesmo, no entanto pronunciou as palavras em voz alta e ficou olhando para a irmã durante algum tempo, parecendo perplexo.

Afinal, desdobrou a carta, mantendo o tempo todo o ar de uma surpresa um tanto estranha; em seguida, começou a ler devagar e com atenção e, por duas vezes, leu a carta de ponta a ponta. Pulkhéria Aleksándrovna estava especialmente inquieta; todos também esperavam algo especial.

— Isso me deixa admirado — começou Raskólnikov, após certa reflexão, enquanto devolvia a carta para a mãe, porém sem se dirigir a ninguém em particular. — Pois ele está aqui a negócios, é um advogado, sua conversa até que tem... certo traquejo, mas olhe só como ele escreve mal.

Todos tiveram um choque; não era nada do que estavam esperando.

— Mas todos eles escrevem assim mesmo — retrucou Razumíkhin, de modo brusco.

— E você leu?

— Li.

— Mostramos para ele, Ródia, nós... pedimos seu conselho, agora há pouco — explicou Pulkhéria Aleksándrovna, embaraçada.

— Esse é o linguajar próprio do judiciário — interveio Razumíkhin. — A papelada jurídica é escrita assim até hoje.

— Jurídica? Sim, é mesmo uma linguagem jurídica, de negócios... Não que ele seja tão iletrado assim, mas também não chega a ser muito literário; apenas negócios!

— Piotr Petróvitch não esconde que tinha pouco dinheiro para estudar e até se orgulha de ter aberto seu próprio caminho — observou Avdótia Románovna, um pouco ofendida com o novo tom do irmão.

— Pois é, se ele se orgulha, é porque tem motivo, e eu não o contradigo. Você, irmã, parece que se sentiu ofendida por eu ter extraído uma observação tão frívola de toda essa carta e está pensando que eu falei essas bobagens de propósito, que fiz uma encenação só para provocar despeito em você. Ao contrário, acerca da maneira de escrever, me veio à cabeça uma observação que, neste caso, nada tem de supérfluo. Há na carta uma expressão: "a senhora terá de culpar apenas a si mesma", formulada de modo muito significativo e claro e, além disso, há a ameaça de que ele irá embora imediatamente, se eu estiver presente. Essa ameaça de ir embora equivale à ameaça de abandonar vocês duas, se forem desobedientes, e abandonar vocês agora, depois de ter chamado as duas para Petersburgo. Pois bem, o que vocês acham? Por acaso não é possível sentir que há algo de ofensivo nessa expressão de Lújin, da mesma forma que haveria se tivesse sido escrita por ele — e apontou para Razumíkhin — ou por Zóssimov ou por qualquer um de nós?

— N-não — respondeu Dúnietchka, animando-se. — Entendi muito bem que isso foi expresso de modo demasiado ingênuo e que, talvez, ele não tenha mesmo o domínio da escrita... Isso você avaliou bem, irmão. Eu até não esperava...

— Isso foi expresso em linguagem jurídica e, em linguagem jurídica, não se pode escrever de outra forma, e assim acabou ficando mais bruto do que talvez ele desejasse. No entanto, eu devo desapontar você um pouco: nessa carta, há mais uma expressão, uma calúnia a meu respeito, e bastante infame. Ontem, eu dei o dinheiro para uma viúva tuberculosa e abatida, e não "sob o pretexto de pagar o enterro", mas sim expressamente para pagar o enterro, e eu não dei o dinheiro nas mãos da filha, uma jovem, como ele escreve, "de conduta notória" e que eu vi ontem pela primeira vez na vida, mas dei, sim, precisamente para a viúva. Em tudo isso, eu vejo um desejo demasiado afoito de me denegrir e de me indispor com vocês. Tudo expresso, mais uma vez, à maneira jurídica, ou seja, com um propósito demasiado explícito e com uma precipitação absolutamente ingênua. É um homem inteligente, mas, para agir de forma inteligente, só a inteligência é pouco. Tudo isso retrata um homem e... eu não creio que ele tenha muito apreço por você. Estou dizendo isso só para seu esclarecimento, porque eu desejo sinceramente o seu bem...

Dúnietchka não respondeu; sua decisão já estava tomada desde antes, e ela apenas aguardava a noite.

— E então, o que você resolve, Ródia? — perguntou Pulkhéria Aleksándrovna, ainda mais inquieta do que estava antes de ouvir aquele tom "prático", novo e repentino na maneira de falar de Raskólnikov.

— Como assim, "o que você resolve"?

— Ora, o Piotr Petróvitch está pedindo que você não vá à nossa casa à noite e diz que, se você for... ele irá embora. Então, o que você... vai fazer?

— Isso, naturalmente, não cabe a mim decidir, mas em primeiro lugar à senhora, se tal exigência de Piotr Petróvitch não a ofende e, em segundo lugar, a Dúnia, se ela também não se sente ofendida. Eu farei o que for melhor para vocês — acrescentou, com secura.

— A Dúnietchka já tomou sua decisão e eu concordei plenamente com ela — apressou-se em deixar claro Pulkhéria Aleksándrovna.

— Decidi pedir a você, Ródia, e pedir com veemência, que esteja sem falta em nossa casa para esse encontro — disse Dúnia. — Você vai?

— Vou.

— Eu também peço ao senhor que esteja em nossa casa às oito horas — dirigiu-se ela a Razumíkhin. — Mãezinha, eu também estou convidando este senhor.

— Isso é ótimo, Dúnietchka. Muito bem, já que decidiram, que seja — acrescentou Pulkhéria Aleksándrovna. — Para mim, assim é mais fácil; não gosto de fingir e mentir; é melhor dizer toda a verdade... E se o Piotr Petróvitch quiser ficar zangado, que fique!

IV

Naquele instante, a porta se abriu devagar e uma jovem entrou no quarto, espiando tímida em redor. Todos se voltaram para ela com surpresa e curiosidade. Raskólnikov não a reconheceu, ao primeiro olhar. Era Sônia Semiónovna Marmeládova. Na véspera, ele a vira pela primeira vez, mas num momento, numa circunstância e em tais roupas que, em sua memória, ficou gravada a imagem de uma pessoa completamente diversa. Agora, era uma jovem vestida de maneira modesta e até pobre, ainda muito mocinha, parecia quase uma menina, de maneiras humildes e recatadas, com um rosto franco, mas que parecia um pouco assustado. Usava roupas muito simples, feitas em casa, e um chapéu velho e fora de moda, na cabeça; como na véspera, trazia nas mãos apenas uma sombrinha. Ao ver o quarto inesperadamente cheio de gente, mais do que embaraçada, ela se viu intimidada, perdida, como uma criança pequena, e chegou a fazer o movimento de quem quer sair.

— Ah... é a senhora? — disse Raskólnikov, com extrema surpresa e, de repente, também se sentiu constrangido.

Na mesma hora, se deu conta de que a mãe e a irmã já estavam sabendo, por alto, de certa moça "de conduta notória". E agora, logo depois de ele ter protestado contra a calúnia de Lújin e mencionado que tinha visto aquela moça no dia anterior pela primeira vez na vida, de repente, era ela mesma quem aparecia ali em sua casa. Raskólnikov lembrou, também, que não tinha feito nenhum protesto contra a expressão "de conduta notória". Tudo isso passou pela sua cabeça num relance fugaz. Porém, ao observar com mais cuidado, percebeu que aquela criatura humilhada já havia sofrido tamanha humilhação que ele, de súbito, sentiu pena. Quando Sônia fez o movimento de fugir de medo, algo se revolveu dentro dele.

— Eu não estava esperando a senhora — apressou-se Raskólnikov, detendo-a com o olhar. — Tenha a bondade de sentar-se. A senhora, com certeza, vem da parte de Katierina Ivánovna. Por favor, aqui não, sente ali...

Quando Sônia entrou, Razumíkhin, sentado junto à porta, numa das três cadeiras de Raskólnikov, imediatamente se levantou para que ela passasse. De início, Raskólnikov quis indicar para ela a ponta do sofá, onde Zóssimov ficara sentado antes, mas ao lembrar que o sofá era um lugar demasiado *íntimo* e que servia de cama para ele, tratou logo de lhe indicar a cadeira de Razumíkhin.

— E você sente aqui — disse para Razumíkhin, deixando-o espremido na ponta do sofá, onde Zóssimov ficara sentado antes.

Sônia sentou-se, quase trêmula de medo, e lançou um olhar tímido para as duas damas. Era visível que ela mesma não compreendia como podia sentar-se ao lado delas. Dando-se conta disso, Sônia ficou a tal ponto assustada que, de repente, se pôs de pé mais uma vez e, muito envergonhada, dirigiu-se a Raskólnikov.

— Eu... eu... passei aqui só um minuto, desculpe por incomodar o senhor — começou, gaguejando. — Venho da parte de Katierina Ivánovna, ela não tinha ninguém mais para mandar... E a Katierina Ivánovna pediu encarecidamente que o senhor esteja amanhã no velório, de manhã... na missa... no cemitério Mitrofan, e que depois vá à nossa casa... à casa dela... para a refeição... Dê essa honra para ela... Foi ela quem mandou pedir.

Sônia titubeou e calou-se.

— Vou tentar, com certeza... com certeza... — respondeu Raskólnikov, também se levantando e também gaguejando, sem concluir a frase. — Tenha a bondade de sentar-se — falou de repente. — Eu preciso falar com a senhora. Por favor... talvez a senhora esteja com pressa... tenha a bondade de me dar só dois minutos...

E empurrou a cadeira para ela. Sônia sentou-se de novo e, de novo, lançou depressa um olhar tímido e atônito para as duas damas e, de repente, baixou os olhos.

O rosto pálido de Raskólnikov inflamou-se; ele todo pareceu estremecer; os olhos se incendiaram.

— Mãezinha — disse Raskólnikov, firme e enfático. — Essa é Sófia Semiónovna Marmeládova, filha daquele infeliz sr. Marmeládov que ontem, diante dos meus olhos, foi atropelado pelos cavalos e sobre o qual já falei com a senhora...

Pulkhéria Aleksándrovna olhou para Sônia e estreitou um pouco as pálpebras. Apesar de todo seu constrangimento diante do olhar insistente e desafiador de Ródia, ela não foi capaz de abrir mão daquele prazer. Dúnietchka encarava a pobre menina com atenção e seriedade, mirava direto seu rosto e a examinava com perplexidade. Ao ouvir a apresentação, Sônia ergueu os olhos novamente, porém ficou ainda mais encabulada do que antes.

— Eu queria perguntar à senhora — Raskólnikov dirigiu-se logo a Sônia — como correram as coisas, hoje, em sua casa. Incomodaram a senhora?... Por exemplo, alguém da polícia?

— Não, senhor, tudo correu bem... Afinal, a causa da morte foi muito clara; não vieram incomodar; só que os inquilinos estão aborrecidos.

— Por quê?

— O corpo ficou lá muito tempo... agora está calor, o cheiro... e então hoje, à tardinha, vai ser levado para o cemitério, para ficar na capela até amanhã. Katierina Ivánovna no início não queria, mas agora ela mesma entende que não pode...

— Então, é hoje?

— Ela pede ao senhor que nos dê a honra de comparecer amanhã ao velório na igreja e, depois, ir à casa dela para a refeição em memória ao falecido.

— Ela vai servir uma refeição em memória ao marido?

— Sim, senhor, uma refeição ligeira; ela mandou agradecer muito ao senhor por ter nos ajudado ontem... sem o senhor, nem haveria como pagar o enterro. — De repente, o lábio e o queixo de Sônia começaram a tremer com força, mas ela se conteve, se controlou e, rapidamente, baixou os olhos outra vez para o chão.

Durante a conversa, Raskólnikov a observava atento. Era um rostinho magro, muito magrinho e pálido, bastante irregular e pontudo, de nariz e queixo miudinhos e pontiagudos. Seria mesmo impossível dizer que ela era bonita, em compensação os olhos azuis eram muito claros e, quando se animavam, a expressão do rosto se tornava tão bondosa e ingênua que era impossível não se sentir atraído. No rosto, bem como em toda sua figura, havia, além disso, um traço característico especial: apesar de seus dezoito anos, ela ainda parecia quase uma menina, bem mais jovem do que era, quase uma criança mesmo, e isso às vezes transparecia até de forma engraçada em alguns de seus movimentos.

— Mas será que Katierina Ivánovna consegue, com tão poucos recursos, providenciar uma refeição, mesmo que ligeira? — perguntou Raskólnikov, insistindo em prosseguir a conversa.

— O caixão vai ser simples, senhor... tudo vai ser simples, por isso não sai caro... eu e a Katierina Ivánovna estávamos fazendo as contas de tudo, agora mesmo, e vimos que vai sobrar para servir a refeição, depois do enterro... e a Katierina Ivánovna quer muito fazer isso. Então, não dá para... é um consolo para ela... ela é assim, afinal, o senhor sabe...

— Entendo, entendo... é claro... Por que a senhora fica observando o meu quarto? Sabe, a mãezinha também diz que parece um caixão.

— O senhor deu tudo para nós, ontem! — exclamou Sónietchka, de repente, em resposta, numa espécie de sussurro forte e rápido, e baixou os olhos de novo. Os lábios e o queixo começaram a tremer com força outra vez. Fazia tempo que estava impressionada com o estado de pobreza de Raskólnikov e, agora, aquelas palavras escaparam sozinhas. Seguiu-se um silêncio. Os olhos de Dúnietchka pareceram desanuviar-se e Pulkhéria Aleksándrovna olhou para Sônia de modo até acolhedor.

— Ródia — disse ela, levantando-se —, eu e Dúnia vamos almoçar, é claro. Vamos, Dúnietchka... E você, Ródia, vá passear um pouco, depois descanse, fique deitado e, em seguida, vá a nosso encontro, sem demora... Eu receio que nós tenhamos cansado você demais...

— Sim, sim... eu vou — respondeu, levantando-se, apressado. — Aliás, eu tenho um compromisso...

— Mas será possível que vocês vão almoçar separados? — gritou Razumíkhin, olhando para Raskólnikov com surpresa. — O que é isso?

— Sim, sim, eu vou, é claro, é claro... E você fique aqui só mais um minuto. Pois vocês não estão precisando dele agora, não é, mãezinha? Ou eu estou tomando Razumíkhin da senhora?

— Ah, não, não! E o senhor, Dmítri Prokófitch, venha almoçar conosco. Fará essa gentileza?

— Por favor, venha — pediu Dúnia.

Razumíkhin cumprimentou-a com uma reverência e ficou radiante. Por um momento, todos se sentiram estranhamente constrangidos.

— Adeus, Ródia, ou melhor, até logo; não gosto de dizer “adeus”. Adeus, Nastássia... ah, falei “adeus” de novo!...

Pulkhéria Aleksándrovna também quis cumprimentar Sônia com uma reverência, mas, apesar de tudo, não conseguiu e saiu do quarto, apressada.

Enquanto isso, Avdótia Románovna parecia estar esperando sua vez e, ao passar por Sônia, depois da mãe, cumprimentou-a com uma reverência atenciosa, cortês, curvando-se bastante. Sónietchka sentiu-se encabulada, também se curvou numa reverência, mas de modo um tanto assustado e apressado, em seu rosto se refletiu uma sensação até doentia, como se a atenção e a cortesia de Avdótia Románovna fossem, para ela, opressivas e torturantes.

— Dúnia, adeus, então! — gritou Raskólnikov, já na saída. — Me dê sua mão!

— Mas eu já lhe dei a mão, esqueceu? — respondeu Dúnia, virando-se para ele com carinho, mas embaraçada.

— Tudo bem, mas dê de novo!

E apertou com força os dedinhos da irmã. Dúnietchka sorriu para ele, ruborizou-se, retirou logo a mão e correu atrás da mãe, também toda feliz, por algum motivo.

— Pronto, que ótimo! — disse ele para Sônia, ao voltar para o quarto e olhando para ela. — Que os mortos repousem no Senhor, pois os vivos ainda têm de viver! Não é? Não é? Não é mesmo?

Sônia olhou até com surpresa para o rosto de Raskólnikov, que de repente se iluminou; ele ficou olhando para ela, em silêncio e com atenção, por alguns instantes: toda a história contada pelo falecido pai de Sônia veio à lembrança de Raskólnikov, naquele momento...

— Meu Deus, Dúnietchka! — exclamou Pulkhéria Aleksándrovna, logo que saíram para a rua. — Veja só, parece que eu mesma fiquei contente de ter saído de lá: dá uma espécie de alívio. Ontem, no trem, eu jamais seria capaz de imaginar que isso poderia me deixar feliz!

— Vou lhe dizer mais uma vez, mãezinha: ele ainda está muito doente. Será que a senhora não está vendo? Quem sabe se, ao sofrer tanto por nós, ele não acabou se transtornando? É preciso ser indulgente e é possível perdoar muita coisa, muita coisa.

— Mas você também não foi indulgente! — retrucou Pulkhéria Aleksándrovna, com ardor e com ciúmes. — Sabe, Dúnia, eu fiquei olhando para vocês dois; você é o retrato perfeito dele, e não tanto no rosto quanto no espírito: os dois são melancólicos, os dois são tristes e irritadiços, os dois são arrogantes e os dois são generosos... Afinal, é impossível que ele seja egoísta, não é, Dúnietchka?... E quando eu penso no que vai acontecer hoje à noite lá em casa, o coração parece que vai parar!

— Não se preocupe, mãezinha, vai ser o que tiver de ser.

— Dúnietchka! Mas pense só em que situação nós estamos agora! E se o Piotr Petróvitch desistir? — disse a pobre Pulkhéria Aleksándrovna, de repente, por descuido.

— Mas, então, se fizer isso, que valor ele vai ter? — respondeu Dúnietchka, de modo brusco e desdenhoso.

— E nós fizemos bem em sair de lá agora — interrompeu Pulkhéria Aleksándrovna, afobada. — Ele estava com pressa de fazer alguma coisa; é bom que ele saia, respire ar puro... O quarto dele é um horror de abafado... Mas, também, onde é que se pode respirar por aqui? Mesmo do lado de fora, na rua, é igual a um quarto sem nenhuma janelinha de ventilação. Minha nossa, mas que cidade!... Cuidado, chegue para o canto, vão atropelar a gente, olhe, estão carregando alguma coisa! Puxa, é um piano que estão levando, juro... como empurram... E eu também tenho muito medo daquela mocinha...

— Que mocinha, mãezinha?

— Ora, aquela tal de Sófia Semiónovna, que agora mesmo...

— O que tem ela?

— Eu estou com um pressentimento, Dúnia. Bem, acredite ou não, assim que ela entrou, na mesma hora eu pensei que ali estava o principal e que ela veio para ficar...

— Não vai ficar coisa nenhuma! — exclamou Dúnia, com irritação. — E que história de pressentimento é essa, mãezinha? Ele conheceu a moça ontem e agora, quando ela entrou, não a reconheceu.

— Está bem, você vai ver!... Ela me deixa confusa, mas você vai ver, você vai ver! Eu fiquei tão assustada: ela ficou olhando para mim, ficou olhando e olhando, com aqueles olhos... eu mal consegui ficar quieta na cadeira; lembra como ele a apresentou? E outra coisa que eu achei estranho: Piotr Petróvitch escreveu sobre ela daquele jeito, mas ele nos apresentou essa moça, e ainda mais para você! Portanto, é uma pessoa cara a ele!

— Pouco importa o que ele escreve! Sobre nós também andaram falando, e até escrevendo, será que a senhora esqueceu? Eu estou convencida de que ela... é maravilhosa e que tudo isso é uma... bobagem!

— Deus queira!

— E o Piotr Petróvitch é um fofoqueiro imprestável — retrucou Dúnietchka, de repente.

Com isso, Pulkhéria Aleksándrovna se retraiu. A conversa foi interrompida.

— Olhe, escute o que eu queria tratar com você... — disse Raskólnikov, levando Razumíkhin para junto da janelinha...

— Então, eu posso dizer para Katierina Ivánovna que o senhor vai... — apressou-se Sônia, curvando-se numa reverência para se retirar.

— Um instante, Sônia, nós não temos segredos, a senhora não está atrapalhando... Eu ainda queria dizer duas palavrinhas para a senhora... É o seguinte — e voltou-se de repente para Razumíkhin, sem concluir a frase, como se desse um corte. — Afinal, você conhece o tal de... Como se chama?... Porfíri Petróvitch?

— Claro! É meu parente. O que tem ele? — acrescentou Razumíkhin, com um ímpeto de curiosidade.

— Afinal, agora, ele está cuidando daquele caso... bem, veja, é aquele assassinato... olhe, ontem mesmo vocês disseram... é ele quem está cuidando?

— Sim... e daí? — Razumíkhin, de repente, arregalou os olhos.

— Ele interrogou as pessoas que penhoraram objetos e eu também tinha coisas penhoradas com ela, assim, umas bobagens, mas tem um anel da minha irmã, que ela me deu de recordação quando eu vim para cá, e também um relógio de prata do papai. Tudo junto vale uns cinco ou seis rublos, mas são coisas de estimação, para mim. Então, o que eu devo fazer agora? Não quero que os objetos se percam, sobretudo o relógio. Agora há pouco, tremi de medo de que a mãezinha me pedisse para ver os objetos, quando começamos a falar do relógio de Dúnietchka. É a única coisa que restou do papai. Se o relógio sumir, ela vai até ficar doente! Mulheres! Então, o que devo fazer, me diga! Eu sei que é preciso dar um depoimento na delegacia. Mas não seria melhor falar direto com o Porfíri, hein? O que você acha? É preciso resolver o caso o mais depressa possível. Você vai ver só, ainda antes do almoço, a mãezinha vai me perguntar!

— Nem em sonho você vai à delegacia, tem de falar com o Porfíri! — gritou Razumíkhin, numa agitação fora do comum. — Puxa, como estou contente! O que estamos fazendo aqui? Vamos agora mesmo, fica a dois passos daqui, vamos encontrá-lo com certeza!

— Pode ser... vamos...

— E ele vai ficar muito, muito, muito contente mesmo de conhecer você! Eu já falei muito com ele a seu respeito, em várias ocasiões... Ontem mesmo eu falei. Vamos lá!... Então, você conhecia a velha? Aí está!... Tudo se resolveu es-plen-di-da-men-te!... Ah, é... Tem a Sófia Ivánovna...

— Sófia Semiónovna — corrigiu Raskólnikov. — Sófia Semiónovna, este é Razumíkhin, meu amigo, é uma pessoa boa...

— Se os senhores precisam sair agora... — começou Sônia, sem sequer olhar para Razumíkhin e, por isso, ainda mais encabulada.

— Vamos! — decidiu Raskólnikov. — Vou passar hoje mesmo na sua casa, Sófia Semiónovna, me diga apenas onde mora.

Não que ele estivesse constrangido, mas parecia ter pressa e evitava os olhares dela. Sônia deu seu endereço e, com isso, ruborizou-se. Todos saíram juntos.

— Você não tranca a porta? — perguntou Razumíkhin, ao descer pela escada atrás deles.

— Nunca!... Aliás, já faz dois anos que ando pensando em comprar uma tranca — acrescentou, com pouco-caso. — Afinal, felizes são aqueles que não têm nada para trancar, não é? — Virou-se, rindo, para Sônia.

Na rua, pararam no portão.

— A senhora vai para a direita, Sófia Semiónovna? Por falar nisso, como foi que me encontrou? — perguntou, como se na verdade quisesse lhe dizer algo muito diferente. Tinha vontade de ficar olhando o tempo todo para seus olhos mansos e claros, porém, de uma forma ou de outra, não conseguia...

— Mas o senhor mesmo deu o endereço para a Pólietchka, ontem.

— Pólia? Ah, é... A Pólietchka! Aquela... pequenininha... é sua irmã? E eu dei meu endereço para ela?

— Sim, será que o senhor já esqueceu?

— Não... eu lembro...

— Eu tinha ouvido falar do senhor, já desde antes, o falecido me contou... Eu só não sabia seu sobrenome de família,[1] nem ele mesmo sabia... E agora eu vim... e como ontem eu soube qual é seu sobrenome de família... hoje eu perguntei: é aqui que mora o sr. Raskólnikov? Mas eu não sabia que o senhor também mora de aluguel... Adeus, senhor... Vou dizer para a Katierina Ivánovna...

Ela estava muito feliz por, afinal, ir embora; com os olhos voltados para baixo, seguiu depressa, a fim de sumir da vista dos dois o quanto antes e percorrer, o quanto antes, aqueles vinte passos até a esquina à direita para, afinal, ficar sozinha, e lá, caminhando depressa, sem olhar para ninguém, sem nada notar, pensar, lembrar, analisar cada palavra dita, todas as

1 Na tradição russa, o nome é seguido pelo patronímico, com base no nome do pai, e pelo sobrenome de família. Portanto, o nome do pai de Rodion Románovitch Raskólnikov era Roman.

circunstâncias. Nunca, nunca ela sentira nada parecido. Um mundo inteiramente novo baixou em sua alma, de modo vago e desconhecido. De repente, Sônia lembrou que o próprio Raskólnikov queria ir à casa dela naquele dia, talvez ainda de manhã, talvez já!

— Só que hoje não, por favor, hoje não! — balbuciou com o coração aflito, como se implorasse para alguém, igual a uma criança assustada. — Meu Deus! Na minha casa... naquele quarto... ele vai ver... meu Deus!

E, é claro, Sônia não podia notar que, naquele momento, um cavalheiro que ela não conhecia a estava seguindo com afinco e acompanhava seus passos. Ele a seguia desde a despedida no portão. Naquele momento, quando os três, Razumíkhin, Raskólnikov e ela, pararam na calçada para trocar duas palavras, aquele transeunte estava se desviando do grupo e, de repente, ouviu por acaso, de passagem, as palavras de Sônia: "e eu perguntei: é aqui que mora o sr. Raskólnikov?". Ligeiro, mas atento, o homem olhou para os três, em especial para Raskólnikov, a quem Sônia se dirigia; em seguida, olhou para o edifício e guardou o endereço na memória. Tudo isso apenas num instante, de passagem, e o transeunte, tentando não ser notado, seguiu em frente, desacelerando o passo, como se quisesse esperar. Estava aguardando Sônia; viu que os três se despediam e que Sônia iria, agora, para casa, em algum lugar.

"E onde fica a casa dela? Já vi esse rosto não sei onde", pensou ele, recordando o rosto de Sônia... "Eu preciso descobrir."

Ao chegar à esquina, ele atravessou a rua, virou-se e viu que Sônia vinha logo atrás dele, pelo mesmo caminho, sem nada notar. Ao chegar à esquina, ela virou exatamente na mesma rua. O homem foi atrás, sem perdê-la de vista, olhando da calçada oposta; depois de percorrer uns cinquenta passos, ele atravessou de novo para a calçada onde estava Sônia, alcançou-a e caminhou atrás dela, mantendo uma distância de cinco passos.

Era um homem de mais ou menos cinquenta anos, estatura mais alta do que a média, robusto, ombros largos e vigorosos, o que lhe dava um aspecto ligeiramente arqueado. Vestia-se com elegância e conforto e tinha um porte senhorial. Na mão, trazia uma linda bengala, que ele estalava na calçada a cada passo, e usava luvas novas. O rosto largo, de maçãs salientes, era bastante simpático, e a cor do rosto era fresca, como não se vê em Petersburgo. Os cabelos, muito espessos, eram completamente louros, apenas com um leve toque de grisalho, a barba espessa e larga, que se abria em forma de pá, era ainda mais clara do que os cabelos. Os olhos azuis miravam com frieza, de modo fixo e pensativo; os lábios eram rubros. No geral, era um homem excepcionalmente bem conservado e parecia muito mais jovem do que era, na realidade.

Quando Sônia chegou ao canal, eles emparelharam na calçada. Observando-a, ele teve chance de notar como andava pensativa e distraída. Ao chegar ao seu edifício, Sônia virou para o portão e ele foi atrás, parecendo um pouco surpreso. Ao entrar no pátio, ela virou à direita, no canto onde ficava a escada que levava ao seu apartamento. "Ora!", resmungou o nobre desconhecido, e começou a subir os degraus atrás dela. Só então Sônia percebeu o homem. Ela chegou ao terceiro andar, tomou o corredor e tocou a campainha do número 9, na porta em que estava escrito a giz: "Alfaiate Kapernaúmov". "Ora!", repetiu o desconhecido, admirado com a estranha coincidência, e tocou a campainha da porta ao lado, no número 8. As portas ficavam a mais ou menos seis passos uma da outra.

— A senhora está morando na casa do Kapernaúmov! — disse ele, olhando para Sônia e rindo. — Ontem mesmo ele reformou um colete para mim. E eu estou morando aqui, do lado da senhora, na casa da Mme. Resslich, Gertrud Karlóvna. Que coincidência!

Sônia olhou para ele com atenção.

— Somos vizinhos — prosseguiu, com uma alegria peculiar. — Pois é, faz três dias que estou na cidade. Muito bem, até logo, então.

Sônia não respondeu; abriram a porta e ela se esgueirou rumo a seu quarto. Por algum motivo, sentiu vergonha e pareceu intimidada...

Razumíkhin, a caminho do encontro com Porfíri, se mostrava particularmente entusiasmado.

— Isso é maravilhoso, meu irmão — repetia várias vezes. — E eu estou contente! Estou contente!

"Mas está contente com o quê?", pensava Raskólnikov.

— Entende, eu não sabia que você também tinha coisas penhoradas com a velha. E... e... isso faz muito tempo? Quer dizer, faz muito tempo que você esteve na casa dela?

"Nossa, que tolo mais ingênuo!"

— Quando?... — Raskólnikov se deteve, para lembrar. — Mais ou menos uns três dias antes da sua morte, eu estive na casa dela. Só que agora eu não vou poder resgatar os objetos — emendou, com certa pressa e demonstrando uma preocupação particular com os objetos —, pois eu só tenho, de novo, uma moeda de prata de um rublo e mais nada... por causa daquele maldito delírio de ontem!...

Ao mencionar o delírio, sua voz soou séria.

— Pois é, sim, sim, sim — concordou Razumíkhin, às pressas e sem saber por quê. — Aí está por que você, naquele dia... ficou tão abalado... sabe, no delírio, você ficava falando sei lá de que anéis e correntinhas!... Sim, sim, sim... Está claro, tudo agora está claro.

"Puxa vida! Como essa ideia se espalhou entre eles! Afinal, olhe só, esse homem é capaz de ir para a cruz no meu lugar e agora está muito contente porque tudo *está esclarecido*, já que no meu delírio eu fiquei lembrando os anéis! Puxa, como essa ideia se estabeleceu com força em todos eles!"

— E será que vamos mesmo encontrá-lo? — perguntou, erguendo a voz.

— Vamos, vamos sim — apressou-se Razumíkhin. — É um sujeito maravilhoso, irmão, você vai ver! Um pouco desajeitado, quer dizer, ele é um homem até bem sociável, eu disse desajeitado num outro sentido. Um rapaz inteligente, bem inteligente, não tem nada de bobo, só que tem lá seu estoque particular de ideias... Descrente, cético, cínico... Gosta de enganar, quer dizer, não é enganar, mas fazer os outros de bobo... E também gosta do velho método material... Conhece seu ofício, conhece mesmo... Ano passado, teve um caso de homicídio que ele solucionou, quase todas as pistas tinham sumido! Ele quer muito, muito, muito mesmo conhecer você!

— Mas por que todos esses "muito"?

— Quer dizer, não é para... veja, ultimamente, desde que você adoeceu, ocorreu de eu ter de falar de você muitas vezes... Pois bem, ele escutava... e quando soube que você estudava direito, mas não tem condições de terminar o curso por força das circunstâncias, falou assim: "Que pena!". E eu tirei a conclusão... quer dizer, não só isso, juntando tudo; ontem, o Zamiótov... Veja, Ródia, ontem eu estava meio bêbado e fiquei falando com você mais do que devia, enquanto a gente ia para casa... assim, irmão, eu tenho medo de que você tenha exagerado, sabe...

— O quê? Quando você disse que eles acham que eu estou louco? Mas, quem sabe, pode até ser verdade.

Deu um riso forçado.

— Sim... sim... quer dizer, droga, não!... Olhe, tudo o que eu falei (e sobre o outro assunto também), tudo aquilo era uma bobagem provocada pela embriaguez.

— Mas do que você está se desculpando? Como eu estou farto de tudo isso! — gritou Raskólnikov, com uma irritabilidade exacerbada. Porém, em parte, ele estava fingindo.

— Eu sei, eu sei, eu entendo. Esteja seguro de que eu entendo. Dá vergonha até de dizer...

— Se dá vergonha, não fale!

Os dois ficaram em silêncio. Razumíkhin estava exultante demais e Raskólnikov percebia aquilo com aversão. Também estava perturbado com o que Razumíkhin tinha acabado de falar a respeito de Porfíri.

"Esse Porfíri é mais um para quem eu vou ter de cantar a ladainha de Lázaro",[2] pensou Raskólnikov, empalidecendo, com o coração batendo forte, "e cantar do jeito mais natural. Só que o mais natural, mesmo, era não cantar nada. Não cantar rigorosamente nada! Não, *rigorosamente* seria, de novo, antinatural... Bem, depois se dá um jeito... vamos ver... logo... mas será que ir até lá é bom ou não é? A própria mariposa está voando para a chama da vela. Meu coração está batendo com muita força, e isso é que é ruim!..."

— É naquele edifício cinzento ali — disse Razumíkhin.

"O mais importante é se Porfíri sabe ou não sabe que eu estive ontem no apartamento daquela bruxa... e que eu perguntei sobre o sangue. É preciso descobrir na mesma hora, logo no primeiro passo, assim que eu entrar, e descobrir só pela cara dele; senão... mesmo que isso cause a minha ruína, eu vou descobrir!"

— Sabe de uma coisa? — voltou-se para Razumíkhin, de repente, com um sorriso maroto. — Hoje eu notei, irmão, que desde cedo você está numa inquietação fora do comum. Não é verdade?

— Que inquietação? Não sinto inquietação nenhuma — e Razumíkhin chegou a estremecer.

— Não, irmão, falando sério, dá para notar. Agora há pouco, você estava sentado na cadeira de um jeito como nunca fica, bem na pontinha e, volta e meia, era sacudido por uns espasmos. Tinha uns sobressaltos, sem mais nem menos. Ora ficava zangado, ora a fisionomia, de repente, sabe-se lá por que, parecia uma bala açucarada. Chegava a se ruborizar; sobretudo na hora em que convidaram você para almoçar, aí você ficou tremendamente vermelho.

— Eu não fiz nada, você está mentindo!... Que história é essa?

2 Significa "queixar-se do próprio destino". O personagem Lázaro aparece no Evangelho segundo Lucas, cap. 16, vv. 19 a 31.

— O que deu em você, parece um aluninho do liceu, tentando se esquivar! Ih, diabos, lá vai ele ficar vermelho outra vez!

— Mas você é mesmo um porco!

— E por que você fica assim constrangido? Seu Romeu! Espere só para ver, eu ainda vou contar tudo isso, hoje mesmo, em algum lugar! Ha-ha-ha! Vou fazer a mãezinha rir... e também outra pessoa...

— Escute, escute, escute aqui, afinal isso é coisa séria, isso... Diabo, o que vai acontecer depois? — Razumíkhin se descontrolou de uma vez e gelou de pavor. — O que você vai contar para elas? Eu, irmão... Nossa, você é mesmo um porco!

— Uma verdadeira rosa de primavera! E se soubesse como isso fica bem em você... Um Romeu de dez *verchki* de altura![3] E como você se lavou bem hoje, até limpou as unhas, hein? Quando foi que isso aconteceu? E também, quem diria, passou creme no cabelo! Abaixe aqui!

— Seu porco!!!

Raskólnikov ria tanto que parecia incapaz de se controlar e, desse modo, foi rindo que entrou no apartamento de Porfíri Petróvitch. Era do que Raskólnikov precisava: dava para ouvir, do quarto, que ele entrou rindo e que continuava a gargalhar ainda no vestíbulo.

— Nenhuma palavra aqui sobre isso, senão eu... estraçalho você! — sussurrou Razumíkhin furioso, agarrando Raskólnikov pelo ombro.

3 Ou seja, 1,86 metro.

V

Raskólnikov já estava entrando. Tinha o aspecto de quem fazia todo o esforço para se conter e, de algum modo, não cair na gargalhada. Atrás dele, com a fisionomia transtornada de furor, vermelho como uma peônia, entrou Razumíkhin, muito comprido, sem jeito e encabulado. Naquele momento, de fato, seu rosto e toda a sua figura pareciam ridículos e justificavam o riso de Raskólnikov. Antes mesmo de ser apresentado, Raskólnikov saudou com uma reverência o dono da casa, que estava de pé no meio do cômodo e olhava para eles com ar interrogativo, estendeu e apertou sua mão, ainda com um evidente esforço para sufocar a vontade de rir e conseguir dizer, pelo menos, duas ou três palavras, a fim de se apresentar. Porém, assim que ficou em condições de demonstrar um ar sério e balbuciar alguma coisa — de repente, como se não pudesse evitar, olhou de novo para Razumíkhin e aí não conseguiu mais se conter: o riso represado derramou-se, tanto mais incontrolável quanto maior a força com que tinha sido reprimido. A ferocidade extraordinária com que Razumíkhin recebeu aquele riso "franco" conferiu a toda a cena a aparência da mais sincera alegria e, sobretudo, naturalidade. Como se fosse de propósito, Razumíkhin contribuiu para reforçar ainda mais esse efeito.

— Droga, que diabo! — esbravejou e abanou a mão, que foi esbarrar exatamente numa mesinha redonda, sobre a qual havia um copo de chá, já bebido, em parte. Tudo saiu voando e tilintando.

— Para que quebrar as cadeiras, senhores, é um prejuízo para o patrimônio público! — gritou Porfíri Petróvitch, alegremente.

A cena se apresentava da seguinte forma: Raskólnikov ria sem parar, esqueceu a própria mão na mão do dono da casa, porém sabia qual era o limite e aguardava o momento certo para terminar o cumprimento do modo mais rápido e natural. Razumíkhin, constrangido com a inapelável queda da mesinha e com a destruição do copo, olhou com ar sombrio para os escombros, rogou uma praga e virou-se bruscamente para a janela, de costas para os outros, com o rosto muito contraído, olhando para fora, sem enxergar nada. Porfíri Petróvitch ria e desejava rir mais, porém era evidente que precisava de uma explicação. Zamiótov, que estava sentado numa cadeira no canto, levantou-se à entrada dos visitantes e aguardava, com a boca aberta num sorriso, porém olhava para toda a cena com perplexidade e até com certo descrédito, e observava Raskólnikov com uma espécie de constrangimento. A inesperada presença de Zamiótov causou uma impressão desagradável em Raskólnikov.

"Também é preciso levar isso em conta!", pensou.

— Desculpe, por favor — começou, extremamente embaraçado — Raskólnikov...

— Queira perdoar, muito prazer, senhor, mas o senhor entrou de modo tão simpático... O que há? Ele não quer nem nos cumprimentar? — Porfíri Petróvitch apontou para Razumíkhin.

— Juro, eu não sei por que ele ficou enfurecido comigo. No caminho para cá, eu só disse que ele parecia um Romeu e... e eu provei que era verdade, mas, fora isso, parece que não aconteceu mais nada.

— Seu porco! — retrucou Razumíkhin, sem se virar.

— Quer dizer que ele teve um motivo muito sério para se irritar tanto por causa de uma palavrinha à toa — disse Porfíri e desatou uma risada.

— Puxa, até você! Um juiz de instrução!... Ora, que o diabo carregue vocês todos! — retrucou Razumíkhin e, de repente, ele mesmo desatou uma risada e, com o rosto alegre, como se nada tivesse acontecido, se aproximou de Porfíri Petróvitch. — Chega! São todos uns palermas; vamos ao que interessa: em primeiro lugar, este é o meu amigo Rodion Románitch Raskólnikov, de quem você já ouviu falar e que desejava mesmo conhecer; em segundo lugar, ele tem uma questãozinha aí para tratar com você. Puxa! Zamiótov! Como é que você veio parar aqui? Por acaso vocês dois são conhecidos? E se conhecem há muito tempo?

"E mais essa!", pensou Raskólnikov, preocupado.

Zamiótov pareceu ficar sem graça, mas não muito.

— Ontem mesmo nos conhecemos em sua casa — respondeu, com desembaraço.

— Portanto, veio bem a calhar: semana passada, ele me pediu encarecidamente para apresentá-lo a você, Porfíri, mas vocês, sem a minha ajuda, já farejaram as pegadas um do outro... Onde você guarda o tabaco?

Porfíri Petróvitch estava à vontade, vestia roupão, camisa branca muito limpa e chinelos surrados. Era um homem de uns trinta e cinco anos, mais baixo do que a média, corpulento e até barrigudo, de barba raspada, sem bigode e sem costeletas, cabelos aparados bem curtos na cabeça grande e redonda, com uma peculiar proeminência na nuca arredondada. O rosto rechonchudo e redondo, de nariz um pouco arrebitado, tinha uma cor doentia, amarelo-escura, mas era bastante afável e até zombeteiro. Seria até simpático, se os olhos não perturbassem sua expressão com uma espécie de brilho molhado, fluido, encobertos pelos cílios quase brancos, que pestanejavam como se ele estivesse piscando para alguém. De forma um tanto estranha, aquele olhar não combinava com o todo de sua figura, que tinha até algo feminino, e lhe acrescentava algo imensamente mais sério do que se poderia esperar à primeira vista.

Assim que soube que sua visita tinha uma "questãozinha" para tratar com ele, Porfíri Petróvitch pediu que Raskólnikov sentasse no sofá, sentou-se ele mesmo na outra ponta e encarou a visita, na expectativa da imediata exposição do problema, com aquela atenção rigorosa, e até compenetrada demais, que chegava a constranger e oprimir, na primeira vez, sobretudo com desconhecidos, e ainda mais quando aquilo que a pessoa ia expor, em sua própria opinião, nem de longe merecia uma atenção tão solene e fora do comum como a que Porfíri dedicava ao assunto. Mas Raskólnikov, em palavras breves e coerentes, de forma clara e precisa, comunicou seu problema e ficou tão satisfeito consigo mesmo que conseguiu olhar bem para Porfíri. Por sua vez, Porfíri Petróvitch não desviou o olhar nem uma vez, durante todo o tempo. Razumíkhin, sentado à mesa de frente para ambos, acompanhava a exposição do problema com impaciência e fervor, movia os olhos a todo momento de um para o outro, indo e voltando, até com um pouco de exagero.

"Que tolo!", praguejou Raskólnikov, em pensamento.

— O senhor vai ter de prestar depoimento na polícia — respondeu Porfíri, com o ar mais profissional. — Dizer que, tendo tomado conhecimento de tal ocorrência, ou seja, aquele assassinato, o senhor solicita, por sua vez, notificar o juiz de instrução encarregado do caso que tais e tais objetos pertencem ao senhor e que o senhor deseja resgatá-los... ou que... mas eles lá vão redigir isso para o senhor.

— A questão é que, neste momento — Raskólnikov se esforçou ao máximo para se mostrar constrangido —, não tenho dinheiro nenhum... nem mesmo uma ninharia como essa eu não tenho condições de... veja, eu agora gostaria apenas de comunicar que esses objetos são meus, mas quando eu tiver dinheiro...

— Isso não faz a menor diferença — respondeu Porfíri Petróvitch, recebendo com frieza o esclarecimento sobre as finanças. — De resto, o senhor pode, se desejar, escrever diretamente para mim, com esse mesmo propósito, dizendo que eu, fulano de tal, tendo sabido disso e daquilo, declaro que tais e tais objetos me pertencem e solicito...

— Mas numa folha de papel comum? — interrompeu Raskólnikov, apressado, de novo interessado no aspecto financeiro da questão.

— Ah, sim, na folha mais comum que existe, meu senhor! — e, de repente, Porfíri Petróvitch olhou para ele com um claro ar de zombaria, estreitando as pálpebras, como se piscasse o olho. No entanto, isso pode ter sido só uma impressão de Raskólnikov, porque durou apenas um instante. Mas algo pelo menos parecido aconteceu. Raskólnikov podia jurar que Porfíri piscou o olho para ele.

"Ele sabe!", passou pela sua cabeça como um raio.

— Desculpe se o incomodei com essas bobagens — prosseguiu, um pouco encabulado. — Meus objetos valem cinco rublos, ao todo, mas são especialmente caros para mim, como lembrança de quem os deixou, e confesso que, quando eu soube, fiquei muito assustado...

Foi por isso que ontem você ficou tão espantado, quando o Zóssimov alardeou que o Porfíri andava interrogando as pessoas que penhoraram coisas com a velha! — interveio Razumíkhin, com uma intenção evidente.

Aquilo já era intolerável. Raskólnikov não suportou mais e disparou, contra ele, seus olhos negros, que chamejavam de raiva. Porém, no mesmo instante, se conteve.

— Você, irmão, parece que está zombando de mim, não é? — voltou-se para Razumíkhin com uma irritação habilmente fabricada. — Eu concordo que talvez, aos seus olhos, eu tenha me preocupado demais com tamanhas ninharias; mas nem por isso dá para me considerar um egoísta ou um sovina e, a meu ver, essas duas coisinhas insignificantes podem estar bem longe de ser meras porcarias. Eu acabei de contar para você que o relógio de prata, que não vale quase nada, é a única coisa que meu pai deixou. Pode até rir de mim, mas minha mãe esteve na minha casa — e, de repente, virou-se para Porfíri — e, se ela souber — virou-se de novo, e rápido, para Razumíkhin, tentando, com afinco, fazer a voz tremer — que o relógio se perdeu, aposto que vai ficar desesperada! Mulheres!

— Mas não é nada disso! Eu não falei nesse sentido, nem de longe! É exatamente o contrário! — gritou Razumíkhin, com amargura.

"Será que ficou bom? Natural? Não forcei demais?", tremia Raskólnikov. "Mas para que fui falar 'mulheres'?"

— E a sua mãe foi visitar o senhor? — indagou Porfíri Petróvitch, por alguma razão.

— Sim.

— Quando, senhor?

— Ontem à noite.

Porfíri ficou em silêncio, como se estivesse tomando uma decisão.

— Os objetos do senhor não poderiam se perder em nenhuma hipótese — prosseguiu ele, calma e friamente. — Aliás, há muito tempo que eu estou esperando o senhor vir aqui.

Como se não tivesse acontecido nada, Porfíri ofereceu um cinzeiro para Razumíkhin, que, sem nenhum remorso, deixava as cinzas do cigarro caírem sobre o tapete. Raskólnikov teve um sobressalto, mas Porfíri pareceu não notar, ainda preocupado com o cigarro de Razumíkhin.

— O quê? Estava esperando? Então você já sabia que ele tinha objetos penhorados *lá*? — gritou Razumíkhin.

Porfíri Petróvitch voltou-se e encarou Raskólnikov.

— Seus dois objetos, o relógio e o anel, estavam *na casa dela*, embrulhados em papel, e no papel o seu nome estava escrito a lápis com toda clareza, bem como o nome do mês em que ela os recebeu do senhor...

— Como o senhor é observador!... — Sem jeito, Raskólnikov fez menção de rir, se esforçando sobretudo para fitar Porfíri nos olhos; mas não conseguiu se conter e, de repente, acrescentou: — Eu comentei isto, agora, porque com certeza muitas pessoas tinham objetos penhorados com ela... e para o senhor seria muito difícil se lembrar de todos... Mas o senhor, ao contrário, se lembra perfeitamente de todos eles e... e...

"Tolo! Fraco! Para que fui acrescentar isso!"

— Mas quase todos os que penhoraram objetos com ela já foram identificados, de modo que só o senhor não nos tinha dado a honra de sua visita — respondeu Porfíri com um toque de zombaria quase imperceptível.

— Eu não estava nada bem de saúde.

— Eu também soube disso, senhor. Eu soube até que andou muito transtornado. E agora mesmo o senhor parece pálido, não é?

— Não estou nada pálido... ao contrário, estou em perfeita saúde! — retrucou Raskólnikov, ríspido e raivoso, mudando de tom, de repente. A raiva ferveu dentro dele e Raskólnikov não conseguiu sufocá-la. "Mas com essa raiva eu vou acabar falando o que não devo!", passou pela sua cabeça, outra vez. "E para que eles ficam me torturando?"

— Não está em perfeita saúde coisa nenhuma! — emendou Razumíkhin. — Olhe só como fala disparates! Até ontem, andava delirando, sem noção de nada... Olhe, acredite, Porfíri, ele mal conseguia ficar de pé, mas, ontem, foi só eu e Zóssimov darmos as costas que ele trocou de roupa, escapuliu de mansinho e andou sabe lá por onde, metido em farras, até quase meia-noite, e tudo isso em completo delírio, eu garanto, você pode imaginar? Um caso notável!

— *Em completo delírio*, será possível? Conte, por favor! — E Porfíri meneou a cabeça, num gesto meio feminino.

— Ah, que absurdo! Não acredite! Aliás, o senhor já não está acreditando mesmo! — Raskólnikov descarregou a raiva, já grande demais. No entanto, Porfíri Petróvitch pareceu nem ouvir aquelas palavras estranhas.

— E como foi que você saiu, então, se não estava delirando? — Razumíkhin se exaltou, de repente. — Para que saiu de casa? Para quê?... E por que justamente em segredo? Será que, naquela hora, você tinha alguma noção das coisas? Agora, que todo o perigo já passou, eu posso falar com você com franqueza!

— Eles ontem me encheram a paciência — Raskólnikov voltou-se, de repente, para Porfíri, com um sorriso insolente e provocador. — E aí eu fugi deles para alugar um quarto onde não pudessem mais me achar e levei comigo um monte de dinheiro. O sr. Zamiótov, aqui, viu esse dinheiro. E então, sr. Zamiótov, resolva essa polêmica, ontem eu estava delirante ou lúcido?

Naquele momento, ele parecia capaz de estrangular Zamiótov. O olhar e o silêncio dele incomodavam demais Raskólnikov.

— Para mim, o senhor estava falando de forma perfeitamente lúcida, e até sagaz, só que estava irritado demais — comentou Zamiótov, em tom seco.

— E hoje o Nikodim Fomitch me contou — interveio Porfíri Petróvitch — que encontrou o senhor ontem, já bem tarde, no apartamento de um funcionário público que foi atropelado por cavalos...

— Pois é, veja o caso desse funcionário! — emendou Razumíkhin. — Vai dizer que você não estava louco, lá na casa do tal funcionário? Deu todo seu dinheiro para a viúva pagar o enterro! Muito bem, você queria ajudar... que desse quinze, que desse vinte, que pelo menos ficasse com três rublos no bolso, mas você deu todos os vinte e cinco rublos assim!

— Quem sabe eu achei um tesouro enterrado em algum lugar e você não sabe? E assim, ontem, eu tive esse ataque de generosidade... O senhor Zamiótov, aqui, sabe que eu achei um tesouro enterrado!... O senhor nos desculpe, por favor — voltou-se para Porfíri, com lábios trêmulos —, por incomodar o senhor durante meia hora com esse monte de asneiras. O senhor já está farto, não é?

— Mas nada disso, ao contrário, ao con-trá-rio! Se o senhor soubesse como eu estou interessado no senhor! É curioso ver e escutar... e eu, admito, estou muito contente que o senhor tenha, afinal, me dado a honra de vir me visitar...

— Mas vamos lá, sirva pelo menos um chá! A garganta secou! — gritou Razumíkhin.

— Excelente ideia! Acho que todos aqui farão companhia a você. Mas será que não querem algo mais... substancial, antes do chá?

— O que você está esperando?

Porfíri Petróvitch saiu para pedir o chá.

Os pensamentos giravam como um redemoinho dentro da cabeça de Raskólnikov. Ele estava tremendamente exaltado.

"O importante é que eles nem estão mais preocupados em disfarçar, não ficam de cerimônia! E, se você não me conhecia absolutamente, para que é que foi falar a meu respeito com o Nikodim Fomitch? Portanto, eles nem querem mais esconder que andam me seguindo, como um bando de cães! Por isso cospem na minha cara sem nenhum disfarce!" Raskólnikov tremia de fúria. "Muito bem, batam em mim de uma vez, mas não fiquem brincando como um gato faz com o rato. Afinal, isso é falta de educação, Porfíri Petróvitch, pois talvez eu ainda não tenha dado meu consentimento!... Vou me levantar e jogar toda a verdade na cara de todos eles; aí vão ver como eu os desprezo!..." Raskólnikov respirava com dificuldade. "Mas e se for só uma impressão minha? E se for uma miragem e eu estiver enganado com todos eles, e se for por pura falta de experiência que eu fiquei exasperado e agora não suporto representar o meu papel infame? Quem sabe estão fazendo tudo isso sem nenhuma intenção? Todas as palavras deles são corriqueiras, porém há neles alguma coisa que... Sempre se pode dizer isso a respeito de tudo, que há alguma coisa. Por que foi que ele falou de modo tão direto 'na casa dela'? Por que Zamiótov acrescentou que eu falei de um jeito *sagaz*? Por que ele fala nesse tom? É o tom... O Razumíkhin está bem aqui, por que então ele não acha nada? Esse palerma ingênuo nunca acha nada! A febre, outra vez!... Agora há pouco, será que o Porfíri piscou para mim ou não? Com certeza, isso é absurdo; para que ele ia piscar o olho para mim? Querem irritar meus nervos ou estão me provocando? Ou tudo é só uma miragem, ou será que eles *sabem*?... Até o Zamiótov banca o insolente... Mas o Zamiótov é insolente? O Zamiótov mudou de ideia, durante a noite. Bem que eu estava pressentindo que ele ia mudar de ideia! Aqui, ele está muito à vontade, e é a primeira vez que vem aqui. Porfíri não o considera uma visita, fica sentado de costas para ele. Os dois se mancomunaram! E se mancomunaram precisamente *por minha causa*! Estavam conversando justamente sobre mim, antes de nossa chegada!... Será que sabem do apartamento? Pois que descubram logo de uma vez!... Quando eu contei que saí, ontem, para alugar um apartamento, ele não deu atenção, não compreendeu... Eu fui esperto quando enfiei essa história do apartamento: depois, vai me ser útil!... Delirante, eles dizem!... Ha-ha-ha! Ele já sabe a respeito de toda a noite de ontem! Mas não sabia da chegada da minha mãe!... E a bruxa anotou com lápis até a data!... Ele está mentindo, não vou me entregar! Porque ainda não há nenhum fato, é só uma miragem! Não, me mostrem aí os fatos! O apartamento não é um fato, mas um delírio. Eu sei o que dizer para eles... Será que já estão sabendo do tal apartamento? Eu não vou embora daqui sem descobrir! Para que foi que eu vim aqui? No entanto, que agora eu estou com raiva, isso talvez seja um fato, também! Droga, como eu ando irritadiço! Mas talvez até seja bom; o papel de doente... Ele está me testando. Quer me enrolar. Para que foi que eu vim aqui?"

Tudo isso passou pela sua cabeça como um raio.

Porfíri Petróvitch voltou, num piscar de olhos. De repente, estava bastante alegre.

— Desde a sua festa de ontem, irmão, minha cabeça ficou... E eu todo fiquei meio desnorteado — começou, rindo para Razumíkhin, falando agora num tom muito diferente.

— E então, não foi interessante? Aconteceu que ontem eu tive de sair exatamente na hora mais interessante. Quem venceu?

— Ninguém, é claro. Enveredamos pelas questões eternas, ficamos pairando no éter.

— Imagine, Ródia, onde é que ontem nós fomos parar: existe crime ou não? Eu disse que eles estavam contando um monte de mentiras!

— Mas o que há de surpreendente? É uma questão social corriqueira — retrucou Raskólnikov, distraído.

— A questão não foi formulada assim — comentou Porfíri.

— Não foi bem assim, é verdade — concordou Razumíkhin de imediato, afobado e se exaltando, como de hábito. — Veja, Rodion: escute e dê a sua opinião. Eu quero. Ontem, eu travei uma verdadeira batalha contra eles, enquanto esperava você; eu falei com eles sobre você, avisei que você ia chegar logo... O negócio começou com a tese dos socialistas. A tese é conhecida: o crime é um protesto contra uma organização social anormal... e só, mais nada, não se admite nenhuma outra causa... nada!

— Nisso você também mentiu! — gritou Porfíri Petróvitch. Era evidente que estava animado, ria a todo instante, enquanto olhava para Razumíkhin e, com isso, o deixava ainda mais exaltado.

— Não se admite mais nada! — cortou Razumíkhin, com fervor. — Não estou mentindo!... Vou lhe mostrar uns livrinhos: tudo para eles é porque "é uma vítima do meio"... e mais nada! É a expressão favorita! Daí se segue, diretamente, que se a sociedade for organizada de maneira normal, todos os crimes vão desaparecer de uma só vez, pois já não haverá contra o que protestar e todos, num piscar de olhos, se tornarão justos. A natureza pessoal não é levada em conta, a natureza é expulsa, a natureza não vem ao caso! Para eles, não é a humanidade, a qual se desenvolveu até o fim por um caminho histórico e *vivo*, não é a humanidade que vai, afinal, se transformar por si mesma numa sociedade normal, mas sim, ao contrário, é um sistema social, nascido da cabeça de sei lá que matemático, que vai organizar imediatamente a humanidade toda e, num piscar de olhos, a deixará íntegra e sem pecados, antes de qualquer processo vivo e sem nenhum caminho histórico e vivo! É por isso que eles, instintivamente, não gostam da história: "são só horrores e tolices", e tudo se explica apenas pela tolice! É por isso que eles também não amam o processo *vivo* da vida: não é preciso uma *alma viva*! A alma viva vai exigir a vida, a alma viva não obedece à mecânica, a alma viva é desconfiada, a alma viva é retrógrada! E, ainda que cheire a carniça, isso pode ser feito de borracha, e então não é vivo, e então é sem vontade, e então é escravo, não se revolta! E o resultado é que, no falanstério,[1] tudo acaba reduzido a um cenário feito de tijolos e a uma disposição de corredores e quartos! O tal falanstério está pronto, mas a natureza pessoal de vocês ainda

1 Toda esta fala se refere às ideias do filósofo francês Charles Fourier (1772-1837), tido como um dos mentores do chamado socialismo utópico. Falanstério é o nome genérico das unidades comunitárias em que tal sociedade se organizaria.

não está pronta para o falanstério, ela quer vida, ainda não completou o processo vivo, ainda é cedo para ir para o cemitério! Só com a lógica, é impossível pular por cima da natureza! A lógica adivinha três casos, só que eles são milhões! Cortar um milhão inteiro e reduzir tudo apenas a uma questão de conforto! É a solução mais fácil do problema! Sedutoramente simples, nem é preciso pensar! O principal é que não é preciso pensar! Todo o mistério vivo cabe em duas folhas de papel impressas!

— Pronto, agora ele explodiu, saiu batendo seu tambor! Vai ser preciso segurar pelos braços — riu Porfíri. — Imagine — e voltou-se para Raskólnikov —, foi também assim ontem à noite, e a seis vozes, dentro de um quarto, e ainda por cima, antes, ele tinha se encharcado de ponche... o senhor pode imaginar? Não, irmão, você está mentindo: o "meio" pesa muito num crime; isso eu garanto a você.

— E eu sei muito bem que pesa bastante, mas me diga aqui uma coisa: um homem de quarenta anos desgraça a vida de uma menina de dez anos. Será que foi o meio que o impeliu a isso?

— Como não? No sentido estrito, pode ter sido o meio, também — argumentou Porfíri, num surpreendente tom solene. — O crime contra uma menina pode, sim, ser explicado, e até em grande parte, pelo "meio".

Razumíkhin quase teve um ataque de fúria.

— Ora, então você quer que eu agora *deduza* — urrou ele — que você tem essas pestanas brancas só porque a torre de Ivan, o Grande,[2] tem trinta e cinco *sájeni*[3] de altura, e que eu deduza isso de forma clara, exata, progressista e até com um toque liberal? Eu faço! Quer apostar?

— Aceito a aposta! Por favor, vamos escutar como ele vai deduzir!

— Diabo, no final ele está sempre fingindo! — gritou Razumíkhin, levantou-se de um salto e abanou a mão no ar. — Mas será que vale mesmo a pena conversar com você? Olhe, Rodion, ele faz tudo isso de propósito, você ainda não o conhece! Ontem, tomou o partido deles só para fazer todo mundo de bobo. E, meu Deus, que coisas ele falou ontem! E ainda ficaram maravilhados com ele!... E ele consegue aguentar duas semanas nessa mesma batida. Ano passado, sei lá por que, ele nos convenceu de que ia entrar para um convento e virar monge: ficou assim dois meses, sem arredar pé! Há pouco tempo,

2 A mais alta das torres da igreja de Ivan, o Grande, situada no Krêmlin de Moscou.
3 Equivale a 2,13 metros.

cismou de nos fazer acreditar que ele ia casar, que tudo já estava pronto para a coroa.[4] Chegou a fazer uma roupa nova. Nós até começamos a lhe dar os parabéns. Nem existia noiva nenhuma: era tudo uma miragem!

— Aí você mentiu! A roupa, eu tinha mandado fazer antes. Foi por causa da roupa nova que me veio a ideia de tapear vocês todos.

— O senhor é mesmo tão fingido assim? — perguntou Raskólnikov, com ar de pouco-caso.

— E o senhor achava que não? Espere um pouco aí, que eu vou ludibriar o senhor... ha-ha-ha! Não, veja bem, eu vou lhe contar toda a verdade. Por causa de todas essas questões, do crime, do meio, das meninas, agora eu me lembrei, se bem que isso sempre me interessou, mas agora eu me lembrei de um artiguinho que o senhor escreveu: "Sobre o crime", ou como foi que o senhor escreveu, eu me esqueci do título, não estou lembrando. Dois meses atrás, eu tive o prazer de ler no jornal *O Discurso Periódico.*

— Um artigo meu? Em *O Discurso Periódico*? — perguntou Raskólnikov, surpreso. — De fato, quando saí da universidade, faz meio ano, eu escrevi um artigo acerca de um livro, mas eu o mandei para o jornal *O Discurso Semanal*, e não para o *Periódico.*

— Mas acabou saindo no *Periódico.*

— É porque *O Discurso Semanal* deixou de circular, por isso não publicaram...

— É verdade, senhor; mas, quando *O Discurso Semanal* saiu de circulação, ele se fundiu com *O Discurso Periódico* e, por isso, o seu artiguinho saiu em *O Discurso Periódico* dois meses atrás. O senhor não sabia?

Na verdade, Raskólnikov não sabia de nada.

— Desculpe, mas o senhor pode até pedir a eles algum dinheiro por conta do artigo! Mas que personalidade a sua! Vive tão isolado que ignora até coisas assim, que dizem respeito diretamente ao senhor. Isso é um fato, senhor.

— Bravo, Rodka! Eu também não sabia! — gritou Razumíkhin. — Hoje mesmo eu vou correndo à sala de leitura pedir um exemplar! Dois meses atrás? Em que data? Não importa, eu vou achar! Mas que coisa! E ele não conta nada!

— Mas como o senhor soube que o artigo é meu? Está assinado só com as iniciais.

4 No casamento da Igreja Ortodoxa, os noivos são coroados no altar.

— Foi por acaso, faz só alguns dias. Por intermédio do editor, é um conhecido meu... Fiquei muito interessado.

— Lembro que, no artigo, eu examinei o estado psicológico do criminoso durante todo o processo do crime.

— Sim, senhor, e insiste em que o ato da execução do crime está sempre associado a uma doença. Muito, muito original, mas... a mim, em especial, não foi essa parte do artigo que interessou e sim certa ideia introduzida no final do artigo, mas que o senhor, infelizmente, apresenta apenas como uma sugestão vaga... Em suma, se o senhor recorda, fica sugerido que é como se existissem no mundo certas pessoas que podem... ou melhor, não é que podem, propriamente, mas que têm pleno direito de executar quaisquer desmandos ou crimes, pois é como se a lei não valesse para elas.

Raskólnikov sorriu com a distorção forçada e intencional de sua ideia.

— Como? O que é isso? O direito de cometer um crime? Mas não é porque "é uma vítima do meio"? — indagou Razumíkhin, até com um susto.

— Não, não é nada disso — respondeu Porfíri. — A questão é que, nesse artigo, todas as pessoas, de certo modo, se dividem entre as "comuns" e as "extraordinárias". As comuns devem viver na obediência e não têm direito a transgredir a lei, porque, vejam bem, elas são comuns. As extraordinárias têm direito de cometer quaisquer crimes e transgredir a lei de todas as maneiras justamente porque são extraordinárias. É assim que o senhor escreveu, me parece, a menos que eu tenha me enganado.

— Mas como é que é? Não é possível que esteja assim! — balbuciou Razumíkhin, perplexo.

Raskólnikov sorriu de novo. Entendeu de imediato do que se tratava e para onde queriam arrastá-lo; recordou seu artigo. Decidiu aceitar o desafio.

— Não é exatamente isso que está dito no meu artigo — começou, em tom simples e humilde. — No entanto, admito que o senhor o expôs de maneira quase fiel, até mesmo, se prefere, absolutamente fiel... — Ele até gostou de admitir que a exposição tinha sido absolutamente fiel. — A única diferença é que eu não insisto nem de longe em que as pessoas extraordinárias devem a todo custo e se veem obrigadas a cometer sempre toda sorte de desmandos, como o senhor disse. Parece-me até que nem deixariam que um artigo assim fosse publicado. Eu pura e simplesmente sugeri que uma pessoa "extraordinária" tem o direito... ou seja, não um direito oficial, mas o direito de decidir, com a própria consciência, passar por cima de... certas barreiras, e unicamente no caso em que isso for indispensável para a execução de sua ideia (que às vezes, quem sabe, representa a salvação de toda a humanidade). O senhor teve a bondade de dizer que meu artigo é vago; estou pronto para esclarecê-lo ao senhor, na medida do possível. Talvez eu não esteja enganado ao supor que o senhor, me parece, assim o deseja; com sua licença. Para mim, se as descobertas de Kepler e Newton, por força de certas circunstâncias, não pudessem, de maneira nenhuma, ser conhecidas pelas pessoas senão mediante o sacrifício da vida de uma pessoa, ou de dez pessoas, ou de cem etc., que impediam tal descoberta, ou se punham em seu caminho, como uma barreira, Newton teria o direito e até seria mesmo obrigado a... *eliminar* essas dez ou cem pessoas para que sua descoberta fosse conhecida por toda a humanidade. Disso, no entanto, não decorre absolutamente que Newton tinha o direito de matar qualquer um com quem ele cismasse, qualquer um que passasse na sua frente ou que ele encontrasse no caminho, nem de roubar mercadorias no mercado todos os dias. Além disso, eu me lembro, meu artigo desenvolve a ideia de que todos... bem, por exemplo, mesmo os legisladores e fundadores da humanidade, desde os mais antigos e passando por Licurgo, Sólon, Maomé, Napoleão etc., todos eles, sem exceção, foram criminosos, no mínimo pelo simples fato de que, ao criarem uma lei nova, eles mesmos violaram a lei antiga, tida como sagrada pela sociedade e oriunda dos antepassados, e, é claro, não hesitaram nem diante do sangue (às vezes, um sangue de todo inocente e derramado com bravura, em defesa da lei antiga), caso esse sangue pudesse ajudá-los. É até notável que esses benfeitores e fundadores da humanidade, na maioria, tenham sido sanguinários particularmente terríveis. Em suma, eu deduzo que todas as pessoas, e não só as grandes, mas mesmo aquelas que se desviam só um pouquinho da trilha já traçada, ou seja, aquelas que são capazes, por pouco que seja, de dizer algo novo, devem, por força da sua natureza pessoal, ser criminosas... mais ou menos, é claro. Do contrário, será difícil sair da trilha já traçada e, naturalmente, elas não podem, de novo por força da sua natureza pessoal, aceitar permanecer na trilha e, a meu ver, elas têm até a obrigação de não aceitar. Em suma, o senhor está vendo que, até aqui, não há nada de particularmente novo. Isso já foi publicado e lido mil vezes. No que diz respeito à minha divisão das pessoas em extraordinárias e comuns, eu concordo que é um pouco arbitrária, mas, afinal, eu também não insisto em números exatos. Eu apenas acredito na minha ideia principal. Ela consiste justamente em que as pessoas, por uma lei da natureza, se dividem *em geral* em duas categorias: as inferiores (comuns), ou seja, por assim dizer, o material que serve apenas para a reprodução de seus semelhantes, e as pessoas propriamente ditas, ou seja, aquelas que têm o dom ou o talento de dizer, em seu meio, sua *palavra nova*. As subdivisões, aqui, está claro, são infinitas, mas os traços distintivos das duas categorias são bastante incisivos: a primeira categoria, ou seja, em termos gerais, o material, as pessoas conservadoras, convencionais por natureza, vivem na obediência e adoram ser obedientes. A meu ver, elas estão obrigadas a ser obedientes, porque essa é a sua função, e nisso não há, positivamente, nada de humilhante para elas. A segunda categoria é aquela em que todos violam a lei, são os destruidores ou as pessoas propensas a isso, conforme suas capacidades. Os crimes dessas pessoas, é claro, são relativos e diversificados; em sua maior parte, em formulações muito variadas, exigem a destruição do presente em nome do melhor. Porém, se for preciso, para realizar sua ideia, passar por cima de um cadáver, por cima do sangue, essa pessoa, no fundo do seu ser, em sã consciência, pode, a meu ver, dar a si mesma a autorização de passar por cima do sangue... levando em conta, no entanto, a ideia e as suas dimensões... tenha isso em mente. É só nesse sentido que eu, no meu artigo, falo sobre o direito de cometer um crime. (O senhor deve lembrar que nossa conversa começou, afinal, por uma questão jurídica.) No entanto, há preocupação demais por nada: a massa quase nunca reconhece nessas pessoas o direito ao crime, a massa as condena à morte e as enforca (mais ou menos) e desse modo, de forma perfeitamente justa, cumpre sua função conservadora, mas, apesar disso, as gerações seguintes dessa massa colocarão no alto de um pedestal aqueles mesmos condenados e renderão homenagens a eles (mais ou menos). A primeira categoria é sempre o senhor do presente, a segunda categoria é o senhor do futuro. Os primeiros conservam o mundo e o multiplicam em número; os segundos movem o mundo e o conduzem a um objetivo. Tanto uns quanto outros têm pleno e idêntico direito de existir. Em suma, no meu artigo, todos têm direito equivalente e... *vive la guerre éternelle*[5]... até a Nova Jerusalém, é claro![6]

5 Francês: "viva a guerra eterna". 6 Referência à expressão presente no Apocalipse (cap. 21; vv. 1 a 3), que denota a visão mística de um mundo inteiramente transformado. Por outro lado, os adeptos da filosofia do francês Saint-Simon (1760-1825), muito debatida na Rússia, usavam a expressão como metáfora do início histórico de uma nova sociedade, um "século de ouro".

— Então, apesar de tudo, o senhor acredita de fato numa Nova Jerusalém?

— Acredito — respondeu Raskólnikov com firmeza; ao dizer isso, e ao longo de toda sua comprida preleção, ele olhava para o chão, depois de escolher um ponto no tapete.

— E-e-e em Deus, o senhor acredita? Desculpe minha curiosidade.

— Acredito — repetiu Raskólnikov, erguendo os olhos para Porfíri.

— E-e-e na ressurreição de Lázaro, o senhor acredita?

— A-acredito. Mas para que tudo isso?

— Acredita ao pé da letra?

— Ao pé da letra.

— Vejam só... eu tinha essa curiosidade. Desculpe, senhor. Mas, me permita... eu agora retomo o assunto anterior... acontece que nem sempre eles são condenados à morte; alguns até, ao contrário...

— São glorificados em vida? Ah, sim, alguns conquistam isso ainda em vida e, nesse caso...

— Começam eles mesmos a condenar os outros à morte?

— Se for preciso e, sabe, ocorre até na maioria dos casos. De todo modo, a observação do senhor é perspicaz.

— Obrigado, senhor. Mas vejamos o que o senhor vai responder: como se poderiam distinguir esses extraordinários dos comuns? Será que trazem alguns sinais de nascença? Eu toco nesse ponto porque seria preciso um pouco mais de exatidão, por assim dizer, mais nitidez externa: perdoe-me por essa preocupação natural de homem prático e bem-intencionado, mas seria possível, por exemplo, usar uma roupa especial, usar alguma coisa, algum distintivo, quem sabe?... Porque, o senhor há de convir, se houver uma confusão e alguém de uma categoria achar que pertence à outra e começar a "passar por cima de todas as barreiras", como o senhor se expressou de modo muito feliz, aí então...

— Ah, mas isso acontece frequentemente! Essa observação do senhor é ainda mais perspicaz do que a anterior...

— Obrigado.

— Não há de quê; mas tenha em mente que o erro só é possível do lado da primeira categoria, ou seja, da parte das pessoas "comuns" (como eu as denominei, talvez de modo muito infeliz). Apesar da sua inata inclinação à obediência, por força de alguma ironia da natureza, da qual nem mesmo uma vaca está isenta, muitas delas adoram se imaginar pessoas avançadas, "destruidoras", e se infiltrar no terreno da "palavra nova", e fazem isso da maneira mais sincera. Na realidade, ao mesmo tempo, elas muitas vezes nem sequer percebem os *novos* e até os desprezam como pessoas atrasadas, que pensam de modo degradante. Porém, a meu ver, não pode haver nisso nenhum perigo significativo e o senhor, eu garanto, não deve se preocupar, pois elas nunca vão muito longe. Certamente, é possível às vezes chicoteá-las por seu excesso de entusiasmo, para que não esqueçam qual é seu lugar, porém nada mais que isso; e nem é preciso alguém que execute o castigo: elas próprias vão chicotear a si mesmas, porque são muito bem-comportadas; algumas prestarão esse serviço reciprocamente e outras, ainda, vão se chicotear com as próprias mãos... Elas impõem a si mesmas diversas penitências públicas, fica bonito e edificante, em suma, o senhor não tem nenhum motivo para se preocupar... Essa lei existe.

— Muito bem, pelo menos nesse aspecto o senhor me tranquilizou, ao menos um pouco; porém há outro perigo, senhor: diga, por favor, será que existem muitas pessoas assim, que têm o direito de esfaquear os outros, as tais pessoas "extraordinárias"? Claro, eu estou pronto a prestar reverência a tais pessoas, mas, o senhor há de convir, será assustador se existirem muitas delas, não acha?

— Ah, não se preocupe com isso — prosseguiu Raskólnikov, no mesmo tom. — Em geral, mesmo as pessoas com a mais ínfima capacidade de dizer algo *novo*, por pouco que seja, nascem em número extraordinariamente pequeno, e tão pequeno que beira a excentricidade. Só uma coisa está clara: o padrão de nascimento das pessoas de todas essas categorias e subcategorias deve ser determinado, de modo muito rigoroso e exato, por uma espécie de lei da natureza. Essa lei, é claro, agora é desconhecida, mas eu creio que ela existe e, no futuro, pode se tornar conhecida. A vasta massa das pessoas, o material, existe no mundo só para, mediante algum esforço, mediante algum processo misterioso, mediante um cruzamento qualquer de gêneros e espécies, fazer uma forcinha extra e, enfim, dar à luz algumas pessoas independentes, nem que seja numa proporção de apenas uma por mil. Com independência ainda mais ampla, nasce, talvez, uma pessoa em cada dez mil (eu estou falando em termos aproximados, só para ilustrar). E se a independência for mais ampla ainda, uma em cem mil. As pessoas geniais, uma em milhões, e no caso dos grandes gênios, aquelas pessoas que levam a humanidade ao primor, talvez nasça uma somente após muitos bilhões de pessoas terem passado sobre a face da terra. Em suma, eu não dei uma olhada dentro da retorta em que tudo isso se processa. Mas, sem dúvida, existe, e tem de existir, uma lei determinada; aqui, não pode haver acaso.

— Mas vocês dois estão de brincadeira, não é mesmo? — exclamou, afinal, Razumíkhin. — Estão de gracinhas um com o outro, não é? Ficam lançando provocações um para o outro! Está falando sério, Ródia?

Em silêncio, Raskólnikov ergueu para ele o rosto pálido e quase triste, e nada respondeu. Ao lado daquele rosto calmo e tristonho, pareceu estranha a Razumíkhin a mordacidade de Porfíri, sem disfarces, importuna, irritante e *rude*.

— Muito bem, irmão, se for mesmo a sério, aí... Naturalmente, você tem razão, ao dizer que nada disso é novo e se parece com tudo o que nós já lemos e ouvimos mil vezes; porém, o que é de fato *original* em tudo isso, e que de fato pertence só a você, para meu horror, é que, apesar de tudo, você permite que se derrame o sangue *em sã consciência* e, me desculpe, até com certo fanatismo... Portanto, é nisso que se encerra a ideia principal do seu artigo. Pois essa permissão do sangue *em sã consciência*, é... é, a meu ver, mais terrível do que a autorização oficial, legal, para derramar sangue...

— Absolutamente correto, é mais terrível, sim — interveio Porfíri.

— Não, por algum motivo, você se deixou levar pelo entusiasmo! Há um erro, aqui. Eu vou ler tudo... Você se deixou levar pelo entusiasmo! Não é possível que você pense assim... Eu vou ler.

— No artigo, não aparece tudo isso, há só uma sugestão — explicou Raskólnikov.

— Sim, senhor, sim, senhor — Porfíri não conseguia ficar parado. — Agora, quase ficou claro para mim como o senhor encara o crime, mas... Desculpe a minha insistência (já estou incomodando demais o senhor, eu mesmo sinto vergonha!), mas veja bem: há pouco, o senhor me tranquilizou bastante acerca dos casos errôneos de confusão entre as categorias, porém... mais uma vez, diversos casos práticos continuam ainda a me preocupar! Pois bem, digamos que exista um homem ou rapaz, e vamos imaginar que ele é um Licurgo ou um Maomé... no futuro, é claro... e ele sai por aí eliminando todos os obstáculos... Ele tem pela frente, digamos, uma vasta campanha e, para essa campanha, é preciso dinheiro... Muito bem, e aí ele vai começar a arranjar dinheiro para a campanha... entende?

De repente, Zamiótov bufou em seu canto. Raskólnikov nem levantou os olhos para ele.

— Tenho de admitir — respondeu Raskólnikov, tranquilamente — que tais casos, de fato, devem ocorrer. Os tolos e os vaidosos, em especial, vão morder essa isca; em particular, a juventude.

— Pronto, o senhor mesmo está vendo. Mas e aí?

— E aí — sorriu Raskólnikov —, eu não tenho culpa disso. É assim e será sempre assim. Veja — e apontou para Razumíkhin —, ele acabou de dizer que eu permito o sangue. Mas o que é que tem? Afinal, a sociedade está segura demais com as deportações, as prisões, os juízes de instrução, os trabalhos forçados... para que se preocupar? Prendam o ladrão e pronto!...

— Muito bem, mas e se prendermos?

— Ele teve o que merecia.

— Nisso o senhor é lógico. Muito bem, mas e quanto à consciência dele?

— E o que o senhor tem a ver com isso?

— Só por uma questão de humanidade.

— Quem tiver consciência, que sofra, se admitir o erro. Esse é o castigo para ele, além dos trabalhos forçados.

— Certo, mas e aqueles que são de fato geniais — perguntou Razumíkhin, franzindo as sobrancelhas —, aqueles que receberam o direito de esfaquear os outros, eles devem mesmo não sofrer nada, nem pelo sangue derramado?

— Para que esta palavra: *devem*? Aqui, não se trata de permissão nem de proibição. Que ele sofra, se tiver pena da vítima... O sofrimento e a dor são sempre obrigatórios para uma consciência ampla e para um coração profundo. As pessoas verdadeiramente grandes, me parece, devem sentir uma grande tristeza no mundo — acrescentou de repente, pensativo, até fora do tom da conversa.

Ergueu os olhos, mirou todos com ar pensativo, sorriu e pegou o boné. Estava bastante calmo em comparação com a maneira como havia chegado, e percebia isso. Todos se levantaram.

— Muito bem, o senhor pode me recriminar, se quiser, pode se irritar comigo, mas eu não consigo aguentar — arrematou Porfíri Petróvitch, mais uma vez. — Permita-me só mais uma perguntinha (eu estou aborrecendo o senhor demais!). Eu queria apresentar só uma ideiazinha minúscula, unicamente para não esquecer, meu senhor...

— Certo, diga qual é a sua ideiazinha. — Sério e pálido, Raskólnikov aguardava de pé, de frente para ele.

— Bem, veja... Juro, eu não sei como expressar de outra forma... e essa ideiazinha é jocosa demais... é psicológica, senhor... Pois bem, veja, quando o senhor estava escrevendo o seu artiguinho... afinal, não é possível, he-he-he!, que o senhor mesmo não se considerasse, pelo menos uma gotinha que fosse, também uma pessoa "extraordinária" e que estivesse dizendo uma *palavra nova*, quer dizer, no sentido que o senhor entende... Não é assim?

— É muito provável — respondeu Raskólnikov, com desprezo.

Razumíkhin fez um movimento.

— E então, quem sabe se o senhor mesmo não se aventuraria, por força de sei lá que reveses e apuros na vida ou para alcançar algum progresso em benefício de toda a humanidade, quem sabe se o senhor mesmo não se aventuraria a passar por cima de algum obstáculo?... Bem, digamos, matar e roubar?

E, de repente, pareceu piscar para ele de novo com o olho esquerdo e rir em silêncio — tal como tinha feito pouco antes.

— Se eu tivesse mesmo passado por cima, naturalmente não contaria para o senhor — respondeu Raskólnikov, com um desprezo provocador e arrogante.

— Não, senhor, eu só estou interessado nisso, propriamente, para o melhor entendimento do seu artigo, e apenas no sentido literário...

"Ah, que descaramento e que desaforo!", pensou Raskólnikov, com repugnância.

— Permita que eu observe para o senhor — respondeu ele, em tom seco — que eu não me considero um Maomé nem um Napoleão... nem qualquer personagem parecido e, em consequência, eu não posso, não sendo eles, dar ao senhor uma explicação satisfatória sobre como eu agiria.

— Certo, já chega, afinal, quem entre nós na Rus,[7] hoje em dia, não se considera um Napoleão? — disse Porfíri, de repente, com uma terrível familiaridade. Dessa vez, até na entonação da voz havia algo particularmente explícito.

— E será que não foi algum futuro Napoleão que deu cabo da nossa Aliona Ivánovna com um machado, na semana passada? — disparou Zamiótov, de repente, do seu canto.

Raskólnikov ficou mudo e olhou fixo e firme para Porfíri. Razumíkhin franziu o rosto, com ar sombrio. Desde pouco antes, ele parecia estar percebendo

7 Nome histórico do antigo território dos eslavos orientais, cujos centros foram Nóvgorod e Kíev.

alguma coisa. Olhou em volta com raiva. Houve um minuto de um silêncio soturno. Raskólnikov virou-se para sair.

— O senhor já vai? — perguntou Porfíri em tom afetuoso e estendeu a mão de modo extremamente afável. — Tive muito, muito prazer em conhecê-lo. E quanto ao seu pedido, nem tenha dúvida. Escreva como eu lhe disse. Melhor ainda, vá o senhor mesmo até lá para falar comigo... daqui a alguns dias... quem sabe amanhã mesmo. Vou estar lá por volta das onze, com certeza. Resolveremos tudo... vamos conversar... E o senhor, como um dos últimos que estiveram *lá*, talvez pudesse nos dizer alguma coisa... — acrescentou, cheio de simpatia.

— O senhor quer me interrogar oficialmente, com todos os trâmites normais? — perguntou Raskólnikov, de modo brusco.

— Para quê, senhor? Não há a menor necessidade, por enquanto. O senhor não entendeu bem. Eu, veja, não perco nenhuma oportunidade e... e já falei com todos que penhoraram pertences com ela... com alguns, obtive pistas... mas o senhor, como um dos últimos... Ah, sim, a propósito! — gritou, alegrando-se de repente com alguma coisa. — Lembrei agora, eu tenho cada uma!... — Virou-se para Razumíkhin. — Você andou enchendo meus ouvidos por causa do tal Nikolachka... pois bem, eu mesmo sei, eu mesmo sei — e virou-se para Raskólnikov — que é um rapaz honesto, mas o que se podia fazer, e também foi necessário perturbar o Mitka... Essa é que é a questão, senhor, toda sua essência: ao passar pela escada, naquela hora... desculpe: afinal, o senhor esteve lá entre sete e oito horas, não foi?

— Entre sete e oito — respondeu Raskólnikov, e no mesmo instante teve a sensação desagradável de que poderia não ter dito aquilo.

— Assim, ao passar pela escada entre sete e oito horas, será que o senhor não viu, no segundo andar, num apartamento com a porta aberta... lembra?... dois operários ou pelo menos um deles? Estavam pintando as paredes, o senhor não notou? É muito, muito importante para eles!...

— Pintores? Não, eu não vi... — respondeu devagar, como se escavasse as lembranças, enquanto submetia todo seu ser a uma tensão e sucumbia de angústia, na tentativa de adivinhar de uma vez qual era exatamente a armadilha e não deixar passar nada despercebido. — Não, eu não vi, e esse apartamento com a porta aberta, eu não reparei... mas, no quarto andar — agora ele já havia apreendido qual era a armadilha e ficou exultante —, eu lembro que um funcionário estava se mudando de um apartamento... em frente ao de Aliona Ivánovna... eu lembro... lembro com clareza... uns soldados carregaram um sofá e me imprensaram contra a parede... mas pintores... não, eu não me lembro de pintores... e parece que não havia nenhum apartamento com a porta aberta. É, não havia...

— Mas o que você está querendo? — gritou Razumíkhin, de repente, como se acordasse e entendesse. — Afinal, os pintores estavam trabalhando no dia do assassinato e ele esteve lá três dias antes! Que pergunta é essa que você está fazendo?

— Nossa! Eu me confundi! — Porfíri deu um tapa na testa. — Que o diabo me carregue, essa história está me deixando de cabeça virada! — Voltou-se para Raskólnikov, como se estivesse mesmo se desculpando. — Afinal, para nós é tão importante saber se alguém viu os pintores nesse horário, no tal apartamento, que agora eu imaginei que o senhor também poderia dizer... eu misturei tudo!

— Pois precisa prestar mais atenção — observou Razumíkhin, de cara fechada.

As últimas palavras foram ditas já no vestíbulo. Porfíri Petróvitch conduziu-os até a porta, de modo extremamente amável. Os dois saíram à rua com ar sombrio e soturno e, durante alguns passos, não disseram nenhuma palavra. Raskólnikov respirou fundo...

VI

— ... Eu não acredito! Eu não posso acreditar! — repetia Razumíkhin, desnorteado, tentando com todas as suas forças refutar os argumentos de Raskólnikov. Já estava se aproximando do edifício Bakaliéiev, onde Pulkhéria Aleksándrovna e Dúnia os aguardavam havia bastante tempo. Às vezes, no calor da conversa, Razumíkhin parava no meio do caminho, perplexo e agitado, até pelo fato de ser a primeira vez que falavam claramente sobre *aquilo*.

— Não acredite! — respondeu Raskólnikov com frieza e com um sorriso de pouco-caso. — Como é seu costume, você não percebeu nada, enquanto eu pesava cada palavra.

— Você é cheio de cismas, por isso pesava as palavras... Hum... De fato, eu concordo que o Porfíri estava bastante estranho, sobretudo aquele canalha do Zamiótov!...Você tem razão, tem alguma coisa nele... mas por quê? Por quê?

— De noite, ele mudou de ideia.

— Mas é o contrário, é o contrário! Se eles estivessem com essa ideia desmiolada, iam tentar com todas as forças disfarçar e esconder suas cartas, para depois atacar... Mas agora, desse jeito, é um desaforo e uma imprudência!

— Se eles tivessem fatos, quer dizer, fatos autênticos, ou pelo menos algumas suspeitas fundamentadas, aí de fato eles tentariam esconder o jogo, na esperança de ganhar mais (aliás, eles já teriam dado uma busca na minha casa há muito tempo!). Mas eles não têm fatos, nem um só... é tudo uma miragem, tudo tem duas faces, não passa de uma ideia fugaz, e aí eles apelam para a desfaçatez para me confundir. Talvez ele mesmo tenha ficado furioso por não ter fatos e acabou explodindo de raiva. Mas pode ser que ele tenha alguma intenção... Parece uma pessoa inteligente... Talvez quisesse me assustar com o que ele sabe... Tem lá a sua psicologia, irmão... Aliás, dá até nojo explicar tudo isso. Já chega!

— É ofensivo, é ofensivo! Eu entendo você! Mas… como agora já conversamos e deixamos tudo claro (e é ótimo que tenhamos esclarecido tudo, estou contente!), então eu confesso a você francamente que faz muito tempo que eu vinha notando isso neles, essa ideia, durante todo esse tempo, é claro que muito, muito de levezinho, só aqui e ali, de passagem, mas para que fazem isso, ainda que seja só de passagem? Como eles se atrevem? De onde foi que eles tiraram essa ideia? Se você soubesse como eu fiquei enfurecido! Veja só: por que um estudante pobre, devastado pela miséria e pela hipocondria, à beira de uma doença cruel que provoca delírios, que talvez já estivesse em seu início (observe bem!), um jovem cismado, vaidoso, ciente do seu valor, que ficou seis meses metido no seu canto sem ver ninguém, que se veste com andrajos e calça botas sem sola, se vê diante de sei lá que guardinhas de polícia e suporta seus insultos; e diante de seu nariz aparece uma dívida inesperada, uma nota promissória vencida em favor do conselheiro da corte Tchebarov, e mais o cheiro forte da tinta, os trinta graus de temperatura, o ar sufocante, a multidão, a história do assassinato de uma pessoa em cuja casa ele esteve na véspera, e tudo isso de barriga vazia, esfomeado! Como é possível não desmaiar? E agora eles querem se basear nisso, em tudo isso! Que o diabo carregue todos eles! Eu entendo que é irritante, mas no seu lugar, Rodka, eu teria dado logo umas gargalhadas na cara deles, ou, melhor ainda: eu cus-pi-ria na fuça de todos eles, e iria mais longe ainda, eu espalhava umas duas dezenas de tabefes para todos os lados, e muito bem dados, como sempre tem de ser, e desse jeito eu poria um fim nessa história. Cuspa! Coragem! É uma vergonha!

"E, no entanto, ele expôs muito bem a situação", pensou Raskólnikov.

— Cuspir? Mas amanhã eu tenho outro interrogatório! — falou com amargura. — Será mesmo que devo ir até lá e dar explicações a eles? Para mim, já é exasperante o fato de ter me humilhado diante do Zamiótov, na taberna, ontem…

— Diabo! Pois eu mesmo vou lá amanhã falar com o Porfíri! E aí eu vou dar uma boa espremida nele, *em família*, para que me conte tudo até a raiz! E quanto ao Zamiótov…

"Finalmente, ele adivinhou!", pensou Raskólnikov.

— Espere! — gritou Razumíkhin, segurando o amigo pelo ombro. — Espere aí! Você se enganou! Eu pensei melhor: você se enganou! Que truque é esse? Você não disse que a pergunta sobre os operários era um truque? Veja só: vamos dizer que você tivesse mesmo feito *aquilo*; aí, será possível que você ia contar que viu que estavam pintando o apartamento... e que viu os operários? Ao contrário: diria que não viu nada, mesmo que tivesse visto! Quem é que vai confessar contra si mesmo?

— Se eu tivesse feito *aquilo*, eu diria, sem dúvida nenhuma, que vi os operários e o apartamento — continuou a responder Raskólnikov, a contragosto e com visível repulsa.

— Mas para que dizer uma coisa contra si mesmo?

— Porque, nos interrogatórios, só os mujiques ou os novatos mais inexperientes negam tudo o tempo todo. Uma pessoa evoluída e vivida, por pouco que seja, precisa tentar admitir, na medida do possível, todos os fatos exteriores e incontornáveis; só que vai apontar causas diferentes para eles, vai sugerir algum aspecto particular e inesperado, capaz de atribuir aos fatos um significado muito distinto e lançar uma nova luz sobre eles. Porfíri deve ter calculado exatamente que eu, com toda a certeza, ia responder desse jeito e que eu, também com toda a certeza, ia responder que tinha visto, por uma questão de verossimilhança, e que eu ia insinuar alguma coisa qualquer como explicação...

— E então, na mesma hora, ele diria para você que não poderia haver operários lá dois dias antes e que, portanto, foi exatamente no dia do assassinato que você esteve lá, entre sete e oito horas. Pegaria você por uma bobagem!

— Sim, ele calculou que eu não ia ter tempo para perceber e que, justamente, me apressaria em responder da maneira mais verossimilhante e ia esquecer que os operários não poderiam estar lá dois dias antes.

— Mas como você poderia esquecer isso?

— Não há nada mais fácil! Com as coisas mais bobas é que é mais fácil apanhar os espertos. Quanto mais astuta a pessoa, menos ela desconfia que vai ser apanhada com uma besteira. É preciso usar exatamente a coisa mais simples do mundo para se pegar o esperto. O Porfíri não é tão bobo como você imagina...

— Um canalha, é o que ele é, depois disso!

Raskólnikov não pôde deixar de rir. Mas, naquele instante, ele mesmo achou estranha a animação, e até o prazer, com que pronunciou a última explicação, embora tivesse suportado toda a conversa anterior com uma repulsa melancólica, obviamente com algum propósito e movido por alguma necessidade.

"Eu estou começando a tomar gosto por certas questões!", pensou ele.

Porém, de repente, quase no mesmo instante, se mostrou inquieto, como se tivesse sido surpreendido por uma ideia inesperada e ameaçadora. A inquietação o dominou. Eles já haviam chegado ao edifício Bakaliéiev.

— Vá você sozinho — disse Raskólnikov, de repente. — Eu volto já.

— Aonde vai? Nós já estamos aqui!

— Eu preciso, eu preciso; é uma questão… eu volto daqui a meia hora… Diga para elas.

— Como quiser, mas eu vou atrás de você!

— Ora essa, você também está querendo me atormentar! — gritou com uma irritação tão amarga, com tamanho desespero no olhar, que Razumíkhin ficou sem reação. Permaneceu por algum tempo no alpendre, de pé, e olhava com tristeza como Raskólnikov caminhava ligeiro na direção da travessa onde morava. Por fim, cerrando os dentes e fechando os punhos com força, jurou espremer o Porfíri até o fim, como um limão, ainda naquele mesmo dia, e subiu para tranquilizar Pulkhéria Aleksándrovna, já preocupada com a ausência demorada dos dois.

Quando Raskólnikov chegou ao seu edifício, tinha as têmporas encharcadas de suor e a respiração ofegante. Subiu a escada depressa, entrou em seu apartamento, que tinha a porta aberta, e imediatamente trancou o ferrolho. Em seguida, assustado e enlouquecido, precipitou-se para o canto, para o mesmo buraco por trás do forro da parede onde, antes, tinham ficado os objetos, enfiou a mão e vasculhou o buraco minuciosamente por alguns instantes, levantando todas as dobras e as pontinhas soltas do papel de parede. Como não encontrou nada, levantou-se e respirou fundo. Pouco antes, quando já estava chegando ao edifício Bakaliéiev, lhe veio à mente que um objeto qualquer, alguma correntinha ou abotoadura, ou até algum papel em que os objetos tinham sido embrulhados, com uma anotação na letra da própria velha, poderia de algum modo ter escorregado e se perdido em uma fenda qualquer, para depois aparecer de súbito na frente deles, como uma prova inesperada e irrefutável.

Ficou de pé, parado, com ar pensativo, e em seus lábios vagava um sorriso estranho, humilhado, semienlouquecido. Enfim, pegou o boné e, com toda a calma, foi embora. Seus pensamentos se embaralharam. Pensativo, ele chegou ao portão.

— Aí está ele, o próprio! — gritou uma voz alta; ele ergueu a cabeça.

O porteiro estava na porta de seu cubículo e apontava direto para ele, mostrando-o para um senhor baixo e com aspecto de pequeno-burguês, vestido numa espécie de roupão, mas com colete, e que visto de longe parecia muito uma mulher. A cabeça, embaixo de um boné seboso, estava meio curvada para baixo, e todo ele parecia mesmo recurvado. O rosto enrugado e flácido aparentava mais de cinquenta anos; os olhinhos miúdos miravam com ar mal-humorado, severo e insatisfeito.

— O que é? — perguntou Raskólnikov, se aproximando do porteiro.

O pequeno-burguês lançou um olhar de esguelha para ele, mirou-o com atenção, fixamente e sem pressa; em seguida, devagar, virou-se e, sem dizer nenhuma palavra, saiu do portão do edifício para a rua.

— Mas o que é? — gritou Raskólnikov.

— Veja só, esse daí veio perguntar se é aqui que mora um estudante, deu o nome do senhor e da sua senhoria. O senhor desceu, eu apontei e ele foi embora. Acontece cada uma.

Raskólnikov correu atrás do homem e logo o avistou, caminhando pelo outro lado da rua, no mesmo passo de antes, ritmado e sem pressa, os olhos cravados no chão, com ar de quem reflete a fundo. Logo o alcançou, mas, por um tempo, limitou-se a andar atrás dele; enfim, emparelhou e olhou de lado para seu rosto. O homem logo notou, lançou para ele um olhar ligeiro, mas logo baixou os olhos de novo, e os dois caminharam assim por um minuto, lado a lado e sem falar nada.

— O senhor perguntou por mim... ao porteiro? — falou, afinal, Raskólnikov, mas muito baixo.

O pequeno-burguês não deu nenhuma resposta nem sequer olhou para ele. De novo, ficaram um pouco em silêncio.

— Mas, afinal... o senhor vem, pergunta e... não diz nada... O que é?

A voz de Raskólnikov saía entrecortada e parecia que as próprias palavras não queriam ser pronunciadas com clareza.

Dessa vez, o pequeno-burguês ergueu os olhos e, com ar sombrio e sinistro, mirou Raskólnikov.

— Assassino! — disparou de repente, em voz baixa, mas clara e nítida...

Raskólnikov vinha caminhando a seu lado. De súbito, sentiu uma fraqueza horrível nas pernas, a espinha gelou, por um instante o coração pareceu desmaiar; em seguida, como se uma trava tivesse se soltado, ele recomeçou a bater, de supetão. Assim os dois caminharam lado a lado, mais ou menos uma centena de passos, em completo silêncio.

O pequeno-burguês não olhava para ele.

— Mas o que o senhor... o que... quem é assassino? — balbuciou Raskólnikov, e quase não dava para ouvir.

— *Você* é um assassino — respondeu com ainda mais nitidez e mais gravidade, com um detestável sorriso de triunfo, e mais uma vez olhou direto para o rosto pálido de Raskólnikov e para seus olhos mortiços. Nessa altura, os dois tinham chegado a um cruzamento. O pequeno-burguês tomou a rua à esquerda e não olhou para trás. Raskólnikov ficou parado, olhando para ele por muito tempo. Viu que o homem, depois de percorrer uns cinquenta passos, virou-se e olhou para Raskólnikov, que continuava parado no mesmo lugar. Era impossível distinguir, àquela distância, mas Raskólnikov teve a impressão de que, dessa vez, o homem sorria com aquele sorriso de triunfo, frio e detestável.

Em passos débeis, lentos, com os joelhos trêmulos e uma horrível sensação de frio, Raskólnikov voltou e subiu para seu cubículo. Tirou o boné, colocou sobre a mesa e, por uns dez minutos, ficou ali parado, de pé. Depois, de fraqueza, deitou no sofá e, com um débil gemido, esticou-se com ar doentio; os olhos estavam fechados. Assim ele passou cerca de meia hora.

Não pensava em nada. Eram apenas pensamentos difusos ou retalhos de pensamentos, algumas imagens sem ordem nem coerência — rostos de pessoas que ele viu ainda na infância ou que encontrou só uma vez, num lugar qualquer, e que nunca havia lembrado antes; os sinos da igreja de V.; a sala de bilhar de alguma taberna e, nesse bilhar, um oficial; o cheiro de charuto em alguma tabacaria instalada num subsolo; uma venda de bebidas, uma escada de fundos, muito escura, encharcada de uma água imunda e coalhada de cascas de ovos, e de algum lugar vinha o som dos sinos dominicais... As coisas se misturavam e giravam como um redemoinho. De algumas ele até gostava, e se apegava a elas, só que elas mesmas se dissipavam e, no geral, algo o apertava por dentro, mas não muito. Às vezes, era até bom... O leve calafrio não passava, mas também isso dava uma sensação quase boa.

Ouviu os passos afobados de Razumíkhin e também sua voz, fechou os olhos e fingiu dormir. Razumíkhin abriu a porta e ficou parado na soleira por um tempo, como se refletisse. Depois, em silêncio, entrou e se aproximou do sofá com cuidado. Ouviu-se o sussurro de Nastássia:

— Não encoste nele; deixe dormir à vontade; depois ele come.

— Está certo — respondeu Razumíkhin.

Os dois saíram cuidadosamente e encostaram a porta. Passou mais meia hora. Raskólnikov abriu os olhos e virou-se de novo, deitado de costas e com as mãos cruzadas atrás da cabeça...

“Quem é ele? Quem será esse sujeito que saiu do fundo da terra? Onde ele estava e o que foi que ele viu? Viu tudo, disso não há dúvida. Mas onde ele estava e de onde estava olhando? Por que só agora apareceu, surgindo do fundo da terra? E como pode ter visto... será possível?... Hum...”, prosseguia Raskólnikov, com um tremor de frio. “E o estojo que o Nikolai achou atrás da porta: também será possível? São provas? Você deixa escapar uma linhazinha no meio de cem mil... e daí se forma uma prova do tamanho da pirâmide do Egito! Uma mosca passou voando, e ela viu! Será possível?”

Com repulsa, sentiu de repente uma fraqueza, uma fraqueza física.

“Eu devia saber”, pensou com um sorriso amargo, “mas como é que eu, me conhecendo como me conheço, e já *pressentindo* como eu sou, como é que me atrevi a pegar um machado e me manchar de sangue?! Eu tinha a obrigação de saber de antemão... Ah! Mas eu já sabia, na verdade!...”, chegou a murmurar, em desespero.

De vez em quando, ele se detinha, paralisado, em face de uma ideia:

“Não, essas pessoas não foram feitas assim; o verdadeiro *potentado*, a quem tudo é permitido, saqueia Toulon, promove um massacre em Paris, *esquece* um exército no Egito, *sacrifica* meio milhão de pessoas na campanha de Moscou e, em Vilna, se safa com um mero jogo de palavras;[1] e, quando ele morre, vira um ídolo, portanto, *tudo* é permitido. Não, essas pessoas, pelo visto, não têm um corpo, elas são feitas de bronze!”

De repente, uma ideia inesperada e excêntrica quase fez Raskólnikov dar uma risada:

“Napoleão, as pirâmides, Waterloo... e a esquelética e sórdida viúva de um registrador, uma velhota, usurária, com um cofrezinho vermelho embaixo da cama... ora, quem é que ia admitir tudo isso, mesmo que fosse o Porfíri Petróvitch?... Como é que podia admitir?... A estética atrapalha: e por acaso um Napoleão, dirá ele, vai se enfiar embaixo da cama de uma velhota? Ah, que sordidez!”

Por alguns minutos, teve a sensação de que delirava: estava caindo num estado de exaltação febril.

1 Referência a passagens da vida de Napoleão: em 1793, venceu sua primeira batalha, em Toulon; em 1795, sufocou uma revolta em Paris; em 1799, deixou seu exército no Egito, voltou para Paris e assumiu o poder; em 1812, invadiu a Rússia, onde sofreu sua maior derrota; em Vilna, após a derrota, Napoleão disse: “*Du sublime au ridicule, il n’y a qu’un pas*” [Do sublime ao ridículo, é apenas um passo].

"Que absurdo, a velhota!", pensava, com ardor e aos trancos. "A velha, talvez tenha sido mesmo um erro, mas a questão não é ela! A velha foi só a doença... eu quis passar por cima da barreira depressa demais... eu não matei uma pessoa, matei um princípio! O princípio, eu matei, mas passar por cima da barreira, eu não passei, eu continuei do lado de cá... Eu só fui capaz de matar. E nem isso eu fui capaz de fazer, é o que está se verificando... E o princípio? Por que, agora há pouco, o tolo do Razumíkhin ficou praguejando contra os socialistas? Gente trabalhadora e ativa nos negócios; se preocupam com a 'felicidade universal'... Não, a vida me foi dada uma vez e nunca mais será dada de novo: eu não quero esperar a 'felicidade universal'. Eu mesmo quero viver, senão é melhor nem viver. Não está claro? Eu só não quero passar a vida como uma matéria esfomeada, agarrado ao meu rublo no fundo do bolso, à espera da 'felicidade universal'. Dizem: 'Eu levo meu tijolinho para construir a felicidade universal e com isso eu sinto a paz no coração'.[2] Ha-ha! Por que me deixaram entrar? Pois eu só vivo uma vez e eu também quero... Ah, eu sou um piolho estético, nada mais do que isso", acrescentou de repente, rindo como um louco. "Sim, eu sou mesmo um piolho", prosseguiu com maldade, aferrando-se a essa ideia, escavando-a, brincando e se divertindo com ela. "E só porque, em primeiro lugar, agora, eu estou raciocinando sobre o fato de eu ser um piolho; e porque, em segundo lugar, durante um mês inteiro, eu perturbei a Divina Providência, pedindo que fosse testemunha de que não é pela minha carne nem por luxúria, como dizem, que eu estou agindo, mas sim que eu tenho em vista um objetivo grandioso e benéfico... Ha-ha! E porque, em terceiro lugar, eu decidi observar, no processo da execução, a possível justiça, o peso e a medida, e também a aritmética: entre todos os piolhos, eu fui escolher o mais inútil e, depois de matar, decidi tomar dele exatamente aquilo que me é necessário para dar o primeiro passo, nem mais nem menos do que isso (e o resto, portanto, vai para o convento, para o testamento espiritual, ha-ha!)... Porque, porque eu, definitivamente, sou um piolho", acrescentou, rangendo os dentes, "porque eu mesmo sou, talvez, mais nojento e mais sórdido do que o piolho que morreu, e eu já *pressentia* desde antes que ia dizer isso para mim mesmo, *depois* de matar! Mas será que existe alguma

2 Referência caricata a certas expressões do filósofo francês Victor Considerant (1808-93), socialista utópico, discípulo de Charles Fourier.

coisa que se possa comparar com esse horror? Ah, que vulgaridade! Ah, que vulgaridade!... Ah, como eu entendo o 'profeta' de sabre em punho, a cavalo. Alá está mandando: obedeça, besta 'trêmula'![3] Tem razão, tem razão o 'profeta', quando coloca no cruzamento de alguma rua uma bo-o-o-a bateria de canhões e dispara no justo e no culpado, sem sequer dignar-se a dar explicações! Obedeça, besta trêmula e... *não deseje*, porque... não é da sua conta!... Ah, de jeito nenhum, eu não perdoo a velhota de jeito nenhum!"

Tinha os cabelos ensopados de suor, os lábios tiritavam, ressecados, o olhar imóvel cravado no teto.

"A mãe, a irmã, como eu amo as duas! Por que agora eu as detesto? Sim, eu as detesto, e detesto fisicamente, não consigo suportar que estejam perto de mim... Há pouco tempo eu cheguei, beijei a mãe, eu lembro... Abraçar e pensar que, se ela soubesse... Já imaginou se eu tivesse contado? E eu era bem capaz... Hum! *Ela* deve ser igual a mim", acrescentou, pensando com esforço, como se lutasse contra um delírio que o dominava. "Ah, como eu odeio a velhota, agora! Parece que eu a mataria de novo, se ressuscitasse! Coitada da Lizavieta! Por que ela cismou de voltar?... No entanto, é estranho que eu quase não pense nela, é como se eu não tivesse matado... Lizavieta! Sônia! Coitadas, dóceis, de olhos dóceis... Meigas!... Por que elas não choram? Por que não gemem?... Elas abrem mão de tudo... olham dóceis e tranquilas... Sônia, Sônia! Doce Sônia!..."

Adormeceu; achou estranho não lembrar como foi parar na rua. Já era noite. A penumbra se fechava, a lua cheia brilhava cada vez mais clara; porém o ar, de certo modo, estava excepcionalmente abafado. Pessoas andavam pela rua, era uma multidão; artesãos e gente atarefada se dispersavam pelos edifícios, outras passeavam; havia um cheiro de cal, de poeira e de água parada. Raskólnikov andava com ar triste e ansioso: lembrava muito bem que tinha saído de casa com alguma intenção, que precisava fazer algo e depressa, mas o que era exatamente, ele tinha esquecido. De súbito, parou e viu que, do outro lado da rua, na calçada, um homem estava de pé e acenava para ele com a mão. Raskólnikov atravessou a rua até ele, mas de repente o homem deu meia-volta e, como se não tivesse acontecido nada, andou de cabeça baixa, sem se virar e sem dar sinal de que o conhecia.

3 A expressão "besta trêmula" está no Corão e também num verso de Púchkin, do ciclo de poemas intitulado *Imitações do Corão*.

"Agora chega, ele chamou ou não chamou?", pensou Raskólnikov e, no entanto, foi atrás dele. Nem tinha percorrido uns dez passos quando o reconheceu, de repente, e se assustou; era o mesmo pequeno-burguês de antes, com o mesmo roupão, o mesmo jeito recurvado. Raskólnikov o seguiu à distância; o coração martelava; dobraram numa travessa — o homem continuava sem se virar. "Será que sabe que eu estou andando atrás dele?", pensou Raskólnikov. O pequeno-burguês atravessou o portão de um edifício grande. Rápido, Raskólnikov chegou perto do portão e ficou olhando: será que o outro ia olhar para trás e chamar por ele? De fato, depois de cruzar toda a área do portão, já na entrada do pátio, de repente o homem virou-se e, de novo, pareceu chamá-lo com a mão. Raskólnikov atravessou depressa o portão, mas o pequeno-burguês já não estava lá. Portanto, o homem tinha subido correndo a primeira escada. Raskólnikov precipitou-se atrás dele. De fato, dois lances de escada acima, ouviam-se passos ritmados, sem pressa. O estranho era que a escada parecia já conhecida! Esta é a janela do primeiro andar; o luar atravessava o vidro, com ar triste e misterioso; este é o segundo andar. Droga! É o mesmo apartamento que os operários estavam pintando... Como ele não reconheceu logo? Os passos à frente silenciaram: "Portanto, o homem parou ou se escondeu". Este é o terceiro andar; ir em frente ou não? E que silêncio, lá em cima, é até estranho... Mas ele foi. O barulho dos próprios passos o assustava e o alarmava. Nossa, como está escuro! Na certa, o pequeno-burguês tinha se escondido em algum canto por ali. Ah! Um apartamento está escancarado para a escada; ele pensou um pouco e entrou. No vestíbulo, estava muito escuro e vazio, ninguém, como se tudo tivesse sido retirado; de mansinho, na ponta dos pés, Raskólnikov avançou para a sala: o cômodo inteiro estava claro, banhado pelo luar; tudo era como antes: as cadeiras, o espelho, o sofá amarelo e os quadros nas molduras. A lua imensa, redonda, vermelho-bronze, olhava direto através da janela. "Todo esse silêncio é por causa da lua", pensou Raskólnikov. "Com certeza, a lua agora está propondo um enigma." Ficou parado, à espera, esperou muito tempo e, quanto maior o silêncio da lua, mais fortes as batidas do coração, que até chegava a doer. E o silêncio não parava. De repente, ouviu-se um ligeiro estalido seco, como um palito quebrado, e tudo cessou, de novo. De repente, uma mosca despertou, arremeteu de encontro ao vidro e zumbiu de lamento. No mesmo instante, num canto, entre o armário pequeno e a janela, ele distinguiu o que parecia uma capa de mulher, pendurada na parede. "O que essa capa está fazendo aqui?", pensou. "Antes, não estava..." Avançou devagarzinho e adivinhou que alguém estava escondido atrás da capa. Com cuidado, puxou a capa e viu que ali havia uma cadeira e, sentada na cadeira, bem na ponta, uma velhinha toda curvada, de cabeça baixa, de modo que ele não podia ver o rosto, mas era ela. Raskólnikov ficou parado junto à velha: "Está com medo!", pensou e, devagarzinho, soltou o machado da alça e golpeou a têmpora da velha, uma, duas vezes. Que estranho: ela nem se mexeu com os golpes, como se fosse de madeira. Ele se assustou, curvou-se mais perto e se pôs a observá-la; só que ela baixou mais ainda a cabeça. Com um pulo, ele se abaixou até o chão e olhou para cima, para aquele rosto, olhou e ficou estupefato: a velhinha estava sentada e ria — se derramava toda num riso fraco, inaudível, pois ela se reprimia com toda a força para que Raskólnikov não ouvisse. De repente, ele teve a impressão de que a porta que dava para o quarto de dormir se abriu só um pouquinho e de que, lá dentro, também riam e cochichavam. A fúria o dominou: com todas as forças, começou a bater na cabeça da velha, porém, a cada golpe do machado, os risos e os cochichos dentro do quarto irrompiam mais fortes, enquanto a velhinha, por sua vez, se sacudia com as próprias gargalhadas. Ele saiu correndo, porém a passagem já estava toda cheia de gente, as portas estavam escancaradas para a escada e, no patamar, na própria escada e dali para baixo, pelos degraus, as pessoas se comprimiam, cabeça com cabeça, todos olhavam, mas todos estavam se escondendo e esperavam, em silêncio... Ele sentiu o coração oprimido, as pernas, fincadas no chão, não se moviam... Ele quis gritar e... acordou.

Com dificuldade, tomou fôlego — mas era estranho, o sonho parecia continuar: sua porta estava escancarada, um homem desconhecido estava parado na soleira e olhava fixo para ele.

Raskólnikov mal teve tempo de abrir de todo os olhos, que logo se fecharam de novo. Continuou deitado de costas e não se mexia. "Será que ainda estou sonhando?", pensou, e ergueu de novo as pestanas só um pouquinho, quase nada, para dar uma olhada: o desconhecido continuava no mesmo lugar e ainda o observava. De repente, com cautela, atravessou a soleira, fechou a porta cuidadosamente, aproximou-se da mesa, esperou um instante — todo esse tempo, sem desviar os olhos dele — e, devagar, sem barulho, sentou-se na cadeira junto ao sofá; colocou o chapéu no chão, de lado, apoiou as mãos na bengala e escorou o queixo em cima das mãos. Era evidente que estava disposto a esperar bastante. Até onde dava para distinguir através das pestanas entreabertas, já era um homem de certa idade, corpulento e de barba densa, clara, quase branca…

Passaram uns dez minutos. Ainda havia claridade, mas já estava anoitecendo. No quarto, o silêncio era completo. Nem da escada chegava o menor ruído. Só uma espécie de mosca grande se debatia e zumbia, chocando-se com ímpeto contra o vidro. Enfim, aquilo se tornou insuportável: de repente, Raskólnikov soergueu-se e sentou-se no sofá.

— Muito bem, diga logo: o que o senhor deseja?

— Eu bem que sabia que o senhor não estava dormindo e que só fazia uma cena — respondeu o desconhecido de forma estranha, com toda a calma e rindo bastante. — Arkádi Ivánovitch Svidrigáilov, permita que eu me apresente…

Quarta parte

I

"Será que ainda estou sonhando?", pensou Raskólnikov, mais uma vez. Com cautela e desconfiança, observou o visitante inesperado.

— Svidrigáilov? Que absurdo! Não pode ser! — exclamou enfim, desconcertado, em voz alta.

O visitante, pelo visto, não ficou nem um pouco admirado com aquela exclamação.

— Eu vim ver o senhor por dois motivos: em primeiro lugar, para nos conhecermos, pois faz tempo que ouço falar a seu respeito, e de forma bastante curiosa e favorável; em segundo lugar, tenho o sonho de que o senhor, talvez, não se furte a me ajudar numa iniciativa diretamente relacionada à irmã do senhor, Avdótia Románovna. Sozinho e sem alguma recomendação, é bem possível que agora, devido a um preconceito, ela não permita sequer que eu ponha os pés no pátio de sua casa e assim, pois bem, com a ajuda do senhor, eu, ao contrário, calculo...

— Está calculando mal — retrucou Raskólnikov.

— Permita que eu pergunte: elas chegaram só ontem, não foi?

Raskólnikov não respondeu.

— Foi ontem, eu sei. Eu mesmo cheguei apenas anteontem. Muito bem, Rodion Románovitch, o que eu quero lhe dizer sobre esse assunto é o seguinte: acho desnecessário me justificar, mas permita que eu também pergunte: em tudo isso, de fato, o que há de tão particularmente criminoso, da minha parte, ou seja, sem quaisquer preconceitos, julgando de forma razoável?

Raskólnikov continuou a observá-lo, em silêncio.

— O fato de, em minha casa, eu ter assediado uma jovem indefesa e "tê-la ofendido com minhas propostas abomináveis"... Será isso? (Estou me antecipando à resposta do senhor!) Mas apenas suponha que eu não passo de um ser humano, *et nihil humanum*...[1] Em suma, que eu sou capaz de me deixar seduzir e de me enamorar (algo que, é claro, não depende da nossa vontade), e assim tudo se explica do modo mais natural. A questão toda é esta: eu sou um monstro ou sou uma vítima? Vítima? Mas como? Afinal, ao propor ao meu objeto fugir comigo para a América ou para a Suíça, quem sabe eu nutrisse os sentimentos mais respeitosos e pensasse também em construir a felicidade mútua?... Pois a razão é serva da paixão; e talvez eu tenha feito mais mal a mim mesmo!...

— Mas não é disso que se trata — interrompeu Raskólnikov, com nojo. — O senhor é pura e simplesmente repugnante e, tenha razão ou não, ninguém aqui quer saber do senhor: trata-se apenas de pôr o senhor para fora, e adeus!...

De repente, Svidrigáilov deu uma gargalhada.

— Mas, o senhor... É mesmo impossível enganar o senhor! — exclamou, rindo de forma sincera. — Eu pensei em usar de esperteza, mas não adianta, o senhor acertou logo na mosca!

— E, neste momento, o senhor continua usando de esperteza.

— E daí? E daí? — repetiu Svidrigáilov, rindo à vontade. — Pois isto é o que se chama de uma *bonne guerre*,[2] ocasião em que a esperteza é mais justificável!... Entretanto, o senhor me interrompeu; de todo modo, eu reafirmo: nada haveria de vergonhoso, se não tivesse ocorrido no jardim. Marfa Petrovna...

— Dizem que o senhor também deu cabo da Marfa Petrovna, é verdade? — cortou Raskólnikov, de forma rude.

— Mas contaram isso para o senhor? Ora, como poderia não saber?... Bem, quanto a essa pergunta, juro, não sei como responder ao senhor, embora minha consciência esteja tranquila, no mais alto grau, a esse respeito. Ou seja, não pense que eu tenha algum receio do que possa decorrer daí; tudo foi feito na mais perfeita ordem e com total precisão: o exame médico constatou uma apoplexia, causada pelo banho tomado logo depois de um almoço completo; ainda mais com a ingestão de quase uma garrafa inteira de vinho, não poderiam mesmo constatar outra coisa... Não, senhor, veja só o que eu fiquei pensando por um tempo, sobretudo na viagem para cá, sentado no vagão de trem: será que eu não contribuí para toda essa... desgraça, com certa exasperação moral ou alguma coisa parecida? Mas eu acabei concluindo que, decididamente, não podia ser.

1 Referência a um trecho da comédia *O autoflagelador*, do dramaturgo Terêncio (185 a.C.-59 a.C.), da Roma Antiga: "Sou um homem; nada de humano me é estranho". 2 Francês: "boa guerra".

Raskólnikov desatou uma risada.

— Mas quanta disposição para se preocupar!

— E do que o senhor está rindo? Imagine: ao todo, eu bati só duas vezes com o chicote, nem deixou marca... Por favor, não me considere um cínico; afinal, eu sei muito bem como isso é detestável da minha parte etc. etc.; mas, afinal, eu também sei com certeza que Marfa Petrovna, na certa, ficou contente com esse meu, como dizer, fervor. A história com a irmã do senhor tinha se exaurido até a última gota. Já fazia três dias que Marfa Petrovna se via obrigada a ficar em casa; ela não tinha motivo para ir à cidadezinha e, por lá, já havia enchido a paciência de todo mundo, lendo aquela carta. (Também contaram ao senhor a respeito da leitura da tal carta, não foi?) E, de repente, aquelas duas chicotadas pareceram cair do céu! A primeira coisa que fez foi mandar atrelar a carruagem!... Nem vou falar que, entre mulheres, há casos em que sofrer uma ofensa é fonte de muita, muita satisfação, apesar de toda a indignação aparente. Entre todas as mulheres, existem esses casos; as pessoas em geral gostam, e até gostam muito, de ser ofendidas. O senhor já notou? Mas ocorre particularmente entre as mulheres. Pode-se até dizer que é só com isso que elas se contentam.

Durante um momento, Raskólnikov pensou em levantar-se e ir embora e, desse modo, pôr um ponto-final no encontro. Mas certa curiosidade e também uma espécie de cálculo o detiveram mais um instante.

— O senhor gosta de brigar? — perguntou, com ar distraído.

— Não, não muito — respondeu, tranquilo, Svidrigáilov. — Eu e Marfa Petrovna quase nunca brigávamos. Vivíamos em grande harmonia e ela estava sempre satisfeita comigo. O chicote, em todos os nossos sete anos, eu só usei duas vezes (sem contar um terceiro caso, de resto, bastante dúbio): a primeira vez, dois meses depois do casamento, logo que fomos para o campo, e depois este último caso, de agora. Mas o senhor estava achando que eu era um monstro, um retrógrado, um escravocrata? Ha-ha... A propósito: o senhor, Rodion Románovitch, lembra que há alguns anos, no tempo da bendita abertura, achincalharam, em todos os órgãos de imprensa e no meio literário, um dos nossos nobres... esqueci o sobrenome!... que tinha dado uma chicotada numa alemã, dentro de um vagão de trem, lembra?[3] Ainda nessa

3 Referência a uma notícia que circulou nos jornais russos em 1860, fato também discutido, na mesma época, na revista *Vrêmia*, cujo dono era Dostoiévski. Quanto à "abertura" (*glásnost*, em russo), trata-se da série de reformas ocorridas na década de 1860, quando os servos foram emancipados.

época, no mesmo ano, parece, também aconteceu "A atitude monstruosa de *O Século*"[4] (pois é, uma leitura pública de *Noites egípcias* lembra? Os tais olhos negros![5] Ah, onde estás, tempo dourado de nossa juventude?). Muito bem, senhor, minha opinião é a seguinte: eu não tenho profunda simpatia pelo cavalheiro que deu a chicotada na alemã, porque, na realidade, isso... como alguém pode ter simpatia? Mas ao mesmo tempo não posso deixar de dizer que, às vezes, surgem umas "alemãs" tão provocadoras que, me parece, não existe nenhum progressista que seja capaz de responder por si mesmo. Ninguém olhou a questão desse ponto de vista, naquele momento, entretanto esse ponto de vista é também autenticamente humano, garanto ao senhor que é!

Dito isso, Svidrigáilov desatou a rir de novo. Para Raskólnikov, estava claro que se tratava de um homem firmemente determinado e astuto.

— O senhor deve ter passado alguns dias seguidos sem falar com ninguém, não é? — perguntou Raskólnikov.

— Quase isso. Mas diga: o senhor não está admirado de ver que eu sou uma pessoa muito flexível?

— Não, eu me admiro é que o senhor seja uma pessoa flexível demais.

— Porque a grosseria das suas perguntas não me deixou ofendido? Será isso? Mas... ofender-se por quê? Da mesma forma como o senhor perguntou, eu respondi — acrescentou, com uma chocante expressão de inocência. — Afinal, eu não me interesso por quase nada, em particular, palavra de honra — prosseguiu, um tanto pensativo. — Especialmente agora, quando eu não tenho ocupação nenhuma... No entanto, é compreensível que o senhor ache que eu sou do tipo bajulador, ainda mais por eu ter um assunto a tratar com a sua irmã, como eu mesmo já expliquei. Mas eu vou falar para o senhor com toda a franqueza: que coisa maçante! Sobretudo esses três últimos dias, e por isso eu até me alegrei de ver o senhor... Não se zangue, Rodion Románovitch, mas, não sei por que motivo, o senhor mesmo me parece tremendamente estranho. Querendo ou não, há alguma coisa no senhor;

4 Trata-se do jornal *O Século*, que, no início de 1861, publicou um artigo que condenava duramente a sra. E. E. Tolmatchova por ter lido em público um trecho do poema de Púchkin "Noites egípcias", no qual Cleópatra faz um apelo amoroso. Em outro periódico, o artigo foi criticado num texto intitulado "A atitude monstruosa de *O Século*". A situação faz parte da polêmica em torno do movimento pela emancipação feminina. 5 Referência aos olhos de E. E. Tolmatchova.

e em especial agora, quer dizer, não neste minuto propriamente, mas agora, em geral... Certo, certo, eu não vou falar, eu não vou falar mais, não precisa fazer essa cara feia! Afinal, eu não sou o urso que o senhor está imaginando.

Raskólnikov observou-o com ar sombrio.

— Pode-se dizer até que o senhor não tem nada de urso — respondeu. — Parece-me que o senhor vem de uma ótima sociedade ou, pelo menos, sabe se portar como uma pessoa respeitável, conforme as circunstâncias.

— É que eu não estou especialmente interessado na opinião de ninguém — respondeu Svidrigáilov, em tom seco e até com um toque de arrogância. — Portanto, por que não ser vulgar, quando essa indumentária se adapta tão bem ao nosso clima e... e, sobretudo, quando já existe uma inclinação natural para isso? — acrescentou e riu, mais uma vez.

— Entretanto, eu ouvi dizer que o senhor tem muitos conhecidos por aqui. O senhor, afinal, é o que chamam de uma "pessoa bem relacionada". Nesse caso, para que o senhor veio me ver, se não foi por ter alguns propósitos?

— O senhor tem razão quando diz que eu tenho conhecidos — confirmou Svidrigáilov, sem responder ao ponto principal. — Eu já os encontrei; há três dias que eu ando para lá e para cá, pela rua; eu os reconheço e eles, parece, me reconhecem também. Claro, eu ando muito bem-vestido e não sou visto como um homem pobre; afinal, até a reforma da servidão nos poupou: não perdi as rendas, as florestas e os campos alagados;[6] mas... eu não vou falar com eles; eu já estava farto deles, desde antes: estou andando por aí há três dias e não falei com ninguém... Mas também, que cidade é esta? Quer dizer, como foi que nós criamos isto, me diga, por favor! Uma cidade de burocratas e de todo tipo de seminaristas! Juro, muita coisa que existe aqui eu não percebia antigamente, há mais ou menos oito anos, quando eu andava à toa pela cidade... Agora, só tenho esperança na anatomia, eu juro!

— Que anatomia?

— Estou falando desses clubes, os Dussot, esses *pointes*[7] todos de vocês, por aqui, ou talvez eu esteja falando do progresso também... ora, se ele tem de vir, que venha sem nós — prosseguiu, mais uma vez sem responder à pergunta. — E qual é a graça de ser trapaceiro?

— Mas o senhor também foi trapaceiro?

6 A lei da emancipação dos servos, de 1861, beneficiou os proprietários, a quem couberam as terras melhores. **7** Dussot era o dono de um restaurante famoso de São Petersburgo. A palavra francesa *pointe* (ponto) aparece no original transliterada para o russo.

— Como podia deixar de ser? Nós formávamos uma equipe completa, excepcional, faz mais ou menos oito anos; aproveitávamos a vida; sabe, todos eram pessoas de boas maneiras, poetas, capitalistas. Na sociedade russa, em geral, quem tem as melhores maneiras são as pessoas que já levaram umas bordoadas... o senhor já notou? Agora, eu me enterrei lá no campo. Eu teria sido preso por dívidas, por causa de um gregozinho lá da cidade de Niéjin. Foi aí que a Marfa Petrovna apareceu, negociou e me resgatou por trinta mil rublos. (Ao todo, eu devia setenta mil.) Casamos conforme a lei e, na mesma hora, ela me levou embora para a sua propriedade rural, como se eu fosse um tesouro. Afinal, ela era cinco anos mais velha do que eu. Ela me amava muito. Por sete anos, eu não saí de lá. E, observe, durante toda essa vida, ela guardou um documento contra mim, em nome de outra pessoa, no valor daqueles trinta mil rublos, de modo que bastava eu pensar em me rebelar para ser logo apanhado na armadilha! E ela faria isso mesmo! Afinal, para as mulheres, todas essas coisas são compatíveis.

— E se não houvesse o documento, o senhor teria fugido?

— Não sei como responder ao senhor. Aquele documento não me prendia quase nada. Eu é que não tinha vontade de ir a lugar nenhum, e a própria Marfa Petrovna, vendo que eu andava entediado, me convidou duas vezes a viajar para o exterior. Ora essa! Eu já tinha viajado para o exterior duas vezes e aquilo sempre me deu enjoo. E não adianta contemplar o nascer do sol, a baía de Nápoles, o mar, porque mesmo assim dá tristeza. O mais repugnante é que a gente fica triste de verdade e nem sabe por quê! Não, em nosso país é melhor: aqui, pelo menos, nós pomos a culpa de tudo nos outros e justificamos a nós mesmos. Agora, eu até poderia ir junto com essa expedição para o polo Norte,[8] porque *j'ai le vin mauvais*,[9] e me dá nojo beber, só que não me restou mais nada além do vinho. Eu experimentei. Dizem que, no domingo, o Berg vai voar num balão enorme no jardim Iussúpov e está convidando companheiros, em troca de uma determinada remuneração. É verdade?

— Quer dizer que o senhor voaria no balão?

— Eu? Não... falei por falar... — balbuciou Svidrigáilov, como se estivesse, de fato, ponderando.

8 Em 1865, os jornais noticiaram os preparativos para uma expedição ao polo Norte.
9 Francês: "o vinho me faz mal".

"Será que está falando sério mesmo?", pensou Raskólnikov.

— Não, o documento não me prendia — continuou Svidrigáilov, com ar pensativo. — Era eu mesmo que não queria ir embora. Além do mais, vai fazer um ano que Marfa Petrovna me devolveu aquele documento, no dia do meu santo onomástico,[10] e ainda me deu de presente uma notável quantia em dinheiro. Afinal, ela possuía capital. "Veja como eu confio no senhor, Arkádi Ivánovitch." Juro, foi assim que ela se exprimiu. O senhor não acredita que foi assim? Pois saiba que, no campo, eu me tornei um proprietário decente; sou conhecido nas redondezas. Eu também encomendava livros. No início, a Marfa Petrovna aprovava, mas depois vivia com medo de que eu me esgotasse de tanto estudar.

— Parece que o senhor tem muita saudade de Marfa Petrovna, não é?

— Eu? Pode ser. Na verdade, pode ser. Aliás, o senhor acredita em fantasmas?

— Que fantasmas?

— Nos fantasmas normais, ora essa, em quais outros?

— E o senhor acredita?

— Sim, talvez, e não, *pour vous plaire*...[11] Quer dizer, não é que eu não acredite...

— Aparecem, será?

Svidrigáilov olhou para ele de modo um tanto estranho.

— Marfa Petrovna se digna a me visitar — falou, torcendo a boca num sorriso esquisito.

— Como assim, se digna a visitar?

— É que ela já veio três vezes. Na primeira, eu a vi no dia do enterro, uma hora depois de sair do cemitério. Foi na véspera da minha viagem para cá. A segunda vez foi anteontem, durante a viagem, ao amanhecer, na estação Málaia Víchera; e a terceira vez foi duas horas atrás, no apartamento onde estou morando, no quarto; eu estava sozinho.

— Estava acordado?

— Perfeitamente. Estava acordado nas três vezes. Ela vem, fala um minuto e vai embora pela porta; sempre pela porta. Parece até que dá para ouvir.

10 Na tradição russa, o aniversário é comemorado no dia do santo cujo nome a pessoa recebeu.

11 Francês: "para agradar ao senhor...".

— Então foi por isso que eu achei que alguma coisa desse tipo estava mesmo acontecendo com o senhor! — exclamou Raskólnikov, de repente, e no mesmo instante se espantou de ter dito aquilo. Estava com uma forte inquietação.

— O quê? O senhor pensou isso? — perguntou Svidrigáilov, com surpresa. — Será possível? Bem, eu não falei que entre nós existe uma espécie de ponto em comum, hein?

— O senhor nunca disse isso! — retrucou Raskólnikov, ríspido e exaltado.

— Eu não disse?

— Não!

— Achei que tinha dito. Agora há pouco, quando entrei e vi o senhor deitado, de olhos fechados, fazendo uma cena... Foi então que eu disse para mim mesmo: "Aí está ele, o próprio!".

— Que história é essa de "aí está ele"? O que o senhor quer dizer? — gritou Raskólnikov.

— O que eu quero dizer? Juro, eu não sei... — balbuciou Svidrigáilov com toda a sinceridade, sentindo-se ele mesmo embaraçado.

Ficaram calados por um minuto. Olhavam um para o outro, fixamente.

— Tudo isso é absurdo! — exclamou Raskólnikov, irritado. — E o que é que ela diz para o senhor, quando aparece?

— Ela? Imagine só: fala as bobagens mais banais e isso me deixa irritado; veja só como o ser humano é estranho. Na primeira vez que ela veio (sabe, eu estava cansado: o velório, o enterro, a missa, as rezas, depois a refeição em memória da falecida... Finalmente, fiquei sozinho no meu escritório, comecei a fumar um charuto, comecei a pensar), ela entrou pela porta: "Mas o senhor, hoje, Arkádi Ivánovitch, nessa confusão toda, se esqueceu de dar corda no relógio da sala de jantar". Na verdade, toda semana, durante sete anos inteiros, eu sempre dava corda naquele relógio e, quando eu esquecia, o que acontecia sempre, era ela que me lembrava. No dia seguinte, eu viajei logo para cá. No nascer do dia, cheguei à estação... tinha cochilado de noite, estava esgotado, os olhos pesados de sono... pedi um café; de repente, quando eu olho, Marfa Petrovna está sentada do meu lado, com um baralho nas mãos: "Não quer que eu adivinhe como será sua viagem, Arkádi Ivánovitch?". Ela era mestre em adivinhar o futuro nas cartas. Muito bem, só que eu não me perdoo por não ter pedido que ela adivinhasse meu futuro! Fugi apavorado e aí, na verdade, soou o sinal da partida do trem. E hoje, eu estou ali sentado depois de um almoço horroroso num restaurante vagabundo, com a barriga pesada... estou sentado, fumando e, de repente, a Marfa Petrovna entra de novo, muito arrumada, com um vestido novo, de seda verde, de cauda comprida: "Bom dia, Arkádi Ivánovitch! O que acha do meu vestido? A Aniska não sabe costurar assim". (Aniska é uma costureira lá da nossa propriedade rural, uma das antigas servas, chegou a estudar em Moscou, é uma moça bonitinha.) Ela está de pé, dá uma voltinha na minha frente. Eu observo o vestido, depois olho com atenção para o seu rosto: "A senhora, Marfa Petrovna, acha graça em vir me perturbar com essas futilidades". "Ah, meu Deus, o senhor já não pode mais me assustar, meu caro!" Para provocar, eu disse: "Marfa Petrovna, eu estou querendo casar". "Vindo do senhor, Arkádi Ivánovitch, isso não espanta; mas não é muito nobre da sua parte querer casar assim com essa pressa toda, quando mal acabou de enterrar a esposa. Se pelo menos o senhor escolhesse direito, mas no final eu sei que não será bom nem para ela nem para o senhor, e só vai servir de motivo de riso para as pessoas de bem". Ela girou e saiu, e parecia que a cauda do vestido fazia barulho no chão. Que absurdo, não é?

— Entretanto, pode ser que tudo isso seja mentira do senhor, não é?

— Eu raramente minto — respondeu Svidrigáilov, pensativo, como se não tivesse sequer notado a rudeza da pergunta.

— Mas, antes disso, o senhor nunca tinha visto fantasmas?

— N... não, só vi uma vez na vida, há seis anos. O Filka, um dos meus criados; ele tinha acabado de ser enterrado e eu gritei, distraído: "Filka, o cachimbo!". Ele entrou e foi direto para a estante onde ficavam os meus cachimbos. Continuei sentado e pensei assim: "Ele vai se vingar de mim", porque, antes da sua morte, tínhamos discutido muito asperamente. Eu disse: "Como se atreve a se apresentar na minha frente com os cotovelos da roupa rasgados? Fora daqui, desgraçado!". Ele deu meia-volta, saiu e não veio mais. Eu não contei isso para Marfa Petrovna, na ocasião. Depois, eu tive vontade de mandar rezar uma missa pela alma dele, mas me deu vergonha.

— O senhor devia procurar um médico.

— Eu sei, nem precisa me dizer que estou doente, embora eu não saiba de que, eu juro; se bem que, a meu ver, com toda a certeza, eu estou cinco vezes mais saudável do que o senhor. O que eu perguntei ao senhor não foi se acredita ou não que os fantasmas aparecem. Eu perguntei: o senhor acredita que existem fantasmas?

— Não, eu não acredito de jeito nenhum! — gritou Raskólnikov, até com uma espécie de rancor.

— Mas como é mesmo que costumam dizer? — murmurou Svidrigáilov, como se falasse sozinho, olhando para o lado, com a cabeça um pouco inclinada. — Dizem assim: "Você está doente, portanto aquilo que você vê não passa de um delírio". Só que isso não tem uma lógica muito rigorosa. Eu concordo que só pessoas doentes veem fantasmas; mas, no final, isso só serve para provar que os fantasmas podem aparecer apenas para as pessoas doentes, e não que os fantasmas, propriamente ditos, não existem.

— Claro que não! — insistiu Raskólnikov, exasperado.

— Não? O senhor acha? — prosseguiu Svidrigáilov, olhando para ele demoradamente. — Bem, mas e se nós raciocinarmos assim (vamos, me ajude): "Os fantasmas, por assim dizer, são farrapos e fragmentos de outros mundos, o seu sinal. Para a pessoa saudável, é claro, não há motivo para ver fantasmas, porque a pessoa saudável é, acima de tudo, uma pessoa terrena e, portanto, deve viver apenas a vida local, para a plenitude e para a ordem. Muito bem, mas se ela adoecer um pouquinho só, se a ordem terrena do organismo sofrer apenas uma leve perturbação, na mesma hora começa a se manifestar a possibilidade de outro mundo, e quanto mais doente, maior o contato com o outro mundo, de modo que, quando a pessoa finalmente morrer, ela vai passar direto para o outro mundo". Faz tempo que eu venho elaborando esse argumento. Se o senhor acredita na vida após a morte, também pode acreditar nesse argumento.

— Eu não acredito na vida após a morte — disse Raskólnikov.

Svidrigáilov se pôs pensativo.

— Mas e se lá só houver aranhas ou coisas desse tipo? — falou, de repente.

"Esse daí é maluco", pensou Raskólnikov.

— A eternidade sempre se apresenta para nós como uma ideia impossível de entender, algo enorme, enorme! Mas por que tem de ser enorme? De repente, em lugar de tudo isso, imagine que lá só exista um quarto, como uma sauna campestre, fumegante, com aranhas em todos os cantos, e pronto, aí está toda a eternidade. Sabe, às vezes, eu imagino algo desse tipo.

— Mas será possível que o senhor não imagina nada mais consolador e mais justo do que isso? — exclamou Raskólnikov, com um sentimento doloroso.

— Mais justo? Nunca se sabe, talvez isso é que seja justo; olhe, se dependesse de mim, eu faria exatamente assim! — respondeu Svidrigáilov, sorrindo de modo vago.

De repente, uma espécie de frio dominou Raskólnikov, ao ouvir aquela resposta medonha. Svidrigáilov ergueu a cabeça, olhou fixo para ele e, de súbito, deu uma gargalhada.

— Não, o senhor leve em conta o seguinte — gritou ele. — Meia hora atrás, nem nos conhecíamos pessoalmente, nós nos consideramos inimigos, entre nós existe uma questão em aberto; deixamos essa questão de lado e veja só em que espécie de literatice fomos nos meter! E então, por acaso eu não disse a verdade, quando falei que nós dois somos farinha do mesmo saco?

— Faça-me um favor — continuou Raskólnikov, exasperado —, permita que eu peça ao senhor que me informe e explique o quanto antes por que razão me deu a honra de sua visita... e... eu estou com pressa, não tenho tempo, quero sair...

— Por favor, por favor. A irmã do senhor, Avdótia Románovna, vai casar com o sr. Lújin, o Piotr Petróvitch?

— Será que não é possível, de algum modo, evitar qualquer pergunta a respeito da minha irmã e qualquer menção ao nome dela? Eu nem entendo como o senhor se atreve a pronunciar o nome dela na minha frente, se o senhor for mesmo Svidrigáilov!

— Mas se eu vim aqui para falar sobre ela, como posso não mencionar o seu nome?

— Está bem. Fale, mas seja rápido!

— Estou convencido de que o senhor já formou uma opinião sobre esse tal sr. Lújin, que é meu parente, por parte da minha esposa, se o senhor por acaso já teve a oportunidade de estar com ele por meia hora, ou mesmo se já tiver recebido informações confiáveis e precisas a seu respeito. Ele não serve para Avdótia Románovna. A meu ver, nesse caso, Avdótia Románovna está se sacrificando, de modo absolutamente generoso e desinteressado, pelo bem... de sua família. À luz de tudo o que eu soube a respeito do senhor, tive a impressão de que o senhor, por seu lado, ficaria muito contente se esse casamento pudesse ser desfeito, sem prejuízo para as partes interessadas. E agora, depois de conhecer o senhor pessoalmente, eu estou até seguro disso.

— Vindo do senhor, tudo isso é muito ingênuo; perdoe, eu quis dizer: insolente — retrucou Raskólnikov.

— Ou seja, com isso, o senhor quer dizer que eu estou agindo em interesse próprio. Não se preocupe, Rodion Románovitch, se eu estivesse pensando no meu próprio benefício, não viria aqui me expressar de forma tão direta, eu não sou tão burro assim. A esse respeito, vou revelar para o senhor uma excentricidade psicológica. Agora há pouco, ao justificar meu amor por Avdótia Románovna, eu disse que eu mesmo era a vítima. Muito bem, pois fique sabendo que, agora, eu não sinto amor nenhum, ne-nhum, de tal modo que até para mim isso é estranho, pois afinal eu sentia de fato alguma coisa...

— Por ociosidade e por devassidão — cortou Raskólnikov.

— De fato, eu sou um homem ocioso e devasso. No entanto, a irmã do senhor possui tantos méritos que nem eu poderia deixar de sucumbir a certa impressão. Mas tudo isso é um absurdo, como eu mesmo vejo, agora.

— E faz tempo que percebeu?

— Eu comecei a notar desde antes, mas me convenci em definitivo anteontem, quase no mesmo instante em que cheguei a Petersburgo. Porém, ainda em Moscou, eu imaginava que ia viajar para pedir a mão de Avdótia Románovna e ser o rival do sr. Lújin.

— Desculpe interromper o senhor, mas faça um favor: não seria possível ser mais conciso e passar direto para o objetivo da sua visita? Eu tenho pressa, preciso sair...

— Com o maior prazer. Uma vez aqui e tendo decidido, agora, fazer uma... *voyage*, eu quis tomar as providências prévias indispensáveis. Meus filhos vão ficar com a tia; são ricos e não precisam de mim, pessoalmente. Também, que pai sou eu! Trouxe comigo apenas o que Marfa Petrovna me deu de presente, há um ano. Para mim, basta. Desculpe, já vou entrar no assunto, propriamente. Antes da viagem, que talvez se concretize, eu quero aniquilar esse sr. Lújin. A questão nem é tanto que eu já não consigo mais suportar esse sujeito, mas sim que foi por causa dele que aconteceu aquela briga com Marfa Petrovna, quando eu soube que ela é que havia armado esse casamento. Agora, eu desejo me encontrar com Avdótia Románovna, por intermédio do senhor, e talvez na presença do senhor, e explicar a ela, em primeiro lugar, que não só ela não vai obter do sr. Lújin o mais ínfimo benefício como também, por certo, vai sofrer um flagrante prejuízo. Depois de pedir perdão por todos aqueles aborrecimentos recentes, eu pediria também permissão para dar a ela dez mil rublos e, desse modo, aliviar os danos do rompimento com o sr. Lújin, rompimento a que ela mesma não irá se opor, eu estou convencido, uma vez que exista essa possibilidade.

— Mas, realmente, realmente, o senhor é um louco! — gritou Raskólnikov, menos irritado do que surpreso. — Como se atreve a falar assim?

— Eu já sabia que o senhor ia gritar; mas, em primeiro lugar, embora eu não seja rico, esses meus dez mil rublos estão disponíveis, quer dizer, são completamente, mas completamente mesmo, desnecessários para mim. Se a Avdótia Románovna não aceitar, na certa eu vou acabar usando o dinheiro de forma ainda mais estúpida. Isso, em primeiro lugar. Em segundo lugar: eu tenho a consciência absolutamente tranquila; eu faço essa proposta sem nenhum cálculo. Acredite ou não, mais tarde, o senhor e a Avdótia Románovna vão comprovar isso. A questão toda é que eu, de fato, causei certo embaraço e aborrecimento para a sua estimada irmã; portanto, como eu sinto um arrependimento sincero, desejo de coração... não indenizar, não pagar pelo aborrecimento que causei, mas pura e simplesmente fazer algo em benefício dela, com base no fato de que eu, na verdade, não detenho o privilégio de fazer apenas o mal. Se na minha proposta houvesse ainda que só uma milionésima fração de cálculo, eu não a apresentaria de forma tão direta; e eu não proporia apenas dez mil rublos, já que cinco semanas atrás ofereci para ela mais do que isso. Além do mais, talvez muito, muito em breve, eu case com uma jovem e, portanto, todas as suspeitas de qualquer tipo de assédio contra Avdótia Románovna devem ser, desse modo, extirpadas. Para concluir, direi que, ao casar com o sr. Lújin, Avdótia Románovna receberá essa mesma quantia de dinheiro, só que de outra direção... Não se irrite, sr. Rodion Románovitch, julgue com calma e sangue-frio.

Enquanto falava, o próprio Svidrigáilov mostrava uma calma e um sangue-frio extraordinários.

— Peço que o senhor termine — disse Raskólnikov. — Em todo caso, isso é um atrevimento imperdoável.

— Nem de longe. Então quer dizer que, neste mundo, um homem não pode senão fazer o mal aos outros e, ao contrário, não tem o direito de fazer sequer a migalha de um bem, por força de formalidades vazias e convencionais? Isso é um disparate. Afinal, se eu, por exemplo, morresse e deixasse para a sua irmã, em testamento, certa quantia, ela se recusaria a receber?

— É bem possível.

— Ora, também não é assim, meu caro. No entanto, se a resposta é não, que seja não, e assim será. Só que dez mil é uma bela quantia, para alguma eventualidade. Por via das dúvidas, eu vou pedir que o senhor transmita o que eu disse para a Avdótia Románovna.

— Não, eu não vou transmitir.

— Nesse caso, Rodion Románovitch, eu mesmo sou forçado a conseguir um encontro particular com ela e, portanto, incomodá-la.

— E se eu transmitir sua proposta, o senhor não vai pedir um encontro particular com ela?

— Não sei o que dizer ao senhor, palavra. Eu gostaria muito de vê-la uma vez.

— Não conte com isso.

— É pena. De resto, o senhor não me conhece. Olhe, pode ser que nos tornemos muito próximos um do outro.

— O senhor acha que vamos ser muito próximos?

— E por que não? — disse Svidrigáilov, sorrindo, levantou-se e pegou o chapéu. — Afinal, eu não tinha nenhuma grande vontade de perturbar o senhor desse modo e, ao vir para cá, eu nem esperava grande coisa, se bem que, na verdade, a sua fisionomia, hoje de manhã, me deixou impressionado...

— Onde foi que o senhor me viu hoje de manhã? — perguntou Raskólnikov, inquieto.

— Foi por acaso, meu senhor... Eu tenho o tempo todo a impressão de que há no senhor alguma coisa que coincide comigo... Mas não se preocupe, eu não sou uma pessoa maçante; eu me dava bem com trapaceiros, eu não incomodava o príncipe Svirbiei, meu parente distante e grão-senhor, eu fui capaz de escrever sobre a Madona de Rafael no álbum da sra. Priliúkova, eu vivi sete anos com Marfa Petrovna de forma ininterrupta, eu passei noites no edifício Viázemskoi,[12] na praça Sennaia, em tempos remotos, e talvez eu voe no balão com o Berg.

— Está certo, muito bem, senhor. Mas permita que eu pergunte: vai fazer sua viagem logo?

— Que viagem?

— Ora, essa tal *voyage*... Foi o senhor mesmo que falou.

— *Voyage*? Ah, sim!... De fato, fui eu mesmo que falei na *voyage*... Bem, é uma questão abrangente... Mas se o senhor soubesse o que está perguntando! — acrescentou e, de súbito, deu uma risada curta e sonora. — Em lugar de fazer essa *voyage*, talvez eu me case; estão me fazendo algumas propostas.

— Aqui?

— Sim.

— Como o senhor conseguiu?

12 Local famoso na vida noturna boêmia de São Petersburgo, com taberna e casas de jogos.

— Mas eu desejo muito me encontrar com Avdótia Románovna. Peço ao senhor a sério. Bem, até logo... Ah, sim! Acabei esquecendo! Rodion Románovitch, avise à sua irmã que no testamento de Marfa Petrovna há três mil rublos legados para ela. Isso é líquido e certo. Marfa Petrovna tomou a decisão uma semana antes de morrer e isso foi feito em minha presença. Daqui a duas ou três semanas, Avdótia Románovna poderá receber o dinheiro.

— O senhor está dizendo a verdade?

— É verdade. Diga a ela. Muito bem, senhor: às suas ordens. Afinal, não estou hospedado muito longe do senhor.

Na porta, ao sair, Svidrigáilov esbarrou com Razumíkhin.

II

Já eram quase oito horas; os dois andavam depressa para chegar ao edifício Bakaliéiev antes de Lújin.

— Mas quem era aquele sujeito? — perguntou Razumíkhin, assim que saíram à rua.

— Era o Svidrigáilov, o senhor de terras em cuja casa ofenderam minha irmã, quando trabalhava como governanta. Foi por causa das insinuações amorosas dele que ela teve de sair de lá, expulsa pela esposa, Marfa Petrovna. Essa Marfa Petrovna, mais tarde, pediu perdão para a Dúnia e agora ela morreu de repente. Era sobre ela que estávamos conversando, agora há pouco. Não sei por que eu tenho tanto medo desse homem. Veio para cá logo depois do enterro da esposa. É muito estranho e está decidido a fazer não sei o quê... Parece que sabe de alguma coisa... É preciso proteger Dúnia dele... É o que eu queria dizer para você, entende?

— Proteger! O que ele pode fazer contra Avdótia Románovna? Bem, obrigado, Ródia, por me dizer isso... Vamos proteger, vamos proteger!... Onde ele mora?

— Não sei.

— Por que não perguntou? Ah, que pena! De todo modo, eu vou descobrir!

— Você o viu? — perguntou Raskólnikov, após um breve silêncio.

— Claro que sim, eu o observei; observei com atenção.

— Viu em detalhe? Viu com clareza? — insistiu Raskólnikov.

— Sim, é claro, eu lembro muito bem; reconheço entre mil, tenho boa memória para rostos.

De novo, ficaram um pouco em silêncio.

— Hum... está certo... — murmurou Raskólnikov. — Sabe... me veio a ideia... tenho essa impressão o tempo todo... de que isso também pode ser uma fantasia.

— Mas do que você está falando? Eu não estou entendendo direito.

— Olhe, todos vocês vivem dizendo que eu estou maluco — prosseguiu Raskólnikov, a boca torta num sorriso. — Agora, eu também tive a impressão de que talvez eu esteja mesmo maluco e que isso que eu vi foi só um fantasma!

— Que história é essa?

— Afinal, quem é que pode saber? Talvez eu esteja mesmo louco e tudo o que aconteceu em todos esses dias, quem sabe, na verdade, exista apenas na imaginação...

— Ah, Ródia! Perturbaram você outra vez!... O que foi que ele disse, para que foi que ele veio?

Raskólnikov não respondeu. Razumíkhin refletiu um minuto.

— Muito bem, escute o meu relatório — começou Razumíkhin. — Passei no seu quarto, você estava dormindo. Depois almoçamos e em seguida eu fui à casa do Porfíri. O Zamiótov está o tempo todo lá. Eu tentei entabular uma conversa, mas não deu em nada. Não consegui desenvolver uma conversa de verdade. Parece que eles não entendem e não conseguem entender, mas também não parecem nem um pouco embaraçados. Levei o Porfíri até a janela e comecei a falar, mas, por algum motivo, mais uma vez não deu em nada: ele ficou olhando para o lado e eu também fiquei olhando para o lado. Afinal, levantei o punho bem na frente da cara dele e disse que ia lhe dar um murro, como se faz em família. Ele só olhou para mim. Eu cuspi para o lado, fui embora e pronto. Uma grande tolice. Com o Zamiótov, nenhuma palavra. Mas veja só: achei que eu tinha estragado tudo, mas, quando eu estava descendo a escada, me veio uma ideia e me deu uma luz: por que eu e você estamos nessa agitação? Afinal, se houvesse algum risco para você ou qualquer outra coisa, bem, aí está certo. Mas não há nada! Você não tem nada a ver com isso, então vamos deixar todos eles para lá; depois, vamos rir da cara deles e eu, no seu lugar, começaria até a criar umas mistificações, para eles. Porque, depois, eles vão sentir muita vergonha! Que se dane; depois, a gente pode até dar uma surra, mas agora vamos só zombar!

— Claro, é isso mesmo! — respondeu Raskólnikov. "Mas o que você vai dizer amanhã?", pensou. O estranho era que, até então, nunca passara pela sua cabeça: "O que o Razumíkhin vai dizer, quando souber?". Ao pensar nisso, Raskólnikov olhou fixo para ele. Estava muito pouco interessado naquele relatório de Razumíkhin sobre sua visita a Porfíri: de lá para cá, tanta coisa havia ocorrido!...

No corredor, toparam com Lújin: ele havia chegado às oito horas em ponto e estava procurando a porta do apartamento, por isso os três entraram juntos, mas não se olharam nem se cumprimentaram com uma reverência. Os jovens entraram na frente e Piotr Petróvitch, por decoro, se demorou um pouco no vestíbulo, enquanto tirava o casaco. Pulkhéria Aleksándrovna logo saiu para recebê-lo na soleira da porta. Dúnia estava cumprimentando o irmão.

Piotr Petróvitch entrou e, de modo bastante amável, embora com pompa redobrada, saudou as damas com uma reverência. No entanto, parecia um pouco sem rumo, como se ainda não soubesse onde estava. Pulkhéria Aleksándrovna também se mostrava um tanto confusa, mas tratou logo de acomodar todos eles em torno da mesa redonda, sobre a qual fervia um samovar. Dúnia e Lújin sentaram-se de frente um para o outro, em lados opostos da mesa. Razumíkhin e Raskólnikov ficaram de frente para Pulkhéria Aleksándrovna — Razumíkhin, mais perto de Lújin e Raskólnikov, junto à irmã.

Houve um momento de silêncio. Piotr Petróvitch, sem pressa, tirou do bolso um lenço de cambraia, do qual emanou um perfume, e assoou o nariz com a pose de um homem virtuoso, porém, ainda assim, um pouco ofendido em sua dignidade e, além disso, firmemente decidido a cobrar explicações. Ainda na entrada, lhe veio uma ideia: não tirar o casaco e ir embora, a fim de punir, com rigor e altivez, as duas damas e, assim, de um só golpe, deixar tudo claro. Mas não se arriscou. De resto, aquele homem não gostava de coisas obscuras e ali havia algo que precisava ser esclarecido: se sua ordem tinha sido desobedecida de modo tão flagrante, significava que alguma coisa estava acontecendo e, portanto, era melhor descobrir logo; sempre haveria tempo, mais tarde, para castigar, e isso estava a seu alcance.

— Espero que a viagem tenha corrido bem — dirigiu-se a Pulkhéria Aleksándrovna, em tom oficial.

— Graças a Deus, Piotr Petróvitch.

— Fico feliz em saber. E a senhora, Avdótia Románovna, não se cansou?

— Eu sou jovem e forte, não me canso, mas para a mãezinha foi muito penoso — respondeu Dúnietchka.

— O que fazer, senhora? Nossas estradas nacionais são deveras compridas. Tão vasta é a chamada "Mãe Rússia"... Quanto a mim, a despeito de todo o meu desejo, não consegui arranjar tempo ontem para ir receber as senhoras. No entanto, espero que tudo tenha se passado sem maiores transtornos.

— Ah, não, Piotr Petróvitch, ficamos muito desalentadas — Pulkhéria Aleksándrovna teve pressa de afirmar, e com uma entonação especial. — Se não fosse o próprio Deus em pessoa, eu creio, nos enviar o Dmítri Prokófitch, ontem, nós duas ficaríamos simplesmente perdidas. E aqui está ele, o sr. Dmítri Prokófitch Razumíkhin — acrescentou e o apresentou a Lújin.

— Claro, já tive o prazer... ontem — murmurou Lújin, olhando para Razumíkhin de esguelha e com ar hostil, em seguida fechou a cara e calou-se. No geral, Piotr Petróvitch pertencia à categoria de pessoas que aparentam ser extremamente amáveis em sociedade e que, em particular, se vangloriam dessa amabilidade, mas que, diante da menor contrariedade, logo deixam de lado todos os seus expedientes e ficam mais parecidos com sacos de farinha do que com cavalheiros desembaraçados que animam as reuniões sociais. Mais uma vez, todos ficaram em silêncio: Raskólnikov se mantinha teimosamente calado, Avdótia Románovna não queria romper o silêncio antes da hora, Razumíkhin nada tinha a dizer, por isso Pulkhéria Aleksándrovna começou a se inquietar outra vez.

— A Marfa Petrovna morreu, o senhor soube? — começou, apelando para seu recurso principal.

— Claro, eu soube, senhora. A notícia chegou a mim logo que circularam os primeiros rumores e eu até vim aqui, agora, para informar às senhoras que Arkádi Ivánovitch Svidrigáilov, logo após o enterro da esposa, partiu às pressas rumo a Petersburgo. Pelo menos, segundo as notícias mais precisas que eu recebi.

— Para Petersburgo? Para cá? — perguntou Dúnietchka, ansiosa, e trocou um olhar com a mãe.

— Exatamente, senhora, e está claro que não veio sem algum propósito, levando em conta a pressa da partida e, no geral, as circunstâncias prévias.

— Meu Deus! Será que nem aqui ele vai deixar a Dúnietchka em paz? — exclamou Pulkhéria Aleksándrovna.

— Parece-me que não há motivo especial de preocupação, nem para a senhora nem para Avdótia Románovna, contanto, é claro, que as senhoras não queiram manter com ele nenhum tipo de relação. No que me toca, eu estou seguindo seus passos e agora tento descobrir onde está hospedado...

— Ah, Piotr Petróvitch, o senhor nem vai acreditar a que ponto me deixou assustada! — prosseguiu Pulkhéria Aleksándrovna. — Eu só o vi duas vezes na vida e ele me pareceu horroroso, horroroso! Tenho certeza de que foi ele a causa da morte da falecida Marfa Petrovna.

— Quanto a isso, nada se pode concluir. Eu tenho informações precisas. Não discuto que ele, talvez, tenha contribuído para acelerar o processo, por assim dizer, em razão do efeito moral da afronta; mas, no que toca ao comportamento e, no geral, às características morais da pessoa, nisso eu concordo com a senhora. Não sei se agora ele está rico nem o que Marfa Petrovna lhe deixou de herança, exatamente; eu obterei essa informação em curto prazo; mas, é claro, aqui em Petersburgo, contando com recursos financeiros, ainda que escassos, ele voltará logo a seu antigo modo de vida. Entre todos os homens dessa espécie, ele é o mais depravado e o mais perdido nos vícios! Eu tenho base considerável para presumir que Marfa Petrovna, que teve a grande infelicidade de se apaixonar por ele e saldar suas dívidas há oito anos, também lhe foi útil em outro aspecto: unicamente graças a seu esforço e sacrifício foi estancada na fonte uma acusação criminal de homicídio, em que se fundem a atrocidade e, por assim dizer, a fantasia, pela qual ele poderia perfeitamente ser mandado para a Sibéria. Aí está que tipo de homem é ele, se querem saber.

— Ah, meu Deus! — exclamou Pulkhéria Aleksándrovna. Raskólnikov escutava com toda a atenção.

— É verdade que o senhor tem informações precisas sobre isso? — perguntou Dúnia, com ar severo e grave.

— Eu estou dizendo apenas aquilo que ouvi, pessoalmente e em segredo, da falecida Marfa Petrovna. É preciso notar que, do ponto de vista jurídico, esse caso é bastante obscuro. Aqui morava, e parece que continua a morar até hoje, uma tal de Resslich, uma estrangeira e, ainda por cima, pequena usurária, que também se dedicava a outros negócios. O senhor Svidrigáilov mantinha com essa tal de Resslich certas relações bem antigas, muito estreitas e misteriosas. Com ela morava uma parente distante, uma sobrinha, parece, surda e muda, de uns quinze anos, talvez catorze, a quem a tal de Resslich odiava desmedidamente e acusava por causa de qualquer migalha; chegou a espancar a menina de forma desumana. Um dia, foi encontrada no sótão, estrangulada. A justiça considerou que foi suicídio. Após os trâmites legais, o caso foi encerrado, mas depois surgiu a delação de que a menina foi... cruelmente ultrajada por Svidrigáilov. Na verdade, tudo era obscuro, a delação foi feita por outra alemã, mulher de má fama, que não merecia confiança; por fim, graças ao esforço e ao dinheiro de Marfa Petrovna, não houve denúncia; tudo se limitou a um boato. Contudo, esse boato é bastante revelador. A senhora, Avdótia Románovna, ainda na casa deles, naturalmente também ouviu falar da história de certo Filipp, que morreu sob tortura, há mais ou menos seis anos, ainda no tempo da servidão.

— Ao contrário, ouvi falar que esse Filipp se enforcou.

— Exatamente, senhora, porém ele foi coagido ou, melhor dizendo, induzido à morte violenta, pelo sistema ininterrupto de perseguições e castigos do sr. Svidrigáilov.

— Eu não sei de nada disso — respondeu Dúnia, em tom seco. — Ouvi apenas a história estranha de que esse Filipp era um hipocondríaco, uma espécie de filósofo doméstico, as pessoas diziam que ele "ficou doido de tanto ler" e que se enforcou por causa das zombarias dos outros, e não por causa das surras do sr. Svidrigáilov. Na minha presença, ele tratava bem os criados, que até gostavam dele, se bem que, de fato, também o culpassem pela morte de Filipp.

— Estou vendo que a senhora, Avdótia Románovna, de certo modo, tornou-se subitamente propensa à absolvição desse homem — observou Lújin, torcendo a boca num sorriso dúbio. — Na realidade, ele é um homem esperto e sedutor, em relação às damas, do que a própria Marfa Petrovna, morta de modo tão estranho, dá um exemplo lastimável. Eu apenas queria oferecer à senhora e à sua mãe o meu conselho, em vista das novas e, sem dúvida, iminentes investidas dessa pessoa. No que me diz respeito, tenho a firme convicção de que esse homem, certamente, irá sumir mais uma vez atrás das grades, por conta de dívidas. Marfa Petrovna nunca teve a menor intenção de transferir qualquer bem para ele, pois levava em conta os filhos, e caso tenha deixado algo para ele, há de ser apenas o estritamente necessário, um patrimônio de pouco valor e efêmero, suficiente para menos de um ano, no caso de um homem com tais hábitos.

— Piotr Petróvitch, peço ao senhor — disse Dúnia — que pare de falar sobre o sr. Svidrigáilov. Isso me faz sofrer.

— Ele acabou de ir à minha casa — disse Raskólnikov, de repente, quebrando o silêncio pela primeira vez.

De todos os lados, soaram exclamações, todos se voltaram para ele. Até Piotr Petróvitch se agitou.

— Há uma hora e meia, quando eu estava dormindo, ele entrou, me acordou e se apresentou — prosseguiu Raskólnikov. — Estava bastante à vontade, alegre, e tem total convicção de que eu e ele vamos nos tornar amigos. Aliás, ele procura e solicita com insistência um encontro com você, Dúnia, e até pediu que eu fosse o intermediário para esse encontro. Quer fazer uma proposta para você; e me comunicou qual é. Além disso, me informou que Marfa Petrovna, uma semana antes de morrer, teve tempo de deixar para você, Dúnia, em testamento, três mil rublos, e que você vai poder receber esse dinheiro em muito pouco tempo.

— Graças a Deus! — gritou Pulkhéria Aleksándrovna, e fez o sinal da cruz. — Reze por ela, Dúnia, reze!

— Isso é de fato verdade — deixou escapar Lújin.

— Certo, certo, e o que mais? — Dúnietchka tinha pressa.

— Depois ele disse que não é rico e que toda a propriedade vai ficar para os filhos, que agora estão morando na casa da tia. Depois, disse que estava hospedado perto da minha casa, mas onde, eu não sei, não perguntei...

— Mas, afinal, o que ele quer propor à Dúnia? — perguntou Pulkhéria Aleksándrovna, assustada. — Ele contou para você?

— Contou, sim.

— E então?

— Depois eu conto. — Raskólnikov calou-se e se voltou para seu chá.

Piotr Petróvitch tirou o relógio do bolso e viu as horas.

— Eu preciso tratar de um assunto e, desse modo, não vou mais incomodar — acrescentou, um pouco melindrado, e começou a se levantar da cadeira.

— Fique, Piotr Petróvitch — disse Dúnia. — Afinal, o senhor veio com a intenção de ficar conosco durante este início de noite. Além do mais, o senhor mesmo escreveu que deseja explicar alguma coisa para a mãezinha.

— Exatamente, Avdótia Románovna — confirmou Piotr Petróvitch em tom solene, sentando de novo na cadeira, mas ainda com o chapéu seguro nas mãos. — Eu, de fato, desejava ter uma conversa com a senhora e com a sua muito prezada mãe sobre alguns pontos até muito importantes. Mas, como seu irmão não pode dar explicações, em minha presença, sobre certas propostas do sr. Svidrigáilov, também eu não desejo e não posso dar explicações... em presença de outros... sobre certos pontos muito, muito importantes. Além do mais, o meu pedido crucial, e mais encarecido, não foi atendido...

Lújin mostrou uma expressão amarga e fez um silêncio circunspecto.

— O pedido do senhor para que meu irmão não estivesse presente em nosso encontro só não foi atendido por insistência minha — disse Dúnia. — O senhor escreveu que sofreu uma ofensa do meu irmão; eu acho que isso precisa ser esclarecido rapidamente e que vocês devem fazer as pazes. Se Ródia tiver, de fato, ofendido o senhor, ele *deve* pedir desculpas ao senhor, e assim *fará*.

Piotr Petróvitch, no mesmo instante, começou a se fazer de rogado.

— Existem certas ofensas, Avdótia Románovna, que, mesmo com toda a boa vontade do mundo, não podem ser esquecidas. Para tudo há um limite além do qual é perigoso passar; pois, uma vez atravessado esse limite, é impossível retornar.

— Não era exatamente disso que eu estava falando com o senhor, Piotr Petróvitch — cortou Dúnia, um pouco impaciente. — Tente compreender que todo o nosso futuro depende, agora, de saber se vamos, ou não, esclarecer tudo isso e promover uma reconciliação, o mais depressa possível. Eu afirmo, de saída e sem rodeios, que não consigo enxergar a situação de outra forma e que, se o senhor tem algum apreço por mim, toda essa história, por mais difícil que possa ser, deve ter um fim hoje. Repito ao senhor, se meu irmão tiver alguma culpa, ele vai pedir desculpas.

— Muito me admira que a senhora formule a questão desse modo, Avdótia Románovna — Lújin se mostrava cada vez mais exasperado. — Embora eu preze e, por assim dizer, venere a senhora, eu, ao mesmo tempo, posso muito, e muito mesmo, não gostar de alguém de sua família. Por almejar a felicidade de ter a mão da senhora, eu não posso, ao mesmo tempo, assumir obrigações incompatíveis...

— Ah, deixe de lado todo esse melindre, Piotr Petróvitch — interrompeu Dúnia, inquieta. — Seja aquele homem inteligente e generoso que eu sempre acreditei que o senhor fosse e quero continuar acreditando que é. Eu fiz ao senhor uma grande promessa, eu sou a sua noiva; confie em mim neste caso e acredite que eu saberei julgar com imparcialidade. O fato de eu assumir o papel de juiz é uma surpresa tanto para o meu irmão quanto para o senhor. Quando eu o convidei hoje, depois da sua carta, para vir sem falta ao nosso encontro, não lhe contei nada sobre as minhas intenções. Compreenda que, se vocês não fizerem as pazes, eu terei de fazer uma escolha entre os dois: o senhor ou ele. Assim a questão foi apresentada, tanto da parte dele como da do senhor. Eu não quero e não devo errar na escolha. Para o senhor, eu devo romper com meu irmão; para meu irmão, eu devo romper com o senhor. Eu quero e posso descobrir agora, com certeza: ele é um irmão para mim? E quanto ao senhor: eu sou cara ao senhor, o senhor tem apreço por mim, o senhor será um marido para mim?

— Avdótia Románovna — declarou Lújin, começando a curvar-se. — Suas palavras são demasiado importantes para mim, e direi mais, são até ofensivas, tendo em vista a posição que eu tenho a honra de ocupar em relação à senhora. Isso sem falar uma única palavra sobre o estranho e injurioso cotejo, no mesmo patamar, que faz entre mim e... um rapazinho petulante, pois, em suas próprias palavras, a senhora admite a possibilidade de romper a promessa que me foi feita. A senhora diz: "o senhor ou ele?", portanto, mostra bem como eu significo pouco para a senhora... Eu não posso admitir isso, nas relações e... nos compromissos existentes entre nós.

— O quê? — exclamou Dúnia. — Eu estou pondo o interesse do senhor em pé de igualdade com tudo o que foi precioso na minha vida até hoje, aquilo que até hoje constituiu *toda* a minha vida, e de repente o senhor se mostra ressentido porque eu estou dando ao senhor *pouco* valor!

Raskólnikov sorriu, mudo e sarcástico. Razumíkhin se remexeu, inquieto; mas Piotr Petróvitch não aceitou a objeção; ao contrário, a cada palavra se mostrava mais arrogante e mais intratável, como se aquilo até lhe desse prazer.

— O amor pelo futuro companheiro de vida, pelo marido, deve superar o amor pelo irmão — declarou em tom sentencioso. — Em todo o caso, eu não posso ser posto no mesmo patamar que... Embora eu tenha insistido, há pouco, em que não posso e não desejo explicar, em presença do seu irmão, tudo o que me traz aqui, eu agora, apesar disso, tenho a intenção de me dirigir à muito prezada mãe da senhora para uma indispensável explicação acerca de um ponto injurioso e, para mim, absolutamente capital. O filho da senhora — disse para Pulkhéria Aleksándrovna —, ontem, em presença do sr. Rassúdkin[1] (ou... não é assim? Perdoe, seu sobrenome fugiu da minha memória...) — e curvou a cabeça, de modo amável, para Razumíkhin —, o filho da senhora me ofendeu, ao distorcer um pensamento meu que eu comuniquei à senhora naquela conversa particular que tivemos durante um café, mais precisamente a ideia de que o casamento com uma jovem pobre que já provou as amarguras da vida, a meu ver, é mais vantajoso para as relações conjugais do que no caso de uma noiva que só experimentou a fartura, pois se torna mais favorável à moralidade. O filho da senhora, exagerou, de propósito, o significado das minhas palavras até o absurdo, me acusou de intenções cruéis e, a meu ver, fez isso com base nas cartas da senhora. Eu vou me considerar feliz, Pulkhéria Aleksándrovna, se a senhora for capaz de me convencer do contrário e, desse modo, me

1 Derivado de *rassúdok* (razão), sinônimo de *rázum*, de onde deriva o nome de Razumíkhin.

tranquilizar bastante. Portanto, me esclareça em que termos exatamente a senhora transmitiu minhas palavras em sua carta para Rodion Románovitch.

— Não lembro — Pulkhéria Aleksándrovna se viu embaraçada. — Mas eu transmiti da maneira como entendi. Não sei como Ródia transmitiu para o senhor... Talvez ele tenha exagerado alguma coisa.

— Sem a influência da senhora, ele não poderia exagerar.

— Piotr Petróvitch — disse Pulkhéria Aleksándrovna, com dignidade. — A prova de que eu e Dúnia não tomamos as palavras do senhor num sentido muito ruim é o fato de que estamos *aqui*.

— Muito bem, mãezinha! — apoiou Dúnia.

— Portanto, aqui o culpado sou eu! — Lújin se mostrou ofendido.

— Veja, Piotr Petróvitch, o senhor não para de acusar o Ródia, mas o senhor mesmo, na sua carta recente, escreveu sobre ele uma coisa que não é verdade — acrescentou Pulkhéria Aleksándrovna, tomando coragem.

— Eu não me lembro de ter escrito nada que não seja verdade, minha senhora.

— O senhor escreveu — Raskólnikov falou de forma brusca, sem se virar para Lújin — que ontem eu dei o dinheiro não para a viúva do atropelado, como de fato aconteceu, mas sim para a filha dele (que, até ontem, eu nunca tinha visto). O senhor escreveu isso para me indispor com meus parentes e, para tanto, acrescentou ainda expressões atrozes sobre a conduta da moça, que o senhor nem conhece. Tudo isso é intriga e infâmia.

— Com sua licença, meu prezado senhor — respondeu Lújin, trêmulo de raiva —, na minha carta, eu me estendi acerca de suas qualidades e açoes unicamente para atender o pedido da sua irmã e da sua mãe, no sentido de lhes contar em que condições eu encontrei o senhor e que impressão me deixou. No que concerne ao que foi mencionado na carta, encontre uma linha sequer que seja indevida e, além do mais, como negar que o senhor desperdiçou o dinheiro e que, naquela família, conquanto desafortunada, existem pessoas indignas?

— A meu ver, o senhor mesmo, com todos os seus méritos, não vale o dedo mindinho daquela moça infeliz, na qual o senhor está jogando pedras.

— Quer dizer que o senhor teria a coragem de introduzi-la no convívio da sua mãe e da sua irmã?

— Pois eu até já fiz isso, se quer saber. Hoje mesmo, ela esteve sentada junto da mãezinha e da Dúnia.

— Ródia! — exclamou Pulkhéria Aleksándrovna.

Dúnietchka ficou ruborizada; Razumíkhin contraiu as sobrancelhas. Lújin deu um sorriso sarcástico e arrogante.

— Como a senhora mesma pode ver, Avdótia Románovna — disse ele —, será que é possível entrar num acordo? Agora, eu espero que este caso seja encerrado e esclarecido de uma vez por todas. Eu mesmo vou me retirar para não perturbar outros prazeres do encontro familiar e o anúncio de novos segredos. — Levantou-se da cadeira e pegou o chapéu. — Mas, ao sair, me atrevo a observar que, doravante, espero ser poupado de semelhantes encontros e compromissos, por assim dizer. É especialmente à senhora, muito prezada Pulkhéria Aleksándrovna, que faço este apelo, ainda mais porque minha carta era endereçada à senhora e mais ninguém.

Pulkhéria Aleksándrovna se ofendeu um pouco.

— Não sei como, Piotr Petróvitch, mas o senhor acha que nos tem totalmente sob o seu poder. Dúnia lhe explicou o motivo por que não atendeu o seu desejo: a intenção dela era boa. E o senhor escreveu para mim como se estivesse dando uma ordem. Será que temos de considerar que todo desejo seu é uma ordem? Pois eu vou lhe dizer o contrário, que agora o senhor deve ser especialmente delicado e tolerante conosco, porque nós largamos tudo e, confiando no senhor, viajamos para cá e, portanto, de certo modo, ficamos de fato quase sob o seu poder.

— Isso não é de todo justo, Pulkhéria Aleksándrovna, ainda mais neste momento, em que chegou a notícia de que Marfa Petrovna deixou um legado de três mil rublos, os quais parecem ter vindo muito a calhar, a julgar por esse tom diferente que a senhora adotou ao falar comigo — acrescentou, mordaz.

— Pois, a julgar por essa observação, é possível supor, de fato, que o senhor estava mesmo contando com o nosso desamparo — retrucou Dúnia, irritada.

— Mas agora, pelo menos, eu não posso contar com isso e não desejo, em especial, atrapalhar a comunicação das propostas secretas de Arkádi Ivánovitch Svidrigáilov, que ele confiou ao seu irmão e que, pelo que vejo, têm para a senhora um significado crucial e, quero crer, muito agradável.

— Ah, meu Deus! — exclamou Pulkhéria Aleksándrovna.

Razumíkhin não parava quieto na cadeira.

— E agora, irmã, você não está envergonhada? — perguntou Raskólnikov.

— Estou envergonhada, sim, Ródia — respondeu Dúnia. — Fora daqui, Piotr Petróvitch! — Virou-se para ele, pálida de raiva.

Parece que Piotr Petróvitch não estava nem de longe contando com aquele desfecho. Confiava demais em si mesmo, em seu poder e no desamparo de suas vítimas. Nem estava acreditando no que via. Empalideceu, os lábios começaram a tremer.

— Avdótia Románovna, se eu sair agora por essa porta, com tais palavras de despedida, considere bem isto, eu não voltarei nunca mais. Reflita bem! Sou firme em minhas palavras.

— Mas que atrevimento! — gritou Dúnia, levantando-se depressa. — Eu é que não quero que o senhor volte mais!

— Como? Então é assi-i-im! — gritou Lújin, que até o último instante não acreditava naquele desfecho e por isso, agora, se viu completamente perdido. — Então é assi-i-im! Mas fique sabendo, Avdótia Románovna, que eu poderia protestar.

— Que direito o senhor tem de falar assim com ela? — interveio Pulkhéria Aleksándrovna, inflamada. — O que o senhor pode protestar? E que direitos são esses do senhor? Ora, acha que eu vou entregar a minha Dúnia a alguém como o senhor? Vá embora daqui, nos deixe em paz de uma vez! Nós é que somos culpadas por ter consentido numa coisa errada, e a maior culpada sou eu mesma...

— No entanto, Pulkhéria Aleksándrovna — Lújin se inflamou de fúria —, a senhora está presa a mim pela palavra dada, palavra que agora renega... e por fim... por fim, por causa disso, eu fui induzido, por assim dizer, a certas despesas...

Essa última reclamação revelava a tal ponto o caráter de Piotr Petróvitch que Raskólnikov, pálido de raiva e do esforço para se controlar, de repente não se conteve mais e deu uma gargalhada. Mas Pulkhéria Aleksándrovna ficou fora de si:

— Que despesas? De que despesas está falando? Será que o senhor está falando do nosso baú? Mas, afinal, o condutor o carregou de graça para o senhor. Meu Deus, então nós é que prendemos o senhor! Pois trate de lembrar, Piotr Petróvitch, que foi o senhor que nos deixou de pés e mãos atados, e não nós ao senhor!

— Chega, mãezinha, por favor, chega! — implorou Avdótia Románovna. — Piotr Petróvitch, faça o favor de ir embora!

— Já vou, senhora, mas só uma última palavra! — disse ele, já quase de todo descontrolado. — Sua mãe parece ter esquecido completamente que eu me arrisquei a pedir a senhora em casamento, por assim dizer, depois dos rumores da cidade, que se espalharam por todos os arredores e diziam respeito à reputação da senhora. Ignorando a opinião pública em favor da senhora e recuperando a sua reputação, eu poderia, está claro, esperar, e muito, muito mesmo, uma recompensa e até exigir a sua gratidão... Mas só agora meus olhos se abriram! Estou vendo, eu mesmo, que talvez eu tenha, e muito, muito mesmo, agido de modo precipitado, ao ignorar a voz da sociedade...

— Mas ele está querendo ficar sem a cabeça, não é? — gritou Razumíkhin, pulando da cadeira e já pronto para dar cabo de Lújin.

— O senhor é um patife, um homem cruel! — disse Dúnia.

— Nem uma palavra! Nem um gesto! — gritou Raskólnikov, segurando Razumíkhin; depois, chegou bem perto de Lújin: — Faça o favor de sumir daqui! — falou baixo e separando bem as sílabas. — E mais nenhuma palavra, senão...

Piotr Petróvitch olhou para ele durante alguns segundos, com o rosto pálido e franzido de cólera, depois deu meia-volta, saiu e, está claro, dificilmente alguém jamais levou no coração um ódio tão rancoroso de outra pessoa como aquele homem em relação a Raskólnikov. Pois nele, e só nele, punha a culpa de tudo. O notável é que, já descendo a escada, Piotr Petróvitch continuava a imaginar que o caso talvez não estivesse de todo perdido e, no que dizia respeito apenas às damas, era até "muito, muito mesmo" remediável.

III

A questão principal era que, até o último minuto, ele não esperava, de forma nenhuma, um desfecho como aquele. Manteve a pose até o último limite, pois nem sequer supunha a possibilidade de que duas mulheres indefesas e indigentes fossem capazes de se livrar do seu domínio. Para tal convicção, contribuíram muito a vaidade e esse grau de autoconfiança que é melhor chamar de narcisismo. Piotr Petróvitch, que subiu na vida a partir do nada, estava morbidamente acostumado a adorar a si mesmo, tinha alto apreço pela própria inteligência e capacidade e às vezes, até, em particular, diante do espelho, adorava o próprio rosto. Porém, o que mais prezava e adorava no mundo era seu dinheiro, obtido com o trabalho e também com quaisquer meios; o dinheiro o igualava a tudo o que estava acima dele.

Agora há pouco, ao lembrar a Dúnia que ele aceitara casar com ela apesar dos rumores a seu respeito, Piotr Petróvitch falou com toda a sinceridade e até sentia uma indignação profunda com aquela "negra ingratidão". Entretanto, ainda quando cortejava Dúnia, ele já estava plenamente convencido do absurdo de todos aqueles boatos, desmentidos em público pela própria Marfa Petrovna e deixados de lado, havia muito, por toda a gente na cidadezinha, que havia absolvido Dúnia de modo caloroso. E agora ele mesmo não negaria que já estava sabendo de tudo aquilo, naquela ocasião. Mesmo assim, dava o mais alto valor à sua decisão de elevar Dúnia à sua própria altura e via nisso uma proeza. Quando falou sobre isso para Dúnia, pouco antes, ele estava exprimindo um pensamento secreto, que vinha alimentando e ao qual rendia adoração, e Piotr Petróvitch não conseguia entender como outras pessoas podiam não se encantar com a sua proeza. Quando foi visitar Raskólnikov em sua casa, ele entrou ali com o sentimento do benfeitor disposto a colher os frutos e a ouvir até o fim os elogios mais doces. E agora, ao descer a escada, é claro, ele se considerava ofendido e incompreendido, no mais alto grau.

Dúnia, porém, era simplesmente imprescindível a ele; abrir mão dela era impensável. Já fazia tempo, alguns anos até, que sonhava com deleite com aquele casamento, só que ficava o tempo todo acumulando dinheiro e esperando. Em êxtase, e no mais profundo segredo, ele devaneava com a imagem de uma jovem virtuosa e pobre (era indispensável ser pobre), muito novinha, muito bonitinha, nobre e bem-educada, muito intimidada, que tivesse provado numerosas e extremas infelicidades e que, diante dele, se anulasse por completo, alguém que, durante toda a vida, o considerasse seu salvador, o venerasse, se sujeitasse a ele, se maravilhasse com ele, só e unicamente com ele. Quantas cenas, quantos episódios deleitosos ele criou, na imaginação, com aquele tema tentador e divertido, quando repousava em silêncio de seus trabalhos! E agora os sonhos de tantos anos estavam quase se realizando: a beleza e a educação de Avdótia Románovna o impressionaram; sua situação de desamparo o excitara ao extremo. Ali, havia até algo além do que ele sonhava: havia uma jovem orgulhosa, de personalidade forte, virtuosa, com educação e desenvolvimento superiores aos dele (sentia isso), e tal criatura seria, por toda a vida, sua escrava, agradecida por sua proeza, e se anularia com adoração diante dele, que, por sua vez, exerceria um domínio absoluto e sem limites!... E como, pouco antes e de forma deliberada, após longas considerações e esperas, ele afinal resolvera mudar em definitivo de carreira e entrar numa esfera mais ampla de atividades e, a par disso, passar pouco a pouco para uma sociedade mais elevada, algo em que, já fazia muito tempo, ele vinha pensando com volúpia... Em suma, ele resolveu experimentar Petersburgo. Sabia que podia lucrar "muito, muito mesmo", com as mulheres. O fascínio de uma mulher encantadora, virtuosa e educada podia amenizar extraordinariamente seu caminho, atrair atenção para ele, criar uma aura... mas então tudo desmoronou! Aquele recente rompimento, inesperado e monstruoso, desabou sobre ele como um trovão. Era uma espécie de absurdo, uma brincadeira de mau gosto! Ele mostrou só uma gotinha de empáfia; nem teve tempo de se expressar, simplesmente fez uma brincadeira, se empolgou um pouco além do que devia, e a coisa acabou se tornando muito séria! No fim, ele até já estava amando Dúnia à sua maneira, ele até exercia seu domínio sobre ela, em seus sonhos... e de repente!... Não! Amanhã, amanhã mesmo, era preciso restabelecer tudo, remediar, corrigir e, acima de tudo, aniquilar aquele pirralho arrogante, um menino, que era a causa de tudo. Com uma sensação dolorosa, e também de forma um tanto involuntária, lhe veio à lembrança Razumíkhin... mas, de resto, ele logo se tranquilizou quanto àquilo: "Onde já se viu alguém querer me comparar a ele!". No entanto a pessoa que ele temia de fato, e a sério, era Svidrigáilov... Em suma, ele tinha muitos problemas.

— Não, não, a maior culpada sou eu! — dizia Dúnietchka, abraçando e beijando a mãe. — Eu me deixei tentar pelo dinheiro dele, mas, juro, irmão, eu não imaginava que fosse um homem tão indigno. Se eu tivesse examinado com mais atenção, não teria me deixado tentar de jeito nenhum! Não me culpe, irmão!

— Deus livrou você! Deus livrou você! — murmurava Pulkhéria Aleksándrovna, mas um tanto inconsciente, como se ainda não tivesse se dado conta plenamente de tudo o que havia ocorrido.

Todos se alegraram e, cinco minutos depois, até já estavam rindo. Só de vez em quando, ao lembrar o ocorrido, Dúnietchka empalidecia e contraía as sobrancelhas. Pulkhéria Aleksándrovna nem podia imaginar que ela também ficaria contente: ainda naquela manhã, um rompimento com Lújin lhe parecia uma desgraça terrível. Entretanto Razumíkhin estava eufórico. Ainda não se atrevia a expressar-se por completo, mas tremia todo, como se tivesse febre, como se tivessem tirado de seu coração um peso de cinco *pudi*. Agora, ele tinha o direito de dedicar a elas toda a sua vida, servi-las... Agora, nada mais importava! Entretanto, com um susto ainda maior, ele repelia os novos pensamentos e temia a própria imaginação. Só Raskólnikov continuava sentado e mudo em seu lugar, quase tristonho, e até irritado. Ele, que mais havia insistido na expulsão de Lújin, agora parecia ser o menos interessado no que havia acontecido. Dúnia não podia deixar de pensar que ele continuava muito aborrecido com ela, enquanto Pulkhéria Aleksándrovna o observava, temerosa.

— Mas o que o Svidrigáilov contou para você? — Dúnia voltou-se para Raskólnikov.

— Ah, sim, sim! — gritou Pulkhéria Aleksándrovna.

Raskólnikov ergueu a cabeça.

— Ele quer, a todo custo, lhe dar dez mil rublos, e para isso afirma que deseja ver você uma vez, em minha presença.

— Ver? Por nada neste mundo! — gritou Pulkhéria Aleksándrovna. — E como ele, ainda por cima, se atreve a oferecer dinheiro?

Em seguida, de modo bem seco, Raskólnikov transmitiu a conversa com Svidrigáilov, omitindo as aparições do fantasma de Marfa Petrovna, para não entrar em assuntos supérfluos e com repulsa de reproduzir tal conversa, por pouco que fosse, além do estritamente necessário.

— O que você respondeu? — perguntou Dúnia.

— Primeiro, eu disse que não ia transmitir nada para você. Aí ele declarou que ia procurar obter um encontro por todos os meios. Garantiu que a paixão por você tinha sido um capricho e que agora não sente mais nada por você... Ele não quer que você case com Lújin... No geral, falou muita coisa desencontrada.

— E o que você mesmo acha dele, Ródia? Como ele lhe pareceu?

— Confesso que eu não estou entendendo nada. Ele oferece dez mil rublos, mas diz que não é rico. Anuncia que deseja partir para algum lugar e, dez minutos depois, esquece que falou isso. De repente, diz também que quer casar e que já estão arranjando uma noiva... Claro, ele tem algum propósito e o mais provável é que seja algo ruim. Mas, de novo, é um tanto estranho que ele tenha entrado no assunto de modo tão tolo, se tiver de fato más intenções em relação a você... Claro que eu recusei esse dinheiro, em seu nome, e de uma vez por todas. No geral, ele me pareceu muito estranho e... até... com sinais de aparente loucura. Mas eu posso estar enganado; pode ser apenas uma espécie de encenação. A morte de Marfa Petrovna parece ter produzido uma forte impressão sobre ele...

— Que Deus dê descanso à sua alma! — exclamou Pulkhéria Aleksándrovna. — Eu vou rezar por sua alma eternamente, eternamente! Pois o que seria de nós, agora, Dúnia, sem esses três mil rublos! Meu Deus, eles caíram do céu! Ah, Ródia, de manhã, só nos restavam três rublos na bolsa e eu e Dúnia já estávamos pensando em ir a algum lugar penhorar um relógio, para não ter de pedir dinheiro àquele tal, antes que ele mesmo percebesse.

Dúnia, porém, ficou um tanto impressionada com a proposta de Svidrigáilov. Continuava de pé, parada, pensativa.

— Ele está com alguma ideia horrível na cabeça! — disse ela para si mesma, quase num sussurro, à beira de estremecer.

Raskólnikov notou aquele temor excessivo.

— Parece que vou ter de me encontrar com ele mais uma vez — disse para Dúnia.

— Vamos vigiar o homem! Eu vou segui-lo! — gritou Razumíkhin, enérgico. — Não vou desgrudar meu olho dele! O Ródia me permitiu. Ele mesmo me disse, agora há pouco: "Proteja minha irmã". E a senhora permite, Avdótia Románovna?

Dúnia sorriu e lhe estendeu a mão, mas a preocupação não saía de seu rosto. Pulkhéria Aleksándrovna lançou um olhar tímido para a filha; entretanto, era visível que os três mil rublos a deixaram mais calma.

Após quinze minutos, todos já estavam travando uma conversa muito animada. Até Raskólnikov, embora nada dissesse, ouvia com atenção, durante algum tempo. Razumíkhin soltava toda sua eloquência:

— E por que, por que as senhoras vão embora? — num arroubo, ele se extravasava num discurso entusiasmado. — O que as senhoras vão fazer numa cidadezinha? E o mais importante é que, aqui, todos vocês estão juntos e precisam uns dos outros, e como precisam... me entendam bem! Vamos lá, pelo menos por um tempo... Aceitem-me como amigo, como sócio, eu garanto que vamos criar uma empresa excelente. Escutem, eu vou explicar tudo para vocês em detalhes... todo o projeto! Hoje mesmo de manhã, quando ainda não tinha acontecido nada, me deu um lampejo na cabeça... É o seguinte: eu tenho um tio (vou apresentar para vocês; é um velhote muito bem apessoado e muito respeitável!), e esse tio possui um capital de mil rublos, vive com a aposentadoria e não precisa desse capital. Há dois anos que ele me importuna para que eu aceite esse dinheiro emprestado, com juros de seis por cento. Eu percebo que é um truque: ele simplesmente quer me ajudar; no ano passado, eu não tinha necessidade, mas neste ano eu resolvi aceitar, assim que ele chegou. Depois, as senhoras vão dar mais mil, dos três que possuem, e aí já teremos o suficiente para o primeiro passo, e pronto, nós estaremos associados. Sabem o que vamos fazer?

Então Razumíkhin passou a expor seu projeto e falou muito sobre como quase todos os nossos livreiros e editores pouco sabem do alcance da sua mercadoria e por isso, em geral, são maus editores, enquanto as edições boas cobrem as despesas e dão lucro, às vezes até bem significativos.[1] Era com a atividade editorial que Razumíkhin andava sonhando, depois de ter trabalhado dois anos em editoras e ter aprendido razoavelmente três línguas estrangeiras, apesar de ter dito para Raskólnikov, uns seis dias antes, que em alemão ele era um *schwach*,[2] apenas com o intuito de

1 Segundo a edição russa, a conversa lembra os projetos editoriais de Dostoiévski e seu irmão Mikhail nos anos 1840. 2 Incompetente.

convencê-lo a aceitar metade de um trabalho de tradução e três rublos de adiantamento: naquele momento, ele estava mentindo e Raskólnikov sabia que era mentira.

— Por que, por que deixar escapar a nossa chance, quando apareceu em nossas mãos um dos meios mais importantes: o dinheiro próprio? — entusiasmou-se Razumíkhin. — Claro, vai ser preciso muito trabalho, mas nós vamos trabalhar, a senhora, Avdótia Románovna, eu, Rodion... diversas edições estão dando, hoje em dia, um lucro formidável! O principal alicerce da empresa é que nós vamos saber exatamente o que é preciso traduzir. Vamos traduzir, editar e estudar, tudo ao mesmo tempo. Agora eu posso ser útil, porque tenho experiência. Já faz quase dois anos que ando correndo de uma editora para outra e conheço todos os meandros do negócio: acreditem, não é nenhum bicho de sete cabeças! E por que, por que não abocanhar a fatia que nos oferecem de bandeja? Eu mesmo conheço, e guardo em segredo, duas ou três obras que só a ideia de traduzir e publicar já poderia render uns cem rublos por livro e, no caso de uma delas, nem por quinhentos rublos eu venderia a ideia. E o que acham: se eu der a ideia a algum editor, talvez ele ainda hesite, o cabeça de bagre! E quanto às tarefas específicas do ramo, tipografia, papel, vendas, podem deixar tudo isso por minha conta! Conheço todos os meandros! Começaremos com um pouquinho e chegaremos longe, pelo menos vamos ter como sobreviver e, em todo caso, receberemos nosso dinheiro de volta.

Os olhos de Dúnia brilharam.

— O que o senhor está dizendo me agrada muito, Dmítri Prokófitch — disse ela.

— Disso, é claro, eu não entendo nada — interveio Pulkhéria Aleksándrovna. — Talvez seja bom, mas, de novo, Deus é que sabe. É um tanto novo e desconhecido. Claro, vamos ter de ficar aqui, pelo menos por algum tempo...

Olhou para Ródia.

— O que você acha, irmão? — perguntou Dúnia.

— Acho que a ideia dele é muito boa — respondeu. — Sobre uma firma, é claro, não é preciso sonhar com isso antes da hora, mas de fato é possível publicar cinco ou seis livros com inquestionável sucesso. Eu mesmo conheço uma obra que só pode dar certo. No que diz respeito a ele ser capaz de tocar o negócio, disso não há a menor dúvida: entende do assunto... No entanto, vocês ainda terão tempo para combinar melhor...

— Hurra! — gritou Razumíkhin. — Agora, esperem. Aqui, neste mesmo edifício, há um apartamento dos mesmos proprietários deste. É especial, separado, sem contato com estes apartamentos do lado de cá; mobiliado, preço razoável, três cômodos. Aluguem logo. Amanhã vou levar o relógio para penhorar e, então, tudo vai se ajeitar. O principal é que os três podem morar juntos, o Ródia e as senhoras... Mas aonde você vai, Ródia?

— O que foi, Ródia, você já vai? — perguntou Pulkhéria Aleksándrovna, até com um susto.

— Numa hora destas? — gritou Razumíkhin.

Dúnia olhou para o irmão com uma surpresa desconfiada. Nas mãos, ele segurava o boné; já estava pronto para sair.

— Até parece que vocês vão me sepultar ou vão se despedir de mim para sempre — disse, de modo um tanto estranho.

Pareceu sorrir, mas aquilo nem parecia um sorriso.

— Afinal, quem sabe, pode ser mesmo a última vez que nos vemos — acrescentou, sem querer. Ele até pensou aquilo em seu íntimo, porém, não se sabe como, as palavras acabaram saindo por conta própria.

— Mas o que há com você? — gritou a mãe.

— Aonde você vai, Ródia? — perguntou Dúnia, de modo estranho.

— É que eu preciso muito — respondeu confuso, como se hesitasse quanto ao que queria dizer. Na palidez do rosto, porém, havia uma espécie de determinação aguda.

— Eu queria dizer... quando vim para cá... eu queria dizer à senhora, mãezinha... e a você, Dúnia, que o melhor para nós é ficarmos separados por um tempo. Não estou me sentindo bem, eu não estou tranquilo... Depois eu virei, vou voltar por conta própria, quando... eu puder. Eu vou ficar pensando em vocês, eu amo vocês... Deixem-me em paz! Deixem-me sozinho! Eu já havia decidido isso desde antes... Eu decidi de modo definitivo... O que quer que aconteça comigo, mesmo que eu morra, eu quero estar sozinho. Esqueçam que eu existo... É melhor... Não perguntem a meu respeito. Quando for necessário, eu mesmo virei ou... mando chamar. Talvez tudo renasça!... E agora, se vocês me amam, me deixem em paz... Senão eu vou ter ódio de vocês, eu sinto... Adeus!

— Meu Deus! — gritou Pulkhéria Aleksándrovna.

A mãe e a irmã estavam assustadíssimas; Razumíkhin também.

— Ródia, Ródia! Faça as pazes conosco, vamos ser como antes! — gritou a pobre mãe.

Devagar, ele virou para a porta e, devagar, caminhou para sair do quarto. Dúnia o alcançou no caminho.

— Irmão! O que você está fazendo com a mãezinha? — sussurrou com os olhos ardendo de indignação.

Raskólnikov olhou para ela com dureza.

— Não é nada, eu vou voltar, eu vou dar uma volta! — balbuciou à meia-voz, como se não tivesse plena consciência do que queria dizer, e saiu do quarto.

— Egoísta cruel e insensível! — gritou Dúnia.

— Ele está maluco, não é um insensível! Ele está louco! A senhora não percebe? A senhora é que é insensível, depois disso!... — sussurrou Razumíkhin, com ardor, junto ao ouvido de Dúnietchka, enquanto apertava com força sua mão. — Eu volto logo! — gritou Razumíkhin, dirigindo-se à mortificada Pulkhéria Aleksándrovna, e saiu do quarto correndo.

Raskólnikov o aguardava no fim do corredor.

— Eu sabia que você viria correndo — disse. — Volte para elas e fique com elas... Fique com elas também amanhã... e sempre. Eu... talvez volte... se puder. Adeus!

E, sem estender a mão para ele, se afastou.

— Mas aonde você vai? O que há? O que deu em você? Como é que pode fazer uma coisa dessas?... — balbuciava Razumíkhin, desnorteado.

Raskólnikov parou de novo.

— De uma vez por todas: nunca mais me pergunte sobre nada. Não tenho o que responder para você... Não venha me ver. Talvez eu volte para cá... Agora, me deixe em paz, e elas... *não as abandone*. Está entendendo?

No corredor, estava escuro; eles se encontravam de pé, junto a um lampião. Por um instante, ficaram olhando um para o outro, em silêncio. Por toda a vida, Razumíkhin iria lembrar-se daquele momento. O olhar ardente e fixo de Raskólnikov parecia ganhar força a cada instante, penetrava na alma, na consciência. De súbito, Razumíkhin teve um sobressalto. Algo estranho pareceu se passar entre os dois... Uma espécie de ideia se insinuou, como um sopro; algo horrível, monstruoso e, de repente, compreendido por ambas as partes... Razumíkhin empalideceu como um cadáver.

— Entende agora?... — disse Raskólnikov, de súbito, com o rosto contraído de dor. — Volte, fique com elas — acrescentou de repente, deu meia-volta ligeiro e seguiu para a saída do edifício...

Agora, não vou descrever o que se passou com Pulkhéria Aleksándrovna, quando Razumíkhin voltou para elas, como ele as tranquilizou, como ele jurou que era preciso deixar Ródia descansar, por causa da doença, e jurou que Ródia ia voltar sem falta, que viria todos os dias, disse que ele estava muito, muito abalado, que não era necessário incomodá-lo; jurou que ele, Razumíkhin, iria vigiá-lo, conseguir um bom médico, o melhor, uma junta médica inteira... Em suma, a partir daquela tarde, Razumíkhin se tornou um filho e um irmão para elas.

IV

Raskólnikov foi direto para o edifício onde morava Sônia, na beira do canal. O edifício tinha três andares, era velho e pintado de verde. Procurou o porteiro e recebeu uma vaga indicação de onde morava o alfaiate Kapernaúmov. No canto do pátio, conseguiu achar a porta para a escada estreita e escura, subiu afinal até o segundo andar e saiu no corredor, que contornava o pátio. Enquanto vagava no escuro e sem noção de onde poderia estar o apartamento de Kapernaúmov, de repente, a três passos dele, abriu-se uma porta qualquer. Num gesto mecânico, ele agarrou a porta.

— Quem é? — perguntou, aflita, uma voz de mulher.

— Sou eu... vim ver a senhora — respondeu Raskólnikov e entrou no vestíbulo minúsculo. Ali, sobre uma cadeira quebrada, uma vela ardia, metida num castiçal de cobre.

— É o senhor! Meu Deus! — exclamou Sônia, debilmente, e pareceu pregada no chão.

— Por onde eu chego ao quarto da senhora? Por aqui?

E Raskólnikov, tentando não olhar para ela, avançou ligeiro para o quarto.

Um minuto depois, também entrou Sônia, com a vela, e ficou parada na frente dele, totalmente perplexa, tomada por uma emoção indescritível e visivelmente assustada com a visita imprevista. De súbito, a cor irrompeu no rosto pálido e até lágrimas surgiram nos olhos... Sentia náusea, vergonha, doçura... Raskólnikov virou-se depressa e sentou-se numa cadeira junto à mesa. Num só relance, conseguiu abarcar o quarto inteiro.

Era um quarto grande, mas extremamente baixo, o único que os Kapernaúmov alugavam, com uma porta fechada na parede esquerda, que dava para o apartamento deles. No lado oposto, na parede direita, havia outra porta, trancada em definitivo. Lá, havia outro apartamento, com outro número. O quarto de Sônia parecia um depósito, tinha a forma de um quadrado muito malfeito e isso lhe dava um aspecto meio monstruoso. A parede com três janelas que davam para o canal cortava o quarto numa linha oblíqua e, por isso, um canto formava um ângulo horrivelmente fechado e fugia para algum ponto profundo, de modo que, com pouca luz, era até impossível enxergar o que havia ali; o outro canto, porém, formava um ângulo aberto demais. Dentro desse quarto grande, quase não havia móveis. Num canto à direita, ficava a cama; ao lado, perto da parede, uma cadeira. Junto à parede onde ficava a cama, encostada à porta que dava para o outro apartamento, havia uma mesa simples, de tábuas, coberta por uma toalha azul; em redor da mesa, duas cadeiras de palhinha. Depois, na parede oposta, perto do ângulo agudo, havia uma cômoda de madeira, simples, pequena, que parecia perdida naquele vazio. Isso era tudo que havia no quarto. Um papel de parede amarelado, gasto, puído, escurecia todos os cantos; ali, no inverno, devia ser úmido, com forte cheiro de carvão. A pobreza era visível; a cama nem tinha cortinado.

Sônia olhava em silêncio para aquele visitante, que observava seu quarto com tanta atenção e tamanha falta de cerimônia, e afinal ela começou a tremer de medo, como se estivesse diante de um juiz que ia decidir seu destino.

— Eu estou atrasado... Já são onze horas? — perguntou Raskólnikov, ainda sem erguer os olhos para ela.

— São — murmurou Sônia. — Ah, sim, são sim! — E, de repente, se mostrou afobada, como se naquilo estivesse uma saída para ela. — O relógio do senhorio tocou... eu mesma ouvi... São, sim.

— É a última vez que venho à sua casa — prosseguiu Raskólnikov em tom melancólico, apesar de ser aquela a primeira vez. — Pode ser que eu nunca mais veja a senhora...

— O senhor... vai viajar?

— Não sei... amanhã, tudo...

— Então amanhã o senhor não vai à casa da Katierina Ivánovna? — A voz de Sônia tremeu.

— Não sei. Amanhã de manhã, tudo... Isso não vem ao caso; eu vim só para dizer uma palavrinha...

Ergueu para ela o olhar pensativo e, de repente, notou que estava sentado, enquanto ela permanecia de pé, na sua frente.

— Por que a senhora está de pé? Sente — disse, de súbito, com uma voz que se tornou mansa e carinhosa.

Sônia sentou. Raskólnikov olhou para ela por um minuto, de modo amigável e compassivo.

— Como a senhora está magrinha! Olhe como está a sua mão! Quase transparente. São os dedos de um cadáver.

Pegou a mão dela. Sônia sorriu, debilitada.

— É que eu sempre fui assim mesmo — disse.

— Quando morava na sua casa?

— É.

— Sei, sei, é claro! — Ele falava de modo entrecortado e, de repente, a expressão do rosto e o som da voz se modificaram. Olhou em redor, mais uma vez.

— A senhora aluga um quarto da casa dos Kapernaúmov?

— Sim, senhor...

— Eles moram ali, atrás da porta?

— É... O quarto deles é igual a este.

— Todos num quarto só?

— Num só, sim, senhor.

— Eu teria até medo de passar as noites no quarto da senhora — comentou, com tristeza.

— Os senhorios são muito bons, muito afetuosos — respondeu Sônia, que parecia não ter ainda se recuperado do susto nem ter ainda entendido a situação. — Todos os móveis e tudo... é tudo dos senhorios. Eles são muito bons, e os filhos também, eles vêm me visitar muitas vezes...

— São aqueles que têm a língua presa?

— Sim, senhor... Ele gagueja e também manca. A esposa também... Não é que gagueje, mas não consegue falar tudo. Ela é boa, muito boa. Ele é um ex-servo. São sete filhos... e só o mais velho gagueja, os outros são apenas doentes... mas não gaguejam... E o senhor, de onde os conhece? — acrescentou Sônia, com certa surpresa.

— O seu pai me contou tudo, naquele dia. Ele me contou tudo sobre a senhora... Contou que a senhora saiu às seis horas e voltou às nove e que Katierina Ivánovna se ajoelhou junto à cama da senhora.

Sônia ficou encabulada.

— Parece que eu o vi hoje — murmurou ela, hesitante.

— Quem?

— O papai. Eu estava andando pela rua, numa esquina, às dez horas, e achei que ele estava andando na minha frente. Igualzinho, como se fosse ele. Eu queria dar um pulo na casa de Katierina Ivánovna...

— A senhora estava passeando?

— Estava — sussurrou Sônia, com voz entrecortada, de novo constrangida, os olhos voltados para baixo.

— Por pouco a Katierina Ivánovna não bateu na senhora, e na frente do seu pai, não foi?

— Ah, não, o que o senhor está dizendo? Não! — Sônia olhou para ele, até um tanto assustada.

— Então a senhora ama Katierina Ivánovna?

— Ela? Sim, cla-a-a-aro! — Sônia prolongou a voz chorosa e, de repente, com angústia, cruzou os braços. — Ah! O senhor... Se o senhor soubesse. Afinal, ela é exatamente como uma criança... A cabeça dela é igual à de um louco, de tanto sofrimento. Mas como ela era inteligente... como era generosa... como era boa! O senhor não sabe nada, nada... Ah!

Sônia falou como que em desespero, aflita, angustiada, retorcendo as mãos uma na outra. As bochechas pálidas se ruborizaram de novo, o tormento se exprimia nos olhos. Era visível que tinha sido horrivelmente ferida por dentro e que sentia uma vontade terrível de expressar alguma coisa, falar, defender. Uma espécie de compaixão *insaciável*, se é que se pode dizer assim, se estampou de repente em todas as feições do seu rosto.

— Ela batia! Mas o que é que o senhor tem a ver com isso? Meu Deus, ela batia! Mas, ainda que tenha batido, o que é que tem? E daí? O senhor não sabe nada, nada... É tão infeliz, ah, como ela é infeliz! E doente!... Ela busca a justiça... Ela é pura. Ela acredita tanto que deve haver justiça em tudo, e exige... Mesmo que a torturem, ela não vai fazer nada injusto. Ela mesma não entende que é impossível que exista sempre justiça para as pessoas e aí fica irritada... Como uma criança, como uma criança! Ela é justa, é justa!

— E o que vai ser da senhora?

Sônia olhou com ar interrogativo.

— Afinal, eles ficaram por conta da senhora. É verdade que, desde antes, tudo já estava mesmo por conta da senhora e o falecido, quando ficava de ressaca, vinha pedir dinheiro à senhora. Certo, mas e agora, o que vai acontecer?

— Não sei — falou Sônia, com tristeza.

— Eles vão ficar lá?

— Não sei, eles estão devendo o aluguel daquele apartamento e a senhoria, pelo que dizem, avisou hoje que não quer mais alugar, só que a própria Katierina Ivánovna diz, também, que não vai ficar lá nem mais um minuto.

— E de onde ela tirou toda essa valentia? Está contando com a senhora?

— Ah, não, não fale assim!... Nós estamos juntas, vivemos juntas. — De repente, Sônia se comoveu de novo, chegou a se irritar, igualzinho a um canário, ou qualquer outro passarinho muito pequeno, que ficasse nervoso. — Pois é, mas o que ela pode fazer? O que, me diga, o que ela pode fazer? — perguntou Sônia, aflita e comovida. — E hoje, quanto, quanto ela já chorou! Tem a mente perturbada, o senhor não percebeu? Está perturbada; ora se preocupa como uma criança, querendo que amanhã tudo esteja direito, que tenha comida em casa e tudo... ora ela retorce as mãos, cospe sangue, chora, de repente começa a bater a cabeça na parede, como num transe de desespero. Depois, se consola de novo, e está sempre contando com o senhor: diz que agora o senhor é o seu socorro e que ela vai arranjar dinheiro emprestado não sei onde e vai voltar para sua cidade natal junto comigo, vai abrir um internato para meninas da nobreza, vai me contratar como inspetora e que, para nós, vai começar uma vida totalmente nova e bela, e me beija, me abraça, me consola, e ela acredita tanto nisso! Acredita tanto nessas fantasias! E por acaso é possível dizer que não? E ela mesma, hoje, o dia inteiro, ficou lavando, limpando, remendando e, com suas forças debilitadas, ela mesma arrastou a tina para dentro do quarto, ficou sem fôlego e acabou caindo na cama; e, de manhã, eu e ela já tínhamos ido juntas ao mercado comprar sapatinhos para Pólietchka e Liena, porque os que elas têm já estão todos despedaçados, só que o nosso dinheiro não deu, faltava muito, e ela escolheu umas botinhas tão lindas, porque ela tem bom gosto, o senhor nem sabe... Ali mesmo na loja, ela começou a chorar, na frente dos vendedores, porque o dinheiro não era o bastante... Ah, dava tanta pena de ver.

— Bem, depois disso, até dá para entender que a senhora... viva desse jeito — disse Raskólnikov, com um sorriso amargo.

— E por acaso o senhor não tem pena? Não tem pena? — Sônia se insurgiu de novo. — Afinal, o senhor, eu sei, o senhor entregou o último dinheiro que tinha, e sem saber de nada. Se o senhor soubesse de tudo, ah, meu Deus! E quantas e quantas vezes eu a levei às lágrimas! Na semana passada mesmo! Ah, foi sim, eu! Uma semana antes da morte dele. Eu fui cruel! E quantas e quantas vezes eu fiz isso. Ah, e agora como doeu passar o dia inteiro me lembrando disso!

Enquanto falava, Sônia chegava a retorcer as mãos uma na outra, com a dor da lembrança.

— Mas a senhora é que é cruel?

— Sim, eu sou, sou, sim! — continuou ela, chorando. — Eu cheguei, naquele dia, e o falecido me disse: "Sônia, leia para mim, estou com dor de cabeça, leia para mim... tome aqui esse livrinho". Ele tinha um livrinho que pegou com o Andrei Semiónitch, o Lebeziátnikov, que mora aqui e vive arranjando uns livrinhos engraçados. Aí eu disse: "Está na hora de eu ir", porque eu não queria ler e, se eu tinha passado na casa deles, foi principalmente para mostrar à Katierina Ivánovna umas golas enfeitadas; a vendedora Lizavieta me arranjou umas golas e uns punhos bem baratos, bonitinhos e novinhos, com enfeites. E a Katierina Ivánovna adorou, vestiu na frente do espelho, ficou olhando e gostou muito, muito mesmo: "Dê para mim, Sônia, por favor", disse ela. *Por favor*, ela pediu, e ela queria tanto. Mas onde ela poderia usar aquilo? Pois é: estava só lembrando os tempos antigos e felizes! Ela se olha no espelho, fica se admirando, e não tem mais vestido nenhum, nenhum, e já faz muitos anos! E ela nunca pede nada para ninguém; é orgulhosa, é mais fácil dar a última coisa que tem, mas naquela hora ela me pediu... de tanto que gostou! Mas eu fiquei com pena de dar: "De que vai servir para a senhora, Katierina Ivánovna?". Foi assim que eu falei: "De que vai servir". Eu não precisava ter falado assim! Ela me olhou de um jeito, e como foi triste para ela, muito triste, ouvir que eu negava, e deu muita pena de ver... Não foi tanto pelas golas, mas por eu ter negado, eu percebi. Ah, eu acho que agora, se pudesse, eu até apagaria tudo, desfaria tudo isso, todas aquelas palavras... Ah, eu... Mas de que adianta?... Para o senhor, tanto faz!

— A senhora conhecia essa vendedora Lizavieta?

— Sim... E o senhor conhecia também? — perguntou Sônia, com certa surpresa.

— Katierina Ivánovna está com tuberculose, em estado grave, ela vai morrer logo — disse Raskólnikov, após um breve silêncio, sem responder a pergunta.

— Ah, não, não, não! — E Sônia, num gesto inconsciente, segurou as mãos dele, como se suplicasse.

— Afinal, é até melhor se morrer.

— Não, não é melhor, não é melhor, não é nada melhor! — repetiu ela, com um susto e descontrolada.

— E as crianças? Para onde a senhora vai levá-las, se não for para a sua casa?

— Ah, eu não sei! — gritou Sônia, quase em desespero, e agarrou a cabeça entre as mãos. Era evidente que aquela ideia já lhe ocorrera muitas e muitas vezes e que Raskólnikov tinha apenas levantado de novo a questão.

— E se a senhora ficar doente e for hospitalizada, enquanto a Katierina Ivánovna ainda estiver viva, o que vai acontecer? — insistiu, sem piedade.

— Ah, o que é que o senhor quer? Mas assim também já não é possível! — E o rosto de Sônia se retorceu num susto terrível.

— Não é possível como? — prosseguiu Raskólnikov, com um sorriso cortante. — A senhora está imune? E aí, o que será deles? Irão todos para a rua, em bando, ela vai tossir e pedir esmola, vai ficar batendo com a cabeça na parede em algum canto, como fez hoje, enquanto as crianças choram... E aí ela vai cair na rua, vão levar para a delegacia, para o hospital, vai morrer, e as crianças...

— Ah, não!... Deus não vai deixar! — irrompeu, enfim, do peito contrito de Sônia. Ela escutava, olhando para ele com ar de súplica, as mãos unidas num apelo mudo, como se tudo dependesse dele.

Raskólnikov levantou-se e começou a andar pelo quarto. Passou um minuto. Sônia estava de pé, numa angústia terrível, cabeça e braços abaixados.

— E não dá para juntar dinheiro? Economizar para os momentos mais difíceis? — perguntou ele, parando de repente diante de Sônia.

— Não — sussurrou ela.

— Claro que não! Mas já tentou? — acrescentou, quase com ironia.

— Tentei.

— E não deu certo! Bem, é claro! Nem adianta perguntar!

E recomeçou a andar pelo quarto. Passou mais um minuto.

— A senhora não recebe dinheiro todo dia?

Sônia se encabulou, mais ainda do que antes, e o rubor subiu de novo ao seu rosto.

— Não — murmurou, com um esforço aflitivo.

— Sem dúvida, a mesma coisa vai acontecer com a Pólietchka — disse ele, de repente.

— Não, não! Não pode ser! Não! — gritou Sônia, como que desesperada, como se tivesse sido ferida com uma faca. — Deus, Deus não vai permitir tamanho horror!...

— Se permite para outras...

— Não, não! Deus vai protegê-la, Deus!... — repetia, fora de si.

— E pode ser que Deus nem exista — retrucou Raskólnikov, até com certa crueldade, riu e olhou bem para ela.

De repente, a fisionomia de Sônia se modificou tremendamente: espasmos percorriam seu rosto. Com um indescritível ar de censura, ela voltou os olhos para Raskólnikov, disposta a dizer algo, mas não conseguiu falar nada, apenas cobriu o rosto com as mãos e, de repente, rompeu em soluços muito amargos.

— A senhora diz que a Katierina Ivánovna tem a mente perturbada; mas a senhora mesma tem a mente perturbada — disse ele, após algum silêncio.

Passaram cinco minutos. Ele continuou a andar para um lado e para outro, calado, sem olhar para Sônia. Enfim, chegou perto dela; seus olhos cintilavam. Segurou-a pelos ombros, com as duas mãos, e olhou bem de frente para seu rosto choroso. O olhar de Raskólnikov era seco, inflamado, penetrante, os lábios tremiam com força... De repente, ligeiro, se curvou todo para baixo, colou-se ao chão, beijou o pé de Sônia. Com horror, ela fugiu para trás, como se ele fosse um louco. E, de fato, parecia completamente enlouquecido.

— O que deu no senhor? O que é isso? Na minha frente! — balbuciou, pálida, e sentiu um aperto repentino e doloroso demais no coração.

Na mesma hora, Raskólnikov levantou-se.

— Eu não me curvei para você, mas para todo o sofrimento humano — falou, um tanto desvairado, e se afastou para a janela. Escute acrescentou, um minuto depois, virando-se para Sônia. — Agora há pouco, diante de alguém que me dizia ofensas, eu falei que ele não valia nem o seu dedo mindinho... e que hoje mesmo eu tinha dado à minha irmã a honra de sentar você ao lado dela.

— Ah, por que o senhor foi dizer isso para ele! E na frente dela? — exclamou Sônia, assustada. — Sentar do meu lado! Uma honra! Mas eu sou uma... desonrada... sou uma grande, uma grande pecadora! Ah, o que o senhor foi dizer!

— Eu não falei de você pela desonra e pelo pecado, mas pelo seu enorme sofrimento. É verdade que você é uma grande pecadora — acrescentou, quase em transe. — Mas o pior de tudo, pior do que ser pecadora, é que você se destruiu e traiu a si mesma *em vão*. Quem vai negar que isso é um horror? Quem vai negar que é um horror que você viva nessa imundície, que você tanto odeia, e ao mesmo tempo você mesma sabe (basta abrir os olhos) que, desse jeito, você não está ajudando ninguém, não está salvando ninguém de coisa nenhuma! Afinal, me diga, então — falou, já quase num delírio —, como tal infâmia e tamanha baixeza se conciliam, dentro de você, com outros sentimentos, sagrados e opostos a isso? Afinal, seria mais justo, mil vezes mais justo e razoável, pular de cabeça dentro da água e acabar com tudo de uma vez!

— E o que seria deles? — perguntou Sônia, com voz débil, depois de olhar para ele com ar sofrido, mas, ao mesmo tempo, sem a menor surpresa diante daquela ideia de Raskólnikov. Ele olhou para ela de modo estranho.

Num único olhar de Sônia, Raskólnikov leu tudo. Portanto, de fato, ela mesma já tivera essa ideia. Na certa, em desespero, ela havia pensado a sério, e muitas vezes, em como acabar com tudo de uma vez, e tão a sério que, agora, quase não se surpreendeu com a sugestão de Raskólnikov. Não percebeu sequer a crueldade daquelas palavras (e, é claro, tampouco percebeu o sentido das censuras dele nem a maneira peculiar como ele encarava sua desgraça, e isso ficou óbvio para Raskólnikov). No entanto, ele compreendeu plenamente a que ponto chegava a dor monstruosa que dilacerava Sônia, havia já muito tempo, por causa da ideia da desonra e da desgraça de sua situação. Então, como, como foi possível, pensou ele, evitar a decisão de acabar com tudo de uma vez? E só aí Raskólnikov entendeu por completo o que significavam, para ela, aqueles pequeninos órfãos pobres e aquela infeliz e meio doida Katierina Ivánovna, com sua tuberculose e suas cabeçadas na parede.

No entanto, ainda assim, ficou claro para ele, mais uma vez, que Sônia, com seu caráter e com a formação que tinha recebido, não podia, de maneira nenhuma, continuar daquele modo. Apesar de tudo, lhe veio a pergunta: por que ela era capaz de permanecer em tal situação por um tempo tão demasiadamente longo sem enlouquecer, se não tinha forças para se jogar na água? Raskólnikov entendia, é claro, que a situação de Sônia era um fenômeno acidental na sociedade, embora, infelizmente, estivesse muito longe de ser um caso isolado e excepcional. No entanto, essa mesma casualidade, esse tipo de formação e toda a vida anterior de Sônia poderiam, ao que parece, matá-la de um só golpe, logo ao primeiro passo naquela trilha abominável. Então, o que a sustentava? Não seria a depravação? Afinal, obviamente, aquela infâmia agia sobre Sônia apenas de modo mecânico; a verdadeira depravação não tinha ainda infiltrado nenhuma gota em seu coração; Raskólnikov percebia isso: ela estava diante dele tal como era...

"Ela tem três caminhos", pensou Raskólnikov. "Jogar-se no canal, ir parar no hospício ou... ou, enfim, atirar-se à depravação, que entorpece a mente e petrifica o coração." Para ele, a última opção era a mais detestável; mas Raskólnikov era cético, era jovem, dado a abstrações e, portanto, era cruel e por isso não conseguia acreditar que a última saída, ou seja, a depravação, era a mais plausível.

"Mas será que isso é mesmo verdade", exclamou consigo, "será possível que essa criatura, que ainda conserva a pureza da alma, vai acabar afundando, de modo consciente, nesse fosso fétido e execrável? Será que essa queda já começou e será que a Sônia só conseguiu suportar, até agora, porque a infâmia já não lhe parece tão repulsiva? Não, não, não pode ser!", exclamou, como fizera Sônia, pouco antes. "Não, o que a manteve longe do canal até agora foi a ideia do pecado, e também *elas, aquelas crianças*... E se até agora ela não ficou louca... Mas quem disse que não está louca? Por acaso tem a mente sadia? Por acaso é possível falar do jeito como ela fala? Por acaso é possível, com a mente sadia, pensar como ela pensa? Por acaso é possível viver à beira da perdição, sentada na borda desse fosso asqueroso, em que ela já está afundando, e dar de ombros, tapar os ouvidos, quando alguém avisa do perigo? Será que está esperando um milagre? Com certeza é isso. E, por acaso, tudo isso não são sintomas de loucura?"

Raskólnikov se apegou a essa ideia com tenacidade. Até gostava mais dessa solução que de todas as outras. Passou a observar Sônia com mais atenção.

— Então você reza muito para Deus, não é, Sônia? — perguntou.

Ela ficou calada. Raskólnikov estava de pé, a seu lado, e esperava a resposta.

— E o que seria de mim sem Deus? — sussurrou Sônia, de modo rápido, veemente, disparou um olhar para ele e, com os olhos cintilantes, apertou com força a mão de Raskólnikov.

"Certo, é isso mesmo!", pensou ele.

— E o que é que Deus faz por você, em troca? — perguntou, querendo saber mais.

Sônia ficou calada por muito tempo, como se não pudesse responder. Seu peito franzino arfava de emoção.

— Cale-se! Não pergunte! O senhor não merece!... — gritou Sônia, de repente, severa e enfurecida, olhando para ele.

"É isso mesmo! É isso mesmo!", repetiu Raskólnikov para si, enfático.

— Ele faz tudo! — sussurrou Sônia depressa, de novo com os olhos voltados para baixo.

"Aí está a solução! E também a explicação da solução!", concluiu ele, em pensamento, enquanto examinava Sônia com ávida curiosidade.

Tomado por um sentimento novo, estranho, quase doentio, Raskólnikov observava aquele rostinho pálido, magro e de ângulos desalinhados, aqueles meigos olhos azuis, capazes de reluzir com tamanho fogo e com um sentimento tão rigoroso e veemente, aquele corpo miúdo, ainda trêmulo de raiva e indignação, e tudo aquilo lhe parecia cada vez mais estranho, quase impossível. "Está maluca! Maluca!", afirmou para si.

Sobre a cômoda, havia um livro. Toda vez que passava ali, enquanto andava para um lado e para o outro, ele percebia; agora, pegou o livro e olhou. Era o Novo Testamento, na tradução russa. O livro era velho, surrado, com capa de couro.

— De onde veio isto? — gritou ele, do outro lado do quarto. Ela continuava de pé, no mesmo lugar, a três passos da mesa.

— Trouxeram para mim — respondeu Sônia, como a contragosto e sem olhar para ele.

— Quem trouxe?

— A Lizavieta, eu pedi.

"Lizavieta! Que estranho!", pensou Raskólnikov. Tudo em Sônia, a cada minuto, lhe parecia mais estranho, mais maravilhoso. Levou o livro para junto da vela e começou a folhear.

— Onde fala de Lázaro? — perguntou ele, de repente.

Sônia olhava para o chão, obstinadamente, e não respondeu. Estava um pouco de lado para a mesa.

— A ressurreição de Lázaro, onde está? Ache para mim, Sônia.

Ela olhou para ele só com o canto dos olhos.

— Não é aí onde o senhor está olhando... no quarto evangelho... — murmurou com dureza, sem se aproximar.

— Ache e leia para mim — disse ele, sentou-se, apoiou os cotovelos na mesa, escorou a cabeça na mão e olhou triste para o lado, disposto a escutar.

"Daqui a três semanas, estarão à sua espera a sete verstas daqui![1] Parece que eu mesmo estarei lá, se não acontecer algo ainda pior", balbuciou consigo mesmo.

Sônia deu um passo hesitante na direção da mesa, depois de ouvir, desconfiada, o estranho desejo de Raskólnikov. Apesar disso, pegou o livro.

— Será que o senhor já não leu? — perguntou, olhando de viés para ele, do outro lado da mesa. A voz dura, cada vez mais dura.

— Faz muito tempo... quando era estudante. Leia!

— E na igreja, o senhor não ouviu?

— Eu... não ia. Você vai muito?

1 Refere-se a um conhecido manicômio, em Udiélnaia, nos arredores de São Petersburgo.

— N-não — sussurrou Sônia.

Raskólnikov sorriu.

— Entendo... Portanto, amanhã, também não vai ao enterro do seu pai?

— Vou. Semana passada eu fui... vi uma missa fúnebre.

— De quem?

— Da Lizavieta. Mataram com um machado.

Os nervos de Raskólnikov se exasperavam cada vez mais. A cabeça começou a rodar.

— Você e Lizavieta eram amigas?

— Sim... Ela era boa... vinha... muito pouco... não podia. Eu e ela líamos e... ficávamos conversando. Ela vai ver Deus.

Aquelas palavras livrescas soaram de modo estranho para Raskólnikov e, de novo, uma novidade: que reuniões misteriosas eram aquelas com a Lizavieta?... As duas beatas, enlouquecidas pela religião.

"Desse jeito, você mesmo vai acabar maluco! É contagioso!", pensou.

— Leia! — exclamou de súbito, enfático e nervoso.

Sônia continuava hesitante. O coração martelava. Por algum motivo, não tinha coragem de ler para ele. Quase com angústia, ele olhava para "a coitada da maluca".

— De que serve para o senhor? Se o senhor não acredita... — sussurrou baixinho e um pouco ofegante.

— Leia! Eu quero e pronto! — insistiu. — Você lia para a Lizavieta!

Sônia abriu o livro e procurou o trecho. As mãos tremiam, a voz não saía. Começou duas vezes e não conseguiu pronunciar nem a primeira sílaba.

— "Havia um doente, Lázaro, de Betânia..."[2] — disse ela, afinal, com esforço, mas de repente, a partir da terceira palavra, a voz começou a vibrar e rompeu-se, como uma corda esticada demais. A respiração foi cortada e o peito se contraiu.

Raskólnikov compreendia, de certo modo, por que Sônia não se decidia a ler para ele e, quanto mais compreendia, mais brutal e irritado se mostrava, ao exigir a leitura. Compreendia bem demais como era penoso para ela, agora, trair e expor tudo o que era *seu*. Raskólnikov compreendia que aqueles sentimentos constituíam seu *segredo* verdadeiro e talvez já antigo,

2 Dostoiévski cita o Evangelho, aqui e em geral, com algumas poucas incorreções. Esta tradução, embora seguindo a *Bíblia de Jerusalém*, tentou manter o texto fiel ao original.

talvez já desde a adolescência, ainda quando morava com a família, junto ao pai desafortunado e à madrasta enlouquecida pelo desgosto, entre as crianças famintas, os gritos, as acusações horríveis. Mas, ao mesmo tempo, ele descobriu agora, e descobriu com toda a certeza, que embora ela, ao aceitar ler, naquele momento, sentisse uma aflição e um temor terrível, sentia também uma vontade pungente de ler tudo, a despeito de toda a angústia e de todo o pavor, e justamente *para ele*, para que ele ouvisse, e tinha de ser *agora* — "aconteça o que acontecer, depois!...". Foi o que Raskólnikov enxergou nos olhos de Sônia, o que entendeu de sua emoção exaltada... Ela se dominou, reprimiu o espasmo da garganta que havia cortado sua voz no início do versículo, e prosseguiu a leitura do primeiro capítulo do Evangelho de João. E assim chegou ao versículo 19:

— "Muitos judeus vieram até Marta e Maria para as consolar da perda do irmão. Quando Marta soube que Jesus chegara, saiu ao seu encontro; Maria, porém, continuava sentada em casa. Então, Marta disse a Jesus: Senhor, se estivesses aqui, meu irmão não teria morrido. Mas ainda agora eu sei que tudo o que pedires a Deus, Ele te concederá."

Aqui ela parou, de novo, com vergonha, pressentindo que sua voz ia fraquejar e sucumbir outra vez...

— "Disse-lhe Jesus: 'Teu irmão ressuscitará'. 'Eu sei', disse Marta, 'que ressuscitará na ressurreição, no último dia!' Disse-lhe Jesus: '*Eu sou a ressurreição e a vida*; quem crê em mim, ainda que morra, viverá. E quem vive e crê em mim, jamais morrerá. Crês nisso?' (E Sônia, como se tomasse fôlego, leu com força e marcando bem as palavras, como se ela mesma fizesse uma confissão pública.) 'Sim, Senhor! Eu creio que tu és o Cristo, o filho de Deus, que veio ao mundo, disse ela'."

Sônia fez menção de parar, quis levantar depressa os olhos para *ele*, mas logo se conteve e retomou a leitura. Raskólnikov escutava, sentado, imóvel, sem virar-se, os cotovelos apoiados na mesa, olhando para o lado. Chegaram ao versículo 32.

— "Chegando ao lugar onde Jesus estava, Maria, vendo-o, prostrou-se a seus pés e lhe disse: 'Senhor, se estivesses aqui, meu irmão não teria morrido'. Quando Jesus a viu chorar, e também os judeus que choravam com ela, comoveu-se interiormente e ficou conturbado. E perguntou: 'Onde o colocastes?'. Responderam-lhe: 'Senhor, vem e vê!'. Jesus chorou. Diziam, então, os judeus: 'Vede como ele o amava!'. Alguns deles disseram: 'Esse, que abriu os olhos do cego, não poderia ter feito com que ele não morresse?'."

Raskólnikov virou-se para Sônia e, emocionado, olhou para ela: Sim, é isso! Ela já estava tremendo toda, numa febre autêntica, verdadeira. Ele já esperava aquilo. Sônia estava perto das palavras sobre o milagre grandioso e nunca visto e um grande sentimento de triunfo a dominou. Sua voz se tornou ressonante, como metal; nela soavam a alegria e o triunfo, que a fortaleciam. Diante de Sônia, os versículos se misturavam, porque os olhos escureciam, mas ela sabia de cor aquilo que estava lendo. No último verso — "Esse, que abriu os olhos do cego, não poderia ter feito..." — Sônia baixou a voz, com fervor e paixão transmitiu a dúvida, a acusação e a blasfêmia dos incrédulos e cegos judeus, que logo em seguida, um minuto depois, como se fossem atingidos por um raio, vão se prostrar, soluçar e crer... "E *ele, ele*, também cego e incrédulo, ele agora também vai entender, também vai crer, sim, sim! Agora, já!", pensou Sônia e tremia de alegre ansiedade.

— "Comoveu-se de novo Jesus e dirigiu-se ao sepulcro. Era uma gruta com uma pedra sobreposta. Disse Jesus: 'Retirai a pedra!'. Marta, a irmã do morto, disse-lhe: 'Senhor! Já cheira mal: é o quarto dia que está na sepultura'."

Sônia enfatizou com energia a palavra *quarto*.

— "Disse-lhe Jesus: 'Não te disse que, se creres, verás a glória de Deus?'. Retiraram, então, a pedra da gruta onde estava o morto. Jesus ergueu os olhos para o céu e disse: 'Pai, dou-te graças porque me ouviste. Eu sabia que sempre me ouves; mas digo isso por causa da multidão que me rodeia, para que creiam que tu me enviaste'. Tendo dito isso, apelou em voz alta: 'Lázaro! Vem para fora'. *E o que havia morrido saiu*" — Sônia leu alto e com entusiasmo, tremendo e gelando, como se visse com os próprios olhos — "com pés e mãos enfaixados pela mortalha e o rosto recoberto por um sudário. Jesus lhe disse: 'Desatai-o e deixai-o ir'. *Então muitos dos judeus que tinham vindo à casa de Maria, tendo visto o que Jesus fizera, creram nele.*"

Daí em diante, Sônia não leu, não conseguiu ler, fechou o livro e levantou-se da cadeira depressa.

— Isso é tudo o que tem sobre a ressurreição de Lázaro — sussurrou ela, com voz dura e entrecortada, e ficou imóvel, virada para o lado, sem atrever-se a erguer os olhos para ele, como se tivesse vergonha de fazer isso. Perdurava ainda o mesmo tremor febril. Fazia tempo que o toco de vela vinha se apagando no castiçal torto, iluminando palidamente o assassino e a prostituta, estranhamente reunidos nesse quarto miserável, durante a leitura do livro eterno. Passaram cinco minutos, ou mais.

— Vim aqui para tratar de um assunto — falou Raskólnikov, de repente, em voz alta e de sobrancelhas franzidas. Levantou-se e se aproximou de Sônia. Em silêncio, ela ergueu os olhos para ele. O olhar de Raskólnikov estava particularmente duro e em seus olhos se refletia uma espécie de determinação feroz.

— Hoje, eu abandonei meus parentes — disse. — Minha mãe e minha irmã. Agora, não vou mais vê-las. Rompi todos os laços.

— Por quê? — perguntou Sônia, como que estarrecida. O recente encontro com a irmã e a mãe de Raskólnikov deixara nela uma impressão fora do comum, ainda que obscura para ela mesma. Ouviu quase com horror a notícia do rompimento.

— Agora, eu só tenho você — acrescentou ele. — Iremos juntos... Eu vim para ficar com você. Somos malditos juntos e iremos juntos!

Os olhos de Raskólnikov reluziam. "Parece doido!", pensou Sônia, por seu lado.

— Ir para onde? — perguntou com medo e, sem pensar, deu um passo para trás.

— Como é que eu vou saber? Só sei que é por um só caminho e sei com certeza, e só isso. Um só destino!

Sônia olhava para ele e não entendia nada. Só entendia que ele estava terrivelmente, infinitamente infeliz.

— Ninguém, nenhum deles, vai entender nada, se você for falar para eles — prosseguiu Raskólnikov. — Mas eu entendi. Eu preciso de você e foi por isso que eu vim até você.

— Não entendo... — sussurrou Sônia.

— Depois vai entender. Por acaso você não fez a mesma coisa? Você também ultrapassou... conseguiu ultrapassar. Você se matou, você jogou a vida fora... a *sua* (não faz diferença!). Você poderia viver no espírito e na razão, mas vai terminar na praça Sennaia... Só que você não consegue suportar e, se ficar *sozinha*, vai enlouquecer, como eu também. Já agora você parece maluca; portanto, temos de ir juntos, pelo mesmo caminho! Vamos!

— Por quê? Por que o senhor diz isso? — exclamou Sônia, emocionada por suas palavras, de forma estranha e conturbada.

— Por quê? Porque é impossível continuar deste jeito, é por isso! Enfim, é preciso analisar a sério e de frente, em vez de ficar chorando e gritando, como uma criança, que Deus não vai permitir! Muito bem: o que vai acontecer, de fato, se amanhã você for hospitalizada? A outra está mal da cabeça e tuberculosa, vai morrer logo: e as crianças? Por acaso Pólietchka não vai se perder? Por acaso você não viu aqui, pelas esquinas, crianças que as mães mandaram pedir esmola? Eu descobri onde moram essas mães e em que condições. Lá, as crianças não podem continuar crianças. Lá, um menino de sete anos é um ladrão e um degenerado. E, afinal, as crianças são a imagem de Cristo: "Delas é o reino de Deus". Ele mandou respeitar e amar as crianças, elas são a humanidade futura...

— Mas o que, o que fazer? — repetia Sônia histericamente, chorando e apertando as mãos uma na outra.

— O que fazer? Arrebentar o que for preciso, de uma vez por todas, e pronto; e assumir o sofrimento! O que foi? Não está entendendo? Depois vai entender... A liberdade e o poder, principalmente o poder! Sobre todas as bestas trêmulas e sobre todo o formigueiro!... Este é o objetivo! Entenda isso! São esses os meus votos para você na hora da partida! Quem sabe esta é a última vez que eu falo com você? Se eu não vier amanhã, você vai saber sozinha tudo o que houve e aí vai entender estas palavras de agora. E depois, um dia, quando os anos tiverem passado, com a vida, talvez, você vai entender o que estas palavras significam. E se eu vier amanhã, vou contar para você quem foi que matou Lizavieta. Adeus!

Sônia, de susto, estremeceu toda.

— Então o senhor sabe quem matou? — perguntou, enregelada de pavor, olhando em desvario para ele.

— Sei e vou contar... Para você, só para você! Eu escolhi você. Não virei pedir perdão para você, vou só contar. Faz tempo que escolhi você para contar isso, desde a hora em que seu pai me falou sobre você, e quando Lizavieta ainda estava viva, eu já tinha pensado nisso. Adeus. Não me estenda a mão. Amanhã!

Saiu. Sônia olhava para ele como se fosse um doido; mas ela mesma parecia louca e sentia isso. Sua cabeça girava. "Meu Deus! Como ele pode saber quem matou Lizavieta? O que significam essas palavras? É terrível!" Mas, ao mesmo tempo, a *ideia* não lhe vinha à cabeça. De jeito nenhum! De jeito nenhum!... "Ah, ele deve ser terrivelmente infeliz!... Largou a mãe e a irmã. Por quê? O que houve? E quais são as intenções dele? O que foi isso que ele me disse? Ele beijou meu pé e disse... disse (sim, ele falou bem claro) que não pode viver sem mim... Ah, meu Deus!"

Sônia passou toda a noite em febre e em delírio. Às vezes, se levantava de um pulo, chorava, apertava as mãos uma na outra, ora desfalecia de novo num sono febril e sonhava com Pólietchka, Katierina Ivánovna, Lizavieta, a leitura do Evangelho e ele... ele, com seu rosto pálido, os olhos em chamas... Ele beija seu pé, chora... Ah, meu Deus!

Atrás da porta à direita, a mesma porta que separava o apartamento de Sônia do apartamento de Gertrud Karlovna Resslich, ficava um cômodo intermediário, vazio havia muito tempo, que pertencia ao apartamento da sra. Resslich e que ela oferecia para alugar, como anunciavam os avisos pregados no portão e os papeizinhos colados nos vidros das janelas que davam para o canal. Fazia tempo que Sônia se acostumara a considerar aquele quarto como desabitado. Entretanto, por todo aquele tempo, o sr. Svidrigáilov ficara colado à porta do quarto vazio, escutando escondido. Quando Raskólnikov saiu, ele esperou um pouco, refletiu, saiu na ponta dos pés para seu quarto, contíguo ao quarto vazio, pegou uma cadeira e, sem fazer barulho, levou-a até a porta que dava para o quarto de Sônia. A conversa lhe pareceu interessante e de grande significação, e ele gostou muito, muito mesmo — gostou tanto que trouxe até a cadeira para, na próxima vez, no dia seguinte, por exemplo, não ter de suportar de novo o incômodo de ficar uma hora inteira de pé, mas sim instalar-se de modo mais confortável, a fim de obter uma satisfação completa, em todos os aspectos.

V

Quando, na manhã seguinte, às onze horas em ponto, Raskólnikov entrou no edifício da delegacia, no departamento do juiz de instrução, e pediu que avisassem a Porfíri Petróvitch que ele estava ali, ficou até admirado com a demora para recebê-lo: passaram pelo menos dez minutos até ele ser chamado. Em suas previsões, deveriam ter pulado em cima dele na mesma hora. Entretanto, ficou de pé na sala de espera e as pessoas passavam por ele, indo e vindo, pessoas que, pelo visto, não tinham o menor interesse em Raskólnikov. Na sala seguinte, semelhante a uma secretaria, estavam sentados alguns escrivães, que cuidavam de seu trabalho e, era óbvio, nenhum deles tinha a menor noção de quem era nem do que era Raskólnikov. Com um olhar inquieto e desconfiado, espiou em volta para verificar se alguém o vigiava, se havia algum olhar furtivo dirigido a ele, para que não fugisse. Mas não havia nada semelhante: via apenas os funcionários da secretaria, atarefados com seus afazeres miúdos, e adiante mais algumas pessoas, e ninguém tinha o menor interesse nele: podia ir para onde bem entendesse. Cada vez mais forte, se aferrava em Raskólnikov a ideia de que, se de fato aquele homem enigmático da véspera, aquela assombração que subira do fundo da terra, soubesse mesmo tudo e tivesse visto tudo, deixaria que ele, Raskólnikov, ficasse agora ali, de pé, esperando tranquilamente? E, por acaso, ficariam ali esperando por ele até as onze horas, até que ele mesmo se dispusesse a lhes dar a honra de uma visita? Isso queria dizer que ou o tal homem ainda não tinha comunicado nada, ou... ou simplesmente ele também nada sabia e nada tinha visto com os próprios olhos (e como poderia ter visto?) e, portanto, tudo aquilo que havia acontecido com ele, Raskólnikov, no dia anterior, não passava de mais uma fantasmagoria, exacerbada por sua imaginação mórbida e exasperada. Essa hipótese, desde a véspera, na hora da mais forte angústia e do maior desespero, começou a ganhar força dentro dele. Tendo pensado tudo isso, agora, e preparando-se para um novo combate, Raskólnikov sentiu, de repente, que estava tremendo — e a indignação começou até a ferver dentro dele, diante da ideia de que estava tremendo de medo daquele detestável Porfíri Petróvitch. O mais horrível de tudo, para ele, era encontrar-se de novo com aquele homem: Raskólnikov o odiava desmedidamente, infinitamente, e temia até que seu ódio, de algum modo, o levasse a trair-se. E sua indignação foi tão forte que o tremor cessou de imediato; Raskólnikov preparou-se para entrar com ar frio e atrevido e prometeu a si mesmo ficar calado o máximo possível, observar e escutar com atenção e, pelo menos dessa vez, a todo custo, vencer seu temperamento doentiamente nervoso. E foi nesse instante que o chamaram para a sala de Porfíri Petróvitch.

Ocorreu de, naquele momento, Porfíri Petróvitch estar sozinho em seu escritório. A sala não era pequena nem grande; nela havia uma volumosa escrivaninha na frente de um sofá, forrado de um pano encerado, uma cômoda, uma estante no canto e algumas cadeiras — todos móveis de repartição pública, de madeira clara e lustrada. No canto, na parede de trás ou, melhor dizendo, na divisória, havia uma porta trancada: mais adiante, depois da divisória, portanto, devia haver mais algumas salas. Assim que Raskólnikov entrou, Porfíri Petróvitch logo tratou de encostar a porta que ele havia atravessado e os dois ficaram a sós. Pelo visto, se encontrava no estado de espírito mais alegre, ao receber sua visita, e só alguns minutos depois de sua entrada, Raskólnikov percebeu nele, por alguns sinais, certo constrangimento — como se de repente o tivessem deixado sem graça ou o tivessem flagrado em algo muito particular e secreto.

— Ah, respeitabilíssimo! O senhor também por aqui... em nosso rincão... — começou Porfíri, depois de lhe estender as duas mãos. — Muito bem, sente-se, meu caro! Ou o senhor, quem sabe, não gosta que o tratem por respeitabilíssimo e... meu caro... assim, *tout court*?[1] Por favor, não tome isso como uma intimidade... Aqui, veja, no sofazinho.

Raskólnikov sentou-se, sem desviar dele os olhos.

"Em nosso rincão", a desculpa pela intimidade, a expressão francesa *tout court* etc. etc., tudo isso eram sinais característicos. "No entanto, ele me estendeu as duas mãos, mas não deu nenhuma, recuou a tempo", passou num

1 Francês: "pura e simplesmente".

relance por seu pensamento, com desconfiança. Os dois ficavam se observando, porém, assim que seus olhares se cruzavam, ambos, com a rapidez de um raio, desviavam os olhos.

— Eu trouxe para o senhor este papelzinho... sobre o tal relógio... aqui está. Será que está escrito direito ou vou ter de escrever de novo?

— O quê? O papel? Certo, certo... não se preocupe, é exatamente isso, senhor — Porfíri Petróvitch falou como se tivesse pressa de ir a algum lugar e, dito isso, pegou a folha de papel e examinou. — Sim, é exatamente isso, sim, senhor. Não é preciso mais nada — aprovou, com a mesma fala acelerada, e colocou o papel sobre a mesa. Um minuto depois, quando já estavam falando de outro assunto, pegou de novo a folha de papel e transferiu para a sua cômoda.

— O senhor, parece, disse ontem que desejava me perguntar... formalmente... se eu conhecia aquela... vítima de homicídio — quis começar Raskólnikov. "Mas por que eu inseri este *parece*?", passou pela sua cabeça, como um raio. "Mas, também, para que ficar tão preocupado por eu ter inserido este *parece*?", esse outro pensamento também passou pela sua cabeça como um raio, logo em seguida.

E de repente percebeu que, por causa de um só contato com Porfíri, de só duas palavras, só dois olhares, aquela sua cisma havia crescido, num instante, em proporções colossais... e que aquilo era tremendamente perigoso: os nervos estavam irritados, a agitação aumentava. "Vai mal! Vai mal!... Eu vou falar de novo."

— Sim, sim, sim! Não se preocupe! Tem tempo, tem tempo, senhor — murmurou Porfíri Petróvitch, enquanto marchava para um lado e para outro, junto à escrivaninha, mas sem nenhum objetivo aparente, como se ele se precipitasse ora para a janela, ora para a cômoda, ora de novo para a mesa, ora se esquivando do olhar desconfiado de Raskólnikov, ora parando de repente, no meio do percurso, e olhando direto e em cheio para ele. Naquele momento, sua figurinha miúda, gorducha e redonda parecia extraordinariamente estranha, como uma bolinha que rolasse em várias direções e, no mesmo instante, rebatesse em todas as paredes e todos os cantos.

— Temos tempo, senhor, temos tempo!... Mas o senhor fuma? Tem fumo com o senhor? Tome aqui um cigarrinho, meu senhor... — prosseguiu, entregando um cigarrinho para sua visita. — Sabe, eu estou recebendo o senhor aqui, mas a minha sala mesmo fica logo ali, atrás da divisória... é a oficial, senhor, mas agora eu estou temporariamente numa sala livre. Foi preciso fazer algumas reformas aqui. Agora já está quase pronta... sabe, uma sala oficial é uma coisa maravilhosa. Não é? O que o senhor acha?

— Sim, uma coisa maravilhosa — respondeu Raskólnikov, olhando para ele, quase com ar de zombaria.

— Uma coisa maravilhosa, uma coisa maravilhosa... — repetiu Porfíri Petróvitch, como se de repente tivesse começado a pensar num assunto muito diferente. — Sim! Uma coisa maravilhosa! — Por pouco, enfim, ele não gritou essas palavras e, de repente, cravou os olhos em Raskólnikov e se deteve a dois passos dele. Aquela repetição, tola e repisada, de que uma sala oficial era uma coisa maravilhosa contradizia frontalmente, por sua vulgaridade, o olhar sério, pensativo e enigmático que ele agora dirigia à sua visita.

Porém aquilo fez ferver mais ainda a raiva de Raskólnikov e ele não conseguiu mais, de maneira alguma, furtar-se a uma provocação desdenhosa e bastante imprudente.

— O senhor sabe? — perguntou, de súbito, olhando para ele de modo quase arrogante e sentindo certo prazer com sua arrogância. — Afinal, existe, ao que parece, uma norma jurídica, um procedimento jurídico... para todo e qualquer juiz de instrução: primeiro, começar de longe, a partir de coisas insignificantes, ou até de algo sério, mas que esteja afastado do assunto, para, por assim dizer, ir encorajando ou, melhor dizendo, para distrair o interrogado, entorpecer sua cautela, e depois, de repente, de forma inesperada, como um golpe certeiro na nuca, deixá-lo estupefato com a pergunta mais perigosa e fatal; não é? Parece que, até hoje, isso é tido como sagrado, nas normas e instruções, não é?

— Sim, sim... Mas então o senhor acha que foi por isso que eu falei sobre a sala oficial...? — E, tendo dito isso, Porfíri Petróvitch franziu as sobrancelhas, piscou o olho; algo alegre e astuto percorreu ligeiro seu rosto, as rugas na testa se alisaram, os olhinhos se estreitaram, as feições do rosto se distenderam e, de repente, ele se derramou num sorriso nervoso e demorado, ondulando e sacudindo todo o corpo e mirando em cheio os olhos de Raskólnikov. Este também fez menção de rir, fazendo algum esforço; porém, quando Porfíri viu que Raskólnikov também ria, desatou tamanha gargalhada que quase ficou vermelho, e com isso a repugnância de Raskólnikov, de repente, suplantou toda cautela: ele parou de rir, franziu as sobrancelhas e se demorou fitando Porfíri com ódio, sem baixar os olhos durante todo o tempo de sua risada propositalmente ininterrupta. De resto, a falta de cautela era evidente de ambas as partes: pois era como se Porfíri

Petróvitch risse na cara de sua visita, sem ficar em nada constrangido com a circunstância de Raskólnikov estar recebendo aquele riso com ódio. Para Raskólnikov, aquilo era muito relevante: ele entendeu que, seguramente, pouco antes Porfíri Petróvitch não ficara nem um pouco embaraçado e, ao contrário, ele mesmo, Raskólnikov, havia caído, talvez, numa armadilha; entendeu que ali, obviamente, existia algo, algum propósito que ele ignorava; entendeu que, talvez, tudo já estava preparado e agora, naquele minuto, aquilo ia revelar-se e desabar...

Sem demora, resolveu entrar direto no assunto, levantou-se e pegou o boné.

— Porfíri Petróvitch — começou, em tom decidido, mas com uma irritação bastante forte. — Ontem, o senhor exprimiu o desejo de que eu viesse responder certo interrogatório. — Frisou, em especial, a palavra *interrogatório*. — Eu vim e, se o senhor precisa, então faça as perguntas, do contrário, permita que eu me retire. Estou com pouco tempo, tenho compromissos... Preciso ir ao enterro daquele funcionário atropelado por cavalos que o senhor... também conhece... — acrescentou e, no mesmo instante, irritou-se com aquele acréscimo e, por isso, também no mesmo instante, exasperou-se ainda mais. — Eu estou farto de tudo isso, se o senhor quer saber, e já faz tempo... Em parte, foi por isso que fiquei doente... em suma... — e quase gritou, ao perceber que a menção à doença era ainda mais despropositada. — Em suma, tenha a bondade de ou me interrogar, ou me deixar ir embora, agora mesmo... mas se for interrogar, terá de ser segundo as normas protocolares! Do contrário, não vou permitir; por isso, por enquanto, adeus, já que agora nós dois nada temos a fazer.

— Meu Deus! Mas o que foi que deu no senhor? O que vou perguntar ao senhor? — De repente, Porfíri Petróvitch desatou a tagarelar, parando de rir e, de uma hora para outra, mudou de tom e de feições. — Não fique aborrecido, por favor — pediu, solícito, enquanto recomeçava a andar para todos os lados e, de repente, convidou Raskólnikov a sentar-se. — Tem tempo, tem tempo, senhor, e tudo isso são bobagens! Eu, ao contrário, estou muito contente de o senhor ter vindo, afinal, nos visitar... Recebo o senhor como uma visita. E quanto a essa maldita gargalhada, o senhor, meu caro Rodion Románovitch, me perdoe. Rodion Románovitch? Afinal, parece que esse é o seu patronímico, não é?... Sou uma pessoa nervosa e o senhor me fez rir com sua observação tão arguta; às vezes, na verdade, eu fico intimidado como um ginasiano, e fico assim por meia hora... Tenho o riso solto. Por minha constituição física, chego até a temer uma apoplexia. Mas sente-se, senhor, o que deu no senhor?... Por favor, meu caro, senão vou pensar que o senhor ficou zangado...

Raskólnikov se manteve calado, escutava e observava, ainda com as sobrancelhas contraídas de raiva. Mesmo assim, sentou-se, mas sem largar o boné.

— Tenho uma coisa para contar ao senhor, meu caro Rodion Románovitch, a propósito de mim mesmo, por assim dizer, uma explicação de minhas características — prosseguiu Porfíri Petróvitch, andando agitado pela sala e, como antes, parecia evitar que seus olhos cruzassem com os de sua visita. — Eu, o senhor sabe, sou solteiro, portanto não sou muito sociável nem tenho muitos conhecidos, e ainda por cima sou um homem acabado, acabado, senhor, eu não tenho futuro nenhum e... e... e o senhor, Rodion Románovitch, na certa já notou que entre nós, quer dizer, na Rússia, e mais ainda em nosso meio petersburguês, se dois homens inteligentes que ainda não se conhecem muito bem, mas que, por assim dizer, se respeitam mutuamente, se reúnem, assim como eu e o senhor agora, acabam passando uma boa meia hora sem conseguir encontrar um tema para entabular conversa... eles se fecham um para o outro, ficam sentados e se deixam mutuamente constrangidos. Todo mundo tem temas para as suas conversas, as damas, por exemplo... as pessoas mundanas, por exemplo, as pessoas da alta roda, elas sempre têm um tema para a conversação, *c'est de rigueur*,[2] mas os homens de tipo intermediário, como nós, sempre somos constrangidos e pouco dados a conversas... quer dizer, somos taciturnos. Por que é assim, meu caro? Será que não temos interesses comuns ou será que somos honestos demais e não queremos enganar um ao outro? Eu não sei, senhor. Hein? O que o senhor acha? Mas deixe o boné aí, parece que já está querendo sair. Sério, assim me deixa sem graça... Eu, ao contrário, estou tão contente de ver...

Raskólnikov deixou o boné de lado, continuou a escutar, calado e sério, de sobrancelhas franzidas, o palavrório vazio e confuso de Porfíri. "Será que ele está mesmo querendo distrair minha atenção com sua tagarelice idiota?"

— Não vou pedir um café para o senhor, não é o lugar apropriado; mas por que não ficar mais uns minutinhos com um amigo para se distrair? — Porfíri

2 Francês: "é obrigatório".

despejava seu palavrório sem parar. — Sabe, senhor, todas essas obrigações do trabalho... O senhor, meu caro, não fique magoado se eu não paro de andar para lá e para cá; me perdoe por isso, meu caro, eu tenho muito receio de deixar o senhor ofendido, acontece simplesmente que o movimento é muito necessário para mim. Fico o tempo todo sentado e é uma grande alegria poder andar, nem que seja só uns cinco minutos... as hemorroidas, senhor... vivo pensando em me tratar com ginástica; dizem que conselheiros de Estado efetivos e até conselheiros secretos[3] pulam corda de bom grado; veja só por onde anda a ciência em nosso tempo, senhor... sim, senhor... E quanto a estas obrigações específicas, os interrogatórios e todas essas formalidades... o senhor, meu caro, agora há pouco, teve a bondade de mencionar um interrogatório... pois bem, sabe, realmente, meu caro Rodion Románovitch, esses interrogatórios às vezes deixam mais desorientado o interrogador do que o interrogado... Sobre isso, meu caro, o senhor fez há pouco uma observação absolutamente justa e sagaz. — Raskólnikov não tinha feito nenhuma observação desse tipo. — A gente fica tolhido, meu senhor! Juro, fica tolhido! E é sempre igual, sempre igual, como o toque de um tambor! A tal reforma está andando[4] e nós vamos mudar, nem que seja só de nome, ha-ha-ha! Mas quanto aos nossos procedimentos jurídicos, como o senhor, tão argutamente, teve a bondade de se expressar, eu estou de pleno acordo com o senhor. Muito bem, diga então quem, entre todos os réus, mesmo o mujique mais rústico, não sabe que, por exemplo, vão começar fazendo perguntas secundárias, para entorpecer (segundo a feliz expressão que o senhor empregou), e depois, de repente, vão atacar com um golpe certeiro na nuca, com as costas de um machado, senhor, he-he-he! Bem na nuca, segundo a feliz expressão que o senhor empregou, he-he! Então o senhor, de fato, pensou que eu, ao falar sobre a sala, queria... he-he! O senhor é um homem irônico. Muito bem, eu não vou fazer nada disso! Ah, sim, e por falar nisso, uma palavra puxa outra, um pensamento puxa outro... veja, o senhor, agora há pouco, mencionou as normas protocolares, sabe, em relação ao tal interrogatório... Ora, mas para que servem as normas protocolares? Sabe, na maioria dos casos, elas não passam de

3 Trata-se do nome de cargos na hierarquia do funcionalismo público civil. 4 Refere-se à reforma do sistema judiciário e policial, de 1864. Era parte de um amplo conjunto de reformas, implementadas no reinado do tsar Alexandre II, no qual figurava a emancipação dos servos, de 1861.

bobagem, senhor. Às vezes, a gente apenas conversa como amigos e é até mais proveitoso. Mas as normas protocolares não vão nos deixar em paz, quanto a isso permita que eu tranquilize o senhor; além do mais, eu pergunto ao senhor: o que são, no fundo, essas normas? As normas protocolares não podem, a cada passo, tolher o juiz de instrução. O trabalho do juiz de instrução é, por assim dizer, uma arte livre, ao seu jeito, ou algo dessa espécie... he-he-he!

Porfíri Petróvitch tomou fôlego, por um minutinho. Sem cansar, ele ora despejava frases absurdamente vazias, ora deixava escapar, de repente, umas palavrinhas enigmáticas e, logo depois, recaía de novo em coisas absurdas. Ele já andava quase correndo pela sala, movia-se cada vez mais ligeiro, com suas perninhas gordas, olhava o tempo todo para o chão, com o braço direito escondido nas costas, enquanto o esquerdo se remexia sem parar, fazendo vários gestos, sempre em chocante desacordo com suas palavras. De súbito, Raskólnikov notou que, ao correr pela sala, Porfíri pareceu parar duas ou três vezes junto à porta por um instante, como se estivesse escutando... "Será que está esperando alguma coisa?"

— Ah, nisso, de fato, o senhor tem toda a razão — retomou, de novo, Porfíri, alegre e olhando para Raskólnikov como um ar de inocência fora do comum (o que deixou Raskólnikov assustado e precavido). — De fato, o senhor tem razão, quando se permitiu zombar com tanta graça das formalidades jurídicas, he-he-he! Esses nossos métodos tão profundamente psicológicos (alguns, é claro) são ridículos demais, sim, pode ser, e também inúteis, senhor, caso sejam tolhidos pelas formalidades. Sim, senhor... mas eu já estou, de novo, falando das formalidades: pois bem, se eu identificasse, ou, melhor dizendo, se eu suspeitasse que alguém, esse, aquele ou aquele outro, digamos, fosse o criminoso num caso qualquer do qual eu estivesse encarregado... Mas, afinal, o senhor estava estudando Direito, não estava, Rodion Románovitch?

— Sim, estava...

— Muito bem, portanto, para o senhor, por assim dizer, isto também serve como um pequeno exemplo para o futuro... ou seja, não pense que eu me atreva a lhe dar lições: muito menos ao senhor, que escreve e publica aqueles artigos sobre crimes! Não, senhor, é apenas assim, como uma mera constatação, da qual eu tomo a liberdade de apresentar um pequeno exemplo... veja, se eu considerar, por exemplo, que esse, aquele ou aquele outro é um criminoso, para que, eu pergunto, vou deixá-lo preocupado antes da hora, mesmo que eu já tenha provas contra ele? Por exemplo, eu teria o dever de prender imediatamente certo tipo de criminoso, mas um criminoso de outro tipo não tem a mesma personalidade, eu garanto ao senhor que é assim; portanto, por que não deixar que ele fique passeando pela cidade, he-he-he! Não, o senhor, eu vejo, não está entendendo nada, por isso vou ilustrar para o senhor com mais clareza: se eu, por exemplo, prender o sujeito cedo demais, eu vou dar a ele, talvez, por assim dizer, um apoio moral, he-he! O senhor está rindo? — Raskólnikov nem pensava em rir: estava com os dentes cerrados, não desviava os olhos furiosos do olhar de Porfíri Petróvitch. — Entretanto, senhor, é esse mesmo o caso com certo tipo de indivíduo, porque as pessoas são muito variadas e, para todas, a praxe é uma só. Veja, o senhor, agorinha mesmo, teve a bondade de dizer: as provas; sim, pois é, isso são as provas, senhor, vamos admitir, só que as provas, meu caro, têm dois lados, em sua maior parte, e afinal eu sou um juiz de instrução e, portanto, um homem fraco, reconheço: bem que eu gostaria de fazer uma investigação, por assim dizer, claramente matemática, bem que eu gostaria de obter uma provazinha do tipo dois mais dois são quatro! Que levasse a uma comprovação direta e incontestável! No entanto, se eu prender o criminoso antes da hora, por mais que eu esteja convencido de que é *ele*, talvez eu mesmo esteja me privando dos meios para desmascará-lo mais ainda, e por quê? Porque eu, por assim dizer, vou dar a ele uma posição determinada, por assim dizer, vou aplacar e demarcar psicologicamente essa pessoa, e assim ele vai fugir de mim para o seu casulo: enfim, ele vai entender que está preso. Dizem que lá em Sebastopol, logo depois da batalha de Alma,[5] algumas pessoas inteligentes tinham medo de que o inimigo fosse atacar em seguida, com toda a força, e tomar Sebastopol de uma vez; e quando viram que o inimigo preferiu montar um sítio regular em torno da cidade e escavaram a primeira linha de trincheiras, dizem que aquelas pessoas inteligentes, sabe-se lá por quê, ficaram contentes e tranquilas: acharam que a história iria se prolongar no máximo por dois meses, porque um dia o sítio teria de ser levantado! De novo, o senhor está rindo; não está acreditando, outra vez? É claro, o senhor tem razão, também nisso. Tem razão, tem razão! Não passam de casos particulares, eu

5 Refere-se à batalha de Alma, na Guerra da Crimeia (1853-6), em 1854, após a qual as tropas anglo-francesas, aliadas do Império Otomano, começaram o sítio de Sebastopol, contra os russos.

concordo com o senhor; o caso apresentado, de fato, é particular! Só que, veja, a esse respeito, meu caríssimo Rodion Románovitch, convém observar melhor: pois o caso geral, aquele mesmo a que se referem todas as formalidades e normas jurídicas, que elas tomam como base e a partir do qual elas foram calculadas e inscritas nos livros, esse caso geral não existe absolutamente, pelo simples fato de que qualquer caso, qualquer, mesmo, por exemplo, um crime, assim que ele ocorre na realidade, logo é tratado como um caso absolutamente particular; e às vezes, senhor, é mesmo algo como nunca se viu nada parecido antes. Às vezes, nesse terreno, ocorrem os casos mais cômicos. Pois bem, e se eu resolver deixar certo cavalheiro completamente sozinho? E se eu não o apanhar nem o incomodar e deixar que ele saiba, ou pelo menos desconfie, que, em cada hora, em cada minuto, eu sei de tudo, e sei até o fundo, e que eu estou seguindo seus passos, eu o vigio de modo incansável, e que, de propósito, eu o mantenho eternamente desconfiado e com medo, pois assim, eu juro, a cabeça dele vai começar a rodar, palavra, e ele mesmo virá se entregar, talvez até apresente alguma coisa que se pareça com dois mais dois são quatro, algo que, por assim dizer, tenha um aspecto matemático... o que vai ser até uma gentileza, senhor. Isso pode dar certo até com um mujique rústico, e dá mais certo ainda com um irmão nosso, um homem de perfeita inteligência, até evoluído em certo aspecto, e já faz tempo que isso dá certo! Porque, meu querido, é da maior importância entender em que aspecto uma pessoa é evoluída. Entretanto, e os nervos, senhor, e os nervos, o senhor parece que se esqueceu dos nervos! Pois hoje em dia todo mundo anda doente, magro, nervoso!... E a amargura, quanta amargura há em todos eles! Pois eu vou lhe dizer uma coisa: conforme o caso, isso é uma verdadeira mina de ouro para nós, senhor! E, para mim, qual é a preocupação, se ele anda à solta pela cidade? Deixe que ele passeie à vontade, por enquanto, deixe; de todo jeito, eu sei que ele é a minha pequenina presa e não tem para onde fugir de mim! Além do mais, para onde ele iria fugir? He-he! Para o exterior, será? Um polonês foge para o exterior, mas não *ele*, ainda mais porque eu estou de olho nele e tomei algumas providências. Quem sabe ele vai fugir para os confins do nosso país? Mas é lá que vivem os mujiques, os verdadeiros russos rústicos; pois bem, o homem contemporâneo e instruído prefere a prisão a viver entre essa espécie de estrangeiros que são os nossos mujiques, he-he! Mas tudo isso é bobagem, é só conversa. O que quer dizer: ele vai fugir? É uma frase feita; o principal não é isso; não é só porque não tem para onde fugir que ele não vai escapar de mim: ele não vai escapar de mim *psicologicamente*, he-he! Mas que expressãozinha, essa! É por causa de uma lei da natureza que ele não vai escapar de mim, mesmo que tenha para onde fugir. O senhor já viu uma mariposa diante da vela? Pois bem, é assim que ele vai ficar o tempo todo, vai ficar sempre em volta de mim, como se rodasse em torno da vela; a liberdade não vai ter mais graça, ele vai andar taciturno, vai ficar tolhido, emaranhado em si mesmo, como dentro de uma rede, vai ficar mortalmente angustiado!... Mais que isso: ele mesmo vai me trazer alguma coisinha matemática, do tipo dois e dois são quatro, ele mesmo vai preparar... basta que eu dê a ele um intervalo mais longo, entre um ato e outro... Ele vai ficar o tempo todo, o tempo todo, dando voltas em redor de mim, em círculos cada vez menores... e... pronto! Vai vir voando direto para dentro da minha boca, eu vou engolir, e isso, meu senhor, já vai ser uma grande gentileza, he-he-he! O senhor não acredita?

Raskólnikov não respondeu, estava pálido, imóvel, e olhava o tempo todo, com a mesma tensão, para o rosto de Porfíri.

"É uma boa lição!", pensou ele, gelando. "Já nem é mais o gato e o rato, como ontem. E ele nem está mais ostentando inutilmente sua força para mim... nem faz insinuações: é inteligente demais para isso! O objetivo aqui é outro: qual será? Ah, é bobagem querer me assustar e usar esses ardis! Você não tem provas e aquele homem de ontem não existe! Você está simplesmente querendo me deixar perturbado, quer me irritar, antes de qualquer coisa, e, nessa situação, dar cabo de mim, só que você está mentindo, está enrolando, enrolando! Mas para quê, para que me fazer insinuações a esse ponto?... Será que está contando com os meus nervos doentes?... Não, irmão, você está mentindo, enrolando, por mais que tenha também alguma coisa planejada... Bem, vamos ver o que foi que você planejou."

E Raskólnikov se controlou com todas as suas forças, preparando-se para uma catástrofe terrível e nunca vista. De vez em quando, lhe dava uma vontade de pular no pescoço de Porfíri e esganá-lo, ali mesmo. Já na hora em que entrou, tinha receio daquele rancor. Sentia que os lábios ressecavam, o coração martelava, uma espuma se coagulava nos lábios. Mesmo assim, tinha decidido manter-se calado e não falar nada, por enquanto. Compreendeu que era a melhor tática, em sua situação, porque não só ele não ia falar como, por outro lado, ia irritar o inimigo com seu silêncio e, talvez, o outro ainda deixaria escapar alguma coisa. Pelo menos, era o que Raskólnikov esperava.

— Não, o senhor não acredita, eu estou vendo, o senhor está sempre achando que eu faço brincadeirinhas inocentes com o senhor — prosseguiu Porfíri, cada vez mais alegre e, o tempo todo, dava risadinhas de contentamento, enquanto recomeçava a andar em círculos pela sala. — Claro, nisso o senhor tem razão; Deus compôs a minha figura de tal maneira que ela só desperta nos outros ideias cômicas; um *bouffon*,[6] senhor; mas olhe aqui o que eu vou lhe dizer: de novo eu repito que o senhor, meu caro Rodion Románovitch… e desculpe este velho por dizer isso… o senhor ainda é jovem, por assim dizer, na flor da mocidade, e por isso valoriza, acima de tudo, a inteligência humana, como faz toda a juventude. A agudeza espirituosa da inteligência e os argumentos abstratos do intelecto seduzem o senhor. Igualzinho ao antigo *hofkriegsrat*[7] austríaco, por exemplo, até onde posso avaliar os eventos militares: no papel, eles destruíram Napoleão e o fizeram prisioneiro, mas isso eles calcularam e executaram só lá dentro de seus gabinetes, porque, quando a gente vai ver, lá está o tal general Mack que se rende, junto com todo seu exército, he-he-he! Eu estou vendo, estou vendo, meu caro Rodion Románovitch, o senhor ri de mim, porque eu, um civil, estou sempre querendo usar uns exemplozinhos retirados da história militar. Mas o que fazer, é o meu ponto fraco, eu adoro assuntos militares, e adoro ler esses relatórios militares… decididamente, eu escolhi a carreira errada. Devia ter entrado no exército, é sério, senhor. Quem sabe, eu podia não ser um Napoleão, mas um major eu seria, he-he-he! Muito bem, então agora, meu querido, vou lhe contar em detalhes toda a verdade acerca do que vem a ser *este caso particular*: a realidade e a natureza da pessoa, meu ilustre senhor, são muito importantes e às vezes fazem em pedaços os cálculos mais sagazes! Ah, escute este velho, estou falando sério, Rodion Románovitch. — Ao dizer isso, Porfíri Petróvitch, que mal fizera trinta e cinco anos, pareceu, de fato, envelhecer repentinamente: até a voz mudou e todo ele se pôs um tanto recurvado. — Além do mais, eu sou uma pessoa franca, senhor… Sou ou não sou uma pessoa franca? O que o senhor acha? Parece que sou inteiramente franco: estou comunicando essas coisas ao senhor

6 Francês: "bufão". 7 Conselho de guerra do Sacro Império Romano-Germânico, da dinastia dos Habsburgo, com sede em Viena. O trecho faz referência às circunstâncias da batalha de Ulm, em 1805. O episódio foi descrito no início do romance *Guerra e paz*, de Liev Tolstói, que vinha sendo publicado na revista *Mensageiro Russo*, a mesma que, no mesmo ano de 1866, publicava em partes o romance *Crime e castigo*.

de graça, não cobro nenhuma remuneração, he-he! Muito bem, então veja, senhor, vou prosseguir: a meu ver, a inteligência é mesmo uma coisa formidável, senhor; é, por assim dizer, o ornamento da natureza e o consolo da vida e, pelo visto, é capaz de armar tais truques que, às vezes, parecem indecifráveis para um pobre juiz de instrução qualquer, que além do mais anda todo entusiasmado com suas fantasias, o que sempre acontece, porque, afinal de contas, ele também é um ser humano, senhor! E é justamente a tal da índole pessoal que vem salvar o pobre juiz de instrução, essa é a desgraça, senhor! Mas a juventude, seduzida pela inteligência, não está nem pensando nisso, quando "atravessa todas as barreiras" (como o senhor se permitiu se expressar, de modo espirituoso e astuto). Vamos supor que ele, o tal, está mentindo, aquela pessoa do nosso *caso particular*, o tal *incógnito*, senhor, e ele mente de modo brilhante, com a máxima astúcia; isso também parece ser um triunfo e ele se delicia com os frutos de seu espírito sagaz, mas ele vai e... Zás! Ali, no lugar mais interessante, mais escandaloso, cai desmaiado. Vamos supor que seja uma doença, de vez em quando acontece de as pessoas se sentirem sufocadas em salas fechadas, mas mesmo assim! Mesmo assim: bate uma ideia! Ele mentiu de forma incomparável, mas não foi capaz de levar em conta a tal da índole pessoal. E lá se foi embora toda a astúcia, senhor! De outra vez, empolgado com a própria sagacidade, começa a fazer de bobo um homem que desconfia dele, empalidece como se fosse de propósito, como se fosse um jogo, e empalidece de *forma até natural demais*, de um jeito semelhante demais à verdade, e aí, de novo, bate a mesma ideia! Mesmo que tenha se deixado enganar na primeira vez, de noite, ele fica pensando se não cometeu um pequeno erro. E, então, a cada passo vai ser assim, senhor! E mais: ele começa a correr sempre para a frente, começa a se meter onde não é chamado, começa a falar o tempo todo aquilo que não deve, ou, ao contrário, ele se cala, ou formula diversas alegorias, he-he! Ele mesmo vem e começa a perguntar: por que diabos estão demorando tanto a me prender? He-he-he! Pois isso pode acontecer com a pessoa mais sagaz do mundo, um psicólogo e um literato, senhor! A índole é um espelho, senhor, e o espelho mais transparente! Olhe para o espelho e se admire: aí está, senhor! Mas por que o senhor ficou tão pálido, Rodion Románovitch? O senhor está se sentindo sufocado, quer que abra a janelinha?

— Ah, não se preocupe, por favor — gritou Raskólnikov e, de repente, deu uma gargalhada. — Por favor, não se preocupe!

Porfíri parou na frente dele, esperou um pouco e, de súbito, também riu junto. Raskólnikov levantou-se do sofá e, bruscamente, cortou sua risada, que mais parecia um ataque epiléptico.

— Porfíri Petróvitch! — exclamou em alto e bom som, embora mal conseguisse se aguentar sobre as pernas bambas. — Enfim, eu estou vendo com clareza que o senhor, positivamente, suspeita que eu seja o assassino daquela velha e de sua irmã, Lizavieta. De minha parte, aviso ao senhor que já faz tempo que eu estou farto de tudo isso. Se o senhor acha que tem o direito de me vigiar legalmente, que me vigie; se tem o direito de me prender, que me prenda, então. Mas rir da minha cara e me torturar, isso eu não vou permitir.

De repente, os lábios começaram a tremer, os olhos se incendiaram de fúria e a voz, até então contida, explodiu.

— Eu não vou permitir, senhor! — gritou, de súbito, batendo com toda a força o punho na mesa. — Escute bem isto, sr. Porfíri Petróvitch! Eu não vou permitir!

— Ah, cavalheiro, mas o que é isso? De novo? — exclamou Porfíri Petróvitch, que parecia tomado pelo susto. — Meu caro! Rodion Románovitch! Meu queridíssimo! Pai! O que deu no senhor?

— Não vou permitir! — quis gritar Raskólnikov, mais uma vez.

— Meu caro, mais baixo! Assim vão escutar, vão vir aqui! E aí o que vamos dizer para eles, pense bem! — sussurrou Porfíri Petróvitch, horrorizado, aproximando seu rosto ao rosto de Raskólnikov.

— Não vou permitir, não vou permitir! — repetiu Raskólnikov mecanicamente, mas, de súbito, também num sussurro.

Ligeiro, Porfíri virou-se e apressou-se em abrir a janela.

— Vamos deixar que entre um ar fresco! E uma aguinha para o senhor, meu querido, tome um golinho, pois isto é um surto, senhor! — E precipitou-se para a porta a fim de pedir que trouxessem água, mas ali mesmo, no canto, bem a calhar, havia uma jarra de água.

— Meu caro, tome um golinho — sussurrava, enquanto corria para ele, com a jarra na mão. — Pode ser que ajude… — O susto e a própria solidariedade de Porfíri Petróvitch eram tão naturais que Raskólnikov se calou e se pôs a observá-lo com uma curiosidade desenfreada. Entretanto, não aceitou a água.

— Rodion Románovitch! Meu amigo! Desse jeito o senhor vai acabar ficando louco, garanto ao senhor, he-he! Ah! Beba aqui! Vamos, beba pelo menos um pouquinho!

Assim, ele o forçou a pegar o copo de água na mão. Mecanicamente, Raskólnikov fez menção de levar o copo aos lábios, porém, como se despertasse, colocou-o na mesa, com repulsa.

— Sim, senhor, sofremos um surto! Portanto, meu querido, o senhor teve uma recaída em sua antiga doença. — Porfíri Petróvitch tagarelava com uma solidariedade amiga, porém sempre com ar um tanto desnorteado. — Meu Deus! Como é que o senhor não se trata? Veja, o Dmítri Prokófitch veio ontem falar comigo... Eu concordo, eu concordo, senhor, tenho mesmo uma índole cáustica, detestável, e foi isso o que ele concluiu!... Meu Deus! Ele veio ontem, depois do senhor, almoçamos, ele falou um bocado, eu apenas abria os braços; bem, eu acho... ah, meu Deus! Será que ele veio aqui a pedido do senhor? Mas sente-se, meu caro, por favor, sente-se, em nome de Cristo!

— Não, ele não veio a meu pedido! Mas eu sabia que ele vinha e por que vinha — respondeu Raskólnikov, ríspido.

— Sabia?

— Sabia. Mas o que tem isso demais?

— O que tem, meu caro Rodion Románovitch, é que eu sei de mais umas tantas proezas do senhor; eu estou sabendo de tudo, senhor! Pois eu sei que o senhor andou atrás de *um apartamento para alugar*, e fez isso no meio da noite, quando já estava escuro, e ficou tocando a campainha da porta, e perguntou sobre o sangue, e deixou os operários e os porteiros sem entender nada. Pois eu compreendo o estado de espírito do senhor, naquele momento... mas, afinal, desse jeito o senhor vai simplesmente acabar ficando louco, eu juro, senhor! Sua cabeça não vai aguentar! Essa indignação dentro do senhor já está fervendo demais, um sentimento nobre, por causa das ofensas recebidas, primeiro do destino e depois dos policiais, e então lá vai o senhor andando para um lado e para outro, para, por assim dizer, obrigar que todas as pessoas falem logo de uma vez e para, desse jeito, acabar com essa história, de uma vez por todas, porque essas bobagens, todas essas suspeitas, já encheram a paciência do senhor. Não é isso? Não adivinhei o seu estado de espírito, senhor?... Só que, desse jeito, o senhor vai deixar louco não só a si mesmo, mas também ao Razumíkhin e a mim; pois ele é um homem *bom* demais para isso, o senhor sabe. O senhor tem lá essa doença, mas ele possui a bondade, e essa doença é contagiosa para ele... Eu, meu caro, quando o senhor ficar mais calmo, vou lhe contar... sim, sente-se aí, meu caro, em nome de Cristo! Por favor, repouse, seu rosto está sem cor; vamos, sente-se aí.

Raskólnikov sentou-se; seu tremor estava passando e um calor se espalhava por todo o corpo. Em profunda perplexidade, tenso, ele escutava o assustado e amigável Porfíri Petróvitch, que o cercava de cuidados. Só que Raskólnikov não acreditava em nenhuma de suas palavras, embora sentisse uma estranha espécie de propensão para acreditar. As inesperadas palavras de Porfíri sobre o apartamento o deixaram absolutamente impressionado. "Mas como assim? Quer dizer que ele sabe do apartamento?", lhe veio, de repente, a ideia. "E é ele mesmo que me conta isso!"

— Sim, senhor, em nossa prática judicial, já houve um caso quase idêntico, psicológico, um caso doentio como este — continuou Porfíri, falando depressa. — Um sujeito também acusou em falso a si mesmo, de assassinato, e ele fez de tudo para se acusar: armou uma verdadeira alucinação, apresentou fatos, contou as circunstâncias, confundiu, deixou todo mundo tonto, e para quê? Ele mesmo, sem a menor premeditação, foi em parte a causa do homicídio, mas só em parte, e quando soube que tinha fornecido a ocasião aos assassinos, o homem caiu num estado de angústia, de estupefação, começou a imaginar coisas e enlouqueceu de vez, convenceu a si mesmo de que ele era o tal assassino! Até que, enfim, o Senado Dirigente[8] analisou o caso e o infeliz foi absolvido e encaminhado para os devidos cuidados. Muito obrigado ao Senado Dirigente! Ora, veja só, ai-ai-ai! O que acha disso, meu caro? Desse jeito, pode-se até pegar uma febre; quando essas fantasias aparecem, deixam os nervos exasperados e aí a pessoa sai por aí de noite tocando a campainha das portas e fazendo perguntas sobre o sangue! Pois eu estudei toda essa psicologia na prática, senhor. Desse jeito, às vezes, a pessoa acaba querendo se jogar pela janela ou então do alto de um campanário, e olhe que essa sensação é bastante sedutora. É o mesmo caso da campainha da porta, senhor... É uma doença, Rodion Románovitch, uma doença! O senhor subestimou demais sua doença. Se tivesse consultado um médico experiente, em vez daquele seu gorducho, lá!... O senhor tem delírios! Tudo isso que se passa com o senhor é um simples delírio!...

Por um instante, tudo pareceu rodar em volta de Raskólnikov.

"Será, será", passou ligeiro por sua cabeça, "será que ele está mentindo também agora? Não é possível, não é possível!" Ele repelia esse pensamento,

8 Órgão de Estado criado pelo tsar Pedro, o Grande, em 1711.

pressentindo a que grau de fúria e de ira aquilo poderia arrastá-lo, e sentindo também que poderia enlouquecer de tanta fúria.

— Não foi um delírio, eu estava consciente! — gritou, reunindo todas as forças de seu intelecto, para entrar no jogo de Porfíri. — Estava consciente, consciente! O senhor está escutando?

— Sim, eu entendo e estou escutando, senhor! Ontem, o senhor também disse que não estava delirando e até enfatizou, em especial, que não estava delirando! Eu entendo tudo o que o senhor é capaz de dizer! He-he!... Sim, escute, Rodion Románovitch, meu benfeitor, leve em conta pelo menos a seguinte circunstância. Pois, veja, se o senhor fosse de fato, na realidade, um criminoso ou se estivesse, de alguma forma, envolvido nesse maldito caso, ora, por favor, o senhor acha que viria aqui enfatizar, o senhor mesmo, que não foi um delírio e que, ao contrário, fez tudo aquilo em perfeita consciência? E ainda mais para enfatizar desta maneira, com tanta obstinação... ora, seria possível, seria mesmo possível? Faça-me o favor. Pois a meu ver se trata exatamente do contrário. Afinal, se o senhor sentisse que havia algo contra o senhor, deveria justamente enfatizar, e a todo custo, que foi um delírio! Não é isso? Não é assim?

Algo dissimulado transparecia naquela pergunta. Raskólnikov se encolheu contra o encosto do sofá, diante de Porfíri, agora já debruçado sobre ele, e em silêncio, em dúvida, ficou olhando em cheio para o juiz de instrução.

— Ou então, veja só, a respeito do sr. Razumíkhin, a respeito de ele ter vindo, ontem, falar comigo por conta própria ou, às escondidas, instigado pelo senhor! Pois o senhor deveria, justamente, dizer que ele veio por conta própria e esconder que fez isso por instigação sua! Só que o senhor não está escondendo! O senhor, justamente, enfatiza que foi por instigação sua!

Raskólnikov nunca enfatizou nada daquilo. Um frio percorreu suas costas.

— O senhor mente o tempo todo — falou devagar e com voz fraca, os lábios retorcidos num sorriso doentio. — O senhor está querendo me mostrar, de novo, que conhece todo o meu jogo, que já sabe por antecipação todas as minhas respostas — disse Raskólnikov, quase sentindo, ele mesmo, que já não estava mais medindo as palavras como devia. — O senhor quer me assustar... ou está meramente zombando de mim...

Ao dizer isso, continuava a olhar em cheio para Porfíri e, de repente, uma raiva sem limites faiscou em seus olhos.

— O senhor mente o tempo todo! — gritou. — O senhor mesmo sabe muito bem que a melhor estratégia para um criminoso é não esconder aquilo que ele não precisa esconder. Eu não acredito no senhor!

— Puxa, mas como o senhor é arisco! — Porfíri deu uma risadinha. — É, meu caro, não se consegue mesmo nada com o senhor; uma espécie de monomania se entranhou dentro do senhor. Então, não acredita em mim? Pois eu lhe digo que o senhor acredita sim, e que o senhor acreditou já em um quarto de *archin* do que eu disse, e eu vou fazer o senhor acreditar num *archin* inteiro, porque, na verdade, eu gosto do senhor e desejo sinceramente o seu bem.

Os lábios de Raskólnikov começaram a tremer.

— Sim, senhor, eu desejo isso mesmo, e eu digo ao senhor, definitivamente — prosseguiu e, de leve, num gesto amigável, pegou no braço de Raskólnikov, um pouco acima do cotovelo. — Digo ao senhor, definitivamente; cuide da sua doença. Além do mais, sua família veio agora ao seu encontro; pense nelas. O senhor deveria lhes dar tranquilidade e carinho, mas só faz assustá-las...

— O que o senhor tem a ver com isso? Como sabe disso? Que interesse o senhor tem? Quer dizer que anda me seguindo e quer me mostrar isso, não é?

— Meu caro! Afinal de contas, foi pelo senhor, pelo senhor mesmo, que eu fiquei sabendo de tudo! O senhor, em sua perturbação, nem percebe que toma a frente e acaba contando tudo para mim e para os outros, também. Ontem, pelo sr. Razumíkhin, o Dmítri Prokófitch, eu também soube de muita coisa interessante. Não, por favor, o senhor me interrompeu, mas eu vou lhe dizer que, nesse seu estado doentio, mesmo com toda sua sagacidade, o senhor acabou perdendo até a sã compreensão das coisas. Veja, por exemplo, vamos tomar de novo aquele mesmo tema, a respeito da campainha da porta: sim, isso é uma verdadeira preciosidade, um fato e tanto (isso é o que se pode chamar de um fato!), e fui eu que lhe dei isso de presente, de mão beijada, logo eu, o juiz de instrução! E, nisso, o senhor não enxerga nada? Pois se eu suspeitasse do senhor, mesmo que só um pouquinho, eu deveria agir desse modo? Eu deveria, ao contrário, primeiro entorpecer as suas desconfianças e não dar o menor sinal de que já estou a par desse fato; distrair o senhor e, desse modo, desviá-lo para a direção oposta e aí, de repente, como um golpe certeiro com as costas do machado na nuca (segundo a expressão que o senhor mesmo empregou), dizer de surpresa: "Pois então, meu caro, quer dizer que o senhor, depois das dez horas da noite, quase às onze, se permitiu fazer uma visita ao apartamento da mulher que foi assassinada? E por que ficou tocando a campainha da porta? Por que ficou perguntando sobre o sangue? Para que incomodou os porteiros e os chamou para ir à delegacia e para procurar o guarda do quarteirão?". Era assim que eu deveria agir, se tivesse ao menos um pingo de suspeita do senhor. Eu deveria, seguindo todo o protocolo, tomar o seu depoimento, mandar fazer uma busca e, talvez, até, prender o senhor... Portanto, eu não nutro suspeitas do senhor, senão eu teria agido de outro modo! E o senhor perdeu a sã compreensão das coisas e não está entendendo mais nada, eu repito, senhor!

O corpo inteiro de Raskólnikov estremeceu de tal modo que Porfíri Petróvitch notou, e com toda a clareza.

— O senhor mente o tempo todo! — gritou. — Não sei quais são os seus objetivos, mas o senhor mente o tempo todo... Agora há pouco, o senhor falou num sentido muito diferente, eu não posso estar enganado... o senhor está mentindo!

— Eu estou mentindo? — emendou Porfíri, visivelmente exaltado, mas ainda conservando o mesmo aspecto alegre e zombeteiro e, ao que parecia, não estava nem um pouco alarmado com a opinião que o sr. Raskólnikov pudesse ter dele. — Quer dizer que eu estou mentindo?... Muito bem, mas então como é que eu, agora há pouco, agi deste jeito com o senhor (eu, o juiz de instrução!), sugerindo e fornecendo, eu mesmo, todos os meios para a sua defesa, montando para o senhor toda essa psicologia: "A doença, sabe, o delírio, o sentimento de ofensa, a melancolia e também os guardas" etc. etc.? Hein? He-he-he! Se bem que, de resto, por falar nisso, todos esses recursos psicológicos para a defesa, os pretextos para a fuga, são extremamente frouxos, além de terem dois lados: "A doença, o delírio, me vieram umas alucinações, eu não lembro". Tudo isso está muito bem, de fato, mas por que, então, meu caro, nessa doença e nesse delírio, surgiram justamente essas alucinações e não outras? Pois poderiam vir outras, não é, senhor? Não é mesmo? He-he-he-he!

Raskólnikov olhou bem para ele, com desprezo e orgulho.

— Em suma — falou alto e insistente, levantando-se e, com isso, esbarrou de leve em Porfíri. — Em suma, eu quero saber: o senhor admite que eu estou definitivamente livre de suspeitas ou *não*? Diga, Porfíri Petróvitch, diga em termos categóricos, e rápido, já!

— Puxa, mas que missão difícil! Que missão mais difícil, essa nossa! — gritou Porfíri, com ar absolutamente alegre, ardiloso e nem um pouco alarmado. — Certo, mas então para que o senhor quer saber, para que o senhor quer saber tanta coisa, se ainda nem começaram a incomodar o senhor com nada? Olhe, o senhor é como uma criança: eu quero porque quero pôr a mão no fogo! E, afinal, por que o senhor está tão preocupado? Por que o senhor vem atrás de nós com tantos pedidos, por que razão? Hein? He-he-he!

— Vou repetir para o senhor — gritou Raskólnikov, irado. — Eu não consigo mais suportar...

— O quê, senhor? A incerteza? — cortou Porfíri.

— Não me provoque! Eu não quero!... Estou dizendo ao senhor que não quero!... Não posso e não quero!... Escute! Escute! — gritou, e bateu de novo com o punho cerrado na mesa.

— Mas fale mais baixo, mais baixo! Assim, vão ouvir! Eu estou prevenindo a sério: o senhor deve se tratar. Eu não estou brincando, senhor! — Porfíri falava num sussurro, mas dessa vez, em seu rosto, já não havia a bondade feminina e a expressão assustada de antes; ao contrário, agora ele estava dando uma *ordem* direta, com rigor, de sobrancelhas franzidas, como se destruísse de um só golpe todos os segredos e dubiedades. Mas durou só um instante. Raskólnikov, que estava perplexo, de repente caiu num verdadeiro ataque de fúria; porém, coisa estranha: obedeceu de novo à ordem de falar baixo, embora estivesse num forte paroxismo de furor.

— Eu não vou deixar que me torture! — sussurrou como antes, com dor e com ódio, ao reconhecer de pronto em si mesmo que não conseguia deixar de sujeitar-se à ordem, e esse pensamento só fez aumentar mais ainda seu furor. — Prenda-me, mande dar uma busca, mas trate de agir conforme o protocolo, em vez de ficar brincando comigo! Não se atreva...

— Ora, não se preocupe com o protocolo — cortou Porfíri, com o mesmo sorriso dissimulado de antes, e até pareceu admirar Raskólnikov com prazer. — Meu caro, eu recebi o senhor, agora, como uma pessoa de casa, exatamente como um amigo!

— Eu não quero a sua amizade, eu cuspo nela! Está ouvindo? E olhe aqui: vou pegar meu boné e vou embora. Pronto, agora sim: você vai ou não vai dizer se tem a intenção de me prender?

Apanhou o boné e andou na direção da porta.

— Mas será que o senhor não quer ver a minha surpresinha? — Porfíri deu uma risadinha, segurando de novo seu braço, um pouco acima do cotovelo, e parando junto à porta. Era evidente que estava cada vez mais alegre e jocoso, o que, definitivamente, deixou Raskólnikov fora de si.

— Que surpresinha? O que é isso? — perguntou, parando de repente e olhando para Porfíri, com um susto.

— A minha surpresinha, senhor, está bem aqui, sentada atrás da porta, he-he-he! — Apontou o dedo para a porta fechada, na divisória, que dava para a sua sala oficial. — Eu deixei trancada para que não fugisse.

— O que é? Onde? O quê?... — Raskólnikov até chegou perto da porta e quis abrir, mas estava trancada.

— Está trancada, senhor. Aqui está a chave!

E, de fato, mostrou-lhe uma chave, que tinha retirado do bolso.

— Você está mentindo o tempo todo! — berrou Raskólnikov, já sem se conter. — Está mentindo, seu maldito polichinelo! — E se atirou contra Porfíri, que se retirou na direção da porta, mas sem o menor medo. — Eu estou entendendo tudo, tudo! — E pulou na direção dele. — Você está mentindo e me provocando para que eu acabe me traindo...

— Mas o senhor não pode se trair mais do que já fez, meu caro Rodion Románovitch. Pois o senhor teve um acesso de fúria. Não grite, senão vou chamar os outros, senhor!

— Está mentindo, não vai acontecer nada! Chamar os outros! Você sabia que eu estou doente e queria me deixar exasperado, me levar até um ataque de fúria, para que eu me traísse, esse é o seu objetivo! Não, mostre os fatos! Eu já entendi tudo! Você não tem fatos, só tem as conjecturas inúteis, insignificantes, de Zamiótov!... Você conhece o meu caráter, queria me levar a um surto delirante e depois, de repente, me deixar estupefato, com padres e deputados... Você está à espera deles? Hein? Está esperando o quê? Onde? Mostre!

— Mas que deputados são esses, meu caro? O senhor tem muita imaginação! E também não se pode seguir o protocolo, como o senhor diz; acontece que o senhor, meu estimado, não conhece os trâmites... E além do mais o protocolo não vai fugir de nós, o senhor mesmo está vendo!... — murmurou Porfíri, enquanto escutava por trás da porta.

De fato, naquele momento, junto à porta, do outro lado, pareceu soar alguma coisa.

— Ah, estão vindo! — gritou Raskólnikov. — Você mandou chamar!... Estava esperando por eles! Estava contando com isso... Muito bem, faça entrar todo mundo: deputados, testemunhas, o que quiser... vai logo! Estou pronto! Estou pronto!...

Mas então aconteceu algo estranho, tão inesperado e fora do curso natural das coisas que, certamente, nem Raskólnikov nem Porfíri Petróvitch podiam contar com tal desfecho.

VI

Mais tarde, quando Raskólnikov relembrava aquele momento, tudo se apresentava da seguinte maneira.

O barulho que tinham ouvido atrás da porta, de repente, ficou mais forte, e a porta entreabriu de leve.

— O que é? — gritou Porfíri Petróvitch, contrariado. — Eu tinha avisado...

Por um instante, não veio resposta, mas se percebia que, atrás da porta, havia algumas pessoas e alguém parecia estar sendo empurrado.

— O que é isso aí? — repetiu Porfíri Petróvitch, perturbado.

— Trouxeram o preso, o Nikolai — ouviu-se a voz de alguém.

— Não precisa! Fora! Esperem mais um pouco!... Para que ele se meteu aqui? Que bagunça é essa? — Porfíri começou a gritar, se atirando na direção da porta.

— Mas ele... — a mesma voz recomeçou, porém foi cortada, de repente.

Por dois segundos, não mais que isso, houve uma verdadeira briga; depois, de repente, alguém deu um forte empurrão em uma pessoa e, logo em seguida, um homem muito pálido entrou de chofre na sala de Porfíri Petróvitch.

Ao primeiro olhar, tinha um aspecto muito estranho. Olhava reto, para a frente, mas parecia não enxergar nada. Nos olhos, brilhava uma determinação, mas ao mesmo tempo uma palidez mortal cobria seu rosto, como se estivesse sendo levado para a forca. Os lábios completamente empalidecidos estremeciam de leve.

Ainda era muito jovem, com roupas de gente pobre, estatura mediana, magricela, cabelos tosquiados em forma de círculo, rosto de traços muito finos, como se tivessem secado. Inesperadamente, o homem que ele havia empurrado para passar se precipitou para dentro da sala, no seu encalço, e conseguiu segurá-lo pelo ombro: era um guarda da escolta; só que Nikolai agarrou seu braço e desvencilhou-se dele, mais uma vez.

— Fora daqui, ainda é cedo! Esperem mais um pouco, até eu chamar!... Por que trouxeram o homem antes da hora? — resmungava Porfíri Petróvitch, extremamente irritado, como que fora de si. Mas, de repente, Nikolai se pôs de joelhos. — O que você quer? — gritou Porfíri, desconcertado.

— Eu sou o culpado! O pecado é meu! Eu sou o assassino! — exclamou Nikolai, de repente, parecendo um pouco sufocado, mas em voz bem alta.

Passaram uns dez segundos de silêncio, como se todos estivessem com catalepsia; até o guarda da escolta recuou e não se aproximou mais de Nikolai, recolheu-se mecanicamente para bem junto da porta e se manteve imóvel.

— O que é isso? — gritou Porfíri Petróvitch, saindo do estupor momentâneo.

— Eu... sou o assassino... — repetiu Nikolai, depois de um pingo de silêncio.

— E como... você... como você matou?

Visivelmente, Porfíri Petróvitch estava desconcertado.

Nikolai, de novo, fez um pingo de silêncio.

— A Aliona Ivánovna e a irmã dela, a Lizavieta Ivánovna, eu... matei... com um machado. Me deu uma escuridão na cabeça... — acrescentou, de repente, e ficou em silêncio outra vez. Continuava de joelhos.

Porfíri Petróvitch ficou parado um instante, parecia refletir, mas de repente, mais uma vez, se alvoroçou e acenou com as mãos para as testemunhas presentes, que não tinham sido convidadas. Num piscar de olhos, elas sumiram e a porta foi encostada. Em seguida, Porfíri voltou os olhos para Raskólnikov, que estava de pé no canto, olhando desarvorado para Nikolai, e fez menção de andar na direção dele, porém se deteve, de súbito, olhou bem para Raskólnikov, logo desviou o olhar para Nikolai, depois de novo para Raskólnikov, depois de novo para Nikolai e, de súbito, como se tomado por um fervor, investiu de novo contra Nikolai.

— Por que você está com tanta pressa de falar dessa história de escuridão? — gritou para ele, quase com rancor. — Eu ainda nem perguntei se deu uma escuridão na sua cabeça ou não... Diga: foi você que matou?

— Eu sou o assassino... vou prestar um testemunho... — falou Nikolai.

— Eh! Com o que você matou?

— Com o machado. Eu tenho um guardado.

— Eh, está indo muito depressa! Sozinho?

Nikolai não entendeu a pergunta.

— Você matou sozinho?

— Sozinho. O Mitka é inocente, não participou de nada.

— Ei, não tenha tanta pressa em falar do Mitka, hein? E-eh! Muito bem, e como foi que você, então, desceu correndo pela escada? Afinal, os porteiros encontraram vocês dois juntos, não foi?

— Isso eu fiz para despistar... na hora... fugi correndo com o Mitka — respondeu Nikolai, como se tivesse pressa e desse uma resposta já preparada de antemão.

— Certo, então é isso! — gritou Porfíri, com raiva. — Não está falando com suas próprias palavras! — resmungou como se falasse consigo e, de repente, de novo, olhou para Raskólnikov.

Era visível que tinha se empolgado a tal ponto com Nikolai que, por um instante, chegou a esquecer Raskólnikov. Agora, de súbito, se lembrou e ficou até desconcertado...

— Rodion Románovitch, meu caro! Perdoe-me, senhor — e atirou-se em sua direção. — Assim, não é possível; por favor... o senhor não tem nada o que fazer aqui... eu mesmo... o senhor está vendo só quantas surpresas? Por favor, senhor!...

Segurou sua mão e apontou para a porta.

— Parece que o senhor não esperava por isso, não é? — perguntou Raskólnikov, naturalmente sem entender nada com clareza, mas com o ânimo em grande parte já recuperado.

— Sim, e o senhor, meu caro, também não esperava. Puxa, como sua mãozinha está tremendo! He-he!

— Sim, e o senhor também está tremendo, Porfíri Petróvitch.

— Eu também estou tremendo, senhor; eu não esperava!...

Estavam parados na porta. Porfíri aguardava com impaciência que Raskólnikov passasse.

— E a tal surpresinha, então, o senhor não vai me mostrar? — perguntou Raskólnikov, de repente.

— Ele fala, mas, dentro da boca, os dentes ainda estão batendo uns nos outros, he-he! O senhor é um homem irônico! Muito bem, senhor, até logo.

— Para mim, é *adeus*!

— Isso, Deus é que sabe, senhor, Deus é que sabe! — murmurou Porfíri, com um sorriso um tanto retorcido.

Ao passar pela secretaria, Raskólnikov notou que muitos olhavam fixamente para ele. Na entrada, no meio da multidão, ele teve tempo de entrever, de passagem, os dois porteiros *daquele* edifício, os mesmos que ele havia chamado para falar com o guarda, à noite. Estavam de pé, esperando alguma coisa. Porém, assim que Raskólnikov saiu para a escada, ouviu atrás de si, de repente, outra vez, a voz de Porfíri Petróvitch. Virando-se, viu que ele vinha em seu encalço, ofegante.

— Só mais uma palavrinha, sr. Rodion Románovitch; a respeito de toda essa história, seja o que Deus quiser, no entanto, para cumprir o protocolo, eu preciso perguntar ao senhor mais algumas coisas... por isso, ainda nos veremos, não é, senhor?

E Porfíri ficou parado, na frente dele, com um sorriso.

— Não é, senhor? — acrescentou, mais uma vez.

Era possível perceber que Porfíri ainda queria dizer mais alguma coisa, só que, de algum modo, não conseguia falar.

— O senhor, Porfíri Petróvitch, me perdoe pelo que houve agora há pouco... Eu me exaltei — começou Raskólnikov, já perfeitamente restabelecido, a ponto de sentir um desejo irresistível de se exibir.

— Não foi nada, não foi nada, senhor... — retomou Porfíri, quase alegre. — Eu mesmo, senhor, também... Tenho uma índole virulenta, admito, admito! Mas, então, nos veremos, senhor. Se Deus permitir, nos veremos, senhor, e nos veremos muito, muito!...

— E vamos nos conhecer a fundo, um ao outro? — emendou Raskólnikov.

— E vamos nos conhecer a fundo, um ao outro — confirmou Porfíri Petróvitch e, estreitando as pálpebras, olhou para ele com toda a seriedade. — Agora vai ao aniversário, senhor?

— Ao enterro, senhor.

— Ah, é, ao enterro! E cuide dessa sua saúde, a saúde, senhor...

— Mas, quanto a mim, eu nem sei o que desejar ao senhor! — emendou Raskólnikov, que já começava a descer a escada, porém, de repente, virou-se de novo para Porfíri. — Eu poderia lhe desejar grandes êxitos, só que, afinal, veja como o seu trabalho é cômico!

— Mas cômico por quê? — E Porfíri Petróvitch, que também já havia se virado para ir embora, no mesmo instante aguçou os ouvidos.

— Ora essa, veja só esse coitado do Mikolka,[1] que o senhor, imagino, feriu e torturou, psicologicamente, é claro, à sua maneira, até ele confessar; o senhor, imagino, repetiu para ele, dia e noite: "Você é o assassino, você

1 Hipocorístico de Nikolai.

é o assassino…". Muito bem, e agora que ele admitiu, o senhor vai começar, de novo, a moer os ossinhos dele: "Está mentindo, você não é o assassino!", o senhor vai dizer. "Você não pode ser o assassino! Não está falando com suas próprias palavras!" Pois bem, depois de tudo isso, como esse trabalho pode não ser cômico?

— He-he-he! Mas então o senhor percebeu que, agora há pouco, eu disse para o Nikolai que ele não estava falando "com suas próprias palavras"?

— E como não ia perceber?

— He-he! O senhor é mesmo sagaz, muito sagaz! Percebe tudo! Uma inteligência realmente espirituosa, senhor! E capta aquela nota mais cômica… he-he! Mas, afinal, entre os escritores, pelo que dizem, não foi no Gógol que essa característica alcançou o mais alto grau?

— Sim, foi no Gógol.

— Sim, senhor, o Gógol… Até a próxima, foi um grande prazer.

— Até a próxima, o prazer foi todo meu…

Raskólnikov foi direto para casa. Estava a tal ponto abatido e perturbado que, assim que chegou em casa, jogou-se no sofá e ficou quinze minutos apenas descansando e tentando, por pouco que fosse, pôr os pensamentos em ordem. Sobre Nikolai, ele nem tentou refletir: sentia que estava desnorteado; sentia que havia algo inexplicável, surpreendente, na confissão de Nikolai e que agora ele não tinha nem como começar a entender. Porém a confissão de Nikolai era um fato real. As consequências daquele fato logo se tornaram claras para ele: a mentira não podia deixar de ser desmascarada e, então, eles viriam de novo correndo atrás de Raskólnikov. Porém, pelo menos por enquanto, ele estava livre e precisava, a todo custo, fazer algo em favor de si mesmo, pois o perigo era inevitável.

No entanto, em que grau? A situação começava a ficar clara. Ao lembrar, *em esboço*, em linhas gerais, toda a cena com Porfíri, Raskólnikov não conseguiu, mais uma vez, evitar um calafrio de horror. Naturalmente, ainda não conhecia todos os objetivos de Porfíri, não era capaz de apreender todos os cálculos dele. Mas uma parte do jogo foi desmascarada e, é claro, ninguém podia entender melhor do que o próprio Raskólnikov como era assustadora, para ele, aquela "manobra" no jogo de Porfíri. Mais um pouco e ele *poderia* ter se traído por completo e, dessa vez, já de fato. Conhecendo a natureza doentia da personalidade de Raskólnikov e tendo compreendido e enxergado, desde o primeiro olhar, o que havia dentro dele, Porfíri agia de modo quase seguro, até com excessiva determinação. Não havia o que discutir: Raskólnikov, pouco antes, já havia conseguido se comprometer demais, porém ele ainda não tinha chegado aos *fatos*; tudo aquilo ainda era apenas relativo. Mas será que assim, apesar dos pesares, ele agora estava compreendendo tudo? Será que não estava enganado? Que resultado, exatamente, Porfíri estava buscando hoje? Será que hoje, na verdade, ele tinha mesmo algo planejado? E o que era, exatamente? Será que ele, na verdade, estava mesmo esperando alguma coisa, ou não? De que modo os dois teriam se despedido, hoje, se não tivesse ocorrido a inesperada catástrofe causada por Nikolai?

Porfíri mostrou quase todo seu jogo; arriscou-se, é claro, mas mostrou, e (era sempre essa a impressão de Raskólnikov) se Porfíri tivesse, na realidade, algo mais, também teria mostrado. O que era a tal "surpresa"? Seria só uma brincadeira? Tinha alguma importância ou não? Será que, por trás daquilo, podia se esconder algo mais parecido com um fato, com uma incriminação positiva? O homem da véspera? Onde ele teria se metido? Onde estava agora? Afinal, se Porfíri tinha na manga alguma coisa de positivo, claro que se tratava de algo relacionado a tal homem do dia anterior...

Raskólnikov continuava sentado no sofá, de cabeça baixa, os cotovelos apoiados nos joelhos, o rosto coberto pelas mãos. O tremor nervoso ainda perdurava em todo seu corpo. Enfim, levantou-se, pegou o boné, pensou um pouco e se dirigiu para a porta.

Pressentia, de algum modo, que pelo menos nesse dia, era quase certo, ele podia se considerar a salvo. De repente, sentiu quase uma alegria no coração: veio a vontade de ir, o quanto antes, à casa de Katierina Ivánovna. Claro que estava atrasado demais para o enterro, mas ia chegar a tempo para a refeição em memória do morto e lá, dali a pouco, veria Sônia.

Parou, pensou um instante e um sorriso doentio irrompeu em seus lábios.

— É hoje! É hoje! — repetiu consigo. — Sim, é hoje! Assim deve ser...

Quando Raskólnikov foi abrir a porta, de súbito, ela começou a abrir sozinha. Ele estremeceu e recuou. Devagar, em silêncio, a porta abriu e, de repente, surgiu a figura... do homem da véspera, o tal que veio *do fundo da terra*.

O homem parou na soleira, olhou bem para Raskólnikov e deu um passo para dentro do quarto. Estava exatamente como na véspera, a mesma aparência, a mesma roupa, mas no rosto e no olhar ocorrera uma forte mudança: agora, ele parecia um tanto entristecido e, depois de se deter um momento, deu um suspiro profundo. Faltou apenas pôr a palma da mão no rosto e inclinar a cabeça para o lado, para ficar exatamente igual a uma mulher.

— O que o senhor deseja? — perguntou Raskólnikov, estarrecido.

O homem se manteve calado e, de repente, curvou-se muito para a frente, numa reverência, quase tocando o chão. Na verdade, chegou a encostar no chão um dedo da mão direita.

— O que o senhor deseja? — gritou Raskólnikov.

— Desculpe — o homem falou baixo.

— Pelo quê?

— Pelos maus pensamentos.

Os dois ficaram se olhando.

— Achei um insulto — prosseguiu ele. — Como o senhor calhou de aparecer lá, quem sabe embriagado, e ainda chamou o porteiro e o guarda, e tinha perguntado sobre o sangue, eu achei um insulto que eles deixassem tudo isso de lado e tomassem o senhor por um bêbado qualquer. Achei um insulto tão grande que perdi o sono. E, como eu lembrava o endereço, ontem nós viemos aqui e perguntamos...

— Quem veio aqui? — cortou Raskólnikov e, na mesma hora, começou a lembrar.

— Eu. Quer dizer, fui eu. Fui eu que ofendi o senhor.

— Então, o senhor mora naquele edifício?

— Sou de lá, sim, e estava com eles no portão, ou o senhor esqueceu? Eu tenho lá a minha oficina, desde que me entendo por gente. Eu trabalho com peles, sou um pequeno-burguês, faço o meu trabalho em casa... por isso, mais ainda, eu achei um insulto...

De repente, Raskólnikov lembrou-se com clareza de toda a cena de três dias antes, junto ao portão; recordou que, além do porteiro, estavam ali também mais alguns homens e mulheres. Recordou-se de uma voz que sugeria levá-lo direto para a delegacia. Não conseguia lembrar-se do rosto da pessoa e, até aquele momento, não estava reconhecendo, mas lhe veio a lembrança de que, na hora, ele chegou a virar para o homem e dar uma resposta...

E foi assim, portanto, que acabou se esclarecendo todo o horror da véspera. E o mais horrível era pensar que por muito pouco ele não tinha sido aniquilado, e aniquilado por uma circunstância tão *insignificante*. Portanto, exceto pela questão do aluguel do apartamento e da conversa sobre o sangue, aquele homem não pode contar mais nada. Portanto, Porfíri também não tem nada, nada, senão aquele *delírio*, nenhum fato, senão a *psicologia*, que tem *dois lados*, nada de positivo. Portanto, se não surgir mais nenhum fato (e agora os fatos não devem mais aparecer, não devem, não devem!), então... então o que vão poder fazer contra ele? Com o que vão poder incriminá-lo em definitivo, mesmo que o prendam? Portanto, o Porfíri só agora, só agora soube do apartamento: antes, não sabia.

— O senhor contou hoje para o Porfíri... que eu fui lá? — exclamou, impressionado com aquela ideia repentina.

— Que Porfíri?

— O juiz de instrução.

— Contei. Os porteiros não foram, mas eu fui.

— Hoje?

— Estive lá um minutinho antes do senhor. E escutei tudo, tudo, como ele martirizou o senhor.

— Onde? O quê? Quando?

— Ali mesmo, atrás da divisória, fiquei ali o tempo todo.

— Como? Então o senhor era a tal surpresa? Mas como foi que isso pôde acontecer? Por favor!

— Quando eu vi que os porteiros não queriam ir à delegacia e atender o meu apelo — disse o pequeno-burguês —, porque, diziam eles, já era tarde e talvez ficassem até zangados de alguém chegar numa hora como aquela, eu achei um insulto, perdi o sono e comecei a investigar. Ontem eu fiquei sabendo e hoje fui lá. Primeiro eu cheguei e ele não estava. Voltei uma hora depois e não me receberam, mas na terceira vez me deixaram entrar. Comecei a relatar tudo para ele, como foi que aconteceu, ele ficou andando ligeiro pela sala, aos pulinhos, batia com o punho no peito: "O que vocês estão fazendo comigo, seus bandidos?", ele dizia. "Se eu soubesse disso antes, exigiria que o trouxessem escoltado até aqui!" Depois saiu depressa, chamou alguém e ficou num canto, conversando, e depois voltou para mim e começou a perguntar e praguejar. Imprecava muito; eu o deixei a par de tudo e disse que o senhor, ontem, não se atreveu a responder minhas palavras e que o senhor não tinha me reconhecido. Aí ele recomeçou a correr pela sala, sempre batendo com o punho no peito, e se irritava e corria e aí, quando avisaram que o senhor tinha chegado... Muito bem, disse ele, se esconda atrás da divisória, fique lá sentado, sem se mexer, para que ele não escute nada, e ele mesmo levou uma cadeira para mim e me trancou; pode ser que eu faça umas perguntas para você depois, disse ele. E quando trouxeram o Nikolai, e depois você saiu, aí ele me soltou: Eu ainda vou chamar você aqui e fazer umas perguntas, disse ele...

— E ele interrogou o Nikolai na sua frente?

— Assim que o senhor saiu, ele mandou que eu também saísse, e aí começou a interrogar o Nikolai.

O pequeno-burguês se deteve e, de repente, curvou-se de novo e tocou o dedo no chão.

— Perdão pela calúnia e pelo rancor.

— Deus vai perdoar — respondeu Raskólnikov e, assim que falou isso, o homem curvou-se, mas dessa vez só até a cintura, não tocou o chão, virou-se devagar e saiu do quarto. "Tudo tem dois lados, agora tudo tem dois lados", afirmou Raskólnikov e saiu do quarto, mais animado do que nunca.

"Agora, vamos continuar a lutar", exclamou com um sorriso maldoso, enquanto descia a escada. Mas a maldade era contra ele mesmo: Raskólnikov lembrava sua "covardia", com desprezo e vergonha.

Quinta parte

I

A manhã seguinte à conversa com Dúnietchka e Pulkhéria Aleksándrovna, fatídica para Piotr Petróvitch, também produziu sobre ele o efeito de clarear o pensamento. Para seu supremo desgosto, pouco a pouco, ele se viu obrigado a admitir como um fato definitivo e irremediável aquilo que, na véspera, ainda lhe parecia um incidente quase fantástico, que, embora consumado, ainda assim persistia como impossível. A negra serpente da vaidade ferida ficou sugando seu coração durante toda a noite. Ao levantar da cama, Piotr Petróvitch foi logo se olhar no espelho. Temia que, durante a noite, tivesse sofrido um derrame da bile. Porém, nesse aspecto, por enquanto tudo estava normal e, depois de olhar seu semblante nobre, branco e, nos últimos tempos, um pouco gordo, Piotr Petróvitch por um momento até se consolou com a plena convicção de que iria encontrar uma noiva em outro lugar, sim, quem sabe até mais pura; só que logo voltou a si e, com veemência, cuspiu para o lado, o que provocou um sorriso mudo, mas sarcástico, no seu jovem companheiro de quarto, Andrei Semiónovitch Lebeziátnikov. Piotr Petróvitch percebeu aquele sorriso e logo o lançou na conta do seu jovem amigo. Ultimamente, vinha pondo muita coisa na conta dele. Seu rancor duplicou quando, de repente, se deu conta de que não devia ter contado para Andrei Semiónovitch, no dia anterior, o resultado daquela conversa. Foi seu segundo erro naquele dia, cometido por imprudência, por dificuldade de se controlar, por irritação... E desde então, durante toda aquela manhã, como se fosse de propósito, as contrariedades não cessaram, uma depois da outra. Até no Senado o aguardava uma espécie de revés, numa causa em que vinha trabalhando. Mas o que o deixou particularmente irritado foi o proprietário do apartamento que ele havia alugado e reformado por conta própria, tendo em vista o casamento iminente: o proprietário, um artesão alemão riquíssimo, não aceitava de maneira nenhuma cancelar o contrato recém-fechado e exigia o pagamento completo da multa prevista no acordo, apesar de Piotr Petróvitch devolver para ele o apartamento quase todo renovado. Da mesma forma, na loja de móveis, também não queriam, de jeito nenhum, lhe devolver um rublo sequer da entrada que ele havia depositado, embora ainda não tivessem levado nenhum móvel para o apartamento. "Não vou casar só por causa dos móveis!", rosnava consigo Piotr Petróvitch e, no entanto, mais uma vez, reacendeu nele a esperança tenaz: "Será mesmo que tudo está desfeito e acabado de modo tão irreversível? Será que não é possível fazer mais uma tentativa?". A imagem de Dúnietchka, novamente, de modo sedutor, cravou uma farpa em seu coração. Ele suportou aquele minuto com angústia e, é claro, se fosse possível matar Raskólnikov naquele momento apenas com a expressão de um desejo, Piotr Petróvitch teria pronunciado aquelas palavras.

"Outro erro, além desse, foi eu não ter dado nenhum dinheiro para elas", pensou, enquanto voltava tristonho para o cubículo de Lebeziátnikov. "E por que diabo eu tinha de ser tão sovina assim? Foi um cálculo muito malfeito! Eu pensava em deixá-las a pão e água e levá-las a me encarar como a própria Providência, mas olhe só o que elas fizeram!... Droga!... Não: se durante todo esse tempo eu tivesse dado para elas, por exemplo, mil e quinhentos rublos para o enxoval, para os presentes, para aquelas diversas caixinhas, os artigos de toalete, as cornalinas, os tecidos e todas essas porcarias do Knop e da loja inglesa,[1] aí a coisa ficaria mais clara e... mais forte! Não seria tão fácil me rejeitarem, agora! Essa gente é de tal natureza que, caso me rejeitassem, elas se julgariam obrigadas a me devolver, a todo custo, os presentes e o dinheiro; só que devolver tudo isso já seria um bocadinho difícil e penoso! Elas teriam uns pruridos na consciência, e diriam: "Como se pode, de uma hora para outra, rechaçar um homem que até agora foi tão gentil e bastante delicado?... Hum! Eu fiz uma besteira!". E, rosnando mais uma vez, Piotr Petróvitch chamou a si mesmo de burro — mas sem ninguém ouvir, é claro.

Tendo chegado a essa conclusão, voltou para casa duas vezes mais enraivecido e irritado do que na hora em que tinha saído. Os preparativos para a refeição fúnebre no quarto de Katierina Ivánovna atraíram, em parte, sua

1 Knop era o dono de um armarinho em São Petersburgo. A loja inglesa era outro armarinho local.

curiosidade. Ainda na véspera, tinha ouvido alguém falar da tal refeição fúnebre; chegou a lembrar que parecia ter sido convidado, também; mas, por causa de suas preocupações pessoais, não tinha dado atenção ao resto. Tratou logo de pedir informações à sra. Lippevechsel, que, na ausência de Katierina Ivánovna (que estava no cemitério), se encontrava muito atarefada em torno da mesa e, assim, ele soube que a refeição fúnebre seria solene, que quase todos os inquilinos tinham sido convidados, mesmo pessoas que nem conheciam o falecido, soube que tinham convidado até o Andrei Semiónovitch Lebeziátnikov, apesar de sua discussão anterior com Katierina Ivánovna e, por fim, ele mesmo, Piotr Petróvitch, não só tinha sido convidado como era aguardado com grande ansiedade, pois se tratava do convidado mais importante, entre todos os inquilinos. A própria Amália Ivánovna foi convidada, também, com toda a reverência, apesar dos muitos aborrecimentos anteriores, e por isso, agora, comandava os preparativos e andava atarefada, sentindo quase prazer com aquilo e, além do mais, estava toda vestida de luto, com tudo novo, de seda, dos pés à cabeça, e se orgulhava disso. Tais fatos e informações despertaram uma ideia em Piotr Petróvitch e ele seguiu para seu quarto, ou seja, para o quarto de Andrei Semiónovitch Lebeziátnikov, um tanto pensativo. A questão era que ele havia sabido que entre os convidados também figurava Raskólnikov.

Andrei Semiónovitch, por alguma razão, ficara em casa toda aquela manhã. Entre esse cavalheiro e Piotr Petróvitch estabeleceram-se relações um tanto estranhas, no entanto, de certo modo, também naturais: Piotr Petróvitch o desprezava e detestava, até além da medida, e isso quase a partir do dia em que se alojou em seu quarto, mas, ao mesmo tempo, parecia ter certo medo dele. Ao chegar a Petersburgo, foi dividir o quarto com ele não só por uma economia avarenta, se bem que fosse esse o motivo quase principal, pois havia ali outra motivação. Ainda na província, ele tinha ouvido falar que Andrei Semiónovitch, seu antigo pupilo, era um dos mais avançados jovens progressistas e que até desempenhava um papel importante em vários círculos que a ele pareciam curiosos e fabulosos. Isso impressionou Piotr Petróvitch. Aqueles tais círculos cheios de força, que sabiam de tudo, que desprezavam e acusavam todo mundo, já fazia algum tempo que vinham assustando Piotr Petróvitch com uma espécie de temor peculiar, se bem que completamente vago. Claro que ele mesmo, ainda por cima na província, não podia fazer nenhuma ideia precisa, nem mesmo aproximada, de algo *desse gênero*. Como todo mundo, ele ouvia falar que existiam, em especial em Petersburgo, uns tais progressistas, niilistas, denunciadores etc. etc., mas, a exemplo de muitos, exagerava e distorcia, até o absurdo, o sentido e a relevância daquelas palavras. Acima de tudo, o que ele mais temia, e já fazia alguns anos, eram as *denúncias*, e aquilo era o principal fundamento de sua inquietação constante e exagerada, em especial numa ocasião em que vivia sonhando com a transferência de suas atividades para Petersburgo. Quanto a isso, como se diz, ele andava *assustado*, como as crianças pequenas, às vezes, ficam *assustadas*. Alguns anos antes, na província, quando apenas começava a construir sua carreira, ele soube de dois casos de personalidades provincianas muito importantes cruelmente denunciadas, pessoas a que, até então, ele fora ligado e que o protegiam. Um dos casos terminou de modo um tanto escandaloso para o denunciado e o outro por muito pouco não acabou criando até um enorme problema. Eis por que Piotr Petróvitch, ao chegar a Petersburgo, tratou logo de averiguar o que era aquilo e, se necessário, por via das dúvidas, adiantar-se e ganhar a simpatia das "nossas jovens gerações". Nesse caso, ele contava com Andrei Semiónovitch e, por exemplo, quando se encontrou com Raskólnikov, Piotr Petróvitch já havia aprendido, aos trancos e barrancos, a burilar frases feitas, com base em vozes alheias...

Claro que, bem depressa, ele conseguiu distinguir em Andrei Semiónovitch uma pessoa extraordinariamente banal e tosca. Mas aquilo não dissuadiu nem encorajou Piotr Petróvitch, por pouco que fosse. Mesmo que estivesse convencido de que todos os progressistas eram tão tolos quanto seu companheiro de quarto, isso não iria aplacar sua inquietação. No fundo, em relação a todas aquelas doutrinas, ideias, sistemas (que Andrei Semiónovitch havia despejado em cima dele), Piotr Petróvitch não tinha a menor afinidade. Perseguia um objetivo próprio. Precisava apenas averiguar, e sem demora, o que havia ocorrido *ali*, e como. *Aquelas pessoas* tinham mesmo força ou não? Pessoalmente, ele tinha algo a temer ou não? Iriam denunciá-lo, se ele realizasse alguma coisa, ou não? E, se denunciassem, por que o fariam, exatamente, e também por que agora? Além do mais, caso fossem fortes, de fato, será que não havia um jeito de se insinuar na confiança deles para, então, ludibriá-los? Seria isso necessário ou não? Não haveria um jeito de, por exemplo, dar um empurrão na sua carreira justamente por intermédio deles? Em suma, havia centenas de perguntas.

O tal Andrei Semiónovitch era um tipo esquálido e escrofuloso, de baixa estatura, funcionário numa repartição qualquer, tão louro que beirava a excentricidade, com suíças em forma de croquetes, das quais ele se orgulhava muito. Ainda por cima, seus olhos viviam doendo. Tinha o coração bastante dócil, mas a maneira de falar era autoconfiante demais, às vezes até extraordinariamente arrogante, o que, em contraste com sua figura, quase sempre produzia um efeito ridículo. Entretanto, Amália Ivánovna o considerava um de seus inquilinos mais honrados, ou seja, não se embriagava e pagava o aluguel em dia. A despeito de todas essas qualidades, Andrei Semiónovitch era de fato um tolo. Tinha aderido ao progresso e às "nossas jovens gerações" por paixão. Era mais um dessa inumerável e diversificada legião de pessoas banais, de abortos semimortos, de tiranetes que nem terminaram seus estudos e que, num piscar de olhos, aderem, inevitavelmente, à ideia mais em voga, para vulgarizá-la de imediato, para logo transformar numa caricatura tudo aquilo a que, um dia, eles mesmos serviram do modo mais sincero.

Entretanto, apesar de ser até muito bonzinho, Lebeziátnikov também estava começando a não suportar mais seu companheiro de quarto e ex-tutor, Piotr Petróvitch. Aquilo tinha se desenvolvido de parte a parte, mutuamente e de modo um tanto acidental. Por mais que Andrei Semiónovitch fosse uma pessoa simplória, aos poucos ele começou a reparar que Piotr Petróvitch o estava ludibriando, que o desprezava em segredo e que "não era, de modo algum, a pessoa que parecia". Lebeziátnikov tentou explicar-lhe o sistema de Fourier e a teoria de Darwin, mas Piotr Petróvitch, sobretudo nos últimos tempos, passara a ouvi-lo de modo demasiado sarcástico e, mais recentemente ainda, começara até a retrucar com impropérios. A questão era que Piotr Petróvitch, por puro instinto, começava a vislumbrar que Lebeziátnikov era não só uma pessoa banal e tola como também, talvez, um mentiroso, e que não tinha nenhum contato relevante nem sequer em seu próprio círculo, mas apenas ouvira falar alguma coisa por alto, de terceiros; além do mais, nem a sua própria área de atuação, a *propaganda*, ele parecia conhecer direito, porque se confundia demais com qualquer coisa e, desse modo, portanto, como ele poderia ser um denunciador? Aliás, notemos de passagem que, durante aquela semana e meia, Piotr Petróvitch tinha recebido de bom grado (sobretudo no início) elogios até muito estranhos de Andrei Semiónovitch, ou seja, ele não refutava e ficava calado se Andrei Semiónovitch atribuía a ele, por exemplo, a disposição de contribuir para a futura e urgente construção de uma nova "comuna", em algum canto da rua Meschánskaia;[2] ou, por exemplo, em não atrapalhar Dúnietchka, se ela, desde o primeiro mês de casamento, inventasse de arranjar um amante; ou em não batizar seus futuros filhos etc. etc. — qualquer coisa desse gênero. Piotr Petróvitch, segundo seu costume, não fazia objeções a que Lebeziátnikov atribuísse a ele tais qualidades e até se permitia fazer elogios a si mesmo, por causa disso, a tal ponto lhe era agradável ouvir qualquer elogio.

Piotr Petróvitch, que naquela manhã, por alguma razão, havia resgatado alguns títulos bancários a juros de cinco por cento, estava sentado à mesa e contava os maços de cédulas bancárias e suas séries numéricas. Andrei Semiónovitch, que quase nunca tinha dinheiro, andava pelo quarto e fingia olhar para todos aqueles maços com indiferença e até com menosprezo. Piotr Petróvitch, em troca, não acreditava nem um pouco que Andrei Semiónovitch pudesse encarar aquele dinheiro com indiferença; já Andrei Semiónovitch, por seu lado, refletia com amargura que, afinal, e de fato, Piotr Petróvitch era bem capaz de estar pensando desse modo sobre ele e que podia muito bem estar até contente com a chance de irritar e zombar do seu jovem amigo, deixando aqueles maços de cédulas bancárias espalhados sobre a mesa de propósito, para que ele lembrasse sua insignificância e toda a diferença que certamente existia entre os dois.

Dessa vez, ele o achou mais desatento e irritado do que nunca, apesar de Andrei Semiónovitch ter tentado desenvolver, diante dele, seu tema predileto, a constituição de uma "comuna" nova e especial. As sucintas objeções e observações que escapavam de Piotr Petróvitch, nos intervalos dos estalos das bolinhas do ábaco, exalavam a zombaria mais acintosa e intencionalmente grosseira. Mas o "humano" Andrei Semiónovitch atribuía o estado de espírito de Piotr Petróvitch à impressão deixada pelo rompimento com Dúnietchka, na véspera, e ardia de desejo de começar a falar desse tema o quanto antes: tinha algo progressista e propagandista a dizer sobre o assunto, algo que poderia consolar seu amigo honrado e, "indubitavelmente", trazer proveito a seu posterior desenvolvimento.

2 Nessa época, em Petersburgo, jovens influenciados pelas ideias de Fourier e Tchernichévski tentavam formar comunas. Na rua Meschánskaia houve de fato uma comuna, e alguns de seus membros foram presos sob a acusação de envolvimento no atentado contra a vida do tsar Alexandre II em abril de 1866, época em que Dostoiévski estava escrevendo *Crime e castigo*.

— Que refeição fúnebre é essa que estão organizando no quarto daquela tal... viúva? — perguntou Piotr Petróvitch, de repente, interrompendo Andrei Semiónovitch no ponto mais interessante.

— Até parece que o senhor não sabe; afinal, ontem mesmo eu falei para o senhor sobre esse tema e desenvolvi uma ideia acerca de todas essas cerimônias... E ela também convidou o senhor, eu soube. O senhor mesmo falou com ela, ontem...

— Eu não esperava, nem de longe, que aquela palerma indigente fosse enterrar numa refeição fúnebre todo o dinheiro que recebeu daquele outro cretino... o Raskólnikov. Agora há pouco, até fiquei surpreso, ao passar por lá: que preparativos, até vinho!... Chamaram várias pessoas, só o diabo vai saber que história é essa — Piotr Petróvitch continuava a conversa, fazendo perguntas e insinuações, como se tivesse sabe-se lá que objetivo. — O que foi? O senhor está dizendo que me convidaram? — acrescentou de repente, erguendo a cabeça. — Mas quando foi isso? Não lembro, senhor. De resto, eu não irei. O que vou fazer lá? Ontem, eu apenas falei com ela, de passagem, sobre a possibilidade de receber, como viúva desvalida de um funcionário, uma pensão anual, na forma de um benefício único. Então, será que não é por isso que está me convidando? He-he!

— Eu também não tenho intenção de ir — disse Lebeziátnikov.

— Pudera! O senhor a espancou e com as próprias mãos. Dá para entender que sinta vergonha, he-he-he!

— Quem foi que espancou? E espancou quem? — De repente, Lebeziátnikov se mostrou chocado e ficou até vermelho.

— Ora, o senhor mesmo, a Katierina Ivánovna, um mês atrás, ora essa! Pois eu soube disso ontem, senhor... Veja só no que dão essas tais convicções!... E a questão feminina foi por água abaixo. He-he-he!

E Piotr Petróvitch, como se estivesse reconfortado, recomeçou a estalar as bolinhas do ábaco.

— Tudo isso é bobagem e calúnia! — inflamou-se Lebeziátnikov, que sempre se sentia intimidado com a lembrança daquela história. — Não aconteceu nada disso! Foi outra coisa... O que o senhor ouviu não existe: são intrigas! Eu simplesmente me defendi. Ela mesma se atirou contra mim, primeiro, e com as unhas... Arrancou minhas suíças... A todo homem é permitido, eu espero, defender sua pessoa. Além do mais, eu não admito que ninguém use de violência contra mim... Por princípio. Porque já é quase um despotismo. O que eu podia fazer? Ficar parado na frente dela? Eu só dei um empurrão.

— He-he-he! — Lújin continuava a escarnecer, maldosamente.

— O senhor fica implicando porque o senhor mesmo está irritado e enraivecido... E isso é um absurdo e não tem nenhuma, nenhuma relação com a questão feminina! O senhor não está entendendo bem; eu até achava que, se já é aceito que a mulher é igual ao homem em tudo, até na força (já estão afirmando isso), então, portanto, também nesse aspecto deve haver igualdade. Claro, depois eu concluí que tal questão, no fundo, não deve existir, porque não devem existir brigas e porque, na sociedade futura, casos de briga são inconcebíveis... e é estranho, está claro, procurar a igualdade numa briga. Eu não sou tão tolo... embora as brigas, no entanto, existam... ou seja, depois não vão existir, mas agora ainda existem... Droga! Diabos! Com o senhor, a gente até se enrola! Mas não é por causa desse incidente desagradável que eu não vou à refeição fúnebre. Eu não vou simplesmente por princípio, para não participar do nefasto preconceito das refeições fúnebres, é por isso! No entanto, eu até poderia ir, só para dar umas risadas... E eu lamento que os padres não compareçam. Senão eu faria toda questão de ir lá.

— Ou seja, aceitar o prato da hospitalidade alheia e depois cuspir nesse mesmo prato, e também nas pessoas que o convidaram. Não será isso?

— Não se trata em absoluto de cuspir, mas de protestar. Eu tenho um objetivo útil. Eu posso, indiretamente, contribuir para a instrução e para a propaganda. Todo mundo é obrigado a instruir e propagandear e, talvez, quanto mais incisivo for, melhor. Eu posso jogar uma ideia, uma semente... Dessa semente, nascerá um fato. Que ofensa eu estou fazendo a eles? No início, vão sentir-se ofendidos, mas depois eles mesmos verão que fiz algo útil para eles. Olhe só, entre nós, criticaram a Tierebiova (aquela que agora está na comuna) porque, quando deixou a família e... se entregou, escreveu para a mãe e o pai explicando que não queria viver no meio de preconceitos e que ia fazer um casamento civil,[3] e por isso ela foi acusada de ser grosseira demais com os pais, disseram que poderia poupá-los, escrever de modo mais brando. Para mim, tudo isso é bobagem e não há nenhuma necessidade de ser mais brando, ao contrário, é aí que se deve protestar. Olhe só a Várents: ela viveu sete anos com o marido, teve dois filhos e rompeu de vez com o marido por meio de uma carta: "Eu tomei consciência de que,

3 No Império Russo, a expressão podia ser usada também no sentido de um casamento de fato, ou seja, coabitação sem as formalidades legais.

com o senhor, não posso ser feliz. Nunca vou perdoar o senhor por ter me enganado, ao esconder de mim que existe outra sociedade, organizada em forma de comunas. Há pouco tempo, tomei consciência de tudo isso graças a um homem generoso, a quem eu me entreguei, e vou constituir uma comuna junto com ele. Eu digo isso abertamente, porque considero desonroso enganar o senhor. Faça como achar melhor. Não espere que eu volte, o senhor está muito atrasado. Eu desejo ser feliz". Aí está como se deve escrever esse tipo de carta!

— Mas essa Tierebiova, afinal, não é aquela de quem o senhor disse, um dia, que está no seu terceiro casamento civil?

— Apenas no segundo, ao todo, se contarmos com rigor! Mas mesmo que fosse o quarto, mesmo que fosse o décimo quinto, tudo isso é bobagem! E se algum dia eu tivesse de lamentar que meu pai e minha mãe já morreram, teria de ser agora, é claro. Cheguei a sonhar várias vezes que, se eles estivessem vivos, eu os atacaria com um protesto! Eu ia agir de propósito para… É isso, eu seria uma espécie de "rebento desgarrado", que diabos! Eu ia mostrar uma coisa, para eles! Eu ia causar espanto! Juro, dá até pena que não exista mais ninguém!

— Para causar espanto? He-he! Ora, faça como o senhor bem entender — cortou Piotr Petróvitch. — Mas me diga aqui uma coisa: afinal, o senhor conhece aquela filha do falecido, toda mirradinha! Pois é mesmo verdade verdadeira o que falam sobre ela, hein?

— E o que é que tem? Para mim, ou seja, segundo a minha convicção pessoal, é a situação mais normal que existe para uma mulher. Por que não? Ou seja, *distinguons*.[4] Na sociedade atual, é óbvio, isso nada tem de normal, porque é uma situação forçada, mas na futura será perfeitamente normal, porque ela será livre. Mas mesmo agora ela tem o direito: ela estava sofrendo e isso era o seu fundo de reserva, o seu capital, por assim dizer, do qual tinha pleno direito de dispor. É claro, na sociedade futura, não será preciso ter fundos de reserva; mas o papel que ela cumpre será orientado em outro sentido, estabelecido de forma harmoniosa e racional. No que diz respeito a Sófia Semiónovna, pessoalmente, no tempo atual, eu encaro seu gesto como um protesto veemente e personificado contra a organização da sociedade e por isso eu tenho um profundo respeito por ela; chego a me alegrar, ao olhar para ela!

4 Francês: "façamos uma distinção".

— Mas me contaram que foi o senhor que a expulsou da pensão!

Lebeziátnikov se enfureceu.

— É outra calúnia! — esbravejou. — Não foi nada, nada disso! Não foi assim! Foi a Katierina Ivánovna que inventou essa mentira, na ocasião, porque não entendeu nada! E eu nunca me insinuei a Sófia Semiónovna! Eu pura e simplesmente a instruía, de modo completamente altruísta, tentando despertar nela o protesto... Eu só tinha interesse no protesto e a própria Sófia Semiónovna, por sua própria conta, já não podia mais permanecer aqui na pensão!

— Será que o senhor a chamou para a comuna?

— O senhor vive querendo zombar e sem nenhum sucesso, permita que eu observe isso. O senhor não compreende nada! Na comuna, não existem esses papéis. A comuna está organizada para que tais papéis não existam. Na comuna, esse papel seria de uma essência em tudo diversa da atual, e o que hoje é tolo, lá seria inteligente, o que aqui, nas condições atuais, é artificial, lá seria perfeitamente natural. Tudo depende das condições e do meio. Tudo vem do meio e a própria pessoa não é nada. Eu e Sófia Semiónovna nos damos muito bem, mesmo agora, o que pode servir de prova para o senhor de que ela nunca me considerou seu inimigo e ofensor. Sim! Agora eu vou atraí-la para a comuna, só que em bases completamente, completamente distintas! Do que o senhor está rindo? Nós queremos constituir nossa comuna especial, só que em bases mais amplas do que antes. Nós avançamos em nossas convicções. Nós estamos negando mais! Se o Dobroliúbov levantasse do túmulo, eu discutiria com ele. Já o Bielínski, eu o virava pelo avesso![5] Enquanto isso, eu continuo a instruir Sófia Semiónovna. É um caráter lindo, lindo!

— Sei, e o senhor tira proveito desse lindo caráter, não é? He-he!

— Não, não! Ah, não! Ao contrário!

— Certo, então é o contrário! He-he-he! Olhe só o que ele disse!

— Mas acredite em mim! E, afinal, por que motivo eu iria esconder do senhor? Diga-me, por favor! Ao contrário, até eu acho estranho: comigo, ela é recatada e tímida, de maneira um tanto medrosa e obstinada!

5 N. A. Dobroliúbov (1836-61) foi um dos expoentes da geração de intelectuais revolucionários democráticos que marcou a década de 1860, na Rússia. V. G. Bielínski (1811-48) foi a maior liderança intelectual da geração de Dostoiévski, anterior à de Dobroliúbov.

— E o senhor, está claro, vai instruindo... he-he!... mostra para ela que toda essa vergonha é uma bobagem?...

— Não, nada disso! Nada disso! Ah, como o senhor é grosseiro, chega a ser estúpido, me perdoe por dizer, na maneira como entende a palavra "instruir"! O senhor não entende nada disso! Ah, meu Deus, como o senhor ainda... está despreparado! Nós procuramos a liberdade da mulher e o senhor só tem uma coisa na cabeça... Ao pôr de lado totalmente a questão do recato e do pudor feminino, como coisas inúteis em si mesmas, e até preconceituosas, eu admito inteiramente, inteiramente, o recato dela comigo, porque nisso reside toda a vontade dela, todo o direito dela. Claro, se ela mesma me dissesse: "Eu quero ter você", eu consideraria uma grande felicidade para mim, porque eu gosto muito dessa moça. Só que agora, pelo menos agora, ninguém nunca a estava tratando com mais cortesia e educação do que eu, com mais respeito pela sua dignidade... eu aguardo e tenho esperança... só isso!

— Mas o senhor faria melhor se desse um presente para ela. Eu aposto que o senhor nem chegou a pensar nisso.

— O senhor n-n-não está entendendo nada, eu já disse! Naturalmente, a situação dela é essa, mas a questão aqui é outra! Muito diferente! O senhor simplesmente a despreza. Se o senhor vê um fato que, por engano, considera digno de desprezo, o senhor recusa até ver um ser humano de forma humanitária. O senhor ainda não sabe que caráter é aquele! Só me dá muita pena o fato de que ela, de um tempo para cá, parou completamente de ler e já não pega mais livros emprestados comigo. E antes pegava. Dá pena também que, com toda sua energia e determinação para protestar, algo que ela já mostrou uma vez, ela continue ainda com pouca autonomia, por assim dizer, pouca independência, pouca negação, para desprender-se plenamente de quaisquer preconceitos e... tolices. Apesar disso, ela compreende muito bem outras questões. Por exemplo, compreendeu de modo magnífico a questão de beijar a mão, ou seja, que o homem ofende a mulher com a desigualdade, se beija a sua mão.[6] Essa questão foi debatida entre nós e eu logo transmiti a ela. E ela também escutou com atenção quando falei sobre as associações de trabalhadores na França. Agora, eu estou expondo para ela a questão do livre acesso aos quartos, na sociedade futura.

6 Trata-se de uma polêmica da época e figura, de passagem, no romance *O que fazer?* (1863), de Tchernichévski, outro expoente dos intelectuais revolucionários democráticos da década de 1860, que escreveu e conseguiu publicar seu livro mesmo estando na prisão.

— Que novidade é essa, agora?

— A questão foi debatida recentemente: um membro da comuna tem direito de entrar no quarto de outro membro, mulher ou homem, a qualquer momento?... E ficou decidido que tem direito...

— Certo, mas e se ele ou ela, naquele minuto, estiver ocupado com necessidades indispensáveis? He-he-he!

Andrei Semiónovitch chegou a se irritar.

— Mas o senhor só fala disso, dessas malditas "necessidades"! — gritou com ódio. — Droga, que raiva e que irritação me dá por ter falado cedo demais dessas malditas necessidades, quando eu expliquei o sistema para o senhor! Que diabo! Isso é uma barreira para todas as pessoas como o senhor, e o pior de tudo é que dá muita margem a chacota, antes mesmo que saibam do que se trata! E no final até parece que têm razão! Parece até que se orgulham de alguma coisa! Droga! Eu afirmei várias vezes que toda essa questão só pode ser explicada aos novatos já bem no final, quando a pessoa já estiver convencida do sistema, quando ela já estiver instruída e preparada. E me diga, por favor, o que o senhor encontra de tão vergonhoso e desprezível até nos monturos? Eu estou disposto, e sou o primeiro, a limpar os monturos que o senhor quiser! E nem há nisso nenhum autossacrifício! É apenas um trabalho, uma atividade nobre e útil para a sociedade, que vale tanto quanto qualquer outra, e até muito mais, por exemplo, do que a atividade de um Rafael ou Púchkin, porque é mais útil![7]

— E mais nobre, mais nobre... he-he-he!

— O que quer dizer "mais nobre"? Eu não entendo essas expressões no sentido de uma definição de uma atividade humana. "Mais nobre", "mais generoso", tudo isso é bobagem, tolice, velhas palavras preconceituosas, que eu contesto! Tudo o que é útil à humanidade é nobre! Eu só compreendo uma palavra: *útil*! O senhor pode dar risadas à vontade, mas é isso mesmo!

Piotr Petróvitch ria muito. Já havia terminado de fazer as contas e estava guardando o dinheiro. No entanto, por alguma razão, uma parte ainda continuava sobre a mesa. Aquela "questão dos monturos", apesar de seu mau gosto, já havia servido várias vezes de motivo de atrito e desavença entre Piotr

7 Aqui e nas linhas seguintes, o texto faz uma caricatura dos pontos de vista expressos na revista *Rússkoie Slovo* [A Palavra Russa] por V. A. Záitsev (1842-82) e D. I. Píssarev (1840-68), intelectuais também da corrente revolucionária democrática, muito influenciados pelo utilitarismo inglês.

Petróvitch e seu jovem amigo. Toda a tolice residia no fato de que Andrei Semiónovitch se indignava de fato. Lújin, em troca, sentia-se muito à vontade e, naquele momento, tinha um desejo especial de deixar Lebeziátnikov com raiva.

— É por causa do seu revés de ontem que o senhor está tão rancoroso e fica implicando comigo — explodiu, afinal, Lebeziátnikov, que, em termos gerais, e apesar de toda sua "independência" e de todos os "protestos", de certo modo, não ousava se opor a Piotr Petróvitch e, geralmente, diante dele, continuava a observar, por força do hábito, uma espécie de deferência, que vinha dos anos anteriores.

— Mas é melhor que o senhor me diga uma coisa — cortou Piotr Petróvitch, autoritário e irritado. — Será que o senhor poderia... ou, melhor dizendo, será que o senhor é de fato tão próximo dessa tal jovem, mencionada por nós, que possa pedir que ela venha agora, por um minuto, a este quarto? Parece que todos já voltaram lá do cemitério... Eu estou ouvindo os passos na escada... Eu preciso falar com essa tal pessoa, senhor...

— Mas para quê? — perguntou Lebeziátnikov, com espanto.

Por nada, senhor, mas eu preciso. Hoje ou amanhã, eu vou embora daqui, por isso eu gostaria de comunicar a ela... Aliás, por favor, esteja presente aqui também na hora da conversa. Assim é até melhor. Se não, só Deus sabe o que o senhor vai pensar.

— Eu não vou pensar absolutamente nada... Só perguntei por perguntar, e se o senhor tem algum assunto, nada mais fácil do que chamá-la. Vou lá agora mesmo. E, tenha certeza, eu não vou ficar para atrapalhar o senhor.

De fato, uns cinco minutos depois, Lebeziátnikov voltou com Sónietchka. Ela entrou com ar extraordinariamente surpreso e, como era seu costume, acanhada. Sempre se acanhava, em tais casos, e tinha muito medo de pessoas novas e de novos conhecimentos, tinha medo desde antes, ainda na infância, e agora mais ainda... Piotr Petróvitch recebeu-a "com carinho e cortesia", no entanto, com um vago toque de alegre familiaridade, de resto convencional, na sua opinião, para um homem tão respeitável e compenetrado como ele no contato com uma criatura tão jovem e, em certo sentido, *interessante*. Ele se apressou em "encorajá-la" e sentou-a à mesa, de frente para ele. Sônia sentou, olhou em volta — para Lebeziátnikov, para o dinheiro sobre a mesa e depois, de repente, para Piotr Petróvitch, e não desviou mais os olhos, como se estivesse pregada a ele. Lebeziátnikov fez menção de seguir para a porta. Piotr Petróvitch levantou-se, com um sinal, convidou Sônia a continuar sentada e deteve Lebeziátnikov junto à porta.

— E aquele tal de Raskólnikov? Ele veio? — perguntou, num sussurro.

— Raskólnikov? Está lá. Por quê? Sim, está lá... Entrou agora mesmo, eu vi... Por quê?

— Bem, então eu vou pedir especialmente ao senhor que fique aqui, junto conosco, e que não me deixe sozinho com esta... mocinha. O assunto é uma coisa à toa, mas só Deus sabe no que vai dar. Eu não quero que Raskólnikov espalhe *por aí*... O senhor entende o que eu estou dizendo?

— Ah, eu entendo, eu entendo! — De repente, Lebeziátnikov percebeu. — Sim, o senhor tem direito... Na minha opinião, é claro, o senhor está levando longe demais os seus temores, mas... ainda assim, o senhor tem direito. Com sua permissão, eu vou ficar. Vou permanecer aqui, junto à janela, e não vou atrapalhar... A meu ver, o senhor tem direito...

Piotr Petróvitch voltou para o sofá, sentou-se de frente para Sônia, olhou para ela com atenção e, de súbito, adotou um ar compenetrado ao extremo e até um pouco severo: "Pois é, e você mesma, minha senhora, também não vá ficar pensando coisas". Sônia sentiu-se definitivamente embaraçada.

— Em primeiro lugar, Sófia Semiónovna, a senhora, por favor, peça minhas desculpas à sua prezada mãe... Afinal, é assim, ao que parece, não é? A Katierina Ivánovna, para a senhora, ocupa o lugar da mãe, não é mesmo? — começou Piotr Petróvitch, absolutamente compenetrado, mas, de resto, bastante afetuoso. Era evidente que tinha as intenções mais amistosas.

— É exatamente assim, senhor, é assim mesmo; ocupa o lugar da mãe — respondeu Sônia, depressa e acanhada.

— Muito bem, senhora, portanto, peça minhas desculpas a ela, porque, por força de circunstâncias alheias à minha vontade, serei obrigado a não comparecer e não provar suas panquecas... quer dizer, sua refeição fúnebre, apesar do convite gentil da mãe da senhora.

— Certo, senhor, eu vou dizer logo, senhor — e, afobada, Sónietchka levantou-se da cadeira com um pulo.

— *Ainda* não é tudo, senhora — Piotr Petróvitch a deteve, sorrindo da ingenuidade da moça e do seu desconhecimento das boas maneiras. — Mas a senhora me conhece mal, amabilíssima Sófia Semiónovna, se pensou que foi por esse motivo ínfimo, que só diz respeito a mim, que eu iria incomodar pessoalmente e convocar ao meu quarto uma pessoa como a senhora. Meu objetivo é outro.

Sônia sentou-se depressa. As cédulas bancárias cinzentas e irisadas, que não foram recolhidas da mesa, rebrilharam de novo aos olhos dela, mas

Sônia logo desviou seu rosto da mesa e levantou-o para Piotr Petróvitch: de repente, lhe pareceu horrivelmente indecoroso, sobretudo *para ela*, olhar para o dinheiro alheio. Sônia quis cravar os olhos no lornhão de ouro de Piotr Petróvitch, que ele segurava na mão esquerda, e ao mesmo tempo no grande anel maciço, de uma beleza extraordinária, com uma pedra amarela, que ele usava no dedo médio daquela mão — mas, de repente, também desviou dele os olhos e, já sem saber onde se esconder, acabou de novo mirando em cheio os olhos de Piotr Petróvitch. Após um breve silêncio, ainda mais compenetrado que antes, ele prosseguiu:

— Ontem, de passagem, me aconteceu trocar duas palavras com a desafortunada Katierina Ivánovna. Duas palavras foram o bastante, para eu saber que ela se encontra numa situação… contrária à natureza, se é que eu posso me exprimir dessa forma…

— Sim, senhor… contrária à natureza — Sônia se apressou em fazer coro.

— Ou, para dizer de modo mais simples e compreensível… doente.

— Sim, senhor, mais simples e compreens… sim, senhor, doente.

— Muito bem, senhora. Pois então, por um sentimento de humanidade e-e-e, por assim dizer, compaixão, eu gostaria, de minha parte, de ser útil de alguma forma, antevendo o destino inevitavelmente infeliz reservado para ela. Parece que, agora, toda essa paupérrima família está dependendo única e exclusivamente da senhora.

— Permita que eu pergunte — Sônia levantou-se, depressa. — O senhor ontem se dignou a falar com ela sobre a possibilidade de uma pensão? Porque, ontem mesmo, ela me disse que o senhor se encarregou de requerer uma pensão para ela. É verdade, senhor?

— Longe disso, senhora, e, em certo sentido, chega a ser um absurdo. Eu apenas fiz alusão a um auxílio temporário possível à viúva de um funcionário morto em serviço, caso ela tenha algum conhecimento interno, mas parece que seu falecido pai não só não completou o tempo de serviço como nem sequer vinha comparecendo ao trabalho ultimamente. Em suma, até poderia haver uma esperança, mas de todo efêmera, porque, no fundo, não existe nenhum direito ao auxílio, nesse caso, até ao contrário… E ela já está pensando numa pensão, he-he-he! Que senhora atrevida!

— Sim, senhor, numa pensão… Porque ela é crédula e boa e, por bondade, acredita em tudo e… e… e… tem tanta inteligência… Sim, senhor… me perdoe — disse Sônia e, de novo, se levantou para sair.

— Tenha a bondade, a senhora ainda não ouviu tudo.

— Sim, senhor, eu ainda não ouvi tudo — balbuciou.

Sônia ficou tremendamente encabulada e sentou-se, de novo, pela terceira vez.

— Ao ver a situação em que ela se encontra, com as criancinhas infelizes, eu gostaria, como já disse, de ser útil de alguma forma, na medida do possível, ou seja, dentro daquilo que chamamos de medida do possível, senhora, e não mais. É possível, por exemplo, organizar, em favor dela, uma lista de subscrições, ou uma rifa, por assim dizer... ou algo do gênero, como sempre fazem, em casos semelhantes, as pessoas próximas ou mesmo mais afastadas, mas que desejam, no geral, ajudar os outros. Pois é sobre isso que eu tencionava lhe falar. Isso seria algo possível, senhora.

— Sim, senhor, está bem, senhor... Deus lhe pague por isso, senhor... — balbuciou Sônia, olhando fixamente para Piotr Petróvitch.

— É possível, senhora, mas... veremos isso depois... ou seja, poderíamos começar hoje mesmo. À noite, nos veremos, conversaremos e, por assim dizer, assentaremos as bases. Passe aqui, por volta de sete horas. Andrei Semiónovitch, espero, também vai participar... Mas... existe aqui uma circunstância que convém mencionar previamente e com cuidado. Foi por isso que eu incomodei a senhora, Sófia Semiónovna, com meu chamado para vir aqui. Para ser mais exato, senhora, minha opinião é que não se pode dar o dinheiro nas mãos de Katierina Ivánovna, é até arriscado; a prova disso é esta refeição fúnebre de hoje. Sem ter, por assim dizer, nem uma casca de pão para comer amanhã e... bem, nem sapatos nem todo o resto, hoje ela compra rum jamaicano e até, pelo visto, vinho madeira e-e-e café. Eu vi, quando passei. Amanhã, novamente, tudo vai recair nas costas da senhora, até o último pedacinho de pão; isso já é uma estupidez, senhora. Por isso, a lista de subscrições, na minha opinião pessoal, deve ser feita de modo que a infeliz viúva, por assim dizer, não saiba do dinheiro e que, por exemplo, só a senhora saiba. Que pensa do que estou dizendo?

— Não sei, senhor. Acontece é que ela, só hoje, senhor... uma vez na vida... tinha tanta vontade de lembrar, fazer uma homenagem, rememorar... e ela é muito inteligente, senhor. Mas o senhor faça como preferir, que eu vou ficar muito, muito, muito... e todos eles vão ficar muito... Deus proteja o senhor... e os órfãos também, senhor...

Sônia mal terminou de falar e começou a chorar.

— Está certo, senhora. Muito bem, então, tenha isso em mente; por ora, tenha a bondade de aceitar, em favor de sua parenta, nesta primeira oportunidade, uma quantia dada por mim, pessoalmente, e dentro das minhas possibilidades. Eu desejo muito, muito mesmo, que, sobre isso, o meu nome não seja mencionado. Aqui está, senhora... como tenho meus próprios afazeres, por assim dizer, não tenho condições de ficar mais...

E Piotr Petróvitch estendeu para Sônia uma cédula bancária de dez rublos, depois de desdobrá-la com cuidado. Sônia pegou a nota, ruborizou-se, levantou-se de um salto, balbuciou qualquer coisa e, às pressas, curvou-se em reverências. Piotr Petróvitch, com ar solene, conduziu-a até a porta. Por fim, ela pulou para fora do quarto, nervosa e exausta, e voltou para os aposentos de Katierina Ivánovna em extrema perturbação.

Durante toda aquela cena, Andrei Semiónovitch ora estava de pé junto à janela, ora caminhava pelo quarto, pois não queria interromper a conversa; quando Sônia saiu, no entanto, ele se aproximou bruscamente de Piotr Petróvitch e lhe estendeu a mão, com toda a pompa.

— Eu ouvi tudo, eu *vi* tudo — disse, enfatizando, em especial, a penúltima palavra. — Isso é nobre, ou seja, quero dizer, é humano! O senhor quis esconder a nobreza, eu vi! E, embora, admito ao senhor, eu não possa, por princípio, me solidarizar com a caridade privada, porque ela não só não vai extirpar o mal radicalmente, como até o alimenta mais ainda, no entanto eu não posso deixar de reconhecer que assisti ao gesto do senhor com satisfação... sim, sim, eu gostei disso.

— Ora, tudo isso é um absurdo! — resmungou Piotr Petróvitch, um pouco emocionado, e cravando os olhos em Lebeziátnikov.

— Não, não é absurdo! Uma pessoa magoada e aborrecida, como o senhor, pelo que ocorreu ontem e, mesmo assim, capaz de pensar na infelicidade alheia, uma pessoa como essa, senhor... embora cometa um erro social com seus atos, mesmo assim... é digna de respeito! Eu nem esperava isso do senhor, Piotr Petróvitch, ainda mais porque, segundo os conceitos do senhor, oh!, como os seus conceitos ainda são um peso para o senhor! Por exemplo, como o revés de ontem o deixou perturbado — se esgoelava o bonzinho Andrei Semiónovitch, que sentia, de novo, uma forte disposição favorável em relação a Piotr Petróvitch. — E para que, para que o senhor tanto necessita desse casamento *legal*, nobilíssimo, prezadíssimo Piotr Petróvitch? Para que o senhor tanto precisa dessa *legalidade* no casamento? Muito bem, se quiser, pode bater em mim, mas eu estou contente, contente por não ter se realizado o casamento e o senhor estar livre, por não ter sido, ainda, completamente destruído para a humanidade, eu estou contente... O senhor está vendo: eu falei com toda a franqueza!

— É porque eu não quero ganhar chifres e criar os filhos dos outros, no casamento civil do senhor, é por isso que eu preciso do casamento legal — respondeu Lújin, só para dizer alguma coisa. Estava particularmente pensativo e preocupado com outro assunto.

— Filhos? O senhor mencionou os filhos? — alvoroçou-se Andrei Semiónovitch, como um cavalo militar que ouve o soar da corneta. — Os filhos são uma questão social, e uma questão da primeira relevância, eu concordo; mas a questão dos filhos será resolvida de outra forma. Alguns chegam a negar totalmente os filhos, bem como qualquer alusão à família. Conversaremos sobre os filhos mais tarde, agora vamos tratar dos chifres! Confesso ao senhor que este é o meu ponto fraco. É uma expressão sórdida, de hussardos,[8] de Púchkin,[9] que chega a ser inimaginável no léxico do futuro. E, afinal, o que são esses chifres? Ah, que ilusão! Que chifres são esses? Por que chifres? Quanta bobagem! Ao contrário, no casamento civil, não haverá chifres! Os chifres não passam da consequência natural de qualquer casamento legal, por assim dizer, sua reparação, um protesto, pois nesse sentido eles não são, até, nem um pouco humilhantes... E se, algum dia, vamos admitir essa estupidez, eu contrair um casamento legal, vou até ficar contente com os seus tão amaldiçoados chifres; eu direi para a minha esposa: "Minha amiga, até aqui, eu só amei você; de agora em diante, eu respeito você, porque você foi capaz de protestar!". O senhor está rindo? Isso é porque o senhor não tem forças para se livrar dos preconceitos! Ora, que diabo, pois eu entendo exatamente o que há de tão desagradável quando as pessoas traem no casamento legal; mas, afinal, isso é só uma consequência sórdida de um fato sórdido, em que tanto um como o outro são humilhados. Já quando os chifres são colocados abertamente, como no casamento civil, aí os chifres já não existem, são inconcebíveis e perdem até o nome de chifres. Ao contrário, a esposa do senhor vai apenas demonstrar como o respeita, considerando que o senhor é incapaz de se opor à felicidade dela e que é evoluído, por não se vingar dela, em razão do seu novo marido. Que diabo, eu às vezes fico sonhando que, se eu fosse

8 Soldados de cavalaria. 9 Refere-se aos seguintes versos do primeiro capítulo do romance em versos *Evguiêni Oniéguin*, de Púchkin: "E o chifrudo majestoso/ Sempre contente consigo/ Com seu jantar e sua esposa".

uma noiva, droga!, não é isso: se eu me casasse (num casamento civil ou legal, tanto faz), parece que eu mesmo trataria de arranjar um amante para a minha esposa, se ela mesma demorasse muito a fazer isso. "Minha amiga", eu diria, "eu amo você, mas acima disso eu desejo que você me respeite... e pronto!" Não é assim, não é como eu estou dizendo?

Piotr Petróvitch dava risadinhas, enquanto escutava, mas sem grande entusiasmo. Até prestava pouca atenção. Na verdade, estava pensando em outra coisa, e até Lebeziátnikov acabou percebendo. Piotr Petróvitch estava até inquieto, esfregava as mãos, perdido em reflexões. Depois, Andrei Semiónovitch compreendeu e recordou tudo aquilo...

II

Seria difícil apontar com exatidão os motivos por que, na cabeça perturbada de Katierina Ivánovna, nasceu a ideia daquela estapafúrdia refeição fúnebre. De fato, foram desperdiçados ali quase dez rublos, dos vinte e tantos recebidos de Raskólnikov especificamente para o enterro de Marmeládov. Talvez, perante o falecido, Katierina Ivánovna se considerasse na obrigação de homenageá-lo "como convém", para que todos os inquilinos, e Amália Ivánovna em especial, soubessem que ele "não tinha sido nem um pouco pior, mas sim, quem sabe, até infinitamente melhor do que eles todos juntos", e que ninguém ali tinha o direito de ficar "de nariz empinado" para ele. Pode ser que, no caso, a influência maior tenha vindo daquele peculiar *orgulho dos pobres*, que leva muitos miseráveis a espremerem suas energias até a última gota e dissiparem os últimos copeques de sua poupança para cumprirem algumas cerimônias sociais, obrigatórias para todos e para cada um, em nosso modo de vida, apenas para "não serem piores do que os outros" e para que aqueles outros, de alguma forma, "não os condenem". Também é bem provável que Katierina Ivánovna, exatamente naquele caso e exatamente naquele momento, em que ela, pelo visto, tinha sido abandonada por todo mundo, quisesse mostrar a todos aqueles "inquilinos insignificantes e nojentos" que ela não só "sabia viver e sabia receber", como também que ela não tinha sido educada para viver um destino como aquele, mas sim para morar "numa casa nobre, pode-se até dizer, aristocrática, coronelesca", e que ela não, de jeito nenhum, não tinha sido formada para ficar varrendo o chão e lavando os trapos dos filhos, tarde da noite. Tais paroxismos de orgulho e vaidade às vezes visitam os pobres e os atemorizados e, de tempos em tempos, se convertem, para eles, numa necessidade exasperadora e inexorável. Além disso, Katierina Ivánovna não pertencia à categoria dos atemorizados: as circunstâncias poderiam até levá-la à morte, mas *atemorizá-la* moralmente, ou seja, intimidar e subjugar sua vontade, era impossível. Além do mais, Sónietchka estava falando de forma bem fundamentada quando dizia que Katierina Ivánovna tinha a mente confusa. Na verdade, ainda era impossível afirmar isso de modo cabal e definitivo, mas de fato, nos últimos tempos, durante todo o último ano, sua pobre cabeça tinha sido martirizada demais para não enlouquecer, ao menos em parte. O forte desenvolvimento da tuberculose, como dizem os médicos, também contribui para a perturbação das faculdades mentais.

Vinhos, no plural e em variedade numerosa, não havia, e *madeira* também não: aquilo foi um exagero; mas vinho, havia. E havia vodca, rum, vinho lisboeta, tudo de péssima qualidade, mas tudo em quantidade suficiente. De comida, além da *kutiá*,[1] havia três ou quatro pratos (entre os quais, as panquecas), tudo feito na cozinha de Amália Ivánovna, além de dois samovares já a postos, um com chá e outro com ponche, para serem servidos depois da refeição. A própria Katierina Ivánovna cuidou das compras, com a ajuda de outro inquilino, um polaquinho de dar pena, que só Deus sabe por que residia na casa da sra. Lippevechsel e que, imediatamente, se pôs às ordens de Katierina Ivánovna para carregar os embrulhos e, naquela manhã inteira e na tarde da véspera, correu sem parar, esbaforido, até pôr a língua de fora, e parece que com um empenho especial para chamar a atenção para este último detalhe. Por qualquer bobagem, ele saía correndo, na mesma hora, atrás de Katierina Ivánovna, chegou a correr para localizá-la até no Gostíni Dvor,[2] ele a chamava sempre de "*pani khorúnjina*"[3] e tanto fez que acabou enchendo a paciência dela, embora no início ela dissesse que estaria perdida sem aquele homem "prestativo e generoso". Era próprio do caráter de Katierina Ivánovna embelezar, com as cores mais bonitas e vistosas, a primeira pessoa que encontrasse ou com que cruzasse no caminho, cobri-la de elogios de tal maneira que a pessoa ficava até com vergonha, inventar em seu louvor as mais diversas circunstâncias, que não existiam absolutamente, e acreditar da maneira mais sincera e honesta na realidade de tudo aquilo, para depois, de uma hora para outra, e de uma vez

1 Doce da culinária eslava, feito de cereais, passas e mel, servido no Natal e nas refeições fúnebres. 2 Grande mercado que ocupa um quarteirão inteiro na avenida Niévski, em São Petersburgo. 3 Em polonês, *pani* significa "senhora". *Khorúnjin* era o corneteiro ou o porta-estandarte das tropas de cossacos.

por todas, desencantar-se, romper relações, cuspir e expulsar, aos empurrões, a mesma pessoa diante de quem, poucas horas antes, ela literalmente se curvava em reverências. Por natureza, ela era de caráter risonho, alegre e pacífico, no entanto, por força dos infortúnios e reveses incessantes, passou a desejar e exigir, com tamanha *fúria*, que todo mundo vivesse em paz e alegria e que ninguém *se atrevesse* a viver de outra forma, que mesmo a mais leve dissonância na vida, o mais ínfimo revés, bastava para levá-la, na mesma hora, à beira de um ataque de loucura e então, num piscar de olhos, depois das mais radiosas esperanças e fantasias, ela passava a amaldiçoar o destino, a rasgar e a jogar longe tudo o que caísse em suas mãos e a bater com a cabeça na parede. De repente, por algum motivo, Amália Ivánovna também adquiriu um significado extraordinário, e um respeito também extraordinário, aos olhos de Katierina Ivánovna, talvez unicamente porque aquela refeição fúnebre foi servida e porque Amália Ivánovna decidiu, de todo coração, participar de todos os trabalhos: se incumbiu de pôr a mesa, arranjar os guardanapos e a toalha, a louça etc., além de preparar a comida em sua cozinha. Katierina Ivánovna delegou a ela todos os poderes e deixou a casa por sua conta, enquanto ia ao cemitério. De fato, tudo ficou pronto à perfeição: a mesa estava posta até com bastante limpeza, a louça, os garfos, as facas, as taças, os copos, as xícaras — tudo misturado, naturalmente, de diversos formatos e tamanhos, cedidos por diversos inquilinos, porém, na hora marcada, tudo estava em seu devido lugar e Amália Ivánovna, sentindo ter cumprido a missão com primor, recebeu até com certo orgulho as pessoas que retornavam do cemitério, muito bem vestida, com fitas de luto novas na touca e de vestido preto. Por alguma razão, Katierina Ivánovna não gostou daquele orgulho, embora totalmente merecido: "De fato, sem a Amália Ivánovna, nós nem conseguiríamos pôr a mesa!". Ela também não gostou da touca, com as fitas novas: "Será que essa alemã tola — e eu não duvido nada — não está orgulhosa de ter aceitado só por piedade ajudar os inquilinos pobres, apesar de ser a senhoria? Por piedade! Ora, faça-me um favor! Na casa do paizinho desta Katierina Ivánovna aqui, que foi coronel e por pouco não chegou a ser governador, a mesa era posta para quarenta pessoas, portanto, lá, uma Amália Ivánovna qualquer, ou, melhor dizendo, uma Liudvígovna, não poderia entrar nem na cozinha...". Por enquanto, porém, Katierina Ivánovna decidira não expressar seus sentimentos, embora tivesse decidido, no fundo do coração, que era preciso, naquele mesmo dia, dar uma lição em Amália Ivánovna, para lhe mostrar qual era seu lugar de verdade, senão só Deus sabe quem ela ia imaginar que era, e assim, por enquanto, Katierina Ivánovna iria tratá-la apenas com frieza. Outra circunstância desagradável também contribuiu, em particular, para a irritação de Katierina Ivánovna: entre os inquilinos convidados para o enterro, exceto o polaco, que conseguiu dar uma corridinha até o cemitério, quase ninguém compareceu; já à refeição fúnebre, ou seja, para os comes e bebes, acudiram os mais insignificantes e pobres, muitos deles até embriagados, em suma, uma espécie de escória. Entre os inquilinos mais velhos e mais respeitáveis, todos, como que de propósito, como se fosse um conluio, não compareceram. Por exemplo, Piotr Petróvitch Lújin, o mais respeitável de todos os inquilinos, pode-se dizer, não apareceu; entretanto, ainda na tardinha do dia anterior, Katierina Ivánovna teve ocasião de espalhar para todo mundo, ou seja, para Amália Ivánovna, Pólietchka, Sônia e para o polaquinho, que aquele homem nobilíssimo, generosíssimo, que tinha conhecidos nos mais altos escalões e era proprietário de uma fortuna, tinha sido amigo de seu primeiro marido, era recebido na casa de seu pai e prometera empregar todos os meios para obter, para ela, uma pensão considerável. Neste ponto, temos de observar que, se Katierina Ivánovna se gabava dos conhecidos e da fortuna de alguém, fosse quem fosse, fazia isso sem o menor interesse, sem o menor cálculo pessoal, de modo completamente desinteressado e, por assim dizer, por ter o coração muito grande, fazia isso única e exclusivamente pelo prazer de elogiar e conferir ainda mais valor à pessoa elogiada. Nos passos de Lújin e, provavelmente, "seguindo seu exemplo", tampouco apareceu "aquele canalha nojento do Lebeziátnikov". "Mas quem será que esse daí pensa que é? Só foi convidado por delicadeza e também porque está no mesmo quarto que o Piotr Petróvitch e é seu conhecido, de modo que seria até falta de educação não convidar." Também não compareceram uma dama fina e sua filha, "solteira além da idade", as quais, embora morassem havia apenas uma ou duas semanas na pensão de Amália Ivánovna, já haviam reclamado várias vezes do barulho e dos gritos que vinham do quarto dos Marmeládov, sobretudo quando o falecido voltava bêbado, o que, naturalmente, já era do conhecimento de Katierina Ivánovna, por intermédio de Amália Ivánovna, quando esta, ao brigar com Katierina Ivánovna e ameaçar pôr a família inteira na rua, gritou a plenos pulmões que eles estavam incomodando "inquilinos nobres, de quem vocês não chegam nem aos pés". Katierina Ivánovna tinha decidido, agora, de propósito, convidar aquela dama e a filha, de quem ela "não chegava nem aos pés", ainda mais porque, até agora, quando se encontravam por acaso, a tal dama virava a cara — então, assim, ela ia saber que ali "pensam e sentem com mais nobreza e convidam sem lembrar a maldade", e assim elas iam ver que Katierina Ivánovna não tinha nascido para viver aquele destino. Era isso que ela pretendia explicar à mesa, a todo custo, bem como a questão do cargo de governador de seu falecido paizinho e, ao mesmo tempo, dar a entender, de forma indireta, que não tinha cabimento virar a cara quando elas se encontravam e que isso era uma extraordinária tolice. Também não compareceu o tenente-coronel gordo (a rigor, um subcapitão reformado), mas verificou-se que, desde a manhã anterior, ele nem conseguia ficar de pé. Em suma, só vieram: o polaquinho; depois, um burocrata insignificante, mudo, de casaca ensebada, espinhas na cara e com cheiro repulsivo; depois, também, um velhote surdo e quase completamente cego, que um dia tinha sido funcionário em uma agência de correio qualquer e que não se sabe quem, e também não se sabe para que, mantinha na pensão de Amália Ivánovna desde tempos imemoriais. Também compareceu um tenente reformado e bêbado, na prática um funcionário do departamento de provisões, com a risada mais alta e indecorosa do mundo e, "imaginem vocês", sem colete! Uma pessoa desconhecida foi direto sentar-se à mesa, sem sequer cumprimentar Katierina Ivánovna e, por fim, um indivíduo, na falta de roupa adequada, compareceu vestindo um roupão, mas aquilo já era tamanha indecência que, com os esforços de Amália Ivánovna e do polaquinho, conseguiram colocá-lo para fora. Entretanto, o polaquinho trouxe consigo outros dois outros polaquinhos, que, aliás, nunca residiram na pensão de Amália Ivánovna e que ninguém ali tinha visto até então. Tudo aquilo exasperou Katierina Ivánovna de modo desagradável ao extremo. "Se é assim, para quem foram feitos todos esses preparativos?" A fim de deixar lugares vagos, até as crianças foram acomodadas fora da mesa, que mesmo assim já ocupava o quarto inteiro, e foram alojadas num canto, ao fundo, em torno de uma arca. Sentaram as duas crianças menores num banco, enquanto Pólietchka, como era maior, teve de cuidar delas, lhes dar comida e limpar seus narizinhos, "como crianças nobres". Em suma, Katierina Ivánovna, a contragosto, teve de receber todos com uma cortesia redobrada e até com certa soberba. Para alguns, ela olhava com ar especialmente severo e, com arrogância, os convidava para sentar à mesa. Como, por alguma razão, julgou que a ausência de todos devia ser por culpa de Amália Ivánovna, de repente, ela passou a tratar a senhoria da maneira mais indelicada, o que a outra logo percebeu e sentiu-se, por isso, magoada ao extremo. Esse começo não previa um final feliz. Por fim, sentaram-se.

Raskólnikov entrou quase no mesmo minuto em que voltavam do cemitério. Katierina Ivánovna alegrou-se tremendamente com ele, primeiro porque, entre todos, era o único "convidado culto" e, "como se sabe, está se preparando para, daqui a dois anos, ocupar uma cátedra de professor na universidade"; em segundo lugar, porque ele foi logo, e respeitosamente, pedir desculpas a ela por não ter conseguido ir ao enterro, embora fosse essa sua vontade. Assim, ela logo o cercou de atenções, sentou-o à mesa a seu lado, à esquerda (à direita, estava Amália Ivánovna), e, apesar da ininterrupta agitação e preocupação para que a comida fosse servida da maneira correta e todos ficassem satisfeitos, apesar da tosse torturante que, a todo instante, a interrompia e sufocava e que, pelo visto, havia se agravado em especial naqueles dois últimos dias, toda hora ela se dirigia a Raskólnikov e, num sussurro, se apressava para extravasar, diante dele, todos os sentimentos acumulados e toda sua justa indignação com o fracasso da refeição fúnebre; ao mesmo tempo, a indignação alternava, muitas vezes, com o riso de zombaria, mais alegre e irresistível, que ela dirigia aos convidados e, sobretudo, à própria senhoria.

— A culpada de tudo é este cuco aqui. O senhor entende de quem eu estou falando: é dela, dela! — E Katierina Ivánovna, com a cabeça, apontava para a senhoria. — Olhe só para ela: arregalou os olhos, percebe que estamos falando dela, mas não consegue entender e, então, arregalou os olhos. Xô, coruja! Ha-ha-ha!... Cof-cof-cof! E o que ela está querendo mostrar com essa sua touquinha? Cof-cof-cof! O senhor note que ela quer, de todo jeito, que todo mundo ache que ela é a minha protetora e que está me dando uma honra, com a sua presença. Eu pedi a ela, como uma pessoa de respeito, que convidasse as melhores pessoas e, mais exatamente, os conhecidos do falecido, mas veja quem ela trouxe: que palhaços! Uns porcalhões! Olhe só aquele com a cara suja: é uma meleca ambulante! E aqueles polaquinhos... he-he-he! Cof-cof-cof! Ninguém, ninguém aqui nunca viu nenhum deles e eu também nunca vi; então, eu pergunto ao senhor, para que foi que eles vieram? Ficam sentados bem juntinhos. Ei, *páni*![4] — Ela começou a gritar para um deles, de repente. — Já pegou panqueca? Pegue mais! Tome cerveja,

4 Polonês: "senhor".

tome! Não quer vodca? Veja: ele se levantou com um pulo, agradeceu com uma reverência, olhe só, olhe só: devem estar mortos de fome, os coitados! Tudo bem, deixe que comam. Não fazem bagunça, pelo menos, só... só, francamente, eu receio pelas colheres de prata da senhoria!... Amália Ivánovna! — De repente, voltou-se para a senhoria, quase num sussurro. — Se, por acaso, as colheres da senhora forem roubadas, eu não me responsabilizo por elas, vou logo avisando de antemão! Ha-ha-ha! — Ela desabafou, voltando-se de novo para Raskólnikov e apontando com a cabeça, mais uma vez, para a senhoria e se deliciando com a própria chacota. — Ela não entendeu, de novo, não entendeu! Fica ali de boca aberta, olhe só: igualzinho a uma coruja, um corujão com fitas novas, ha-ha-ha!

E, mais uma vez, o riso foi cortado pela tosse intolerável, que se prolongou por cinco minutos. No lenço, ficou um pouco de sangue; na testa, gotas de suor. Ela mostrou o sangue para Raskólnikov e, mal conseguindo respirar, na mesma hora, começou a sussurrar de novo para ele, com extraordinária animação e manchas vermelhas nas faces:

— Veja, eu dei para ela a missão, pode-se dizer, mais delicada: a de convidar aquela dama e a filha, entende de quem eu estou falando? Nesse caso, convinha portar-se da maneira mais educada do mundo, agir do modo mais habilidoso, mas ela fez isso de um jeito que aquela besta forasteira, aquela criatura arrogante, aquela provinciana insignificante, só porque é uma viúva de sei lá que major e veio aqui para cavar uma pensão e gastar a barra do vestido no chão das repartições, aos cinquenta e cinco anos, ela tinge o cabelo, usa pó de arroz, põe ruge (isso é sabido)... e foi essa besta que não só não se dignou a comparecer como nem mesmo mandou um pedido de desculpas por não poder vir, como a educação mais trivial exige, em tais casos! Eu não consigo entender por que o Piotr Petróvitch também não veio! Mas onde está a Sônia? Para onde ela foi? Ah, aí está ela, afinal! O que houve, Sônia, onde você estava? É estranho que você tenha chegado atrasada mesmo no enterro do próprio pai. Rodion Románovitch, deixe que ela sente a seu lado. Aqui está seu lugar, Sónietchka... Pegue o que quiser. Pegue a galantina, é o melhor. Já vão trazer as panquecas. E já deram para as crianças? Pólietchka, será que já tem tudo aí? Cof-cof-cof! Bem, está certo. Seja razoável, Liénia, e você, Kólia, não fique sacudindo as perninhas; fique sentado como uma criança da nobreza deve ficar. O que está dizendo, Sónietchka?

Sônia tratou logo de transmitir as desculpas de Piotr Petróvitch, tentando falar alto, para que todos pudessem ouvir, e empregando as expressões mais respeitosas, escolhidas a dedo da fala de Piotr Petróvitch e ainda mais embelezadas por ela. Sônia acrescentou que Piotr Petróvitch mandou expressamente transmitir que ele, assim que fosse possível, viria sem falta para conversar, em particular, sobre *negócios* e definir o que era possível fazer e providenciar no futuro etc. etc.

Sônia sabia que aquilo ia apaziguar e tranquilizar Katierina Ivánovna, deixá-la lisonjeada e, o mais importante, contentar seu orgulho. Sentou-se ao lado de Raskólnikov, que a cumprimentou depressa com uma reverência, enquanto Sônia olhou para ele de relance e com curiosidade. No entanto, durante todo o resto do tempo, em certa medida, evitou olhar para ele e falar com ele. Sônia parecia até distraída, embora olhasse toda hora para Katierina Ivánovna, a fim de deixá-la contente. Por falta de roupas, nem Sônia nem Katierina Ivánovna vestiam luto; Sônia usava um vestido de cor amarronzada, um pouco mais escura, enquanto Katierina Ivánovna usava seu único vestido, de chita, meio escuro e listrado. A notícia sobre Piotr Petróvitch caiu muito bem. Depois de escutar Sônia com toda a seriedade, Katierina Ivánovna indagou, com a mesma seriedade: como está a saúde de Piotr Petróvitch? Depois, rapidamente, em voz quase inaudível, *sussurrou* para Raskólnikov que seria de fato estranho que um homem respeitável e sério como Piotr Petróvitch ficasse em uma "companhia tão incomum", apesar de toda sua dedicação à família dela e apesar de sua antiga amizade com o pai de Katierina Ivánovna.

— E é por isso que eu sou especialmente grata ao senhor, Rodion Románovitch, por não tratar com menosprezo a minha hospitalidade, mesmo em tais circunstâncias — acrescentou, em voz quase inaudível. — No entanto, estou convencida de que foi apenas a amizade especial entre o senhor e o meu pobre falecido que o levou a manter sua palavra.

Depois, mais uma vez, com orgulho e dignidade, ela olhou para seus convidados e, de repente, com uma solicitude especial, indagou em voz alta, para alguém do outro lado da mesa, junto ao velho surdo: "Será que ele não quer mais carne, deram para ele vinho lisboeta?". O velhote não respondeu e demorou muito para entender o que estavam perguntando, embora os vizinhos tentassem lhe explicar, já à beira da risada. Ele apenas olhava em volta, de boca aberta, o que atiçava mais ainda a alegria geral.

— Veja que palerma! Olhe só, olhe só! Para que o trouxeram aqui? No que diz respeito a Piotr Petróvitch, eu sempre tive confiança nele — prosseguiu Katierina Ivánovna, para Raskólnikov. — E, é claro, ele não se parece... — De modo brusco e em voz alta, com ar severo ao extremo, ela se voltou para Amália Ivánovna de tal modo que ela chegou a sentir-se intimidada. — Ele não se parece com aquelas metidas e embonecadas da laia da senhora, que na casa do papai não seriam aceitas nem para trabalhar na cozinha, mas que o meu falecido marido, é claro, se dignava a receber, ainda que só por causa da sua bondade inesgotável.

— Sim, senhora, ele gostava de beber, disso ele gostava, senhora, ele bebia bem! — gritou de repente o funcionário aposentado do departamento de provisões, enquanto esvaziava a décima segunda taça de vodca.

— Meu falecido marido, de fato, tinha essa fraqueza, e todo mundo sabe disso — assim, de repente, Katierina Ivánovna se concentrou no marido. — Mas era um homem bom e nobre, que amava e respeitava sua família; seu único mal era que, por excesso de bondade, acreditava demais em toda sorte de gente depravada e só Deus sabe com quem ele ficava bebendo, uma gente que não chegava nem à sola do seu pé! Imagine, Rodion Románovitch, acharam no bolso dele um pão de mel no formato de um galinho: estava quase morto de tanto beber, mas se lembrava dos filhos.

— Um ga-li-nho? A senhora, por acaso, disse: ga-li-nho? — gritou o funcionário do departamento de provisões.

Katierina Ivánovna não se dignou a responder. Pensou em alguma coisa e deu um suspiro.

— Olhe, o senhor, com certeza, como todo mundo, está pensando que eu fui severa demais com ele — continuou, dirigindo-se a Raskólnikov. — Pois não é assim! Ele me respeitava, me respeitava muito, muito! Era um homem de alma boa! E às vezes me dava pena! Ele sentava, ficava olhando para mim, lá do seu canto, e me dava tanta pena que eu sentia vontade de fazer um carinho, mas aí a gente vai e pensa, bem no fundo: "Você faz um carinho e depois lá vai ele de novo se embriagar"; o único jeito de conter era usando alguma severidade.

— Sim, aconteceu de a senhora arrancar tufos de cabelo da cabeça dele, e aconteceu mais de uma vez, senhora — berrou, de novo, o funcionário do departamento de provisões, e serviu para si mais uma taça de vodca.

— Não é só arrancar tufos de cabelo: umas boas vassouradas também são úteis para lidar com certos cretinos. E agora eu não estou falando do falecido! — Katierina Ivánovna cortou o funcionário das provisões.

As manchas vermelhas em suas faces ardiam cada vez mais fortes, o peito arfava. Mais um minuto e ela já estaria pronta para começar uma confusão. Muitos davam risadas, era evidente que, para muitos, aquilo era divertido. Passaram a dar empurrões no funcionário das provisões e sussurravam algo para ele. Era óbvio que desejavam provocar uma briga.

— Ah, pe-e-ermita perguntar, isso que a senhora falou — começou o funcionário das provisões —, quer dizer, a que... nobre pessoa... a senhora se dignou a se referir, agora... Mas não precisa! É bobagem! Uma bobagem! É uma viuvinha! Eu perdoo... eu passo! — E sorveu mais uma taça de vodca.

Raskólnikov estava sentado, ouvia em silêncio e com repulsa. Se comia, era só por cortesia, beliscando os pedacinhos que a todo instante Katierina Ivánovna colocava em seu prato, e mesmo assim apenas para não ofender. Olhava fixamente para Sônia. Mas Sônia ficava cada vez mais preocupada e aflita; ela também pressentia que a refeição fúnebre não ia terminar de forma pacífica e, com pavor, observava a crescente exasperação de Katierina Ivánovna. A propósito, ela sabia que a causa principal do desprezo que as duas damas forasteiras demonstraram pelo convite de Katierina Ivánovna era ela mesma, Sônia. Tinha ouvido a própria Amália Ivánovna dizer que a mãe até se ofendera com o convite e dera a seguinte resposta: "De que forma eu poderia sentar ao lado *daquela mocinha*, a filha dela?". Sônia pressentia que, de algum modo, Katierina Ivánovna já sabia disso e a ofensa a ela, Sônia, significava para Katierina Ivánovna, mais do que uma ofensa a ela pessoalmente, uma ofensa a seus filhos, a seu paizinho, em suma, era uma ofensa mortal, e Sônia sabia que, agora, Katierina Ivánovna já não iria mais se acalmar "enquanto não mostrasse àquelas metidas o que as duas eram na verdade" etc. etc. Como se fosse de propósito, alguém da outra ponta da mesa mandou para Sônia um prato com dois corações desenhados com pão preto, atravessados por uma flecha. Katierina Ivánovna ficou vermelha e logo comentou, em voz alta, para o outro lado da mesa, que aquilo, obviamente, tinha sido feito por um "asno bêbado". Amália Ivánovna, que também pressentia algo ruim, mas ao mesmo tempo estava ofendida até o fundo da alma com a arrogância de Katierina Ivánovna, a fim de desviar para outro rumo os ânimos irritados daquela reunião e, de quebra, para se enaltecer na opinião geral, começou de repente, sem mais nem menos, a contar como certo conhecido seu, "o Karl da farmácia", pegou um coche de praça de madrugada e o cocheiro "querer matar ele e o Karl pedir muita, muita, para não matar e ele chorar e juntar as mãos, cheio de medo, e de tanto medo cortar o coração dele". Katierina Ivánovna chegou a sorrir, mas logo notou que não convinha que a Amália Ivánovna contasse anedotas em russo. Ela ficou ainda mais ofendida e retrucou que seu "*Vater aus Berlin*[5] foi homem muita, muita importante e vivia sempre com mãos em bolsos". Katierina Ivánovna, que tinha o riso solto, não se conteve e deu uma gargalhada tão tremenda que Amália Ivánovna começou a perder a última gota de paciência e, agora, mal conseguia se segurar.

— Olhe só essa coruja! — cochichou Katierina Ivánovna de novo para Raskólnikov, no mesmo instante, quase alegre. — Ela queria dizer: andava com as mãos nos bolsos, mas saiu de um jeito que parece que ele metia as mãos nos bolsos dos outros, cof-cof-cof! E será que o senhor já notou, Rodion Románovitch, de uma vez por todas, que todos esses estrangeiros em Petersburgo, ou seja, sobretudo os alemães, que vêm para cá não se sabe de onde, são todos mais burros do que nós? O senhor há de convir que não é possível dizer que o "Karl da farmácia cortou o coração de medo" e que ele (um pirralho!), em vez de amarrar o cocheiro, "juntou as mãos e chorou e pediu muita". Ah, que burrinha! E ainda acha que isso é muito comovente e nem desconfia de como ela é tola! Para mim, aquele funcionário das provisões embriagado ali é muito mais inteligente do que ela; pelo menos, dá para ver logo que é um vagabundo, que bebeu até afogar o último pingo de inteligência, enquanto todos esses outros são tão pomposos, sérios... Olhe como ela fica ali sentada de olhos arregalados. Está ficando zangada! Está ficando zangada! Ha-ha-ha! Cof-cof-cof!

Quando se alegrava, Katierina Ivánovna logo se empolgava com os detalhes mais disparatados e, de repente, começou a contar como, com a ajuda da pensão que ela ia receber, fundaria a todo custo em T..., sua cidade natal, um colégio interno para meninas da nobreza. Raskólnikov ainda não tinha ouvido aquela história da própria Katierina Ivánovna e ela, na mesma hora, se empolgou, ao explicar os detalhes mais atraentes. Não se sabe de que forma apareceu de repente nas mãos dela o mesmo "diploma de honra ao mérito" de que o falecido Marmeládov informara Raskólnikov, quando lhe contou, na taberna, que Katierina Ivánovna, sua esposa, dançou com o xale na formatura do instituto para moças, "em presença do governador e de outras personalidades". O tal diploma de honra ao mérito, obviamente, agora devia servir de testemunha do direito de Katierina Ivánovna dirigir um colégio interno para moças; porém o principal era que estava ali a postos

5 Alemão: "pai em Berlim".

com a finalidade de calar a boca das "duas metidas e embonecadas", no caso de aparecerem na refeição fúnebre, e deixar bem claro para elas que Katierina Ivánovna provinha de um lar muito nobre e, "pode-se até dizer, aristocrático, era filha de um coronel e com certeza muito melhor do que essas aventureiras que andam por aí e que proliferaram em tão grande número ultimamente". O diploma de honra ao mérito logo correu de mão em mão entre os convidados bêbados, o que Katierina Ivánovna não impediu, porque nele, de fato, *en toutes lettres*,[6] estava indicado que ela era filha de um conselheiro da corte e cavalheiro e, por conseguinte, de fato, era quase filha de um coronel. Inflamada, Katierina Ivánovna rapidamente se alongou ao descrever em todos os detalhes a vida futura, bela e tranquila, em T...; os professores do ginásio, que ela ia chamar para dar aulas em seu colégio interno; um velhote ilustre, o francês Mangot, que ensinou francês à própria Katierina Ivánovna no instituto para moças e que ainda vivia seus últimos anos em T... e, com certeza, viria trabalhar para ela pelo salário mais módico. Por fim, chegou à questão de Sônia, "que partirá para T... junto comigo e vai me ajudar em tudo". Mas nesse ponto, de repente, no outro lado da mesa, alguém bufou. Katierina Ivánovna, por mais que tentasse, prontamente, dar a impressão de que desdenhava e nem percebia o riso que irrompera na ponta da mesa, como se fosse de propósito, no mesmo instante, levantou a voz e desatou a falar com animação sobre as indiscutíveis capacidades de Sófia Semiónovna para ser sua ajudante, "a sua docilidade, paciência, abnegação, nobreza e educação", e em seguida deu palmadinhas no rosto de Sônia, levantou-se e beijou-a duas ou três vezes com ardor. Sônia ficou vermelha e Katierina Ivánovna, de repente, desatou a chorar, depois de comentar consigo mesma que ela era "uma tola de nervos fracos e que já estava abalada demais, que estava na hora de terminar e, como a comida já havia mesmo acabado, era melhor servir o chá". Naquele exato instante, Amália Ivánovna, já totalmente magoada com o fato de não ter tido a menor participação em toda a conversa e de ninguém sequer ouvi-la, de súbito se aventurou a uma última tentativa e, com uma angústia oculta, ousou fazer um comentário extraordinariamente relevante e profundo para Katierina Ivánovna, acerca da circunstância de que, no futuro colégio interno, era

6 Francês: "com todas as letras".

preciso prestar especial atenção à roupa branca das meninas (*die Wäsche*)[7] e que "um bom dama (*die Dame*) dever cuidar direita do seu roupa branco" e, em segundo lugar, "todo jovem mocinha não dever ler baixinho romance nenhum de noite". Katierina Ivánovna, que de fato estava aflita, muito cansada e já totalmente farta daquela refeição fúnebre, "cortou" logo a fala de Amália Ivánovna, retrucou que ela "estava dizendo asneiras" e não entendia nada, que a questão de *die Wäsche* era uma tarefa da inspetora e não da diretora de um colégio interno para moças da nobreza; no que toca à leitura de romances, isso já era simples indecência e pediu para ela nem falar do assunto. Amália Ivánovna ficou vermelha e, exasperada, respondeu que ela só "desejar a bem" e que "desejar muita e grande bem", mas que "já faz tempo que a senhora não pagar *Geld*[8] da apartamento". Katierina Ivánovna prontamente "baixou a crista" da senhoria, dizendo que ela estava mentindo quando dizia "desejar a bem", porque mesmo no dia anterior, quando o defunto ainda estava estirado em cima da mesa, ela a havia martirizado por causa do aluguel do apartamento. A isso, de forma bastante coerente, Amália Ivánovna respondeu que ela foi "convidar as tais damas, mas as tais damas não veio porque as tais damas ser damas nobres e não poder ficar com damas que não ser nobres". Na mesma hora, Katierina Ivánovna "enfatizou" que, como a outra era uma qualquer, não tinha condição de julgar o que era a autêntica nobreza. Amália Ivánovna não aguentou e, na mesma hora, disse que seu "*Vater aus Berlin* ser homem muita muita importante e vive andando com as mãos em bolsos e sempre fazer assim: Puf! Puf!", e para mostrar seu *Vater* de modo mais realista, Amália Ivánovna se levantou da cadeira, enfiou as mãos nos bolsos, inflou as bochechas e começou a emitir com a boca uns ruídos indeterminados, semelhantes a Puf! Puf!, diante das altas risadas de todos os inquilinos, que, de propósito, incentivavam Amália Ivánovna com sua aprovação, já pressentindo uma briga iminente. Mas Katierina Ivánovna já não conseguiu mais tolerar aquilo e, depressa, para que todos ouvissem, "destacou" que, na certa, Amália Ivánovna nunca teve pai nenhum e que a Amália Ivánovna era pura e simplesmente uma finlandesa bêbada de Petersburgo e que, no passado, com certeza, morava na ala das cozinheiras, em algum canto por aí, talvez até algo pior. Amália Ivánovna ficou vermelha como um camarão e guinchou que talvez fosse

7 Alemão: "as roupas". 8 Alemão: "dinheiro".

Katierina Ivánovna que "nunca ter *Vater* nenhum; que ela ter um *Vater aus Berlin* que usar casaca comprido e fazer sempre: Puf! Puf! Puf!". Katierina Ivánovna observou, com desprezo, que seu nascimento era conhecido de todo mundo e que naquele mesmo diploma de honra ao mérito vinha indicado, em letras de imprensa, que seu pai era coronel; e que o pai de Amália Ivánovna (se é que um dia ela teve pai), com certeza, era um finlandês qualquer de Petersburgo, vendedor de leite; o mais provável é não ter tido pai nenhum, porque até então não se sabia direito qual o patronímico de Amália Ivánovna: Ivánovna ou Liudvígovna? Nesse ponto, o furor tomou conta de Amália Ivánovna, ela bateu com o punho na mesa, desatou a guinchar que era Amal-Ivan, e não Liudvígovna, que seu *Vater* "se chamar Johan e que foi burgomestre", e que o *Vater* de Katierina Ivánovna "nunca ser burgomestre". Katierina Ivánovna levantou-se da cadeira e, com severidade, a voz aparentemente calma (se bem que estava toda branca e com o peito muito empinado), respondeu que, se ela se atrevesse, mesmo que fosse só mais uma vez, a "comparar, na mesma escala, o porco do seu *Vaterzinho* com o paizinho dela, aí ela, Katierina Ivánovna, ia arrancar aquela touca da sua cabeça e pisotear no chão". Ao ouvir aquilo, Amália Ivánovna começou a correr pelo quarto, berrando a plenos pulmões que ela era a senhoria e que Katierina Ivánovna devia "desalojar o apartamento naquele minuto"; em seguida, por algum motivo, se atirou sobre a mesa para arrebatar as colheres de prata. Ergueu-se um tumulto e um alarido; as crianças começaram a chorar. Sônia correu para conter Katierina Ivánovna; mas quando Amália Ivánovna, de uma hora para outra, começou a gritar alguma coisa sobre o bilhete amarelo, Katierina Ivánovna se desvencilhou de Sônia e se jogou sobre Amália Ivánovna para, sem mais demora, cumprir sua ameaça relativa à touca. Naquele instante, a porta abriu e, na soleira do quarto, surgiu de repente Piotr Petróvitch Lújin. Ficou parado e, com olhar severo e atento, observou em redor o quarto inteiro. Katierina Ivánovna acudiu em sua direção.

III

— Piotr Petróvitch! — ela começou a gritar. — Defenda-me, pelo menos o senhor! Ensine a essa criatura tola que ela não deve se atrever a tratar assim uma dama nobre que se encontra em desgraça e que contra isso existe a justiça... eu vou falar com o próprio governador-geral... Ela vai responder... Defenda os órfãos, em memória da hospitalidade de meu pai.

— Queira perdoar, minha senhora... Queira perdoar, queira perdoar, minha senhora... — desvencilhou-se Piotr Petróvitch. — O paizinho da senhora, como a senhora bem sabe, eu não tive a honra de conhecer... Queira perdoar, minha senhora — alguém desatou uma gargalhada —, mas eu não tenciono tomar parte em suas incessantes desavenças com Amália Ivánovna, senhora... Eu vim aqui por uma necessidade pessoal... e desejo explicar, rapidamente, à sua enteada, Sófia... Ivánovna... O nome não é esse, senhora? Permita que eu entre...

E, desviando-se de Katierina Ivánovna, Piotr Petróvitch se dirigiu para o canto oposto, onde estava Sônia.

Do jeito como estava, assim ficou Katierina Ivánovna, imóvel, como que atingida por um raio. Não conseguia entender como Piotr Petróvitch podia renegar a hospitalidade de seu paizinho. Tendo inventado aquela hospitalidade, ela passou a acreditar piamente em si mesma. Ficou chocada com o tom de Piotr Petróvitch, seco, prático e até cheio de uma espécie de ameaça desdenhosa. E aos poucos, com a sua chegada, de um jeito ou de outro, todos acabaram silenciando. Além disso, aquele homem "prático e sério", de maneira acintosa demais, não combinava com toda aquela companhia e, a par disso, logo se via que ele tinha vindo por algum motivo importante, que certamente só alguma causa extraordinária podia ter atraído aquele homem para tal companhia e que, portanto, dali a pouco algo ia acontecer, algo tinha de ocorrer. Raskólnikov, de pé junto a Sônia, se afastou para que ele passasse; Piotr Petróvitch pareceu nem notar sua presença. Um minuto depois, Lebeziátnikov apareceu na soleira da porta; não entrou no quarto, ficou parado também com uma espécie de curiosidade singular, quase com surpresa; pôs-se a escutar, mas, durante muito tempo, deu a impressão de que não conseguia entender.

— Perdoem se por acaso eu estou interrompendo, mas é uma questão muito importante, senhor — observou Piotr Petróvitch, como se falasse em geral, sem se dirigir a ninguém em especial. — Até me agrada o fato de estar em público. Amália Ivánovna, peço encarecidamente à senhora, na qualidade de senhoria do apartamento, que preste atenção a esta minha conversa com Sófia Ivánovna. Sófia Ivánovna — prosseguiu, voltando-se para Sônia, admirada ao extremo e, já desde antes, assustada. — No quarto do meu amigo Andrei Semiónovitch Lebeziátnikov, logo depois da visita da senhora, sumiu da minha mesa uma cédula bancária que pertence a mim, no valor de cem rublos. Se, de qualquer forma que seja, a senhora souber, e nos mostrar, onde se encontra agora essa cédula, garanto à senhora, com minha palavra de honra e sob o testemunho de todos, que a questão vai se encerrar aqui. Do contrário, serei obrigado a tomar providências mais sérias, e aí... a culpa será da senhora!

No quarto, reinou um silêncio completo. Até as crianças, que choravam, ficaram em silêncio. Sônia estava de pé, mortalmente pálida, olhava para Lújin e nada conseguia responder. Parecia não ter ainda compreendido. Passaram alguns segundos.

— Então, senhora, como fica? — perguntou Lújin, olhando fixamente para ela.

— Eu não sei... Eu não sei de nada... — respondeu Sônia, afinal, com voz fraca.

— Não? Não sabe? — Lújin tornou a perguntar e ficou em silêncio mais alguns segundos. — Pense bem, mademoiselle — começou, com severidade, mas ainda num tom persuasivo. — Avalie bem, eu concordo em lhe dar mais tempo para refletir. Tenha a bondade de ver o seguinte: se eu não estivesse tão convicto, é claro, com a minha experiência, eu não me arriscaria a vir acusar diretamente a senhora; pois por tal acusação, direta e pública, eu mesmo terei de responder, de certa forma, se for mentirosa ou apenas equivocada. Eu sei disso, senhora. Hoje de manhã, para atender minhas necessidades, eu descontei alguns títulos bancários a cinco por cento de juros numa quantia nominal de três mil rublos. Eu tenho o cálculo anotado na carteira. Ao chegar em casa, eu, e o Andrei Semiónovitch é testemunha, comecei a contar o dinheiro e, depois de contar dois mil e trezentos rublos, guardei numa carteira que enfiei no bolso lateral do casaco. Sobre a mesa, restaram cerca de quinhentos rublos em cédulas bancárias e, entre elas, três cédulas de cem rublos cada uma. Nesse momento, a senhora chegou (a meu convite) e, no meu quarto, passou todo o tempo num extraordinário constrangimento, tanto assim que por três vezes, no meio da conversa, por alguma razão, se levantou e tentou sair correndo, apesar de nossa conversa ainda não ter chegado ao fim. Andrei Semiónovitch pode testemunhar tudo isso. Com certeza, a senhora mesma, mademoiselle, não vai se negar a confirmar e declarar que eu chamei a senhora, por intermédio de Andrei Semiónovitch, unicamente para falar com a senhora acerca da situação de desamparo e orfandade de sua parenta Katierina Ivánovna (cujo convite para a refeição fúnebre eu não pude atender) e também sobre o proveito que haveria em organizar, em favor dela, algo como uma lista de subscrições, uma rifa ou algo do gênero. A senhora me agradeceu e até chegou a derramar lágrimas (estou contando tudo tal como se passou, para, em primeiro lugar, a senhora recordar e, em segundo lugar, mostrar à senhora que nem o menor detalhe se apagou da minha memória). Depois, eu peguei na mesa uma cédula bancária de dez rublos e entreguei à senhora, em meu nome, em benefício da parenta da senhora e como uma ajuda de urgência. Andrei Semiónovitch viu tudo isso. Depois, eu conduzi a senhora até a porta, enquanto a senhora, por sua vez, se mostrava sempre constrangida. Em seguida, ao ficar a sós com Andrei Semiónovitch e depois de conversar com ele por mais ou menos dez minutos, Andrei Semiónovitch saiu e eu fui de novo para a mesa, sobre a qual estava o dinheiro, com o propósito de terminar de contar e guardar em separado, como planejava fazer desde o início. Para minha surpresa, uma cédula de cem rublos, que estava entre as outras, não apareceu. Queira considerar o seguinte: eu não posso, de forma nenhuma, desconfiar de Andrei Semiónovitch; a mera hipótese já me envergonha. Enganar-me na conta também não é possível, porque, um minuto antes de a senhora chegar, eu havia terminado toda a contagem e chegado à soma correta. A senhora mesma há de convir que, ao recordar o constrangimento da senhora, sua pressa para sair e também que a senhora manteve as mãos sobre a mesa por algum tempo e, por fim, ao levar em conta a posição social da senhora e os costumes ligados a ela, eu, por assim dizer, com horror e até contra a própria vontade, me vi forçado a me deter numa suspeita, cruel, é claro, mas justa, senhora! Acrescento também e repito que, apesar de toda minha *evidente* convicção, entendo que, ainda assim, nesta minha acusação, existe certo risco para mim. Porém, como a senhora vê, não é à toa que eu faço isso; eu me revoltei e vou dizer à senhora por que: unicamente, minha senhora, unicamente por causa da mais negra ingratidão da senhora! Como é possível? Eu a chamo para falar comigo, no interesse de sua parente paupérrima, eu concedo à senhora, dentro das minhas possibilidades, a esmola de dez rublos e a senhora, ali, no mesmo ato, me retribui por tudo isso com um gesto dessa ordem! Não, senhora, isso não está bem! É necessária uma lição, senhora. Reflita; além disso, como verdadeiro amigo da senhora (pois a senhora não pode encontrar um amigo melhor, neste momento), pense bem! Do contrário, serei implacável! Então, senhora, como vai ser?

— Eu não peguei nada do senhor — sussurrou Sônia, apavorada. — O senhor me deu dez rublos, tome aqui, fique com eles. — Sônia tirou um lenço do bolso, procurou o embrulhinho, abriu-o, retirou a nota de dez rublos e estendeu a mão para Lújin.

— E os cem rublos restantes, a senhora não admite? — indagou em tom de censura e com insistência, sem pegar a cédula.

Sônia olhou em redor. Todos olhavam para ela com feições horrorizadas, severas, sarcásticas, cheias de ódio. Sônia voltou os olhos para Raskólnikov... Ele estava de pé junto à parede, de braços cruzados, e mirava para ela uns olhos de fogo.

— Ah, meu Deus! — Sônia deixou escapar.

— Amália Ivánovna, será preciso avisar à polícia e por isso peço encarecidamente à senhora que, por enquanto, mande chamar o porteiro — disse Lújin em voz baixa e até delicada.

— *Gott der Barmherzig*![1] Eu bem já saber que ela roubar! — Amália Ivánovna ergueu os braços.

— A senhora já sabia? — emendou Lújin. — Portanto desde antes a senhora já tinha alguma base para chegar a essa conclusão. Peço à senhora, respeitabilíssima Amália Petrovna, que se lembre destas suas palavras, pronunciadas, aliás, diante de testemunhas.

1 Alemão: "Deus de misericórdia".

De todos os lados, ergueu-se, de súbito, um alarido. Todos se movimentaram.

— O quê-ê-ê? — gritou Katierina Ivánovna, de repente, se recuperando do choque e, como se não pudesse se conter, correu na direção de Lújin. — O quê? O senhor está acusando Sônia de roubo? A Sônia? Ah, canalhas, canalhas! — Correu para Sônia e abraçou-a entre os braços murchos, como se a prendesse num torno. — Sônia! Como você teve coragem de pegar dez rublos com ele? Ah, sua tola! Dê aqui! Já, me dê aqui esses dez rublos... pronto!

Depois de tomar a nota de Sônia, Katierina Ivánovna embolou-a nas mãos e jogou, com toda a força, em cheio na cara de Lújin. A bolinha bateu nos olhos e saltou para o chão. Amália Ivánovna se atirou para apanhar o dinheiro. Piotr Petróvitch se enraiveceu.

— Segurem essa louca! — começou a gritar.

Na porta, naquele instante, apareceram outras pessoas ao lado de Lebeziátnikov, entre as quais espiavam também as duas damas forasteiras.

— O quê? Louca? Eu é que sou louca? Seu cre-ti-no! — esgoelou-se Katierina Ivánovna. — Você é uma besta, seu despachantezinho de tribunal, sujeito baixo! A Sônia? Onde já se viu a Sônia pegar o dinheiro dele! Quer dizer que a Sônia é uma ladra! Mas ela ainda vai mostrar uma coisa para você, seu cretino! — E Katierina Ivánovna deu uma gargalhada histérica. — Vocês viram só esse cretino? — Ela se precipitou para todos os lados, apontando Lújin para todos. — O quê? Você também? — Ela avistou a senhoria. — Você aí, sua salsicheira, também afirma que ela "roubar", sua reles pé de galinha prussiana vestida de crinolina? Ora essa! Ora essa! Pois ela nem saiu deste quarto e, assim que chegou do seu quarto, seu canalha, ela ficou sentada ali, ao lado do Rodion Románovitch!... Reviste-a! Se ela não foi a lugar nenhum, então o dinheiro tem de estar com ela! Procure, vamos, procure! Mas se você não achar, peça desculpa, e vai ter de responder por isso! Eu vou apelar ao Soberano, ao Soberano, ao tsar misericordioso em pessoa, eu vou me jogar aos pés dele, e vai ser hoje mesmo, já! Eu sou órfã! Vão me deixar entrar! Você acha que não vão? Está mentindo, eu vou entrar! Eu vou entrar! Você calculou tudo isso porque ela é dócil demais, não foi? Você estava contando com isso, não foi? Só que eu, irmão, sou bem despachada! E você vai se dar muito mal! Vamos, procure! Procure, procure, então!

E Katierina Ivánovna, num acesso de fúria, puxou Lújin com força, arrastou-o até Sônia.

— Eu estou pronto a assumir a responsabilidade, senhora... mas se acalme, minha senhora, se acalme! Eu estou vendo muito bem que a senhora é despachada!... O que... o que... é isso, senhora? — balbuciava Lújin. — Isso compete à polícia... se bem que agora, de resto, já existem testemunhas em número suficiente... Eu estou pronto... Mas, em todo caso, é difícil para um homem... por causa do sexo... Quem sabe se, com a ajuda de Amália Ivánovna... se bem que, na verdade, não é assim que se faz uma coisa dessas... Como é possível, senhora?

— Quem quer? Vamos, quem quiser que procure! — gritou Katierina Ivánovna. — Sônia, esvazie os bolsos para eles verem! Olhem, olhem! Veja, seu monstro, está vazio, aqui estava o lenço, o bolso está vazio, você está vendo! Olhe o outro bolso, pronto, pronto! Você está vendo!

E Katierina Ivánovna não só esvaziou os bolsos como puxou os dois bolsos para fora, um depois do outro. Porém, do segundo bolso, o direito, de repente pulou uma nota e, depois de descrever uma parábola no ar, foi cair aos pés de Lújin. Todos viram aquilo; muitos gritaram. Piotr Petróvitch curvou-se, pegou a nota no chão com a ponta de dois dedos, ergueu-a à vista de todos e desdobrou-a. Era uma cédula bancária de cem rublos, dobrada em oito partes. Piotr Petróvitch moveu o braço num círculo, para mostrar a cédula a todos.

— Ladra! Fora do apartamento! Polícia, polícia! — vociferou Amália Ivánovna. — Tem de banir para a Sibéria! Fora!

De todos os lados, voavam gritos. Raskólnikov se mantinha calado, sem desviar os olhos de Sônia, mas de vez em quando olhava ligeiro para Lújin. Sônia continuava no mesmo lugar, como se estivesse inconsciente: nem chegava a parecer surpresa. De repente, o rubor se derramou por todo o seu rosto; ela gritou e cobriu o rosto com as mãos.

— Não, não fui eu! Eu não peguei! Eu não sei! — começou a gritar, num clamor de rasgar o coração, e se precipitou sobre Katierina Ivánovna, que a segurou e apertou-a com força contra si, como se quisesse defendê-la de todos com o próprio peito.

— Sônia! Sônia! Eu não acredito! Veja, eu não acredito! — gritou Katierina Ivánovna (apesar de toda a evidência), embalando-a nos braços como uma criança, beijou-a inúmeras vezes e segurou suas mãos, se agarrando a elas, enquanto as beijava também. — Pensar que você pegou o dinheiro! Mas que gente mais tola, essa! Ah, meu Deus! Vocês são tolos, tolos! — gritava para todos. — Mas vocês ainda não conhecem, não conhecem que coração é este, que mocinha é esta! Ela? Roubar? Pois logo ela que se desfaz do último vestido, vende a própria roupa e até anda descalça, ela, que é capaz de dar tudo para vocês, se estiverem passando necessidade, pois é assim que ela é! Pois ela só recebeu o tal do bilhete amarelo porque meus filhos estavam famintos e desamparados, ela se perdeu por nós!... Ah, meu falecido, meu falecido! Ah, meu falecido, meu falecido! Está vendo só? Está vendo? Esta é a sua refeição fúnebre! Meu Deus! Mas vamos, defenda-a! Por que fica aí parado? Rodion Románovitch! Por que o senhor não intervém? Será possível que até o senhor acredita nisso? Vocês não valem o dedo mindinho dela, todos, todos, todos! Meu Deus! Mas a defenda, afinal!

O choro da pálida, tuberculosa, desamparada Katierina Ivánovna pareceu produzir um forte efeito na plateia. Naquela dor contorcida, naquele rosto chupado e tuberculoso, naqueles lábios ressecados e com coágulos de sangue, naquela voz rouca e clamorosa, naquele choro entrecortado por soluços, semelhante ao choro de uma criança, naquela súplica ingênua, infantil e, ao mesmo tempo, desesperada, em defesa da filha, havia tanta tristeza e tamanha aflição que todos pareceram se compadecer da infeliz. Pelo menos Piotr Petróvitch, na mesma hora, *se compadeceu*.

— Minha senhora! Minha senhora! — exclamou, com voz imponente. — Esse fato não diz respeito à senhora! Ninguém aqui ousa acusá-la de ter planejado ou de ser conivente, ainda mais porque foi a senhora mesma que descobriu, ao revirar o bolso: portanto, a senhora não tinha nenhuma ideia disso. Eu estou absolutamente disposto a me compadecer, no caso de, por assim dizer, a miséria ter coagido Sófia Semiónovna, mas por que, mademoiselle, a senhora não quis confessar? Temia a vergonha? É a primeira vez? Quem sabe a senhora perdeu a cabeça? É compreensível, é perfeitamente compreensível, senhora... Porém, mesmo assim, para que se permitir tais ações? Meu Deus! — E voltou-se para todos os presentes. — Meu Deus! Compadecendo-me e, por assim dizer, me condoendo, talvez eu esteja pronto a perdoar, mesmo agora, apesar das afrontas pessoais que recebi. Espero que esta vergonha de agora lhe sirva de lição para o futuro — dirigiu-se a Sônia. — Da minha parte, não vou levar a questão adiante, e que assim seja: assunto encerrado. Basta!

Piotr Petróvitch olhou de lado para Raskólnikov. Seus olhares se cruzaram. O olhar em chamas de Raskólnikov estava a ponto de reduzi-lo a cinzas. Enquanto isso, Katierina Ivánovna parecia não escutar mais nada: abraçava e beijava Sônia, como que enlouquecida. As crianças, com seus bracinhos, também envolviam Sônia de todos os lados e Pólietchka — que, aliás, não estava entendendo nada — parecia afogada em lágrimas, se desmanchava em soluços e afundava no ombro de Sônia seu rostinho bonito e inchado de tanto chorar.

— Como isso é baixo! — de súbito, uma voz alta irrompeu na porta.

Piotr Petróvitch virou-se depressa.

— Que baixeza! — repetiu Lebeziátnikov, mirando fixamente os olhos dele.

Piotr Petróvitch pareceu até estremecer. Todos notaram. (Mais tarde, lembrariam aquilo.) Lebeziátnikov entrou no quarto.

— E o senhor ainda se atreveu a me apresentar como testemunha? — disse ele, enquanto se aproximava de Piotr Petróvitch.

— O que quer dizer isso, Andrei Semiónovitch? Do que o senhor está falando? — murmurou Lújin.

— Isso quer dizer que o senhor... é um caluniador, é isso que minhas palavras significam! — exclamou Lebeziátnikov, com fervor, fitando-o severo com os olhinhos míopes. Estava tremendamente indignado. Raskólnikov também cravava nele os olhos, parecia agarrar e pesar cada palavra. De novo, reinou o silêncio. Piotr Petróvitch quase ficou fora de si, sobretudo no primeiro momento.

— Se o senhor me... — começou, gaguejante. — Mas o que deu no senhor? Será que ficou louco?

— Eu estou perfeitamente são, o senhor é que é... um impostor! Ah, mas como o senhor é baixo! Eu escutei tudo, eu esperei de propósito até o fim para compreender tudo, porque, confesso, até agora, isso não tem lógica nenhuma... E para que o senhor fez isso, eu não entendo.

— E o que foi que eu fiz de mais? Se o senhor pelo menos parasse de falar por meio dessas suas charadas sem pé nem cabeça! Ou o senhor, quem sabe, não andou bebendo?

— O senhor sim, homem baixo, pode ter bebido, mas não eu! Eu nunca bebo, nem vodca, porque não são essas as minhas convicções! Imaginem só, ele, ele mesmo, com as próprias mãos, deu essa nota de cem rublos para Sófia Semiónovna... eu vi, eu testemunhei, eu juro até perante um tribunal! Ele, ele! — repetia Lebeziátnikov, dirigindo-se a todos e a cada um.

— Mas será que o senhor ficou doido, seu pirralho? — esganiçou-se Lújin. — Pois ela mesma, aqui, na frente de todos, pessoalmente, ela mesma, aqui, agora, ela mesma confirmou que, além dos dez rublos, não recebeu nada de mim. De que forma eu poderia ter dado algum dinheiro para ela, depois disso?

— Eu vi, eu vi! — gritou e confirmou Lebeziátnikov. — E mesmo que isso seja contra as minhas convicções, eu estou pronto a ir agora mesmo a qualquer tribunal e prestar juramento, porque eu vi como o senhor discretamente enfiou o dinheiro no bolso dela! Na porta, na hora em que se despedia, quando ela se virou e o senhor apertou a mão dela, com a outra mão, a esquerda, o senhor meteu discretamente a nota no bolso do vestido. Eu vi, eu vi!

Lújin empalideceu.

— Que mentira está dizendo! — gritou, arrogante. — E como o senhor poderia, da janela onde estava, enxergar uma nota? Foi impressão sua… dos seus olhos míopes. O senhor está delirando!

— Não, não foi uma impressão! E ainda que eu estivesse longe, eu vi, eu vi tudo, e mesmo que, de fato, seja difícil identificar uma nota olhando da janela, e nesse ponto o senhor está dizendo a verdade, acontece que, por um acaso especial, eu soube com certeza que aquela era exatamente uma nota de cem rublos, porque, quando o senhor foi dar a nota de dez rublos para Sófia Semiónovna, eu mesmo vi, o senhor pegou da mesa uma cédula de cem rublos (isso eu vi porque eu estava perto, na hora, e assim no mesmo instante me veio uma ideia, e por isso eu não esqueci que o senhor tinha uma nota nas mãos). O senhor dobrou a nota e a guardou, bem apertada na mão, o tempo todo. Depois eu já ia de novo me esquecer daquela nota, mas quando o senhor levantou e passou a nota da mão direita para a esquerda e quase a deixou cair, aí eu me lembrei de novo, porque então me veio a ideia de que, justamente, o senhor queria fazer uma caridade para ela, sem que eu percebesse. O senhor pode imaginar como eu fiquei atento… e então eu vi como o senhor conseguiu enfiar o dinheiro no bolso dela. Eu vi, eu vi, eu juro perante um tribunal!

Lebeziátnikov por pouco não ficou sufocado. De todos os lados, irromperam diversas exclamações, na maioria expressando surpresa; mas ouviram-se também exclamações que tomaram um tom de ameaça. Todos começaram a se aglomerar em torno de Piotr Petróvitch. Katierina Ivánovna se atirou na direção de Lebeziátnikov.

— Andrei Semiónovitch! Eu estava enganada sobre o senhor! Defenda-a! Só o senhor está do lado dela! É órfã, foi Deus que mandou o senhor! Andrei Semiónovitch, meu querido, meu adorado!

E Katierina Ivánovna, quase sem compreender o que estava fazendo, caiu de joelhos diante de Lebeziátnikov.

— Quanta bobagem! — vociferou Lújin, transtornado de furor. — O senhor inventou toda essa bobagem, meu senhor. "Esqueci, lembrei, esqueci"... o que é isso? Quer dizer que fui eu que, de propósito, coloquei a nota no bolso? Para quê? Com que objetivo? O que eu tenho em comum com essa...

— Para quê? Pois é isso que eu mesmo não entendo, mas que eu estou contando o fato verdadeiro, isso eu garanto! Tanto eu não estou enganado, seu homem detestável e criminoso, que, a esse respeito, eu lembro exatamente que, na hora em que eu agradecia ao senhor e apertava sua mão, me veio à cabeça a questão: por que ele colocou o dinheiro no bolso dela às escondidas? Ou seja, por que tinha de fazer isso às escondidas? Será que foi só porque queria esconder de mim, sabendo que tenho convicções contrárias a isso e que repudio a caridade particular, pois não cura o mal pela raiz? Muito bem, eu concluí que o senhor, de fato, teve vergonha de dar tamanha quantia na minha frente e, além disso, talvez, eu pensei, ele deseje fazer uma surpresa para ela, deixá-la admirada, quando encontrar no bolso cem rublos. (Porque vários benfeitores adoram distribuir suas dádivas desse modo, eu sei.) Depois, também me veio a ideia de que o senhor queria experimentá-la, ou seja, verificar se ia agradecer, quando encontrasse. Depois, pensei que o senhor queria se esquivar de agradecimentos para, bem, como dizem mesmo?... Para que a mão direita não saiba... em suma, é mais ou menos isso... Pois bem, eu nem sei quantas ideias me vieram à cabeça, na hora, e assim deixei para pensar sobre tudo isso depois, porém achei indelicado revelar ao senhor que eu conhecia o segredo. No entanto, na mesma hora me veio de novo à cabeça a questão: e se Sófia Semiónovna perder o dinheiro antes de notar que está com aquele benefício? Foi por isso que eu resolvi vir aqui, para chamá-la e avisar que tinham colocado cem rublos no seu bolso. No caminho, passei primeiro no quarto das senhoras Kobiliátnikov, para entregar a elas a *Conclusão geral do método positivo* e recomendar, em especial, o artigo de Piderit (também o de Wagner, aliás);[2] depois vim para cá e então, aqui, veja só que situação! Pois bem, será que eu poderia ter todos esses pensamentos e raciocínios se de fato não tivesse visto que o senhor introduziu cem rublos no bolso dela?

2 Trata-se de uma coletânea de artigos de orientação positivista, traduzida em São Petersburgo em 1866, na qual figuram os artigos de M. Piderit ("Cérebro e espírito: Ensaio de fisiologia psicológica para todos os leitores que refletem") e de A. Wagner ("A regularidade em ações humanas aparentemente aleatórias, do ponto de vista da estatística").

Quando terminou seu arrazoado palavroso, com o desfecho de uma conclusão tão lógica, Andrei Semiónovitch estava terrivelmente cansado e o suor até escorria do seu rosto. Pena que não fosse capaz de se explicar direito em russo (de resto, não sabia nenhuma outra língua) e por isso, de modo um tanto abrupto, ficou esgotado e chegou até a parecer mais magro, na hora, após aquela sua proeza de advogado. Todavia seu discurso produziu um efeito extraordinário. Ele falou com tamanho fervor e tamanha convicção que, pelo visto, todos acreditaram nele. Piotr Petróvitch sentiu que a situação não era nada boa.

— O que me importa se sei lá que questões vieram à cabeça do senhor? — gritou ele. — Isso não é prova de nada, senhor! O senhor pode muito bem ter delirado e sonhado tudo isso, e nada mais! Pois eu afirmo que está mentindo, meu senhor! Está mentindo e me cobre de calúnias, movido por um rancor qualquer, ou mais exatamente por animosidade, porque eu não concordei com suas propostas sociais de livre-pensador ateu, é por isso, senhor!

Mas esse subterfúgio não trouxe proveito para Piotr Petróvitch. Ao contrário, de todos os lados ouviu-se um murmúrio de descontentamento.

— Ah, veja só a que ponto você chegou! — gritou Lebeziátnikov. — Está mentindo! Chame a polícia que eu vou jurar perante o tribunal! Só há uma coisa que eu não consigo entender: para que se arriscar com um gesto tão baixo! Ah, que homem mesquinho e infame!

— Eu posso explicar para que ele se arriscou a tal gesto e, se necessário, eu mesmo vou jurar perante o tribunal! — afirmou Raskólnikov, afinal, com voz firme, e adiantou-se.

Parecia seguro e tranquilo. Bastou um único olhar para ele para que se tornasse bastante claro, aos olhos de todos, que Raskólnikov sabia, de fato, do que estava falando, e que havia chegado o desenlace.

— Agora, está tudo perfeitamente claro para mim — prosseguiu Raskólnikov, dirigindo-se diretamente a Lebeziátnikov. — Desde o início dessa história, eu comecei a desconfiar que havia aqui um ardil infame; comecei a desconfiar por causa de certas circunstâncias especiais, que só eu conheço e que agora vou explicar para todos: nelas se encontra a origem de tudo! O senhor mesmo, Andrei Semiónovitch, com o seu precioso testemunho, esclareceu tudo para mim, em definitivo. Peço a todos, a todos, que escutem: este senhor — apontou para Lújin —, há pouco tempo, fazia a corte a uma jovem, mais exatamente a minha irmã, Avdótia Románovna Raskólnikova. Porém, depois de chegar a Petersburgo, ele, anteontem, em nosso primeiro encontro, desentendeu-se comigo e eu o expulsei da minha casa, e aqui mesmo há duas testemunhas disso. Esse homem é muito perverso... Anteontem, eu ainda não sabia que ele morava aqui na pensão, no seu quarto, Andrei Semiónovitch, e que, portanto, naquele mesmo dia em que nos desentendemos, ou seja, anteontem, ele foi testemunha de eu ter dado, na qualidade de amigo do falecido sr. Marmeládov, algum dinheiro à sua esposa, Katierina Ivánovna, para custear o enterro. Sem demora, ele escreveu um bilhete para minha mãe e informou-a de que eu dera todo o dinheiro não para Katierina Ivánovna, mas para Sófia Semiónovna e, na ocasião, com os termos mais sórdidos, se referiu ao... ao caráter de Sófia Semiónovna, ou seja, fez insinuações sobre o caráter de minhas relações com Sófia Semiónovna. Tudo isso, como os senhores estão compreendendo, com o objetivo de criar um atrito entre mim, minha mãe e minha irmã, persuadi-las de que eu ando desperdiçando, com os fins mais indignos, o último dinheiro que elas possuem e com qual elas estão me ajudando. Ontem à noite, diante da minha mãe e da minha irmã, e na presença dele, eu restabeleci a verdade, mostrei que dei o dinheiro para Katierina Ivánovna a fim de pagar o enterro, e não para Sófia Semiónovna, e que anteontem eu ainda não conhecia Sófia Semiónovna e nem sequer tinha visto seu rosto. A isso eu acrescentei que ele, Piotr Petróvitch Lújin, com todos os seus méritos, não vale o dedo mindinho de Sófia Semiónovna, a quem ele se referia de modo tão maldoso. Quando ele me perguntou se eu sentaria Sófia Semiónovna ao lado de minha irmã, respondi que já tinha feito isso, naquele mesmo dia. Tomado pela fúria ao ver que minha mãe e minha irmã não queriam brigar comigo por causa de suas calúnias, ele, com todas as letras, começou a dizer insolências imperdoáveis para elas. Aconteceu uma ruptura definitiva e ele foi expulso. Tudo isso aconteceu ontem à noite. Agora peço uma atenção especial: imaginem os senhores que, se agora ele conseguisse provar que Sófia Semiónovna é uma ladra, em primeiro lugar, ele mostraria para minha irmã e minha mãe que ele estava quase certo em suas suspeitas; que ele tinha se indignado com razão por eu tratar minha irmã como uma pessoa do mesmo escalão que Sófia Semiónovna; e que, ao me atacar, ele defendia e, portanto, salvaguardava a honra da minha irmã e da sua noiva. Numa palavra, com tudo isso, ele podia até me indispor com meus familiares e, é claro, esperava ganhar de novo a afeição das duas. Nem é preciso dizer que, desse modo, ele também se vingaria de mim pessoalmente, porque ele tem bastante fundamento para supor que a honra e a felicidade de Sófia

Semiónovna são muito caras para mim. Aí está todo o cálculo dele! Aí está como eu entendo a questão! Aí está todo o motivo e não pode haver outro!

Desse modo, ou quase, Raskólnikov concluiu seu discurso, interrompido muitas vezes por exclamações da plateia, que, de resto, escutava com grande atenção. Porém, apesar de todas as interrupções, ele falou de modo incisivo, tranquilo, preciso, claro, firme. A voz incisiva, o tom convicto e o rosto severo produziram, em todos, um efeito extraordinário.

— Sim, é isso mesmo! — confirmou Lebeziátnikov, com entusiasmo. — Deve ser isso mesmo, pois assim que Sófia Semiónovna entrou em nosso quarto, ele justamente me perguntou se o senhor estava aqui, se eu tinha visto o senhor "entre os convidados de Katierina Ivánovna". Para isso, ele me levou até a janela e ali, baixinho, me fez a pergunta. Portanto, ele precisava a todo custo ter o senhor aqui! É isso, tudo se encaixa!

Lújin sorria calado e com ar desdenhoso. No entanto, estava muito pálido. Parecia refletir num modo de se desvencilhar. Podia, talvez, largar tudo aquilo de lado e, com prazer, ir embora, mas, naquele momento, isso era quase impossível; significaria reconhecer abertamente a verdade das acusações levantadas contra ele e que estava de fato caluniando Sófia Semiónovna. Além disso, a plateia, que já bebera além da conta, estava agitada demais. O funcionário das provisões, embora não tivesse compreendido tudo, era quem mais gritava, e sugeria algumas providências nada agradáveis para Lújin. Porém havia alguns que não estavam bêbados; tinham acorrido de todos os quartos para lá. Os três polaquinhos se exaltaram demais e gritavam para ele, sem parar: "*pane laidak!*",[3] ao mesmo tempo resmungavam algumas ameaças em polonês. Sônia escutava, tensa, mas também parecia não estar entendendo tudo, como se tivesse acabado de acordar de um desmaio. Apenas não desviava seus olhos de Raskólnikov, sentindo que nele estava toda sua proteção. Katierina Ivánovna tinha a respiração rouca e difícil e parecia tomada por uma exaustão terrível. Entre todos, Amália Ivánovna era a mais aturdida, de boca aberta e sem compreender rigorosamente nada. Via apenas que Piotr Petróvitch, de algum modo, tinha sido desmascarado. Raskólnikov pediu para falar outra vez, mas já nem o deixaram terminar: todos gritavam e se espremiam em torno de Lújin, com xingamentos e ameaças. Mas Piotr Petróvitch não se intimidou. Vendo que a

3 "Senhor canalha!"

tentativa de incriminar Sônia estava completamente frustrada, ele resolveu apelar de uma vez para o descaramento.

— Com licença, senhores, com licença, não apertem, me deixem passar! — dizia, enquanto abria caminho na multidão. — E façam o obséquio de não ameaçar; garanto aos senhores que não vai acontecer nada, os senhores não farão nada, não me assustam nem um pouco, ao contrário, os senhores é que terão de responder, por barrarem à força a ação da justiça. A ladra foi mais do que desmascarada e eu vou abrir um processo. Lá no tribunal, eles não são tão cegos e... não estão embriagados, senhores, e não vão acreditar em dois notórios ateus, agitadores e livres-pensadores, que me acusam por vingança pessoal, algo que eles mesmos confessaram, devido à sua estupidez... Sim, senhores, com licença!

— Eu não quero mais ver nem sombra do senhor no meu quarto; faça o favor de ir embora e está tudo encerrado entre nós! Como eu posso pensar que fiz de tudo para explicar para ele... durante duas semanas inteiras!...

— Mas, afinal de contas, Andrei Semiónovitch, eu mesmo disse para o senhor, agora há pouco, que eu ia embora, quando era o senhor que ainda queria me reter em sua casa; agora, eu apenas acrescento que o senhor não passa de um estúpido. Desejo ao senhor que cure sua mente e seus olhos míopes. Com licença, senhores!

Ele abriu caminho; mas o funcionário das provisões não queria soltá-lo tão facilmente, só com alguns insultos: pegou um copo na mesa, ergueu o braço e atirou-o contra Piotr Petróvitch; mas o copo foi bater em cheio em Amália Ivánovna. Ela deu um grito esganiçado e o funcionário das provisões, que perdeu o equilíbrio com o movimento do braço, desabou pesadamente para baixo da mesa. Piotr Petróvitch seguiu para seu quarto e, meia hora depois, já não estava mais no prédio. Sônia, tímida por natureza, sabia desde antes que seria mais fácil destruir a ela do que qualquer outra pessoa e que qualquer um podia ofendê-la quase impunemente. Contudo, até aquele minuto, tinha a impressão de que, de algum modo — com cuidado, docilidade, obediência, diante de todos e de cada um —, era possível esquivar-se da desgraça. Seu desencanto era profundo demais. Naturalmente, com paciência e quase com resignação, ela conseguia suportar tudo, até aquilo. Porém, no primeiro minuto, foi duro demais. Apesar de seu triunfo e de sua justificação — quando passou o primeiro susto e o primeiro estupor, quando ela entendeu e captou tudo com clareza —, o sentimento de desamparo e de ultraje comprimiu seu coração de modo torturante. Ela teve um início de histeria. Enfim, sem se conter, precipitou-se para fora do quarto e correu para sua casa. Foi logo depois da saída de Lújin. Amália Ivánovna, quando foi atingida pelo copo, para a gargalhada geral dos presentes, também não suportou a ideia de ter de pagar pelos pecados alheios. Com um grito esganiçado, ela se atirou como uma doida contra Katierina Ivánovna, julgando-a culpada de tudo.

— Fora da pensão! Já! Ande! — E, com tais palavras, começou a agarrar e jogar no chão todas as coisas de Katierina Ivánovna que caíam em suas mãos. Já quase morta, mesmo antes disso, à beira de um desmaio, Katierina Ivánovna, arquejante, pálida, levantou-se bruscamente da cama (onde havia tombado de exaustão) e se atirou contra Amália Ivánovna. Mas a luta era desigual demais; a senhoria a repeliu como se fosse uma pluma.

— O quê? Já não basta ter de ouvir calúnias hereges: ainda por cima essa besta vem me atacar! Como pode? No dia do enterro do meu marido, ela me expulsa de casa, e depois de receber a minha hospitalidade, me põe no olho da rua junto com os órfãos! Para onde eu vou? — berrava e ofegava, soluçante. — Será que não existe mais justiça? Quem a justiça vai defender, se não for a nós, os órfãos? Mas está certo, veremos! No mundo, ainda existe a justiça e o direito, eu vou procurar! E vai ser já, pode esperar, sua besta herege! Pólietchka, fique com as crianças, eu vou voltar. Espere por mim, mesmo que seja na rua! Vamos ver se não existe justiça neste mundo!

E, depois de jogar sobre a cabeça aquele mesmo lenço verde de *drap de dames* do qual o falecido Marmeládov se lembrara em seu relato, Katierina Ivánovna abriu caminho no meio da multidão bêbada e caótica dos inquilinos, todos ainda aglomerados dentro do quarto, e saiu para a rua, entre lamentos e lágrimas — com o vago propósito de ir já e bem depressa para algum lugar, onde pudesse, a qualquer custo, encontrar justiça. Pólietchka ficou apavorada junto com as crianças, no canto, ao lado do baú, onde, toda trêmula, abraçada aos dois irmãos menores, passou a aguardar a chegada da mãe. Amália Ivánovna rodava desvairada pelo quarto, gania, se lamentava, jogava no chão tudo que caía em suas mãos, num completo desatino. Os inquilinos berravam numa algazarra sem pé nem cabeça — alguns concluíam que sabiam o que havia ocorrido; outros discutiam e brigavam; outros, ainda, entoavam canções…

"E chegou a minha hora, também!", pensou Raskólnikov. "Muito bem, Sófia Semiónovna, vamos ver o que a senhora vai me dizer agora!"

E seguiu para o apartamento de Sônia.

IV

Raskólnikov foi um veemente e enérgico advogado de Sônia contra Lújin, apesar de suportar na alma, ele mesmo, tanto horror e sofrimento próprios. Todavia, tendo padecido tanto pela manhã, pareceu ficar contente com a oportunidade de mudar de impressões, que tinham se tornado insuportáveis, já sem falar de tudo que havia de pessoal e amoroso em seu ímpeto de defender Sônia. Além disso, Raskólnikov tinha em vista o iminente encontro com Sônia, que o perturbava tremendamente, em especial naqueles minutos: ele *tinha* de declarar a ela quem havia matado Lizavieta, pressentia o tormento terrível e era como se o repelisse para longe, com as mãos. Por isso, ao sair do quarto de Katierina Ivánovna, quando pensou: "Muito bem, Sófia Semiónovna, vamos ver o que a senhora vai me dizer agora!", obviamente Raskólnikov ainda se encontrava num estado superficial de exaltação, devido à audácia, ao desafio e à vitória sobre Lújin. Mas aconteceu algo estranho com ele. Quando chegou ao aparta mento de Kapernaúmov, Raskólnikov sentiu no íntimo uma súbita fraqueza e um temor. Envolto em pensamentos, parou diante da porta com a estranha pergunta: "Será mesmo preciso contar para ela quem matou Lizavieta?". A pergunta era estranha, entretanto, porque de repente ele sentiu que não só não podia deixar de contar aquilo como também chegava a ser impossível adiar aquele minuto, mesmo que por um curto prazo. Raskólnikov ainda não sabia por que era impossível, apenas *sentia* isso, e a torturante consciência de sua fraqueza em face da necessidade quase o esmagava. Para não continuar refletindo e se torturando, ele abriu depressa a porta e, da soleira, olhou para Sônia. Estava sentada, os cotovelos apoiados na mesinha, o rosto coberto pelas mãos, porém, ao ver Raskólnikov, levantou-se ligeiro e foi a seu encontro, como se o estivesse esperando.

— O que seria de mim sem o senhor! — exclamou depressa, encontrando-se com ele no meio do quarto. Obviamente, era só isso que ela queria lhe dizer e sem demora. Depois, ficou esperando.

Raskólnikov seguiu até a mesa e sentou-se na cadeira da qual Sônia havia acabado de se levantar. Ela se pôs de pé diante dele, a dois passos, exatamente como na véspera.

— E então, Sônia? — disse Raskólnikov e, de repente, sentiu a voz tremer. — Quer dizer que toda a questão dependia da "posição social e dos costumes ligados a ela". A senhora compreendeu isso, agora há pouco?

O sofrimento se estampou no rosto de Sônia.

— Só não quero que o senhor fale comigo como fez ontem! — Ela o interrompeu. — Por favor, o senhor não comece. Já basta de tanto tormento...

Mas logo ela sorriu, com medo de que ele não gostasse daquela repreensão.

— Eu fui tola por fugir. O que será que está acontecendo lá? Agora, me deu vontade de ir até lá, mas o tempo todo eu fiquei pensando que... o senhor ia passar aqui.

Raskólnikov contou que Amália Ivánovna tinha despejado a família dela da pensão e que Katierina Ivánovna saiu correndo para algum lugar, "em busca de justiça".

— Ah, meu Deus! — gritou Sônia. — Vamos logo para lá...

E apanhou seu xale.

— É sempre a mesma coisa! — gritou Raskólnikov, irritado. — A senhora só pensa neles! Fique comigo um pouco.

— Mas... e a Katierina Ivánovna?

— A Katierina Ivánovna, é claro, não vai escapar da senhora, ela mesma vai vir aqui, pois já saiu de casa — acrescentou com rispidez. — Se ela chegar aqui e não encontrar a senhora, é a senhora que vai ser a culpada...

Numa indecisão torturante, Sônia sentou-se na cadeira. Raskólnikov ficou mudo, olhando para o chão e refletindo sobre alguma coisa.

— Vamos supor que Lújin não quis levar isso adiante agora — começou ele, sem olhar para Sônia. — Na verdade, se quisesse ou se tivesse planejado isso, de alguma forma ele teria mandado a senhora para a prisão, se por acaso eu e o Lebeziátnikov não estivéssemos ali! Não é?

— Sim — respondeu, com voz fraca. — Sim! — repetiu, distraída e abalada.

— Pois eu podia muito bem não estar ali, na hora! E o Lebeziátnikov, esse então apareceu por puro acaso.

Sônia ficou calada.

— E se a senhora fosse para a prisão, o que ia acontecer? A senhora lembra o que eu disse ontem?

De novo, Sônia não respondeu. Ele esperou.

— Pensei que a senhora fosse gritar de novo: "Ah, pare, não fale mais!" — Raskólnikov deu uma risada, mas com certo esforço. — E então, continua calada? — perguntou, após um minuto. — Afinal, é preciso conversar sobre alguma coisa! Veja, eu estou interessado exatamente em saber como a senhora resolveria agora uma "questão", como disse o Lebeziátnikov. — Parecia estar começando a se confundir. — Não, juro, eu estou falando sério. Imagine, Sônia, que a senhora já conhecesse de antemão todo o plano de Lújin, soubesse (ou seja, soubesse com toda a certeza) que, por causa disso, a Katierina Ivánovna e as crianças estariam completamente perdidas; e a senhora também, para completar (pois a senhora se vê como um mero *complemento*). A Pólietchka também... porque ela vai pelo mesmo caminho. Pois bem; então é o seguinte: e se agora, de repente, coubesse à senhora decidir entre um e outro quem deveria viver neste mundo: o Lújin, que se vivesse faria coisas sórdidas, ou se era a Katierina Ivánovna que teria de morrer. Então, o que a senhora decidiria: qual dos dois deve morrer? Eu estou perguntando à senhora.

Aflita, Sônia olhou bem para ele: tinha percebido alguma coisa diferente naquelas palavras vacilantes, que aludiam a algo longínquo.

— Eu já estava pressentindo que o senhor ia perguntar alguma coisa desse tipo — disse ela, olhando para Raskólnikov com ar indagador.

— Está certo, não importa; mas como a senhora resolveria?

— Para que o senhor pergunta uma coisa que é impossível? — disse ela, com repulsa.

— Quer dizer que é melhor que o Lújin viva e faça coisas sórdidas! A senhora não ousa decidir nem isso?

— Acontece que eu não posso conhecer a Providência Divina... E para que o senhor pergunta o que não se pode perguntar? Para que servem essas perguntas vazias? Como pode acontecer que isso dependa da minha decisão? E quem foi que fez de mim um juiz que decide quem vai viver e quem não vai?

— Então, já que a Providência Divina se meteu no assunto, não se pode fazer mais nada — resmungou Raskólnikov, em tom soturno.

— É melhor dizer francamente o que está querendo! — gritou Sônia, com aflição. — O senhor está outra vez insinuando alguma coisa... Será que só veio aqui para me atormentar?

Ela não aguentou mais e, de súbito, desatou a chorar amargamente. Raskólnikov, numa angústia sombria, olhava para ela. Passaram cinco minutos.

— Você tem razão, Sônia — disse ele, afinal, em voz baixa. De repente, Raskólnikov se transformara; seu tom forçado e arrogante, impotente e provocador, desapareceu. De súbito, até sua voz ficou fraca. — Eu mesmo disse ontem para você que eu não viria pedir perdão, mas agora, mal comecei, já estou pedindo perdão... Isso que eu falei sobre o Lújin e a Providência foi para mim mesmo... Eu estava pedindo perdão, Sônia...

Tentou sorrir, mas algo impotente e inacabado se refletiu em seu sorriso pálido. Inclinou a cabeça e cobriu o rosto com as mãos.

De repente, a sensação estranha e inesperada de um ódio corrosivo contra Sônia passou pelo coração de Raskólnikov. Um tanto surpreso e assustado com aquela sensação, ele ergueu a cabeça de repente e olhou fixo para Sônia; mas deparou com o olhar dela, inquieto, preocupado, à beira do tormento; ali havia amor; o ódio de Raskólnikov desapareceu como um espectro. Não era isso; ele tomou um sentimento por outro. Significava apenas que *aquele* minuto havia chegado.

Mais uma vez, cobriu o rosto com as mãos e baixou a cabeça. De súbito, empalideceu, levantou-se da cadeira, lançou um olhar para Sônia e, sem dizer nada, foi sentar-se na cama.

Em suas sensações, aquele minuto foi horrivelmente semelhante ao momento em que estava de pé atrás da velha, depois de ter desprendido o machado do laço, e sentiu que "não havia mais nenhum instante a perder".

— O que há com o senhor? — perguntou Sônia, terrivelmente assustada.

Raskólnikov não conseguia falar. Não era assim, nem um pouco, nem de longe, que ele planejava *declarar*, e nem ele mesmo estava entendendo o que agora se passava consigo. Sônia chegou perto, devagar, sentou na cama a seu lado e esperou, sem desviar dele os olhos. O coração martelava e fraquejava. A situação se tornou insuportável: Raskólnikov virou para ela um rosto de palidez mortal; os lábios se crisparam débeis, buscando forças para falar. Um horror passou pelo coração de Sônia.

— O que há com o senhor? — repetiu, afastando-se ligeiramente.

— Não é nada, Sônia. Não se assuste... Bobagem! Se pensar bem, é só uma bobagem — balbuciou, com o ar de alguém que delira, sem noção nem de si mesmo. — Para que eu vim aqui atormentar você? — acrescentou, olhando para ela. — Sério. Para quê? É a pergunta que eu me faço o tempo todo, Sônia...

Talvez ele tivesse feito a pergunta a si mesmo uns quinze minutos antes, mas agora falava completamente sem forças, quase sem noção de si mesmo, e sentindo um tremor incessante em todo o corpo.

— Oh, como o senhor se atormenta! — Sônia falou com sofrimento, olhando bem para ele.

— É tudo uma bobagem!... Veja, Sônia. — De repente, sorriu por alguma razão, um tanto pálido e debilitado, por uns dois segundos. — Lembra que eu ontem queria contar uma coisa para você?

Sônia aguardava, inquieta.

— Quando eu fui embora, falei que talvez eu estivesse me despedindo para sempre, mas que eu ainda viria aqui hoje, para contar a você... quem matou a Lizavieta.

De repente, todo o corpo de Sônia estremeceu.

— Pois bem, eu vim aqui para contar.

— Pois é, de fato o senhor ontem... — sussurrou ela, com esforço. — E por que o senhor sabe? — perguntou depressa, como se tivesse despertado, subitamente.

Sônia começou a respirar com dificuldade. Seu rosto se tornou cada vez mais pálido.

— Eu sei.

Ela ficou em silêncio um minuto.

— Será que acharam... *ele*? — perguntou, tímida.

— Não, não acharam.

— Então, como é que o senhor sabe *disso*? — perguntou de novo, em voz quase inaudível e, de novo, após quase um minuto de silêncio.

Raskólnikov se virou para ela e olhou muito, muito fixo.

— Adivinhe — falou com o mesmo sorriso torto e débil de antes.

Foi como se uma convulsão percorresse todo o corpo de Sônia.

— Mas o senhor... me... por que é que o senhor fica... me assustando assim? — Ela falou sorrindo como uma criança.

— Portanto, se eu sei... eu sou um grande amigo *dele* — continuou Raskólnikov, que continuava a olhar com insistência para o rosto de Sônia, como se já não tivesse forças para desviar os olhos. — A Lizavieta, ele... não queria matar... Ele a matou... por acidente... Ele queria matar a velha... quando estava sozinha... ele veio... E aí entrou a Lizavieta... Aí ele... a matou.

Passou mais um horrível minuto. Os dois olhavam um para o outro.

— Então, você não consegue adivinhar? — perguntou Raskólnikov, de repente, com a sensação de quem se joga do alto de um campanário.

— N-não — sussurrou Sônia, em voz quase inaudível.

— Olhe direitinho.

E assim que falou isso, mais uma vez aquela sensação anterior, e já conhecida, congelou sua alma: olhou para ela e, de súbito, no rosto de Sônia, pareceu ver o rosto de Lizavieta. Lembrou nitidamente a expressão do rosto de Lizavieta quando ele se aproximou com o machado e ela se afastou na direção da parede, o braço estendido para a frente, com um temor absolutamente infantil no rosto, igualzinho às crianças pequenas quando começam a ter medo de alguma coisa, olham imóveis e inquietas para aquilo que as assusta, e vão se afastando, recuando, estendem o bracinho para a frente e se preparam para chorar. Quase a mesma coisa estava acontecendo agora com Sônia: também indefesa, com o mesmo temor, ela olhou para Raskólnikov por um tempo e, de súbito, estendeu o braço esquerdo para a frente, de leve, um pouquinho de nada, apoiou-se com os dedos no peito dele e, devagar, começou a se levantar da cama, se afastando cada vez mais de Raskólnikov, o olhar cada vez mais imóvel sobre ele. O horror de Sônia, de repente, contaminou Raskólnikov: foi como se o mesmo espanto aparecesse também no rosto dele, como se ele também olhasse assim para ela, quase até com o mesmo sorriso *infantil*.

— Adivinhou? — sussurrou, afinal.

— Meu Deus! — Um lamento horrível irrompeu do peito de Sônia. Ela tombou impotente na cama, o rosto afundado no travesseiro. Porém, após um instante, ergueu-se depressa, moveu-se na direção dele, segurou suas mãos entre os dedos finos, apertou com força, como um torno, ficou imóvel de novo, olhando para o rosto dele, como se estivesse colada ali onde estava. Com aquele último olhar desesperado, ela queria descobrir e captar qualquer sinal de uma última esperança. Mas não havia esperança; não restava nenhuma dúvida; era tudo *assim mesmo*! Depois, mais tarde, quando recordava aquele momento, Sônia achava estranho e assombroso: por que justamente ela viu, então, e de modo tão imediato, que não havia mais nenhuma dúvida? Afinal, ela não podia dizer, por exemplo, que havia pressentido algo desse tipo, podia? No entanto, agora, assim que Raskólnikov lhe contou, ela teve a repentina impressão de que, de fato, parecia já ter pressentido exatamente aquilo.

— Chega, Sônia, chega! Não me torture! — pediu ele, com voz sofrida.

Não foi assim, nem de longe, que ele havia pensado em contar para ela, mas acabou sendo *assim*.

Um tanto fora de si, ela se levantou de um pulo e, retorcendo as mãos uma na outra, chegou ao meio do quarto; mas voltou depressa e sentou de novo ao lado de Raskólnikov, quase tocando seu ombro no ombro dele. De súbito, como se algo a tivesse trespassado, ela estremeceu, deu um grito e, sem saber por que, se atirou de joelhos diante dele.

— O que foi que o senhor fez, o que foi que o senhor fez contra si mesmo! — exclamou em desespero e, depois de se pôr de pé, num pulo, se atirou sobre ele, abraçou-o pelo pescoço e apertou Raskólnikov entre os braços com toda a força.

Raskólnikov recuou e olhou para ela com um sorriso tristonho.

— Como você é estranha, Sônia... abraça e beija, quando eu acabei de falar *daquilo*. Você está fora de si.

— Não, não, agora você é a pessoa mais infeliz que existe no mundo todo! — exclamou Sônia, como num acesso de loucura, sem escutar o comentário dele e, de repente, desatou a chorar e soluçar, como num acesso de histeria.

Um sentimento que ele já não conhecia desde muito tempo se derramou como uma onda em sua alma e apaziguou-a de um só golpe. Raskólnikov não se opôs ao sentimento: duas lágrimas escorreram dos olhos e ficaram penduradas nos cílios.

— Então, você não vai me deixar, Sônia? — perguntou, olhando para ela quase sem esperança.

— Não, não; nunca, em nenhum lugar! — gritou Sônia. — Eu vou com você, eu vou para toda parte! Ah, meu Deus!... Ah, eu sou uma infeliz!... Por que, por que eu não conheci você antes? Por que você não veio antes? Ah, meu Deus!

— Olhe aqui, eu vim.

— Só agora! Ah, o que se vai fazer agora?... Junto, junto! — repetia Sônia, como se estivesse fora de si, e abraçou-o de novo. — Eu vou junto com você para os trabalhos forçados!

De repente, Raskólnikov meio que estremeceu, o mesmo sorriso anterior de ódio, quase arrogante, contraiu seus lábios.

— Pode ser, Sônia, que eu ainda não queira ir para os trabalhos forçados — disse ele.

Sônia olhou rápido para ele.

Depois da primeira, fervorosa e torturante compaixão por um infeliz, a ideia horrível do assassinato mais uma vez deixou Sônia chocada. Na mudança do tom das palavras de Raskólnikov, ela entreouviu, de repente, o assassino. Olhava para ele com assombro. Ainda não sabia de nada, nem por que nem como nem para que aquilo tinha ocorrido. Agora, todas essas perguntas se inflamaram em sua consciência. E, mais uma vez, ela não acreditou: "Ele, um assassino! Será possível?".

— Mas o que é isso? Onde é que eu estou? — exclamou com profunda perplexidade, como se ainda não tivesse voltado a si. — Mas como o senhor, o senhor, uma pessoa *assim*... pôde se atrever a isso?... O que é isso?

— Pois é, foi para roubar. Pare, Sônia! — respondeu, como se estivesse cansado e até um pouco aborrecido.

De pé, Sônia se sentia um pouco aturdida, mas de repente gritou:

— Você estava com fome! Você... foi para ajudar a sua mãe? Não foi?

— Não, Sônia, não foi — balbuciou, virando-se e deixou a cabeça pender. — Eu não tinha tanta fome assim... Na verdade, eu queria ajudar minha mãe, mas... não foi nada disso... não me torture, Sônia!

Ela ergueu as mãos.

— Mas será possível, será possível que tudo isso seja verdade? Meu Deus, mas então que verdade é essa? Quem é que pode acreditar nisso?... E como é que o senhor abre mão do seu último centavo e mata para roubar? Ah!... — gritou ela, de repente. — Aquele dinheiro que o senhor deu para Katierina Ivánovna... aquele dinheiro... Meu Deus, será possível que aquele dinheiro...

— Não, Sônia — ele tratou logo de interromper. — Não foi aquele dinheiro, se acalme! Esse era o dinheiro que a minha mãe me mandou, por intermédio de um comerciante, e eu recebi quando estava doente, no mesmo dia em que dei para vocês... O Razumíkhin viu... foi ele mesmo quem recebeu por mim... esse dinheiro era meu, meu próprio, meu de verdade.

Sônia escutava com perplexidade e, com todas as suas forças, tentava compreender alguma coisa.

— Já *aquele* dinheiro... aliás, eu nem sei se havia mesmo algum dinheiro ali... — acrescentou Raskólnikov, em voz baixa, um tanto pensativo. — Na hora, eu tirei do pescoço dela uma bolsinha de camurça... cheia, estava abarrotada, a bolsinha ... e eu nem olhei o que tinha dentro dela; não tive tempo, na certa... E quanto aos objetos, umas abotoaduras e correntinhas, mais nada, eu levei todos os objetos e a bolsinha para o pátio de outro edifício, na avenida V..., e enterrei embaixo de uma pedra, já na manhã seguinte. Está tudo lá, agora.

Sônia escutava com todo o esforço.

— Sei, mas então para que foi... como é que o senhor me disse que foi para roubar, se não tirou nada para si? — perguntou depressa, tentando se agarrar a um último fio de esperança.

— Não sei... eu ainda não decidi se vou pegar aquele dinheiro ou não — explicou, de novo muito pensativo e, de súbito, voltando a si, deu um riso curto e rápido. — Ah, que bobagem eu acabei de dizer, não é?

Num lampejo, uma ideia passou pela cabeça de Sônia: “Será que está maluco?”. Mas logo ela deixou aquilo de lado: não, era outra coisa. Nada, nada, ela não estava entendendo nada!

— Sabe, Sônia — disse ele, de repente, com uma espécie de entusiasmo. — Você sabe o que eu vou lhe dizer? Se eu tivesse assassinado só porque estava com fome — prosseguiu, marcando bem cada palavra e olhando para ela de modo enigmático, mas sincero —, nesse caso, eu agora estaria... *feliz*! Pois fique sabendo disso!

— E de que, de que adiantaria para você — gritou Raskólnikov, após um momento, já com certo desespero —, de que adiantaria para você, se eu confessasse agora que fiz uma coisa ruim? Pois de que serve para você essa vitória estúpida sobre mim? Ah, Sônia, será que foi para isso que eu vim aqui agora me encontrar com você?

De novo, Sônia fez menção de dizer alguma coisa, mas calou-se.

— E foi por isso que eu chamei você ontem para ir comigo, porque só me restou você.

— Chamou para ir aonde? — perguntou Sônia, tímida.

— Não é para roubar nem matar, não se preocupe, não é para isso — ele forçou um riso sarcástico. — Somos pessoas diferentes... Sabe, Sônia, afinal só agora, só agora eu entendi: *para onde* eu chamei você ontem? Pois ontem, quando chamei, eu mesmo não entendia para onde era. Foi só por uma coisa que eu chamei, foi só por uma coisa que eu vim aqui: para você não me deixar. Você não vai me deixar, Sônia?

Ela apertou a mão de Raskólnikov.

— Mas por que, por que foi que eu contei para ela, por que eu revelei para ela? — exclamou Raskólnikov, em desespero, um minuto depois, num tormento infinito, olhando para Sônia. — Veja, você está esperando de mim uma explicação, fica sentada, esperando, eu estou vendo; mas o que eu vou dizer para você? Afinal, você não vai compreender nada, só fica sofrendo... por minha causa! Pronto, olhe só, você está chorando e me abraça de novo... mas para que está me abraçando? Acontece que eu não suportei mais e então vim descarregar em cima de outra pessoa: "Sofra você também, para mim vai ser mais leve!". Como pode você amar um canalha como esse?

— E por acaso você também não está sentindo um tormento? — gritou ela.

De novo, o mesmo sentimento se derramou como uma onda na alma de Raskólnikov e, de novo, apaziguou-a num instante.

— Sônia, eu tenho o coração malvado, entenda isso: muita coisa pode ser explicada desse modo. Eu vim aqui porque sou malvado. Há outros que não viriam. E eu também sou covarde e... canalha! Mas... deixe para lá! A questão não é essa... Agora, é preciso falar, mas eu não sou capaz de começar...

Ele parou e refletiu.

— E-eh, nós somos pessoas diferentes! — gritou, de novo. — Não formamos um par. Para que, para que eu vim aqui? Eu nunca vou me perdoar por isso!

— Não, não, foi bom você vir! — exclamou Sônia. — É melhor que eu saiba! Muito melhor! — Raskólnikov olhou aflito para ela.

— Ora, mas é isso mesmo! — disse ele, como se tivesse pensado melhor. — Pois foi assim que aconteceu! Olhe só: eu quis ser Napoleão, por isso matei... Pronto, agora entendeu?

— N-não — balbuciou Sônia, tímida e ingênua. — Mas... fale, fale! Eu vou entender, *no fundo* eu vou entender tudo! — implorou.

— Vai entender? Certo, está bem, vamos ver!

Calou-se e ponderou muito tempo.

— A questão é a seguinte: uma vez, eu fiz para você esta pergunta: e se, por exemplo, no meu lugar estivesse o Napoleão e, para começar sua carreira, não houvesse Toulon nem o Egito nem a travessia do Mont Blanc, mas em vez de todas essas coisas belas e monumentais houvesse pura e simplesmente uma velhota ridícula qualquer, uma agiota, que ainda por cima fosse preciso matar, para roubar o dinheiro que ela tem guardado no cofre (para a tal carreira dele, entende?), e então, pois bem, será que ele ousaria fazer isso se não houvesse outra saída? Será que ele não acharia isso humilhante, por não haver nada de monumental e também por ser... um pecado? Pois eu digo a você que eu fiquei pensando por um tempo terrivelmente longo sobre essa "questão", tanto assim que me deu uma vergonha horrível quando eu, afinal (meio de repente), cheguei à conclusão de que ele não acharia nada humilhante e que nem sequer passaria pela sua cabeça a preocupação de que aquilo não era monumental... e também que ele nem sequer conseguiria conceber que pudesse haver naquilo algo de humilhante. E se já não existisse para ele outro caminho, estrangularia a velha sem pestanejar, sem mais nenhuma reflexão!... Pois bem, e eu... deixei de lado as minhas reflexões... estrangulei... como um exemplo de autoridade... E foi assim, ponto por ponto, que aconteceu! Você acha graça? Sim, Sônia, e o mais engraçado de tudo é que aconteceu, talvez, exatamente assim...

Sônia não estava achando graça nenhuma.

— É melhor que o senhor me fale de forma bem direta... sem dar exemplos — pediu mais tímida ainda, em voz quase inaudível.

Ele se virou para ela, olhou para Sônia com tristeza e segurou sua mão.

— De novo, você tem razão, Sônia. Pois tudo isso é bobagem, é quase um palavrório oco! Veja: você sabe que minha mãe não tem quase nada. Minha irmã, por sorte, recebeu uma boa instrução e está condenada a vagar de casa em casa como governanta. Todas as esperanças delas estavam em mim. Eu estudei, mas não consegui me manter na universidade e fui forçado a abandonar os estudos, por um tempo. Se as coisas continuassem a se arrastar daquele jeito, em uns dez ou doze anos (se as circunstâncias ajudassem), apesar de tudo, eu até poderia ter a esperança de ser uma espécie de professor ou funcionário, com mil rublos de salário... — Ele falava como se tivesse decorado. — Mas nessa altura a mãezinha já teria definhado de tanta preocupação e desgosto e eu não conseguiria tranquilizá-la, e quanto à minha irmã... bem, com a minha irmã poderia acontecer algo até pior!... E de onde vem essa vontade de deixar a vida inteira para trás e dar as costas para tudo, esquecer a mãe e, por exemplo, suportar respeitosamente os insultos sofridos pela irmã? Para quê? Será que é para ir morar com pessoas novas, a esposa e os filhos, depois que minha mãe e minha irmã estiverem enterradas, só para depois ficar também sem um tostão e sem ter o que comer? Pois bem... aí eu decidi tomar posse do dinheiro da velhota, empregá-lo nos meus primeiros anos, sem atormentar minha mãe, para me manter na universidade e me ajudar nos primeiros passos depois da universidade... e fazer tudo isso em grande escala, de forma radical, para deslanchar uma carreira absolutamente nova, seguir um caminho novo e independente... Pois bem... pois bem, aí está, é tudo... Então, claro, eu matei a velha... eu fiz uma coisa ruim... mas agora chega!

Ele arrastou a história até o fim, numa espécie de esgotamento, e com a cabeça baixa.

— Ah, não é isso, não é isso — gritou Sônia, aflita. — Como pode ser assim?...

— Você mesma está vendo que não é assim!... Mas eu contei sinceramente a verdade!

— Mas que verdade é essa! Ah, meu Deus!

— Pois eu só matei um piolho, Sônia, um piolho inútil, nojento, nocivo.

— Mas aquela pessoa é um piolho?

— Sim, eu também sei que não é um piolho — respondeu, olhando para ela de modo estranho. — No entanto, eu estou mentindo, Sônia — acrescentou —, faz tempo que eu estou mentindo... Não é nada disso; você tem razão. Os motivos aqui são outros, completamente outros!... Faz tempo que eu não tenho com quem conversar, Sônia... Minha cabeça, agora está doendo muito.

Seus olhos ardiam com um fogo febril. Ele estava à beira do delírio; um sorriso inquieto vagava em seus lábios. Por trás do estado de espírito conturbado, já transparecia uma impotência tremenda. Sônia entendeu como ele se atormentava. A cabeça dela também começava a girar. Raskólnikov falava de modo estranho: parecia fazer algum sentido, porém... "Mas como pode ser? Como assim? Ah, meu Deus!". E ela retorcia as mãos, em desespero.

— Não, Sônia, não é isso! — recomeçou Raskólnikov, erguendo a cabeça, de súbito, como se uma repentina guinada do pensamento o deixasse surpreso e agitado outra vez. — Não é isso! É melhor... Vamos supor (sim! De fato, assim fica melhor!), vamos supor que eu seja orgulhoso, invejoso, malvado, detestável, vingativo, está certo... e talvez até com uma tendência para a loucura. (Vamos dizer tudo logo de uma vez! Sobre essa história de loucura, já falaram antes, eu notei!) E ontem mesmo eu disse para você que eu não consegui me manter na universidade. Mas sabe que talvez eu até pudesse continuar estudando? Mãezinha me mandaria o necessário para a matrícula, e para os sapatos, a roupa e a comida, eu mesmo poderia ganhar com algum trabalho; isso é certo! Eu daria aulas; me pagariam meio rublo. O Razumíkhin está trabalhando, afinal! Só que eu fiquei furioso e não quis. Fiquei *furioso*, exatamente (esta é a palavra boa!). Na época, eu me escondi no meu canto, como se fosse uma aranha. Pois você foi à minha toca, você viu como é... Será que você sabe, Sônia, como os tetos baixos e as paredes apertadas oprimem a alma? Ah, como eu odiava aquela toca. E, mesmo assim, eu não queria sair dali. E não queria de propósito! Ficava dias inteiros sem sair e não queria trabalhar, não queria nem comer, e ficava o tempo todo deitado. A Nastássia trazia... eu comia, se ela não trazia... eu passava o dia assim; de propósito, de raiva, eu não pedia nada! De noite, não tinha luz, eu ficava deitado no escuro, eu não queria trabalhar nem para comprar velas. Eu tinha de estudar, mas vendi todos os livros; e em cima da minha mesa, nas anotações e nos cadernos, até agora tem um dedo de poeira. O que eu mais gostava de fazer era ficar deitado e pensar. E pensava sem parar... E mesmo assim eu tinha sempre uns sonhos estranhos, diferentes, nem vou contar como eram! Só que aí também começou a me parecer que... Não, não foi assim! De novo, eu não estou contando direito! Veja, naquela época, eu não parava de me perguntar por que eu sou tão burro, e também, se os outros são burros e se eu sei com tanta certeza que eles são burros, por que então eu mesmo não quero ser mais inteligente do que eles? Depois, Sônia, eu descobri que, se eu for esperar até que todo mundo fique inteligente, vai demorar demais... Depois eu descobri também que isso nunca vai acontecer, que as pessoas não vão mudar, ninguém vai modificar as pessoas e que isso é trabalho jogado fora! Sim, é isso! Essa é a lei deles... A lei, Sônia! É assim!... E agora eu sei, Sônia, que quem for poderoso e forte, de inteligência e de espírito, será o soberano deles! Quem ousa muito é que tem autoridade sobre eles. Quem puder cuspir em mais gente, este é que vai fazer a lei para eles, e quem puder ser mais atrevido que todos, este é que vai ter mais razão que todos! Assim foi até hoje e assim será sempre! Só um cego não enxerga!

Ao dizer isso, embora olhasse para Sônia, Raskólnikov já não estava preocupado em saber se ela estava entendendo ou não. A febre o havia dominado por completo. Encontrava-se numa espécie de exaltação sombria. (De fato, fazia muito tempo que não falava com alguém!) Sônia entendeu que aquele catecismo sombrio se tornara a fé e a lei de Raskólnikov.

— Então, Sônia, eu deduzi — prosseguiu, exaltado — que o poder só é dado a quem ousa se abaixar e tomá-lo nas mãos. A questão é só uma: basta ousar! E foi então que, pela primeira vez na vida, me veio uma ideia que nunca ninguém tinha imaginado antes de mim! Ninguém! De repente, me pareceu claro como o sol: como era possível que nenhuma pessoa, até então, deixando toda essa bobagem para trás, não tivesse ousado e se atrevido pura e simplesmente a agarrar tudo pelo rabo e fazer voar longe, para o diabo! Eu... eu quis *ousar* e matei... Eu quis só cometer uma audácia, Sônia, essa é toda a causa!

— Ah, cale-se, cale-se! — gritou Sônia, erguendo os braços. — O senhor se afastou de Deus e Deus o abateu, entregou-o ao diabo!...

— Por falar nisso, Sônia, não foi ali, quando eu estava deitado no escuro e tudo isso me veio à cabeça, que o diabo me tentou? Hein?

— Cale-se! Não ria, seu blasfemador, você não entende nada disso, nada! Ah, meu Deus! Ele não entende nada, nada!

— Cale-se, Sônia, eu não estou rindo nem um pouco, acontece que eu mesmo sei que o diabo me arrastou. Cale-se, Sônia, cale-se! — repetiu, insistente, sombrio. — Eu sei de tudo. Eu já repensei tudo isso e repeti em voz baixa para mim mesmo, deitado no escuro... Tudo isso eu já discuti mil vezes em meu íntimo, até o último e até o mais ínfimo detalhe, e já sei tudo, tudo! E assim, naquela altura, eu fiquei farto, e farto demais, de todo esse palavrório vazio! Eu quis esquecer tudo e recomeçar de novo, Sônia, e parar com esse palavrório vazio! Será possível que você ache que eu sou tão estúpido assim que fui até lá sem ter pensado bastante? Pois eu fui para lá como um verdadeiro sabichão, e foi isso mesmo que me destruiu! E também será possível que você ache que eu não sabia nem ao menos, por exemplo, que, se eu comecei a me perguntar e me questionar se eu tenho mesmo o direito de ter o poder, isso quer dizer que eu não tenho o direito de ter o poder? Ou que, se eu faço a pergunta: uma pessoa é um piolho?, isso quer dizer que uma pessoa não é um piolho *para mim*, mas é um piolho, sim, para quem essa pergunta nunca passa pela cabeça e para quem vai em frente sem fazer pergunta nenhuma... E se eu me atormentei tantos dias me perguntando se Napoleão faria isso ou não, era porque eu já sentia nitidamente que eu não sou Napoleão... Eu suportei todo o tormento de todo esse palavrório vazio, Sônia, e quis tirar todo esse peso das minhas costas: eu quis, Sônia, matar sem casuística, matar para mim, só para mim! Eu não queria mentir sobre isso nem para mim mesmo! Não foi para ajudar minha mãe que eu matei... isso é bobagem! Eu não matei para conseguir recursos e obter poder a fim de promover um benefício para a humanidade. Bobagem! Eu simplesmente matei; eu matei para mim, só para mim; mas se eu ia me tornar um benfeitor para quem quer que fosse ou se, por toda a vida, como uma aranha, eu ia capturar todos numa teia e ficar sugando a seiva vital de todos, isso, para mim, naquele minuto, não devia ter a menor importância!... O principal, Sônia, é que eu não precisava de dinheiro, quando matei; o dinheiro me fazia menos falta do que outra coisa... Agora eu sei disso tudo... Entenda: seguindo por esse caminho, eu talvez nunca mais repetisse um assassinato. Eu precisava descobrir outra coisa, era outra coisa que me puxava pelo braço: eu precisava descobrir, e descobrir logo, se eu era um piolho, como todo mundo, ou um homem. Eu vou poder ir além ou não? Eu vou me atrever a me abaixar e pegar para mim ou não? Eu sou uma criatura trêmula ou eu tenho o *direito*...

— Matar? Se o senhor tem o direito de matar? — Sônia ergueu os braços.

— A-a-ah, Sônia! — exclamou Raskólnikov, irritado, fez menção de retrucar, mas se calou com ar de desdém. — Não me interrompa, Sônia! Eu só queria mostrar uma coisa para você: que o diabo me arrastou e logo depois me explicou que eu não tinha o direito de ir lá, porque eu sou um piolho exatamente igual a todo mundo! Ele zombou de mim e agora eu vim aqui, para junto de você! Receba este hóspede! Se eu não fosse um piolho, acha que eu viria para você? Escute: quando fui para a casa da velha, eu fui só *fazer um teste*... Entenda isso!

— E matou! Matou!

— Sim, mas como foi que matei? Por acaso é assim que matam? Por acaso, quando vão matar, vão do jeito como eu fui? Um dia eu vou contar para você como eu fui... E por acaso eu matei a velhota? Eu matei a mim mesmo e não a velhota! Ali, eu massacrei a mim mesmo, de uma vez só e para sempre!... A velhota, foi o diabo quem matou, e não eu... Chega, chega, Sônia, chega! Deixe-me em paz — gritou, de súbito, numa angústia convulsiva. — Deixe-me em paz!

Apoiou os cotovelos nos joelhos e apertou a cabeça entre as palmas das mãos, como tenazes.

— Que sofrimento! — um soluço torturante irrompeu de Sônia.

— Pois bem, o que fazer agora? Diga! — perguntou Raskólnikov, depois de erguer a cabeça, de repente, olhando para ela com o rosto horrivelmente retorcido de desespero.

— O que fazer! — exclamou Sônia e, de repente, ficou de pé e seus olhos, até aí cheios de lágrimas, de súbito, começaram a rebrilhar. — Levante! (Ela o segurou pelo ombro; ele se ergueu, olhando para ela quase assombrado.) Vá agora, neste minuto, para uma encruzilhada, se abaixe, primeiro beije a terra que você profanou, depois se curve numa reverência para o mundo inteiro, para os quatro lados, e diga para todo mundo, em voz alta: "Eu matei!". Aí, Deus vai mandar a vida de novo para você. Você vai? Vai? — perguntou, toda trêmula, como num paroxismo, segurando as mãos dele e apertando com força nas próprias mãos, enquanto olhava para ele com um olhar de fogo.

Raskólnikov ficou admirado, e até chocado, com a repentina exaltação de Sônia.

— Será que você está falando dos trabalhos forçados, Sônia? Será que eu tenho de me entregar? — perguntou, em tom sombrio.

— Assumir e expiar o sofrimento, isso é que é preciso.

— Não! Eu não vou falar com eles, Sônia.

— Mas e viver assim, como você vai viver assim? Como vai viver com isso? — exclamou Sônia. — Por acaso isso é possível, agora? Veja, como você vai falar com a sua mãe? (Ah, e elas, o que vai ser delas, agora?) Mas o que estou dizendo? Pois você já abandonou sua mãe e sua irmã. Pois é, já abandonou, sim. Meu Deus! — exclamou. — Afinal, ele mesmo já sabe de tudo isso! Mas como, como sobreviver sem ninguém? O que vai ser de você, agora?

— Não seja criança, Sônia — falou em voz baixa. — De que eu sou culpado, diante delas? Para que eu vou? O que vou dizer para elas? Tudo isso é só uma miragem... Eles mesmos exterminam milhões de pessoas e ainda acham que isso é uma virtude. São uns trapaceiros e canalhas, Sônia!... Eu não vou. E o que eu vou dizer para eles? Que matei e não ousei pegar o dinheiro, escondi embaixo de uma pedra? — acrescentou com um sorriso mordaz. — Pois aí é que eles vão escarnecer de mim, vão dizer: que burro, nem pegou o dinheiro. Burro e covarde! Nada, eles não vão entender nada, Sônia, eles nem merecem entender. Para que ir lá? Não vou. Não seja criança, Sônia...

— Você vai se atormentar, vai se atormentar — repetia Sônia, num apelo desesperado, estendendo a mão para ele.

— Talvez eu tenha me diminuído *ainda* mais — comentou com ar sombrio, como se estivesse ponderando. — Talvez eu *ainda* seja uma pessoa e não um piolho e me precipitei ao me condenar... Eu *ainda* vou lutar.

Um sorriso petulante comprimiu seus lábios.

— Suportar um tormento como esse! E ainda mais a vida inteira, a vida inteira!...

— Eu vou me acostumar... — falou Raskólnikov, tristonho e pensativo. — Escute — começou, um minuto depois. — Chega de chorar, está na hora de agir: eu vim aqui contar para você que agora eles estão atrás de mim, vão me prender...

— Ah! — exclamou Sônia, assustada.

— Puxa, por que você gritou? Você mesma queria que eu fosse para os trabalhos forçados e agora está assustada? Só tem um problema: eu não vou me entregar para eles. Eu ainda vou lutar contra eles, e eles não vão fazer nada. Eles não têm provas reais. Ontem eu corri um grande risco e pensei que já estivesse liquidado; hoje, a situação melhorou. Todas as provas deles têm dois lados, quer dizer, eu posso virar as acusações deles em meu favor, entende? E eu vou fazer isso; porque agora eu aprendi... Mas não há dúvida de que eles vão me mandar para a prisão. Se não fosse por um acaso, talvez me prendessem hoje mesmo, sem dúvida, talvez até me prendam *ainda hoje*... Só que isso não tem nenhuma importância, Sônia: fico preso um tempo, depois me soltam... porque eles não têm nenhuma prova real nem terão, eu dou minha palavra. Com o que eles têm, é impossível meter uma pessoa na prisão. Bem, chega... Eu queria só que você soubesse... Com minha mãe e minha irmã, eu vou tentar dar um jeito de dissuadir e não assustar... Aliás, agora, minha irmã parece estar garantida... portanto, resta a minha mãe... Muito bem, isto é tudo. Mas tenha cuidado. Você vai me visitar na cadeia, quando eu estiver preso?

— Ah, vou! Eu vou!

Estavam sentados lado a lado, tristes e abatidos, como náufragos lançados a uma praia deserta após a tempestade. Raskólnikov olhava para Sônia e sentia quanto amor ela derramava sobre ele, e o estranho é que, de repente, ele achou opressivo e doloroso que o amassem tanto. Sim, era uma sensação estranha e horrível! Ainda no caminho para a casa de Sônia, ele sentiu que toda a sua esperança, sua única saída, estava nela; Raskólnikov pensava em descarregar pelo menos uma parte de seus tormentos e, de repente, agora, quando todo o coração de Sônia se voltou para ele, Raskólnikov sentiu e se deu conta, de uma hora para outra, de que ele se tornara incomparavelmente mais infeliz do que antes.

— Sônia — disse. — Na verdade, é melhor que você não vá me visitar quando eu estiver na prisão.

Sônia não respondeu, ela chorou. Passaram alguns minutos.

— Você tem uma cruz? — perguntou ela, de repente, como se tivesse acabado de lembrar.

De início, ele não entendeu a pergunta.

— Não, então não tem? Olhe, pegue este crucifixo aqui, é feito de cipreste. Eu ainda tenho outro, de cobre, da Lizavieta. Eu e a Lizavieta trocamos, ela me deu o seu crucifixo e eu dei para ela o meu santinho. Agora, eu vou usar o crucifixo que era da Lizavieta e esse fica para você. Pegue... ele é meu! É meu! — suplicou. — Afinal, vamos sofrer juntos, vamos carregar a cruz juntos!...

— Dá, aqui! — disse Raskólnikov. Não queria magoar Sônia. Mas na mesma hora recuou a mão estendida para o crucifixo. — Agora, não, Sônia. É melhor depois — acrescentou para acalmá-la.

— Sim, sim, é melhor, é melhor — acatou Sônia, com ardor. — Quando você for para o sofrimento, aí vai usar. Você vai vir para mim, eu vou colocar em você, nós rezaremos e iremos juntos, andando.

Naquele instante, alguém bateu três vezes na porta.

— Sófia Semiónovna, posso falar com a senhora? — soou uma voz muito conhecida e afável.

Num susto, Sônia se precipitou para a porta. A fisionomia loura do sr. Lebeziátnikov lançou um olhar para dentro do quarto.

V

Lebeziátnikov tinha um aspecto perturbado.

— Eu vim falar com a senhora, Sófia Semiónovna. Desculpe... Eu também achei que ia encontrar o senhor aqui — voltou-se para Raskólnikov, de repente. — Quer dizer, eu não pensei nada... desse tipo... mas pensei justamente... Lá na pensão, a Katierina Ivánovna ficou louca — disse para Sônia, num corte abrupto, deixando Raskólnikov de lado.

Sônia deu um grito.

— Quer dizer, pelo menos é o que parece. No entanto... nós não sabemos o que fazer, essa é a questão, senhora! Ela voltou... parece que foi expulsa de não sei onde, eu acho, e bateram nela... pelo menos, é o que parece... Ela correu até a casa do chefe do Semion Zakháritch e ele não estava; tinha ido almoçar com não sei que general...[1] Imagine, ela entrou alvoroçada lá onde estavam almoçando... na casa desse outro general e, imagine... ficou insistindo e chamou o chefe do Semion Zakháritch e parece que até o tirou da mesa. A senhora pode imaginar o resultado. Foi expulsa de lá, é claro; e ela mesma conta que xingou o homem e ainda jogou alguma coisa em cima dele. Isso é mesmo de supor... Mas como é que ela não foi presa?... Eu não entendo! Agora ela está contando para todo mundo, e também para a Amália Ivánovna, só que é difícil entender, ela grita e se debate... Ah, sim: ela está falando e gritando que, já que agora ela foi posta para fora, vai pegar os filhos e vai para a rua tocar realejo, as crianças vão cantar e dançar, e ela também, e vão pedir dinheiro, e vão todos os dias passar embaixo da janela do general... "Que eles vejam como os filhos nobres de um pai funcionário andam mendigando pelas ruas!", diz ela. E bate em todos os filhos,

1 Trata-se de um escalão do serviço civil, com nomenclatura idêntica à da hierarquia militar.

que ficam chorando. Ensina Liénia a cantar "Khutorok",[2] ensina o menino a dançar, e também Polina Mikháilovitch, e está rasgando todas as roupas; e faz umas touquinhas para eles, como se fossem uns atores; ela mesma quer segurar uma bacia para ficar batendo, como se fosse um instrumento musical... Ela não escuta ninguém... Imagine, como é que pode? Isso já é simplesmente inaceitável!

Lebeziátnikov continuaria a falar, porém Sônia, que o escutava quase sufocada, de repente apanhou o xale, o chapeuzinho e saiu do quarto correndo, se vestindo no caminho. Raskólnikov correu atrás dela e Lebeziátnikov foi atrás dos dois.

— Ela ficou louca, disso não há dúvida! — disse para Raskólnikov, saindo com ele para a rua. — Eu só não queria assustar a Sófia Semiónovna e disse "parece", mas não há dúvida nenhuma. Dizem que, na tuberculose, nascem uns tubérculos no cérebro; é pena que eu não saiba medicina. No entanto, eu tentei até convencê-la, mas ela não quer escutar nada.

— O senhor falou com ela sobre os tubérculos?

— Bem, não exatamente sobre os tubérculos. Além do mais, ela não entenderia mesmo nada. Mas eu digo o seguinte: se você convencer alguém, pela lógica, de que no fundo não existe motivo para chorar, a pessoa vai parar de chorar. Isso é claro. Na opinião do senhor, não vai parar?

— Nesse caso, seria fácil demais viver — respondeu Raskólnikov.

— Com sua licença, com sua licença; claro, para Katierina Ivánovna, é muito difícil compreender; mas o senhor sabia que em Paris já fizeram experiências sérias relativas à possibilidade de curar a loucura apenas por meio da persuasão lógica? Um professor lá, que morreu há pouco tempo, um cientista sério, concebeu que é possível curar assim. Sua ideia fundamental é que os loucos não têm um distúrbio especial no organismo, mas que a loucura é, por assim dizer, um erro lógico, um erro de juízo, uma noção errada das coisas. Ele foi refutando aos poucos um paciente e, imagine só, dizem que alcançou bons resultados! Mas como, nesse meio-tempo, ele também aplicou umas duchas, os resultados desse tratamento, é claro, estão sujeitos a dúvidas... Mas pelo menos é o que parece...

Fazia tempo que Raskólnikov já não estava escutando. Ao alcançar o seu edifício, ele acenou com a cabeça para Lebeziátnikov, virou e entrou pelo

2 "Sitiozinho".

portão. Lebeziátnikov voltou à realidade, olhou para trás e, depois, seguiu em frente ligeiro.

Raskólnikov entrou em seu cubículo e ficou parado, no meio do quarto. "Para que voltei aqui?" Olhou para os papéis de parede amarelados, encardidos, aquela poeira, a sua toca... Da porta, vinham umas batidas contundentes, ininterruptas; parecia que martelavam alguma coisa, algum prego... Aproximou-se da janela, ergueu-se na ponta dos pés e, por muito tempo, com extraordinária atenção, observou o pátio. Mas o pátio estava vazio, não dava para ver onde martelavam. À esquerda, num prédio anexo, viam-se aqui e ali umas janelas abertas; nos peitoris, uns vasinhos com gerânios mirrados. Havia roupas brancas penduradas nas janelas... Ele conhecia de cor tudo aquilo. Deu meia-volta e sentou no sofá.

Nunca, nunca ele tinha se sentido tão horrivelmente sozinho!

E sentiu de novo que, talvez, fosse odiar Sônia de verdade, e justamente agora, quando a fez ainda mais infeliz. "Por que eu fui falar com ela, provocar suas lágrimas? Por que eu tenho tanta necessidade de atormentar a sua vida? Ah, que coisa mesquinha!"

— Vou ficar sozinho! — falou, de repente, resoluto. — E ela não vai me visitar na prisão!

Mais ou menos cinco minutos depois, Raskólnikov ergueu a cabeça e sorriu de modo estranho. Foi uma estranha ideia: "Na verdade, quem sabe se na prisão não é melhor?", pensou, de repente.

Nem se deu conta de quanto tempo ficou ali sentado, com uma infinidade de pensamentos difusos na cabeça. De súbito, a porta abriu e Avdótia Románovna entrou. Primeiro, ficou parada um momento na soleira e olhou para ele da mesma forma como Raskólnikov tinha olhado para Sônia, pouco antes; depois, avançou e sentou numa cadeira, de frente para ele, no mesmo lugar do dia anterior. Calado, com a mente um tanto vazia, Raskólnikov olhou bem para a irmã.

— Não se irrite, irmão, só vim aqui por um minuto — disse Dúnia. O rosto tinha expressão pensativa, mas não severa. O olhar era claro e sereno. Raskólnikov viu que a irmã também viera até ele com amor.

— Irmão, eu agora sei tudo, *tudo*. Dmítri Prokófitch me explicou e contou tudo. Estão perseguindo e atormentando você por uma suspeita tola e infame... Dmítri Prokófitch me contou que não existe nenhum risco e que é à toa que você está reagindo com tanto pavor. Eu não penso assim e *compreendo perfeitamente* como tudo isso revoltou você e que essa indignação pode deixar marcas para sempre. É isso que eu temo. Eu não condeno você por ter nos deixado, eu nem me atrevo a julgar, e me desculpe por ter criticado você antes. Eu mesma sinto, no fundo, que, se eu tivesse um desgosto tão grande assim, também iria embora e deixaria todo mundo. Sobre *isso*, eu não vou contar nada para a mãezinha, mas vou falar de você para ela o tempo todo, vou dizer em seu nome que você logo virá nos visitar. Não se atormente com ela; *eu* vou tranquilizá-la; mas você também não a atormente... venha pelo menos uma vez; lembre que ela é a mãe! Mas agora eu vim aqui só para dizer — Dúnia começou a se levantar — que se, por acaso, eu for necessária para você... se você precisar da minha vida ou... chame, que eu virei. Adeus!

Bruscamente, deu as costas e seguiu rumo à porta.

— Dúnia! — Raskólnikov a deteve, levantou-se e se aproximou. — O Razumíkhin, o Dmítri Prokófitch, é um sujeito muito bom.

Dúnia ficou um pouquinho vermelha.

— E daí? — perguntou, após um minuto.

— É um homem ativo, trabalhador, honesto, capaz de amar com força... Adeus, Dúnia.

Ela ficou muito corada, depois se exaltou, de repente:

— Mas o que é isso, irmão? Será que estamos nos separando de fato para sempre, já que você está me deixando esse... último desejo?

— Tanto faz... adeus!

Raskólnikov deu meia-volta e se afastou para a janela. Dúnia esperou um pouco, olhou inquieta para ele e saiu, abalada.

Não, ele não estava indiferente em relação a Dúnia. Houve um instante (o último) em que sentiu uma vontade terrível de abraçá-la com força e *despedir-se*, e até de *contar*, porém nem sequer se atreveu a lhe dar a mão.

"Depois, quem sabe, ela chegaria a tremer, ao lembrar que eu lhe dei um abraço e ao contar que eu roubei dela um beijo!

"Mas *ela* vai suportar ou não vai suportar?", acrescentou, depois de alguns minutos, em pensamento. "Não, ela não vai suportar, para *pessoas assim*, não dá para suportar! Elas nunca suportam..."

E pensou em Sônia.

Pela janela, soprou um ar fresco. No pátio, a luz já não brilhava tão clara. De súbito, ele pegou o boné e saiu.

Naturalmente, ele não podia e não queria se preocupar com seu estado de saúde. Mas toda aquela agitação incessante e todo aquele horror no espírito não podiam passar sem consequências. E se ele ainda não havia ficado de cama com febre de verdade, talvez fosse justamente porque aquela incessante agitação interior ainda o sustentava de pé, consciente, se bem que de forma um tanto artificial e temporária.

Raskólnikov vagava sem destino. O sol se punha. Ultimamente, uma espécie diferente de angústia começava a se denunciar dentro dele. Nessa angústia, não havia algo particularmente corrosivo, cáustico; porém dela bafejava algo de permanente, eterno, pressentiam-se os anos irremediáveis daquela angústia fria e mortal, pressentia-se uma espécie de eternidade "no espaço de um *archin*". Ao anoitecer, em geral, aquela sensação o atormentava com mais força ainda.

— Olhe só, com essas fraquezas tolíssimas, puramente físicas, sujeitas aos efeitos de um pôr do sol qualquer, como é que você pode deixar de fazer alguma bobagem? Além da Sônia, vai acabar também indo para junto da Dúnia! — resmungou com rancor.

Alguém chamou. Raskólnikov olhou para trás; em sua direção, corria Lebeziátnikov.

— Imagine, fui à sua casa à procura do senhor. Imagine, ela fez o que pretendia e levou as crianças para a rua! Eu e Sófia Semiónovna a encontramos, a muito custo. Ela mesma fica batendo numa frigideira, obriga as crianças a cantar e dançar. As crianças choram. Ficam parados nas esquinas e na frente das tabernas. Um bando de tolos corre atrás deles. Vamos lá.

— E a Sônia?... — perguntou Raskólnikov, aflito, enquanto andava ligeiro atrás de Lebeziátnikov.

— É um surto de loucura. Quer dizer, não é a Sófia Semiónovna que está num surto de loucura, mas a Katierina Ivánovna; aliás, a Sófia Semiónovna também está enlouquecida. Mas a Katierina Ivánovna está num verdadeiro surto de loucura. Garanto ao senhor, enlouqueceu de vez. Vão acabar levando para a delegacia. O senhor pode imaginar como isso afeta... Agora, eles estão na beira do canal, junto à ponte ***ski, não é distante da casa de Sófia Semiónovna. É perto.

Na beira do canal, não muito longe da ponte, a menos de dois edifícios do prédio onde Sônia morava, um bando de gente se aglomerava. Acorriam para lá, sobretudo, meninos e meninas. Já da ponte dava para ouvir a voz rouca e rasgada de Katierina Ivánovna. E, de fato, era um espetáculo estranho, capaz de interessar o público da rua. Com seu vestido velhinho, seu xale de *drap de dames* e seu chapéu de palha arruinado, inclinado e retorcido num bolo horrível sobre a cabeça, Katierina Ivánovna se achava, de fato, num verdadeiro surto de loucura. Estava cansada e ofegante. O rosto tuberculoso e exausto parecia mais sofrido do que nunca (além disso, na rua, debaixo do sol, os tuberculosos sempre parecem mais doentes e mais desfigurados do que em casa); mas seu estado de agitação não cessava e, a cada minuto, ela se tornava mais exasperada. Atirava-se para as crianças, gritava para elas, as persuadia e, ali mesmo, na frente das pessoas, as ensinava a dançar e cantar, tentava explicar por que aquilo era necessário, entrava em desespero com a incompreensão dos filhos, batia neles... Depois, antes mesmo de concluir, se lançava na direção da plateia; se notava um homem apenas um pouquinho mais bem-vestido, que havia parado ali para olhar, na mesma hora tratava de lhe explicar a que situação, veja só, dizia ela, foram levadas as crianças "de um lar nobre e, pode-se até dizer, aristocrático". Se ela ouvisse um riso na multidão ou algum gracejo impertinente, na mesma hora atacava os atrevidos e começava a xingá-los. Alguns riam, de fato, outros balançavam a cabeça; em geral, todos tinham curiosidade de observar uma doida e seus filhos assustados. A frigideira de que falava Lebeziátnikov não existia; pelo menos, Raskólnikov não viu; em vez de bater numa frigideira, Katierina Ivánovna marcava o ritmo batendo as palmas secas das mãos uma na outra, quando obrigava Pólietchka a cantar, e Liénia e Kólia a dançar; e então ela mesma se punha a entoar o contracanto, mas sempre, já na segunda nota, sua voz era cortada por uma tosse torturante, o que a levava, mais uma vez, ao desespero, maldizia a própria tosse e chegava a chorar. Mais que tudo, o que a deixava fora de si eram o choro e o medo de Kólia e Liénia. De fato, houve a tentativa de paramentar as crianças com as fantasias usadas por cantores e cantoras de rua. No menino, vestiram uma espécie de turbante vermelho e branco a fim de representar um turco. Para Liénia, não arranjaram nenhuma fantasia; só colocaram na sua cabeça uma touca vermelha, tricotada com lã (uma carapuça, melhor dizendo), do falecido Semion Zakháritch, e prenderam nesse gorro um pedaço de pena branca de avestruz, que pertencera à avó de Katierina Ivánovna e que, desde então, tinha ficado guardada dentro do baú, como uma relíquia da família. Pólietchka usava seu vestidinho de costume. Olhava temerosa e desnorteada para a mãe, sem afastar-se dela, escondia suas lágrimas, adivinhava a loucura da mãe e olhava inquieta em redor. A rua e a multidão a deixavam tremendamente assustada. Sônia andava atrás de Katierina Ivánovna com insistência, chorava e suplicava que voltasse já para casa. Mas Katierina Ivánovna se mostrava inabalável.

— Pare com isso, Sônia, pare! — gritava, falando ligeiro, afobada, ofegante e tossindo. — Você mesma nem sabe o que está pedindo, é igual a uma criança! Eu já falei para você que não vou voltar para a casa daquela alemã bêbada. Que todo mundo veja, que Petersburgo inteira veja que os filhos de um pai nobre estão pedindo esmola, um homem que serviu a vida toda com fé e verdade e que, pode-se dizer, morreu em serviço. — Katierina Ivánovna já havia conseguido compor, para si, essa fantasia e acreditar nela cegamente. — Deixe, deixe que aquele generalzinho imprestável veja. E como você é tola, Sônia: o que vamos comer agora, hein, diga? Nós já martirizamos você bastante, não quero mais! Ah, Rodion Románitch, é você! — gritou ela, ao ver Raskólnikov, e atirou-se na direção dele. — Explique, por favor, para essa tolinha que não se pode fazer nada mais sensato do que isto! Até os tocadores de realejo ganham dinheiro e logo as pessoas vão ver que somos diferentes, vão reconhecer que somos uma pobre família nobre de órfãos arrastada para a indigência, e aquele generalzinho ainda vai perder seu posto, vocês vão ver só! Todo dia, vamos ficar embaixo da janela dele, o soberano vai passar na rua, eu vou ficar de joelhos, vou pôr todos na minha frente e mostrar para ele: "Proteja, pai!". Ele é o pai dos órfãos, ele é o misericordioso, vai proteger, vocês vão ver, e aquele generalzinho lá... Liénia! *Tenez-vous droite*![3] E você, Kólia, vai dançar de novo, agora. Por que está choramingando? Vai choramingar outra vez? Está bem, o que foi, do que você tem medo, seu bobinho? Meu Deus! O que vou fazer com eles, Rodion Románitch? Se o senhor soubesse como eles são estúpidos! O que se vai fazer com gente assim?...

E ela mesma, já quase chorando (o que não a impedia de falar ligeiro, sem parar, e sem pausa), apontava para as crianças, que choramingavam. Raskólnikov tentou convencê-la a voltar e, pensando em despertar seu amor-próprio, chegou a dizer que não ficava bem, para ela, andar pela rua como fazem os tocadores de realejo, já que ela estava se preparando para ser a diretora de um internato para mocinhas da nobreza...

— Um internato, ha-ha-ha! Essa é boa! — exclamou Katierina Ivánovna, assaltada pela tosse logo depois do riso. — Não, Rodion Románitch, o sonho

3 Francês: "Fique direito!".

acabou! Todo mundo nos abandonou!... E aquele generalzinho... Sabe, Rodion Románitch, eu taquei um tinteiro em cima dele... estava ali, na sala dos criados, bem à mão, sobre a mesa, ao lado de uma folha de papel na qual as pessoas assinam seu nome, e eu também assinei, e então eu taquei o tinteiro nele e fugi. Ah, canalhas, canalhas. Danem-se; agora eu mesma vou dar de comer a todos estes aqui, não vou me rebaixar para ninguém! Nós já a atormentamos demais! — Apontou para Sônia. — Pólietchka, quanto juntou aí? Mostre! O quê? Só dois copeques? Ah, execráveis! Não dão nada, só sabem correr atrás de nós, com a língua de fora! Mas do que é que esse cretino está rindo? — Apontou para alguém na multidão. — Tudo isso é porque esse Kolka[4] não entende nada, me dá o maior trabalho! O que há com você, Pólietchka? Fale comigo em francês, *parlez-moi français*. Afinal, eu ensinei, você aprendeu algumas expressões!... Do contrário, como distinguir que vocês são crianças de família nobre, educadas, muito diferentes de todos os tocadores de realejo; não é um Petrúchka[5] que nós apresentamos na rua, nós cantamos uma romança nobre... Ah, sim! O que vamos cantar? Vocês todos ficam me interrompendo e nós... Está vendo só, Rodion Románitch? Nós paramos aqui para escolher o que cantar... uma coisa que o Kólia também possa dançar... porque tudo isso, o senhor bem pode imaginar, nós estamos fazendo sem preparar nada; é preciso combinar antes para poder ensaiar tudo direito, mas depois vamos para a avenida Niévski, onde há muito mais gente da alta sociedade e logo vão reparar em nós: Liénia sabe "Khutorok"... Só faz cantar "Khutorok" e mais "Khutorok", só que isso todo mundo canta! Nós temos de cantar uma coisa muito mais nobre... Então, o que você imaginou, Pólia? Pelo menos, ajude a sua mãe! Memória, memória eu não tenho, quem dera eu lembrasse! Não podemos de jeito nenhum cantar "O hussardo apoiado no sabre"![6] Ah, vamos cantar em francês "Cinq sous"![7] Afinal, eu ensinei para vocês, ensinei, sim. O que importa mesmo é que seja em francês, pois aí eles vão ver logo que vocês são crianças da nobreza e assim vai ficar muito mais comovente... Podia até ser "Malborough

4 Hipocorístico de Kólia, ou Nikolai. 5 Personagem cômico tradicional do teatro de marionetes russo. 6 Canção de M. I. Vielgórski, com versos de K. N. Bátiuchkov. 7 "Cinco tostões". Canção extraída da peça teatral *La Grâce de Dieu* [A misericórdia de Deus], de 1841, dos franceses Adolphe d'Ennery e Gustave Lemoine.

s'en va-t-en-guerre",[8] pois é uma musiquinha bem infantil e muito cantada em todas as casas da aristocracia, para ninar as crianças.

Malborough s'en va-t-en guerre,
Ne sait quand reviendra...

— ela começou a cantar... — Mas não, é melhor mesmo "Cinq sous"! Muito bem, Kólia, mãozinha na cintura, rápido, e você, Liénia, rode também, mas para o lado contrário, e eu e Pólietchka vamos fazer o contracanto e bater palmas!

Cinq sous, cinq sous,
Pour monter notre ménage...[9]

— Coc-cof-cof! — E ela foi tomada pela tosse. — Ajeite o vestidinho, Pólietchka, as alcinhas caíram — observou ela, ofegante, entre um e outro acesso de tosse. — Agora, especialmente, vocês precisam se portar com decoro, com fineza, para que todo mundo veja que são crianças da nobreza. Eu bem que disse, naquela hora, que é preciso fazer o corpete mais comprido e com duas camadas de pano. Foi você, Sônia, que veio com seus conselhos: "Mais curto, mais curto", agora veja no que deu, a menina ficou toda deformada... Pronto, já estão todos chorando de novo! O que há com vocês, seus bobos? Vamos, Kólia, comece logo, vamos, depressa... ah, que criança insuportável!...

Cinq sous, cinq sous...

— De novo, esse soldado! Mas o que é que você quer?

De fato, um guarda abria caminho na multidão. Mas ao mesmo tempo um cavalheiro de uniforme civil e capote, um respeitável funcionário de uns cinquenta anos, mais ou menos, com uma condecoração pendurada no pescoço (este detalhe agradou muito a Katierina Ivánovna e produziu efeito sobre o policial), também se aproximou e, em silêncio, deu uma nota

8 "Malborough vai para a guerra/ Não sabe quando vai voltar." **9** "Cinco tostões, cinco tostões/ Para comprar nossa mobília."

verdinha de três rublos para Katierina Ivánovna. O rosto do funcionário exprimia a mais sincera compaixão. Katierina Ivánovna aceitou e se curvou numa reverência cortês e até cerimoniosa.

— Sou muito grata, prezado senhor — começou, com ar arrogante. — Os motivos que nos levaram... pegue o dinheiro, Pólietchka. Está vendo como existem pessoas nobres e generosas, prontas para socorrer uma nobre empobrecida e na desgraça? O senhor está vendo, prezado cavalheiro, são órfãos nobres, pode-se até dizer que têm os vínculos mais aristocráticos... E aquele generalzinho ficou lá sentado, comendo suas perdizes... bateu com os pés no chão, disse que eu estava incomodando... Eu falei: "Vossa excelência, proteja os órfãos, já que o senhor conhecia muito bem o falecido Semion Zakháritch, pois o mais canalha dos canalhas, no próprio dia da morte dele, ainda veio caluniar sua filha legítima...". Mas lá vem de novo esse soldado! Proteja-me! — começou a gritar para o funcionário. — Por que esse soldado fica me importunando? Nós já fugimos lá da rua Meschánskaia... mas o que é que você quer, seu imbecil!

— É porque na rua é proibido, senhora. Não pode fazer escândalo.

— Quem está fazendo escândalo é você! Não interessa se eu ando com um realejo, o que você tem a ver com isso?

— Para tocar o realejo, tem de ter autorização, e a senhora mesma, com esses maus modos, está juntando muita gente. Por favor, onde a senhora reside?

— Que autorização? — vociferou Katierina Ivánovna. — Hoje, eu enterrei meu marido, que autorização é essa?

— Minha senhora, minha senhora, se acalme — começou o funcionário. — Vamos, eu acompanho a senhora... Aqui, nesta multidão, não é conveniente... a senhora não está bem de saúde...

— Prezado senhor, prezado senhor, o senhor não sabe de nada! — gritou Katierina Ivánovna. — Nós vamos para a avenida Niévski — Sônia, Sônia! Mas onde está ela? Também está chorando! O que há com vocês todos?... Kólia, Liénia, onde estão vocês? — gritou, de repente, assustada. — Que crianças tolas! Kólia, Liénia! Mas onde eles se meteram?...

Aconteceu que Kólia e Liénia, assustados demais com a multidão na rua e com os desatinos da mãe enlouquecida, quando viram, afinal, o soldado decidido a levar todos eles sabe-se lá para onde, de repente, como se já tivessem combinado, seguraram a mão um do outro e abalaram a correr pela rua. Com choro e lamento, a pobre Katierina Ivánovna se precipitou para alcançá-los. Dava horror e pena ver como ela corria e chorava, ofegante. Sônia e Pólietchka também saíram às carreiras atrás dela.

— Traga de volta, Sônia, traga as crianças de volta! Ah, tolos, filhos ingratos!... Pólia! Pegue os dois... Foi para vocês que eu...

Em plena correria, tropeçou e caiu.

— Ela se cortou, está sangrando! Ah, meu Deus! — gritou Sônia e se abaixou sobre ela.

Todos acorreram, todos se espremeram em volta. Raskólnikov e Lebeziátnikov foram dos primeiros a acudir; o funcionário também se apressou e, atrás dele, veio o guarda, que resmungou: "Que droga!", e, contrariado, abanou a mão no ar, pressentindo que o caso ia lhe dar muito trabalho.

— Vão embora! Vão embora! — ele dispersava o povo aglomerado em redor.

— Vai morrer! — gritou alguém.

— Ficou doida! — disse outro.

— Que Deus a proteja! — exclamou uma mulher, fazendo o sinal da cruz. — Será que pegaram a menininha e o garoto? Olhem lá, estão trazendo, a maiorzinha conseguiu alcançar... Vejam, que desmiolados!

Mas quando examinaram melhor Katierina Ivánovna, viram que ela não tinha se machucado na pedra, como pensou Sônia, e que o sangue que havia deixado a calçada vermelha tinha jorrado de dentro do peito, pela garganta.

— Isso eu conheço, já vi — balbuciou o funcionário para Raskólnikov e Lebeziátnikov. — Isso é tuberculose, senhores; o sangue jorra assim e sufoca. Com uma parenta minha, há pouco tempo, eu fui testemunha, foi assim mesmo, um copo e meio... de repente... Mas o que se pode fazer? Vai morrer logo!

— Tragam para cá, para cá, vamos levar para a minha casa! — implorava Sônia. — Olhe, eu moro logo ali... Olhe, naquele edifício, o segundo daqui para lá... Rápido, rápido, para a minha casa!... — Corria e apelava a todos. — Chamem um médico... Ah, meu Deus!

Graças aos esforços do funcionário, tudo foi providenciado, até o guarda ajudou a carregar Katierina Ivánovna. Levaram-na quase desacordada para o quarto de Sônia e a deitaram na cama. O sangramento continuava, mas ela começou a voltar a si. No quarto, além de Sônia, entraram também, e de uma só vez, Raskólnikov, Lebeziátnikov, o funcionário e também o guarda, que já havia enxotado a multidão, da qual, no entanto, alguns ainda os acompanharam até a porta. Pólietchka entrou, trazendo pela mão Kólia e Liénia, que tremiam e choravam. Acudiram também algumas pessoas da casa dos

Kapernaúmov: o próprio Kapernaúmov, manco e recurvado, homem de aspecto estranho, de cabelos e costeletas eriçados e pontudos como cerdas, sua esposa, que tinha sempre uma fisionomia um tanto assustada, e alguns de seus filhos, com seus rostos paralisados por um espanto incessante e de bocas abertas. No meio de toda essa plateia, de repente apareceu Svidrigáilov. Raskólnikov olhou para ele com surpresa, sem entender de onde tinha saído e sem se lembrar de tê-lo visto na multidão.

Falaram sobre um médico e um sacerdote. O funcionário, apesar de sussurrar para Raskólnikov que um médico, àquela altura, talvez já fosse desnecessário, se dispôs a chamá-lo. O próprio Kapernaúmov foi correndo trazer o médico.

Enquanto isso, Katierina Ivánovna arquejava, de quando em quando o sangue saía. Com olhar doentio, mas fixo e penetrante, ela mirava Sônia, que, pálida e trêmula, enxugava com um lenço as gotas de suor da testa; por fim, pediu que a erguessem. Puseram-na sentada na cama, segurando-a dos dois lados.

— Onde estão as crianças? — perguntou ela, com voz débil. — Você trouxe as crianças, Sônia? Ah, que tolas!... Mas por que vocês saíram correndo?... Ah!

O sangue ainda cobria seus lábios ressecados. Ela correu os olhos em redor, observando:

— Então é assim que você mora, Sônia! Não estive na sua casa uma única vez... só agora aconteceu...

Olhou para Sônia com pena.

— Nós sugamos você até o fim, Sônia... Pólia, Liénia, Kólia, venham aqui... Pronto, tome todos, Sônia, fique com eles... da minha mão para a sua... Para mim, está acabado!... O baile terminou! Ah!... Agora me deixem em paz, deixem que pelo menos eu morra sossegada...

Baixaram-na de novo sobre o travesseiro.

— O quê? Um padre?... Não precisa... Qual de vocês tem um rublo sobrando?... Eu não tenho pecados!... Deus deve perdoar até sem isso... Ele mesmo sabe como eu sofri!... E se não perdoar, também não faz falta!...

Um delírio agitado tomava conta dela, cada vez mais. De vez em quando, estremecia, corria o olhar em redor, reconhecia todos por um instante, mas logo a consciência dava lugar ao delírio. Respirava rouca e arfante, algo parecia borbulhar na garganta.

— Eu digo para ele: "vossa excelentíssima!" — gritou, ofegante após cada palavra. — Essa é Amália Liudvígovna... Ah! Liénia, Kólia! Mãozinha na cintura, depressa, depressa, *glissé, glissé, pas de basque!*[10] Batam com os pezinhos no chão... Sejam crianças graciosas.

Du hast Diamenten und Perlen...[11]

— Como continua? Quem dera eu pudesse cantar...

Du hast die schönsten Augen,
Mädchen, was willst du mehr?[12]

— Ora, não é assim! *Was willst du mehr...* está inventando, sua palerma!... Ah, sim, tem outra:

No calor do meio-dia, num vale do Daguestão...

— Ah, como eu gostava desta romança... eu tinha quase uma adoração, Pólietchka!... Sabe, o seu pai... cantava quando ainda era noivo... Ah, que tempos!... Quem dera, quem dera pudéssemos cantar! Mas como, como... Olhe, eu também esqueci... mas vocês não podem me ajudar a lembrar?

Encontrava-se numa extrema agitação e fazia força para se pôr sentada. Enfim, com voz terrível, rouca, dilacerante, gritando e ofegando a cada palavra, com a expressão de um pavor redobrado, ela começou:

No calor do meio-dia!... Num vale do Daguestão!... Com chumbo no peito!...

— Vossa excelentíssima! — de repente, ela esbravejou, num lamento dilacerante e banhada em lágrimas. — Proteja os órfãos! Tendo conhecido a hospitalidade de Semion Zakháritch!... Pode-se até dizer aristocrática!... Ah! — De repente, ela se retraiu, voltou a si e olhou para todos com uma espécie de horror, mas logo reconheceu Sônia. — Sônia, Sônia! — exclamou, dócil e carinhosa, e como que surpresa de vê-la na sua frente. — Sônia, minha querida, você também por aqui?

Levantaram-na de novo.

10 Passos do balé. 11 Alemão: "Você tem diamantes e pérolas". Versos de H. Heine, usados numa canção de F. Schubert. 12 "Você tem olhos belos/ Menina, o que ainda quer mais?"

— Chega!... Está na hora!... Adeus, pobre coitada!... Esgotaram as forças deste cavalinho!... Ele está nas últimas! — gritou em desespero, com ódio, e desabou com a cabeça no travesseiro.

Perdeu a consciência outra vez, mas essa inconsciência não durou muito. Deitada de costas, o rosto pálido, amarelado, ressecado inclinou-se para trás, a boca abriu, as pernas se esticaram de modo convulsivo. Ela suspirou fundo, muito fundo, e morreu.

Sônia caiu sobre seu cadáver, envolveu-a com os braços e assim também perdeu a consciência, com a cabeça aconchegada ao peito descarnado da morta. Pólietchka caiu aos pés da mãe e beijou-os, chorando em soluços. Ainda sem entender o que tinha ocorrido, mas pressentindo algo muito horrível, Kólia e Liénia seguraram-se um ao outro pelos ombrinhos, com as duas mãos, e depois de se fitarem nos olhos, juntos, de repente, abriram a boca e começaram a gritar. Ainda estavam com suas fantasias: um de turbante, a outra de barrete, com a pena de avestruz.

E como foi que aquele "diploma de honra ao mérito" apareceu, de repente, sobre a cama, ao lado de Katierina Ivánovna? Lá estava ele, junto ao travesseiro; Raskólnikov viu.

Afastou-se na direção da janela. Lebeziátnikov saltou em sua direção.

— Morreu! — disse Lebeziátnikov.

— Rodion Románovitch, preciso trocar duas palavrinhas com o senhor — aproximou-se Svidrigáilov. Lebeziátnikov no mesmo instante cedeu lugar para ele e, educadamente, sumiu. Svidrigáilov conduziu o surpreso Raskólnikov para um canto ainda mais afastado.

— Toda essa algazarra, quero dizer, o enterro etc., tudo isso fica por minha conta. Sabe, existe um dinheiro, como eu disse para o senhor, de que eu não preciso. Esses dois pintinhos e essa Pólietchka, eu vou matricular em alguma instituição para órfãos, das melhores, e para cada um deles eu vou deixar depositado um capital de mil e quinhentos rublos, até alcançarem a maioridade, para que a Sófia Semiónovna fique completamente tranquila. E eu também vou retirá-la desse pântano, porque é uma boa moça, não é? Muito bem, e o senhor comunique também a Avdótia Románovna que foi assim que eu usei os dez mil dela.

— Com que objetivos o senhor se tornou tão generoso? — perguntou Raskólnikov.

— E-eh! Que pessoa desconfiada! — riu-se Svidrigáilov. — Pois eu já disse que não tenho necessidade desse dinheiro. Ora, e também é por mera humanidade, ou o senhor não pode admitir isso? Afinal, ela não era um "piolho" — e apontou o dedo para o canto onde estava a defunta —, como certa velhota usurária. Ora, o senhor mesmo reconhece: "Quem deveria morrer, o Lújin, que vivo faria coisas sórdidas, ou ela?". E se eu não der uma ajuda, afinal, "Pólietchka, por exemplo, vai seguir pelo mesmo caminho...".

Falou isso com o ar de quem *pisca o olho*, de quem faz uma divertida patifaria, e sem desviar os olhos de Raskólnikov. Este empalideceu, ficou gelado ao ouvir as palavras que ele próprio tinha dito para Sônia. Recuou de modo brusco e olhou assustado para Svidrigáilov.

— Por... por que... você sabe? — sussurrou, mal conseguindo respirar.

— Mas eu estava aqui mesmo, do outro lado da parede, eu estou morando no apartamento da Mme. Resslich. Aqui é dos Kapernaúmov e ali é da Mme. Resslich, uma amiga antiga e dedicadíssima. Sou o vizinho.

— O senhor?

— Eu — prosseguiu Svidrigáilov, se sacudindo de rir. — E posso garantir, caríssimo Rodion Románovitch, que fiquei extremamente interessado pelo senhor. Afinal, eu disse que nós íamos nos unir, eu previ isso para o senhor... pois agora estamos juntos. E o senhor verá como sou flexível. Verá que é possível, ainda, viver comigo...

Sexta parte

I

Para Raskólnikov, teve início um tempo estranho: de repente, uma espécie de nuvem baixou à sua frente e encerrou-o numa solidão opressiva, sem saída. Mais tarde, muito tempo depois, quando se lembrava daquilo, entendia que sua consciência às vezes parecia ficar velada, e continuou assim, com alguns intervalos, até a catástrofe definitiva. Estava categoricamente convencido de que havia se enganado muito, naquele período, por exemplo, na duração e na cronologia de certos acontecimentos. Pelo menos, quando recordava as consequências e se esforçava para esclarecer, para si mesmo, aquilo de que se lembrava, Raskólnikov descobria muita coisa sobre si, com a ajuda de testemunhos recebidos de estranhos. Por exemplo, ele confundia um evento com outros; tomava um fato como consequência de um incidente que só existia em sua imaginação. De quando em quando, uma exaltação doentia e torturante o dominava e degenerava em pânico. Mas ele também recordava que havia minutos, horas e, talvez, até dias repletos de uma apatia, que o dominava como se fosse uma reação ao pavor anterior — uma apatia semelhante ao estado de indiferença mórbida de certos moribundos. Naqueles dias, em geral, ele mesmo parecia tentar esquivar-se de um entendimento claro e completo da própria situação; certos fatos prementes, que exigiam rápido esclarecimento, o oprimiam em especial; no entanto, como ficaria feliz de poder desvencilhar-se e fugir de tais preocupações, cujo esquecimento, no entanto, na situação em que ele se encontrava, traria a ameaça de uma completa e inevitável aniquilação.

Svidrigáilov o perturbava, em particular: pode-se até dizer que Raskólnikov parecia ter se fixado em Svidrigáilov. Desde o momento das palavras tão aterradoras, e também tão claras, ditas por Svidrigáilov no quarto de Sônia, na hora da morte de Katierina Ivánovna, foi como se o encadeamento habitual dos pensamentos de Raskólnikov tivesse se rompido.

Porém, apesar de aquele fato novo deixá-lo inquieto ao extremo, Raskólnikov, de certo modo, não tinha pressa em esclarecer a questão. Às vezes, de repente, quando se via em algum lugar numa parte distante e isolada da cidade, numa taberna deplorável, sozinho à mesa, pensativo, quase sem ter ideia de como tinha ido parar ali, de súbito Raskólnikov se lembrava de Svidrigáilov: repentinamente, de modo demasiado claro e perturbador, ele se dava conta de que era preciso, o quanto antes, entrar num entendimento com aquele homem e, se possível, resolver a questão em definitivo. Certa vez, ao ir a um local fora dos limites da cidade, chegou a imaginar que ia esperar Svidrigáilov ali e que tinha até marcado um encontro com ele. Outra vez, acordou no chão, no meio de uns arbustos, não sabia onde, ainda antes do nascer do sol, e não tinha a mínima noção de como tinha ido parar ali. Entretanto, naqueles dois ou três dias após a morte de Katierina Ivánovna, ele se encontrou umas duas vezes com Svidrigáilov, quase sempre no quarto de Sônia, onde ele surgia como se não tivesse nenhum propósito, e ficava sempre por apenas um minuto. Os dois sempre trocavam palavras breves e nem uma vez conversaram sobre o ponto capital, como se entre eles estivesse implicitamente combinado de se manterem mudos sobre o assunto, por um tempo. O corpo de Katierina Ivánovna ainda estava ali, no caixão. Svidrigáilov cuidava do enterro e tomava todas as providências. Sônia também estava muito atarefada. No último encontro, Svidrigáilov explicou para Raskólnikov que já havia resolvido, e com total sucesso, a questão dos filhos de Katierina Ivánovna; graças a certos conhecimentos, ele havia encontrado pessoas que ajudaram e tornaram possível instalar os três órfãos, com rapidez, em instituições bastante adequadas para eles; o dinheiro reservado para as crianças também ajudou muito, pois é incomparavelmente mais fácil acolher órfãos com capital do que indigentes. Também disse algo sobre Sônia, prometeu, de algum modo, fazer uma visita pessoal a Raskólnikov, num dia qualquer, e mencionou que "gostaria de trocar ideias, preciso muito conversar, existem certos assuntos...". Essa conversa se passou no vestíbulo, junto à escada. Svidrigáilov mirou fixamente nos olhos de Raskólnikov e, de repente, após um breve silêncio, baixando o tom da voz, perguntou:

— O que há com o senhor, Rodion Románitch? Parece que está com a cabeça nas nuvens. Juro! O senhor vê e escuta, mas é como se não entendesse. Precisa se animar. Olhe, vamos conversar: só lamento ter tantos assuntos para resolver, meus e dos outros também... Eh, Rodion

Románovitch — acrescentou, de repente. — Todo mundo precisa de ar, ar, ar, meu senhor... Acima de tudo!

De súbito, recuou para o lado a fim de dar passagem a um sacerdote e um sacristão que subiam pela escada. Iam rezar para a falecida. Por ordem de Svidrigáilov, as preces fúnebres eram feitas duas vezes por dia, rigorosamente. Svidrigáilov seguiu seu caminho. Raskólnikov esperou um pouco, pensou um minuto e foi atrás do sacerdote, rumo ao apartamento de Sônia.

Ele parou na porta. A prece começou baixinha, cerimoniosa, triste. Na consciência da morte e na presença da morte, sempre havia para Raskólnikov, desde a infância, algo opressivo, uma espécie de horror místico; e já fazia muito tempo que não ouvia preces fúnebres. Havia ali também outra coisa, demasiado horrível e inquietante. Ele olhava para as crianças: todas estavam junto ao caixão, de joelhos. Pólietchka chorava. Atrás delas, Sônia rezava, como se estivesse chorando, timidamente. "Nestes últimos dias, ela não olhou para mim nem uma vez e não me disse nem uma palavra", pensou Raskólnikov, de repente. O sol iluminava o quarto com claridade; a fumaça do incensório subia em rolos; o sacerdote lia: "Senhor, permita que ela descanse em paz". Raskólnikov acompanhou toda a cerimônia. Enquanto abençoava e se despedia, o sacerdote olhava em redor, com ar estranho. Depois das preces, Raskólnikov se aproximou de Sônia. De repente, ela segurou suas mãos e reclinou a cabeça no seu ombro. Esse breve gesto chegou a deixar Raskólnikov desconcertado; achou até estranho: como pode? Nem a menor aversão, nem a menor repulsa por ele, nem o menor tremor, na mão dela! Isso já era levar a própria humilhação ao infinito. Pelo menos, foi assim que ele entendeu. Sônia não disse nada. Raskólnikov apertou a mão dela e saiu. Sentia um peso medonho. Se fosse possível, naquele minuto, fugir para algum lugar e ficar completamente só, ainda que fosse por toda a vida, ele se sentiria feliz. Mas a questão era que, ultimamente, embora estivesse quase sempre sozinho, não conseguia de jeito nenhum sentir-se só. Acontecia de sair da cidade e seguir pela estrada principal, certa vez foi até parar num bosque; porém, quanto mais solitário o local, mais forte a sua consciência de alguma presença próxima, aflita; não que fosse uma presença assustadora, mas, de certo modo, era muito importuna, tanto assim que ele acabava voltando depressa para a cidade, se misturava com a multidão, entrava nas tabernas, nas cantinas, andava pela feira de artigos usados, pela praça Sennaia. Ali, parecia mais fácil, sentia-se até mais isolado. Numa taberna, antes de anoitecer, estavam cantando:

ele ficou ali uma hora inteira, escutando, e depois lembrava que chegou a se sentir muito bem. Mas no final, de repente, começou de novo a sentir-se inquieto; como se, de uma hora para outra, os remorsos da consciência tivessem começado a atormentá-lo: "Certo, eu estou aqui sentado, escuto a cantoria, mas será que é isso que eu devo fazer?" — assim pareceu pensar. Entretanto, logo se deu conta de que não era só aquilo que o afligia; havia algo que exigia uma solução rápida, mas que não era possível entender nem transmitir por meio de palavras. Tudo se embolava numa espécie de novelo. "Não, era melhor uma briga! Era melhor procurar o Porfíri, de novo... ou o Svidrigáilov... Era melhor eu receber uma espécie de desafio, ou alguém me atacar... Sim! Sim!", pensava Raskólnikov. Ele saiu da taberna e andou ligeiro, quase correu. De repente, por algum motivo, a lembrança de Dúnia e da mãe arrastou-o para uma espécie de pânico. Naquela madrugada, pouco antes de amanhecer, ele também acordou no meio de uns arbustos, na ilha Krestóvski, todo trêmulo, febril; foi para casa e chegou já de manhã cedo. Após algumas horas de sono, a febre passou, mas quando acordou já era tarde: duas horas.

Raskólnikov lembrou que o enterro de Katierina Ivánovna estava marcado para esse dia e alegrou-se por não ter presenciado a cerimônia. Nastássia lhe trouxe comida; ele comeu e bebeu com grande apetite, quase com avidez. A cabeça estava mais fresca e ele mesmo se sentia mais calmo do que nos três últimos dias. Por um instante, chegou a se admirar com o acesso de pânico que havia sofrido. A porta abriu e Razumíkhin entrou.

— Ah! Está comendo, portanto não está doente! — disse Razumíkhin, pegou uma cadeira e sentou-se à mesa, de frente para Raskólnikov. Estava aborrecido e não tentava esconder. Falava com evidente irritação, mas não tinha pressa nem levantava muito a voz. Podia-se pensar que vinha imbuído de alguma intenção especial e até fora do comum. — Escute — começou, em tom resoluto. — Que você e todo mundo vão para o diabo, mas, até onde eu percebo, o que está muito claro agora é que eu não estou conseguindo entender nada; por favor, não pense que eu vim aqui fazer um interrogatório. Dane-se! Não quero nem saber! Mesmo que você me revele agora todos os seus segredos, talvez eu nem fique aqui para ouvir, pode ser que eu dê uma cusparada e vá embora. Eu só vim para descobrir pessoalmente e de uma vez por todas: primeiro, é mesmo verdade que você está maluco? A seu respeito, veja só, existe a convicção (bem, andam falando por aí) de que você pode estar maluco ou muito propenso a isso. Confesso que eu mesmo fiquei muito inclinado a apoiar essa opinião, primeiro, levando em conta suas ações imbecis e, em parte, nocivas (que não há como explicar); em segundo lugar, por sua recente conduta com sua mãe e sua irmã. Só um canalha e um monstro, se não for um maluco, poderia agir com elas como você agiu; portanto, você está maluco...

— Você esteve com elas há pouco tempo?

— Acabei de ver as duas. E você, não esteve com elas desde aquele dia? Por onde você anda vagabundeando? Diga, por favor: eu já vim aqui três vezes atrás de você. Desde ontem, sua mãe está doente, e é grave. Ela queria visitar você; Avdótia Románovna tentou contê-la; ela não quis nem ouvir: "Se ele diz que está doente, se a cabeça dele está confusa, quem vai poder ajudá-lo, se não for a mãe?". Aí, viemos todos para cá, porque não podíamos deixá-la sozinha. Ficamos implorando para ela se acalmar, até chegarmos aqui à sua porta. Entramos, você não estava; ela sentou aqui, também. Ficou dez minutos sentada, nós ficamos em pé do seu lado, mudos. Ela se levantou e disse: "Se ele saiu de casa, quer dizer que está bem de saúde e esqueceu a mãe, portanto é indigno e vergonhoso a mãe ficar plantada na porta e mendigar carinho como se fosse uma esmola". Voltou para casa e deitou-se; agora está com febre. Ela disse: "Eu estou vendo que, para a *sua*, ele tem tempo". Supõe que essa *sua* é a Sófia Semiónovna, a sua noiva, ou namorada, eu sei lá. Eu cheguei a ir logo para a casa de Sófia Semiónovna, porque, meu irmão, eu queria descobrir tudo... cheguei, olhei: o caixão estava lá, as crianças choravam. Sófia Semiónovna experimentava roupinhas de luto nas crianças. Você não estava. Olhei, pedi desculpas e saí, contei tudo para Avdótia Románovna. Portanto, tudo isso é bobagem e, aqui, não existe nenhuma *sua*, portanto, o mais certo é que você esteja maluco. Porém aí está você, sentado, devorando um bom prato de carne cozida, como se estivesse há três dias sem comer. É de imaginar que os malucos também tenham de comer, só que você não me disse nem uma palavra, mas você... não está maluco! Isso eu juro! Qualquer coisa, menos maluco. Logo, que você e todo mundo vão para o diabo, porque aqui existe algum mistério, algum segredo; e eu não tenho intenção de ficar quebrando a cabeça com os segredos do senhor. Eu só passei por aqui para dizer uns desaforos, para desabafar — concluiu, levantando-se —, mas eu sei o que devo fazer agora!

— O que você quer fazer agora?

— E o que é que você tem a ver com o que eu quero fazer?

— Cuidado, vai acabar se embriagando!

— Por que... como foi que você descobriu isso?

— Ora essa!

Razumíkhin ficou um minuto em silêncio.

— Você foi sempre muito sensato e nunca, nunca esteve maluco — afirmou com fervor, de repente. — Pois é isso mesmo: eu vou encher a cara! Adeus! — E fez menção de ir embora.

— Razumíkhin, eu acho que anteontem falei de você com a minha irmã.

— De mim! É... mas onde foi que você conseguiu encontrar sua irmã, anteontem? — Razumíkhin parou, de súbito, chegou a ficar um pouco pálido. Dava para adivinhar que, dentro do peito, o coração batia devagar e tenso.

— Ela veio aqui sozinha, ficou sentada aí e conversou comigo.

— Ela!

— Sim, ela mesma.

— O que você falou... quero dizer, sobre mim?

— Eu disse para ela que você é muito bom, honesto e trabalhador. Que você a ama, eu não falei, porque ela já sabe disso.

— Já sabe?

— Ora essa! Para onde quer que eu parta, o que quer que aconteça comigo, você vai permanecer com elas, como a Providência. Eu, por assim dizer, estou passando as duas para as suas mãos, Razumíkhin. Digo isso porque sei perfeitamente como você ama a minha irmã e estou convencido da pureza do seu coração. Sei também que ela pode amar você e até, quem sabe, já ama. Agora, resolva você mesmo, como achar melhor, se precisa ou não encher a cara.

— Rodka... Veja... Puxa... Ah, que diabo! Mas e você, afinal, para onde quer partir? Olhe: se tudo isso é um segredo, então pode deixar! Mas eu... eu vou descobrir o segredo... E eu estou convencido de que só pode ser uma bobagem, uma besteira tremenda, e que você planejou tudo sozinho. Mesmo assim, você é uma pessoa excelente! Uma pessoa excelente!...

— Mas eu queria justamente acrescentar uma coisa e você me cortou: é que você fez muito bem ao decidir que não ia descobrir esses mistérios e segredos. Deixe chegar a hora, não se inquiete. Tudo será conhecido na hora certa, que é exatamente quando for necessário. Ontem, um homem me disse que as pessoas precisam de ar, ar, ar! Eu agora quero ir até ele e descobrir o que ele quer dizer com isso.

Razumíkhin se pôs pensativo e agitado, conjecturando algo.

"É um conspirador político! Sem dúvida! E está prestes a dar um passo decisivo, não há dúvida! Não pode ser outra coisa e... e a Dúnia sabe...", pensou, de repente.

— Então, a Avdótia Románovna veio falar com você — disse, escandindo as palavras — e agora você quer se encontrar com um homem que disse que é preciso de mais ar e... e, portanto, essa carta... é também algo ligado a tudo isso — concluiu, como se estivesse falando consigo mesmo.

— Que carta?

— Ela recebeu uma carta hoje, ficou muito abalada. Muito. Até demais. Eu comecei a falar de você... ela pediu para eu me calar. Depois... depois disse que talvez nós, muito em breve, nos separemos. Depois começou a me agradecer com fervor, não sei por quê; depois, foi para seu quarto e se trancou.

— Ela recebeu uma carta? — Raskólnikov repetiu a pergunta.

— Sim, uma carta; você não sabia? Hum.

Os dois ficaram em silêncio.

Adeus, Rodion. Eu, meu irmão... houve um tempo... mas adeus, adeus, houve um tempo... Bem, adeus! Também está na minha hora. Não vou beber. Agora, não preciso mais... e você está mentindo!

Tinha pressa; mas, já na saída, já quase fechando a porta, de repente, abriu a porta outra vez e disse, olhando para o lado, sem rumo certo:

— Por falar nisso! Lembra aquele assassinato, pois é, o caso do Porfíri, a história da tal velha? Pois é, então fique sabendo que acharam o assassino, ele mesmo confessou e forneceu todas as provas. É um daqueles mesmos operários, os tais pintores, imagine só. Lembra que eu os defendi? Pois acredite que toda aquela encenação da briga e da gritaria na escada com seu colega, quando os outros vinham subindo, o porteiro e duas testemunhas, tudo aquilo ele planejou de propósito, justamente para despistar. Quanta esperteza e quanta presença de espírito, num pirralho daquele! É difícil acreditar; mas ele mesmo explicou, ele mesmo confessou tudo! E como é que eu pude me iludir assim! Também, pudera: eu acho que se trata simplesmente de um gênio da dissimulação e da astúcia, um gênio do despistamento jurídico... portanto, não há por que ficar tão admirado! Quem disse que eles não existem? E já que ele não suportou a pressão da consciência e acabou confessando, eu acredito nele mais ainda. É mais verossímil... Mas como é que eu pude me iludir tanto assim? Cheguei a querer brigar em defesa deles!

— Diga, por favor, como você soube de tudo isso e por que está tão interessado no assunto? — perguntou Raskólnikov, com visível inquietação.

— Ora essa! Por que estou interessado! E você ainda pergunta!... Pois foi o Porfíri que me contou, e outras pessoas também. No entanto, por meio dele eu soube quase tudo.

— Do Porfíri?

— Do Porfíri.

— O que foi... o que foi que ele contou? — perguntou Raskólnikov, assustado.

— Ele me explicou direitinho. Explicou pelo ângulo psicológico, à maneira dele.

— Ele explicou? Ele mesmo explicou para você?

— Ele mesmo, ele mesmo. Adeus! Depois eu conto mais alguma coisa, agora tenho o que fazer. Antes... houve um tempo em que eu achava que... Ora essa; depois!... Agora não tenho por que encher a cara. Mesmo sem bebida nenhuma, você já me embriagou. Pois eu estou embriagado, Rodka! É, sem bebida, eu agora estou embriagado. Bem, adeus; depois eu passo aqui, logo, logo.

Saiu.

"Sim, é um conspirador político, não há dúvida nenhuma!", concluiu Razumíkhin de forma categórica, enquanto descia lentamente a escada. "E envolveu a irmã; isso pode combinar muito, muito mesmo, com o caráter de Avdótia Románovna. Eles têm se encontrado... Afinal, ela também me insinuou isso. Por muitas de suas palavras... e meias palavras... e alusões, tudo aponta exatamente para isso! E de que outro modo se pode explicar toda essa confusão? Hum! E eu que pensava... Ah, meu Deus, que ideia eu meti na cabeça! Sim, foi uma perturbação que me deu, e agora eu devo desculpas a ele! Mas foi ele mesmo, ali no corredor, ao lado do lampião, que me causou essa perturbação. Droga! Que ideia porca, grosseira, sórdida, a minha! Parabéns ao Mikolka, que confessou... E o que aconteceu antes também se explica, agora, assim como tudo! Aquela doença dele, na ocasião, todos os seus atos estranhos, mesmo os de antes, bem antes, ainda na universidade, o jeito como andava sempre sombrio, soturno... Mas o que significa essa carta, agora? Pode ser que aí também exista alguma coisa. Quem foi que mandou a carta? Eu desconfio... Hum. Não, eu vou apurar tudo isso."

Recordou e analisou tudo sobre Dúnietchka e seu coração gelou. Num impulso, saiu correndo.

Assim que Razumíkhin foi embora, Raskólnikov levantou-se, voltou-se na direção da janela, esbarrou num canto, esbarrou no outro, como se tivesse se esquecido da estreiteza de sua toca, e... sentou de novo no sofá. Parecia completamente refeito; de novo, a luta — ou seja, tinha encontrado uma saída!

"Sim, quer dizer que apareceu uma saída!" Afinal, tudo já estava arrolhado e sufocado em demasia, o peso era torturante como o efeito de um narcótico. Desde a cena com Mikolka na sala do Porfíri, ele começou a asfixiar, sem saída, tenso. Depois de Mikolka, no mesmo dia, houve a cena na casa de Sônia; ele se comportou e terminou a cena de modo muito diferente de tudo que poderia imaginar... fraquejou, quer dizer, num instante e de forma radical! De um só golpe! E, afinal, na ocasião, ele mesmo concordou com Sônia, concordou de coração, que assim, sozinho, com aquela coisa na alma, ele não ia sobreviver! E o Svidrigáilov? O enigma do Svidrigáilov... Svidrigáilov o inquietava, é verdade, mas, de certo modo, não por esse ângulo. Talvez ainda fosse preciso lutar também contra Svidrigáilov. Talvez Svidrigáilov também fosse uma verdadeira saída; mas com Porfíri a história era outra.

Portanto, o próprio Porfíri explicou para Razumíkhin, e explicou ainda por cima *psicologicamente*! Já começou de novo a martelar a sua maldita psicologia! Mas e esse Porfíri? Como pode o Porfíri ter acreditado um minuto sequer que o Mikolka é o culpado, depois do que se passou entre eles dois naquele dia, depois daquela cena, olhos nos olhos, antes de Mikolka chegar, uma cena para a qual não pode haver explicação correta, a não ser *uma*? (Várias vezes, ao longo daqueles dias, Raskólnikov revia em relances e recordava em retalhos toda aquela cena com Porfíri; ele não conseguiria suportar a lembrança em seu todo.) Naquela hora, entre ambos, foram ditas certas palavras, houve certos movimentos e gestos, os dois trocaram certos olhares, algo foi dito com certo tom de voz, chegou-se a tais extremos que, depois daquilo, nenhum Mikolka (a quem Porfíri decifrou, até o fundo da alma, desde a primeira palavra e o primeiro gesto), nenhum Mikolka poderia abalar o fundamento de sua convicção.

"E quem diria? Até o Razumíkhin começou a desconfiar um pouquinho! A cena no corredor, junto ao lampião, não foi à toa. Ele foi logo correndo falar com o Porfíri... Mas com que finalidade o Porfíri quis enganar o Razumíkhin tanto assim? Qual é o seu propósito, ao desviar a atenção de Razumíkhin para o Mikolka? Pois não há dúvida de que ele tem um plano;

existe uma intenção, mas qual é? Na verdade, desde aquela manhã, já se passou bastante tempo… tempo demais, demais, sem que Porfíri desse o menor sinal de vida. Claro, isso é que é o pior…" Raskólnikov pegou o boné e, pensativo, saiu do quarto. Era o primeiro dia, em todo esse tempo, que ele se sentia pelo menos com a consciência sadia. "É preciso encerrar a questão com o Svidrigáilov", pensou, "custe o que custar, e o quanto antes: ele é mais um que parece que está só esperando que eu mesmo o procure." E de repente, do seu coração cansado, se ergueu naquele instante um ódio tão grande que ele seria capaz, talvez, de matar qualquer um dos dois: Svidrigáilov ou Porfíri. Pelo menos, tinha a sensação de que, se não já, então mais tarde, ele estaria em condições de fazer aquilo. "Veremos, veremos", repetia para si.

Porém, assim que abriu a porta do vestíbulo, deu de cara com o próprio Porfíri. Este tinha vindo à sua casa. Por um instante, Raskólnikov ficou estupefato. O estranho é que ele não se surpreendeu tanto assim com Porfíri e quase não se assustou com ele. Apenas estremeceu, mas, rápido, num piscar de olhos, se pôs em guarda. "Quem sabe chegou a hora do desfecho? Mas como foi que ele se aproximou tão sorrateiro, que nem um gato, e eu não ouvi nada? Será que não estava ouvindo por trás da porta?"

— Não esperava visitas, não é, Rodion Románitch? — gritou Porfíri Petróvitch, rindo. — Faz tempo que penso em vir aqui, eu estava passando e pensei: por que não fazer uma visitinha de uns cinco minutos? Mas aonde o senhor está indo? Eu não vou atrapalhar. Olhe, aceite um cigarro, se lhe agrada.

— Vamos, sente-se, Porfíri Petróvitch, sente-se — Raskólnikov recebeu a visita, pelo visto, com um ar tão satisfeito e amistoso que, de fato, ficaria admirado consigo mesmo se pudesse se ver. Os últimos resíduos do medo foram extirpados! Às vezes, uma pessoa assim suporta meia hora de um pavor mortal diante de um bandido e, quando encostam finalmente a faca no seu pescoço, aí o medo chega a desaparecer. Raskólnikov sentou-se bem de frente para Porfíri e olhava para ele sem piscar. Porfíri estreitou as pálpebras e começou a fumar seu cigarro.

"Muito bem, me diga, me diga", era o que parecia querer pular para fora do coração de Raskólnikov. "E então, e então, por que você não fala de uma vez?"

II

— Puxa vida, estes cigarros! — disse Porfíri Petróvitch, afinal, depois de fumar e descansar um pouco. — Isso faz mal, faz muito mal, só que eu não consigo largar! Eu tusso, senhor, a garganta já começou a ficar irritada e eu sinto falta de ar. Sabe, eu sou medroso, há pouco tempo fui consultar B... Ele examina cada paciente *minimum* por meia hora; ele chegou a rir quando me viu: deu pancadinhas, auscultou... A propósito, disse ele, o tabaco não faz bem ao senhor; os pulmões estão dilatados. Muito bem, mas como vou abandonar o tabaco? Vou substituir pelo quê? Eu não bebo, essa é que é a desgraça, he-he-he, minha desgraça é que eu não bebo! Afinal, tudo é relativo, Rodion Románitch, tudo é relativo!

"O que é isso? Será que está apelando para suas velhas formalidades legais de investigador?", pensou Raskólnikov, com repulsa. Toda a cena recente do último encontro entre ambos retornou à sua memória de um só golpe e o mesmo sentimento voltou como uma onda ao seu coração.

— Afinal, eu já estive aqui anteontem à tardinha, o senhor não sabe? — continuou Porfíri Petróvitch, enquanto examinava o quarto. — Aqui no quarto, neste mesmo lugar, eu entrei. E também, como hoje, eu estava passando e pensei: quem sabe eu não faço uma visitinha a ele? Cheguei e o quarto estava aberto; dei uma olhada, esperei um pouco, mas não avisei à criada do senhor... fui embora. O senhor não tranca a porta?

O rosto de Raskólnikov se tornava cada vez mais sombrio. Porfíri parecia adivinhar seus pensamentos.

— Eu vim me explicar, meu caro Rodion Románitch, me explicar com o senhor! Eu devo e é minha obrigação me explicar com o senhor — prosseguiu com um sorriso e até deu uma palmadinha de leve no joelho de Raskólnikov, mas quase no mesmo instante seu rosto tomou uma feição séria e preocupada; pareceu até se cobrir de tristeza, para surpresa de Raskólnikov.

Nunca tinha visto nele tal fisionomia nem desconfiava que pudesse se mostrar assim. — Houve uma cena estranha entre nós, na última vez, Rodion Románitch. Talvez em nosso primeiro encontro também tenha ocorrido uma cena estranha; mas naquela ocasião... Pois é, agora e sempre é assim: uma coisa puxa a outra! Trata-se do seguinte: eu venho aqui, talvez, para me desculpar com o senhor; eu sinto isso. Afinal, nós nos despedimos de um jeito... o senhor lembra? O senhor tinha os nervos à flor da pele e seus joelhos tremiam, mas eu também tinha os nervos à flor da pele e meus joelhos tremiam. O senhor sabe, de certo modo, aquilo foi até impróprio, entre nós, não foi digno de dois cavalheiros. Afinal, apesar de tudo, somos cavalheiros; ou seja, em todo caso, antes de tudo, somos cavalheiros; isso é preciso ficar entendido. Afinal, senhor, lembre a que ponto a situação chegou... foi até indecente.

"O que ele está querendo, por quem me toma?", Raskólnikov se perguntava, com espanto, de cabeça erguida e fitando em cheio os olhos de Porfíri.

— Eu resolvi que o melhor para nós, agora, é agir com franqueza — prosseguiu Porfíri Petróvitch, a cabeça um pouco inclinada e os olhos voltados para baixo, como se não quisesse mais constranger com o olhar sua antiga vítima e como se deixasse de lado seus antigos métodos e truques. — Sim, senhor, essas suspeitas e essas cenas não podem durar muito. O Mikolka nos deteve, naquele dia, do contrário eu nem sei a que ponto teríamos chegado. Aquele maldito burguesinho ficou sentado lá na minha sala, atrás da divisória... o senhor pode imaginar? O senhor, naturalmente, não está sabendo disso; aliás, eu mesmo sei que depois ele veio à sua casa; mas aquilo que o senhor supunha naquela ocasião não existia: eu não mandei seguir ninguém e ainda não tinha tomado nenhuma providência, naquela altura. Quer saber por que eu não tomei nenhuma providência? Como vou dizer ao senhor? Na ocasião, tudo aquilo me atingiu como uma forte pancada. Foi difícil para mim até mandar intimar os porteiros. (Com certeza, o senhor reparou nos porteiros, quando passou por ali.) Naquela hora, me veio uma ideia assim, sozinha, rápida, como um raio; veja só, Rodion Románitch, a que ponto eu estava firmemente convencido, na ocasião. Eu pensei: mesmo que eu deixe um escapar por um tempo, em compensação vou agarrar o outro pelo rabo... esse é meu, pelo menos, esse é meu, e eu não vou deixar escapar. O senhor é muito irritadiço, Rodion Románitch, por natureza; e até demais, em comparação com todos os outros atributos próprios do seu caráter e do seu coração, os quais eu nutro a esperança de ter apreendido, ao menos em parte. Mas, é claro, mesmo naquela altura, até eu poderia me persuadir de que nem sempre acontece isso, de uma pessoa aparecer de repente e despejar em cima de nós todos os seus segredos. E embora isso até possa acontecer, em especial quando conseguimos drenar a última gota de paciência da pessoa, em todo caso, é bem raro. Disso eu podia me persuadir. E pensei: Não, se eu tivesse pelo menos um indício! Nem que fosse o indiciozinho mais insignificante, só um, mas algo que eu pudesse tomar nas mãos, que fosse uma coisa, e não só essa conversa de psicologia. Porque, eu pensei, se a pessoa for mesmo culpada, é claro que se pode esperar dela, de um jeito ou de outro, algo substancial; é até aceitável contar com o resultado mais inesperado. Naquela altura, eu levava em conta o caráter do senhor, Rodion Románitch, acima de tudo, o caráter! Na ocasião, eu depositava muita esperança no senhor.

— Mas o senhor... mas por que o senhor está falando tudo isso, agora? — murmurou Raskólnikov, enfim, sem sequer atinar direito com o sentido da pergunta. "Do que ele está falando?", pensou, desorientado. "Será que me considera mesmo inocente?"

— Por que estou falando assim? Vim aqui para me explicar, o que considero um dever sagrado, por assim dizer. Quero expor ao senhor tudo, até o fim, contar como tudo se passou naquela altura, toda a história dessa alucinação, por assim dizer. Eu obriguei o senhor a sofrer muito, Rodion Románitch. Eu não sou nenhum monstro, senhor. Pois eu também entendo o peso que tem de suportar uma pessoa desalentada, mas orgulhosa, dominadora e impaciente, acima de tudo impaciente! Em todo caso, considero o senhor uma pessoa de extrema nobreza e até com lampejos de generosidade, embora eu não concorde com o senhor em todas as suas convicções, o que considero meu dever avisar de antemão, de forma direta e com absoluta sinceridade, pois, antes de tudo, eu não desejo enganar. Tendo conhecido o senhor, senti uma afeição. Quem sabe o senhor até ria destas minhas palavras? O senhor tem esse direito. Sei que o senhor não gostou de mim, desde o primeiro olhar, porque, no fundo, não há mesmo por que gostar. Mas pense como quiser, eu desejo agora, da minha parte, por todos os meios, corrigir essa má impressão e provar que sou uma pessoa de coração e de consciência. Estou falando com sinceridade.

Porfíri Petróvitch fez uma pausa, com dignidade. Raskólnikov sentiu, por dentro, a onda de um temor novo. A ideia de que Porfíri o considerava inocente começou, de súbito, a deixá-lo assustado.

— Contar tudo, na ordem, tal como se passou naquela ocasião, seria pouco relevante — prosseguiu Porfíri Petróvitch. — Acredito até que seja supérfluo. Além do mais, eu dificilmente seria capaz de fazer isso. Então, como explicar o caso em detalhes? No início, corriam uns rumores. Sobre o que eram os rumores, de quem partiam e quando... e por que razão acabaram levando logo ao senhor... eu também acho supérfluo contar. Comigo pessoalmente, começou por acaso, por uma circunstância acidental, que, na verdade, podia ter ocorrido e podia não ter, também... E o que foi? Hum, eu acho que também não vem ao caso. Tudo isso, os rumores e os acasos, acabou convergindo, para mim, numa ideia. Confesso sinceramente, pois, se é para confessar, então é melhor que eu confesse logo tudo... naquela altura, eu fui o primeiro a pensar no senhor. Aquelas anotações da velha nos objetos etc. etc., temos de admitir, tudo isso é bobagem. Coisas desse tipo, nós podemos contar às centenas. Na ocasião, também calhou de eu me inteirar de alguns detalhes sobre a cena no escritório da delegacia, também por acaso, senhor, e isso não me foi contado por alto, de passagem, mas sim por um narrador especial, capital, que, mesmo sem saber disso, apreendeu aquela cena de forma admirável. Pois é sempre assim que acontece, uma coisa puxa a outra, uma coisa puxa a outra, meu caro senhor Rodion Románitch! Então, como não dar uma guinada numa certa direção? Com cem coelhos, nunca se faz um cavalo, com cem suspeitas, nunca se faz uma prova, é o que diz um provérbio inglês e, afinal, é só uma questão de bom senso, senhor, mas com as paixões, senhor, com as paixões, experimente só corrigir, e afinal de contas o investigador também é um ser humano. Foi aí que eu me lembrei do seu artigo na tal revista, lembra? Ainda na sua primeira visita, nós conversamos em detalhes sobre isso. Na ocasião, eu fiquei de zombaria, mas isso era só para provocar o senhor a falar mais. Repito, o senhor é muito impaciente e está enfermo, Rodion Románitch. Que o senhor é atrevido, presunçoso, sério e... sensível, muito sensível, tudo isso eu já sabia faz tempo, senhor. Eu conheço todas essas sensações e o artiguinho do senhor, eu li também como se fosse algo que eu já conhecia. Ele foi concebido nas noites de insônia e delírio, com o coração exaltado, martelando no peito, e com o entusiasmo abatido. E é perigoso, na juventude, esse abatimento do entusiasmo orgulhoso! Na ocasião, eu fiquei de zombaria, mas agora eu afirmo para o senhor que eu amo tremendamente, a fundo, ou seja, como um adorador, essa primeira, jovial e fervorosa tentativa de escrita. A fumaça, a neblina, uma corda ressoa na neblina.[1] O artigo do senhor é tolo e fantasioso, mas nele transparece tamanha sinceridade, nele há um orgulho juvenil e incorruptível, nele há a ousadia do desespero; é um artigo sombrio, senhor, mas isso é bom. Eu li o seu artiguinho inteiro e o deixei guardado e... naquela hora, quando eu guardei, também pensei: "Ora, numa pessoa assim, isso não vai parar aqui!". Pois bem, com todos esses antecedentes, me diga agora como é possível não se entusiasmar pelas consequências? Ah, meu Deus! Por acaso eu estou dizendo alguma coisa? Por acaso eu agora estou afirmando alguma coisa? Na ocasião, eu só reparei. Pensei: o que é isso aí? Não é nada, melhor dizendo, nada vezes nada, e talvez não seja mesmo coisíssima nenhuma. Pois é, e eu, um juiz de instrução, me envolver desse modo chega a ser até uma indecência: eu tenho lá o Mikolka nas mãos, e já com fatos concretos... digam o que quiserem, são fatos! Mas ele também nos traz a sua psicologia; é preciso dar atenção a isso; pois se trata de uma questão de vida ou morte. Para que estou explicando tudo isso para o senhor, agora? Para que o senhor saiba e para que, com a razão e com o coração, não me condene por meu comportamento maldoso, naquela ocasião. Não foi maldoso, falo sinceramente, senhor, he-he-he! Mas o que o senhor pensa? Acha mesmo que eu não dei uma busca, aqui na sua casa? Dei, sim, dei uma busca, sim senhor, he-he-he, quando o senhor estava doente, deitado na cama. Não de forma oficial, não em meu nome pessoal, mas foi feita uma busca. O quarto do senhor foi examinado até o último fiozinho de cabelo, e desde quando surgiram as primeiras suspeitas; mas... *umsonst*![2] Eu pensei: agora, esse sujeito vai se entregar, vai vir por conta própria, e muito em breve; se é culpado, ele virá sem falta. Outro não viria, mas esse vai vir. E lembra como o sr. Razumíkhin começou a deixar escapar certas coisas para o senhor? Fomos nós que planejamos isso, para deixar o senhor perturbado, por isso nós espalhávamos rumores de propósito, para que chegassem até o senhor, e o sr. Razumíkhin é uma pessoa que não controla sua indignação. A raiva e a insolência ostensiva nos olhos do senhor recaíram, em primeiro lugar, sobre o sr. Zamiótov; pois bem, como é que alguém, de repente, no meio de uma taberna, deixa escapar isto: "Eu matei!". É ousadia demais, senhor, é desfaçatez demais, e eu acho que, se esse

1 Referência a um trecho do conto "Memórias de um louco", do escritor russo Nikolai Gógol (1809-52). 2 Alemão: "em vão".

homem for mesmo culpado, será um oponente terrível! E assim eu pensei: eu vou esperar! Vou esperar o senhor com todas as minhas forças, e aí o senhor simplesmente esmagou o Zamiótov e… afinal, a questão aqui é que toda essa maldita psicologia tem dois lados! Pois bem, eu fico esperando o senhor, eu fico de olho, e aí Deus manda o senhor para mim… E o senhor vem! Na hora, o meu coração bateu com força! Ah! Pois bem, mas para que o senhor cismou de vir naquela hora? A risada, aquela risada do senhor, quando entrou, lembra, pois eu, ali, na hora, adivinhei tudo, era como se eu estivesse vendo através de um vidro, porém a verdade é que, se eu já não estivesse esperando o senhor de um modo especial, não notaria nada de mais no seu riso. É isso o que significa estar com o espírito predisposto. E o sr. Razumíkhin, na ocasião… ah! a tal pedra, a tal pedra, lembra, a tal pedra embaixo da qual os objetos estão escondidos? Pois é como se eu até estivesse vendo essa pedra, lá, não sei onde, numa horta… numa horta, pois não foi o que o senhor disse para o Zamiótov, e depois para mim, numa segunda vez? E aí quando começamos a debater o artigo do senhor, quando o senhor começou a explanar o assunto… então se viu que cada palavra do senhor admitia dois sentidos, como se houvesse uma palavra embaixo da outra! Pois bem, Rodion Románitch, desse jeito eu acabei chegando ao fundo do poço, bati com a cabeça e voltei à razão. Não, eu falei, o que deu em mim? Pois, se a gente quiser, eu disse para mim mesmo, tudo isso, tudo, até o último indício, pode ser explicado de outro ângulo, e até de modo muito mais natural! Que martírio, senhor! Pensei: "Não, o melhor mesmo era ter um indiciozinho só!…". E foi aí que me falaram daqueles toques na campainha da porta, e eu cheguei a ficar gelado, me deu até uma tremedeira. Pensei: "Muito bem, aí está o tal indiciozinho! É ele mesmo!". E na hora eu nem parei para pensar, eu nem queria saber de nada. Naquela hora, eu daria mil rublos do próprio bolso só para olhar para o senhor com meus *próprios olhos*: ver como o senhor caminhou aqueles cem passos ao lado do tal burguesinho, depois que ele chamou o senhor de "assassino", bem na sua cara, sem que o senhor se atrevesse a perguntar nada para ele, ao longo de todos aqueles cem passos!… Pois bem, e aquele frio na espinha? E a tal campainha na porta no delírio do senhor, quando estava doente? Portanto, Rodion Románitch, depois disso tudo, por que ficar admirado por eu ter pregado aquelas peças no senhor? E por que o senhor mesmo veio me ver, bem naquela hora? Afinal, parecia até que alguém tinha empurrado o senhor para lá, juro por Deus, e se o Mikolka não viesse nos separar, aí... e o senhor se lembra do Mikolka, naquela hora? Lembra bem? Porque aquilo foi um trovão! Foi um trovão que estourou numa nuvem, foi um raio que caiu do céu! Sim, mas como foi que eu recebi aquilo? Olhe, pois eu não acreditei naquele raio nem um pinguinho de nada, o senhor mesmo pôde perceber! Como eu poderia acreditar? Mesmo mais tarde, depois que o senhor foi embora, quando ele começou a responder tudo, em ordem, ponto por ponto, de tal modo que eu mesmo fiquei espantado, mesmo depois disso eu não acreditei nem um pouquinho nele! É isso o que significa a expressão "duro como diamante". Não, eu pensei, *morgen früh*![3] O que o Mikolka tem a ver com isso?

— O Razumíkhin acabou de me dizer que o senhor, agora, está acusando o Nikolai e garantiu ao próprio Razumíkhin que...

Raskólnikov ficou sem fôlego e não terminou a frase. Numa comoção indescritível, ouvia como o homem que o havia decifrado até o fundo desmentia, agora, a si mesmo. Raskólnikov temia acreditar e não acreditava. Avidamente, ainda procurava agarrar, nas palavras dúbias, qualquer coisa mais exata e definitiva.

— Ora essa, o sr. Razumíkhin! — gritou Porfíri Petróvitch, como se tivesse ficado alegre com a pergunta de Raskólnikov, sempre tão calado, até então. — He-he-he! Sim, foi preciso mandar o sr. Razumíkhin para longe: dois é bom, três é demais. O sr. Razumíkhin não tem nada a ver com essa história e veio correndo falar comigo, todo pálido... Bem, que Deus o proteja, não tem por que ele se meter nisso tudo! Quanto ao Mikolka, o senhor gostaria de saber que tipo de sujeito é ele, de que gênero, e como eu o entendo? Em primeiro lugar, ainda não passa de uma criança, um menor de idade, não que seja um covarde, mas é como se fosse uma espécie de artista. Eu juro para o senhor, não ria de mim, por eu explicar desse jeito. Ele é ingênuo e suscetível a tudo. Tem coração; é um fantasista. Também canta e dança, e ainda conta histórias, pelo que dizem, tanto assim que vem gente até de longe para escutá-lo. E vai à escola, ri até cair por qualquer bobagem e se embriaga até desmaiar, não por falta de vergonha nem nada, mas acontece que ele acaba sendo levado a isso, quando os outros lhe dão bebida, igual a uma criança. E foi então que ele roubou, mas nem ele mesmo sabe o que fez; pois "achado não é roubado", não é? E o senhor sabia que ele é da seita dos

3 Alemão: "essa é boa!".

cismáticos,[4] mas não é que seja mesmo um cismático, é só um dissidente; na família dele, houve uns *begúni*[5] e ele mesmo, não faz muito tempo, passou dois anos inteiros no campo, sob a orientação espiritual de algum *stárets*.[6] Tudo isso eu soube por meio do próprio Mikolka e de pessoas de Zaraisk. Ora essa! Ele só queria fugir para um lugar isolado! Tinha fervor, de noite rezava, lia os livros antigos, os "verdadeiros", e leu tanto que ficou de cabeça virada. Petersburgo produziu um forte efeito sobre ele, sobretudo o sexo feminino, e também a bebida. É impressionável, esqueceu o *stárets* e tudo o mais. Eu sei que um desses artistas que andam por aqui gostou dele, começou a ir à sua casa e foi aí que aconteceu o tal incidente! Pois é, se apavorou... quis logo se enforcar! Fugir! Também, com a ideia que se espalhou entre o povo a respeito da nossa justiça, o que se pode fazer? Para eles, afinal, a palavra "condenaram" é tenebrosa. De quem é a culpa? Aí está uma coisa para os novos tribunais dizerem. Ah, Deus queira! Pois é, senhor, agora na prisão, pelo visto, ele se lembrou do tal honrado *stárets*; também apareceu de novo uma Bíblia. Sabe, Rodion Románitch, o que significa "sofrer", para alguns deles? Não é uma questão de sofrer por alguém, trata-se simplesmente de que "é preciso sofrer"; quer dizer, aceitar o sofrimento, e mais ainda aquele sofrimento que vem das autoridades. No meu tempo, houve um preso dócil ao extremo que passou um ano inteiro na prisão e, de noite, sentado na estufa, sempre lia a Bíblia, e tanto leu que ficou de cabeça virada, sabe, assim, completamente, e aí, sem mais nem menos, arrancou um tijolo da parede e arremessou num chefe que não tinha feito nada contra ele. E veja que pontaria: de propósito, o tijolo passou a um *archin* de distância, para não causar nenhum dano! Pois bem, sabemos qual é o destino de um preso que agride um chefe com uma arma: portanto, ele "aceitou o sofrimento". Pois veja só, agora eu também desconfio que o Mikolka quer "aceitar o sofrimento" ou alguma coisa desse tipo. Isso eu sei com segurança, senhor, até com base em fatos. Só que ele mesmo não sabe que eu sei. Mas o que foi? O senhor não admite que, de um povo como este, possam sair pessoas fantasiosas? Saem

4 Em russo, *raskólniki*. Note-se a semelhança com o nome de Rodion Románovitch Raskólnikov. Trata-se, em especial, do cisma da Igreja Ortodoxa no século XVII, em oposição às reformas do patriarca Níkon. O cisma deu origem ao importante grupo conhecido pelo nome de Velhos Crentes. 5 Em russo, "corredores", ou peregrinos. Uma das seitas do cisma russo, surgida no século XVIII. Preconizam a aceitação voluntária do sofrimento. No fim da vida, Dostoiévski manifestou simpatia por tais ideias. 6 Místico eremita ou recluso.

aos montes! Agora, o *stárets* começou a influenciar o Mikolka de novo, sobretudo depois que se lembrou da tal forca. Entretanto, ele mesmo vai me contar tudo. O senhor acha que ele vai se segurar? Pois espere só um pouquinho mais, ele vai se retratar! Estou esperando que a qualquer momento ele venha e desminta as próprias declarações. Eu gostei desse Mikolka e estou investigando bem de perto o seu caso. E o senhor até pensou nisso! He-he! Sobre certos pontos, ele me respondeu de modo perfeitamente razoável, é óbvio que recebeu as informações indispensáveis, preparou-se com muita habilidade; porém, sobre outros pontos, é como se estivesse atolado, não sabe de nada, não faz a menor ideia, e o pior é que nem desconfia de que não faz nenhuma ideia! Não, meu caro Rodion Románitch, o Mikolka não tem nada a ver com o assunto! Este é um caso fantástico, sombrio, um incidente bem atual, um caso do nosso tempo, meu senhor, quando o coração do homem ficou turvo; quando é citada a expressão de que o sangue "refresca";[7] quando se preconiza viver sempre no conforto. Isso tudo são sonhos livrescos, senhor, são coisas de um coração conturbado por teorias demais; o que se vê aqui é a decisão de dar o primeiro passo, só que é uma decisão de um tipo especial... ele decidiu, mas é como se caísse de uma montanha ou despencasse de um campanário, e chegou ao tal crime como se não tivesse andado com as próprias pernas. Esqueceu-se de fechar a porta, quando entrou, mas matou, e matou duas pessoas, por uma teoria. Matou, e não foi capaz sequer de pegar o dinheiro, e aquilo que conseguiu apanhar, ele enfiou embaixo de uma pedra. Achou pouco o tormento que suportou, quando ficou sentado atrás da porta, enquanto forçavam a fechadura pelo lado de fora e a campainha tocava... Não, tempos depois, ele ainda por cima volta ao apartamento, agora vazio, num estado de semidelírio, se lembra da tal campainha, faz questão de experimentar de novo o frio na espinha... Muito bem, vamos admitir que isso aconteceu por causa da doença, mas veja, não é só isso: ele matou e se considera uma pessoa honrada, despreza as pessoas, caminha como um anjo pálido... Não, o que o Mikolka tem a ver com isso tudo, meu caro Rodion Románitch? O Mikolka não tem nada a ver com isso!

7 Referência a um trecho de artigo publicado no periódico *Gólos* [A Voz], em 1865, sobre Napoleão Bonaparte, com base em declarações do médico do imperador francês: "Napoleão não precisava de conquistas, mas de guerras, propriamente, como meio de excitação, como um narcótico [...] a circulação sanguínea de Napoleão era irregular e extremamente lenta [...] Só no meio da guerra ele se sentia bem, sua pulsação se regularizava e a velocidade se normalizava".

Depois de tudo o que foi dito antes, e que parecia tanto um desmentido, aquelas últimas palavras foram inesperadas demais. Raskólnikov tremeu todo, como se tivesse sido trespassado.

— Então... quem... matou? — perguntou, sem conseguir se conter, com voz ofegante.

Porfíri Petróvitch recostou-se no espaldar da cadeira, como se, também de modo inesperado, estivesse atônito com a pergunta.

— Como quem matou?... — falou, como se não acreditasse nos próprios ouvidos. — Mas foi *o senhor* que matou, Rodion Románitch! Foi o senhor mesmo que matou... — acrescentou quase num sussurro, com voz plenamente convicta.

Raskólnikov se ergueu do sofá, ficou parado alguns segundos e sentou-se de novo, sem falar nada. De repente, minúsculas convulsões perpassaram todo seu rosto.

— O lábio está tremendo de novo, como da outra vez — murmurou Porfíri Petróvitch, como se tivesse até simpatia. — Parece que o senhor, Rodion Románitch, não me entendeu direito — acrescentou, após um breve silêncio. — Por isso ficou tão admirado. Eu vim aqui justamente para contar tudo e tratar do caso com franqueza.

— Não fui eu que matei — Raskólnikov mal conseguiu sussurrar, igual a uma criança assustada, apanhada em flagrante.

— Não, foi o senhor, sim, Rodion Románitch, foi o senhor mesmo, e mais ninguém — murmurou Porfíri, em tom severo e convicto.

Os dois emudeceram, e o silêncio se prolongou, até de modo estranho, por uns dez minutos. Raskólnikov apoiou os cotovelos sobre a mesa e, em silêncio, com os dedos, desgrenhou os cabelos. Porfíri Petróvitch esperava sentado, quieto. De repente, Raskólnikov olhou para Porfíri com desprezo.

— De novo, lá vem o senhor com a velha história, Porfíri Petróvitch! Sempre com seus mesmos procedimentos legais: realmente, como o senhor não se cansa disso?

— Ah, chega, de que me servem os procedimentos legais, agora? A questão seria outra, se aqui houvesse testemunhas; mas nós estamos a sós, falando em sussurros. O senhor mesmo está vendo, eu não vim à sua casa para caçar e prender o senhor, como se fosse uma lebre. Confesse o senhor ou não... neste momento, para mim tanto faz. Mesmo sem o senhor admitir, eu estou, no fundo, convencido.

— Se é assim, para que o senhor veio? — perguntou Raskólnikov, irritado. — Eu vou lhe fazer a mesma pergunta de antes: se o senhor me considera culpado, por que não me leva para a prisão?

— Pois é, essa é a questão! Vou responder ao senhor por partes: primeiro, para mim, não é vantajoso levar o senhor logo preso.

— Como não é vantajoso? Se o senhor está convencido, o senhor deve...

— Ah, o que importa se eu estou convencido? Afinal, por enquanto, tudo isso são sonhos na minha cabeça. E, também, para que eu vou prender o senhor e lhe dar esse *descanso*? O senhor deve saber muito bem, se é o senhor mesmo que está pedindo. Por exemplo, eu mando o tal burguesinho denunciar o senhor e aí o senhor vai lhe dizer: "Mas você não estava embriagado? Quem foi que me viu com você? Eu tomei você por um bêbado, só isso, e você estava mesmo bêbado". E então, ainda por cima, eu vou ter de dizer que o senhor é mais verossímil do que ele, porque na declaração dele só existe psicologia... e que o focinho dele chega a ser indecente... e que o senhor acertou em cheio, porque ele bebe mesmo, o safado, e bebe que é um horror, e é até famoso por isso. Eu mesmo já admiti para o senhor, e várias vezes, que essa psicologia tem dois lados e que o segundo lado será maior e muito mais verossímil e que, além do mais, por enquanto, eu não tenho nada contra o senhor. E, apesar de tudo, mesmo que eu prenda o senhor e que eu tenha vindo aqui pessoalmente (de modo muito irregular) comunicar tudo ao senhor de antemão, ainda assim, eu digo com franqueza ao senhor (também de modo irregular) que, para mim, isso não será vantajoso. Muito bem, senhor: em segundo lugar, eu vim à casa do senhor porque...

— Pois bem, diga, em segundo lugar? — Raskólnikov respirava ofegante o tempo todo.

— Porque, como eu já declarei agora há pouco, eu me julgo obrigado a lhe dar uma explicação. Não quero que o senhor me considere um monstro, ainda mais porque eu tenho uma sincera simpatia pelo senhor, acredite ou não. Por isso, em terceiro lugar, eu vim à sua casa com uma proposta franca e direta: se entregue e se confesse culpado. Para o senhor, será infinitamente mais vantajoso, e para mim também será mais vantajoso... porque eu tiro um peso dos ombros. E então, da minha parte, isto é sincero ou não é?

Raskólnikov refletiu um minuto.

— Escute, Porfíri Petróvitch: afinal, é o senhor mesmo que diz que isto é só psicologia, no entanto, também está apelando para a matemática. Pois o que vai acontecer agora, se o senhor mesmo estiver enganado?

— Não, Rodion Románitch, eu não estou enganado. Eu tenho certo indiciozinho nas mãos. Afinal, eu achei esse tal indiciozinho naquela hora; foi Deus que me mandou!

— Que indiciozinho?

— Não vou contar, Rodion Románitch. Mas, em todo caso, eu não tenho o direito de adiar mais: vou prender o senhor. Sendo assim, o senhor reflita: para mim, *agora*, tanto faz; em consequência, estou fazendo isso só pelo senhor. Juro por Deus, vai ser melhor, Rodion Románitch!

Raskólnikov riu, com rancor.

— Afinal, isso não é só ridículo, chega a ser um descaramento. Muito bem, vamos admitir que eu seja culpado (o que eu não estou afirmando, absolutamente); então, com que motivo eu vou me entregar ao senhor e me confessar culpado, quando é o senhor mesmo que diz que, lá na sua prisão, eu vou ter um *descanso*?

— Ah, Rodion Románitch, não acredite tanto assim nas palavras; pode ser que não haja nenhum *descanso*! Afinal, isso é só teoria, e ainda por cima é uma teoria minha, senhor, e que autoridade eu tenho sobre o senhor? Pode ser que, agora, eu mesmo esteja escondendo algo do senhor. Também não é de esperar que eu traga tudo aqui e mostre para o senhor, assim, de mão beijada, he-he-he! Há uma segunda questão: qual é a vantagem? Será que o senhor sabe qual a redução da pena que isso vai acarretar? Afinal, quando o senhor vai se entregar, em que momento? Pense só! O senhor vai confessar num momento em que outra pessoa já assumiu o seu crime e confundiu tudo! E eu juro ao senhor, juro por Deus, que eu vou dar um jeito por "lá" para que o seu comparecimento e a sua confissão pareçam um fato completamente inesperado. Vamos destruir toda essa psicologia de uma vez, eu vou converter em nada todas as suspeitas que existiam contra o senhor, de modo que o seu crime vai tomar o aspecto de uma espécie de perturbação, porque, para falar a verdade, é mesmo uma perturbação. Eu sou uma pessoa honesta, Rodion Románitch, eu cumpro a minha palavra.

Raskólnikov ficou calado, triste, de cabeça baixa; pensou muito e, afinal, sorriu de novo, mas o sorriso era dócil e tristonho.

— Ah, não precisa! — disse Raskólnikov, como se já não escondesse nada de Porfíri. — Não vale a pena! Eu não preciso das atenuantes do senhor!

— Pois era isso mesmo que eu temia! — exclamou Porfíri com ardor e como que sem querer. — Era isso mesmo que eu temia, que o senhor não quisesse aceitar a redução da pena.

Raskólnikov olhou para ele, triste e grave.

— Olhe, não tenha nojo da vida! — prosseguiu Porfíri. — Ainda há muita coisa pela frente. Como é que não precisa reduzir a pena, como não? O senhor é mesmo muito impaciente!

— Mas que muita coisa é essa que eu tenho pela frente?

— Há muita vida! Afinal, que profeta é o senhor, será que sabe mesmo tanto assim? Pois procure e descubra. Quem sabe não é lá que Deus está à espera do senhor? E a vida não é para sempre, ela é uma correnteza...

— Vou ganhar uma redução da pena... — riu-se Raskólnikov.

— Mas o que foi? Será que tem medo da vergonha burguesa? Pode ser que tenha medo e nem saiba disso... porque é jovem! Mesmo assim, o senhor não deve ter medo nem vergonha de se entregar e confessar.

— A-ah! Dane-se! — murmurou Raskólnikov com desdém e repulsa, como se nem tivesse desejo de falar. Ele já ia se pôr de pé, como se quisesse ir para algum lugar, mas sentou-se de novo, com ar de desespero.

— Ah, então quer que se dane! O senhor perdeu a confiança e acha que eu estou apenas lisonjeando o senhor de modo grosseiro; mas será que o senhor já viveu tanto assim? Será que entende muita coisa? Inventou lá uma teoria, sentiu vergonha porque deu errado, porque o resultado não é nem um pouco original! De fato, o resultado é sórdido, mas o senhor, apesar de tudo, não é um patife irrecuperável. Não é de maneira nenhuma! Pelo menos, não ficou muito tempo por aí fazendo besteiras, foi direto ao fundo do poço. Afinal, por quem eu tomo o senhor? Eu tomo o senhor por um desses que, mesmo que arranquem seus intestinos, vão continuar de pé e olhar para seus torturadores de frente, com um sorriso... contanto que encontre a fé ou Deus. Pois então encontre, que o senhor vai viver. Em primeiro lugar, faz tempo que o senhor precisa mudar de ares. Sabe, o sofrimento também é uma coisa boa. Sofra. Quem sabe o tal do Mikolka não tenha razão por querer o sofrimento? Eu sei que o senhor não tem fé... Mas não fique com essas filosofias astuciosas; se jogue na vida de cabeça, sem raciocinar; não se preocupe... ela vai carregar o senhor direto para a margem e vai pôr o senhor de pé. Que margem é essa? Como vou saber? Eu só sei que o senhor ainda tem muito para viver. Eu sei que, agora, o senhor toma as minhas palavras como um sermão decorado; mas pode ser que depois se lembre e que, um dia, seja útil; é também por isso que eu estou falando. Ainda bem que o senhor só matou uma velhota. Imagine se o senhor tivesse criado outra teoria, talvez fizesse uma coisa cem milhões de vezes mais medonha! Talvez ainda seja preciso dar graças a Deus; como o senhor pode saber? Talvez Deus esteja reservando o senhor para alguma coisa. O senhor tem um grande coração, então tenha menos medo. Está assustado com a grandeza da tarefa que tem pela frente? Não, seria uma vergonha ter medo disso. Se já deu esse passo, então agora resista. Aqui, se trata de justiça. Então cumpra o que a justiça exige. Eu sei que o senhor não acredita, mas, juro por Deus, a vida vai amparar o senhor. Depois, o senhor mesmo vai amar a vida. Agora, o senhor só precisa de ar, ar!

Raskólnikov chegou a estremecer.

— Mas quem é o senhor? — gritou Raskólnikov. — O senhor por acaso acha que é algum profeta? Do alto de que serenidade majestosa o senhor vem pregar para mim essas profecias tão cheias de sabedoria?

— Quem sou eu? Sou um homem acabado, mais nada. Talvez um homem sensível e compassivo, que pode ser que saiba uma coisa ou outra, mas que já está completamente acabado. E o senhor... é outra história: Deus preparou uma vida para o senhor (porém, quem sabe, pode ser que a sua vida passe como fumaça e nada aconteça). Muito bem, mas e se o senhor entrar para essa outra categoria de gente? Com esse seu coração, o senhor não vai lamentar a falta de conforto, não é? E o que tem demais se, durante muito tempo, ninguém reparar no senhor? Porém a questão não está no tempo, e sim no senhor mesmo. Seja um sol e todos verão o senhor. Um sol precisa, antes de tudo, ser um sol. O senhor está rindo de novo de alguma coisa: é por eu bancar o Schiller? Pois eu aposto que o senhor acha que, agora, eu estou só querendo agradar ao senhor! E daí, se eu estiver mesmo querendo agradar ao senhor? He-he-he! Pode ser, Rodion Románitch, que o senhor não deva mesmo acreditar em nenhuma das minhas palavras, e pode ser até que nunca deva acreditar por completo... isso já é um vício meu, eu admito; só quero acrescentar uma coisa: até que ponto eu sou infame e até que ponto eu sou honesto, parece que o senhor mesmo pode avaliar!

— Quando o senhor pretende me prender?

— Ainda posso deixar o senhor andar por aí mais um dia e meio ou dois. Pense bem, meu caro, reze para Deus. Vai ser mais vantajoso, eu juro, mais vantajoso.

— Mas e se eu fugir? — perguntou Raskólnikov, sorrindo de um jeito estranho.

— Não, o senhor não vai fugir. Um mujique vai fugir, um sectário da moda vai fugir...[8] ele é um lacaio do pensamento alheio... porque basta levantar a pontinha do dedo para que ele, como o sargento Dirka,[9] acredite a vida toda no que o senhor quiser. E, afinal, o senhor já não acredita mais na sua teoria... com o que o senhor iria fugir? E de que adianta, para o senhor, essa fuga? Viver foragido é difícil, é repulsivo, e o senhor precisa, acima de tudo, de uma vida e de uma posição definida, e do ar correspondente; pois bem, será que o seu ar está lá? Fuja e acabará voltando por conta própria. *Sem nós, o senhor não será capaz de chegar a lugar nenhum.* Vou deixar o senhor trancado na cadeia, digamos, um mês, digamos dois, digamos três, e lá, de repente, o senhor vai lembrar minhas palavras, e o senhor vai confessar por conta própria, talvez até de uma forma inesperada para o senhor mesmo. E, na hora, o senhor nem vai saber que veio para confessar que é culpado. Eu estou até convencido de que o senhor vai "escolher aceitar o sofrimento"; tudo bem, o senhor não está acreditando nas minhas palavras agora, mas o senhor mesmo está prestando atenção a elas. Pois o sofrimento, Rodion Románitch, é uma coisa magnífica; o senhor não repare muito no fato de eu ter engordado, isso não importa, pois eu conheço o assunto; não ria disso: no sofrimento, existe uma ideia. O tal do Mikolka tem razão. Não, o senhor não vai fugir, Rodion Románitch.

Raskólnikov se levantou e pegou o boné. Porfíri Petróvitch também se levantou.

— Vai dar uma volta? Uma voltinha fará bem, mas tomara que não caia uma tempestade. Pensando bem, seria até melhor, para refrescar...

Também pegou seu boné.

— O senhor, Porfíri Petróvitch, por favor, não meta na cabeça a ideia de que hoje eu confessei alguma coisa — falou Raskólnikov, com uma insistência inflexível. — O senhor é uma pessoa estranha e eu o escutei só por curiosidade. Eu não confessei coisa nenhuma... Lembre-se disso.

— Certo, eu já sei, eu vou lembrar... puxa, olhe, está até tremendo. Não se preocupe, meu caro; será feita a sua vontade. Vá passear um pouco; só não pode passear demais. Por via das dúvidas, eu tenho só mais um pedidozinho

8 Referência a V. I. Kiélsev, que em 1862, se dizendo exilado, foi morar em Londres, onde passou a publicar textos sobre o cisma na Igreja Ortodoxa russa. Dostoiévski mostrava interesse por esse personagem. **9** Personagem da comédia *O casamento*, de Nikolai Gógol. O autor o confundiu com o sargento Petukhov, da mesma peça.

a fazer para o senhor — acrescentou, baixando a voz. — É um pouquinho embaraçoso, mas é importante: se, quer dizer, por via das dúvidas (aliás, eu nem acredito nisso e até acho que o senhor seria totalmente incapaz), mesmo assim, se por acaso... mas, vá lá, por via das dúvidas... se, durante estas quarenta ou cinquenta horas, lhe der vontade de liquidar este assunto de outro modo, de alguma forma fantasiosa... de atentar contra si mesmo (uma hipótese absurda, peço até que o senhor me desculpe), então, deixe um bilhetinho conciso, mas detalhado. Assim, umas duas linhas, só duas linhazinhas, e mencione a pedra: será mais nobre, senhor. Muito bem, até logo... Bons pensamentos, excelentes iniciativas!

Porfíri saiu um tanto curvado, como se evitasse olhar para Raskólnikov. O jovem se aproximou da janela e, com impaciência irritada, esperou o momento em que, pelos seus cálculos, Porfíri teria chegado à rua e se afastado um pouco. Depois, depressa, ele mesmo saiu do quarto.

III

Foi logo ao encontro de Svidrigáilov. O que podia esperar daquele homem, nem ele mesmo sabia. Porém, em Svidrigáilov, se abrigava algum poder sobre ele. Depois que se deu conta disso, Raskólnikov não conseguia mais se acalmar e agora, além do mais, tinha chegado a hora.

No caminho, uma pergunta o atormentava em particular: será que Svidrigáilov havia falado com Porfíri?

Até onde podia julgar, juraria que não, não havia! Raskólnikov pensou uma vez e outra, recordou toda a visita de Porfíri, e concluiu que não, não haviam se encontrado, claro que não!

Porém, se ainda não tinham se encontrado, Svidrigáilov iria ou não iria falar com Porfíri?

Por enquanto, parecia que não. Por quê? Nem isso ele era capaz de explicar, porém, mesmo que pudesse explicar, não seria agora que Raskólnikov ia quebrar a cabeça com essa questão. Tudo aquilo o atormentava e, no entanto, no fundo, ele não estava nem ligando. O estranho era que, embora talvez ninguém acreditasse nisso, ele encarava seu destino atual e imediato de forma distraída e relaxada. O que o atormentava era outra coisa, muito mais importante e extraordinária — acerca dele mesmo e de mais ninguém, mas era outra coisa, e era importante. Além do mais, ele sentia um cansaço moral sem limites, embora sua mente estivesse trabalhando melhor, naquela manhã, do que em todos os últimos dias.

Porém, agora, depois de tudo o que havia acontecido, ainda valeria a pena o esforço para derrotar todos aqueles novos apuros mesquinhos? Valeria a pena, por exemplo, tentar criar embaraços para que Svidrigáilov não fosse falar com Porfíri? Estudar, investigar, perder tempo com um Svidrigáilov qualquer?

Ah, como ele estava farto de tudo isso!

Entretanto, mesmo assim, ele foi depressa ao encontro de Svidrigáilov; será que estava esperando dele algo *novo*, uma diretriz, uma saída? Para não afundar, nos agarramos até a um fiapo de palha! Seria o destino, seria algum instinto que aproximava um do outro? Talvez fosse o mero cansaço, o desespero; talvez Raskólnikov não precisasse de Svidrigáilov, especificamente, mas de outra pessoa, quem quer que fosse, e apenas calhou de Svidrigáilov estar à mão. E Sônia? Mas para que ele iria agora ao encontro de Sônia? Para suplicar suas lágrimas, de novo? Além disso, para ele, Sônia era assustadora. Sônia representava uma condenação implacável, uma decisão definitiva. Ou o caminho dela ou o caminho dele. Raskólnikov não estava em condições de ver Sônia, especialmente naquele momento. Não, era melhor tentar descobrir com o Svidrigáilov: o que era? E, no íntimo, Raskólnikov não pôde deixar de reconhecer que já fazia tempo, de fato, que precisava de Svidrigáilov para determinado propósito.

Contudo, o que podia haver de comum entre ambos? Nem o delito de cada um deles poderia ser igual. Além do mais, aquele homem era muito desagradável, sem nenhuma dúvida, repugnante ao extremo e, com certeza, astuto e enganador, talvez até muito perverso. Contavam certas histórias a seu respeito. Na verdade, ele cuidou dos filhos de Katierina Ivánovna; mas quem sabe o que aquilo significava e para que servia? Aquele homem tinha sempre certas intenções e certos projetos.

Durante todos aqueles dias, em lampejos, uma ideia voltava à cabeça de Raskólnikov sem parar e o inquietava tremendamente, embora ele tentasse rechaçá-la, de tanto que ela o oprimia! Pensava às vezes: Svidrigáilov estava sempre girando à sua volta e continuava a girar, mesmo agora; Svidrigáilov tinha descoberto seu segredo; Svidrigáilov já tivera intenções contra Dúnia. Será que ainda tinha, agora? Era quase certo que *sim*. E se agora, tendo descoberto seu segredo e tendo obtido, dessa forma, um poder sobre ele, Svidrigáilov quisesse usar aquilo como uma arma contra Dúnia?

Às vezes, essa ideia o atormentava até em sonhos, mas já na primeira vez ela surgiu para Raskólnikov tão clara e consciente quanto agora, a caminho da casa de Svidrigáilov. E a simples ideia já o deixou num estado de fúria sombria. Em primeiro lugar, lá, na hora, tudo já estará mudado, até em sua situação pessoal: é preciso revelar imediatamente o segredo para Dúnia. É preciso, talvez, trair a si mesmo para desviar Dúnia de algum passo arriscado. Uma carta? De manhã, Dúnia recebeu uma carta! Em Petersburgo, de quem ela poderia receber cartas? (De Lújin, será?) Na verdade, Razumíkhin vai protegê-la; mas Razumíkhin não sabe de nada. Será preciso contar também para Razumíkhin? Raskólnikov pensou naquilo com repulsa.

"Em todo caso, é necessário me encontrar com Svidrigáilov o quanto antes", decidiu Raskólnikov, de modo definitivo. "Graças a Deus, não vai ser preciso entrar em detalhes, só na essência da questão; mas se ele, se ele, afinal, for mesmo capaz... se Svidrigáilov tramar algo contra Dúnia... aí..."

Depois de todo aquele tempo, depois daquele mês inteiro, Raskólnikov estava tão cansado que agora já nem conseguia resolver questões como essa, senão com uma única solução: "Aí, eu vou matá-lo", pensou, num desespero frio. Um sentimento opressivo apertou seu coração; ele se deteve no meio da rua e observou em redor: por qual caminho havia seguido e onde tinha ido parar? Encontrava-se na avenida ***ski,[1] a uns trinta ou quarenta passos da praça Sennaia, que ele havia atravessado. A casa de dois andares, à esquerda, era toda ocupada por uma taberna. As janelas estavam todas escancaradas; a julgar pelas figuras que se moviam nas janelas, a taberna estava lotada. No salão, as canções transbordavam, tocavam clarinete e violino, um tambor turco trovejava. Ouviam-se berros esganiçados de mulheres. Raskólnikov sentiu vontade de voltar, sem compreender por que tinha dobrado na avenida ***ski, quando de repente, numa das janelas abertas na ponta da taberna, ele avistou, bem junto à janela, sentado diante de uma mesa de chá, com um cachimbo entre os dentes, o próprio Svidrigáilov. Aquilo o deixou terrivelmente chocado, à beira do horror. Svidrigáilov o observava e o examinava em silêncio e, o que também logo chocou Raskólnikov, pareceu querer levantar-se para sair discretamente, sem ninguém notar. Na mesma hora, Raskólnikov fingiu não perceber nada e olhou pensativo para o lado, enquanto continuava a observá-lo pelo canto dos olhos. O coração batia inquieto. Era isto mesmo: Svidrigáilov não queria ser visto, estava bem claro. Tirou o cachimbo dos lábios e quis logo se esconder; porém, depois de se levantar e afastar a cadeira para trás, na certa percebeu, de repente, que Raskólnikov também o via e o observava. Entre eles, se passou algo semelhante a uma cena ocorrida no primeiro encontro de ambos, na casa de Raskólnikov, na hora em que Raskólnikov dormia. Um sorriso maligno surgiu no rosto de Svidrigáilov

1 Voznessiénski.

e se alargou cada vez mais. Tanto um como o outro sabiam que ambos se viam e se observavam. Por fim, Svidrigáilov riu bem alto.

— Ora, ora! Entre logo, se o senhor quiser; estou aqui! — gritou da janela.

Raskólnikov subiu e entrou na taberna.

Encontrou Svidrigáilov num cômodo de fundos, muito pequeno, com uma janela só, contíguo ao salão principal, onde, em dez mesinhas pequenas, entre os gritos de um coro desesperado de menestréis, uma multidão de comerciantes, funcionários e gente de toda espécie bebia chá. De algum lugar, vinha o barulho das bolas de um bilhar. Sobre a mesinha diante de Svidrigáilov, estava uma garrafa de champanhe desarrolhada e um copo cheio até a metade. No cômodo, estava também um menino tocador de realejo, com um pequeno órgãozinho manual, e uma jovem saudável, de bochechas vermelhas, saia listrada e arregaçada, chapéu tirolês com fitas; era a cantora, de uns dezoito anos, que a despeito da canção em coro no cômodo vizinho, entoava alguma cançoneta de lacaios, com o acompanhamento do realejo, numa voz de contralto bastante rouca...

— Está bem, agora chega! — Svidrigáilov a interrompeu, quando Raskólnikov entrou.

Na mesma hora, a mocinha parou e esperou, numa atitude respeitosa. Também era com uma expressão de seriedade e respeito no rosto que ela entoava sua canção de lacaio.

— Ei! Filipp! Um copo! — gritou Svidrigáilov.

— Eu não vou beber — disse Raskólnikov.

— Como quiser, eu não pedi para o senhor. Beba, Kátia! Por hoje, não precisa mais nada, pode ir! — Svidrigáilov bebeu mais um copo inteiro e colocou na mesa uma cedulazinha amarela. Kátia bebeu um copo de uma vez só, como bebem as mulheres, ou seja, sem interrupção, em vinte goles, pegou a nota, beijou a mão de Svidrigáilov, que ele, com o ar mais sério do mundo, ofereceu para ser beijada, e saiu da sala; atrás dela, se esgueirou o menino com o órgão manual. Os dois tinham sido trazidos da rua. Não fazia nem uma semana que Svidrigáilov estava em Petersburgo, mas tudo à sua volta já ganhara certo ar patriarcal. Filipp, o lacaio da taberna, também já era um "conhecido" e se portava de maneira servil. A porta para o salão foi trancada; naquele cômodo, Svidrigáilov sentia-se em casa e talvez passasse ali dias inteiros. A taberna era suja, lamentável, talvez até abaixo da média.

— Eu estava indo à casa do senhor e o encontrei por acaso — começou Raskólnikov. — Mas não sei por que, agora, eu virei de repente na esquina da avenida ***ski com a praça Sennaia! Eu nunca dobro aqui e não circulo nesta parte. Na praça Sennaia, eu dobro à direita. Sim, eu sei, o caminho para a casa do senhor não passa por aqui. Mal eu dobrei a esquina, e lá estava o senhor! É estranho!

— Por que o senhor não diz logo: é um milagre!

— Porque talvez seja apenas um acaso.

— São todos assim! — gargalhou Svidrigáilov. — Não admitem, mesmo que, no fundo, acreditem em milagres! Afinal, o senhor mesmo disse que "talvez" seja só um acaso. E como são todos covardes, por aqui, quando se trata de ter uma opinião própria, o senhor nem imagina, Rodion Románitch! Mas não estou falando do senhor. O senhor tem opinião própria e não tem medo disso. Também por isso atraiu a minha curiosidade.

— Mais nada?

— Sim, isso já era o bastante.

Era visível que Svidrigáilov estava exaltado, mas só um pinguinho de nada; só havia bebido meio copo.

— Parece-me que o senhor veio falar comigo antes de saber que eu sou capaz de ter aquilo que chama de opinião própria — observou Raskólnikov.

— Bem, na ocasião, a questão era outra. Cada um dá seus próprios passos. E quanto ao milagre, direi que o senhor parece que passou os últimos dois ou três dias dormindo. Eu mesmo falei com o senhor sobre esta taberna e não houve nenhum milagre no fato de o senhor ter vindo direto para cá; eu mesmo expliquei todo o caminho, falei do lugar, indiquei onde fica e dei o horário em que é possível me encontrar aqui. Lembra?

— Esqueci — respondeu Raskólnikov, surpreso.

— Acredito. Mas eu falei duas vezes com o senhor. O endereço ficou gravado mecanicamente na sua memória. O senhor tomou essa direção também de modo mecânico, seguiu o endereço com rigor, embora o senhor mesmo não soubesse disso. E, na ocasião, quando eu falei com o senhor, eu não esperava mesmo que o senhor estivesse me compreendendo. O senhor se expõe demais, Rodion Románitch. E mais uma coisa: estou convencido de que, em Petersburgo, muita gente anda pela rua falando sozinha. Esta é uma cidade de semiloucos. Se tivéssemos uma ciência, médicos, juristas, filósofos poderiam fazer pesquisas valiosíssimas sobre Petersburgo, cada um na sua especialidade. São raros os lugares onde se encontram tantas influências sombrias, agudas e estranhas sobre a alma de uma pessoa como em Petersburgo. Só as influências climáticas já pesam muito! No entanto, trata-se do centro administrativo de toda a Rússia e seu caráter deve se refletir em tudo. No entanto, agora a questão não é essa, mas sim de que eu já observei o senhor várias vezes às escondidas. O senhor sai de casa... ainda mantém a cabeça ereta. Dez passos depois, o senhor já baixa a cabeça, cruza as mãos nas costas. O senhor está olhando, porém é evidente que não enxerga mais nada, nem na frente nem nos lados. Enfim, o senhor começa a mover os lábios e fala sozinho, momento em que, às vezes, o senhor solta as mãos e declama, por fim se detém no meio da rua e fica ali muito tempo. É muito ruim, senhor. Talvez alguém, além de mim, repare no senhor, e isso é prejudicial. Para mim, no fundo, tanto faz, eu não vou curar o senhor, mas o senhor, é claro, me compreende.

— E o senhor sabe que andam me seguindo? — perguntou Raskólnikov, olhando para ele com ar inquisidor.

— Não, eu não sei de nada — respondeu Svidrigáilov, como se estivesse surpreso.

— Muito bem, então me deixe em paz — resmungou Raskólnikov, de sobrancelhas contraídas.

— Está certo, vamos deixar o senhor em paz.

— Se o senhor costuma vir aqui beber e me deu o endereço duas vezes para que eu viesse encontrar o senhor, melhor seria me explicar por que, ainda agora, quando eu olhei da rua, pela janela, o senhor quis fugir. Pois eu reparei nisso muito bem.

— He-he! Então, quando eu estava lá na soleira da porta da sua casa, por que o senhor continuou deitado no sofá de olhos fechados e fingiu que estava dormindo, se não estava dormindo coisa nenhuma? Pois eu reparei nisso muito bem.

— Eu posso ter... motivos... o senhor mesmo sabe disso.

— Eu também posso ter meus motivos, embora o senhor não saiba quais são.

Raskólnikov apoiou o cotovelo sobre a mesa, escorou o queixo nos dedos da mão direita e olhou fixo para Svidrigáilov. Por um minuto, examinou seu rosto, que desde antes, e sempre, o deixava espantado. Era um rosto um tanto estranho, semelhante a uma máscara: branco, rubro, com lábios muito rubros, escarlate, barba de um louro claro, cabelos louros ainda bastante espessos. Olhos, de certo modo, azuis demais, e o olhar, porém, opressivo e, também de certo modo, imóvel demais. Havia algo horrivelmente desagradável naquele rosto bonito e demasiado jovem para a idade.

A roupa de Svidrigáilov era elegante, leve, de verão, e a camisa, em especial, primava pela elegância. No dedo, usava um anel enorme, com uma pedra preciosa.

— Mas será possível que eu vou ser obrigado a perder meu tempo também com o senhor? — disse Raskólnikov, de súbito, numa impaciência convulsiva, passando a falar com toda a franqueza. — Mesmo que o senhor seja, quem sabe, a pessoa mais perigosa do mundo, mesmo que o senhor tenha a intenção de praticar algum mal, eu não quero mais quebrar minha cabeça com isso. Agora, vou mostrar para o senhor que eu não tenho tanto apreço por mim mesmo como o senhor, pelo jeito, está pensando. Saiba que eu vim aqui para dizer ao senhor, com todas as letras, que se o senhor por acaso mantiver suas intenções anteriores a respeito da minha irmã e se, com esse fim, estiver pensando em tirar proveito de alguma coisa revelada em nossa última conversa, saiba que eu vou matá-lo antes que o senhor tenha chance de me mandar para a cadeia. Eu sou fiel à minha palavra: o senhor sabe que eu sou capaz de cumpri-la. Em segundo lugar, se o senhor quiser me declarar algo... porque, durante todo esse tempo, eu tive a impressão de que o senhor parecia querer me dizer alguma coisa... então, diga logo o que é, porque o tempo é precioso e talvez bem depressa já será tarde demais.

— E para onde o senhor vai com tanta pressa? — perguntou Svidrigáilov, examinando-o com curiosidade.

— Cada um dá seus próprios passos — retrucou Raskólnikov, em tom sombrio e impaciente.

— O senhor mesmo acabou de fazer um apelo à franqueza, mas, logo na primeira pergunta, já se recusa a responder — observou Svidrigáilov, com um sorriso. — O senhor tem sempre a impressão de que eu escondo certos propósitos e por isso me encara com desconfiança. Claro, na posição do senhor, é perfeitamente compreensível. Contudo, por mais que eu deseje travar amizade com o senhor, ainda assim, não vou me dar ao trabalho de persuadi-lo do contrário. Juro por Deus, o jogo não vale esse preço, e eu não tinha intenção de conversar com o senhor sobre nada em especial.

— Então para que eu era tão necessário ao senhor, naquela ocasião? Pois o senhor não andou me rondando?

— Sim, mas só como um curioso objeto de observação. O senhor me interessou pelo caráter fantástico da sua posição... foi isso! Além do mais, é irmão de uma pessoa que me interessava muito e, enfim, por meio dessa mesma pessoa, em outros tempos, eu ouvi falar muito a seu respeito, e com frequência, e daí eu concluí que o senhor exerce uma grande influência sobre ela; por acaso isso é pouco? He-he-he! De resto, eu admito, a pergunta que me fez é complexa demais e, para mim, é difícil responder. Mas, veja, por exemplo, além deste assunto, será que o senhor não veio agora falar comigo sobre alguma novidadezinha? Não é isso? Não é? — insistiu Svidrigáilov, com um sorriso astuto. — Pois bem, depois disso, imagine que eu mesmo, quando vim para cá de trem, já estava contando com o senhor, já esperava que o senhor fosse me dizer alguma *novidadezinha* e que eu conseguisse até obter algo emprestado do senhor! Veja como estamos ricos!

— Pegar emprestado o quê?

— Como vou dizer? E eu sei lá? O senhor está vendo em que tabernazinha eu passo todo meu tempo, e isto até me dá prazer, ou melhor, não é que me dê prazer, de fato, mas afinal é preciso ficar em algum lugar. Pois bem, e aquela pobre Kátia... o senhor viu só? Pois é, se eu fosse, por exemplo, um glutão, um gourmet de clube, mas olhe aqui o que eu sou capaz de comer! — Apontou o dedo para o canto, onde, sobre a mesinha, dentro de um prato de lata, havia os restos de um horrendo bife com batatas. — Aliás, o senhor já almoçou? Eu só belisquei um pouquinho e não quis mais. Álcool, por exemplo, eu não bebo nada. Bebida nenhuma, exceto champanhe, e mesmo assim só um copo, a noite inteira, senão me dá dor de cabeça. Mandei servir esta garrafa agora para me animar, pois estou me preparando para ir a certo lugar e o senhor me encontrou num estado de espírito especial. Foi por isso que, agora há pouco, eu me escondi como uma criança, achei que o senhor ia me atrapalhar; mas parece — pegou o relógio — que ainda posso ficar com o senhor durante uma hora; são quatro e meia. Acredite, quem dera eu fosse alguma coisa; fazendeiro, pai de família, ulano, fotógrafo, jornalista... mas n-nada, nenhuma especialidade! Às vezes, chega a ser maçante. Eu juro que achei que o senhor ia me contar alguma novidadezinha.

— Mas quem é o senhor e para que veio aqui?

— Quem sou eu? O senhor sabe: um nobre, servi dois anos na cavalaria, depois fiquei à toa aqui em Petersburgo, depois casei com Marfa Petrovna e fui morar no campo. Esta é a minha biografia!

— Será que o senhor é um jogador?

— Não, que jogador que nada. Um trapaceiro, sim, mas não um jogador.

— Então o senhor foi um trapaceiro?

— Sim, fui.

— E batiam no senhor?

— Acontecia. Mas e daí?

— Bem, portanto, podia desafiar os outros para um duelo… em geral, isso anima a vida.

— Não vou contradizer o senhor e, de resto, não sou nenhum mestre em filosofar. Confesso que vim aqui tão às pressas principalmente por causa de mulheres.

— Mas o senhor acabou de enterrar Marfa Petrovna!

— Sim, pois é — sorriu Svidrigáilov, com uma sinceridade triunfante. — E daí? O senhor parece achar ruim que eu fale de mulheres desse modo, não é?

— Quer saber se eu acho algo de ruim na depravação?

— Depravação! Puxa, a que ponto o senhor chegou! Entretanto, pela ordem, vou responder primeiro a respeito das mulheres em geral; sabe, este é o meu fraco: jogar conversa fora. Mas me diga: para que eu vou me reprimir? Para que largar as mulheres, se eu sou um apreciador do gênero? Pelo menos, é uma ocupação.

— Então, a única esperança do senhor, aqui, está na depravação?

— Puxa vida, o que é que tem? Ora, que seja a depravação! Mas ele só sabe falar de depravação! Sim, eu gosto, pelo menos esta é uma resposta direta. Pelo menos nessa depravação existe algo constante, baseado até na natureza, e que não está sujeito a caprichos, algo que persiste no sangue como um carvãozinho sempre em brasa, queimando sem parar, e que tão cedo não vai se extinguir, ainda por muito tempo, talvez por muitos anos. O senhor mesmo há de convir: isso não é uma espécie de ocupação?

— O que há nisso para se alegrar? É uma doença, e perigosa.

— Puxa, a que ponto o senhor chegou! Eu concordo que seja uma doença, como tudo o que passa da medida… e aqui é necessário e inevitável passar da medida… mas isto, em primeiro lugar, para um é de um jeito e, para outro, é diferente; em segundo lugar, está claro, em tudo se deve observar a medida, o cálculo, mesmo que isso seja humilhante, mas o que se pode fazer? Do contrário, talvez fosse necessário dar um tiro na cabeça. Eu concordo que um homem decente acaba forçado a cair no tédio, mas, afinal…

— O senhor seria capaz de dar um tiro na cabeça?

— Ora essa! — retrucou Svidrigáilov, com repulsa. — Faça-me o favor de não falar desse assunto — acrescentou depressa e até sem o menor traço daquela fanfarronice que ressaltava em todas as suas palavras anteriores. Mesmo o rosto pareceu mudar. — Reconheço essa fraqueza imperdoável, mas o que fazer? Tenho medo da morte e não gosto quando falam sobre ela. Por acaso sabia que, em parte, eu sou místico?

— Ah! As aparições do fantasma de Marfa Petrovna! Então ele continua a aparecer?

— Ah, nem me fale; em Petersburgo, ainda não apareceu; que o diabo carregue esse fantasma para longe! — gritou com uma expressão um tanto irritada. — Não, vai ser melhor falar disso mesmo... no entanto... Hum! Ah, o tempo é curto, não posso me demorar muito com o senhor, que pena! Eu teria o que dizer.

— Que compromisso é esse do senhor, uma mulher?

— Sim, uma mulher, nada de mais, um incidente casual... não, eu não vou falar disso.

— Sei, e a sordidez de toda esta situação já está produzindo efeito no senhor? Já perdeu a força necessária para parar?

— Por acaso o senhor alimenta a pretensão de ter forças? He-he-he! Agora o senhor me surpreendeu, Rodion Románitch, embora eu já soubesse que seria assim. O senhor quer me dar lições sobre depravação e estética! É um Schiller, um idealista! Tudo isso, está claro, é como deve ser, e seria mesmo o caso de ficar surpreso, se fosse diferente, contudo, ainda assim, é um tanto estranho, na realidade... Ah, que pena o tempo ser tão curto, porque o senhor mesmo é o assunto mais curioso que existe! Aliás, o senhor gosta de Schiller? Eu gosto demais.

— Mas, puxa, como o senhor é fanfarrão! — exclamou Raskólnikov, com certo nojo.

— Ora, eu juro por Deus que não sou! — respondeu Svidrigáilov, rindo. — No entanto, eu não vou discutir: vá lá que eu seja um fanfarrão; mas, afinal, por que não ser um fanfarrão, se é algo inofensivo? Morei sete anos no campo com Marfa Petrovna e por isso, ao esbarrar agora com uma pessoa inteligente como o senhor, inteligente e também curioso no mais alto grau, eu me alegro de poder simplesmente ficar jogando conversa fora, e além do mais eu bebi este meio copo de champanhe e a cabeça já ficou um pouquinho tonta. O principal é que existe uma circunstância que me estimulou muito, mas sobre a qual eu... não vou falar. Aonde o senhor vai? — perguntou Svidrigáilov, de repente, com um susto.

Raskólnikov fez menção de levantar-se. Sentia-se oprimido, sufocado e um tanto sem graça por ter ido até ali. Convenceu-se de que Svidrigáilov era o cafajeste mais vazio e fútil do mundo.

— E-eh! Sente-se, fique mais um pouco — apelou Svidrigáilov. — Mande servir pelo menos um chá. Mas sente-se e fique um pouquinho, olhe, eu não vou mais falar bobagens, ou seja, não vou falar de mim mesmo. Vou lhe contar uma coisa. Pois bem, o senhor quer que eu conte como uma mulher, para usar as suas palavras, me "salvou"? Vai ser até uma resposta à sua primeira pergunta, porque essa pessoa é a sua irmã. Posso contar? E assim nós ainda matamos o tempo.

— Conte, mas eu espero que...

— Ah, não se preocupe! Além do mais, a Avdótia Románovna só pode infundir o respeito mais profundo, mesmo numa pessoa tão detestável e vazia como eu.

IV

— O senhor sabe, talvez (mas, na verdade, eu mesmo já lhe contei) — começou Svidrigáilov —, que eu estive preso aqui por dívidas; uma quantia enorme, e sem a menor chance de obter os recursos para pagar. Não interessa contar em detalhes como a Marfa Petrovna me resgatou, na ocasião; por acaso o senhor sabe a que ponto de alucinação pode chegar o amor de uma mulher? Era uma mulher honesta, muito inteligente (embora sem nenhuma instrução). Imagine que essa mesma mulher honesta e ciumenta, após inúmeras acusações e loucuras terríveis, resolveu consentir em fazer comigo uma espécie de contrato, que eu cumpri à risca durante todo o tempo do nosso matrimônio. A questão é que ela era significativamente mais velha do que eu e tinha sempre, dentro da boca, uma espécie de cravo. No fundo, eu era porco o bastante e também, à minha maneira, honesto o bastante para declarar a ela com franqueza que eu não podia ser um marido completamente fiel. Essa confissão a levou à loucura, mas parece que a minha franqueza brutal, de alguma forma, também agradou a ela. Marfa Petrovna disse: "Portanto, se está me avisando de antemão, é porque você não quer me enganar". Bem, para uma mulher ciumenta, isso é o mais importante. Depois de muitas lágrimas, foi selado entre nós este contrato verbal: primeiro, eu nunca ia abandonar Marfa Petrovna e seria sempre seu marido; segundo, eu não podia ir a nenhum lugar sem a sua autorização; terceiro, eu nunca teria uma amante constante; quarto, em troca, Marfa Petrovna permitia que eu tivesse encontros com mocinhas da criadagem, mas apenas com o seu tácito conhecimento; quinto, que Deus me protegesse de me apaixonar por uma mulher da nossa classe social; sexto, se porventura acontecesse, e que Deus me guardasse disso, de eu ser tomado por alguma paixão grande e séria, eu deveria contar para Marfa Petrovna. Quanto a esse último quesito, no entanto, Marfa Petrovna se mostrava, o tempo todo, bastante tranquila; era uma mulher inteligente e, portanto, não podia me encarar de outro modo senão como um depravado e um devasso, sem condições de se apaixonar a sério. Mas a mulher inteligente e a mulher ciumenta são dois objetos distintos, e nisso é que reside toda a desgraça. Porém, para julgar determinadas pessoas de modo imparcial, é preciso, antes de tudo, abrir mão de certas noções preconceituosas e da rotina costumeira na relação com as pessoas e com as coisas que geralmente nos rodeiam. Eu tenho o direito de confiar no julgamento do senhor mais do que no de que qualquer outra pessoa. Talvez o senhor já tenha ouvido falar muita coisa ridícula e absurda sobre a Marfa Petrovna. De fato, tinha certos hábitos bastante ridículos; mas vou lhe dizer, sem rodeios, que eu lamento sinceramente os inúmeros desgostos que causei a ela. Muito bem, parece que é o bastante para uma *oraison funèbre*[1] decente, de um marido afetuosíssimo para uma esposa afetuosíssima. Em nossas brigas, na maioria dos casos, eu me mantinha em silêncio, não me irritava, e essa atitude cavalheiresca quase sempre alcançava seu objetivo; tinha efeito sobre ela, que até gostava disso; havia casos em que ela chegava a se orgulhar de mim. No entanto, no caso da irmã do senhor, ela não suportou. E como aconteceu de ela se arriscar desse modo, ao contratar tamanha beldade para trabalhar como governanta em sua casa? Minha explicação é que Marfa Petrovna era uma mulher ardorosa e suscetível e que, pura e simplesmente, ela mesma se apaixonou, e se apaixonou ao pé da letra, pela irmã do senhor. Sim, isso mesmo, por Avdótia Románovna! Desde o primeiro olhar, eu compreendi muito bem que a situação era grave e... o que o senhor está pensando?... eu tomei a decisão de nem sequer levantar os olhos para ela. Mas foi a própria Avdótia Románovna que deu o primeiro passo... o senhor não acredita? Será que também não vai acreditar que Marfa Petrovna chegou ao ponto de se zangar comigo, no início, por causa de meu silêncio constante com a irmã do senhor e por eu me mostrar tão indiferente aos ininterruptos e apaixonados comentários dela sobre Avdótia Románovna? Eu mesmo não entendi o que ela estava querendo! Pois bem, a Marfa Petrovna acabou contando tudo sobre mim, e em detalhes, para Avdótia Románovna. Tinha a característica lamentável de contar absolutamente para todo mundo os nossos segredos conjugais e reclamar de mim o tempo todo; como perderia a

1 Francês: "oração fúnebre".

chance de fazer isso com uma amiga tão jovem e bela? Eu suponho até que, em suas conversas, elas não falassem de outro assunto a não ser de mim e, sem dúvida, Avdótia Románovna foi informada de todas aquelas histórias sombrias, misteriosas, que me atribuem... Eu aposto que o senhor também já ouviu algo desse gênero, não é?

— Ouvi, sim. Lújin acusou o senhor até de ser a causa da morte da criança. É verdade?

— Faça-me o favor de deixar toda essa vulgaridade de lado — retrucou Svidrigáilov, com nojo e rancor. — Se o senhor tiver mesmo uma vontade tão grande assim de conhecer todas essas besteiras, um dia eu conto para o senhor, em particular, mas agora...

— Falam também de certo criado que o senhor teve no campo e contam que o senhor parece ter sido a causa de alguma coisa que aconteceu com ele.

— Faça-me um favor, chega! — cortou de novo Svidrigáilov, com flagrante impaciência.

— Será que não se trata daquele mesmo criado que, depois de morto, veio encher o seu cachimbo de tabaco... como o senhor mesmo me contou? — Raskólnikov estava cada vez mais exasperado.

Svidrigáilov olhou atentamente para Raskólnikov, que teve a impressão de que, naquele olhar, brilhou por um instante, como um relâmpago, um sorriso malévolo, mas Svidrigáilov se conteve e respondeu, com toda a cortesia:

— É ele mesmo. Eu vejo que o senhor também ficou extremamente interessado por tudo isso e considero meu dever satisfazer sua curiosidade, em todos os pontos, na primeira oportunidade. Que diabo! Eu vejo bem que posso me apresentar para qualquer um como uma personagem romântica. Avalie o senhor mesmo, depois disso, a que ponto vai a minha dívida de gratidão com a falecida Marfa Petrovna por ter contado à sua irmã tantas coisas misteriosas e curiosas a meu respeito. Não me atrevo a julgar qual foi a impressão; mas, em todo caso, foi algo vantajoso para mim. A despeito de toda a aversão natural de Avdótia Románovna por mim e apesar de meu aspecto sempre sombrio e repulsivo, ela acabou sentindo pena de mim, sentindo pena de um homem perdido. E quando a *pena* se instala no coração de uma jovem, nem se discute, este é o maior perigo que existe para ela. Pois então vem a vontade de "salvar" a todo custo, de trazer à razão, de ressuscitar, de exortar para a busca de objetivos mais nobres, para o renascimento para uma vida nova e ativa... Pois bem, sabemos que é possível ter sonhos desse gênero. Eu imediatamente compreendi que, por conta própria, o passarinho estava voando para dentro da gaiola e, da minha parte, já me preparei. Parece que o senhor está com as sobrancelhas franzidas, Rodion Románitch. Não aconteceu nada, como o senhor sabe, a história redundou numa bobagem. (Que diabo, como eu estou bebendo!) Sabe, desde o início, sempre me deu muita pena o fato de o destino não ter feito a sua irmã nascer no segundo ou terceiro século da nossa era, em algum outro lugar, como filha de um príncipe regente ou de algum soberano ou de um procônsul da Ásia Menor. Sem dúvida, seria uma daquelas que sofreriam o martírio e, está claro, iria sorrir, quando queimassem seu peito com tenazes em brasa. Ela mesma iria para o martírio por vontade própria e, se nascesse no quarto ou quinto século, fugiria para o deserto do Egito e lá viveria trinta anos,[2] se alimentando de raízes, êxtases e visões. Ela mesma não almeja outra coisa e exige assumir, o quanto antes, qualquer martírio em lugar de outra pessoa, e se não lhe derem tal martírio, é capaz de se jogar pela janela. Eu ouvi falar sobre certo sr. Razumíkhin. Dizem que é um rapaz sensato (o que o seu sobrenome já indica,[3] deve ser seminarista), pois então que ele cuide da sua irmã. Em suma, eu a compreendo, ao que parece, e considero isso uma honra para mim. Porém, naquela ocasião, ou seja, no início de nossa relação, o senhor mesmo sabe como é, somos então sempre mais levianos, mais tolos e, de certo modo, encaramos de maneira errada, vemos o que não existe. Que diabo, por que ela é tão bonita? Eu não tenho culpa! Numa palavra: comigo, logo de saída, a história começou com a mais incontrolável explosão de volúpia. Avdótia Románovna é tremendamente e inconcebivelmente recatada, como nunca se viu ninguém. (Repare que eu informo isto ao senhor como um fato. Sua irmã é recatada a ponto, talvez, de beirar a doença, apesar da toda sua larga inteligência, e isso ainda vai ser prejudicial para ela.) Então apareceu em nossa casa uma jovem, Paracha, a Paracha de olhos negros,[4] que tinha acabado de trazer de outra aldeia uma jovem camponesa que eu nunca tinha visto... muito bonitinha, mas tão tola que nem dá para acreditar: quando chorava, erguia o maior berreiro e fazia um escândalo. Certa vez, depois do almoço, Avdótia Románovna veio de propósito ao meu encontro, sozinha, numa alameda do jardim

2 Refere-se a Maria Egipcíaca, santa que viveu 47 anos no deserto da Jordânia e despertava o interesse de Dostoiévski. **3** Explicação na nota 1, cap. II, quarta parte. **4** Alusão ao poema "Paracha", do poeta russo G. R. Dierjávin (1734-1816).

e, com olhos radiantes, *exigiu* de mim que eu deixasse a pobre Paracha em paz. Foi praticamente a primeira conversa que tivemos a sós. Claro que eu considerei uma honra satisfazer seu desejo, me esforcei para me mostrar chocado, sem graça e, numa palavra, não representei mal meu papel. Começaram os contatos, as conversas secretas, as lições de moral, os sermões, as súplicas, os apelos, até as lágrimas... o senhor acredita? Até as lágrimas! Veja só que força alcança, em certas moças, o fervor pela propaganda! Eu, é claro, pus a culpa de tudo no meu destino, me fingi de sedento e sôfrego de luz e, por fim, pus em movimento o mais colossal e inexorável recurso que existe para a conquista do coração feminino, um recurso que nunca decepciona ninguém e que produz seu efeito em todas elas, sem exceção. Esse recurso bem conhecido é a lisonja. Não há no mundo nada mais difícil do que a sinceridade e nada mais fácil do que a lisonja. Na sinceridade, se só a centésima parte da melodia for falsa, logo soará uma dissonância e, em seguida, um escândalo. Na lisonja, porém, tudo é falso, até a última nota, e por isso ela é agradável e não a ouvimos sem prazer; um prazer grosseiro, talvez, mas mesmo assim é um prazer. E por mais grosseira que seja a lisonja, pelo menos metade dela não pode deixar de parecer verdadeira. Isso vale para todas as camadas e níveis da sociedade. Até uma vestal pode ser seduzida com lisonjas. E quanto a pessoas comuns, nem é preciso falar. Eu não consigo deixar de rir quando lembro como, certa vez, seduzi uma dama que traiu o marido, os filhos e a própria virtude. Como foi divertido e como deu pouco trabalho! A dama era, de fato, virtuosa, pelo menos à sua maneira. Toda minha tática consistia em me mostrar abatido a cada minuto e me prostrar diante do seu recato. Eu a lisonjeava com desfaçatez e, tão logo acontecia de eu obter um aperto de mão ou um mero olhar, eu me acusava de haver tomado aquilo à força, dizia que ela havia resistido e que se opusera a tal ponto que eu, certamente, não obteria nada e nunca se eu mesmo não fosse tão depravado; e também que ela, na sua inocência, não previa a minha astúcia e havia cedido de forma involuntária, sem saber, sem notar etc. etc. Numa palavra, eu obtive tudo, mas a minha dama continuava convencida, no mais alto grau, de que era inocente, recatada e cumpridora de todos os deveres e obrigações, e que ela se havia perdido de modo completamente acidental. E como se irritou comigo quando eu lhe declarei que ela, como eu, segundo a minha sincera convicção, no fim das contas, estava apenas procurando o prazer! A pobre Marfa Petrovna também se rendia tremendamente à lisonja e, se eu quisesse, é claro que eu teria transferido para mim toda a sua fortuna, ainda em vida. (Mas eu estou bebendo e tagarelando que é um horror!) Espero que o senhor não se irrite se agora eu mencionar que esse mesmo efeito começou a se verificar também na Avdótia Románovna. Mas eu mesmo fui tolo, impaciente e acabei estragando tudo. Avdótia Románovna, já algumas vezes antes (e uma vez em especial), havia deixado claro seu terrível desagrado com a expressão dos meus olhos. O senhor acredita nisso? Numa palavra, nos meus olhos sempre chamejava, cada vez mais forte e indiscreto, certo fogo que a assustava e que acabou se tornando odioso para ela. Não vale a pena entrar em detalhes, mas nós nos afastamos. Nesse ponto, eu fiz mais uma tolice. Da maneira mais rude, eu debochei de toda aquela propaganda e daquelas exortações; Paracha entrou em cena, de novo, e não veio sozinha... numa palavra, começou um pandemônio. Ah, se o senhor visse, Rodion Románitch, pelo menos uma vez na vida, como os olhinhos da sua irmã às vezes são capazes de brilhar! Não importa se agora eu estou embriagado e já bebi este copo inteiro: eu estou dizendo a verdade; garanto ao senhor que eu cheguei a sonhar com aquele olhar; no fim, eu já não conseguia suportar nem o rumor dos panos do seu vestido. Juro, eu achava que estava com epilepsia; nunca imaginei que eu pudesse chegar a tamanha loucura. Numa palavra, eu precisava fazer as pazes; só que já era impossível. E o senhor sabe o que eu fiz, então? A que grau de embotamento a loucura pode levar uma pessoa! Nunca tente fazer nada em estado de loucura, Rodion Románitch. Contando com o fato de Avdótia Románovna ser, a rigor, uma indigente (ah, desculpe, eu não queria... mas, afinal, tanto faz, se a ideia é a mesma, não é?), em suma, de ela ganhar a vida com o próprio trabalho, sustentar a mãe e o senhor (ah, diabos, o senhor franziu as sobrancelhas de novo...), eu resolvi oferecer a ela todo meu dinheiro (na ocasião, eu podia juntar uns trinta mil rublos) para que ela fugisse comigo, nem que fosse para cá, para Petersburgo. Claro que eu fiz juras de amor eterno, de felicidade suprema etc. etc. Pois acredite: naquela hora, eu tinha ido tão fundo que, se ela me dissesse para matar ou envenenar Marfa Petrovna e casar com ela, eu faria isso sem pestanejar! Mas tudo terminou em catástrofe, o senhor já sabe, e pode avaliar sozinho a que grau de loucura eu cheguei, quando eu soube que Marfa Petrovna tinha desencavado aquele funcionariozinho infame, o tal do Lújin, e só por pouco não promoveu um casamento... o qual, no fundo, seria igual ao que eu havia proposto. Não é? Não é? Quem vai dizer que não? Observo que o senhor se pôs a me escutar com muita atenção... jovem interessante...

De impaciência, Svidrigáilov bateu com o punho na mesa. Ficou vermelho. Raskólnikov via claramente que o copo, ou o copo e meio, de champanhe que ele bebera, sorvendo em goles discretos, estava produzindo um efeito doentio, e decidiu tirar proveito da circunstância. Svidrigáilov lhe parecia muito suspeito.

— Ora, depois disso tudo, eu estou plenamente convencido de que o senhor veio para cá também tendo em vista a minha irmã — disse para Svidrigáilov, sem rodeios e sem disfarçar, para deixá-lo ainda mais perturbado.

— Ah, chega! — Svidrigáilov, de repente, pareceu se dar conta de algo. — Afinal, eu já lhe disse... além do mais, a sua irmã não consegue me suportar.

— Sim, disso eu estou convencido, não consegue mesmo, só que a questão agora não é essa.

— O senhor está convencido? — Svidrigáilov estreitou as pálpebras e sorriu com escárnio. — O senhor tem razão, ela não me ama; mas nunca se pode ter certeza de nada quando se trata de questões de marido e mulher ou de amantes. Há sempre uma pontinha que continua ignorada por todo mundo e que só é conhecida pelos dois. O senhor garante mesmo que Avdótia Románovna me encarava com repulsa?

— Por certas palavras e expressõezinhas que o senhor usou em seu relato, eu notei que, ainda agora, o senhor nutre as esperanças e as intenções mais prementes, e sórdidas, é claro, em relação a Dúnia.

— O quê? Eu deixei escapar tais palavras e expressõezinhas? — assustou-se Svidrigáilov, com o ar mais inocente do mundo, sem dar a mínima atenção ao epíteto atribuído a suas intenções.

— Sim, elas escaparam também agora. Mas, por exemplo, do que o senhor tem tanto medo? O que deixou o senhor tão assustado, agora, de repente?

— Eu, com medo, assustado? Com medo do senhor? É mais fácil o senhor ter medo de mim, *cher ami*.[5] Mas, afinal, quanto disparate... Aliás, eu me embriaguei, eu estou vendo; mais uma vez, por pouco eu não acabei falando mais do que devia. Que o diabo carregue este champanhe! Ei, água!

Sem a menor cerimônia, agarrou a garrafa e jogou-a pela janela. Filipp trouxe água.

— Tudo isso é absurdo — disse Svidrigáilov, enquanto molhava uma toalha e enrolava na cabeça. — Com uma só palavra, eu posso deixar o senhor

5 Francês: "caro amigo".

acuado e transformar todas as suas suspeitas em pó. Por exemplo, o senhor sabe que eu vou me casar?

— O senhor já me disse antes.

— Já disse? Tinha esquecido. Mas naquela altura eu não podia falar com segurança, porque nem a noiva eu tinha visto; era só uma intenção. Só que agora eu já tenho uma noiva, o acordo está fechado e, se não fossem certos negócios inadiáveis, não há dúvida de que eu levaria o senhor agora mesmo à casa deles... porque eu quero pedir o seu conselho. Ei, diabo! Só tenho dez minutos. Veja, olhe no relógio; no entanto, eu vou lhe contar, porque se trata de uma coisinha interessante, esse meu casamento, quer dizer, à sua maneira... Aonde o senhor vai? De novo está querendo sair?

— Não, agora eu não vou mais sair.

— Não vai mesmo? Veremos! Eu vou levar o senhor lá, é verdade, vou mostrar a minha noiva, mas não agora, pois daqui a pouco vai estar na sua hora. O senhor vai para a direita e eu, para a esquerda. O senhor conhece a tal de Resslich? Pois se trata da mesma Resslich em cuja casa eu estou morando agora... hein? Está escutando? Não, o senhor está pensando em outra coisa. Pois é aquela mesma cuja criada dizem que se atirou no rio, no inverno... o senhor não ouviu falar? Não ouviu? Pois bem, foi ela que arranjou tudo isso para mim; ela disse: você está entediado, então vá se distrair por um tempo. Mas eu sou uma pessoa soturna, maçante. O senhor acha que eu sou alegre? Não, eu sou soturno: mal eu não faço, fico só sentado no meu canto; às vezes, passo três dias sem ninguém falar comigo. E a Resslich, essa danada, eu vou lhe dizer, olhe só o que ela tem na cabeça: eu vou me entediar, eu vou largar a esposa e vou embora, mas a esposa vai ficar para ela, Resslich vai colocá-la na roda; quer dizer, na nossa camada social, e até mais acima. Ela disse: o pai é inválido, funcionário aposentado, sempre numa cadeira de rodas, faz três anos que não consegue andar. Ela disse: também tem a mãe, é uma dama sensata, essa mãe. Um filho está servindo em não sei que canto da província, não ajuda. Uma filha casou e não a visita, e ainda por cima ela cria dois sobrinhos pequenos (como se os seus filhos já não bastassem), e agora eles tiraram a menina do ginásio antes de terminar o curso, é a sua última filha, daqui a um mês vai fazer dezesseis anos, quer dizer, daqui a um mês pode casar. Pois essa é a que vai ficar para mim. Aí fomos lá; e como é engraçado, na casa deles; eu me apresento: senhor de terras, viúvo, família conhecida, com tais e tais contatos na sociedade, com capital... E daí que eu tenha cinquenta anos e ela, nem dezesseis? Quem liga para isso? Pois bem, tentador, não é? Que tentador, he-he! O senhor deveria ter visto só como eu conversei com o paizinho e a mãezinha! As pessoas deviam pagar ingresso para me ver naquela cena. Então ela entra na sala, senta, mas o senhor tente só imaginar, ainda num vestidinho curto, um botãozinho que não desabrochou, fica vermelha, ruborizada como a aurora (claro, tinham contado para ela). Não sei o que o senhor acha dos rostinhos das mulheres, mas para mim esses dezesseis anos, esses olhinhos ainda infantis, essa timidez e essas lagrimazinhas de vergonha, para mim, isso é melhor do que a beleza, e ela, ainda por cima, é uma verdadeira pintura. Cabelos bem clarinhos, pequenos cachinhos bufantes, como um carneirinho, labiozinhos carnudos, rubros, os pezinhos... um encanto!... Muito bem, fomos apresentados, eu disse que tinha pressa, tinha obrigações domésticas, e no dia seguinte, ou seja, anteontem, nos deram a bênção. Desde então, assim que eu chego, ponho logo a menina no meu colo e não a solto mais... Pois bem, ela fica vermelha como a aurora, eu a beijo a todo instante; a mãe, claro, estimula, diz que aquele homem é o seu marido, que isso é necessário, numa palavra, uma framboesa! E esta situação atual, de noivo, eu juro, pode ser até melhor que a de marido! Aqui está o que se chama de *la nature et la vérité*![6] Ha-ha! Eu cheguei a conversar com ela umas duas vezes: de boba, a menina não tem nada; de vez em quando, me lança uns olhares furtivos... chega a queimar. Sabe, ela tem um rostinho do tipo da Madona de Rafael. Afinal, o rosto da Madona Sistina é fantástico, o rosto de uma lunática tristonha, isso não saltou aos olhos do senhor? Pois bem, é algo desse gênero. Assim que nos deram as bênçãos, no dia seguinte, eu já gastei mil e quinhentos rublos; um adorno de brilhantes, outro de pérolas e um estojo de prata para o toalete de uma dama, deste tamanho aqui, e com toda sorte de objetos, de tal modo que o rostinho dela, o de uma Madona, chegou a corar. Ontem, eu a sentei no meu colo, sim, talvez com excessiva falta de cerimônia, ela ficou muito vermelha e brotaram umas lagrimazinhas, não queria se denunciar, mas estava toda em brasa. Todos saíram um instante, eu e ela ficamos completamente a sós, de repente ela se pendurou no meu pescoço (a primeira vez), me envolveu com os bracinhos, me beijou e jurou que vai ser uma esposa obediente, fiel e boa, que vai me fazer feliz, que vai dedicar toda a vida, cada minuto da vida, que vai

6 Francês: "a natureza e a verdade".

sacrificar tudo, tudo, e por tudo isso só desejava de mim *o meu respeito* e mais nada, disse ela: "nada, não precisa de nada, nenhum presente!". O senhor há de convir que escutar semelhante confissão, a sós, de um anjo de dezesseis anos como aquele, num vestidinho de tule, de cachinhos bufantes no cabelo, com a vergonha ruborizada de uma menina e lagrimazinhas de entusiasmo nos olhos, o senhor há de convir que é algo bastante tentador. Não é tentador? É ou não é? Afinal, vale alguma coisa, não é? Pois bem... escute... certo, vamos à casa da minha noiva... mas não agora!

— Em suma, essa prodigiosa diferença de idade e de formação excita a luxúria no senhor! Mas será que o senhor vai mesmo casar?

— Claro, como não? Nem se discute. Cada um cuida de si, e quem vive mais alegre neste mundo é aquele que sabe enganar a todos melhor do que a si mesmo. Ha-ha! E por que o senhor quer pôr a canga da virtude em todo mundo? Poupe-me, meu caro, eu sou um pecador. He-he-he!

— E, no entanto, o senhor encontrou abrigo para os filhos da Katierina Ivánovna... aliás, o senhor tinha seus motivos para isso... agora eu entendo.

— Eu adoro as crianças em geral, eu gosto muito de crianças — Svidrigáilov deu uma gargalhada. — Quanto a isso, eu posso até lhe contar um episódio curiosíssimo, que continua até agora. No primeiro dia após a minha chegada, eu passei por diversas daquelas antigas cloacas, pois é, depois desses sete anos de intervalo, eu me atirei a isso com sofreguidão. Provavelmente, o senhor está observando que eu não tenho pressa de me unir aos antigos companheiros de farra, os amigos e colegas de outros tempos. Pois é, e eu vou me manter longe deles o maior tempo que puder. Sabe, lá no campo, com a Marfa Petrovna, me atormentavam mortalmente as lembranças de todos aqueles lugares e redutos secretos nos quais, quem sabe, pode-se encontrar muita coisa. Diabo! O povo se embriaga, a juventude instruída, por efeito do ócio, se consome em sonhos e devaneios quiméricos, enlouquece com teorias; vêm uns judeus não se sabe de onde, escondem o dinheiro, e todo o resto mergulha na libertinagem. E assim, desde as primeiras horas, esta cidade exalou em cima de mim seu odor conhecido. Eu fui parar numa, assim chamada, noite dançante, uma cloaca aterradora (e eu adoro justamente as cloacas bem imundas), pois é, está claro, lá estava o cancã, e dançado de um jeito que eu, no meu tempo, nunca tinha visto. Sim, senhor, isso é o progresso. De repente, eu olho e lá está uma menina de uns treze anos, vestida que é uma graça, dançando com um virtuose; o outro vis-à-vis, na frente dela. Numa cadeira, junto à parede, está sua mãe.

Mas o senhor nem pode imaginar que cancã era aquele! A menina fica sem graça, ruborizada, por fim se dá conta da ofensa e começa a chorar. O virtuose segura a menina, começa a fazê-la girar e executa movimentos diante dela, todos em volta dão risadas e... é nesses momentos que eu adoro o nosso público, mesmo que seja só num cancã... dão risadas e gritam: "Bem feito, isso mesmo! Quem manda trazer crianças!". Muito bem, eu nem ligo, e também não adianta mesmo: com ou sem lógica, eles mesmos se consolam! Eu logo achei meu lugar, sentei perto da mãe e fui logo dizendo que eu também sou de fora da cidade, que aqui são todos uns mal-educados, que não sabem distinguir os méritos verdadeiros e nutrir o devido respeito; dei a entender que tenho muito dinheiro; me ofereci para levá-las na minha carruagem; levei-as até sua casa, nos apresentamos (estão num cubículo sublocado por um inquilino, acabaram de chegar à cidade). Declararam-me que ela e a filha só podem considerar uma honra o fato de terem me conhecido; descubro que elas não têm dinheiro nenhum e que vieram à cidade na tentativa de cavar alguma coisa, com a ajuda de alguém; ofereci meus serviços, dinheiro; descobri que foram à noite dançante por engano, achando que iam, de fato, aprender a dançar; me ofereci para promover, da minha parte, a educação da jovem mocinha, com a língua francesa e a dança. Recebem isso com entusiasmo, consideram uma honra e, desde então, fizemos amizade... Se o senhor quiser, iremos lá, mas não agora.

— Chega, pare com essas suas anedotas sórdidas e infames, homem devasso, torpe e libidinoso!

— Olhe só que Schiller, ele é um Schiller, um Schiller! *Où va-t-elle la vertu se nicher*?[7] Sabe, eu conto essas coisas para o senhor de propósito, só para ouvir os seus gritos. É um prazer!

— Não admira. Por acaso, acha que eu mesmo, neste momento, não me sinto ridículo? — resmungou Raskólnikov, com raiva.

Svidrigáilov gargalhava a plenos pulmões; por fim, chamou Filipp, pagou e fez menção de levantar-se.

— Puxa vida, eu já estou bêbado, *assez causé*![8] — disse ele. — Que prazer!

7 Francês: "Onde a virtude não se aninha?", expressão que, segundo Voltaire, Molière teria dito quando um mendigo que recebera dele uma moeda de ouro perguntou se não havia se enganado. 8 Francês: "chega de conversa".

— Não admira que o senhor sinta prazer — gritou Raskólnikov, também se levantando. — Para um devasso em fim de carreira, como poderia não ser um prazer contar tais aventuras, tendo em mente alguma intenção monstruosa do mesmo gênero... ainda mais nestas circunstâncias e para uma pessoa como eu... Isso excita.

— Pois bem, se é assim — respondeu Svidrigáilov, olhando para Raskólnikov até com certa surpresa —, se é assim, o senhor mesmo é um rematado cínico. Pelo menos, abriga em si mesmo um material enorme para isso. É capaz de tomar consciência de muita coisa, muita coisa... e também de fazer muita coisa. Está certo, mas já chega. Lamento sinceramente que tenhamos conversado pouco, mas o senhor não vai fugir de mim... Espere aqui só um pouquinho...

Svidrigáilov saiu da taberna. Raskólnikov foi atrás dele. Porém Svidrigáilov não estava muito embriagado; a cabeça baqueou só por um momento, agora a embriaguez recuava a cada minuto. Ele estava muito preocupado com alguma coisa, algo de extrema importância, e tinha as sobrancelhas franzidas. Certa expectativa o deixava agitado e inquieto, era evidente. Nos últimos minutos, ele mudara bruscamente sua atitude com relação a Raskólnikov, a cada instante se tornava mais rude e mais desdenhoso. Raskólnikov percebia tudo aquilo e também estava perturbado. Svidrigáilov lhe parecia muito suspeito; Raskólnikov decidiu ir atrás dele.

Chegaram à calçada.

— O senhor vai para a direita e eu, para a esquerda, ou talvez ao contrário, e pronto... *adieu, mon plaisir*,[9] até o próximo e feliz encontro!

E seguiu para a direita, rumo à praça Sennaia.

9 Francês: "adeus, foi um prazer".

V

Raskólnikov o seguiu.

— O que é? — gritou Svidrigáilov, virando-se. — Afinal, eu não disse que...?

— Isto quer dizer que agora eu não vou mais largar o senhor.

— O quê-ê-ê?

Os dois pararam e, por um minuto, olharam um para o outro, como se estivessem se medindo.

— De todas as suas histórias de bêbado — Raskólnikov, abrupto, rompeu o silêncio —, eu concluí *categoricamente* que o senhor não só não abandonou seus planos mais infames com relação à minha irmã como está agora, mais do que nunca, ocupado com eles. Eu sei que minha irmã recebeu uma carta hoje de manhã. O tempo todo, o senhor não conseguiu se conformar... Vamos admitir que o senhor tenha mesmo desencavado uma esposa qualquer, no caminho para cá; mas isso não quer dizer nada. Eu desejo me certificar pessoalmente...

É pouco provável que o próprio Raskólnikov fosse capaz de determinar o que exatamente ele estava querendo e do que exatamente ele desejava se certificar, em pessoa.

— Aí está! Então o senhor quer que eu grite e chame a polícia agora mesmo?

— Grite!

Mais uma vez, ficaram parados por um minuto, um de frente para o outro. Por fim, o rosto de Svidrigáilov se alterou. Convencido de que Raskólnikov não se assustara com a ameaça, Svidrigáilov tomou de repente o aspecto mais alegre e amistoso.

— Ora veja só! De propósito, eu não falei do seu assunto, embora a curiosidade me atormente, é claro. É um caso fantástico. Eu adiaria para outra ocasião, mas, juro, o senhor é capaz de despertar até um defunto... Muito bem, então vamos lá, mas antes eu vou logo avisando: agora, eu tenho de passar em casa só um minutinho, para pegar um dinheiro; depois, eu vou fechar o apartamento, vou chamar um cocheiro de praça e vou passar a noite inteira nas Ilhas. Pois bem, que necessidade o senhor tem de me seguir?

— Por enquanto, eu vou ao seu edifício, mas não ao seu apartamento e sim ao de Sófia Semiónovna, para me desculpar por não ter ido ao enterro.

— Faça como quiser, mas a Sófia Semiónovna não está em casa. Levou todas as crianças para a casa de certa dama, uma senhora idosa e ilustre, minha conhecida de muito tempo, responsável por alguns orfanatos. Eu deixei essa dama encantada ao lhe dar dinheiro pelos três pintinhos de Katierina Ivánovna, além de ter sacrificado mais algum dinheiro para o orfanato; por fim, contei para ela a história de Sófia Semiónovna, até os mínimos detalhes, sem esconder nada. Isso produziu um efeito indescritível. É por isso que foi marcado para hoje mesmo um encontro com a Sófia Semiónovna, no hotel ***aia, onde está hospedada temporariamente a minha ilustre senhora, que veio direto da sua datcha.

— Não importa, eu vou lá assim mesmo.

— Como quiser, só que eu não vou acompanhar o senhor; eu não tenho nada a ver com o caso! Olhe, já vamos chegar ao prédio. Diga uma coisa: eu estou convencido de que o senhor me encara com desconfiança porque eu mesmo fui muito gentil e, até agora, não perturbei o senhor com interrogatórios... o senhor entende? O senhor achou isso fora do comum; eu aposto que sim! Pois é, então, seja gentil também.

— E o senhor fica escutando atrás da porta!

— Ah, o senhor continua com essa história! — riu Svidrigáilov. — Sim, eu até ficaria admirado se, depois de tudo, o senhor deixasse de fazer algum comentário. Ha-ha! Embora eu tenha compreendido alguma coisa do que o senhor, naquela ocasião... lá... andou aprontando e contou para Sófia Semiónovna, mesmo assim, o que isso quer dizer? Talvez eu seja uma pessoa muito ultrapassada e já não consiga entender mais nada. Explique, pelo amor de Deus, meu caro! Vamos, me dê uma luz, com a ajuda desses princípios novíssimos.

— O senhor não pode ter escutado nada, está mentindo sem parar!

— Mas eu não estou falando daquilo, não é daquilo (se bem que, na verdade, eu escutei alguma coisa), não, eu estou falando é do fato de você não parar de soltar ais e uis! O tal do Schiller atrapalha o senhor a todo instante. Agora, veja lá, não vá ficar também escutando atrás da porta, hein? Nesse caso, vá às autoridades de uma vez e faça uma declaração, diga: foi assim e assado e aconteceu comigo um caso extraordinário, houve um pequeno erro na teoria. Se está convencido de que não se pode escutar atrás da porta, mas se pode esfolar uma velhota à vontade com qualquer coisa que cair na sua mão, então trate de fugir o quanto antes para qualquer lugar, para a América! Fuja, meu jovem! Talvez ainda dê tempo! Estou falando sinceramente. Por acaso não tem dinheiro? Eu dou o dinheiro para a viagem.

— Eu não estou nem de longe pensando nisso — interrompeu Raskólnikov, com repugnância.

— Entendo (aliás, não precisa se incomodar: se quiser, não fale muito); eu entendo quais são as questões que o senhor tem na cabeça: questões morais, não é? Questões do cidadão e do homem? Deixe isso para lá; de que servem elas, agora? He-he! É porque continua a ser um cidadão e um homem? Mas, se fosse assim, o senhor nem precisava ter se metido nessa história; não convém começar aquilo que não vamos conseguir terminar. Muito bem, então dê um tiro na cabeça; ou não tem vontade?

— O senhor parece que quer me irritar de propósito só para que eu me afaste, agora...

— Olhe só que extravagante. Bem, já chegamos, tenha a bondade de seguir pela escada. Olhe, ali é a entrada para o apartamento de Sófia Semiónovna, veja, não tem ninguém! Não acredita? Pergunte na casa do Kapernaúmov; ela deixa a chave com eles. Ali está a própria Mme. de Kapernaúmov, hein? O quê? (Ela é um pouco surda.) Saiu? Aonde foi? Pronto, viu só? Ela não está e não vai voltar, talvez, até tarde da noite. Muito bem, agora vamos à minha casa. O senhor não queria ir à minha casa? Olhe, pronto, estamos na minha casa, Mme. Resslich não está. Essa mulher vive atarefada, mas é uma boa mulher, garanto ao senhor... Talvez ela pudesse ser útil ao senhor, se fosse um pouco mais sensato. Pois bem, veja aqui, tenha a bondade: vou pegar na cômoda este título a cinco por cento de juros (olhe quantos eu ainda tenho!), e hoje eu vou trocar este título com um cambista. Pois bem, o senhor viu? Eu não tenho mais tempo a perder. Vou trancar a cômoda, vou trancar o apartamento e vamos descer a escada outra vez. Então, quer alugar um coche de praça? Eu vou para as Ilhas. Não tem vontade de dar uma volta? Olhe, vou pegar essa carruagem para a ilha Eláguin, que tal? Não quer? Está farto? Vamos dar uma volta, não há nada de mais nisso. Parece que vem uma chuva, mas não importa, baixamos a capota...

Svidrigáilov já estava sentado na carruagem. Raskólnikov avaliou que suas suspeitas, pelo menos naquele momento, estavam equivocadas. Sem nenhuma palavra em resposta, ele deu meia-volta e tomou a direção oposta, rumo à praça Sennaia. Se tivesse virado para trás ao menos uma vez, poderia ver que Svidrigáilov, depois de se afastar não mais de cem passos, pagou para o cocheiro e, num instante, lá estava ele na calçada. Porém Raskólnikov já não podia ver nada e já havia dobrado a esquina. Uma profunda repulsa o empurrava para longe de Svidrigáilov. "E acaso eu podia esperar alguma coisa, por um instante sequer, desse rematado fascínora, desse libidinoso devasso e canalha?", gritou sem querer. Na verdade, Raskólnikov pronunciou sua condenação de modo apressado e leviano demais. Em toda a situação de Svidrigáilov, havia algo que, pelo menos, conferia a ele certa originalidade, ou mesmo certo mistério. No que dizia respeito à sua irmã, em toda aquela história, porém, Raskólnikov continuava convencido com segurança de que Svidrigáilov não a deixaria em paz. Entretanto, já se tornara opressivo e insuportável demais pensar e repensar em tudo aquilo!

Ao se ver sozinho, Raskólnikov deu vinte passos e, como era seu costume, caiu em profunda meditação. Passando pela ponte, ele parou junto ao parapeito e se pôs a olhar para a água. Entretanto, de pé a seu lado, estava Avdótia Románovna.

Raskólnikov tinha cruzado com ela na entrada da ponte, mas passou direto, sem vê-la. Dúnietchka nunca tinha visto o irmão andando na rua naquele estado e ficou impressionada, à beira do pavor. Parou sem saber se devia chamá-lo ou não. De repente, avistou Svidrigáilov, que vinha ligeiro, da direção da praça Sennaia.

Porém ele parecia se aproximar com cautela e certo ar de mistério. Não chegou a entrar na ponte, deteve-se ao lado, na calçada, tentando com todo o esforço não ser visto por Raskólnikov. Já havia percebido Dúnia muito antes e começou a lhe fazer sinais. Ela teve a impressão de que, com os sinais, Svidrigáilov pedia para não chamar o irmão, para deixá-lo em paz e, em troca, a chamava para junto de si.

Foi o que Dúnia fez. Discretamente, passou pelo irmão e se aproximou de Svidrigáilov.

— Vamos depressa — sussurrou Svidrigáilov. — Eu não quero que Rodion Románovitch saiba do nosso encontro. Previno a senhora de que eu estive com ele por um tempo, perto daqui, numa taberna, onde ele mesmo me descobriu, e só com esforço eu consegui me desvencilhar dele. Não sei como ele soube da minha carta para a senhora e agora está desconfiado. Claro que não foi a senhora que lhe contou, não é? E, se não foi a senhora, quem foi?

— Pronto, já dobramos a esquina — interrompeu Dúnia. — Agora, meu irmão não vai nos ver. Aviso que eu não irei com o senhor adiante. Conte tudo aqui mesmo; tudo isso também pode ser dito na rua.

— Em primeiro lugar, é impossível falar disso na rua; em segundo lugar, a senhora deve ouvir também Sófia Semiónovna; em terceiro lugar, vou mostrar à senhora alguns documentos... E enfim, por último, se a senhora não aceita ir à minha casa, eu me recuso a dar qualquer explicação e vou embora já. Nesse caso, peço à senhora para não esquecer que um segredo curiosíssimo sobre o seu adorado irmão se encontra completamente em minhas mãos.

Dúnia parou, indecisa, e fitou Svidrigáilov com um olhar penetrante.

— Do que a senhora tem medo? — comentou, tranquilo. — A cidade não é o campo. E no campo a senhora me causou mais prejuízos do que eu à senhora, ao passo que aqui...

— A Sófia Semiónovna foi avisada?

— Não, eu não disse a ela nem uma palavra e não estou sequer convencido de que ela esteja em casa agora. Entretanto, é provável que esteja em casa. Hoje, ela enterrou a mãe: não é dia para andar fazendo visitas. Por ora, eu não quero falar com ninguém sobre isso e chego a me arrepender, em parte, de ter contado para a senhora. No caso, o mais ínfimo descuido equivale a uma delação. Estamos chegando, eu moro aqui, nesse edifício. Veja, esse é o porteiro do nosso edifício; o porteiro me conhece muito bem; olhe, ele está me cumprimentando com uma reverência; ele vê que estou com uma dama e, é claro, tratou logo de observar o rosto da senhora, e isso é útil para a senhora, se está com muito medo e desconfia de mim. Desculpe por falar de modo tão rude. Eu mesmo subloco o quarto de um inquilino. Sófia Semiónovna mora num quarto contíguo ao meu, parede com parede, também sublocado de inquilinos. O andar inteiro é alugado. O que é que está deixando a senhora assustada como uma criança? Será que eu sou tão aterrador assim?

O rosto de Svidrigáilov se torceu num sorriso condescendente; mas não era hora de sorrisos. O coração batia com força, a respiração sufocava dentro do peito. Ele falava alto de propósito, para esconder a emoção crescente; mas Dúnia não conseguia notar aquela emoção específica; já estava abalada demais por perceber que tinha medo dele, como uma criança, e que ele lhe causava tamanho horror.

— Embora eu saiba que o senhor é uma pessoa... sem honra, eu não tenho nenhum medo do senhor. Vá em frente — disse, com calma aparente, mas com o rosto muito pálido.

Svidrigáilov parou na porta do apartamento de Sônia.

— Deixe-me perguntar se está em casa. Não está. Fracasso! Mas eu sei que ela pode chegar logo. Se ela saiu, só pode ter ido à casa de certa senhora para tratar dos seus órfãos. A mãe deles morreu. Eu também me envolvi no caso e tomei providências. Se Sófia Semiónovna não voltar em dez minutos, eu a levarei à casa da senhora hoje mesmo, se a senhora desejar; mas aqui está o lugar onde eu moro. Aqui está, são dois quartos. Atrás da porta, mora a minha senhoria, a sra. Resslich. Agora, olhe aqui, vou lhe mostrar meus documentos mais importantes: esta porta dá para dois quartos desocupados, que estão para alugar. Veja, aqui estão... mas isto a senhora precisa observar com um pouco mais de atenção...

Svidrigáilov ocupava dois quartos mobiliados bastante espaçosos. Dúnietchka examinava desconfiada, mas não notou nada de especial na decoração nem na arrumação, se bem que alguma coisa ela até pôde perceber: por exemplo, que o apartamento de Svidrigáilov, de certo modo, se encontrava entre dois apartamentos quase desabitados. A entrada não era diretamente pelo corredor, mas através de dois quartos da senhoria, quase vazios. Do quarto, Svidrigáilov abriu uma porta trancada à chave e mostrou para Dúnietchka um apartamento também vazio, para alugar. Dúnietchka se deteve na porta um instante, sem entender por que ele a chamava para olhar, mas Svidrigáilov se apressou a oferecer uma explicação:

— Veja, olhe aqui, neste segundo quarto grande. Observe esta porta, ela está trancada. Junto à porta, há uma cadeira, uma cadeira sozinha nos dois quartos. Fui eu quem a trouxe do meu quarto para cá, a fim de escutar mais confortavelmente. Agora, logo aqui atrás da porta, fica o quarto de Sófia Semiónovna; ali, ela conversou com Rodion Románitch. E aqui, na cadeira, eu fiquei ouvindo escondido, duas tardes seguidas, umas duas horas de cada vez... e, está claro, eu pude descobrir alguma coisa, a senhora não acha?

— O senhor ouviu escondido?

— Sim, eu ouvi; agora, venha comigo; aqui não temos onde sentar.

Conduziu Avdótia Románovna de volta ao seu primeiro quarto, que servia de sala, e lhe ofereceu uma cadeira para sentar. Ele mesmo sentou-se na outra ponta da mesa, pelo menos a uma *sájen* de distância, mas nos olhos de Svidrigáilov provavelmente já ardia a mesma chama que, antes, tanto havia assustado Dúnietchka. Ela estremeceu e, mais uma vez, olhou em redor, desconfiada. Seu gesto foi involuntário; era óbvio que não queria demonstrar desconfiança. Mas a situação isolada do apartamento de Svidrigáilov deixou-a, afinal, desconcertada. Teve vontade de perguntar, pelo menos, se a senhoria estava em casa, mas não perguntou... por orgulho. Além disso, tinha no coração outra angústia incomparavelmente maior do que o temor por si mesma. Ela se afligia de modo insuportável.

— Aqui está sua carta — começou ela, e colocou-a sobre a mesa. — Será mesmo possível que o senhor escreveu isto? O senhor insinua um crime cometido, ao que parece, pelo meu irmão. Insinua com toda a clareza e, agora, não se atreva a desmentir. Pois fique sabendo que eu já tinha ouvido essa história absurda antes e não acredito em uma única palavra. É uma suspeita abominável e ridícula. Eu conheço a história e sei como e por que foi inventada. O senhor não pode ter nenhuma prova. O senhor prometeu provar: diga logo! Mas antes saiba que eu não acredito no senhor! Não acredito...

Dúnietchka falou afobada, atropelando as palavras e, por um momento, o rubor tomou conta do seu rosto.

— Se a senhora não acreditasse, por que correria o risco de vir sozinha à minha casa? Então, por que a senhora veio? Só por curiosidade?

— Não me torture, diga logo, diga!

— Nem é preciso eu dizer que a senhora é uma jovem corajosa. Juro, eu pensei que a senhora fosse pedir ao sr. Razumíkhin que a acompanhasse até aqui. Mas ele não está com a senhora nem esteve por perto, eu observei bem: isso é corajoso, significa que quis proteger Rodion Románitch. De resto, na senhora, tudo é divino... No que diz respeito a seu irmão, o que posso lhe dizer? A senhora mesma o viu agora há pouco. Que tal?

— Mas não é só nisso que o senhor se baseia, não é?

— Não, não é só nisso, mas também nas próprias palavras dele. Veja, ele veio aqui, à casa de Sófia Semiónovna, duas tardes seguidas. Eu mostrei à senhora onde os dois ficaram. Ele fez uma confissão completa. É um assassino. Matou a velha viúva de um funcionário, uma usurária, da qual ele mesmo roubou objetos de valor; também matou a irmã, uma vendedora chamada Lizavieta, que entrou por acaso na hora do assassinato da irmã. Ele matou as duas com um machado que trouxe consigo. Matou para roubar, e roubou; pegou dinheiro e alguns objetos... Ele mesmo relatou tudo isso, palavra por palavra, para Sófia Semiónovna, que é a única que conhece o segredo, mas não participou do assassinato nem com palavras nem com ações, ao contrário, ficou horrorizada, tanto quanto a senhora está agora. Fique tranquila, ela não vai denunciá-lo.

— Não pode ser! — balbuciou Dúnietchka, com lábios pálidos, entorpecidos; ela estava ofegante. — Não pode ser, não existe nenhum motivo, nem o mais ínfimo, não existe nenhuma razão... É mentira! Mentira!

— Ele roubou, esse foi todo o motivo. Pegou o dinheiro e os objetos. Na verdade, por uma questão de consciência, ele não tirou proveito nem do dinheiro nem dos objetos, mas enterrou tudo embaixo de uma pedra em algum lugar, e tudo continua lá, até agora. Mas isso foi porque ele não se atreveu a tirar proveito.

— Mas como posso acreditar que ele seja capaz de furtar, roubar? Ou que ele possa sequer pensar nisso? — gritou Dúnia e se levantou da cadeira. — Pois o senhor o conhece, o senhor o viu. Por acaso ele pode ser um ladrão?

Parecia implorar a Svidrigáilov; ela havia posto de lado todo seu medo.

— Nesse caso, Avdótia Románovna, há milhares, milhões de combinações e opções. Um ladrão rouba, entretanto sabe que é um canalha; mas eu ouvi falar de um homem honesto que destruiu uma agência do correio; quem sabe ele achava mesmo que estava fazendo algo correto? Claro, eu mesmo não acreditaria, assim como a senhora, se eu ouvisse contado por terceiros. Mas, nos meus próprios ouvidos, eu acreditei. Ele explicou os motivos para Sófia Semiónovna; no início, ela não acreditou nem nos próprios ouvidos, mas acabou acreditando nos olhos, nos próprios olhos. Afinal, foi ele mesmo, em pessoa, quem contou para ela.

— E quais são os... motivos?

— É uma história comprida, Avdótia Románovna. Trata-se, aqui, como vou dizer, de uma espécie de teoria, o mesmo raciocínio pelo qual eu acho, por exemplo, que um único crime pode ser aceitável, se o propósito principal for bom. Um único crime e cem boas ações! Para um jovem talentoso e de um orgulho exacerbado, sem dúvida, é ultrajante saber que haveria apenas, digamos, três mil rublos, e que toda a sua carreira, todo o futuro do seu objetivo na vida vai se concretizar de outro modo e, entretanto, esses três mil rublos nem existem. Acrescente a isso a irritação causada pela fome, pelo quarto apertado, pela roupa andrajosa, pela clara consciência da beleza da sua posição social, juntamente com a condição da mãe e da irmã. E, acima de tudo, a vaidade, o orgulho e a vaidade, mas, no entanto, só Deus sabe, pode haver também as melhores inclinações... Eu não o culpo, não pense assim, por favor; além do mais, não é da minha conta. Também havia ali uma teoriazinha própria, nem chega a ser uma teoria, segundo a qual as pessoas se dividem, veja só, em matéria, de um lado, e em pessoas especiais, do outro, ou seja, pessoas para as quais, por causa de sua posição elevada, as leis não valem, ao contrário, são elas que compõem as leis para as outras pessoas, ou seja, a matéria, a escória. Nada de mais, uma teoria à toa; *une théorie comme une autre*.[1] Ele se entusiasmou tremendamente com o Napoleão, ou seja, em particular, o atraiu a ideia de que muitas pessoas especiais não se importaram em cometer uma maldade isolada e passaram por cima de tudo, sem parar para pensar. Parece que ele imaginou que era também uma pessoa genial, ou seja, andou convencido disso por um tempo. Sofria muito e sofre ainda agora com a ideia de que foi capaz de criar a tal teoria, mas não tem condição de ultrapassar o limite sem pensar no assunto, o que significa que ele não é uma pessoa genial. Pois bem, para um jovem orgulhoso, isso é humilhante, sobretudo nesta nossa época...

— E os remorsos da consciência? O senhor, portanto, nega que ele tenha qualquer sentimento moral? Será que ele é assim?

— Ah, Avdótia Románovna, hoje em dia, tudo anda muito confuso, quer dizer, as coisas nunca estiveram especialmente em ordem. Os russos, em geral, são pessoas generosas, Avdótia Románovna, generosas como a sua terra, e extremamente propensas a fantasias, a desordens; mas é uma desgraça ser generoso sem possuir uma genialidade especial. Lembra quantas conversas desse mesmo tipo e sobre esse mesmo tema nós tivemos, a sós, à noitinha, sentados na varanda que dava para o jardim, sempre depois do jantar? A senhora ainda me censurava justamente por essa generosidade. Quem sabe nós não estávamos lá conversando, na mesma hora em que ele estava aqui deitado, meditando sobre seus assuntos? Em nossa sociedade culta, não existem tradições especialmente sagradas, Avdótia Románovna: a menos que alguém, de algum jeito, crie algo por sua conta a partir dos livros... ou extraia algo das crônicas antigas. Mas, afinal, isso é coisa para eruditos e, sabe, à sua maneira, são todos uns simplórios, de tal forma que

1 Francês: "uma teoria como outra".

fazer isso seria até indecente para um homem educado. De resto, a senhora conhece as minhas opiniões, em geral; eu não acho que ninguém seja culpado em definitivo. Eu mesmo sou um preguiçoso, e sou muito apegado a isso. Nós já conversamos sobre esse assunto várias vezes. Tive até a felicidade de despertar o interesse da senhora com os meus juízos... A senhora está muito pálida, Avdótia Románovna!

— Eu conheço essa teoria. Li o artigo que ele publicou numa revista sobre as pessoas a quem tudo é permitido... O Razumíkhin me mostrou...

— O sr. Razumíkhin? O artigo do seu irmão? Numa revista? Existe esse artigo? Eu não sabia. Puxa, deve ser curioso! Mas aonde a senhora vai, Avdótia Románovna?

— Quero ver a Sófia Semiónovna — respondeu Dúnietchka, com voz fraca. — Por onde eu chego ao quarto dela? Talvez ela já tenha chegado; quero falar com ela já, a todo custo. Para que ela...

Avdótia Románovna não pôde terminar a frase; sua respiração foi literalmente cortada.

— Sófia Semiónovna só vai voltar de madrugada. Eu suponho. Ela devia ter chegado logo, mas, se não voltou agora, só virá muito tarde...

— Ah, então você está mentindo! Eu vejo que... você mentiu... estava mentindo o tempo todo!... Não acredito em você! Não acredito! Não acredito! — gritava Dúnietchka num verdadeiro acesso de loucura, perdendo a cabeça por completo.

À beira de um desmaio, tombou na cadeira que Svidrigáilov se apressou em trazer para ela.

— Avdótia Románovna, o que a senhora tem? Acorde! Olhe aqui a água. Tome um golinho...

Borrifou água sobre ela. Dúnietchka estremeceu e despertou.

— O efeito foi forte! — murmurou Svidrigáilov consigo, e contraiu as sobrancelhas. — Avdótia Románovna, acalme-se! Saiba que ele tem amigos. Nós vamos salvá-lo, vamos ajudar seu irmão a fugir. Se a senhora quiser, eu o mando para o exterior. Tenho dinheiro; consigo uma passagem em três dias. Quanto ao fato de ter matado alguém, ele ainda fará muitas boas ações na vida e, assim, tudo isso será apagado; acalme-se. Ele ainda pode se tornar um grande homem. Puxa, o que há com a senhora? Como está se sentindo?

— Homem pérfido! E ainda zomba! Deixe-me...

— Aonde vai? Mas aonde a senhora vai?

— Ao encontro dele. Onde está? O senhor sabe? Por que essa porta está trancada? Nós entramos por aqui e agora está fechada à chave. Quando foi que o senhor a fechou com a chave?

— O que nós conversamos aqui não pode ser ouvido em todos os quartos. E eu não estou zombando, de maneira nenhuma; eu apenas estou farto de falar esta língua. Ora essa, aonde a senhora vai desse jeito? Será que quer traí-lo? A senhora vai levá-lo à loucura e ele acabará traindo a si mesmo. Saiba que ele já está sendo seguido, já estão no seu encalço. A senhora vai apenas denunciá-lo. Espere um momento: eu estive com ele e conversamos agora há pouco; ainda é possível salvá-lo. Espere um instante, sente, vamos raciocinar juntos. Foi para isso que chamei a senhora, para conversarmos sobre o assunto a sós e refletirmos melhor. Mas sente, vamos!

— De que modo o senhor pode salvá-lo? Será que é possível salvá-lo?

Dúnia sentou-se. Svidrigáilov sentou-se a seu lado.

— Tudo depende da senhora, da senhora, e apenas da senhora — começou com os olhos faiscantes, quase num sussurro, se confundindo e sem conseguir pronunciar outras palavras, tamanha a sua emoção.

De susto, Dúnia se afastou dele. Svidrigáilov também tremia todo.

— A senhora... uma só palavra da senhora e ele será salvo! Eu... eu vou salvá-lo. Tenho dinheiro e amigos. Eu vou enviá-lo para fora do país, eu mesmo consigo o passaporte, dois passaportes. Um para ele e o outro para mim. Eu tenho amigos; conheço pessoas habilitadas... Quer? Consigo mais um passaporte para a sua mãe... Para que a senhora precisa de Razumíkhin? Eu também amo a senhora... E amo ao infinito. Deixe-me beijar a barra do seu vestido, deixe! Deixe! Só o rumor do seu vestido já me enlouquece. Diga: faça isso, que eu farei! Eu farei tudo. Farei o impossível. No que a senhora acreditar, eu também acreditarei. Farei tudo, tudo! Não me olhe, não me olhe assim! Acaso não sabe que vai me matar?...

Ele começou até a delirar. De repente, algo aconteceu com Svidrigáilov, como se tivesse levado uma pancada na cabeça. Dúnia se levantou de um salto e correu na direção da parede.

— Abram! Abram! — gritou para o outro lado da porta, chamando alguém e forçando a porta com as mãos. — Abram já! Será que não há ninguém?

Svidrigáilov se levantou e voltou à razão. Seus lábios se contraíram lentamente num sorriso malévolo e desdenhoso.

— Não tem ninguém em casa — falou baixo e cadenciado. — A senhoria saiu e gritar assim é um esforço inútil: a senhora só vai se agitar à toa.

— Onde está a chave? Abra já esta porta, já, homem pérfido!

— Eu perdi a chave e não consigo encontrar.

— Ah! Então é uma violação! — gritou Dúnia, pálida como a morte e correndo para um canto, onde rapidamente se protegeu com uma mesinha que calhou de estar à mão. Ela não estava gritando, mas cravava os olhos no seu algoz e seguia atenta cada um de seus movimentos. Svidrigáilov também não se mexia, voltado de frente para ela, na outra ponta do quarto. Ele até se mantinha sob controle, ao menos exteriormente. Mas seu rosto estava pálido como antes. O sorriso zombeteiro não o deixava.

— A senhora disse "violação", Avdótia Románovna. Se for uma violação, a senhora mesma pode imaginar que eu tomei todas as providências. Sófia Semiónovna não está em casa; os Kapernaúmov estão muito longe, a cinco quartos de distância, de portas trancadas. Enfim, eu sou pelo menos duas vezes mais forte do que a senhora e, além disso, não tenho medo de nada, porque a senhora não pode dar queixa de nada: afinal, não vai querer trair seu irmão, não é? Além do mais, ninguém vai acreditar na senhora: para que uma jovem iria ao apartamento de um homem sozinho? Portanto, mesmo que sacrifique seu irmão, não vai conseguir provar nada: é muito difícil provar uma violação, Avdótia Románovna.

— Canalha! — sussurrou Dúnia, com indignação.

— Como quiser, mas observe que eu só falei em termos hipotéticos. Minha convicção pessoal é de que a senhora tem toda razão: uma violação é uma canalhice. Eu só falei isso para que a senhora não fique com absolutamente nada na consciência, até mesmo se... até mesmo se quiser salvar seu irmão, por livre e espontânea vontade, como eu estou propondo. Portanto, a senhora apenas se submeteria às circunstâncias, digamos, à força, vá lá, se for impossível evitar essa palavra. Pense nisso; o destino do seu irmão e da sua mãe está em suas mãos. Eu serei seu escravo... por toda a vida... e vou esperar aqui...

Svidrigáilov sentou-se no sofá, a oito passos de Dúnia. Para ela, não havia mais a menor dúvida da decisão inabalável de Svidrigáilov. Além do mais, ela o conhecia...

De repente, Dúnia tirou um revólver do bolso, soltou a trava do gatilho e baixou a mão com o revólver sobre a mesa. Svidrigáilov se levantou de um pulo.

— Ahá! Então é assim! — gritou com surpresa, mas sorrindo, malévolo. — Muito bem, isso muda drasticamente o rumo da situação! A senhora mesma está me facilitando as coisas ao extremo, Avdótia Románovna! Mas onde a senhora arranjou esse revólver? Terá sido o sr. Razumíkhin? Ora vejam só! Esse é o meu revólver! Um velho conhecido! Eu procurei tanto por ele!... As nossas lições de tiro no campo, que eu tive a honra de lhe dar, não foram tão inúteis assim.

— O revólver não é seu, mas de Marfa Petrovna, que você matou, seu cafajeste! Você não era dono de nada, na casa dela. Eu peguei o revólver quando comecei a desconfiar do que o senhor era capaz. Não se atreva a dar um passo, senão eu juro que mato você!

Dúnia estava num acesso de fúria. Segurava o revólver engatilhado.

— Certo, e o seu irmão? Eu só pergunto por curiosidade — disse Svidrigáilov, ainda no mesmo lugar.

— Denuncie, se quiser! Não se mexa! Não saia do lugar! Eu vou atirar! Você envenenou a própria esposa, eu sei, você mesmo é um assassino!...

— A senhora está firmemente convencida de que eu envenenei Marfa Petrovna?

— Foi você! Você mesmo insinuou para mim; foi você que me falou do veneno... eu sei, você viajou para buscar o veneno... estava com ele pronto... Só pode ter sido você... canalha!

— Se isso fosse verdade, então seria por sua causa... o motivo, no fundo, seria você.

— Está mentindo! Eu sempre odiei você, sempre...

— Ora essa, Avdótia Románovna! Parece que a senhora esqueceu que, no fervor da propaganda, já estava muito inclinada e tinha... Pelos olhinhos, eu percebia; lembra, à noite, ao luar, aquele rouxinol que ainda estava cantando?

— Está mentindo! — Um furor de loucura disparou centelhas nos olhos de Dúnia. — Está mentindo, caluniador!

— Estou mentindo? Bem, pode ser que eu esteja mentindo. Eu menti. Não convém lembrar às mulheres esses detalhes. — Svidrigáilov deu uma risada. — Eu sei que você vai atirar, fera bonitinha. Então atire!

Dúnia levantou o revólver e, pálida de morte, com o lábio inferior trêmulo e empalidecido, com os grandes olhos negros faiscantes como fogo, olhava para Svidrigáilov decidida, medindo bem e aguardando o menor movimento da parte dele. Svidrigáilov nunca a tinha visto tão bela. O fogo que ardia nos olhos de Dúnia no instante em que levantou o revólver pareceu incendiar Svidrigáilov e seu coração se contraiu de dor. Ele deu um passo à frente e um tiro explodiu. A bala roçou em seus cabelos e atingiu a parede, atrás. Ele se deteve e riu baixo:

— Uma vespa me picou! Mirou direto na cabeça... O que é isso? Sangue! — Pegou um lenço para secar o sangue que escorria num filete pela têmpora direita; provavelmente, a bala havia raspado no couro cabeludo. Dúnia baixou o revólver e olhou para Svidrigáilov não com medo, mas numa espécie de perplexidade sem limites. Era como se ela mesma não compreendesse o que tinha feito e o que estava acontecendo!

— Muito bem, um tiro perdido! Atire de novo, estou esperando — disse Svidrigáilov, em voz baixa, sempre rindo, mas um tanto sombrio. — Desse jeito, eu vou conseguir agarrar a senhora, antes que a senhora solte a trava do gatilho!

Dúnietchka teve um sobressalto, engatilhou depressa o revólver e ergueu a arma de novo.

— Deixe-me! — gritou, em desespero. — Eu juro que vou atirar de novo... eu... vou matar!...

— Ora essa... a três passos e não conseguiu matar. Agora, não vai matar mais... então... — Os olhos de Svidrigáilov cintilavam e ele deu mais dois passos.

Dúnietchka puxou o gatilho, o revólver não disparou!

— Carregaram mal. Não há de ser nada! A senhora tem mais uma cápsula. Prepare, eu espero.

Estava parado a dois passos dela, esperava e olhava para Dúnia com determinação feroz, um olhar premente, inflamado de paixão. Dúnia entendeu que ele preferia morrer a deixá-la sair. E... agora, a dois passos de distância, claro, ela o mataria!...

De repente, ela jogou o revólver para o lado.

— Largou! — exclamou Svidrigáilov com surpresa e respirou fundo. De um só golpe, algo pareceu se desprender do seu coração, e talvez não tenha sido apenas o medo de morrer; mas dificilmente ele sentia medo, naquele momento. A libertação era de outro sentimento, mais desolador e sombrio, que ele mesmo não conseguia definir, nem mesmo com todo o esforço.

Chegou perto de Dúnia e abraçou-a de leve pela cintura. Ela não se opôs, no entanto, tremendo toda, como uma folha, olhava para ele com olhos suplicantes. Svidrigáilov parecia querer dizer algo, porém os lábios apenas se crisparam, sem que ele conseguisse falar.

— Solte-me! — suplicou Dúnia. Svidrigáilov estremeceu: de certo modo, o tom naquele apelo não era o mesmo de antes.

— Então, você não me ama? — perguntou em voz baixa.

Dúnia, com repugnância, virou a cabeça para o lado.

— E... não pode?... Nunca? — sussurrou ele, em desespero.

— Nunca! — sussurrou Dúnia.

Por um instante, travou-se uma luta horrível e muda no espírito de Svidrigáilov. Fitava Dúnia com um olhar indescritível. De súbito, desprendeu o braço, virou-se para o lado, afastou-se depressa e ficou parado de frente para a janela.

Passou mais um instante.

— Tome aqui a chave! — Retirou-a do bolso esquerdo do casaco e colocou-a sobre a mesa, atrás dele, sem olhar para Dúnia e sem virar-se. — Pegue; saia depressa!

Svidrigáilov olhava fixamente para a janela.

Dúnia foi até a mesa e pegou a chave.

— Rápido! Rápido! — repetiu Svidrigáilov, ainda sem se mexer e sem se voltar. Mas naquele "rápido", era evidente, ressoava uma nota aterradora.

Dúnia percebeu, apanhou a chave, correu para a porta, abriu a tranca e precipitou-se para fora do quarto. Um minuto depois, como uma louca, sem noção de si mesma, saiu correndo para o canal, na direção da ponte ***ski.

Svidrigáilov ainda ficou de pé, mais uns três minutos, diante da janela; por fim, virou-se devagar, olhou em redor e passou de leve a palma da mão pela testa. Um estranho sorriso crispou seu rosto, um sorriso patético, pesaroso, fraco, o sorriso do desespero. O sangue, já seco, manchava a palma da mão; olhou para o sangue com rancor; depois, molhou uma toalha e lavou a têmpora. De repente, seus olhos bateram no revólver largado por Dúnia, que tinha voado para um canto do chão junto à parede. Svidrigáilov se levantou e olhou para a arma. Era um revólver pequeno, de bolso, de três tiros, de fabricação antiga; ainda restavam dois cartuchos e uma cápsula. Podia atirar uma vez. Ele pensou um pouco, enfiou o revólver no bolso, pegou o chapéu e saiu.

VI

Até as dez horas da noite, ele percorreu várias tavernas e cloacas, passando de uma para outra. Sabe-se lá onde, encontrou Kátia, que cantava de novo outra canção de lacaios sobre certo "canalha e tirano" que "começou a beijar Kátia".

Svidrigáilov deu bebida para Kátia, para o tocador de realejo, para os cantores, os lacaios e também para dois escreventezinhos. Ficou especialmente apegado a esses escreventezinhos, porque os dois tinham o nariz torto: um para a direita, o outro para a esquerda. Aquilo o impressionou. Eles acabaram atraindo Svidrigáilov para uma espécie de parque recreativo, onde ele pagou o ingresso dos dois. Ali, havia um abeto fininho, de três anos, e três arbustos pequenos. Além disso, tinha sido construída uma "estação",[1] a rigor, uma taberna, mas ali também se podia tomar chá e, além do mais, havia cadeiras e mesinhas verdes. O público era animado por um coro de péssimos cantores e por um alemão bêbado de Munique, que fazia o papel de palhaço, com nariz vermelho, mas extremamente melancólico, não se sabia por quê. Os escreventezinhos discutiram com outros escreventezinhos e chegaram à beira de provocar uma briga. Svidrigáilov foi escolhido por eles para ser o juiz. Julgou a questão durante quinze minutos, mas eles gritavam tanto que não havia a menor possibilidade de entender o que quer que fosse. O certo mesmo era que um deles tinha roubado algo, que conseguiu até vender, ali mesmo, a um judeu que apareceu não se sabe como; porém, depois de vender, não quis dividir o dinheiro com seu camarada. Por fim, ficou claro que o objeto vendido era uma colher de chá, roubada da tal estação. Na estação, deram pela falta da colher e o caso

1 Em russo, *vokzal*, que significa modernamente estação de trem, ônibus, barcas etc. O emprego antigo da palavra designava um local público de lazer.

começou a ganhar uma dimensão preocupante. Svidrigáilov pagou pela colher, levantou-se e saiu do parque. Era por volta de dez horas. Durante todo o tempo, ele mesmo não bebeu nem uma gota de álcool e, na estação, só pediu chá, mesmo assim por mera formalidade. Entretanto, a noite estava abafada e sombria. Perto das dez horas, nuvens terríveis acorreram de todos os lados; rompeu um trovão e a chuva desabou como uma cachoeira. A água não caía em gotas, mas batia na terra em verdadeiros jorros. Relâmpagos explodiam a todo instante e dava para contar até cinco durante cada clarão. Ele chegou em casa ensopado até os ossos, enxugou-se, abriu a gaveta da cômoda, pegou todo seu dinheiro e rasgou duas ou três notas. Depois, meteu o dinheiro no bolso e pensou em trocar de roupa, no entanto, olhou para a janela, escutou a chuva e a trovoada, deu de ombros, pegou o chapéu e saiu, sem trancar a porta. Seguiu direto para o quarto de Sônia. Ela estava em casa.

Não estava sozinha; em volta, estavam os quatro filhos pequenos de Kapernaúmov. Sônia Semiónovna lhes dava chá. Recebeu Svidrigáilov em silêncio e com respeito, olhou surpresa para sua roupa encharcada, mas não disse nenhuma palavra. As crianças, porém, logo fugiram correndo, num horror indescritível.

Svidrigáilov sentou-se à mesa e pediu que Sônia sentasse ao lado. Acanhada, ela se preparou para ouvir.

— Eu talvez parta para a América, Sófia Semiónovna — disse Svidrigáilov — e assim, provavelmente, esta é a última vez que nos vemos, por isso eu vim deixar algumas instruções. Pois bem, a senhora esteve com aquela dama hoje, não foi? Eu sei que ela falou com a senhora, não precisa contar. — Sônia fez um pequeno movimento e ruborizou-se. — Essa gente tem seu modo próprio de pensar. No que diz respeito às irmãs e ao irmão da senhora, eles estão, de fato, amparados, e eu já depositei o dinheiro de cada um deles, com recibo, conforme a regra, e agora o dinheiro está em mãos de confiança. Aliás, tome aqui estes recibos, fique com a senhora, por via das dúvidas. Pronto, tome aqui! Muito bem, agora isto está encerrado. Aqui estão três títulos a cinco por cento de juros, no valor de três mil, ao todo. Isso é para a senhora mesma, só para a senhora, tome, e que isto fique entre nós, para que ninguém mais saiba, não importa o que venham a contar para a senhora. Vai precisar disso, porque, Sófia Semiónovna, viver como a senhora vinha vivendo é péssimo e não há mais a menor necessidade de viver assim.

— Eu tenho recebido tantos favores do senhor, e também os órfãos e a falecida — Sônia falou, apressada —, e se até agora eu agradeci tão pouco é porque... não considere...

— Ah, chega, chega.

— E quanto a esse dinheiro, Arkádi Ivánovitch, eu agradeço muito ao senhor, mas acontece que eu agora não preciso. Sozinha, eu sempre vou ter o que comer, não considere uma ingratidão: se o senhor é tão caridoso, então esse dinheiro...

— É para a senhora, para a senhora, Sófia Semiónovna, e, por favor, sem mais conversas, porque eu nem tenho mesmo tempo. A senhora vai precisar. E o Rodion Románitch tem dois caminhos: ou uma bala na testa ou a Vladímirka.[2] — Sônia olhou apavorada para ele e estremeceu. — Não se preocupe, eu sei tudo, eu soube por ele mesmo, e eu não sou nenhum fofoqueiro; não vou contar para ninguém. Foi a senhora que lhe deu uma boa orientação, naquele momento, quando disse para ele mesmo ir se entregar. Vai ser muito mais vantajoso para ele. Pois bem, como a opção Vladímirka será a escolhida, ele vai seguir por esse caminho e a senhora irá com ele, não é? Não é assim? Não é mesmo? Então, se é assim, quer dizer que este dinheiro aqui será necessário. Será necessário para ele, entende? Ao dar o dinheiro para a senhora, é como se eu estivesse dando para ele. Além do mais, a senhora prometeu também saldar a dívida com a Amália Ivánovna; eu já soube disso. O que deu na senhora, Sófia Semiónovna, para, de modo tão impensado, assumir a responsabilidade de todos esses contratos e obrigações? Pois foi a Katierina Ivánovna que ficou em dívida com aquela alemã, e não a senhora, e assim a senhora devia deixar a alemã para lá. Desse jeito, não dá para viver neste mundo. Muito bem, se algum dia, amanhã ou depois de amanhã, alguém perguntar à senhora por mim ou a meu respeito (e vão perguntar mesmo), não mencione que eu passei aqui na sua casa, não fale nada sobre o dinheiro, não mostre o dinheiro de maneira nenhuma e não conte para ninguém que eu dei dinheiro para a senhora. Muito bem, agora, até logo. — Ele se levantou da cadeira. — Mande meus cumprimentos para o Rodion Románitch. Conhece o sr. Razumíkhin? Claro que

2 Estrada que passava pela cidade de Vladímir, pela qual os deportados para os trabalhos forçados viajavam para a Sibéria.

conhece. É um bom rapaz. Leve isso aí para ele amanhã ou... quando chegar a hora. Até lá, guarde e deixe muito bem escondido.

Sônia também se levantou bruscamente da cadeira e olhou assustada para Svidrigáilov. Tinha muita vontade de dizer algo, perguntar algo, mas, nos primeiros instantes, não se atreveu, não sabia como iniciar.

— Como o senhor... como é que o senhor vai sair agora, no meio dessa chuvarada?

— Onde já se viu, estar de partida para a América e ter medo de chuva? He-he-he! Adeus, minha cara Sófia Semiónovna! Viva, e viva bastante, a senhora será útil aos outros. A propósito... diga ao sr. Razumíkhin que mandei saudações. Diga estas palavras: Arkádi Ivánovitch Svidrigáilov manda saudações. Não esqueça.

Saiu, deixando Sônia perplexa, assustada e com uma desconfiança vaga e opressiva.

Depois se soube que, naquela mesma noite, depois das onze horas, ele fez outra visita bastante excêntrica e inesperada. A chuva ainda não havia cessado. Todo molhado, ele entrou às onze e vinte no apartamento acanhado dos pais da sua noiva, na ilha Vassílievski, na Terceira Linha, esquina com a avenida Máli. Bateu na porta com força e, de início, causou grande confusão; mas Arkádi Ivánovitch, quando queria, era um homem de maneiras absolutamente encantadoras, tanto assim que a primeira hipótese (de fato, muito sagaz, na verdade) dos sensatos pais da noiva foi a de que Arkádi Ivánovitch, com certeza, já havia se embriagado a tal ponto em algum canto qualquer que não tinha mais noção de si mesmo, porém tal hipótese logo caiu por terra. A sensata e compassiva mãe da noiva empurrou a cadeira de rodas do pai inválido ao encontro de Arkádi Ivánovitch e, como era seu costume, logo começou a fazer perguntas enviesadas. (Essa mulher nunca fazia perguntas diretas, sempre se desviava, primeiro com sorrisos e esfregando as mãos e, depois, se precisava a todo custo descobrir algo com certeza, por exemplo, em que data Arkádi Ivánovitch gostaria de marcar o casamento, ela começava com perguntas curiosíssimas, quase sôfregas, sobre Paris e sobre a vida na corte naquela região, para só depois, pouco a pouco, chegar à Terceira Linha da ilha Vassílievski.) Em outros tempos, é claro, tudo aquilo inspirava muito respeito, mas dessa vez Arkádi Ivánovitch se mostrou bastante impaciente e fez questão de ver a noiva, embora já tivesse sido informado desde o início de que a jovem estava dormindo. Claro, a noiva apareceu. Imediatamente, Arkádi Ivánovitch lhe comunicou que, em razão de uma circunstância bastante grave, ele se via obrigado a ficar fora de Petersburgo por um tempo e por isso deixaria com ela quinze mil rublos de prata,[3] em cédulas de valores diversos, pedindo que as aceitasse como um presente, pois já fazia tempo que pretendia lhe dar aquela ninharia, antes do casamento. A relação lógica específica entre aquele presente, a repentina partida da cidade e a necessidade incontornável de vir ali à meia-noite, e debaixo de chuva, não ficou nem um pouco clara com aquelas explicações, naturalmente, mas a proposta, ainda assim, foi muito bem recebida. Mesmo os indispensáveis suspiros e exclamações, de dúvida e de espanto, se tornaram, de súbito, extraordinariamente moderados e contidos; em troca, a gratidão foi proclamada da maneira mais fervorosa e enfatizada até por lágrimas da mãe sensatíssima. Arkádi Ivánovitch levantou-se, riu, beijou a noiva, deu umas palmadinhas no seu queixo, garantiu que voltaria em breve e, ao perceber uma pontinha de curiosidade infantil nos olhos dela e, ao mesmo tempo, uma espécie de indagação muda e muito séria, refletiu um momento, beijou-a de novo e, na mesma hora, se entristeceu sinceramente, no fundo da alma, por saber que o seu presente iria, de modo inevitável, ficar trancado sob a guarda da mãe sensatíssima. Svidrigáilov foi embora, deixando todos numa agitação fora do comum. Mas a mãezinha compassiva, prontamente, num quase sussurro e falando ligeiro, solucionou algumas gravíssimas perplexidades, a saber: que Arkádi Ivánovitch era um homem importante, com muitos negócios e bem relacionado, um homem rico — só Deus sabe o que ele tinha dentro daquela cabeça: cismou de ir até a casa deles e foi, cismou de dar o dinheiro e deu e, portanto, não há por que se admirar. Claro, é estranho que tenha vindo todo ensopado, mas os ingleses, por exemplo, são mais excêntricos ainda, e toda essa gente que fala num tom muito pomposo não liga mesmo para o que outros digam a seu respeito e não têm lá muita cerimônia. Quem sabe ele anda assim de propósito, para mostrar que não tem medo de nada? O mais importante é não dizer nenhuma palavra sobre o assunto, para ninguém, porque só Deus sabe como essa história pode acabar, além de guardar o dinheiro depressa, a sete chaves, e claro que o melhor de tudo é que a Fedóssia ficou lá na cozinha o tempo todo, e também não se deve, de maneira nenhuma,

3 Nessa época do Império Russo, vigorava um duplo padrão monetário. Um rublo de prata valia três ou quatro rublos de papel.

absolutamente nenhuma, comunicar nada sobre esse assunto para a trapaceira da Resslich etc. etc. Ficaram ali conversando em sussurros até as duas horas da madrugada. A noiva, entretanto, foi dormir muito antes, admirada e um pouco triste.

Enquanto isso, à meia-noite em ponto, Svidrigáilov atravessou a ponte ***ov[4] na direção de Petersburgo.[5] A chuva tinha cessado, mas o vento assoviava. Ele estava começando a tremer e, em certo instante, com uma curiosidade especial, à beira de uma indagação, olhou para a água negra do rio Málaia Nievá. Mas logo achou muito frio ficar parado ali, acima da água; virou-se e seguiu para a avenida ***oi.[6] Caminhou pela interminável avenida durante muito tempo, quase meia hora e, no escuro, tropeçou e caiu várias vezes no calçamento de madeira, entretanto, com curiosidade, não parava de procurar alguma coisa no lado direito da avenida. Pouco tempo antes, ao passar num certo ponto já no fim da avenida, ele havia notado um hotel de madeira, porém grande, cujo nome, até onde lembrava, era algo como Adriánopol. Svidrigáilov não se enganou: naquele ermo, o hotel se situava num ponto tão visível que ninguém poderia deixar de encontrá-lo, mesmo no meio da escuridão. Era um prédio comprido, de madeira encardida, onde, apesar da hora tardia, ainda havia luzes acesas e se notava certa animação. Ele entrou e pediu um quarto a um rapaz maltrapilho que veio ao seu encontro na entrada. O maltrapilho olhou bem para Svidrigáilov, animou-se e logo o conduziu para um quarto distante, abafado e apertado, bem na extremidade do corredor, no canto ao pé da escada. Mas não havia outro; todos estavam ocupados. O maltrapilho olhava com ar indagativo.

— Tem chá? — perguntou Svidrigáilov.

— Posso trazer, senhor.

— E o que mais?

— Vitela, vodca, frios, senhor.

— Traga vitela e chá.

— Não precisa de mais nada? — perguntou o maltrapilho, até com certa perplexidade.

— Nada, nada!

O maltrapilho se afastou, completamente decepcionado.

4 Ponte Tútchkov. 5 Atual Petrográdskaia Storoná. 6 Trata-se da avenida Bolchoi.

"Parece um lugar bom", pensou Svidrigáilov. "Como é que eu não conhecia? Na certa, eu tenho o aspecto de alguém que voltou de um *café chantant*,[7] mas que já teve uma aventura no caminho. No entanto, é curioso: quem será que se hospeda e passa noite aqui?"

Acendeu uma vela e examinou o quarto em mais detalhes. Era um cubículo de uma janela só e tão pequeno que a cabeça de Svidrigáilov quase batia no teto; a cama muito suja, uma simples mesa pintada e uma cadeira ocupavam quase todo o espaço. As paredes pareciam feitas de tábuas pregadas, cobertas por um papel de parede esfarrapado, tão roto e empoeirado que, embora ainda se pudesse adivinhar sua cor (amarelo), já era impossível distinguir qualquer desenho. Uma parte da parede e do teto tinha sido cortada na diagonal, como é comum nas mansardas, mas ali, por cima daquela diagonal, passava uma escada. Svidrigáilov pôs a vela na mesa, sentou-se na cama e começou a pensar. Porém, no cubículo vizinho, um murmúrio estranho e ininterrupto, que às vezes se erguia à beira de um grito, acabou chamando sua atenção. Aquele murmúrio não cessou, desde o momento em que ele havia entrado no quarto. Escutou com atenção: alguém praguejava e, beirando as lágrimas, acusava o outro, mas só se ouvia uma voz. Svidrigáilov se levantou, encobriu a chama da vela com a mão e, no mesmo instante, reluziu uma frestinha na parede; ele se aproximou e se pôs a olhar. Dentro do quarto, pouco maior do que o seu, havia dois hóspedes. Um deles, sem sobretudo, tinha o cabelo extraordinariamente encaracolado, o rosto vermelho, afogueado e, de pé, na pose de um orador, com as pernas separadas para manter o equilíbrio, batia com o punho cerrado no peito, acusava o outro, em tom patético, de ser um indigente e de não ter sequer um posto na hierarquia do serviço público. Dizia que o havia arrancado da lama e que, quando bem entendesse, poderia enxotá-lo de volta, e que só o dedo do Altíssimo estava vendo tudo aquilo. O outro estava sentado numa cadeira e parecia uma pessoa que sente uma tremenda vontade de espirrar, mas mesmo assim não consegue soltar o espirro. De vez em quando, com um olhar turvo de carneiro, mirava o orador sem fazer a menor ideia do que ele estava dizendo, e era até improvável que estivesse escutando suas palavras. Sobre a mesa, ardia uma vela, havia uma garrafa de vodca vazia, taças, pão, copos, pepinos e a louça de um chá bebido havia

7 Francês: "café cantante".

muito tempo. Depois de olhar com atenção a cena, Svidrigáilov afastou-se da fresta com indiferença e sentou-se na cama.

O maltrapilho voltou com o chá e a carne de vitela, não conseguiu se conter e perguntou de novo: "Precisa de mais alguma coisa?". Depois de ouvir outra resposta negativa, afastou-se de uma vez por todas. Svidrigáilov, a fim de se aquecer, atirou-se ao chá com sofreguidão e sorveu o copo inteiro, mas não conseguiu sequer beliscar a comida, por conta da mais completa falta de apetite. Era evidente que começava a ter febre. Tirou o sobretudo, o paletó, deitou-se na cama, enfiado embaixo do cobertor. Ficou aborrecido: "Melhor mesmo, dessa vez, era estar bem de saúde", pensou e riu. O quarto era abafado, a velinha ardia turva, o vento assoviava lá fora e, em algum lugar, num canto da parede, um camundongo roía alguma coisa, o quarto inteiro exalava um cheiro de camundongo e de couro. Svidrigáilov estava deitado e parecia sonhar acordado: os pensamentos se sucediam, ele parecia ter muita vontade de se agarrar a alguma coisa específica por meio da imaginação. "Aquilo, lá embaixo da janela, deve ser uma espécie de jardim", pensou. "As árvores estão chiando. Como eu detesto o barulho das árvores à noite, numa tempestade, no escuro: dá uma sensação horrível!" E lembrou que, pouco antes, ao passar pelo parque Petróvski, chegara a pensar com repulsa naquelas árvores. Aliás, lembrou-se também da ponte ***kov e do rio Málaia Nievá e pareceu sentir de novo aquele mesmo frio, de quando estava parado no meio da ponte, acima da água. "Nunca na vida eu gostei de água, nem nas pinturas de paisagem", pensou novamente e, de súbito, riu outra vez ao ter um pensamento estranho: "Ora, vejam só, parece que agora, para mim, não deveria mais fazer a menor diferença toda essa questão de estética e de conforto, mas parece que é justamente agora que eu fiquei mais rigoroso com isso, igual a um animal que escolhe com todo zelo um lugar para si... numa situação semelhante. Pois agora há pouco eu deveria justamente ter entrado no parque Petróvski! Parecia mesmo bem frio e escuro, he-he! Quem é que precisa, agora, de sensações agradáveis?... Aliás, por que não apagar essa vela?". Soprou a chama. "E os vizinhos foram dormir", pensou, ao não ver mais a luz de antes na fresta. "Veja só, Marfa Petrovna, veja: agora era uma boa hora para a senhora me conceder uma visita. Está escuro, o local é conveniente e o momento é original. Só que, no final das contas, é justamente agora que a senhora não vai vir mesmo..."

De repente, por algum motivo, lembrou que, uma hora antes de executar seu plano com relação a Dúnietchka, ele havia recomendado a Raskólnikov que confiasse a irmã à proteção de Razumíkhin. "De fato, pode ser que eu tenha mesmo falado isso, naquela hora, para atiçar mais ainda a minha excitação, como o Raskólnikov bem adivinhou. Mas que patife, esse Raskólnikov! Ele suportou muita coisa. Pode vir a ser um grande patife, com o tempo, quando largar essas bobagens, mas agora está com vontade *demais* de viver! Nesse ponto, toda a gente desse tipo é covarde. Mas que o diabo o carregue, que faça o que bem entender, para mim tanto faz."

E nada de pegar no sono. Aos poucos, a imagem recente de Dúnietchka começou a se erguer diante dele e, de súbito, um tremor percorreu seu corpo. "Não, agora é preciso deixar isso de lado", pensou, voltando a si. "Preciso pensar em outra coisa qualquer. Que estranho e que ridículo: eu nunca tive um grande ódio de ninguém, nunca sequer desejei me vingar de ninguém em especial, mas isso é um mau sinal, um mau sinal! Eu também não gostava de discutir e não me exaltava... também é um mau sinal! E agora há pouco, quanta coisa eu prometi a ela! Que droga, diabo! Afinal, quem sabe ela não ia me fazer em pedacinhos?..." Calou-se mais uma vez e cerrou os dentes: a imagem de Dúnia surgiu de novo à sua frente, igualzinha à que viu no momento em que ela deu o primeiro tiro, se assustou horrivelmente, depois largou o revólver e olhou para ele, paralisada, de tal modo que ele teria tempo para agarrá-la duas vezes, sem que ela sequer levantasse as mãos para se defender, caso ele mesmo não a tivesse despertado daquele transe. Svidrigáilov lembrou como teve pena dela, naquele instante, como sentiu um aperto no coração... "Ah! Que diabo! De novo essas ideias, eu tenho de largar tudo isso, deixar para lá!..."

Já estava perdendo a consciência; o calafrio febril amainou. De súbito, por baixo do cobertor, algo pareceu percorrer os braços e as pernas. Teve um sobressalto: "Droga, que diabo, vai ver é o camundongo!", pensou. "É porque eu deixei a carne de vitela em cima da mesa..." Sentia uma tremenda falta de vontade de se descobrir, levantar, congelar na friagem, mas de repente, de novo, algo roçou no seu pé de modo desagradável; Svidrigáilov jogou o cobertor para o lado e acendeu a vela. Tremendo com um frio febril, curvou-se para examinar a cama — não havia nada; sacudiu o cobertor e, de repente, o camundongo pulou para cima do lençol. Svidrigáilov se atirou para capturá-lo; mas o camundongo não descia da cama, disparava guinchos para todos os lados, escorregou entre seus dedos, correu pelo braço e, de súbito, se esgueirou por baixo do travesseiro; Svidrigáilov puxou o travesseiro, mas num instante teve a sensação de que algo pulou no seu peito, resvalou pelo corpo e correu pelas costas, por dentro da camisa. Svidrigáilov estremeceu nervoso e acordou. No quarto, estava escuro. Ele estava deitado na cama, enrolado no cobertor, como pouco antes. Embaixo da janela, o vento gemia. "Que nojo!", pensou irritado.

Levantou-se e sentou-se na beira da cama, de costas para a janela. "É melhor mesmo não dormir", decidiu. Entretanto, da janela vinha o frio e a umidade; sem levantar-se, ele puxou o cobertor para si e enrolou-se. Não acendeu a vela. Não pensava em nada e não queria pensar; mas os devaneios se levantavam um depois do outro, estilhaços de pensamentos corriam em lampejos, sem princípio, sem fim e sem nexo. Como se ele estivesse dominado por uma sonolência. Quem sabe era o frio, o escuro, a umidade, quem sabe era o vento que gemia embaixo da janela e sacudia as árvores, quem sabe era isso que despertava nele certo desejo, uma espécie de inclinação tenaz e fantástica... entretanto, diante dele, cada vez mais, apareciam flores. Veio a imagem de uma linda paisagem; um dia claro, quase acalorado, um dia festivo, o dia da Trindade. Um chalé campestre, rico, luxuoso, ao estilo inglês, todo envolto em canteiros de flores perfumadas, plantadas em fileiras, num círculo que percorria toda a volta da casa; o alpendre, envolvido por plantas trepadeiras, estava abarrotado de rosas; a escada clara, fresca, coberta por um tapete suntuoso, margeado por flores raras, em vasos chineses. Svidrigáilov notou, em particular, nos vasos com água e nas janelas, os buquês de narcisos brancos e tenros, curvados em seus caules verde-claros, longos e roliços, com um forte perfume. Ele nem tinha vontade de se afastar dali, mas subiu a escada e entrou numa sala ampla, alta, e de novo, em toda parte, nas janelas, junto à porta aberta para a varanda, na própria varanda, por todo lado, havia flores. O assoalho estava coalhado de um capim cheiroso, fresco, ceifado pouco antes, as janelas estavam abertas, um ar fresco, leve, ameno penetrava na sala, passarinhos piavam ao pé das janelas e, no meio do salão, sobre mesas cobertas por uma mortalha branca de cetim, havia um caixão. O caixão era acolchoado de *gros de Naples*[8] e revestido com fitinhas franzidas, brancas e espessas. Coroas de flores se enlaçavam no caixão por todos os lados. Dentro, toda envolta em flores, jazia uma menina, num vestido branco de tule, com as mãos cruzadas e comprimidas sobre o peito, como que entalhadas em mármore.

8 Tecido de seda encorpado, de luxo.

Mas os cabelos em desalinho, cabelos de um louro claro, estavam molhados; uma grinalda de rosas cingia a cabeça. O perfil austero do rosto, já com os ossos proeminentes, também parecia entalhado em mármore, porém o sorriso nos lábios brancos era repleto de uma espécie de aflição nada infantil, interminável, e de um enorme lamento. Svidrigáilov conhecia aquela menina; junto ao caixão, não havia nenhum ícone, nenhuma vela acesa e não se ouvia nenhuma prece. A menina era uma suicida — afogada. Contava só catorze anos, mas tinha o coração despedaçado, e foi o coração que aniquilou a si mesmo, ferido por uma afronta que causou horror e assombro naquela consciência jovem, infantil, que inundou sua alma pura e angelical numa vergonha imerecida e arrancou um último grito de desespero, que não foi ouvido, que foi relegado com desfaçatez, na noite escura, nas trevas, no frio, no degelo úmido, enquanto o vento soprava...

Svidrigáilov despertou, levantou da cama e andou até a janela. Tateando, achou o trinco e abriu. O vento, em lufadas ferozes, invadiu o cubículo acanhado e, como uma geada glacial, envolveu seu rosto e seu peito, protegido apenas por uma camisa. Ao pé da janela, de fato, parecia haver algo semelhante a um parque, também recreativo, pelo visto; na certa, ali, durante o dia, também havia cantorias e serviam chá em mesinhas. Agora, voavam respingos das árvores e dos arbustos na direção da janela, estava escuro como num porão, tanto que mal dava para distinguir algumas manchas escuras, que assinalavam a posição dos objetos. Curvado e com os cotovelos apoiados no parapeito, Svidrigáilov já estava olhando para aquelas trevas havia uns cinco minutos, sem se desviar. No meio da escuridão e da noite, irrompeu um tiro, depois outro.

"Ah, o sinal! A água está subindo",[9] pensou. "De manhã, ela vai jorrar nos lugares mais baixos, nas ruas, vai inundar os porões e os subterrâneos, as ratazanas vão emergir dos bueiros e, no meio da chuva e do vento, as pessoas, praguejando, ensopadas, vão começar a carregar sua tralha para os andares superiores... E que horas são?" Assim que pensou nisso, em algum local próximo, um relógio de parede estalou seu tique-taque e, como se estivesse afobado, bateu três horas. "Ah, daqui a uma hora já vai clarear! Para que esperar mais? Vou sair agora, vou andar direto para o parque Petróvski: lá, em algum canto qualquer, vou escolher um arbusto grande, todo encharcado

9 A cidade estava sujeita a graves inundações periódicas.

de chuva, vou esbarrar bem de leve com o ombro e um milhão de respingos vão banhar toda minha cabeça..." Afastou-se da janela, fechou-a com o trinco, acendeu a vela, vestiu o paletó, o sobretudo, pôs o chapéu na cabeça e saiu para o corredor com a vela na mão, a fim de encontrar o maltrapilho, que dormia num cubículo qualquer, no meio de uma porção de trastes e de tocos de vela, a fim de acertar as contas do quarto e ir embora do hotel. "É o melhor momento, impossível escolher uma hora melhor!"

Caminhou demoradamente por toda a extensão do corredor comprido e estreito, sem encontrar ninguém, e já estava disposto a dar um grito, quando, de repente, num canto escuro, entre um armário velho e uma porta, entreviu um objeto estranho, algo que parecia vivo. Curvou-se com a vela na mão e viu uma criança — uma menina de uns cinco anos, não mais que isso, num vestidinho ensopado como um pano de chão, trêmula e chorosa. Pareceu não se assustar com Svidrigáilov, mas mirava para ele com os olhinhos grandes, negros e admirados, de vez em quando dava um soluço, como fazem as crianças que já choraram muito, mas já pararam e estão até consoladas, entretanto, aqui e ali, de repente, voltam a soluçar. A menina tinha o rostinho pálido e exausto; estava petrificada de frio. "Mas como ela veio parar aqui? Quer dizer, ela se escondeu aqui e não dormiu a noite toda." Começou a fazer perguntas à menina. De súbito, ela se animou, se pôs a balbuciar bem ligeiro, em seu linguajar infantil. Disse algo sobre a "manhê", disse que a "manhê" ia lhe dar uma "sula" por causa de uma xícara que ela "quebô". A menina falava sem cessar; de todos aqueles relatos, dava para adivinhar, de algum modo, que se tratava de uma criança sem amor, cuja mãe, uma cozinheira que vivia embriagada, na certa uma empregada do próprio hotel, batia muito na filha e lhe metia medo; que a menina tinha quebrado uma xícara da mãe e que, por isso, se assustou e estava fugindo desde o anoitecer; na certa, ficou muito tempo escondida em algum canto do pátio, debaixo da chuva, acabou se esgueirando até ali, escondeu-se atrás do armário e ficou sentada no cantinho, a madrugada toda, chorando, tremendo por causa da umidade e do escuro, com medo de que agora, por causa de tudo aquilo, fosse apanhar mais ainda. Svidrigáilov pegou-a pela mão, levou-a para o seu quarto, sentou-a na cama e começou a tirar sua roupa. Os sapatinhos furados, nos pés sem meia, estavam tão molhados como se tivessem ficado a noite inteira dentro de uma poça. Depois de tirar a roupa, ele a deitou na cama, cobriu-a e a envolveu no cobertor dos pés à cabeça. A menina adormeceu na mesma hora. Quando terminou, ele se pôs de novo a pensar com tristeza.

"Veja só, de novo eu cismei de me meter no que não é da minha conta!", concluiu de repente, com uma sensação opressiva e rancorosa. "Que absurdo!" Irritado, pegou a vela para encontrar a todo custo o maltrapilho e ir embora dali o quanto antes. "Ah, uma menininha!", pensou, rogando pragas, quando já estava abrindo a porta, mas voltou de novo para ver se a menina estava dormindo e como estava. Levantou com cuidado a ponta do cobertor. A menina dormia um sono profundo e sereno. Estava aquecida embaixo do cobertor e o rubor já se derramava em suas faces pálidas. Mas era estranho: aquele rubor parecia mais forte e mais brilhante do que o rosado comum nas crianças. "É um rubor de febre", pensou Svidrigáilov, "igual ao rubor de quem bebe, é como se tivessem dado um copo cheio para ela beber. Os lábios escarlate parecem arder em brasa; mas o que é isso?" De repente, teve a impressão de que as pestanas negras e compridas estremeciam e palpitavam, como se quisessem abrir e, abaixo delas, um olhinho esperto e aguçado espiava, piscando de um jeito nada infantil, como se a menina não estivesse dormindo e apenas fingisse. Sim, era isso mesmo: os labiozinhos se entreabriram num sorriso; as pontinhas dos lábios tremeram, como se ainda estivessem se contendo. Mas logo ela deixou por completo de se conter; já era um riso, um riso declarado; algo insolente, provocador, se acendeu naquele rosto que nada tinha de infantil; é a depravação, é o rosto de uma camélia, o rosto insolente de uma dessas camélias francesas e vendidas. Pronto, já não está escondendo nada, os dois olhos se abriram: envolvem Svidrigáilov num olhar ardente e desavergonhado, chamam por ele, riem... Naquele riso, naqueles olhos, em toda aquela indecência no rosto da criança, havia algo infinitamente monstruoso e ultrajante. "O que é isso? Tem cinco anos!", sussurrou Svidrigáilov, com autêntico horror. "Isso... mas o que é isso?" Entretanto, ela já havia se virado de frente para ele, com o rosto afogueado, e lhe estendeu as mãos... "Ah, maldita!", exclamou Svidrigáilov com horror, erguendo o braço acima dela... Mas, nesse instante, ele acordou.

Estava na mesma cama, enrolado no mesmo cobertor; a vela não estava acesa e, na janela, o dia estava clareando de todo.

"Um pesadelo a noite inteira!" Ergueu-se com raiva, sentindo-se todo quebrado; os ossos doíam. Lá fora havia uma neblina muito densa e era impossível enxergar qualquer coisa. Eram quase cinco da manhã; tinha perdido a hora! Levantou-se, vestiu o paletó e o sobretudo, ainda úmidos. Apalpou o revólver no bolso, retirou-o e corrigiu a posição da cápsula; depois sentou, tirou do bolso um caderno e, na folha da frente, a mais visível, escreveu algumas linhas em letras grandes. Releu e se pôs a pensar, com o cotovelo apoiado na mesa e a cabeça apoiada na mão. O revólver e o caderno ficaram ali mesmo, junto ao cotovelo. As moscas haviam acordado e não desgrudavam do pedaço de vitela, que continuava intacto sobre a mesa. Svidrigáilov olhou muito tempo para as moscas e, por fim, com a mão direita, a que estava livre, tentou caçar uma mosca. Consumiu suas energias por muito tempo, mas não conseguiu apanhar a mosca. Enfim, ao se dar conta da atividade interessante em que estava entretido, voltou à razão, estremeceu, levantou-se e, resoluto, saiu do quarto. Num minuto, estava na rua.

Uma neblina leitosa, densa, havia baixado sobre a cidade. Svidrigáilov andou pela calçada de madeira, escorregadia, suja, no sentido do rio Málaia Nievá. A água do rio Málaia Nievá, que parecia ter subido muito de madrugada, a ilha Petróvski, as trilhas molhadas, o capim molhado, as árvores e os arbustos molhados e, afinal, aquele mesmo arbusto... Com irritação, se pôs a observar as casas, a fim de pensar em outra coisa. Nenhum pedestre, nenhum coche de praça passava pela avenida. As casinhas amarelas de madeira, com as venezianas fechadas, pareciam melancólicas e sujas. O frio e a umidade penetravam em todo o seu corpo e ele começou a tremer. De quando em quando, topava com os letreiros das tavernas e armazéns e lia todos até o fim, minuciosamente. Então, a calçada de madeira terminou. Ele chegou a uma grande casa de pedra. Um cãozinho sujo, enregelado, de rabo encolhido, atravessou o caminho na frente de Svidrigáilov. Um homem completamente embriagado, de capote e de cara virada para o chão, estava estirado bem no meio do passeio. Svidrigáilov deu uma olhada no homem e foi em frente. Uma torre de vigia do Corpo de Bombeiros surgiu à sua esquerda.[10] "Droga!", pensou, "aí está um bom lugar, para que ir até Petróvski? Pelo menos, será diante de uma testemunha oficial..." Por pouco não sorriu daquela ideia nova, e dobrou na rua ***skaia. Ali ficava o edifício grande com a torre de vigia. Postado diante dos portões fechados, com um ombro apoiado neles, estava um homem não muito alto, envolto num casaco cinzento de soldado e com um capacete de cobre ao estilo de Aquiles. Com ar sonolento, olhou frio e de esguelha para Svidrigáilov, que passava. No rosto, via-se a eterna mágoa rancorosa que se estampa tão acerba

10 Sede da Polícia e do Corpo de Bombeiros. Esquina da rua Sejínskaia com a avenida Bolchoi.

em todos os rostos da tribo judia, sem exceção. Durante um tempo, os dois homens, Svidrigáilov e Aquiles, se observaram em silêncio. Por fim, Aquiles achou irregular que um homem sóbrio ficasse plantado na sua frente, a três passos de distância, olhando em cheio para ele, sem falar nada.

— Entam, zenhor, o que o zenhor querer? — falou, ainda sem se mexer e sem mudar de posição.

— Nada, irmão, bom dia! — respondeu Svidrigáilov.

— Aqui não ser lugar.

— Eu estou indo para terras estranhas.

— Que terras estranhas?

— Para a América.

— América?

Svidrigáilov tirou o revólver do bolso e engatilhou. O Aquiles levantou as sobrancelhas.

— Mas que brincadeira ser esta, zenhor, aqui não ser lugar!

— Por que não é o lugar?

— Porque, zenhor, aqui não ser lugar.

— Certo, irmão, mas tanto faz. O lugar é bom, sim; se vierem perguntar para você, responda que eu disse que fui para a América.

Encostou o revólver na têmpora direita.

— Ah, zenhor, aqui não pode, aqui não ser lugar! — agitou-se Aquiles, arregalando cada vez mais as pupilas grandes.

Svidrigáilov apertou o gatilho.

VII

No mesmo dia, já no início da noite, após as seis horas, Raskólnikov estava a caminho do apartamento da mãe e da irmã, no mesmo edifício Bakaliéiev onde Razumíkhin as havia instalado. A porta para a escada dava direto na rua. Quanto mais se aproximava, mais Raskólnikov continha os passos, parecia hesitante: entrar ou não? Mas não ia voltar, por nada neste mundo; sua decisão era irreversível. "Além do mais, não faz diferença, elas ainda não sabem de nada", pensou, "e já se acostumaram a me considerar um excêntrico..." Sua roupa estava horrível: toda suja, puída, rasgada, depois de passar a noite inteira debaixo da chuva. O rosto estava quase desfigurado pelo cansaço, pela intempérie, pela exaustão física e pela luta de quase um dia inteiro consigo mesmo. Ele havia passado toda a noite sozinho, Deus sabe onde. Porém, pelo menos, tinha tomado a decisão.

Bateu na porta; a mãe veio abrir. Dúnietchka não estava em casa. Nem a empregada estava, naquela hora. Primeiro, Pulkhéria Aleksándrovna ficou paralisada por um espanto de alegria; depois, segurou-o pela mão e puxou-o para dentro do quarto.

— Aí está você! — começou, gaguejando de tão alegre. — Não se zangue comigo, Ródia, se eu recebo você deste jeito tão tolo, com lágrimas: é que eu estou rindo, e não chorando. Acha que estou chorando? Não, isto é porque eu estou alegre, além do mais tenho esse costume tolo: as lágrimas caem. Eu tenho isso desde a morte do seu pai, eu choro à toa. Sente, meu caro, está cansado, na certa, eu estou vendo. Ah, mas como está sujo.

— Fiquei debaixo da chuva a noite toda, mãezinha... — Raskólnikov quis contar.

— Mas não, não! — se apressou Pulkhéria Aleksándrovna, interrompendo o filho. — Você achou que eu ia logo começar a fazer perguntas para você, esse antigo costume de mulher, mas não se preocupe. Eu entendo, eu entendo tudo, agora eu aprendi o jeito daqui e, juro, eu estou vendo que o jeito daqui é mais inteligente. Tomei juízo, de uma vez por todas: desde quando eu sou capaz de compreender os seus pensamentos e como é que eu posso exigir explicações de você? Só Deus sabe que assuntos e planos você tem na sua cabeça e que ideias estão germinando aí dentro; não sou eu que vou ficar pressionando você para contar o que está pensando. Logo eu... Ah, meu Deus! Mas por que eu fico para lá e para cá desse jeito, feito uma desatinada... Olhe, Ródia, aquele seu artigo na revista, sabe, eu já estou lendo pela terceira vez, o Dmítri Prokófitch me trouxe. Quando eu vi, cheguei a dar um grito: olhe aí, sua tola, eu pensei comigo, olhe no que ele está pensando, aí está a solução das coisas! Ele deve estar com umas ideias novas na cabeça, a esta altura; anda ocupado com elas e eu fico só aborrecendo e criando confusão. Eu estou lendo, meu amigo, e, é claro, não entendo lá muita coisa; entretanto, é assim mesmo que deve ser: quem sou eu?

— Mostre, mãezinha.

Raskólnikov pegou a revista e olhou de relance para seu artigo. Por mais contraditório que fosse com sua situação e com o estado em que se encontrava, ele experimentou aquele sentimento estranho, doce e corrosivo, de um autor que se vê publicado pela primeira vez, ainda mais aos vinte e três anos de idade. Aquilo durou um instante. Depois de ler algumas linhas, franziu as sobrancelhas e uma angústia terrível apertou seu coração. De uma só vez, lhe veio à memória toda sua luta interior dos últimos meses. Com repugnância e irritação, jogou a revista sobre a mesa.

— Mas, Ródia, por mais que eu seja tola, mesmo assim sou capaz de avaliar que, muito em breve, você vai ser uma das pessoas mais importantes, se não for mesmo a mais importante de todas, em nosso mundo científico. E eles ainda tiveram a coragem de pensar que você estava louco. Ha-ha-ha! Você nem sabe que eles pensaram nisso! Ah, são vermes muito baixos, mas também, como é que iam entender o que é a inteligência? Até a Dúnietchka por pouco não acreditou... ora essa! Seu falecido pai duas vezes mandou coisas para revistas, primeiro uns poemas (tenho guardado o caderninho, um dia eu mostro para você) e depois uma novela completa (eu mesma pedi que ele me desse para copiar), e, puxa, como nós dois rezamos para que eles aceitassem... não aceitaram! Ródia, uns seis ou sete dias atrás, eu me senti arrasada, olhando para a sua roupa, vendo como você vive, o que come, como anda vestido. Mas agora eu vejo como fui tola de novo, porque, se quiser, você vai conseguir tudo de uma vez só, com a inteligência e o talento. Isso quer dizer que, por enquanto, você não quer e anda ocupado com coisas imensamente importantes...

— Dúnia não está em casa, mãezinha?

— Não, Ródia. Muitas vezes nem vejo a Dúnia em casa, ela me deixa aqui sozinha. O Dmítri Prokófitch, sou muito grata a ele, vem aqui, fica comigo e fala sempre de você. Gosta de você, meu caro, e respeita você. Quanto à sua irmã, não posso dizer que ela tenha sido muito desrespeitosa comigo. Olhe, eu não estou me queixando. Ela tem a sua personalidade e eu, a minha; agora, ela anda com uns segredos; mas eu não tenho segredos para vocês dois. Claro, eu tenho a firme convicção de que Dúnia é inteligente demais e, além disso, ama você e a mim... mas já não sei mais no que vai dar tudo isso. Olhe, você agora me deu uma grande alegria, Ródia, ao vir aqui, e ela está por aí passeando; vai chegar e eu vou dizer: seu irmão veio aqui e você não estava, onde é que você cismou de passar seu tempo? Ródia, não precisa me dar atenção demais: se puder, dê uma passadinha por aqui; se não puder, não tem importância, eu espero um pouco mais. Pois eu vou saber que você me ama e, para mim, isso já é o bastante. Aí eu vou ler as suas obras, vou ouvir todo mundo falando de você e, uma vez ou outra, você mesmo vai me fazer uma visita, e o que pode ser melhor? Pois, olhe só, agora você veio aqui para consolar sua mãe, eu estou vendo...

Então, de repente, Pulkhéria Aleksándrovna começou a chorar.

— Pronto, de novo! Não olhe para mim, como sou tola! Ah, meu Deus, para que eu estou aqui sentada — gritou, levantando às pressas. — Afinal, tem café aqui e eu não ofereci para você! Olhe o que é o egoísmo de uma velha. Já vai, já vai!

— Mãezinha, deixe isso de lado, eu vou embora daqui a pouco. Não foi para isso que eu vim. Por favor, me escute.

Pulkhéria Aleksándrovna chegou perto dele, timidamente.

— Mãezinha, aconteça o que acontecer, digam de mim o que disserem, o que quer que a senhora ouça a meu respeito, a senhora vai continuar a me amar como agora? — perguntou de repente, com todo o coração, como se não pensasse nas palavras nem as pesasse.

— Ródia, Ródia, o que há com você? Mas como você pode me perguntar isso? E quem vai falar comigo a seu respeito? Eu não vou acreditar em ninguém, não importa quem venha falar comigo, eu vou pôr logo para fora.

— Eu vim aqui para garantir à senhora que eu sempre a amei e estou contente por estarmos sozinhos, agora, e por a Dúnietchka não estar aqui — continuou com o mesmo ímpeto. — Eu vim lhe dizer francamente que, por mais que a senhora venha a se sentir infeliz, ainda assim, saiba que o seu filho ama a senhora mais do que a si mesmo e que tudo que a senhora pensava sobre mim, que eu sou cruel e não amo a senhora, isso tudo não é verdade. Eu nunca vou deixar de amar a senhora... Mas chega; eu achei que tinha de fazer isso e começar assim...

Pulkhéria Aleksándrovna abraçou-o em silêncio, apertou-o entre os braços e chorou baixinho.

— O que há com você, Ródia, eu não sei — disse ela, afinal. — Durante todo esse tempo, eu achei que nós aborrecíamos você, só isso, mas agora, por tudo que eu vejo, percebo que você está se preparando para uma grande desgraça e que por isso anda angustiado. Faz tempo que eu estou prevendo isso, Ródia. Desculpe por falar assim; eu penso nisso o tempo todo e nem durmo à noite. A sua irmã também passou esta noite inteirinha, do início ao fim, num delírio, deitada, pensando em você. Escutei alguma coisa, mas não entendi nada. Eu fiquei a manhã toda andando para lá e para cá, à espera de alguma coisa, como um condenado antes da execução, eu pressentia, e agora aconteceu! Ródia, Ródia, para onde você vai? Está de partida, não é isso?

— Estou.

— Era o que eu pensava! Pois bem, eu posso ir com você, se você precisar. E a Dúnia também; ela ama você, ama muito, e a Sófia Semiónovna também talvez possa ir conosco, se for preciso; veja, eu vou até aceitá-la de bom grado como filha. O Dmítri Prokófitch vai nos ajudar nos preparativos... mas... para onde você... vai partir?

— Adeus, mãezinha.

— O quê? Hoje mesmo? — gritou, como se estivesse perdendo o filho para sempre.

— Eu não posso, não tenho mais tempo, eu preciso muito...

— E eu não posso ir com você?

— Não, mas peço que a senhora se ajoelhe e reze a Deus por mim. A sua prece talvez seja ouvida.

— Deixe que eu faça o sinal da cruz para você, deixe que eu dê a minha bênção! Pronto, pronto, assim. Ah, meu Deus, o que estamos fazendo?

Sim, ele estava contente, muito contente por não haver mais ninguém ali, por estarem a sós, ele e a mãe. Depois de todo aquele tempo horrível, por uma vez, seu coração pareceu amolecer. Raskólnikov tombou diante dela, beijou seus pés e os dois, abraçados, choraram. Dessa vez, ela não ficou surpresa e não fez perguntas. Havia compreendido, fazia tempo, que algo horrível se passava com o filho e agora havia chegado, para ele, o momento fatal.

— Ródia, meu querido, meu primogênito — disse ela, soluçando. — Olhe só, você agora está como era, quando pequeno, era assim que vinha para junto de mim e me abraçava e beijava; quando seu pai ainda estava vivo e passávamos necessidade, você nos consolava só de estar ali conosco e, depois que eu enterrei seu pai, quantas vezes ficamos assim abraçados, como agora, ao pé da sepultura dele, chorando. E se faz tempo que estou chorando é porque o coração de mãe pressente a desgraça. Desde a primeira vez que eu vi você naquela tarde, lembra, e viemos para cá, só pelo seu olhar eu já adivinhei, o meu coração fraquejou na mesma hora, e hoje também, quando abri a porta para você e olhei, pronto, pensei, pelo visto chegou a hora fatal. Ródia, Ródia, você não vai partir agora, vai?

— Não.

— Vai voltar aqui ainda?

— Sim... vou.

— Ródia, não se zangue, eu não me atrevo a perguntar. Eu sei que eu não tenho coragem, mas me diga só duas coisinhas: vai partir para longe?

— Muito longe.

— O que você quer lá, algum trabalho, uma carreira, o que é?

— O que Deus mandar... só reze por mim...

Raskólnikov foi na direção da porta, mas a mãe o segurou por trás e, com um olhar desesperado, fitou-o nos olhos. Seu rosto se contorceu de horror.

— Chega, mãezinha — disse Raskólnikov, profundamente arrependido de ter ido lá.

— Não é para sempre? Então, ainda não é para sempre? Você vai voltar, vai vir de novo amanhã?

— Venho, venho, sim, adeus.

Enfim, saiu.

A tarde estava arejada, quente e clara; o tempo havia melhorado desde a manhã. Raskólnikov caminhou para seu apartamento; tinha pressa. Queria terminar tudo antes do pôr do sol. Até lá, não desejava encontrar ninguém. Enquanto subia para seu apartamento, notou que Nastássia deixara de lado o samovar, observava-o com atenção e o seguia com os olhos. "Será que tem alguém na minha casa?", pensou. Com repugnância, lhe veio a imagem de

Porfíri. Porém, ao chegar a seu quarto e abrir a porta, viu Dúnietchka. Estava sentada, sozinha, em profunda reflexão, e parecia estar à sua espera havia muito tempo. Raskólnikov se deteve na soleira. Com o susto, ela se levantou do sofá e ficou de pé diante dele. Seu olhar imóvel, apontado para o irmão, expressava horror e mágoa implacável. Só por aquele olhar, Raskólnikov entendeu, na mesma hora, que ela já sabia de tudo.

— Então, eu devo entrar e ficar com você ou ir embora? — perguntou, desconfiado.

— Fiquei o dia todo com a Sófia Semiónovna; estávamos esperando você. Pensamos que você só poderia ir para lá.

Raskólnikov entrou e sentou na cadeira, exausto.

— Estou um tanto fraco, Dúnia; já me cansei muito; pelo menos neste momento, eu gostaria de ter o total domínio de mim mesmo.

Desconfiado, levantou os olhos para ela.

— Onde passou a noite toda?

— Não lembro bem; veja, irmã, eu queria tomar uma decisão definitiva e caminhei muitas vezes pela beira do rio Nievá; isso eu lembro. Eu quis me matar ali, mas... não me atrevi... — sussurrou, enquanto olhava de novo para Dúnia, com ar desconfiado.

— Graças a Deus! Era exatamente disso que tínhamos medo, eu e Sófia Semiónovna! Portanto, você ainda acredita na vida: graças a Deus, graças a Deus!

Raskólnikov sorriu com amargura.

— Eu não acreditava, mas agora há pouco eu e a mãezinha choramos abraçados; eu não acredito, mas pedi para ela rezar por mim. Só Deus vai saber o que fazer, Dúnietchka, porque eu não entendo nada.

— Você esteve com a mãezinha? Já contou para ela? — exclamou Dúnia, com horror. — Será possível que você resolveu contar?

— Não, eu não contei... em palavras; mas ela entendeu muita coisa. Ficou ouvindo de noite, enquanto você delirava. Eu tenho certeza de que ela já entendeu a metade. Talvez eu tenha agido mal, ao ir lá. Já nem sei mais para que eu fui à casa da mãezinha. Eu sou uma pessoa desprezível, Dúnia.

— Desprezível, mas está pronto a encarar o sofrimento! Você vai, não é?

— Vou. Agora. Para fugir desta vergonha, Dúnia, eu quis me afogar, mas, quando já estava na beira da água, pensei que, se até agora eu me considerei forte, então, que aconteça o que tiver de acontecer, eu não vou ter medo da vergonha — disse, e seu pensamento deu um salto. — Será que isso é orgulho, Dúnia?

— É orgulho, Ródia.

Uma espécie de fogo se acendeu nos olhos apagados de Raskólnikov; pareceu agradável ser ainda orgulhoso.

— E você, irmã, não acha que eu apenas tive medo da água? — perguntou com um sorriso horrendo, enquanto espreitava o rosto de Dúnia.

— Oh, Ródia, chega! — exclamou ela, com amargura.

O silêncio durou uns dois minutos. Sentado, de cabeça baixa, ele olhava para o chão; Dúnietchka estava de pé, na outra ponta da mesa e, aflita, olhava para o irmão. De repente, Raskólnikov se levantou.

— Já é tarde, está na hora. Vou me entregar. Mas eu não sei para que eu vou me entregar.

Lágrimas enormes corriam pelo rosto de Dúnia.

— Você está chorando, irmã, mas pode me dar a mão?

— E você duvida disso?

Ela o abraçou com força.

— Será que você, ao encarar o sofrimento, já não redime metade do seu crime? — exclamou Dúnia, enquanto o apertava em abraços e o beijava.

— Crime? Que crime? — gritou, de repente, num repentino acesso de furor. — Porque eu matei um piolho asqueroso e nocivo, uma velhota usurária que não faz falta a ninguém, que sugava o sangue dos pobres, tão ruim que quem a matar merece o perdão de quarenta pecados, por acaso isso lá é crime? Eu nem penso nisso e não estou pensando em redimir nada. E todo mundo fica me pressionando de todos os lados: "crime, crime!". Só agora eu estou vendo claro todo absurdo da minha covardia, só agora, quando decidi encarar essa vergonha desnecessária! Simplesmente por minha baixeza e mediocridade, e também por causa da vantagem, como propôs aquele... Porfíri!...

— Irmão, irmão, o que você está dizendo? Afinal, você derramou sangue! — gritou Dúnia, em desespero.

— Sangue que todos derramam — emendou, à beira do delírio. — Que é derramado e sempre foi derramado neste mundo como uma cascata, que derramam como se fosse champanhe e pelo qual coroam um homem no Capitólio e depois o chamam de benfeitor de humanidade.[1] Sim, dê só uma

1 Referência ao imperador romano Júlio César.

olhada com atenção e veja bem! Eu mesmo queria o bem das pessoas e teria feito centenas, milhares de boas ações em lugar dessa tolice, nem chega a ser uma tolice, é só uma trapalhada, pois toda essa ideia, no geral, não era tão tola como parece agora, depois que fracassou... (No fracasso, tudo parece tolo!) Por meio dessa tolice, eu só queria alcançar uma posição de independência, dar o primeiro passo, conseguir recursos e então tudo seria compensado por um benefício comparativamente incomensurável... Só que eu não resisti nem ao primeiro passo, porque sou... um canalha! Aí é que está toda a questão! E mesmo assim eu não vou ver as coisas da mesma forma que vocês: se eu tivesse sucesso, poriam uma coroa na minha cabeça, mas agora eu fui apanhado numa armadilha!

— Mas não é isso, não é nada disso! Irmão, o que você está dizendo?

— Ah! A forma não é essa, esteticamente a forma não é boa! Ora, em definitivo, eu não entendo: por que esfolar as pessoas com bombas, com um cerco bem-feito, é uma forma mais honesta? O medo da estética é o primeiro sinal de fraqueza!... Nunca, nunca eu tive uma consciência mais clara sobre isso do que tenho agora, e jamais compreendi meu crime mais do que compreendo agora! Nunca, nunca eu estive mais forte e mais convicto do que agora!...

O rubor chegou a palpitar em seu rosto pálido e exausto. Porém, ao proferir a última exclamação, seus olhos por acaso toparam com o olhar de Dúnia e, nesse olhar, encontrou tanto, mas tanto sofrimento por sua causa que, mesmo sem querer, Raskólnikov caiu em si. Sentiu que, apesar de tudo, havia causado a infelicidade daquelas duas pobres mulheres. Apesar de tudo, ele era a causa...

— Dúnia, querida! Se eu sou culpado, me perdoe (embora seja impossível me perdoar, se eu sou culpado). Adeus! Não vamos discutir! Está na hora, mais do que na hora. Não venha atrás de mim, eu suplico, eu ainda preciso passar na... Vá agora mesmo e fique junto da mãezinha. Eu imploro a você que faça isso! É o meu último e maior pedido a você. Não se afaste dela, o tempo todo; eu a deixei num estado de perturbação que dificilmente ela vai suportar: ou vai morrer ou vai acabar louca. Fique com ela! Razumíkhin vai estar sempre com vocês; já falei com ele... Não chore por mim: vou tentar ser corajoso e honesto a vida toda, apesar de ser um assassino. Um dia, talvez, você ouça o meu nome. Eu não vou envergonhar vocês, e você vai ver; eu ainda vou mostrar... por enquanto, até logo. — Quis encerrar às pressas, ao notar, mais uma vez, uma expressão estranha nos olhos de Dúnia, enquanto ouvia suas últimas palavras e promessas. — Por que chora tanto? Não chore, não chore; afinal, não vamos nos separar completamente!... Ah, sim! Espere, eu esqueci!...

Ele se aproximou da mesa, pegou um livro grosso, coberto de pó, abriu-o e colocou um retratinho enfiado entre as folhas, uma aquarela pintada numa superfície de marfim. Era o retrato da filha da senhoria, sua ex-noiva, que morrera de febre, a mesma estranha mocinha que desejava ir para um convento. Por um minuto, ele mirou aquele rostinho expressivo e doentio, beijou o retrato e entregou para Dúnietchka.

— Sabe, eu conversei muito com ela sobre *aquilo*, só com ela — falou, pensativo. — Eu confiei ao coração dela boa parte do que depois se tornou realidade. Não se preocupe — voltou-se para Dúnia. — Ela não estava de acordo, assim como você, e eu estou contente por ela já não estar mais aqui. O principal, o principal mesmo é que, agora, tudo vai ser de outro jeito, vai se partir em dois — gritou, de repente, voltando à sua angústia. — Tudo, tudo, mas será que estou preparado para isso? Eu mesmo quero isso? Dizem que, para mim, é necessário como uma provação. Mas para que, para que todas essas provações sem sentido? Para que servem? Será que depois, quando eu estiver esmagado pelos tormentos, como um idiota, na impotência da velhice, após vinte anos de trabalhos forçados, será que aí eu vou entender melhor do que agora? E, então, nessa altura, para que eu vou viver? Por que agora concordo em viver assim? Ah, hoje, ao nascer do sol, na beira do rio Nievá, eu me dei conta de que sou um canalha!

Por fim, os dois saíram. Era difícil para Dúnia, mas ela o amava! Após se afastar uns cinquenta passos, ela se virou mais uma vez a fim de olhar para o irmão. Ainda estava visível. Porém, ao chegar à esquina, ele também se virou; pela última vez, seus olhares se encontraram; no entanto, ao notar que Dúnia olhava para ele, Raskólnikov, com impaciência e até com irritação, acenou com o punho cerrado para que ela seguisse em frente, e ele dobrou a esquina com um movimento abrupto.

"Eu sou mau, estou vendo isso", pensou envergonhado, um minuto após seu aceno irritado para Dúnia. "Mas por que elas mesmas me amam tanto, se eu não mereço? Ah, se eu fosse sozinho e ninguém me amasse e se eu mesmo nunca amasse ninguém! *Não teria acontecido nada disso!* Mas, é curioso, será que nestes quinze ou vinte anos futuros minha alma vai se resignar a tal ponto que eu vou ficar me lastimando, com reverência, diante das pessoas, chamando a mim mesmo, diante de todos, pelo nome de bandido? Sim, é isso mesmo, é isso mesmo! É para isso que eles vão me deportar, agora, é disso que precisam... Veja como correm para lá e para cá pela rua e, afinal, cada um deles é um canalha e um bandido, pela própria índole; pior ainda: um idiota! Mas tente só me livrar da deportação para ver como todos eles vão ter um ataque de nobre indignação! Ah, como eu odeio todos eles!"

Raskólnikov se pôs a pensar a fundo nisto: "Que processo é esse, capaz de me levar, afinal, a me resignar diante de todos eles, sem nenhuma discussão, e a me resignar com a maior convicção? Mas por que não? Claro, é assim que deve ser. Por acaso, vinte anos de opressão ininterrupta não bastam para aniquilar tudo isso de uma vez por todas? Água mole em pedra dura. E para que, para que viver depois disso, para que eu vou para lá agora, se eu já sei que tudo vai ser exatamente assim, como se já estivesse escrito num livro, e não de outro modo?".

Devia ser a centésima vez que ele se fazia essa pergunta, desde a noite da véspera, e mesmo assim ele foi.

VIII

Quando entrou na casa de Sônia, já havia começado a escurecer. Sônia passara o dia todo numa inquietação horrível. Ela e Dúnia tinham ficado à espera. Dúnia havia chegado ainda pela manhã, recordando as palavras ditas por Svidrigáilov, na véspera, dando conta de que Sônia "sabe". Não vamos dar detalhes da conversa e das lágrimas das duas mulheres nem mostrar a que ponto elas se tornaram unidas. Daquele encontro, Dúnia obteve pelo menos um consolo: o irmão não ia ficar sozinho; foi ela, Sônia, quem Raskólnikov procurou primeiro para fazer sua confissão; em Sônia, ele encontrou um ser humano, quando precisou de um ser humano; ela iria com ele, para onde o destino determinasse. Dúnia nem perguntou, mas sabia que seria assim. Olhava para Sônia até com uma espécie de reverência e, de início, quase a deixou constrangida com aquele sentimento de veneração. Sônia quase chegou a chorar: ao contrário, ela se considerava indigna até de olhar para Dúnia. Desde seu primeiro encontro no quarto de Raskólnikov, quando a cumprimentou com tanta atenção e respeito, curvando-se numa reverência, a linda figura de Dúnia ficou gravada de modo indelével na alma de Sônia como uma das mais belas e inatingíveis imagens de sua vida.

Dúnietchka, afinal, não se conteve mais, deixou Sônia e foi aguardar o irmão no apartamento dele; sempre teve a impressão de que ele iria primeiro para lá. Quando se viu sozinha, Sônia logo começou a sofrer com o temor de que ele podia, de fato, ter cometido suicídio. O mesmo temia Dúnia. Mas as duas trataram de tranquilizar uma à outra, o dia inteiro, com todos os argumentos, garantindo que aquilo não podia acontecer e, juntas, se sentiram mais calmas. No entanto, agora, assim que se separaram, tanto uma como a outra começaram a pensar só naquilo. Sônia lembrava que, na véspera, Svidrigáilov lhe disse que Raskólnikov tinha dois caminhos: Vladímirka ou... Além do mais, ela conhecia a vaidade de Raskólnikov, sua arrogância, seu orgulho e sua descrença. "Será possível que sejam só a covardia e o medo da morte que o forçam a viver?", pensou, afinal, em desespero. Entretanto, o sol já se punha. Tristonha, diante da janela, Sônia olhava fixo para o sol — mas pela janela só se via a parede principal do prédio vizinho, que não tinha sido caiada. Enfim, quando Sônia já havia chegado à plena convicção da morte do infeliz, foi ele mesmo que entrou no seu quarto.

Um grito alegre irrompeu do peito de Sônia. Porém, ao lançar um olhar atento para o rosto de Raskólnikov, ela empalideceu de repente.

— Muito bem! — disse ele, sorrindo. — Eu vim pegar seus crucifixos, Sônia. Foi você mesma que me mandou ir a uma encruzilhada; será que agora, na hora da verdade, você está com medo?

Sônia olhava para ele, perplexa. Aquele tom lhe pareceu estranho; um tremor frio percorreu seu corpo, mas um minuto depois ela adivinhou que o tom, as palavras, tudo era fingido. Raskólnikov falava com ela olhando para o lado, como se evitasse fitar seu rosto.

— Veja, Sônia, eu cheguei à conclusão de que desse modo talvez seja mais vantajoso. Existe aqui uma circunstância... Bom, levaria muito tempo para explicar, e nem vale a pena. Sabe o que é que me irrita? O que me aborrece é que todos esses tolos, esses animais apalermados que agora me rodeiam, vão cravar seus olhos em cima de mim, vão me cobrir com suas perguntas cretinas, e eu vou ter de responder, vão ficar me apontando o dedo... Droga! Sabe, eu não vou falar com o Porfíri; estou farto dele. É melhor que eu fale com o meu amigo Pórokh, vou fazer uma surpresa, criar certo efeito dramático, à minha maneira. Mas é preciso ter mais sangue-frio; da última vez, fiquei exasperado demais. Veja se acredita nisto: agora há pouco, eu quase ameacei minha irmã com a mão, só porque, na rua, ela se virou uma última vez para olhar para mim. Que imundície, essa situação! Ah, a que ponto eu cheguei! Muito bem, onde estão os crucifixos?

Parecia fora si. Não conseguia ficar um minuto no mesmo lugar nem concentrar a atenção em nenhum objeto; os pensamentos saltavam de um para outro e ele se perdia ao falar: as mãos tremiam de leve.

Em silêncio, Sônia tirou da gaveta dois crucifixos, um de cipreste e outro de bronze, ela mesma se benzeu, depois benzeu Raskólnikov e pendurou no peito dele o crucifixo de cipreste.

— Quer dizer que isto é o símbolo de que eu carrego uma cruz comigo, he-he! E, de fato, até agora, eu sofri pouco! É feito de cipreste, ou seja, é do povo simples; o de bronze é da Lizavieta, e você vai usar... pode me mostrar? Estava com ela... na hora? Eu também conheço dois crucifixos parecidos, um de prata e o outro tem uma imagenzinha. Na hora, eu joguei em cima do peito da velhota. Sabe, esses crucifixos é que me viriam a calhar agora, juro, são os que eu deveria usar... Mas eu estou mentindo sem parar, vou esquecer esse assunto; ando meio distraído!... Veja, Sônia, na verdade, vim aqui para prevenir você, para que você saiba... Pronto, isso é tudo... Foi só para isso que eu vim. (Hum, na verdade, eu pensei que ia falar mais.) Pois, afinal, você mesma queria que eu fosse me entregar; muito bem, agora eu vou ficar na prisão e o seu desejo vai se realizar; mas por que está chorando? Você também? Pare, chega; oh, como tudo isso é penoso!

Entretanto, um sentimento estava nascendo dentro dele; sentiu um aperto no coração ao olhar para Sônia. "Mas e ela, o que há com ela?", pensava. "O que sou eu para ela? Por que está chorando, por que cuida de mim, como faz a mãezinha ou a Dúnia? Vai ser minha babá?"

— Faça o sinal da cruz, reze pelo menos uma vez — disse Sônia, com voz trêmula.

— Ah, como quiser, quantas vezes você quiser! E, de todo o coração, Sônia, de todo o coração...

Entretanto, era outra coisa que ele queria dizer.

Fez o sinal da cruz algumas vezes. Sônia pegou seu lenço e cobriu a cabeça. Era um lenço verde, de *drap de dames*, na certa o mesmo de que Marmeládov havia falado, um lenço "de família". A ideia passou de relance pela cabeça de Raskólnikov, mas ele não perguntou nada. De fato, o próprio Raskólnikov começou a sentir que estava alheio ao extremo e horrivelmente perturbado. Assustou-se com isso. De súbito, espantou-se com a ideia de que Sônia queria partir com ele.

— O que deu em você? Aonde pensa que vai? Fique aqui, fique! Eu vou sozinho — gritou, numa irritação covarde e, quase exasperado, andou na direção da porta. — Para que todo esse cortejo atrás de mim? — resmungou, ao sair.

Sônia ficou sozinha no meio do quarto. Raskólnikov nem se despediu, já havia se esquecido dela; uma dúvida incisiva e rebelde havia entrado em ebulição na alma de Raskólnikov.

"Mas será que é assim, será que tudo é assim mesmo?", pensou de novo, enquanto descia pela escada. "Será que não é possível ainda ficar e corrigir tudo outra vez... e não ir lá?"

Mas, apesar de tudo, ele foi. De repente, sentiu em definitivo que não adiantava fazer perguntas a si mesmo. Ao chegar à rua, se deu conta de que não tinha se despedido de Sônia, que ela ficara sozinha no meio do quarto, com seu lenço verde, sem se atrever sequer a se mexer, por causa dos gritos de Raskólnikov, e ele parou por um momento. Naquele instante, uma ideia clara o iluminou — como se tivesse esperado para pegar Raskólnikov de surpresa, de uma vez por todas.

"Então, por que, para que eu fui à casa dela, agora? Eu lhe disse: a hora da verdade; mas do que se trata? Não há absolutamente nada! Declarar que eu *vou*? Mas e daí? Qual a necessidade? E será que eu a amo? Não amo, não? Afinal, agora mesmo, eu a enxotei como se fosse um cachorro. E os crucifixos, será que tenho mesmo necessidade disso? Ah, como eu fui descer tão baixo! Não, eu tinha necessidade das lágrimas dela, tinha necessidade do seu temor, de ver como seu coração sofre e se dilacera! Era preciso me agarrar a alguma coisa qualquer, adiar, olhar para uma pessoa! E eu me atrevi a esperar tanto de mim mesmo, a sonhar tanto comigo mesmo, eu, uma pessoa baixa, insignificante, eu, um canalha, um canalha!"

Caminhava pela beira de um canal e já estava perto. Porém, ao chegar à ponte, parou e, de repente, virou-se para o lado e seguiu rumo à praça Sennaia.

Ansioso, olhava para a direita e para a esquerda, espreitando cada objeto de maneira tensa, sem conseguir concentrar a atenção em nada; tudo escapava sorrateiramente. "Pronto, daqui a uma semana, daqui a um mês, vão me levar não sei para onde, numa dessas carroças de condenados, por esta mesma ponte, e aí como eu vou olhar para este canal, como eu vou me lembrar disso?", foi o que passou pela sua cabeça. "Veja aquele letreiro ali, como eu vou ler, então, essas mesmas letras? Ali está escrito "Assuciação", pois então eu vou guardar na memória essa letra *u* e, daqui a um mês, vou ver essa letra, esse mesmo *u*: de que modo eu vou olhar para isso? Será que vou sentir e pensar alguma coisa?... Meu Deus, como tudo isso deve ser desprezível, todas essas minhas... preocupações atuais! Claro, tudo isso deve ser uma curiosidade... à sua maneira... (Ha-ha-ha! Eu penso cada coisa!). Ajo como uma criança, faço brincadeiras comigo mesmo; certo, mas do que eu tenho vergonha? Droga, como ficam empurrando! Olhe aquele gordo ali... deve ser alemão... Foi ele que me empurrou. Ora, será que sabe quem foi que ele empurrou? Uma mulher com um bebê está pedindo esmola e é curioso que me considere mais feliz do que ela. Que tal dar uma esmola, por mera extravagância? Puxa, uma moeda de cinco copeques intacta no meu bolso! De onde veio? Oi, oi... tome aqui, mãezinha!"

— Que Deus o proteja! — ressoou a voz chorosa da mendiga.

Chegou à praça Sennaia. Esbarrar nas pessoas era desagradável, muito desagradável, mas ele tinha ido exatamente para o local onde se aglomerava mais gente. Daria tudo no mundo para ficar sozinho; mas ele mesmo sentia que, ali, não ia passar nenhum minuto sozinho. Na multidão, um bêbado fazia escândalo: queria dançar, mas toda hora tombava para o lado. Estava rodeado de gente. Raskólnikov abriu caminho na multidão, ficou olhando para o bêbado alguns minutos e, de repente, deu uma gargalhada curta e entrecortada. Um minuto depois, já tinha esquecido o bêbado, nem o enxergava mais, embora estivesse olhando para ele. Enfim, se afastou, já sem a menor noção de onde estava; mas, quando chegou ao centro da praça, ocorreu nele um movimento repentino, uma sensação o dominou de um só golpe, se apoderou dele todo — o corpo e o pensamento.

De repente, recordou as palavras de Sônia: "Vá a uma encruzilhada, se abaixe e faça reverências para o povo, beije a terra, porque você pecou contra ela, e fale alto para todo mundo: Eu sou um assassino!". Começou a tremer todo, ao recordar aquilo. E, por todo aquele tempo, especialmente nas últimas horas, a angústia inexorável e a inquietação já o esmagavam a tal ponto que ele se agarrou à possibilidade daquela sensação pura, nova, plena. A sensação o atingiu de repente, como uma espécie de ataque: ardeu como uma fagulha dentro do peito e, de súbito, como fogo, tomou conta de tudo. Dentro dele, de um só golpe, tudo se abrandou e as lágrimas se derramaram. Ali onde estava, caiu no chão...

Ficou de joelhos no centro da praça, se abaixou até o chão e, com prazer e felicidade, beijou a terra imunda. Levantou-se e curvou-se de novo numa reverência.

— Nossa, bebeu demais! — comentou um rapaz perto dele.

Soou uma gargalhada.

— Esse aí está indo para Jerusalém, está se despedindo dos filhos, da terra natal, faz reverências para todo mundo, beija a capital São Petersburgo e seu solo — acrescentou um bebadozinho pequeno-burguês.

— Um rapazinho tão novo! — comentou um terceiro.

— É da nobreza! — observou alguém, com voz grave.

— Hoje em dia não dá para saber quem é nobre e quem não é.

Todas aquelas reações e conversas refreavam Raskólnikov, e as palavras "eu matei", talvez já prontas para se desprenderem de sua língua, morriam dentro dele. Entretanto, suportou com calma todos aqueles gritos e, sem olhar para os lados, seguiu reto por uma travessa, na direção da delegacia. No caminho, uma imagem surgiu de relance à sua frente, mas ele não ficou surpreso; já pressentia que aquilo devia acontecer. Na praça Sennaia, quando se curvou até o chão pela segunda vez, voltado para a esquerda, viu Sônia a uns cinquenta passos dali. Ela se escondia atrás de uma das barraquinhas de madeira montadas na praça, portanto Sônia vinha acompanhando toda aquela sua procissão fúnebre! Raskólnikov, naquele momento, sentiu e entendeu, de uma vez por todas, que Sônia estava a seu lado para sempre e iria atrás dele até o fim do mundo, para onde o destino o mandasse. Seu coração se contraiu todo... mas, quando viu, já havia chegado ao lugar fatal...

Entrou no pátio com bastante disposição. Tinha de subir ao terceiro andar. "Por enquanto, eu estou subindo", pensou. No geral, lhe parecia que o minuto fatal ainda estava longe, ainda faltava muito tempo, ainda podia pensar bem e mudar de ideia.

De novo, o mesmo lixo, as mesmas cascas na escada em espiral, de novo as portas dos apartamentos escancaradas, de novo as mesmas cozinhas, de onde vinha cheiro de fumaça e fedor. Desde então, Raskólnikov não estivera mais ali. Suas pernas estavam pesadas, moles, mas andavam. Ele parou um instante para tomar fôlego, para se recuperar, a fim de entrar *como um homem*. "Mas para quê? Por quê?", pensou, de repente, analisando seu gesto. "Se eu preciso mesmo beber essa taça até o fim, faz alguma diferença? Quanto mais nojento, melhor." Nesse instante, passou de relance em sua imaginação a figura de Iliá Petróvitch Pórokh. "Será possível que eu vou mesmo contar para ele? Não pode ser para outro? Não pode ser para o Nikodim Fomitch? Dar meia-volta agora e ir ao apartamento do próprio inspetor? Pelo menos o assunto seria tratado de maneira mais doméstica... Não, não! O Pórokh, o Pórokh! Beber, beber tudo, de uma vez só..."

Muito frio e quase sem noção de si mesmo, ele abriu a porta da delegacia. Dessa vez, havia muito pouca gente, estava ali um porteiro e também um homem do povo. O guarda nem saiu de trás da divisória para ver quem era. Raskólnikov seguiu para a sala seguinte. "Quem sabe eu ainda posso ficar sem dizer nada?", passou pela sua cabeça. Ali, uma daquelas figuras de escrivão, num sobretudo civil, diante de uma escrivaninha, se aplicava em redigir algo. No canto, estava sentado outro escrivão. Zamiótov não estava. Nikodim Fomitch, claro, também não estava.

— Não tem ninguém aqui? — perguntou Raskólnikov, virando-se para a figura diante da escrivaninha.

— O senhor quer falar com quem?

— A-a-ah! Ouvir eu não ouço, ver eu não vejo, mas sinto o odor de um russo...[1] Como é mesmo aquele conto de fadas?... Eu esqueci! Me-eus res-pe-e-eitos! — gritou de repente uma voz conhecida.

Raskólnikov estremeceu. Diante dele, surgiu Pórokh; tinha saído, de repente, da terceira sala. "É o destino", pensou Raskólnikov. "Por que ele está aqui?"

— Veio nos visitar? Do que se trata? — gritou Iliá Petróvitch. (Pelo visto, se encontrava num estado de espírito esplendoroso, até com um pinguinho de excitação.) — Se veio tratar de negócios, o senhor chegou cedo. Eu mesmo estou aqui só por um acaso... Entretanto, no que eu puder, estou às ordens. Como o senhor se chama, mesmo? ... Como é? Desculpe...

— Raskólnikov.

— Isso mesmo: Raskólnikov! Será que o senhor foi capaz de supor que eu havia esquecido? Por favor, não me tome por um desses... Rodion Ro... Rodiónitch, não é isso?

— Rodion Románitch.

— Sim, sim, sim! Rodion Románitch, Rodion Románitch! É isso que eu estava tentando lembrar. Cheguei até a perguntar muitas vezes pelo senhor. Confesso ao senhor que, desde então, eu me lamentei sinceramente de, naquela ocasião, eu e o senhor... Depois me explicaram, eu descobri que é um jovem literato e até um cientista... e, por assim dizer, em seus primeiros passos... Ah, meu Deus! Qual é o literato e cientista que não dá uns passos originais no início da carreira? Eu e a minha esposa... nós dois respeitamos a literatura, e para a esposa... é até uma paixão!... A literatura e o talento artístico! Fora a nobreza, o resto se pode alcançar com o talento, o conhecimento, o intelecto, o gênio! Um chapéu, muito bem, por exemplo, o que significa um chapéu? O chapéu é uma panqueca, que eu compro na loja do Zimmerman; mas o que está guardado embaixo do chapéu e coberto pelo chapéu, isso eu já não posso comprar, senhor!... Eu confesso,

1 Citação alterada do poema "Ruslan e Liudmila" (1820), de Púchkin.

queria até ir à sua casa para me desculpar, mas achei que o senhor talvez... Mas aproveito para perguntar: o senhor precisa mesmo de alguma coisa? Dizem que seus familiares chegaram, não foi?

— Sim, minha mãe e minha irmã.

— Eu tive até a honra e a felicidade de conhecer sua irmã, pessoa educada e encantadora. Confesso, eu lamento muito que tenhamos nos irritado um com o outro naquela ocasião. Acontece! E se eu olhei para o senhor de um modo diferente, na hora do seu desmaio... depois, aquilo ficou explicado da maneira mais cristalina! Extremismo e fanatismo! Eu entendo a indignação do senhor. Quem sabe o senhor está mudando de apartamento por causa da chegada da família?

— N-não, eu só... Eu passei para perguntar... eu achei que ia encontrar aqui o Zamiótov.

— Ah, sim! Afinal, ficaram amigos; eu soube, senhor. Bem, o Zamiótov não está... o senhor não o achou. Pois é, não temos mais o Aleksandr Grigórievitch! Desde ontem, não contamos com a sua presença; se transferiu... e, ao se transferir, chegou a brigar com todo mundo... foi até grosseiro... Um menino cheio de si, só isso; até se podia esperar muito dele; mas veja só, vá a gente se meter com eles, essa nossa juventude fulgurante! Parece que quer prestar sei lá que exame, mas com a gente aqui só queria saber de conversar e contar vantagem, é nisso que se resume o tal exame. Pois é bem diferente o caso do senhor, por exemplo, ou do sr. Razumíkhin, o seu amigo! A carreira dos senhores está na atividade científica e os fracassos não abatem vocês! Para os senhores, todas essas belezas da vida, pode-se dizer, *nihil est*,[2] são ascetas, monges, eremitas!... Para os senhores, um livro, uma pena enfiada em cima da orelha e pesquisas científicas: é aí que paira o seu espírito! Eu mesmo, em parte... o senhor já leu os textos de Livingstone?[3]

— Não.

— Pois eu li. Aliás, hoje em dia, os niilistas estão muito difundidos; bem, mas isso se compreende; que tempos são estes, eu pergunto ao senhor? No entanto, eu estou com o senhor... pois o senhor, claro, não é um niilista! Responda com sinceridade, com sinceridade!

— N-não...

2 Latim: "é nada". 3 David Livingstone (1813-73), explorador inglês.

— Não, sabe, o senhor seja sincero comigo, não fique encabulado, fale como se estivéssemos a sós! O serviço público é outra história, bem diferente... o senhor pensou que eu queria dizer *amizade*; não, o senhor não adivinhou! Não é a amizade, mas sim o sentimento de cidadão e de homem, o sentimento de humanidade e de amor ao Altíssimo. Eu posso ser uma autoridade e estar em serviço, mas sempre vou me sentir um cidadão e um homem, obrigado a prestar contas... Veja, o senhor teve a bondade de falar do Zamiótov. Ele, o Zamiótov, faz escândalo de qualquer coisa, à maneira francesa, sentado na frente de um copo de champanhe ou de vinho do Don, num estabelecimento indecente... é isso o que é o seu Zamiótov! E eu, por assim dizer, talvez tenha me consumido por causa da dedicação e dos sentimentos elevados e, além disso, tenho relevância, um cargo público, ocupo uma função! Sou casado e tenho filhos. Cumpro meu dever de cidadão e de homem e ele, quem é, permita que pergunte? Dirijo-me ao senhor como uma pessoa de educação elevada. E veja também como essas bruxas parteiras andam se espalhando por todo lado.

Raskólnikov ergueu as sobrancelhas, com ar indagador. As palavras de Iliá Petróvitch, que obviamente tinha acabado de comer e beber pouco antes, martelavam e jorravam na sua frente, em sua maioria, como sons vazios. Mas, de um jeito ou de outro, entendia uma parte delas; olhava com ar indagador e não sabia como aquilo iria terminar.

— Eu estou falando daquelas moças de cabelo curto[4] — prosseguiu Iliá Petróvitch, muito falante. — Por conta própria, eu chamei de parteiras e acho o nome perfeitamente aceitável. He-he! Intrometem-se na academia, estudam anatomia; muito bem, mas me diga, se eu um dia ficar doente, será que vou chamar uma dessas mocinhas para me curar? He-he!

Iliá Petróvitch deu uma gargalhada, absolutamente satisfeito com a própria sagacidade.

— Vamos admitir que seja uma sede desenfreada de conhecimento; mas, então, se já fez o curso e estudou, pronto, chega. Para que abusar? Para que ofender as pessoas nobres, como faz o patife do Zamiótov? Por que ele me ofendeu, é o que eu pergunto ao senhor? Veja também como esses suicídios se disseminaram... o senhor nem pode imaginar. O sujeito torra até o

4 Referência a mulheres que representavam o movimento de emancipação feminina, também associado aos niilistas. Nessa época, a educação profissional das mulheres se limitava aos cursos de parteira e professora.

último tostão e depois se mata. As mocinhas, os meninos, os velhos... Hoje mesmo de manhã, fomos informados do caso de um senhor que chegou aqui há pouco tempo. Nil Pávlitch, ei, Nil Pávlitch! Como é nome do tal cavalheiro que se matou com um tiro, no distrito de Petersburgo?

— Svidrigáilov — respondeu alguém na outra sala, indiferente e rouco.

Raskólnikov teve um sobressalto.

— Svidrigáilov! Svidrigáilov se matou com um tiro! — exclamou.

— Como assim? O senhor conhece o Svidrigáilov?

— Sim... conheço... Ele chegou faz pouco tempo.

— Pois é, faz pouco tempo que chegou, perdeu a esposa, um homem inclinado a orgias, e de repente se matou com um tiro, e armou um escândalo tão grande que nem dá para imaginar... Deixou algumas palavras escritas no seu caderninho, diz que estava em pleno domínio das faculdades mentais e pede que não se incrimine ninguém por sua morte. Dizem que tinha dinheiro. Mas, por favor, como é que o senhor o conhece?

— Eu... conheci... minha irmã foi governanta na casa deles...

— Ah, ah, ah... Sim, o senhor, portanto, pode nos dar informações. Mas o senhor não desconfiava?

— Estive com ele ontem... ele... estava bebendo... eu não sabia de nada.

A sensação de Raskólnikov era de que algo caíra em cima dele e o esmagara.

— Parece que o senhor empalideceu de novo. O ar aqui é muito abafado...

— Sim, mas está na minha hora — balbuciou Raskólnikov. — Desculpe por incomodar...

— Ah, não foi nada, esteja à vontade! É uma satisfação recebê-lo, e eu fico feliz em dizer...

Iliá Petróvitch chegou a estender a mão.

— Eu só queria... falar com o Zamiótov...

— Entendo, entendo, mesmo assim, é uma satisfação.

— Estou... muito contente... até logo, senhor... — sorriu Raskólnikov.

Ele saiu; cambaleava. A cabeça rodava. Não sentia os próprios pés. Começou a descer a escada, apoiando-se à parede com a mão direita. Teve a impressão de que um porteiro, com um caderninho na mão, esbarrou nele ao subir para a delegacia; que um cachorrinho desatou a latir em algum canto no andar de baixo e que uma mulher jogou um rolo de pastel em cima do cachorro e começou a gritar. Raskólnikov chegou ao térreo e saiu para o pátio. Lá fora, perto da saída, estava Sônia, pálida, como se estivesse morta, olhando transtornada para ele. Raskólnikov parou diante dela. Algo doloroso e extenuado, algo desesperado se exprimia no rosto de Sônia. Ela ergueu as mãos. Na boca de Raskólnikov, se contorceu um sorriso horroroso, desolador. Ele ficou parado um instante, sorriu forçado e voltou para cima, rumo à delegacia.

Iliá Petróvitch estava sentado e cavoucava alguns papéis. Na sua frente, estava o mesmo mujique que, pouco antes, havia esbarrado em Raskólnikov enquanto galgava a escada.

— A-a-ah! O senhor de novo! Esqueceu alguma coisa?… Mas o que há com o senhor?

Com os lábios pálidos e o olhar imóvel, Raskólnikov se aproximou devagar, chegou até a mesa, apoiou-se nela com a mão, quis dizer algo, mas não conseguiu; ouviram-se apenas alguns sons desconexos.

— O senhor está mal, uma cadeira! Pronto, sente aqui, sente! Água!

Raskólnikov afundou na cadeira, mas não desviou os olhos do rosto desagradavelmente surpreso de Iliá Petróvitch. Por um minuto, os dois olharam um para o outro e esperaram. Trouxeram a água.

— Fui eu… — começou Raskólnikov.

— Beba a água.

Raskólnikov afastou a água com a mão e, baixo, pausadamente, mas com clareza, declarou:

— *Fui eu que matei a velha viúva do funcionário e sua irmã, Lizavieta, com um machado, e roubei.*

Iliá Petróvitch abriu a boca. Acudiram de todos os lados.

Raskólnikov repetiu seu testemunho.

Epílogo

I

Sibéria. Na margem de um rio largo e deserto, existe uma cidade, um dos centros administrativos da Rússia; na cidade, existe uma fortaleza; na fortaleza, uma prisão.[1] Ali, já faz quatro meses que está preso um condenado aos trabalhos forçados da segunda categoria, Rodion Raskólnikov. Desde o dia do crime, já havia passado quase meio ano.

O seu processo correu na justiça sem grandes percalços. O criminoso sustentou seu testemunho com firmeza, precisão e clareza, sem confundir as circunstâncias, sem atenuá-las a seu favor, sem torcer os fatos, sem esquecer os mais ínfimos detalhes. Relatou o processo do assassinato até o último pormenor: esclareceu o mistério do *penhor* (a plaquinha de madeira com uma chapa metálica), que foi encontrado na mão na velha assassinada; contou em detalhes como tomou as chaves da velha, descreveu as chaves, descreveu o embrulho e o que continha; chegou a enumerar alguns dos objetos avulsos, dentro dele; esclareceu o enigma do assassinato de Lizavieta; contou como Kokh chegou, bateu na porta, e que depois veio um estudante, e reproduziu tudo o que os dois conversaram; contou como ele, o criminoso, logo depois desceu a escada correndo e ouviu a gritaria de Mikolka e Mitka; como se escondeu no apartamento vazio, foi para casa e, na conclusão, também indicou onde estava a pedra, num pátio da avenida Voznessiénski, junto ao portão, debaixo da qual se encontravam os objetos de valor e a carteira. Em suma, o caso foi esclarecido. Os investigadores e os juízes ficaram muito surpresos, também, por ele ter escondido a carteira e os objetos de valor embaixo da pedra sem tirar deles nenhum proveito e, acima de tudo, por ele não só não lembrar em detalhes todos os objetos que ele

1 Trata-se da cidade de Omsk, onde o autor esteve preso por quatro anos.

mesmo havia roubado como também por se confundir até mesmo com o número dos objetos que estavam ali. A própria circunstância de não ter aberto a carteira nem uma vez e ignorar quanto dinheiro havia ali parecia incrível (na carteira, foram encontrados trezentos e dezessete rublos de prata e três moedas de vinte copeques; por terem permanecido muito tempo embaixo da pedra, algumas cédulas de cima, as maiores, ficaram muito estragadas). Por muito tempo, fizeram de tudo para descobrir por que o réu mentia exatamente acerca daquela circunstância, quando confessava todo o resto de modo preciso e espontâneo. Enfim, alguns (em especial os psicólogos) chegaram a levantar a possibilidade de que ele, de fato, não tivesse nem espiado o conteúdo da carteira e por isso ignorava o que havia ali, e que, por ignorar, a enterrou embaixo da pedra; porém concluíam daí, também, que o próprio crime só poderia ter ocorrido num momento de insanidade mental temporária, por assim dizer, de monomania mórbida de assassinato e roubo, sem outros objetivos e cálculos de lucro. Nesse aspecto, aliás, veio a calhar a moderna teoria em voga da loucura temporária, que tantas vezes tentam aplicar, hoje em dia, a diversos criminosos. Além disso, a antiga condição de hipocondria de Raskólnikov foi atestada com exatidão por muitas testemunhas, como o dr. Zóssimov, seus antigos camaradas de universidade, a senhoria, a criada. Tudo isso contribuiu fortemente para a conclusão de que Raskólnikov não se assemelhava em nada a um assassino comum, um bandido e um ladrão, e que havia ali outra coisa. Para o supremo descontentamento dos defensores de tal opinião, o próprio criminoso quase não tentou se defender; para as perguntas finais, ou seja, o que foi exatamente que o levou ao homicídio e o induziu ao roubo, ele respondeu com absoluta clareza, com a mais crua exatidão, que a causa de tudo foi a sua situação deplorável, sua pobreza e seu desamparo, o desejo de amparar os primeiros passos de sua carreira na vida, com a ajuda, pelo menos, dos três mil rublos que ele contava encontrar com a vítima. Ele tomou a decisão de cometer o assassinato por causa de seu caráter leviano e covarde, além de estar exasperado pelas privações e insucessos. Já à pergunta sobre o que exatamente o levara a se entregar e confessar-se culpado, respondeu de maneira direta que foi por arrependimento sincero. Tudo isso foi dito quase de modo bruto...

A sentença, no entanto, se revelou mais misericordiosa do que se podia esperar, tendo em vista o crime cometido e, talvez, justamente porque o criminoso não só não quis se justificar como até parecia expressar o desejo de se incriminar ainda mais. Todas as circunstâncias estranhas e singulares do caso foram levadas em consideração. O estado doentio e desolador do assassino antes de cometer o crime era algo fora de qualquer dúvida. O fato de não ter tirado proveito do roubo foi considerado, em parte, um efeito do arrependimento e, em parte, consequência da condição precária de suas faculdades mentais na ocasião do crime. A circunstância do assassinato acidental de Lizavieta até serviu de argumento para apoiar a última hipótese: a pessoa comete dois assassinatos e, ao mesmo tempo, esquece que a porta está aberta! Por último, a circunstância de a confissão de culpa ter ocorrido bem no momento em que o caso parecia extraordinariamente confuso, em razão do falso testemunho de um fanático de espírito desalentado (Nikolai) contra si mesmo e, além disso, quando quase não havia indícios nem mesmo suspeitas contra o verdadeiro criminoso (Porfíri Petróvitch cumpriu fielmente sua palavra). Tudo isso contribuiu, em definitivo, para atenuar o destino do acusado.

Além do mais, surgiram outras circunstâncias absolutamente inesperadas, que favoreceram bastante o réu. O ex-estudante Razumíkhin desencavou certas informações, sabe-se lá onde, e apresentou provas de que o criminoso Raskólnikov, quando esteve na universidade, ajudou um de seus camaradas universitários, pobre e tuberculoso, com os últimos recursos que tinha e praticamente o sustentou durante meio ano. Quando o estudante morreu, Raskólnikov cuidou do pai de seu camarada falecido, um velho inválido (que o filho mantinha e alimentava com o fruto de seu trabalho, quase desde os treze anos de idade). Por fim, internou o velho num hospital e, quando morreu, cuidou de seu enterro. Todas essas informações produziram algum efeito favorável na decisão acerca do destino de Raskólnikov. Até a sua ex-senhoria, a mãe da falecida noiva de Raskólnikov, a viúva Zarnítsina, também testemunhou que, quando eles ainda moravam no outro edifício, o das Cinco Esquinas, Raskólnikov, por ocasião de um incêndio, de madrugada, retirou duas crianças de um apartamento já em chamas e por isso sofreu queimaduras. Esse fato foi apurado a fundo e bem atestado por muitas testemunhas. Numa palavra, o criminoso foi afinal condenado aos trabalhos forçados de segunda categoria, por um tempo total de apenas oito anos, por conta da confissão de culpa e de algumas circunstâncias atenuantes.

Ainda no início do processo, a mãe de Raskólnikov adoeceu. Dúnia e Razumíkhin acharam melhor levá-la para fora de Petersburgo, durante o julgamento. Razumíkhin escolheu uma cidade no caminho da estrada de ferro e próxima de Petersburgo, para ter a possibilidade de acompanhar regularmente todas as circunstâncias do processo e, ao mesmo tempo, encontrar-se com Avdótia Românovna com a maior frequência possível. A doença de Pulkhéria Aleksándrovna era um tanto estranha, de natureza nervosa, acompanhada de algo semelhante à demência, se não completa, pelo menos parcial. Dúnia, ao voltar de seu último encontro com o irmão, encontrou a mãe já completamente enferma, com febre e delirante. Na mesma noite, ela combinou minuciosamente com Razumíkhin como responder as perguntas da mãe, e chegaram a inventar toda uma história sobre a partida de Raskólnikov para algum local distante na fronteira da Rússia, em uma missão especial, que no final lhe traria dinheiro e fama. Mas ficaram impressionados porque a própria Pulkhéria Aleksándrovna não perguntava nada, nem isso nem aquilo, nem naquele momento nem depois. Ao contrário, verificou-se que ela mesma havia elaborado uma história completa sobre a inesperada partida do filho; contava com lágrimas como ele tinha vindo se despedir; por meio de alusões, dava a entender que só ela conhecia muitas circunstâncias secretas e da maior relevância e que Ródia tinha inimigos numerosos e fortíssimos, tanto assim que precisava até se esconder. No que dizia respeito à futura carreira do filho, também lhe parecia algo incontestável e fulgurante, assim que passassem certas circunstâncias adversas; ela garantiu a Razumíkhin que, com o tempo, o filho seria até um homem de Estado, como comprovava seu artigo e seu brilhante talento literário. O artigo, ela lia sem parar, lia às vezes até em voz alta, só faltava dormir abraçada com ele e, no entanto, exatamente onde Ródia estava agora, isso ela quase não perguntava, apesar de evitarem, até de modo evidente demais, falar do assunto com ela — algo que, por si só, já poderia despertar suas suspeitas. Acabaram por encarar com temor aquele estranho silêncio de Pulkhéria Aleksándrovna em relação a certos pontos. Por exemplo, ela nem se queixava de não receber nenhuma carta do filho, quando anteriormente, morando em sua cidadezinha, vivia apenas da expectativa e da esperança de receber, o quanto antes, uma carta do adorado Ródia. Essa última circunstância já era inexplicável demais e inquietou Dúnia bastante; ela teve a ideia de que a mãe, quem sabe, pressentia algo horrível no destino do filho e temia perguntar, para não descobrir algo mais horrível ainda. Em todo caso, Dúnia percebia com clareza que Pulkhéria Aleksándrovna não estava com a mente sadia.

Por duas ou três vezes, entretanto, ocorreu que a própria Pulkhéria Aleksándrovna conduziu a conversa de tal modo que se tornou impossível responder a ela sem mencionar onde se encontrava Ródia; quando as respostas tiveram, necessariamente, de se revelar insatisfatórias e suspeitas, ela se mostrou, de súbito, bastante pesarosa, soturna e calada, o que se prolongou por muito tempo. Por fim, Dúnia se deu conta de que era difícil mentir e inventar, e chegou à conclusão definitiva de que era melhor silenciar por completo acerca de determinados pontos; no entanto, cada vez mais se tornava claro, e até óbvio, que a pobre mãe suspeitava de algo horrível. Dúnia, a essa altura, se lembrou das palavras do irmão, ou seja, que a mãe tinha entreouvido o delírio de Dúnia de madrugada, após a cena entre ela e Svidrigáilov, na véspera do dia fatal: teria ela ouvido algo importante, naquela ocasião? Muitas vezes, após alguns dias e até semanas de um silêncio tristonho e sombrio e de lágrimas mudas, a enferma se animava de modo um tanto histérico e, de repente, desandava a falar alto, quase sem parar, sobre o filho, sobre suas esperanças, sobre o futuro... Às vezes, suas fantasias eram muito estranhas. Eles tentavam distraí-la, concordavam com tudo (talvez ela mesma percebesse com clareza que concordavam com ela só para que se acalmasse), mas mesmo assim ela continuava a falar...

Cinco meses após a confissão do criminoso, saiu a sua sentença. Quando possível, Razumíkhin se encontrava com ele na prisão. Sônia também. Por fim, chegou a hora da separação; Dúnia jurou ao irmão que a separação não era para sempre; Razumíkhin também. Na cabeça jovem e ardente de Razumíkhin, ganhou força o projeto de alcançar uma condição de vida melhor, na medida do possível, nos três ou quatro anos seguintes, economizar pelo menos algum dinheiro e mudar-se para a Sibéria, onde o solo era rico em todos os aspectos e onde havia poucos trabalhadores, pouca gente e pouco capital; estabelecer-se na mesma cidade onde Ródia estivesse e... começar uma vida nova, com todos juntos. Na despedida, todos choraram. Nos últimos dias, Raskólnikov estava muito pensativo, perguntava muito sobre a mãe, se inquietava por ela o tempo todo. Chegava a se atormentar muito por ela, o que perturbava Dúnia. Ao saber em detalhes do estado de saúde da mãe, Raskólnikov ficou muito soturno. Com Sônia, por alguma razão, ele se mostrava, o tempo todo, especialmente calado. Graças ao dinheiro deixado por Svidrigáilov, Sônia já havia se preparado para acompanhar o grupo de condenados em que Raskólnikov ia partir. Sobre isso, nunca se mencionava sequer uma palavra para Raskólnikov; mas ambos sabiam que seria assim. Na última despedida, ele sorriu de modo estranho ao ouvir as inflamadas garantias da irmã e de Razumíkhin sobre o futuro feliz reservado para eles quando Raskólnikov saísse dos trabalhos forçados, e vaticinou que o estado doentio da mãe, em breve, ia terminar em desgraça. Por fim, ele e Sônia partiram.

Dois meses depois, Dúnietchka casou com Razumíkhin. O casamento foi triste e discreto. Entre os convidados, porém, estavam Porfíri Petróvitch e Zóssimov. Naqueles últimos tempos, Razumíkhin tinha o aspecto de um homem firmemente decidido. Dúnia acreditava cegamente que ele ia concretizar todos os seus projetos e nem poderia deixar de acreditar: aquele homem tinha uma vontade de ferro. Nesse meio-tempo, Razumíkhin voltara a frequentar as aulas na universidade, a fim de concluir seu curso. A todo momento, os dois traçavam planos para o futuro; calculavam confiantes que, em cinco anos, se mudariam com certeza para a Sibéria. Até lá, depositavam suas esperanças em Sônia...

Com alegria, Pulkhéria Aleksándrovna deu sua bênção ao casamento da filha com Razumíkhin; porém, após o casamento, pareceu se tornar ainda mais triste e preocupada. A fim de lhe proporcionar um momento agradável, Razumíkhin lhe contou, entre outras coisas, o caso do estudante e de seu pai decrépito e contou também como Ródia se queimou, e até adoeceu, após salvar da morte dois bebês, no ano anterior. Pulkhéria Aleksándrovna, que já estava com o juízo combalido, quase ficou transtornada ao ouvir as duas histórias. Passou a falar daquilo sem parar, até na rua entabulava conversas (embora Dúnia sempre a acompanhasse). Nos coches de praça, nas lojas, quando conseguia prender algum ouvinte, não importava quem fosse, desandava a falar do filho, do seu artigo, como havia ajudado um estudante, como tinha se queimado num incêndio etc. Dúnietchka nem sabia mais o que fazer para contê-la. Além do perigo trazido por aquele estado de exaltação doentia, o simples fato de alguém poder lembrar o nome de Raskólnikov e falar sobre o julgamento recente também representava o risco de uma desgraça. Pulkhéria Aleksándrovna descobriu até o endereço da mãe das duas crianças salvas do incêndio e quis, a todo custo, ir à sua casa. Por fim, sua agitação chegou ao limite. Às vezes, de uma hora para outra, começava a chorar, muitas vezes adoecia e, com febre, delirava. Um dia, de manhã, declarou com todas as letras que, pelos seus cálculos, Ródia devia chegar em breve, que ela lembrava que o próprio filho, ao se despedir, havia mencionado que ela devia esperá-lo exatamente após nove meses. Começou a arrumar todo o apartamento e preparar-se para o encontro, pôs-se a decorar o quarto reservado para o filho (o seu próprio quarto), limpou os móveis, lavou e pendurou cortinas novas etc. Dúnia se alarmava, mas mantinha silêncio e até ajudava a mãe a arrumar o apartamento para a chegada do irmão. Depois de um dia de angústia, entre fantasias ininterruptas, alegres devaneios e lágrimas, à noite ela adoeceu e de manhã já estava febril e delirante. Começou uma febre mais forte. Duas semanas depois, ela morreu. No delírio, deixava escapar algumas palavras, pelas quais foi possível concluir que ela desconfiava até muito mais do que supunham a respeito do destino do filho.

Raskólnikov levou muito tempo para saber da morte da mãe, embora a correspondência com Petersburgo tivesse se estabelecido desde o início de sua instalação na Sibéria. Quem organizou a correspondência foi Sônia, que rigorosamente todo mês escrevia para Razumíkhin, em Petersburgo, e rigorosamente todo mês recebia uma resposta. As cartas de Sônia, no início, pareciam a Dúnia e Razumíkhin um tanto secas e sucintas; mas no final os dois acabaram achando que era impossível escrever melhor, porque daquelas cartas, apesar de tudo, se obtinha a imagem mais completa e exata do destino do irmão infeliz. As cartas de Sônia eram repletas da realidade mais corriqueira, da descrição mais clara e mais simples de todas as circunstâncias da vida de Raskólnikov como forçado. Ali, não havia nem a exposição de esperanças pessoais nem enigmas sobre o futuro nem descrições de sentimentos pessoais. Em lugar de tentativas de explicação do estado de espírito de Raskólnikov e de sua vida interior em geral, havia apenas fatos, ou seja, as próprias palavras dele, notícias detalhadas de seu estado de saúde, do que ele quis na hora em que os dois se encontraram, do que pediu a ela, do que a encarregou de fazer etc. Todas as notícias eram transmitidas com extraordinária minúcia. A imagem do irmão infeliz, no final das contas, se revelava sozinha, se desenhava com exatidão e clareza; não podia haver erro, porque tudo eram fatos fidedignos.

Mas Dúnia e o marido só podiam obter um consolo muito limitado daquelas notícias, em especial no início. Sônia informava sempre que ele estava o tempo todo triste, calado, e quase não se interessava pelas notícias que ela sempre reproduzia, das cartas recebidas por ela; que às vezes Raskólnikov perguntava sobre a mãe; e quando Sônia, percebendo que ele já previa a verdade, comunicou enfim o falecimento, nem a notícia da morte da mãe pareceu produzir um efeito muito forte sobre Raskólnikov, pelo menos foi a impressão que ela teve. Sônia comunicou também que, apesar de Raskólnikov, pelo visto, andar profundamente ensimesmado e parecer isolado dos demais, ele se referia à nova vida de maneira muito direta e simples; ele entendia com clareza sua situação, não esperava nada de melhor nos próximos tempos, não tinha nenhuma esperança leviana (o que era muito próprio à sua situação) e não se admirava com quase nada nas novas circunstâncias que o rodeavam, tão diferentes de tudo que tinha vivido antes. Sônia informou que a saúde dele era satisfatória. Ia para os trabalhos, dos quais não se furtava, mas que também não solicitava. Era quase indiferente à comida, no entanto, exceto nos domingos e feriados, aquela comida era tão ruim que ele acabou aceitando dela, Sônia, algum dinheiro para obter o seu chá de todo dia; quanto a todo o resto, pedia para Sônia não se preocupar, garantindo que todas aquelas preocupações com ele só serviam para deixá-lo aborrecido. Mais adiante, Sônia informou que, na prisão, ele estava instalado num alojamento coletivo; ela não via o interior das casernas, mas deduzia que era um lugar apertado, feio e insalubre; ele dormia em camas de tábuas, amontoava trapos de feltro embaixo do corpo e não queria mais nada para se acomodar. Porém, no geral, vivia de modo tão bruto e tão pobre não devido a algum plano ou intenção prévia, mas simplesmente por desatenção e por uma aparente indiferença com seu destino. Sônia escrevia com franqueza que ele, em especial no início, não só não se interessava por suas visitas como até quase ficava irritado com ela, se mostrava taciturno e até rude, mas que, no final, aquelas visitas se tornaram um hábito para Raskólnikov e até quase uma necessidade, pois ele chegou a sentir muita saudade quando Sônia adoeceu por alguns dias e não pôde visitá-lo. Nos feriados, ela se encontrava com Raskólnikov junto aos portões da prisão ou no corpo da guarda, para onde ele era levado, durante alguns minutos, para conversar com ela; nos dias úteis, Sônia o visitava nos locais de trabalho e ela ia a seu encontro nas oficinas, nas fábricas de tijolos ou nos galpões à beira do rio Irtich. Quanto a si mesma, Sônia informou que tinha feito alguns conhecimentos na cidade e conseguira alguma proteção; estava costurando e, como na cidade quase não havia costureiras, ela se tornara mesmo indispensável em várias residências; só não mencionou que, por meio dela, Raskólnikov também obtivera a proteção de um chefe, que aliviava os trabalhos para ele etc. Por fim, veio a notícia (Dúnia chegou a notar certa inquietação e alarme diferente, nas últimas cartas de Sônia) de que ele evitava todos os demais na prisão, que os forçados não gostavam dele, que Raskólnikov passava dias inteiros calado e andava muito pálido. De repente, na última carta, Sônia escreveu que ele estava gravemente enfermo, de cama, no hospital, na enfermaria dos presos...

II

Raskólnikov já estava doente havia muito tempo; mas não eram os horrores da vida de um forçado, não eram os trabalhos nem a comida nem a cabeça raspada nem a roupa esfarrapada que o abatiam: ah, pouco importavam, para ele, todas aquelas agruras e tormentos! Ao contrário, ficava até contente com o trabalho: quando se esgotava no trabalho físico, pelo menos ele conseguia, em troca, algumas horas de sono tranquilo. E que importância tinha para ele a comida, reles sopas de repolho, com umas baratas? Quando estudante, em sua vida anterior, muitas vezes nem isso ele tinha para comer. Sua roupa o mantinha aquecido e era adequada a seu modo de vida atual. As correntes, ele nem chegava a sentir. Seria o caso de ter vergonha da cabeça raspada e do casaco cortado ao meio? Mas vergonha diante de quem? De Sônia? Mas Sônia tinha medo dele: seria dela que Raskólnikov haveria de ter vergonha?

Então o que era? Ele tinha vergonha até diante de Sônia, a quem atormentava com suas maneiras desdenhosas e rudes. Mas não era da cabeça raspada nem das correntes que ele tinha vergonha: seu orgulho estava profundamente ferido; foi por orgulho ferido que ele adoeceu. Ah, como ele seria feliz se pudesse acusar a si mesmo! Então, ele suportaria tudo, até a vergonha e a infâmia. No entanto, ele se analisava com rigor e sua consciência encarniçada não encontrava nenhuma culpa especialmente horrível em seu passado, exceto, se tanto, um simples *lapso*, que pode acontecer com qualquer um. Sentia vergonha justamente porque ele, Raskólnikov, fora destruído de modo tão cego, irremediável, confuso e tolo, em virtude de alguma sentença do destino cego, e que ele tinha de humilhar-se e resignar-se diante da "estupidez" de uma sentença qualquer, caso quisesse obter alguma calma, por mais limitada que fosse.

No presente, uma inquietação sem alvo, sem objeto, e no futuro, um sacrifício incessante, com o qual não se alcança nada — era isso o que estava reservado para ele, neste mundo. E de que adiantava se, dali a oito anos, ele teria apenas trinta e dois anos de idade e poderia recomeçar sua vida? Para que viver? O que ele tinha em vista? O que almejar? Viver para existir? Mas se ele preferia mil vezes dar a existência por uma ideia, por uma esperança, até por uma fantasia! Existir sempre foi pouco para ele; sempre quis mais. Quem sabe foi apenas pela força de seus desejos que ele se considerou, em outros tempos, uma pessoa a quem era permitido mais do que às outras?

E embora o destino tivesse lhe enviado o arrependimento — um arrependimento inflamado, que dilacerava o coração, que repelia o sono —, esse arrependimento, com seus suplícios horrendos, despertava a imagem de um laço de forca e de um redemoinho! Ah, aquilo até que o deixaria contente! Suplícios e lágrimas — pois isso também é vida. Mas ele não se arrependia de seu crime.

Pelo menos, poderia ter raiva da própria tolice, como antes tivera raiva dos próprios atos medonhos e tolíssimos que o levaram à prisão. Mas agora, já na prisão, *em liberdade*, ele reavaliou e analisou mais uma vez todos os seus atos anteriores e não achou, absolutamente, que fossem tão tolos e medonhos como lhe pareceram antes, naquela hora fatal.

"Em que", pensava ele, "em que a minha ideia era mais tola do que outras ideias e teorias, que voam em enxames e esbarram umas nas outras por este mundo afora, desde que o mundo é mundo? Basta observar a questão de maneira independente, ampla e isenta de influências triviais para que, naturalmente, minha ideia não pareça tão... estranha. Ah, contestadores e sábios de meia-pataca, por que vocês param no meio do caminho?"

"Mas por que o meu ato lhes parece tão medonho?", dizia consigo. "Por que é uma crueldade? O que significa a palavra crueldade? Minha consciência está tranquila. Claro, foi cometido um crime capital; claro, a lei escrita foi violada e o sangue foi derramado; muito bem, então tomem a minha cabeça, segundo a lei escrita... e basta! Claro, nesse caso, até muitos benfeitores da humanidade que não herdaram o poder, mas o tomaram com as próprias mãos, deveriam ser castigados logo ao dar seus primeiros passos. Mas aquelas pessoas conseguiram resistir aos seus primeiros passos e por isso elas *têm razão*; já eu não resisti e, portanto, não tive o direito de me permitir dar esse passo."

Era só nisto que Raskólnikov reconhecia seu crime: no fato de não ter resistido e ter confessado sua culpa.

Ele sofria também com este pensamento: por que não se matou, naquela hora? Por que, quando ficou parado na ponte acima do rio, preferiu se confessar culpado? Seria tão grande assim a força do desejo de viver e seria mesmo tão difícil controlar essa força? Svidrigáilov, que tinha medo da morte, não conseguiu controlar?

Raskólnikov se fazia essa pergunta com angústia e não conseguia entender que, quando estava parado na ponte acima do rio, na certa havia pressentido, em si e em suas convicções, uma profunda mentira. Não entendia que aquele pressentimento podia ser o prenúncio de uma futura guinada em sua vida, de seu futuro renascimento, de sua futura e nova maneira de ver a vida.

No máximo, Raskólnikov admitia, no caso, a ação cega do instinto, que ele não podia mesmo deter e que, além do mais, ele não tinha forças para superar (por fraqueza e por insignificância). Olhava para seus camaradas forçados e ficava surpreso: como todos eles amavam a vida e como davam valor a ela! Parecia que justamente na prisão eles amavam a vida mais ainda e lhe davam mais valor do que quando em liberdade. Que terríveis tormentos e torturas não suportaram muitos deles, por exemplo, os vagabundos![1] Seria possível que, para eles, pudesse ter tanta importância um raio de sol qualquer, um matagal, uma nascente de água fria, perdida num fim de mundo, num local que o vagabundo havia assinalado três anos antes e que almejava rever, como se fosse o reencontro com a namorada, e a tal ponto que, de fato, ele chegava a ver em sonhos a nascente, a relva verdejante em volta, o passarinho que canta num arbusto. Observando com mais atenção, Raskólnikov via exemplos ainda mais inexplicáveis.

Na prisão, no ambiente que o rodeava, ele não percebia muita coisa, é claro, e nem queria mesmo perceber. Vivia de cabeça baixa: achava repulsivo e intolerável olhar. Mas depois muita coisa passou a lhe causar surpresa e ele, um tanto sem querer, começou a notar aquilo de que antes nem desconfiava. No geral, o que mais o surpreendia era o abismo aterrador e intransponível que se abria entre ele e toda aquela gente. Parecia que ele e os demais pertenciam a nações diferentes. Ele e os demais se olhavam mutuamente com desconfiança e hostilidade. Raskólnikov conhecia e entendia

1 Em russo, *brodiágui*: pessoas sem endereço fixo, sem profissão, sem fonte de renda legal, que vivem se deslocando de um lugar para outro.

as causas gerais daquela ruptura; porém, antes, nunca havia admitido que as causas fossem, de fato, tão profundas e fortes. Na prisão, havia também poloneses deportados, criminosos políticos. Eles consideravam todas aquelas pessoas meros ignorantes e broncos, e as desprezavam com arrogância; mas Raskólnikov não conseguiria encarar assim: percebia com clareza que aqueles ignorantes eram muito mais inteligentes até do que os próprios polacos. Também havia russos que desprezavam demais aquela gente — um ex-oficial e dois seminaristas; Raskólnikov percebia com clareza o engano deles. Também não gostavam de Raskólnikov e o evitavam o tempo todo. No final, passaram até a sentir ódio dele — por quê? Raskólnikov não sabia. Desprezavam-no, riam dele, riam do seu crime, logo eles, que eram criminosos muito piores.

— Você é um nobre! — diziam. — Não nasceu para andar com um machado; isso não é coisa para gente da nobreza.

Na segunda semana da Quaresma, chegou a vez de Raskólnikov jejuar, junto com sua caserna. Ia à igreja com os outros, para rezar. Por que aconteceu, ele mesmo não soube, mas certo dia estourou uma discussão; todos o atacaram de uma só vez, e com furor.

— Você é ateu! Não acredita em Deus! — gritavam. — Tem de matar.

Raskólnikov nunca falava com eles sobre Deus e sobre a fé, mas queriam muito matá-lo por ser ateu; ele ficava calado e não protestava. Um dos forçados se atirou contra ele, em completa loucura. Raskólnikov esperou-o, tranquilo e em silêncio: nem mexeu a sobrancelha, nenhum traço do rosto se alterou. Um guarda da escolta conseguiu, a tempo, se interpor entre ele e o assassino — não fosse isso, teria corrido sangue.

Para Raskólnikov, ainda havia uma questão sem resposta: por que todos adoravam Sônia? Sônia não tentava ganhar a simpatia dos presos; eles a viam raramente, às vezes só nos locais de trabalho, quando ela vinha apenas por um minuto, para falar com Raskólnikov. Entretanto, todos já a conheciam, sabiam também que tinha vindo *atrás dele*, sabiam como ela vivia e onde morava. Sônia não lhes dava dinheiro, não prestava favores especiais. Só uma vez, no Natal, levou um presente para a prisão toda: tortas e roscas. Pouco a pouco, porém, entre Sônia e eles, se estabeleceram vínculos mais estreitos: ela escrevia as cartas dos forçados para seus familiares e as levava ao correio. Os parentes que chegavam à cidade deixavam nas mãos de Sônia, por orientação dos presos, os objetos que tinham trazido para eles, até dinheiro. As esposas e as namoradas dos presos conheciam Sônia e iam à sua casa. Quando ela aparecia nos locais de trabalho para falar com Raskólnikov ou quando cruzava com um grupo de presos a caminho dos locais de trabalho, todos tiravam o chapéu, todos a cumprimentavam com uma reverência: "Mãezinha Sófia Semiónovna, você é a nossa mãe, doce, adorada!", diziam aqueles forçados brutos, marcados a ferro, para a criatura miúda e magrinha. Ela sorria e agradecia com uma reverência, e todos adoravam quando ela sorria para eles. Adoravam até seu jeito de andar e, depois que passava, se viravam para ver como andava, e a elogiavam; chegavam a elogiá-la por ser tão pequenina e a elogiavam até sem saber por quê. Procuravam Sônia até para se curar.

Raskólnikov ficou de cama no hospital todo o fim da Quaresma e também na Semana Santa. Quando já estava se recuperando, recordou seus sonhos da fase de febre e delírio. Doente, sonhou que o mundo todo parecia condenado ao sacrifício por uma peste terrível, desconhecida e nunca vista, que provinha das profundezas da Ásia para a Europa. Todos tinham de morrer, exceto alguns escolhidos, muito poucos. Apareceram novos parasitas, criaturas microscópicas que se instalavam no corpo das pessoas. Só que tais criaturas eram espíritos, dotados de inteligência e vontade. As pessoas contaminadas por eles se tornavam imediatamente endemoniadas e loucas. Mas nunca, nunca as pessoas se consideravam tão inteligentes e tão inabaláveis na verdade como ocorria com os infectados. Jamais consideravam que houvesse algo mais inabalável do que suas sentenças, suas conclusões científicas, suas convicções morais e suas crenças. Povoados inteiros, cidades e populações inteiras se infectaram e enlouqueceram. Todos ficaram perturbados, ninguém se entendia, cada um achava que a verdade se encerrava só nele e sofria ao olhar para os demais, cada um batia no peito, chorava e retorcia as mãos. Não sabiam quem nem como julgar, não conseguiam entrar em acordo sobre o que era bom e o que era mau. Não sabiam quem deviam culpar e quem deviam inocentar. As pessoas se matavam umas às outras numa espécie de raiva insana. Uniam-se em exércitos inteiros, mas as tropas já em marcha começavam de repente a se dilacerar, as fileiras se dispersavam, os militares se atracavam entre si, furavam e cortavam, mordiam e comiam uns aos outros. Nas cidades, o sino de alerta tocava o dia inteiro: reuniam todos, mas ninguém sabia quem estava convocando nem para que, e todos ficavam perturbados. Os ofícios mais corriqueiros foram abandonados, porque cada um propunha suas ideias, suas correções, e não conseguiam entrar num acordo; a agricultura parou. Aqui e ali, as pessoas se juntavam em bandos, concordavam em alguma coisa, juravam não se separar — mas logo começavam algo muito diferente daquilo que elas mesmas tinham acabado de propor, passavam a acusar uns aos outros, brigavam e se dilaceravam. Irromperam incêndios, começou a fome. Tudo e todos pereciam. A peste crescia e se alastrava cada vez mais. No mundo todo, só algumas pessoas conseguiram salvar-se, eram os puros e os eleitos, destinados a originar um nova espécie de pessoas e uma nova vida, a renovar e purificar a terra, mas ninguém via tais pessoas, em nenhum lugar, ninguém ouvia suas palavras nem sua voz.

O que atormentava Raskólnikov era o fato de que esse delírio insensato se refletia nas suas recordações de modo tão triste e tão angustiante que a sensação dos devaneios febris demorou muito tempo para passar. Já era a segunda semana após a Semana Santa; eram dias de primavera, quentes e claros; na enfermaria dos presos, abriram as janelas (gradeadas, debaixo das quais andava a sentinela). Durante todo o tempo da doença de Raskólnikov, Sônia só conseguiu visitá-lo na enfermaria duas vezes; toda vez, precisava pedir autorização, e isso era difícil. Mas ela ia com frequência ao pátio do hospital, ficava embaixo da janela, sobretudo no fim da tarde, às vezes permanecia no pátio só um minuto para pelo menos poder olhar de longe para a janela da enfermaria. Certa vez, ao anoitecer, Raskólnikov acordou já quase curado; aproximou-se da janela por acaso e, de repente, lá longe, no portão do hospital, avistou Sônia. Estava parada, parecia à espera de algo. Naquele instante, algo atravessou o coração de Raskólnikov; ele estremeceu e logo se afastou da janela. No dia seguinte, Sônia não veio, e no outro também não; ele notou que estava esperando por ela com ansiedade. Por fim, teve alta da enfermaria. Ao chegar à prisão, os presos disseram que Sófia Semiónovna tinha adoecido, estava em casa, de cama, e não saía para nada.

Raskólnikov ficou muito inquieto, mandou pedir notícias de Sônia. Logo soube que a doença não era grave. Por sua vez, ao saber que ele sentia sua falta e estava preocupado, Sônia lhe mandou um bilhete, escrito a lápis, e avisou que não era nada, que tinha um resfriado à toa, ligeiro, e que logo, muito em breve, iria encontrar-se com ele no local dos trabalhos. Quando leu o bilhete, o coração de Raskólnikov bateu forte e doloroso.

De novo, fez um dia claro e quente. Cedo, mais ou menos às seis horas, ele partiu para o trabalho na beira do rio, no local em que fora construído um forno de calcinação de alabastro dentro de um galpão, onde o mineral também era triturado. Só três trabalhadores foram enviados para lá. Um dos presos pegou um guarda da escolta e foi com ele à fortaleza, buscar alguma ferramenta; outro ficou para preparar a lenha e abastecer o forno. Raskólnikov saiu do galpão para a beira do rio, sentou-se nas toras amontoadas junto ao galpão e pôs-se a olhar para o rio largo e deserto. Do alto da margem, se desvelava uma vasta área em redor. Da outra margem, bem distante, vinha uma canção, que mal dava para ouvir. Lá, na estepe interminável, banhada pelo sol, negrejavam as iurtas[2] dos nômades, como pontos quase imperceptíveis. Lá, havia liberdade, viviam outras pessoas, em tudo diferentes das daqui. Lá, parecia que o próprio tempo havia parado, como se ainda não tivesse passado o século de Abraão e seu rebanho. Raskólnikov estava sentado, olhava imóvel, sem desviar os olhos; seus pensamentos passaram a devaneios, a contemplação; ele não pensava em nada, mas uma angústia o agitava e atormentava.

De súbito, a seu lado, surgiu Sônia. Aproximou-se quase sem fazer barulho e sentou-se junto a Raskólnikov. Ainda era bem cedo, o friozinho da manhã não havia amainado. Ela vestia seu velho *burnus*[3] e o lenço verde na cabeça. O rosto ainda trazia sinais da doença, estava magro, pálido, encovado. Cumprimentou-o e sorriu alegre, mas, como de costume, estendeu-lhe a mão tímida.

Sônia sempre lhe estendia a mão tímida, às vezes nem chegava a lhe dar a mão, como se temesse que Raskólnikov a repelisse. Ele sempre parecia segurar sua mão com repulsa, sempre parecia encontrá-la de má vontade, às vezes se mantinha obstinadamente calado durante todo o tempo da visita. Acontecia de Sônia deixá-lo agitado e acabava indo embora numa profunda aflição. Mas agora as mãos deles não se separaram; Raskólnikov olhou rápido para ela, de relance, não disse nada e baixou os olhos para a terra. Estavam sozinhos, ninguém os via. Nessa altura, o guarda da escolta tinha se virado para o outro lado.

Como aconteceu, nem ele soube, mas de repente algo pareceu agarrá-lo e jogá-lo aos pés de Sônia. Chorou e abraçou seus joelhos. De início, Sônia levou um susto horrível e todo seu rosto empalideceu como o de um morto. Levantou-se de um salto e, trêmula, olhou para ele. Porém logo, no mesmo instante, compreendeu tudo. Nos olhos dela, iluminou-se uma felicidade

2 Cabana redonda, típica dos povos mongóis e turcos da Ásia Central. **3** O mesmo que albornoz: capa, às vezes com capuz.

infinita; entendeu, e para ela já não havia mais dúvida, que ele a amava, amava infinitamente, e que, afinal, havia chegado o momento...

Queriam falar, mas não conseguiam. Havia lágrimas em seus olhos. Os dois estavam pálidos e magros; mas nos rostos pálidos e enfermos já reluzia a aurora do futuro renovado, da plena ressurreição para a vida nova. O amor os ressuscitou, o coração de um continha infinitas fontes de vida para o coração do outro.

Decidiram esperar e suportar. Restavam ainda sete anos; até lá, quantos tormentos insuportáveis e quanta felicidade infinita! Mas ele ressuscitou e sabia disso, sentia isso plenamente, com todo o seu ser renovado, e ela... enfim, Sônia vivia apenas pela vida dele!

À noite desse mesmo dia, quando já haviam fechado as casernas, Raskólnikov estava deitado no leito de tábuas e pensava nela. Nesse dia, teve até a impressão de que todos os forçados, que tinham sido seus inimigos, agora olhavam para ele de outro modo. O próprio Raskólnikov tomou a iniciativa de conversar com eles, que, por sua vez, lhe respondiam com afeição. Agora ele se recordou disso; mas, afinal, não era mesmo assim que deveria ser, já que agora tudo deveria mudar?

Ele pensava em Sônia. Lembrou como atormentava e feria o coração de Sônia sem parar; lembrou seu rostinho pálido, magrinho, mas agora tais recordações quase não atormentavam Raskólnikov: ele sabia que agora ia expiar todo esse sofrimento com um amor infinito.

Além do mais, o que significavam todos, *todos* aqueles tormentos do passado? Tudo, até seu crime, até a sentença e a deportação, tudo agora lhe parecia, num primeiro impulso, uma espécie de fato exterior, estranho, como se nem tivesse ocorrido com ele. De resto, naquela noite, ele não conseguia pensar em nada de modo constante e prolongado, não conseguia concentrar-se em nenhuma ideia; e ele agora não resolveria nada de forma consciente; apenas sentia. Em lugar da dialética, começava a vida e, na consciência, devia elaborar-se algo completamente distinto.

Embaixo do seu travesseiro, estava o Evangelho. Raskólnikov pegou-o, mecanicamente. O livro pertencia a Sônia, era o mesmo em que tinha lido para ele a passagem sobre a ressurreição de Lázaro. No início dos trabalhos forçados, Raskólnikov achava que ela ia aborrecê-lo com a religião, ia ficar falando sobre o Evangelho e empurrar livros para ele. Porém, para sua enorme surpresa, Sônia não falava disso nunca, nem uma vez lhe propôs ler o Evangelho. Foi ele mesmo quem pediu o livro para Sônia, pouco depois de ficar doente, e ela trouxe o livro sem dizer nada. Até aquele momento, Raskólnikov não tinha aberto o volume.

Mesmo dessa vez, ele não abriu, porém lhe veio uma ideia de relance: "Será que as convicções dela não podem ser também as minhas, agora? Os sentimentos dela, as aspirações, pelo menos...?".

Ela também passou todo o dia muito agitada e, de madrugada, chegou a adoecer novamente. Mas estava tão feliz que até se assustou com a própria felicidade. Sete anos, *só* sete anos! No início da sua felicidade, em certos momentos, os dois estavam dispostos a encarar aqueles sete anos como sete dias. Ele nem sequer sabia que aquela nova vida não lhe viria de graça, que ainda teria de saldar um preço alto, pagar por ela com uma grande proeza no futuro...

Mas aqui já começa uma nova história, a história da renovação gradual de uma pessoa, a história do seu gradual renascimento, da passagem gradual de um mundo para outro, do conhecimento de uma realidade nova, até então completamente desconhecida. Isso poderia constituir o tema de um novo relato — mas este nosso relato está encerrado.

Outras leituras

BAHKTIN, Mikhail. *Problemas da poética de Dostoiévski*. Trad. de Paulo Bezerra. Rio de Janeiro: Forense Universitária, 2010.

BERNARDINI, Aurora Fornoni. *Aulas de literatura russa: De Púchkin a Gorenstein*. São Paulo: Kalinka, 2018.

DIAS, André. *Lima Barreto e Dostoiévski: Vozes dissonantes*. Niterói: Eduff, 2012.

FRANK, Joseph. *Dostoiévski: Um escritor em seu tempo*. Trad. de Pedro Maia Soares. São Paulo: Companhia das Letras, 2018.

GIRARD, René. *Dostoiévski: Do duplo à unidade*. Trad. de Roberto Mallet. São Paulo: É Realizações, 2011.

GOMIDE, Bruno Barreto. *Dostoiévski na Rua do Ouvidor: A literatura russa e o Estado Novo*. São Paulo: Edusp, 2018.

GROSSMAN, Leonid. *Dostoiévski artista*. Trad. de Boris Schnaiderman. Rio de Janeiro: Civilização Brasileira, 1967.

MANN, Thomas. *Dostoiévski com moderação: Um ensaio*. Trad. de Kristina Michahelles. Rio de Janeiro: Zahar, 2014.

FIÓDOR MIKHÁILOVICH DOSTOIÉVSKI nasceu em Moscou, em 1821, filho de um médico. A mãe morreria em 1837 e o pai, dois anos depois (talvez assassinado pelos próprios servos). De 1838 a 1843, Fiódor estudou na Academia Militar de Engenharia de São Petersburgo. No ano seguinte, passou a se dedicar exclusivamente à escrita. Estreou na literatura em 1846, com a novela epistolar *Gente pobre*, que imediatamente o consagrou, atraindo a atenção dos principais críticos russos do período. O que não aconteceu com sua obra imediatamente posterior, *O duplo*. Sua epilepsia, que iria se manifestar de maneira severa, se revelaria neste mesmo período. Em 1849 é preso e sentenciado à morte pelo envolvimento em um grupo subversivo — mas no último momento sua sentença é comutada para trabalho penal na Sibéria, onde permanece até 1854. Dessa experiência terrível e decisiva emerge com *Recordações da casa dos mortos* (1860-1862), que lhe assegura novamente a aclamação da crítica em seu retorno a São Petersburgo. Em 1861 funda com seu irmão o mensário de literatura e política *Vremya* (Tempo). Em 1864 — mesmo ano de publicação de *Memórias do subsolo* — morrem sua esposa Maria Dmitrievna e seu irmão Mikhail. É nesta época que desenvolve o vício pela jogatina, tema de *Um jogador* (1867). Em 1866 publica *Crime e castigo*, para o qual contou com a ajuda da jovem estenógrafa Anna Grigórievna Snítkina, com quem se casaria. Neste período ainda traria a lume obras como O *idiota* (1868), *Os demônios* (1872) e *Os irmãos Karamázov* (1880). Morre em 1881, no auge da fama.

RUBENS FIGUEIREDO nasceu em 1956, no Rio de Janeiro. Como escritor, publicou os romances *Barco a seco* e *Passageiro do fim do dia*, além dos livros de contos *As palavras secretas* e *O livro dos lobos*, entre outros. Como tradutor, verteu as obras de grandes autores como Dostoiévski, Turguêniev, Tolstói e Bábel, além de numerosos escritores contemporâneos de língua inglesa.

Grafia atualizada segundo o Acordo Ortográfico da Língua
Portuguesa de 1990, que entrou em vigor no Brasil em 2009.

Original usado para esta tradução:
Ф. М. Достоевский. Собрание сочинений в 15 томах. Ленинград: Наука., 1989. т. 5.
(F. M. Dostoiévski. *Obras reunidas em 15 volumes*. Leningrado: Naúka, 1989. v. 5.)

capa e ilustração
Rafael Coutinho
mapas
Simon Ducroquet
checagem dos mapas
Eloah Pina
preparação
Leny Cordeiro
revisão
Ana Alvares
Tomoe Moroizumi

11ª reimpressão, 2025

Dados Internacionais de Catalogação na Publicação (CIP)

Dostoiévski, Fiódor (1821-1881)
Crime e castigo / Fiódor Dostoiévski ; tradução
e apresentação Rubens Figueiredo. – São Paulo:
Todavia, 2019.

Título original: Преступление и наказание
ISBN 978-85-88808-83-6

1. Literatura russa. 2. Romance. 3. Ficção russa.
I. Figueiredo, Rubens. II. Título.

CDD 891.7

Índice para catálogo sistemático:
1. Literatura russa : Romance 891.7

Bruna Heller — Bibliotecária — CRB 10/2348

todavia
Rua Fidalga, 826
05432.000 São Paulo SP
T. 55 11. 3094 0500
www.todavialivros.com.br

fonte
Register*
papel
Pólen natural 80 g/m²
impressão
Geográfica

FSC
www.fsc.org
MISTO
Papel | Apoiando
o manejo florestal
responsável
FSC® C019498